总主编 赵宪章 副总主编 许结 沈卫威

中国文学图像关系史 汉代卷

本卷主编 许结 本卷副主编 李征宇 王思豪 龚世学 程维

江苏凤凰教育出版社
Phoenix Education Publishing, Ltd

"十三五"国家重点出版物出版规划项目

2020 年国家出版基金资助项目

南京大学"985"工程重点项目

北京大学人文社会科学研究院支持项目

中国文学图像关系史·先秦卷

中国文学图像关系史·汉代卷

中国文学图像关系史·魏晋南北朝卷

中国文学图像关系史·隋唐五代卷

中国文学图像关系史·宋代卷

中国文学图像关系史·辽金元卷

中国文学图像关系史·明代卷上

中国文学图像关系史·明代卷下

中国文学图像关系史·清代卷上

中国文学图像关系史·清代卷下

彩图 1　荆轲刺秦王・武梁祠西壁画像(上为拓本,下为复原图)

彩图 2 《列女仁智图》(局部);顾恺之;卷,绢本,墨笔淡着色

彩图3　北魏司马金龙墓漆绘屏风（第二块正面和背面）；木质漆绘

彩图4　水榭·人物画像;东汉中、晚期(公元89—189年)画像石

彩图 5 《明妃出塞图》;宫素然;纸本水墨

彩图 6 《文姬归汉图》;张瑀;绢本设色

目　录

绪　论

汉代作为一个特定的历史时期,以其 426 年的轮轨彰显了特有的时代风采,其继承先秦而开辟晋、唐的阶段性意义,尤其是汉、唐盛世的荣光,已为史学界津津乐道。而作为一段文学史的历程,汉代又标明了其特殊的意义,其中包括宫廷统一文学的形成与向"文人化"文学的变移,由应用为主的广义文章学向以诗赋为中心的艺术化文学的变移。而结合这一时代文学史与图像史的联系,其文图关系又主要呈示出三大特点。其一,从继承之传统来看,汉代对先秦文学中的形象有诸多图像进行表现。画像石、画像砖、墓室壁画等载体大量体现了这些形象,并且承载了丰富的文化意蕴,其中,有神话故事方面《山海经》中的众多神仙怪兽形象,有神仙信仰方面西王母、东王公、伏羲、女娲等神话人物,还有传说故事方面《左传》《战国策》中的君王将相等形象。其二,从创造之开辟来看,部分后代出现的文学母题在本时段已有图像的展现。比如列女图像,刘向编撰《列女传》,整理归纳了从先秦到汉代的上百位女性传记,一方面,他将部分列女故事进行图绘,进献至宫廷,藉以劝诫;另一方面,东汉的部分墓葬中也出现了数量众多的列女图像,比如山东济宁武梁祠的列女画像,以及内蒙古和林格尔汉代壁画墓中的列女图像。此外,一些汉代才定型的传说故事,比如荆轲刺秦王、泗水升鼎等,在画像石中也得到了大量展示。其三,从创辟到影响来看,汉代的诸多文学母题在后世有大量图像展示。其中如史传故事,出自《史记》《汉书》《后汉书》等史书的历史人物和故事成为后代造型艺术的重要体裁,历世不衰,并且有多种载体,比如绘画、壁画、版画、雕塑等等。不同时代、不同作者之间对于同一个故事有不同的解读,这是一种重要的接受传播现象。而作为有汉一代的文学创作之"汉赋"与一代之图像创造之"汉画像石",因具有特定时代特征,自然成为汉代文图关系的聚焦点之一,值得阐发与思考。

第一节　汉代文学与图像关系概说

图画与文字的关系,因象形而同源,至于文学语言(语象)与绘画艺术(图像)

的关系,其中包括当代学者所谓之"图文互仿"①,亦为历史上常见,这一点在先秦到汉代的创作实践中已有充分文献可以说明。只是作为文学的发生与图画的创造还缺少个性化艺术发挥的汉代,其文图关系却更多地依附于思想与政治,其中的经学思维就是最典型的一例。

语言文字与图画之间的关系,随着现代阅读习惯和传媒方式的变革而变得日益复杂,但现有研究主要着眼于运用西方的文艺学理论来研究中国传统文化中的文图现象,而缺少考察西方语图关系理论对中国语图关系的特殊性,导致现有研究成果具有局部脱离中国传统文化的现象,对中国传统文化中的文图关系问题,尚没有深入的研究。换言之,完全用现代西方的文图理论来解决中国传统文化的语图现象,其中或有未能解决的问题。如忽视了中国传统文化中的经学现象着重于围绕同一现象来进行不断阐述,而事实并未发生变化的现象。如《诗经》作为中国文学和作为中国经学读本具有不同的文化意义,其中作为中国文学可以有多种图画来描绘其具体物象,而作为经学,则是不同时代的学者阐述不同的内涵,从而使同一幅画面能够被读者替换为各自理想中的范本,这也与中国的图画注重写意有关。基于这样的思考,针对文学尚处于"广义"文章学阶段的汉代的文图关系,宜落实于特定的历史背景以观觇其时代的意义。

考察汉代书写文本,无论是被立为"博士"的五经(诗、书、礼、易、春秋),还是出自乐府官员编制的乐府歌辞与作为宫廷言语侍从所献的辞赋,均具有一种宏整的文化气象;同样,考察现存汉代的图画文献如墓葬中的壁画与画像石,也以其物态纷呈与天界、人界组合的构篇,而展现出一种博大而神秘的图景。这种组合在同一时代的呈现,诚如有的学者对汉代文化定位所说的"处在先秦和魏晋两大哲学高峰之间"而对"构成中国的文化心理结构方面"起了巨大作用,其"形成与大一统帝国要求新的上层建筑相关"②。从此视角看待汉代不同于先秦文图关系之古老与零散,而表现出统一性的宏大的书写与工具性的运用,实与其文化构建的五个方面有着重要的联系。

首先是帝国图式的构建,汉代的文本与图像多围绕这一历史的构建展开。清代四库馆臣编纂《四库全书》"地理类"著作时,于《提要》"总论"阐解其分类宗旨云:"首宫殿疏,尊宸居也;次总志,大一统也;次都会郡县,辨方域也;次河防,次边防,崇实用也;次山川,次古迹,次杂记,次游记,备考核也;次外纪,广见闻也。"③而以宫殿为中心的帝都描写,也正是汉代文学与汉代绘画的中心(包括地图)。试举班固《西都赋》为例,其开篇即对西都长安地理位置及历史沿革进行全

---

① 参见《江西社会科学》2007 年第 9 期所载《"语·图"互文研究笔谈》。

② 李泽厚:《秦汉思想简议》,《中国社会科学》1984 年第 2 期。

③ 《钦定四库全书总目》卷六八《史部·地理类·总志》上册,中华书局 1997 年版,第 924 页。

方位的描绘，主旨在"天人合应，以发皇明"，而赋的重点则在对汉宫"昭阳殿"（昭阳特盛）的刻画，包括宫室建筑的外在形态、内部装饰、宫内活动如朝堂百僚之职守与宴饮歌舞之欢会，这些不仅在赋文中得到展示，也在众多的汉画如"宴饮图"与"歌舞图"中有形象的表现。这些文与图展示的也许是表象的，因为创作者所表达的核心思想，则是如班固赋中所说"扬乐和之声，作画一之歌，功德著乎祖宗，膏泽洽乎黎庶"的帝国文化图式。要了解汉代帝都文化的特色，必须昭示一段历史的演进过程。考察历代定都建制，即包含帝城建制与王道一统两方面，其中文化内涵于先秦时代的"畿服制"已见端倪。"畿服制"与旧宗法"封邦建国"制度相维系，所谓"有封建子弟之制而异姓之势弱、天子之位尊"①。据《国语·周语》载，周制王畿之外，分为甸、侯、宾、要、荒等"五服"，《周礼·职方氏》则分为侯、甸、男、采、卫、蛮、夷、镇、蕃等"九服"，刘师培认为"五""九"之异，实"虞夏殷周代各不同"②。尽管有学者认为"畿服"乃东周以降地理视野开阔的反映，并非先秦时代的实际政区，然观后儒对其解释，要义在"天子建国，以藩屏周"，即取藩国拱护王城的意义。如《诗·大雅·民劳》"惠此中国，以绥四方"，郑笺"中国，京师也"属此义域。但是，先秦的"畿服"缘于"封邦建国"制，以致章炳麟辨析其义谓："方伯连率，则联邦已。大者谓之'兼霸之壤'，小者谓之'仳诸侯'。汉因其义，大者谓之'伦侯'，小者谓之'限诸侯'。"③由此可见，帝都政治与文化在周朝并未真正形成，尤其是东周以后诸侯称霸，周天子王城反不及秦、齐、楚诸都城与宫室称盛于时。秦朝一统，变侯邦为帝国，咸阳帝城，阿房宫室，为真正帝都文化的形成。然因其享祚短促，且礼制不修（秦世不文），所以在文化意义上的帝国图式则在汉代，尤其汉武帝采用主父偃的"推恩之法"削藩成功，完成了这一文化进程。司马相如作为一名由藩国（梁孝王宾客）到宫廷（天子近臣）的赋家，他创作的《上林赋》贬斥"齐""楚"侯邦而赞述天子"上林苑"之"巨丽"，最为典型。可以说，汉代文化中"文"与"图"的展开，且呈现了波澜壮阔的"一代之胜"，均与这一时代帝国图式的构建及其文化精神潜符默契。

其次是天子礼仪的形成，既是帝国图式的文化实质，也是汉人"文"与"图"所表现的主旨。翻开有汉一代的文学（如诗与赋）与图画（如画像石），其中大量的是礼器的展示（如冕服与钟鼓等）与礼仪的描写（如巡狩、朝会、大傩等），考察其历史背景，则是汉代天子礼的构建。汉代初年，礼乐残缺，所以收拾姬周礼典与建立当朝礼制成为首要任务。于是有叔孙通定"朝仪"及宗庙礼乐④，伏生作《尚

① 王国维：《殷周制度论》，《观堂集林》卷第十《史林二》，河北教育出版社 2003 年第 2 版，第 241 页。

② 刘师培：《古代要服荒服建国考序》，《左盫外集》卷十一，《刘申叔遗书》本，江苏古籍出版社 1997 年版，第 1577 页。

③ 章炳麟：《訄书》重订本《地治第五十四》，生活·读书·新知三联书店 1998 年版，第 311 页。

④ 《汉书·高帝纪下》："天下既定，命萧何次律令，韩信申军法，张苍定章程，叔孙通制礼仪。"又，《汉书·礼乐志》："令叔孙通所撰礼仪，与律令同录，臧于理官。"

书大传》设置由天子到庶民的等级礼制①，贾谊制定《容经》并强调"礼者，所以固国家，定社稷，使君无失其民者"②，皆重礼明制。然因汉初礼法多承秦制，引起文、景之世有关礼仪制度的论争③。直到武帝朝"兴太学，修郊祀，改正朔，定历数，协音律，作诗乐……号令文章"（《汉书·武帝纪》），始定有汉一代的天子礼制。值得注意的是，西汉学者承研姬周礼典，立博士官发明遗义，主要是"士礼"，也就是东汉以后所称的《仪礼》，其中所存如刘歆所说"有卿礼二，士礼七，诸侯礼四，诸公礼一。而天子礼无一传焉"④。考查在汉人眼中"天子礼"的丢失，多借《孟子·万章下》"诸侯恶其害己，而皆去其籍"的说法，认为春秋战国时诸侯争霸而毁弃天子礼。缘此，武帝朝礼学大师董仲舒对张汤问有关郊祀礼不究周代礼书，而根基于公羊春秋之学，取意正是《孟子·滕文公下》所言"《春秋》天子之事也"。其实，周朝天子礼仅是一种理想图式，因其宗法分封而谈不上具有大一统意义的天子礼，所以天子礼的真正构建是秦汉大一统帝国之后，汉武帝朝"崇礼官"且以"郊祀"（祭天）为代表的天子礼，既是这一历史的转折，也是体现于文图世界的新面向。这影响到汉代文学，又向两方面延展，一方面是如《汉书·礼乐志》所说"至武帝定郊祀之礼……乃立乐府，采诗夜诵……以李延年为协律都尉，多举司马相如等数十人造为诗赋"⑤，于是考查汉代的乐府官员与辞赋作家，皆

图 0-1　木连理·白马·鹤画像砖；西汉中期画像砖；高 76 厘米，宽 103 厘米。

为内朝官系的"乐官"与"郎官"，所谓文学，就是礼仪的形象化书写。另一方面，从汉乐府中如"郊庙歌辞"与汉赋的描写，其中《郊祀歌》中有关"帝临""朱明"的歌辞描写，汉赋中扬雄因天子"郊祀甘泉泰畤"而献《甘泉赋》，以及班固《东都赋》对"元会礼"、张衡《东都赋》对"郊祀礼""大射礼"的描写，又无不围绕"天子礼"展开。对照汉代壁画与画像石中的相关图景，其"互文"中内涵的共生之礼仪，是不可忽视的。

　　其三是物质形态的拓展，为汉代开辟了一个广大的"物象"世界的同时，也丰富了繁缛汪秽的"语象"世界与美轮美奂的"图像"世界。在汉文与汉画中，无论是属于冕服制度的首服或足履，属于舆制的车驾卤簿，还是礼器的玉圭璧环，都

① 参见清陈寿祺辑《尚书大传》之《唐传》《虞夏传》《殷传》《洪范五行传》《洛诰》《甫刑》诸篇。
② 贾谊：《新书》卷六《礼》，阎振益、钟夏校注《新书校注》，中华书局 2000 年版，第 214 页。
③ 参见华友根：《西汉礼学新论》，上海社会科学院出版社 1998 年版。
④ 王应麟：《玉海》卷五十二引，文渊阁《四库全书》本。
⑤ 班固：《汉书》，中华书局 1962 年版，第 1086 页。

是物质世界的展示。而作为与欧洲罗马帝国并称的亚洲汉帝国,其物态的表现又较此前的先秦时代有了巨大的拓展。以汉赋为例,如班固《西都赋》所写京都物态有云:"乃有九真之麟,大宛之马,黄支之犀,条支之鸟。逾昆仑,越巨海,殊方异类,至于三万里。"[①]又如张衡《东京赋》对当时作为文化潮流中心之京都气象的描写:"惠风广被,泽洎幽荒,北燮丁令,南谐越裳,西包大秦,东过乐浪。重舌之人九译,金稽首而来王。"[②]这些描写与汉代的朝贡(羁縻)相关,是其"德化"与"贡物"的一翼,即"远夷"慕德而贡物表心,以示友邦之情。于是翻检史籍,如"条支出师(狮)子、犀牛、孔雀、大雀(鸵鸟),其卵如瓮。和帝永元十三年,安息王满屈献师子、大鸟,世谓之'安息雀'"[③];"武帝始遣使至安息……(安息王)以大鸟卵及犁靬眩人献于汉""(大)宛王蝉封与汉约,岁献天马二匹"[④]。而近代学者论述唐代的外来文明,也多追溯汉代的朝贡物中"汗血马""大夏驼""安息雀"等[⑤],其中内涵了由汉及唐"朝贡"文化演进中的丰富物态。如果大量的贡物落实到朝廷文臣的笔下,如汉乐府之《天马歌》、辞赋之《大雀赋》(班昭)等,不仅扩展了文学的描绘,如汉赋之繁富博丽的"体物"特征,而且为汉代的图像世界增添了现实的物质内涵。

其四是象数思维作为有汉一代的学术特征,对其文图的比类也有着积极的推动作用。冯友兰在《新事论》中考察中国古代的哲学思想认为"汉人知类",并强调说:"汉人之历史哲学或文化哲学,以五德、三统、三世等理论,说明历史或文化之变迁者,就其内容说,有些亦可说是荒谬绝伦。不过他们的看法,却系从类的观点,以观察事物者,就此方面说,汉人知类,汉人有科学底精神。"[⑥]其所言"荒谬"在于神学与比附,而其科学精神则在"知类",指的就是汉人将先秦零散的知识系统化,究其根本是汉人的象数思维。象数哲学在汉人的意识中体现于方方面面,而尤以汉《易》学最典型。汉代《易》学无论是"京氏""焦氏",还是"虞氏",均以倡导"象数"为旨趣,包括"卦气说""占筮术""爻辰、升降说"以及"卦变""爻变"诸说,其用象的方式衍扩,如东汉虞翻《易》说,又呈示出如"互体之象""纳甲之象""旁通之象""反卦之象""半象""权象"等[⑦]。这里又内涵了因"象"知"物"与因"象"明"理",只是"物"与"理"之因"象"均通过"数"的组合使之系统化。例如"卦气说"之《七十二候表》不仅将"初""次""终"之"候"与"始""中""终"之"卦"对应,而且依据月令之"理"落实到诸如"蚯蚓结""麋角解""水泉动""雁北

---

① 萧统编,李善注:《文选》,中华书局 1977 年版,第 24 页。

② 萧统编,李善注:《文选》,中华书局 1977 年版,第 64 页。

③ 《史记·大宛列传》,中华书局 1982 年版,第 10 册,第 3164 页。

④ 引自《汉书·西域传》,中华书局 1962 年版,第 12 册,第 3890、3895 页。

⑤ 参见谢弗:《唐代的外来文明》,吴玉贵译,中国社会科学出版社 1995 年版。

⑥ 冯友兰:《新事论》第一篇《别共殊》,《贞元六书》上册,华东师范大学出版社 1996 年版,第 223 页。

⑦ 参见张善文:《象数与义理》,辽宁教育出版社 1993 年版,第 134 页。

乡""鹊始巢""蝈始鸣""靡草死""苦菜秀"等物态与形象,形成宏整而生动的语象与图像的组合。就文图关系而言,以汉《易》为代表的象数思维的功用又体现在具体与抽象两方面,具体者即汉人围绕《易》"象"而绘制的各种"易图",抽象者即汉人提供的这种具有逻辑性与系统性的思维方式,为一代语象与图像的共生勾勒出一幅波澜壮阔的景观。

其五是德教传统,既是汉廷以"孝"治天下的政治思想,也是普遍存在于全社会的伦理风尚,这对其文学与图像的思想干预与形象展示,也有着不可轻估的作用。"德"教在汉代社会的体现,又可分为三个层次:第一个层次是宫廷上层建筑的展示,其中最突出的就是"五德终始说",即依"五行"生"五德",以金、木、水、火、土说明王朝之"受命"与"革命",所谓"五德转移……符应若兹"(《史记·孟子荀卿列传》),其具体运转在董仲舒《春秋繁露·五行相生》中有明确记载①。这种具有"神学"性质的政治图式,不仅在汉代文学创作中有明确表白(如班固的《两都赋》),而且汉画像石中的诸多祥瑞图也寓含了"德化"的政治内涵(有德者居其位)。第二个层次是精英知识阶层的德教,这突出体现于教育体制。汉代朝廷创建"太学",以儒家经学教育为职任,初立"五经博士",西汉元帝时有博士十五人,至东汉"光武中兴,爱好经术""明帝即位,亲行其礼",到顺帝朝"更修黉宇,凡所造构二百四十房,千八百五十室","游学增盛,至三万余生"②,其教育虽多"五经"知识,然儒家伦理的"德教"内核仍是至为重要的。除了太学,汉武帝以蜀郡太守文翁兴学为示范,下令"天下郡国皆立学校官"(《汉书·文翁传》),继此遂成风气,诚如班固《东都赋》所描述:"四海之内,学校如林,庠序盈门。"郡学修习儒经,等同太学,然极重《孝经》教育,这又与汉代乡举"孝廉"制度契合。这也是我们所说的第三个层次,即汉代以"孝"为中心的德教向世俗社会与民众阶层的普及。由此来看汉代文学作品与图像叙事中大量的"忠臣""孝子"与"列女"题材,显然是具有时代特征的精神昭示。

第二节　汉代文图关系中的三大传统

图像叙事是个很古老的传统,源自人类认识自然的初始阶段。《周易·系辞上》所谓"在天成象,在地成形",故"圣人设卦观象,系辞焉而明吉凶"③,所谓探赜索隐,钩深致远,认知自然以服务于人伦。早期的学者为便于直观感受或表达知识,往往采取所谓"左图右书"的图谱学方式,诚如郑樵《通志》卷七十二《图谱

---

① 有关汉代的"五德终始说",详参顾颉刚《五德终始说下的政治和历史》,《顾颉刚古史论文集》第三册,中华书局 1996 年版,第 254—459 页。

② 详见《汉书》《后汉书》诸"本纪"的记述。

③ 《周易正义》卷七《系辞上》,中华书局 1980 年影印阮刻本《十三经注疏》上册,第 76 页。

略·索象》说的:"古之学者,为学有要,置图于左,置书于右,索象于图,索理于书,故人亦易为学,学亦易为功。"①其"索象""索理"所表现的"图""书"(文)互证,显然是实用的功能,而没有鉴赏的意味。魏晋以后,"言"(文)与"画"(图)的关系渐渐在艺术领域融会,即陆机所言"宣物莫大于言,存形莫善于画"②,结合当时文士的诗、画创作,这一理论明显增添了鉴赏的价值,并预示作为艺术品的"语图合体"的出现③。而介乎先秦与魏晋之间的汉代,其文与图的联系虽仍以实用为主,然观扬雄《法言·问神》说"言,心声也;书,心画也;声画形,君子小人见矣。声画者,君子小人之所以动情乎",蔡邕《笔论》谓"书者,散也。欲书先散怀抱,任情恣性",其论书画与言语已不乏艺术的构想。

汉代文化是一个整理与阐释的时期(如对"五经"的整理与解释),也是一个充满创造活力的时期(如一代文学之汉赋与一代绘画之画像石),就文图关系之继承而言,其中如对先秦时期祥瑞符号、神仙世界及历史故事的文字摹写与图像表达,均可看到其间的历史联结。而在继承与创造之间,从汉代的文图观其传统,其中有三方面最值得关注。

一是神仙传统。先秦两汉是中国古代神(仙)话的黄金时代,从神话学的意义来看,中国神话政治化、史学化比较明显,有的流入政治制度与道德意识(如《尚书》《论语》中的神话),有的流入历史著作(如《左传》《史记》中的神话),有的流入诸子学术(如《庄子》《淮南子》中的神话),有的汇入杂著(如《山海经》《吕氏春秋》中的神话)。这也决定了中国古老神话呈示出两条线索:一是神话人物与古帝王的重合(如伏羲、帝女神话),一是神谱与史谱重合(如鲧禹、殷商、荆楚神话)。在先秦时期,神话与原始崇拜契合,主要在创世神话与氏族神话。创世神话代表天神崇拜,诸如伏羲、女娲、盘古和逐渐兴起的西王母,以及"三皇""五帝"等,均被奉为开辟鸿蒙、创造文明的英雄而被崇拜。氏族神话代表祖宗崇拜,以殷商神话为例,郭沫若《中国古代社会研究》认为"殷人的帝就是帝喾,是以至上神而兼祖宗神",而日本学者赤冢忠也说:"所有被殷人祭祀的神,诸如祖先神、族神、先公神、巫儿、天神、上帝六大类,原先都是固有的族神,只是在殷民的祭祀中被分类地组合起来。"④可以说,先秦时期的创世神与氏族神在汉代的文学与图像中有广泛的体现,如汉画像石中大量"伏羲""女娲"图的呈示,以及文学作品中对"西王母"的描写等。然而传统既是继承,也意味着演变,而由先秦"族神"向汉代帝国神祇的转变,战国秦汉间的神话具有重要的地位。对此,顾颉刚《〈庄子〉

---

① 郑樵:《通志》,浙江古籍出版社 2000 年影印本《万有文库》第 1 册,第 836 页。

② 张彦远:《历代名画记》卷一《叙画之源流》,冈村繁译注,俞慰刚译《历代名画记译注》,上海古籍出版社 2002 年版,第 11 页。

③ 参见赵宪章:《文学和图像关系研究中的若干问题》,《江海学刊》2010 年第 1 期。

④ 赤冢忠:《中国古代的宗教与文化——殷王朝的祭礼》,日本角川书店 1977 年版,转引自《古籍整理出版情况简报》(增刊总第二期),中华书局 1981 年版。

和《楚辞》中昆仑和蓬莱两个神话系统的融合》认为:"昆仑的神话发源于西部高原地区,它那神奇瑰丽的故事,流传到东方以后,又跟苍莽窈冥的大海这一自然条件结合起来,在燕、吴、齐、越沿海地区形成了蓬莱神话系统。此后,这两大神话系统各自在流传中发展,到了战国中后期,在新的历史条件下,又被人结合起来,形成了一个新的神话世界。"①顾氏所说的"新的神话世界",指的是经战国燕、齐方士神话之"阴阳消息""五德终始""大九洲"诸说与儒家的"天人合一"观融汇而形成的汉代帝国新宗教。有关方士文化与神话,前贤论述已多②,然其促进汉代帝国宗教及神话世界的形成,则有三点可述。其一,方士文化中神学的政治化,反过来为汉帝国的政治构建提供了宗教性的神学依据,其中最典型的就是由阴阳五行思想而推衍出的"五德终始"说。其二,战国滨海方士行求仙长生之术时表现出的开阔视野,为汉帝国宗教的开拓提供了有意义的借鉴。如果说殷、周时代祭祀以"族神"为主(如《诗》之《商颂》《周颂》),而汉代因"五行"而重"五帝"(苍帝、赤帝、黄帝、白帝、黑帝)之祀则缘于帝国版图而扩展其宗教领域③,其推尊"天神"的意义同样影响到文学创作与图像写照④。其三,方士文化促进了汉帝国宗教由"族神"向"天神"的转变,这相对集中地表现为汉代最高统治者祀"太一"神、行"封禅"礼与复"明堂"制。仅举一则文献为例,《史记·封禅书》载:"济南人公玉带上黄帝时明堂图。明堂图中有一殿,四面无壁,以茅盖,通水,圜宫垣为复道,上有楼,从西南入,命曰昆仑,天子从之入,以拜祠上帝焉。……及五年修封,则祠太一、五帝于明堂上坐,令高皇帝祠坐对之。……天子从昆仑道入,始拜明堂如郊礼。"⑤可见汉武帝复明堂之制,与祠太一之神、行封禅之礼相联结,具有解消旧宗法"族神"而隆兴帝国之"天神"的宗教意义。这正是汉代形成的超越旧氏族、旧神话的帝国神灵,为中国古代政治大一统观念支配下的宗教思想奠定了基础。于是由文图看汉代的神谱,在承续先秦诸神的同时,却更多地体现于政治性与道德观,其中的训导与教育作用更明显地表达了神仙世界为现实世界服务的工具化特征。

二是历史传统。汉代文学与前朝相比,进入了一个极重叙事的时代,其中最突出的是乐府歌诗叙写故事的特征,以及辞赋作品(尤其是散体大赋)以极度夸张的描绘手法叙事与体物。与之相应,汉画中数量最多的也是历史故事的展示,亦即历史人物图所占比重极大。这一点又与汉代是史学的昌明期有着不可断割

① 钱小柏:《顾颉刚民俗学论集》,上海文艺出版社1998年版,第41页。

② 参见蒙文通《晚周仙道三派考》(四川省立图书馆1948年总第八期《图书集刊》第98—104页)、陈槃《战国秦汉间方士考论》(《历史语言研究所集刊》第十七本,第7—57页,1936年)。

③ 有关汉祀"五帝"由秦祀"四時"(四方神)而来,进而突出中心帝的地位,参见《吕氏春秋·十二纪》《淮南子·天文训》《春秋纬·文耀钩》。

④ 以汉赋为例,可参见许结《汉赋祀典与帝国宗教》,《南京大学学报》2004年第4期。

⑤ 司马迁:《史记》,中华书局1959年版,第1401页。

的联系。以司马迁《史记》为例,其中除了大量的圣贤故事的书写,还有诸多如"刺客""游侠""滑稽"之类人物及故事的生动描绘,如《刺客列传》中荆轲形象的描写,显示出史迁极为生动的语象特色。而纵观现今出土所有汉代刺客图像,荆轲故事出现的频率最高,总共有十几幅,在山东、四川、陕西、浙江、江苏等地均有发现,充分地说明荆轲刺秦王故事在汉代,尤其是东汉时期在民间流传较广泛,呈现出一种辐射状的流布样态,其中山东地区发现尤多,其雕刻较精,画面完整,包含故事情节最丰富。同时,我们又可发现在东汉时期该故事的部分细节开始变得更加神秘、荒诞,与秦汉时期的史书故事相比增添了很多细节,以丰富的故事表现出小说化倾向。图像对语象的补充与演绎,通过历史故事也呈现出更加精彩的内涵。又如"孔子见老子问礼"故事,分别见载《庄子·天运》《礼记·曾子问》与《史记·老子韩非列传》,其中《史记》的描述最为详尽生动,以致近人梁启超在其《学术讲演录》中视之为"神话"。在汉代画像砖石中这个故事成为常见主题,曾出土于山东、陕西、河南、四川和江苏等地,其中以山东嘉祥等区域所见最多。其图像的基本样式为孔子带领数量不等的学生前往拜谒老子,有的在二人间安排了一位手持圆环的童子项橐。甚至有的孔老图像又与周公辅成王图、泗水升鼎图等并合出现,旁绘龙凤等纹样,这也是画师对历史文本的夸饰与引申。同样,目前所能见到的汉代孝子图如虞舜、董永、韩伯俞、郭巨、原榖、丁兰、蔡顺、老莱子、闵子骞、伯奇、眉间赤、李善、李充等,其中,又以舜、孝孙原榖、丁兰事木母、郭巨埋儿、蔡顺伏棺、老莱子娱亲、董永葬父、孝子伯奇等人物群像及故事表现得最为突出,这些图绘或刻画于民间墓地中,或镌刻在部分器物的表面与铜镜的背面,分布地域也遍及山东、河南、四川、湖北、山西、宁夏、浙江、内蒙古、安徽、北京、朝鲜乐浪等广大地区,其故事原型也多出自史著,不言而喻。而在文图融合与共生的描绘中,汉代的主题图像故事如"昭君出塞""文姬归汉""琴挑文君",皆本原于史书,而得以演绎与发展的。

三是名物传统。《论语·阳货》载孔子论《诗》云:"小子何莫学夫诗。诗可以兴,可以观,可以群,可以怨。迩之事父,远之事君。多识于鸟兽草木之名。"[1]这段话主要谈《诗经》的功用,其兴观群怨是情感与意志的表达,事父、事君是伦理忠孝的要求,而"多识于鸟兽草木之名"则是具有知识性的名物传统。以文学创作为例,从先秦时期《诗经》《楚辞》的名物到作为有汉一代文学之"赋体"的名物书写,"语象"中"物"的世界的展开,可谓博大而宏丽,是汉代名物(包括外来文明的物态)之时代辉煌的历史投影[2]。古人说汉赋,或谓"多识博物,有可观采"(班固《汉书·叙传》),或谓"物以赋显"(王延寿《鲁灵光殿赋序》),或谓"赋体物而浏亮"(陆机《文赋》),或谓"体物写志""蔚似雕画"(刘勰《文心雕龙·诠赋》),或谓

---

① 刘宝楠:《论语正义》卷二十,中华书局 1954 年版《诸子集成》本,第一册,第 374 页。
② 参见杨志刚:《中国礼仪制度研究》,华东师范大学出版社 2001 年版。

"赋取穷物之变"（刘熙载《艺概·赋概》），无不将"赋"与"物"联结，以开拓其如同画图的描写。问题是"赋"与"物"有超越"诗""文"的表现，只是就一种文体的表现形态而说，如果我们再结合"赋"体崛起于汉代这一史实，或可谓中国文学进入汉代而对物态有着超越前人的描绘，正是汉代物质世界的风采及名物制度的繁富促进了一种文学形态（赋）的成熟。考察汉赋与图像共生状态，归纳起来以五大主题最为突出，分别是"祭祀宴饮""狩猎弋射""乐舞百戏""宫室建筑"与"车驾出行"。以车驾仪仗之名物为例，汉赋中描写了数十种物态与名称，如"辇""辂""乘""轸""较""驷""桡旃""羽盖""玉绥""翠帷""镂象""云旗""皮轩""道游""卤簿""法驾""大驾""小驾""绛幡""鸾旗""槛车""属车""华盖""象舆""大辂""銮舆""玉辂""方舟""辒车"等，这些名物在汉画像砖石中多有真实的形态描绘。而名物传统在汉代的发展，还在于制度的健全与发展。以后妃制度为例，如傅毅《洛都赋》云"后帅九嫔，躬敕工女"，班婕妤《自悼赋》云"顾女史而问诗"，都涉及汉代的后妃制度。据《汉书·外戚传》："汉兴，因秦之称号……适称皇后，妾皆称夫人。又有美人、良人、八子、七子、长使、少使之号焉。"[1]又荀悦《汉纪·孝惠皇帝纪》载："武帝制婕妤、娙娥、容华、充衣，而元帝加昭仪之号。"[2]嫔妃制度"增级十四"，据《汉书·外戚传》与荀悦《汉纪》，嫔妃十四级分别是：昭仪，位视丞相，爵比诸侯王；婕妤，位视上卿，爵比列侯；娙娥，位视中二千石，爵比关内侯；容华，位视真二千石，爵比大上造；美人，位视二千石，爵比少上造；八子，位视千石，爵比中更；充衣，位视千石，爵比左更；七子，位视八百石，爵比右庶长；良人，位视八百石，爵比左庶长；长使，位视六百石，爵比五大夫；少使，位视四百石，爵比公乘；五官，位视三百石；顺常，位视二百石；无涓、共和、娱灵、保林、良使、夜者皆视百石。诚如班固《西都赋》所述："后宫之号，十有四位。窈窕繁华，更盛迭贵。处乎其列者，盖以百数。"[3]仅此一例，已见汉代名物因制度而剧增，而其对名物传统的弘扬与拓展，也为文图的融合提供了广博的物质基础。

第三节 天人感应思维模式中的文图

与汉代帝国政治相适应的经学思想，构成了既具有强烈现实意义又充满神秘氛围的天人合一理论，亦即具有极强时代特征的天人感应的思维模式。这对汉代文图的呈示与相互间的影响，也具有规范与聚类的历史功用。

在秦汉之际，《吕氏春秋》已综合先秦学术构建起由"太一""阴阳""五行""五帝""五神""五祀""五脏""五色""五味""五臭""五音""五方"等包罗万象的宇宙

① 班固：《汉书》，中华书局1962年版，第3935页。
② 荀悦著，袁宏撰，张烈点校：《两汉纪》上册，中华书局2002年版，第61页。
③ 萧统编，李善注：《文选》，中华书局1977年版，第26页。

图式,而至汉武帝的时代,以董仲舒为代表的博士官以"公羊春秋学"建立起自然宇宙与帝国政治复合的图式。这首先表现在由象天法地的比德思想确立其"经"学文化基础。如董仲舒在《春秋繁露·天地之行》中论"天"谓:"天高其位而下其施,藏其形而见其光,序列星而近至精,考阴阳而降霜露……为人君者其法取象于天也。"论"地"谓:"地卑其位而上其气,暴其形而著其情,受其死而献其生,成其事而归其功……为人臣者其法取象于地。"这落实于经学化的宇宙图式,就是董仲舒论天、地、君、臣,即以"天"之"为尊""为仁""为神""为明""相承""为刚""成岁""生杀"之用,与"地"之"事天""养阳""为忠""为信""藏终""助明""助化""致义"之用,通过"取象""比类"之法,形成异质同构联系,并将天、地、人、阴阳、五行合成"天之数",其中五行(木、火、土、金、水)与司行之官(司农、司马、司营、司徒、司空)、行为规范(仁、智、信、义、礼)类比、综合,形成完整的政治社会秩序与道德思想结构。

其次,由于这种经学观的崇天意识,已将自然之天转化为具有救世明道意义的宗教的天,其神学思想又派生弥漫一代的谶纬学。考谶纬之兴,一般归于西汉哀、平之后,钱穆的《两汉博士家法考》认为:"图谶之于后汉,抑犹阴阳灾异之于先汉也。"而陈槃《谶纬溯源》则谓:"所谓谶纬,槃以为当溯原于邹衍及其海上之方士。"[①]然而,从汉代经学文化大背景来看,谶纬之发生说法虽多,且"谶"(图谶)与"纬"(纬书)有所不同,但作为一种学术现象,谶纬之学的中心仍在阴阳五行与灾异祯祥,是为汉代天人感应的神学目的论服务的。概括地说,谶纬学说的思想本原是"神道设教",即视"天"为人格神,并以其变与不变统率事物,其主导思想是以阴阳五行为骨架,附会儒学经义以构成神学体系,其论述方式多取术数推测,以汲取当时自然科学成果及逻辑构建其思维体系。

无论是董仲舒倡导的天地五行结构,还是演绎而为之谶纬学的预测、推衍,其思维方式对汉代文图的影响,可归纳为两方面,一是广义的聚类意义,一是专项的"符瑞"文图。

就广义的聚类意义而言,可以汉赋与汉画的比较为例。着眼汉赋与汉画的关系,或许可以于中探寻赋、画之艺术关联及历史内涵。从表象来看,汉赋(特别是兴起于汉代盛世的大赋)与汉画(如画像石与壁画)有两大相同之处:一是平面构图,这在司马相如《上林赋》中有关上林苑之鸟兽草木、山川形势,班固《西都赋》中有关西京宫室的群体构建,张衡《西京赋》中有关平乐观前百戏表演的场景重现等描写,无不展开了既波澜壮阔,又具有程式化的画面;而在汉画中,如武梁祠画像石中有关君王、忠臣、志士、列女、孝子、刺客等各个阶层的人物画像组成

---

① 陈槃《谶纬溯源》,载《历史语言研究所集刊》第十一本,中央研究院1947年版,第297页。按:陈说与刘师培《左盦文集》卷三《西汉今文学多采邹衍说考》相近。

的故事场景①,又如长沙马王堆一号汉墓出土之帛画对天上、人间、地下的构图与描绘②,同样展示了阔大而丰富的画面。二是类聚事物,汉赋家以知类体物见长,赋作包括自然之物与人为之物,其如自然之物,赋家笔下所描写的山川、地势、物产、气候、关隘、名胜、鸟兽、花卉等,实不胜枚举,这既如曹丕《答卞兰教》所谓"赋者,言事类之所附也",又如清人陆次云所说"汉当秦火之余,典坟残缺,故博雅之儒,辑其山川名物,著而为赋"③,具有赋之发生的本原意义;至于画家,经营位置,取物绘形,汇聚山川景象、人物百态于尺素,更是画事本质。而这里强调的是,赋与画的构图、类聚的相同性,不仅在于具有本原意义的空间艺术,而且还当落实于赋体艺术成熟的汉朝,那正是象数哲学发达的时代。可以说,赋体的兴盛并在发展过程中形成的"博丽"(文词繁富)的文本形式,实与汉人的"知类"精神及思维方式相关联。

这落实到赋家对相关文物系统的展示来看,或为横向罗列之程式,如司马相如《上林赋》对天子"上林苑"中"山水""鸟兽""果木""人物"诸类的描绘,其中"果木"一段则谓"于是乎卢橘夏熟,黄甘橙榛,枇杷橪柿,亭奈厚朴,梬枣杨梅,樱桃蒲陶,隐夫薁棣,荅遝离支。罗乎后宫,列乎北园,貤丘陵,下平原。扬翠叶,扤紫茎,发红华,垂朱荣。煌煌扈扈,照曜巨野。沙棠栎槠,华枫枰栌,留落胥邪,仁频并闾,欃檀木兰,豫章女贞。长千仞,大连抱,夸条直畅,实叶葰楙。攒立丛倚,连卷欐佹,崔错癹骫,坑衡间砢,垂条扶疏,落英幡纚,纷溶萷蔘,猗狔从风。藰莅卉歙,盖象金石之声,管籥之音。偨池茈虒,旋还乎后宫。杂袭絫辑,被山缘谷,循阪下隰,视之无端,究之无穷"④;或为纵向之程式,如张衡《西京赋》写京都平乐观前的"百戏表演",即根据以类相从的原则,将百戏活动及名物"事类化",给读者列出了节目程序表,其中包括"举重""爬竿""钻刀圈""翻筋斗""硬气功""手技""双人走绳""化装歌舞""幻术""杂技""魔术""驯兽""马戏"等一系列的表演活动,并通过大量的实物、幻物、真人、神人、道具、动作等词语的堆积,形成了"类"的文物系统。

正是这种聚类的方式,使赋家的描写与画师的绘饰得以具象化与系统化。例如"乐舞"主题,赋中描写的"乐器"就区分为管乐器的"箫""笛";弦乐器的"琴",以及乐队组合而成的"钟鼓乐""金石乐""丝竹乐""鼓吹乐";舞蹈也可区分

---

① 参见瞿中溶:《汉武梁祠画像考》,北京图书馆出版社 2004 年版,第 1 页瞿氏《序》云:"汉人于冢墓祠堂多刻古来帝王、圣贤及孝子、忠臣、烈士、节妇故事以教戒其子孙。"武梁祠所刻图像即此等内容,其图见第 354—427 页。

② 参见湖南省博物馆编《马王堆汉墓研究文集》,湖南出版社 1994 年版。如书中收录论文:李建毛《马王堆汉墓"神祇图"与原始护身符箓》、郑曙斌《马王堆汉墓 T 形帛画的巫术意义》、郭学仁《马王堆一号汉墓帛画人身蛇尾神新论》等。

③ 陆次云:《北墅绪言》卷四《与友论作赋书》,清康熙二十三年宛羽斋刻增修本。

④ 萧统编,李善注:《文选》,中华书局 1977 年版,第 126 页。

为"长袖舞""盘鼓舞""武舞"与"祭祀乐舞"等。而对应目前可见的汉画，正以不同的器物与姿态，展现乐舞主题，其与汉赋语象的融契，几乎达到珠联璧合的艺术境地。

就专项的"符瑞"文图而言，体现的正是汉代天人感应的神学世界与世俗世界。

符瑞是古代帝王承天受命、施政有德的征验与吉兆，是一种糅合了先秦以来的天命观念、征兆信仰、德政思想、帝干治术等因素，"神道设教"，用以巩固统治、粉饰太平的政治文化体系。汉代符瑞的昌炎，既体现于符瑞思想的流行，又展示在符瑞图像之刻绘的流行。历史文献中"瑞应图"类作品层出不穷，出土文献中符瑞图像在石椁、墓碑、铜器、玉器等各种介质上都有刻绘。这些符瑞图像的刻绘在汉代的昭示，彰显了天人观念、符瑞信仰、情感取向、价值认同、道德情怀、政治主张与宗教企盼，那些宣扬恢宏气象与逸动凌厉的线条刻绘相得益彰，生命张力与符瑞祈福辉映成趣，是符瑞图像，又超越了符瑞图像本身。因为符瑞作为君王受命之符，虽非人力可致，然受命之君"积善累德"或曰"正心"修德，则符瑞可以应诚而自至。也就是说符瑞已不再神秘而不可捉摸，人君可以通过修明德、施善政，从而感天降瑞。例如"王正则元气和顺、风雨时、景星见、黄龙下。……五帝三王之治天下，不敢有君民之心。……故天为之下甘露，朱草生，醴泉出，风雨时，嘉禾兴，凤凰麒麟游于郊。……德恩之报，奉先之应也。"①在董仲舒看来，德行因素已经被正式引入其符瑞理论的构建。

图0-2　羽人·麒麟·九华灯画像；东汉画像石；纵29厘米，横116厘米。

符瑞图录有两种形态，一种是单列式瑞应图如"麒麟""芝草"等，如汉武帝元封二年芝草生于甘泉齐房，作《齐房》诗："齐房产草，九茎连叶。宫童效异，披图案谍。"②又如班固《白雉诗》曰："启灵篇兮披瑞图，获白雉兮效素乌，嘉祥阜兮集皇都。"③《论功歌诗》曰："因露寝兮产灵芝，象三德兮瑞应图。"④《典引》曰："嘉谷

① 苏舆撰，钟哲点校：《春秋繁露义证》卷四《王道》，中华书局1992年版，第101—105页。

② 班固：《汉书》卷二十二《礼乐志》，中华书局1962年版，第1065页。

③ 萧统编，李善注：《文选》，中华书局1977年版，第36页。

④ 郭茂倩：《乐府诗集》，中华书局1979年版，第9页。

灵草,奇兽神禽,应图合谍。[①]"由班固所说的"瑞图""瑞应图"以及"图谍"之类,可见瑞物灵兆在当时的流行。另一种是符瑞图像组合式构图模式,是将符瑞图像与其他图像组合配置,用以展示神仙世界或升仙场景,寄托符瑞祈福与升仙祈愿。如果说单列式构图模式中符瑞图像只是静止的形象,那么组合式构图模式中符瑞图像则是富有动感的画面。当然"瑞应"(或"符瑞")图的功用,在"用瑞",即指在文学创作过程中撷取多种符瑞物象,或直接以某一种符瑞物象为述写对象的文学创作现象。如郊庙歌辞《华烨烨》此诗用瑞云:"神之徕,泛翊翊,甘露降,庆云集。"[②]张衡《东京赋》此赋用瑞云:"总集瑞命,备致嘉祥。圉林氏之驺虞,扰泽马与腾黄。鸣女床之鸾鸟,舞丹穴之凤凰。植华平于春圃,丰朱草于中唐。惠风广被,泽泊幽荒。"[③]王褒《甘泉宫颂》此颂用瑞曰:"窃想圣主之优游,时娱神而款纵。坐凤皇之堂,听和鸾之哜。临麒麟之城,验符瑞之贡。咏中和之歌,读太平之颂。"[④]又如乐府歌诗《天马》,据《汉书·武帝纪》载:"(元鼎四年)秋,马生渥洼水中。作《宝鼎》《天马》之歌。"[⑤]又《汉书·礼乐志》载:"元狩三年,马生渥洼水中作。"[⑥]《西极天马之歌》据《汉书·武帝纪》载:"(太初)四年春,贰师将军广利斩大宛王首,获汗血马来。作《西极天马之歌》。"[⑦]又《汉书·礼乐志》:"太初四年诛宛王获宛马作。"[⑧]其中既有现实的意义,又有奇特的神氛。同样,符瑞图"泗水捞鼎"与汉代史传文学关系密切,然其中或"文"与"图"都寓含了"图谶"的政治预言,昭示的仍是汉人特别关注的天人感应的神奇。只是汉人符瑞文图在神学中始终隐藏着伦理教育的"德"性,比较典型的有《西狭颂》与《五瑞图》,其颂美的功能就突出地体现在对叙事主体之"德"的宣扬与表彰。这也决定了在天人感应的神学氛围中,汉代的符瑞文学与图像均具有极强的教化功能与人文精神,故而使其不仅存留于宫廷文学与精英言说的史传中,而且鲜活地生存于世俗社会,成为汉画像石的主题之一。

此外,汉代的易学与易学图像同样能够体现汉代天人感应思维模式的特征。汉代是易学史上的重要时期,衍生出的象数学是易学史上一个最为重要的流派,其中汉代京房的卦气学、焦赣的卜筮之学以及《易纬》都对后世产生了极其重要的影响。易学所独有的具象模式与抽象思维对汉代及后世文学均产生了直接的作用,比如汉代象数学以图像为主要表现形式,易象的内在规律与机理成为汉魏

① 范晔撰,李贤等注:《后汉书》,中华书局 1965 年版,第 1382 页。

② 逯钦立辑校:《先秦汉魏晋南北朝诗》(全三册),中华书局 1983 年版,第 153 页。

③ 严可均辑:《全上古三国秦汉三国六朝文》,中华书局 1958 年版,第 767 页。

④ 严可均辑:《全上古三国秦汉三国六朝文》,中华书局 1958 年版,第 359 页。

⑤ 班固:《汉书》卷六《武帝纪》,中华书局 1962 年版,第 184 页。

⑥ 班固:《汉书》卷二十二《礼乐志》,中华书局 1962 年版,第 1060 页。

⑦ 班固:《汉书》卷六《武帝纪》,中华书局 1962 年版,第 202 页。

⑧ 班固:《汉书》卷二十二《礼乐志》,中华书局 1962 年版,第 1061 页。

六朝,乃至中国经学时代文学思维的重要依据。其中汉代易学图像影响了汉赋表情达意的方式,汉代赋体文学的转变过程深受汉代易学图像特定内容的影响,由简单描写外在景物逐渐转向通过外在景物的描绘来达到抒发作者内心的情感目的。汉代的诗歌和散文也在易学的影响下,改变思维习惯,通过描写外在的景物来表达作者的内心世界,从而达到寓情于景的效果,而这样的表达方式,为后世的中国文人所沿用。

第四节 文图关系与汉代礼制构建

郑昶(午昌)《中国画学全史》将中国古代绘画分为四大阶段,汉代是"礼教时期",并在其《自序》中对其划分(如魏晋为"宗教化时期",唐宋以后为"文学化时期")进行了具体的论述①。当代学者顾森则认为:"在汉代众多的艺术品中,汉画最有代表性。汉画反映的是中国前期的历史。时间跨度从远古直到两汉;地域覆盖从华夏故土广达周边四夷、域外各国。两汉文化是佛教未全面影响中国以前的文化,是集中华固有文化之大成者。汉画内容庞杂,记录丰富,其中的神话传说、历史故事、生产活动、仕宦家居、社风民俗等,形象繁多而生动,被当今许多学者视为形象的先秦文化和汉代社会的百科全书。"②从面上来看,汉画涉及的生活面极广,确实具有"百科全书"的性质,但如果捕捉其特定的时代精神,将其视为"礼教时期"亦具匠心,这一点可在其文图关系中得到印证。

考察早期文学的创造与利用,无论是祭祝赋辞、聘问陈辞,还是先秦的"用诗"制度,均属礼仪范畴,而汉代文学的创制因"天子礼"的确立,尤为明显。清人方苞《书〈儒林传〉后》谓"古未有以文学为官者。……以文学为官,始于叔孙通弟子以定礼为选首,成于公孙弘请试士于太常",并叹息"其变遂滥于词章"③。此虽就儒术一途而论,然"文学为官"成于武帝朝"试士于太常",正与《汉书·礼乐志》"至武帝定郊祀之礼……乃立乐府……多举司马相如等数十人造为诗赋"意义相承。考汉人定礼之事,官属太常,对照班固《两都赋序》所言"武、宣之世,乃崇礼官,考文章",不仅"言语侍从"司马相如等"朝夕论思,日月献纳",即如履职礼官的"太常"孔臧等公卿大臣也"时时间作",所以费经虞《雅伦》卷四《赋》说汉武帝"留心乐府,而赋兴焉"④。由此反观前引方苞秉持汉代始以"文学为官"之说,可见其共时特征,即文学与礼制的关联。这不仅体现在汉代大量描述礼事与礼仪的史传文学中,而且在乐府歌诗如"郊庙歌辞""相和歌辞""鼓吹曲辞"以及

---

① 郑午昌编著,黄保戊校阅:《中国画学全史》,上海书画出版社 1985 年版,第 4—5 页。

② 顾森:《中国汉画图典》序,浙江摄影出版社 1997 年版。

③ 方苞:《方苞集》,刘季高标点,上海古籍出版社 2008 年版,第 52、53 页。

④ 费经虞:《雅伦》,费密补,清康熙四十九年刻本。

辞赋的描绘中均有展示。这些关乎礼制的描写，散见各地出土的墓葬画像，也有着诸多的"碎片"般的显示，而汇集起来，同样可以看到如同文学作品描写的"礼"的世界。

试以汉代的赋体描写为例，刘勰《文心雕龙·时序》言"孝武崇儒，润色鸿业；礼乐争辉，辞藻竞骛"①，说明了汉大赋文体之繁富博丽与武帝崇礼官、倡礼制的关系。当然，礼与赋的关联，更重在创作论的层面上，如刘勰《诠赋》论"立赋之大体"云："丽词雅义，符采相胜，如组织之品朱紫，画绘之著玄黄，文虽新而有质，色虽糅而有本。"②所谓"丽词"与"雅义"，恰是《礼》书有关言辞与德行之表述的赋学化阐释。这一点也成了历代论赋学者遵循的"格法"。例如陆菜《历朝赋格·凡例》云："《礼》云：'言有物而行有格。'格，法也。前人创之以为体，后人循之以为式，合之则纯，离之则驳，犹之有翼者不必其多胫，善华者不必其倍实。分而疏之，各得其指归，亦惟取乎淳，无取乎驳而已。"③论者为赋体立"格"，取法礼制，意主折衷，已然为赋论之要则。这又可从创作论观觇赋体寓礼的多元内涵。考礼制与辞赋创作，除了汉代赋家隶属"礼职"的制度之外④，还可从礼事、礼仪两方面看待其间的联系。

先看礼事，关键在具有宗庙性质的祀神传统。《左传·成公十三年》："国之大事，在祀与戎。"这体现在汉赋的描写中，就是祭祀与狩猎活动。如前所述，赋家写礼事突出表现于对"天子礼"的描绘。试观几条汉赋家描写帝国祭典及神灵的文字："悉征灵圉而选之兮，部乘众神于摇光。使五帝先导兮，反大壹（太一）而从陵阳。"（司马相如《大人赋》）"配帝居之悬圃兮，象泰（太）壹之威神。"（扬雄《甘泉赋》）"伊年暮春，将瘗后土，礼灵祇，谒汾阴于东郊，因兹以勒崇垂鸿，发祥隤祉，钦若神明者，盛哉铄乎！"（扬雄《河东赋》）"通王谒于紫宫，拜太一而受符。"（班彪《览海赋》）"推天时，顺斗极，排阊阖，入函谷……瘗后土，礼邠郊。"（杜笃《论都赋》）"于是圣皇乃握乾符，阐坤珍，披皇图，稽帝文。赫然发愤，应若兴云。"（班固《东都赋》）"及将祀天郊，报地功，祈福乎上玄，思所以为虔。"（张衡《东京赋》）赋中所述祀神，有特定历史文化内涵（如太一神），然以郊祀为中心的天子礼，显然标明了汉赋祀典与帝国礼制的密切关联。

这类天子礼事所呈示的语象或许在汉画像中只能有零星的图案对应，尤其是汉画像石绘饰对象多为中下层社会的写照，然其间由礼事到礼义的同构联系，仍有脉络可寻。如扬雄《甘泉赋序》云："孝成帝时，客有荐雄文似相如者。上方郊祠甘泉泰畤、汾阴后土，以求继嗣，召雄待诏承明之庭。正月，从上甘泉还，奏

---

① 刘勰著，范文澜注：《文心雕龙注》，人民文学出版社 1962 年版，第 672 页。

② 刘勰著，范文澜注：《文心雕龙注》，人民文学出版社 1962 年版，第 136 页。

③ 陆菜评选，沈季友等辑校《历朝赋格》卷首，清康熙二十五年刊本。

④ 详参许结《汉赋与礼学》（收录于《赋体文学的文化阐释》，中华书局 2005 年版，第 23—36 页）、《汉赋造作与乐制关系考论》（收录于《赋学：制度与批评》，中华书局 2013 年版，第 28—54 页）。

《甘泉赋》以风。"①泰畤是皇帝祭祀天神泰一的祠坛，位在甘泉宫南，后土是地神敬称，成帝要去甘泉宫南边的泰一祠和汾水南边的后土祠，祭祀天神与地神，以求继嗣。故赋中写天子莅祠祭神云："于是大厦云谲波诡，摧嶉而成观，仰挢首以高视兮，目冥眴而亡见。正浏滥以弘惝兮，指东西之漫漫，徒徊徊以徨徨兮，魂眇眇而昏乱。据轮轩而周流兮，忽軮轧而广垠。……配帝居之县圃兮，象泰壹之威神。"所述祭祀过程："于是钦柴宗祈，燎熏皇天，皋摇泰壹。举洪颐，树灵旗。"恭敬焚柴，燎熏上天，感动招摇和泰一神，并举起旌旗，最后燃起柴火，摆上祭品："樵蒸焜上，配藜四施。东烛沧海，西耀流沙，北爌幽都，南炀丹崖。玄瓒觩磖，柜鬯泔淡。肸蚃丰融，懿懿芬芬。"②以礼器（如玄瓒）与祭物（如鬯草合柜酿造香酒）明其礼用，延请众神保佑子孙兴盛。

对照出土的汉画像石中民间的这类祭祀活动，有"求子图"可证。求子之祭在汉代叫"高禖"，据《汉书·枚皋传》颜师古注有云："《礼·月令》：'祀于高禖。'高禖求子神也。武帝晚得太子，喜而立此禖祠。"③对此，陈梦家《高禖郊社祖庙通考》与孙作云《关于上巳节（三月三日）二三事》考证，高禖为求子祭的神坛，或称"社"，或谓祭"最初的女祖"，管理氏族的婚姻及生育事④。而在山东省微山县两城出土的一块画像石上有一幅"高禖之祭"的求子图，画面分三层，分别是连理树下郊外祭祀求子的人及祭品（下层），在戴进贤冠男子与众多高髻女子中有一人面鸟身的神医，正为众女祛除无子之疾（中层），以及神兽、孩童骑龙诸灵异瑞兆（上层）等场景。尽管与扬雄《甘泉赋》写宫廷帝王求子祭"地位"不同，然画像中献酒、作法、延请神人等礼仪祭义自有相通之处。

由此再看礼仪，可以说，汉代的文与图对"礼"的描绘虽然依附礼制而内含"义理"，然其表现则更多在形式即礼仪的层面，使"礼"的精神仪式化。前述"祭礼"固不待言，复以"戎（军）礼"之"狩猎"为例，赋家所述也表现出一种行礼之行

图 0-3　高禖·伏羲女娲·东王公画像；东汉晚期（147—220）画像石；沂南汉墓墓门东侧支柱画像；石面纵120厘米，横37厘米。

———————————

① 萧统编，李善注：《文选》，中华书局 1977 年版，第 111 页。

② 萧统编，李善注：《文选》，中华书局 1977 年版，第 112—115 页。

③ 班固：《汉书》，中华书局 1962 年版，第 2367 页。

④ 陈梦家：《高禖郊社祖庙通考》，《清华学报》1936 年第 11 卷，第 1 期；孙作云《关于上巳节（三月三日）二三事》，《诗经与周代社会研究》，中华书局 1966 年版，第 321 页。

为的过程。如司马相如《上林赋》对"天子校猎"的描绘："天子校猎，乘镂象，六玉虬，拖蜺旌，靡云旗，前皮轩，后道游，孙叔奉辔，卫公参乘。扈从横行，出乎四校之中。鼓严簿，纵猎者。河江为阹，泰山为橹。车骑雷起，殷天动地。先后陆离，离散别追。淫淫裔裔，缘陵流泽，云布雨施。生貔豹，博豺狼，手熊罴，足野羊，蒙鹖苏，绔白虎，被班文，跨野马。凌三嵕之危，下碛历之坻，径峻赴险，越壑厉水。椎蜚廉，弄獬豸，格虾蛤，铤猛氏，罥騕褭，射封豕，箭不苟害，解脰陷脑。弓不虚发，应声而倒。"①如此刻画狩猎之礼，显属天子礼仪，而繁杂的礼仪必有丰富的词语予以再现，这也是赋体创作繁类成艳的重要原因之一。这种类似的狩猎场景在出土的汉代砖、石画像中也多有表现，如1972年四川省大邑县安仁乡出土有弋射画像砖②、1985年四川省彭州市羲和乡收集到一画像砖③，都是以狩猎为主题的画面。又如1977年7月陕西省绥德县出土一块墓门楣画像石④，画面分两层，上层为出行图，下层为狩猎图。狩猎图画面上有九位猎手跨着骏马奔驰，或转身回首，或俯身向前，皆引短弓，矢弦待发，瞄射猛虎，鹿群奔逃，画面左上角一野牛中箭倒地，右面一只被猎手围射的老虎惊恐呆立，仰首不知所措，群像极为生动，而场景也颇为壮观。

这种仪式化的表现在"宾礼"描述上也是常见。如张衡《西京赋》中的"百戏表演"，是天子于"平乐观"迎宾礼的一部分，赋文之描写包括了十二个场景，并串联成一完整的礼仪程式。其中有"举重"（"乌获扛鼎"）、"爬竿"（"都卢寻橦"）、"钻刀圈"（"冲狭"）、"翻筋斗"（"燕濯"）、"硬气功"（"胸突铦锋"）、"手技"（"跳剑丸之挥霍"）、"双人走绳"（"走索上而相逢"）、"化装歌舞"（"部会仙倡，戏豹舞罴。白虎鼓瑟，苍龙吹篪"）、"幻术"（"鱼龙曼延"）、"魔术"（"奇幻倏忽，易貌分形。吞刀吐火，云雾杳冥。画地成川，流渭通泾"）、"驯兽"（"东海黄公，赤刀粤祝"）、"马戏"（"百马同辔，骋足并驰"）等表演⑤，这不仅是当时宫廷迎宾礼的真实写照，也是汉代戏剧史上最生动、最珍贵的文献资料。而这些情景在汉画中的展示，又分成两种，一是单一呈示，包括"力士图""杂技图""幻术图"等等，二是整体呈示，例如1954年3月山东省沂南县北寨村出土的汉墓中室东壁横额画像⑥，是一幅较

---

① 萧统编，李善注：《文选》，中华书局1977年版，第127页。

② 《中国画像砖全集·四川汉画像砖》，四川美术出版社2006年版，第80页，图版109。东汉画像砖；高39.6厘米，宽45.6厘米；1972年四川省大邑县安仁乡出土；四川省博物馆藏。

③ 《中国画像砖全集·四川汉画像砖》，四川美术出版社2006年版，第88页，图版118。东汉画像砖；高25厘米，宽44厘米；1985年四川省彭州市羲和乡收集；四川省博物馆藏。

④ 《中国画像石全集5·陕西、山西汉画像石》，山东美术出版社、河南美术出版社2000年版，第108—109页，图版148。东汉画像石；纵38厘米，横261厘米；1977年7月陕西省绥德县出土；绥德县博物馆藏。

⑤ 参见叶大兵：《中国百戏史话》，浙江人民出版社1985年版。

⑥ 《中国画像石全集1·山东汉画像石》，山东美术出版社、河南美术出版社2000年版，第152—153页，图版203。东汉晚期画像石；纵50厘米，横236厘米；1954年3月山东省沂南县北寨村出土；沂南北寨汉画像石墓博物馆藏。

为完整的"乐舞百戏图"。画图自左而右分为三组：第一组右下为三排踞坐于席上演奏小鼓的女乐和吹排箫、击铙、吹埙、抚琴、吹笙的男乐；第二组上列右为三人吹箫伴奏；第三组有一车舆内四羽人吹排箫、击建鼓和唱歌。其场面与内涵虽不及赋文所述宏整、系统，然其从器乐演奏的形式与参演人数规模来看，也是形式多样，姿态纷呈。

从礼事到礼仪，其中内含的是"礼义"，综观汉代文图的诸多呈示，显然与作为"礼教时期"的社会秩序与文治教化切关，文图世界与"礼"的世界是相辅相成的。

第五节　汉画与文学主题

今存汉画主要是汉墓出土的壁画与画像石（砖），其所反映的时代特征与社会生活，可见一斑。张道一《汉画故事》将汉画分为"人事故事""神话故事"与"祥瑞故事"，兼括汉代历史、神话与民间信仰①。既然这些汉画可追溯到以往典籍的文字记载，也说明了汉画模仿语言的特征。但是，如果将汉画与汉代文学主题结合起来考虑，又有着互仿与共生的性质，这也如同美国学者米歇尔曾讨论"图像转向"问题，认为这"不是向幼稚的模仿论、表征的复制或对应理论的回归"，而是"把图像当作视觉性、机器、体制、话语、身体和喻形性（figurality）之间的一种复杂的相互作用"②。图像的转向如此，汉代文学对艺术图像的摹写同样是一种转向，王延寿《鲁灵光殿赋》对壁画的摹写即为一典型，所以这一转向也具有"复杂的相互作用"，表现出"多元性"。

当然，根据现存文献资料，汉代文学对图像的模仿虽有文献记载，却甚罕见，相对而言，从汉画与文学主题的关联来看，则非常贴近，既有摹写的性质，也有共生的意义。这里试从汉画着眼，对其与"神话""史传"与"诗赋"的文学文本所昭示之文学主题的关联，做些举隅分析，为进一步展开对汉代文图意义的构建提供一点思考。

首先看汉画与神话文本在汉代的共生意义。据史书记载，汉高祖刘邦因为平民出身，没有三代秦楚统治者的贵族血统，所以为了使其"受命"具有"合法性"，于是进行了长时间的造神运动，并改变三代以"族神"为主的祭祀，而为以尊"天神"之"郊祀"为中心的宗教礼神思想，这就是董仲舒对张汤问"礼"时所说的"郊重于宗庙，天尊于人也"③。尽管郊祀为古老的祭天礼，在殷、周卜辞中就有

---

① 张道一：《汉画故事》，重庆大学出版社 2006 年版。
② 米歇尔：《图像转向》，《文化研究》第三辑，天津社会科学出版社 2002 年版，第 17 页。
③ 苏舆撰，钟哲点校：《春秋繁露义证》，中华书局 1992 年版，第 414 页。

记载①，然祭祀时皆"配以先祖"（《大戴礼记·朝事》），与汉代有尊庙与尊天的区别。汉代到武帝时"尤重鬼神之祀"，最突出的是《史记·封禅书》记述武帝听从方士缪忌以"天神贵者太一"而奏祠太一方，于是"天子令太祝立其祠长安东南郊，常奉祠如忌方"。这也不仅使我们发现汉画中出现了"太一"尊神，而且古老的创世神话的神灵也被奉为至上神而在汉画与文学文本中作为主题被凸现。如被汉人视为创世并具有婚神性质的"伏羲""女娲"，就是汉画中常见的主题。其独立图像如"伏羲图"（山东临沂白庄汉墓出土画像石）、"伏羲托月图"（河南洛阳石油站东汉墓壁画）、"女娲图"（洛阳西郊浅井头西汉墓壁画；又，安徽濉溪古城汉墓画像石）、"女娲托月图"（洛阳石油站东汉墓壁画）；合图形象如"伏羲女娲图"（江苏徐州睢宁县双沟征集画像石、重庆璧山县蛮洞坡崖墓出土画像石、山东微山县两城镇汉墓画像石）诸幅②。这些图像的生动形态与奇特造型，既有神话文本的源头，也有主题刻画的相应性。又如"西王母"的形象与故事，在汉代文与图中均不乏呈现。汉画中的"西王母图"分别见于山东嘉祥县汉墓出土画像石（两幅）、洛阳偃师辛村新莽墓壁画，以及"西王母青玉座屏"（河北定县南北陵头村 42 号中山王刘畅墓出土）等，形象或异，但却与前述伏羲、女娲图像相类，皆同时出现于宫廷或贵族的"壁画"中以及中下层民众的"画像石"上，同时也共有着由民间信仰泛神性质向至上神的变化。汉代文本有相关介绍，如《汉书》有三处有关西王母的记载，其中《五行志》的描述是：汉哀帝建平四年正月"民惊走，持蒿或楱一枚，传相付与，曰行诏筹。道中相过逢多至千数，或被发徒践，或夜折关，或逾墙入，或乘车骑奔驰，以置驿传行，经历郡国二十六，至京师。其夏，京师郡国民聚会里巷阡佰，设祭张博具，歌舞祠西王母"③。此处西王母已具有了"救世"的宗教意味。如果再对照作为文学文本的司马相如《大人赋》与扬雄《甘泉赋》的描写，其由前者的"白首戴胜而穴处"到后者以"西王母欣然而上寿"配甘泉宫祀"太一"之神的美事，倡扬"天阃决兮地垠开，八荒协兮万国谐"的"德化"思想，亦可观觇其间的变化。

其次再看汉画与史传文学中的相类主题。由于史料的真实性与画像缺少文字说明的模糊性，这类主题存在着解读的误差，而这也恰恰增添了汉画与汉史对照出现的解读与研究的趣味。例如洛阳烧沟 61 号西汉墓壁画后壁有一幅梯形宴饮画图，因画幅上端有三个白色"恐"字④，郭沫若考证的结果是"鸿门宴图"，孙作云则认为是民间"鬼迷信"的打鬼前的仪式⑤。如依孙说，此图则归于民间

---

① 参见李学勤：《释"郊"》，《文史》第三十六期，中华书局 1992 年版，第 7—10 页。

② 相关分析可参见汪小洋：《汉墓壁画宗教思想研究》，上海古籍出版社 2011 年版。

③ 班固：《汉书》，中华书局 1962 年版，第 1476 页。

④ 图见黄明兰、郭引强：《洛阳汉墓壁画》，文物出版社 1996 年版。

⑤ 分别参见郭沫若《洛阳汉墓壁画试探》，《考古学报》1964 年第 2 期；孙作云《洛阳汉壁画墓中的傩仪图——打鬼迷信、打鬼图的阶级分析》，《郑州大学学报》1977 年第 4 期。

信仰,是"傩戏"表演的程式,倘依郭氏对"恐"字及画图的解释,则可对应《史记》中有关"鸿门宴"场景与情节的描绘,尤其是对人物惊恐心理的刻画,是耐人寻味的。汉画中的史传人物往往是群像呈示,具有连环组图性质,这也引起解读的分歧。再以前述壁画为例,其横梁正面图绘了 13 个历史人物,并以起伏之山峦为背景。对此,郭沫若认为群像为一个故事,即"二桃杀三士",孙作云认为画分三段,中、右段 8 人为"二桃杀三士",左段 5 人为"孔子师项橐",贺西林与孙说稍异,以左段 5 人或为"孔子见老子"①。以上三种说法与三种图景,均出自史传描写,比照图画上人物或置桃、或拔剑、或拄杖、或作揖的生态,文图共生而彰显的主题,却是非常明确的。

最后来看汉画与诗赋文学的主题书写。汉代诗歌中文人诗较少,且缺少故事性,比较而言乐府歌诗则以叙事的特征而更具情节性的描写。如《琴曲歌辞》中的《仪凤歌》《龙蛇歌》对灵异与德行的描绘,就尝以具体的图像(如龙、凤)展示在汉画中,以呈示祥瑞之气。又如汉画有"秋胡戏妻图"(山东嘉祥武梁祠后壁画像石),画的是典型的汉人传说故事,此故事在乐府歌诗中被不断地复述与演绎。汉赋描写尤多生动的形象,包括人物与神灵。例如"方相氏"行大傩仪戏,在汉赋中出现甚多,如张衡《东京赋》的描写:"尔乃卒岁大傩,殴除群厉。方相秉钺,巫觋操茢。侲子万童,丹首玄制。桃弧棘矢,所发无臬。飞砾雨散,刚瘅必毙。煌火驰而星流,逐赤疫于四裔。然后凌天池,绝飞梁。捎魑魅,斮猰狂。斩蜲蛇,脑方良。囚耕父于清泠,溺女魃于神潢。残夔魖与罔像,殪野仲而歼游光。八灵为之震慑,况魑蜮与毕方。度朔作梗,守以郁垒,神荼副焉,对操索苇。目察区陬,司执遗鬼。京室密清,罔有不虔。"②所述是人们每年岁末举行的傩祭,呈示的是驱除恶鬼的仪式。赋文中作者浓墨重彩地描绘了方相氏手持斧钺,男觋、女巫手执扫帚,众童子跳着万舞,头裹红头巾,身穿黑衣服,在方相氏和巫觋的带领下,以桃弧、棘矢射杀厉鬼,最后持炬火,逐疫鬼投洛水中,使不复度还等情节;并以桃木做木偶,以郁垒、神荼执苇索捕捉漏网的鬼,以祈盼宫廷王室的安宁与社会的平安。而所谓"傩",是上古时期用来驱逐瘟疫与厉鬼的一种禳祭活动。《周礼·方相氏》载周代宫廷傩祭活动时云:"方相氏掌蒙熊皮,黄金四目,玄衣朱裳,执戈扬盾,帅百隶而时难(傩),以索室驱疫。大丧,先柩。及墓,入圹,以戈击四隅,驱方良。"郑玄注曰:"时难(傩),四时作方相氏以难(傩),却凶恶也。"③先秦文献中有春傩、秋傩、冬傩的记载,尤以冬傩为最,故冬傩又称大傩。方相氏是先秦时期傩祭中假扮傩神的人,面目狰狞。到汉代傩戏仍盛行,尤其是"冬傩"(大傩),一般在腊祭前一天举行,《后汉书·礼仪志》载:"先腊一日,大傩,谓之逐疫。

① 贺西林:《古墓丹青——汉代墓室壁画的发现与研究》,陕西人民美术出版社 2001 年版,第 23 页。

② 萧统编,李善注:《文选》,中华书局 1977 年版,第 62—63 页。

③ 杨天宇:《周礼译注》,上海古籍出版社 2004 年版,第 451 页。

其仪：选中黄门子弟年十岁以上，十二以下，百二十人为侲子。皆赤帻皂制，执大鼗。方相氏黄金四目，蒙熊皮，玄衣朱裳，执戈扬盾。十二兽有衣毛角。中黄门行之，冗从仆射将之，以驱恶鬼于禁中。……因作方相与十二兽舞。"①这种仪式，在廉品《大傩赋》中有详尽的书写。而大傩作为宫廷仪式，天子亲临，百姓童子以桃弧、棘矢射杀厉鬼，驱除不祥的主题，同样呈示于汉画，只是文献残缺，现仅存前引洛阳烧沟 61 号西汉墓画"方相氏图"（局部），贺西林《古墓丹青——汉代墓室壁画的发现与研究》认为画面上的伟岸怪物就是行傩仪时的方相氏，怪物手臂上两人是伏羲、女娲，手托日月，是主宰阴阳的象征。驱除灾害，为的是祈求福祥，这也是汉代文图共生的主题。

图 0-4　驱魔逐疫画像；东汉画像石；分别高 38 厘米、长 138 厘米，高 38 厘米、长 134 厘米。

　　文学与图画的关系，古人已多有论述，而作为一个时代的特征，汉代文学之"赋"与"画"的关系，则有着特定的历史价值与艺术内涵。绘画是一种空间的艺术，而"赋则较近于图画，用在时间上绵延的语言表现在空间上并存的物态。诗本是'时间艺术'，赋则有几分是'空间艺术'"②。换言之，赋固然属"时间艺术"，然赋家以语象编织出"体国经野"的宏大画面，其中充斥了神奇的物态与事类，而画家则以图像展示出"布置山川"的宏大景观，其中同样充斥了神奇的物态与事类，这又是赋与画所具有的一些共同的特征，即对空间意象的营构。正因赋家铺陈"体物"而形成的经纬交错、纵横融织的画面，所以前贤尝缘以区分诗、赋体的

① 范晔：《后汉书》，中华书局 1965 年版，第 3127—3128 页。
② 朱光潜：《诗论》，生活·读书·新知三联书店，1984 年版，第 22 页。

差别，如刘熙载《赋概》云："赋起于情事杂沓，诗不能驭，故为赋以铺陈之。斯于千态万状、层见叠出者，吐无不畅，畅无或竭。"[1]无独有偶，叶燮曾于《赤霞楼诗集序》论诗、画亦云："吾尝谓凡艺之类多端，而能尽天地万事万物之情状者莫如画。彼其山水、云霞、林木、鸟兽、城郭、宫室，以及人士男女、老少妍媸、器具服玩，甚至状貌之忧离欢乐，凡遇之目，感于心，传之于手而为象，惟画则然；大可笼万有，小可析毫末，而为有形者所不能遁。"尽管叶氏所认为的"诗"之状物与"画"相同，但却转谓诗歌是"为有情者所不能遁"[2]，一重"形"（画），一重"情"（诗），其与德国学者莱辛《拉奥孔》把以"诗"为代表的文学称为"时间艺术"，把以"画"为代表的造型艺术称为"空间艺术"[3]，有着异曲同工之妙。举此一隅，似可例证汉代文、图世界之展开的"世情"，而其影响却不会局限于一朝一代，并以其溢射之魅力光耀后世，彰显主题。

---

① 刘熙载：《艺概》，上海古籍出版社 1978 年版，第 86 页。
② 叶燮：《已畦集》卷八，1917 年长沙叶氏梦篆楼刊本。
③ 按：此书的副题即为"论画与诗的界限"。

第一章 汉代图像与前代文学

汉代是一个图像兴盛的时代,汉人所创造出的无数图像实物如今已经成为后人窥探大汉雄风的重要津梁。著名史学家翦伯赞曾评说:"除了古代的遗物以外,再没有一种史料比绘画雕刻更能反映出历史上的社会之具体的形象。同时,在中国历史上也再没有一个时代比汉代更好地在石板上刻出当时现实生活的形式和流行的故事来。""这些石刻画像假如把它们有系统地搜集起来,几乎可以成为一部绣像的汉代史。"①一张张绘有神秘莫测图案的帛画,一块块刻着生动活泼的场景的画像石,还有一根根写满挥洒流动的汉字的简牍,无一不令我们想见两千多年前的那个王朝的风采。

但是汉代出现的这些图像并非凭空出现,几乎每一种图像都可以从前代的文献中找到原始的出处,说明汉代图像与前代文学、文化之间存在着千丝万缕的联系。根据现今传世与出土的汉代图像可知,其与前代文学的关系可以从三个方面得以展开分析。

一、符瑞符号的映射。受到天人感应思想的影响,汉代墓葬中祥瑞符号大量出现。在汉人眼中,上天通过祥瑞与人世间沟通,进行表彰或者惩罚。祥瑞的广泛存在对汉代文学产生了深刻影响,从表现上来看,祥瑞图像、意象在汉代诗歌、辞赋、颂赞等文体中普遍存在。文学对于祥瑞进行描写,而祥瑞符号又借由画像石、画像砖、墓室壁画等载体得到体现。祥瑞符号的具体化完成于汉代,但是祥瑞文化以及祥瑞传统的形象,出自先秦,特别是阴阳家的思想,其中楚国巫筮传统也起到了一定的作用,这一点可以从战国漆器图案与汉画像石中的祥瑞图像的一致性得到证明。

二、神仙世界的投影。现存汉代图像大多出自墓葬中,尤其是大量出土的汉画像石、画像砖、墓室壁画等,在这些图像中,最重要的便是对于神仙形象以及神仙世界的描绘,比如对西王母以及昆仑山的描绘。根据现今出土的资料可知,但凡是汉代墓葬中,神仙及神仙世界的形象是必不可少的部分,尤其是在中下层民众的墓葬中。而这些神仙故事的原型多出自先秦的文献中,比如《山海经》等,通过口耳相传的方式,在民间得到流传。在此过程中,神仙故事不断得到改造,

---

① 翦伯赞:《秦汉史》,北京大学出版社1983年版,第5—6页。

逐渐符合汉代人信仰的习惯,这个变化过程,在汉代图像中得到了一定的体现。

三、历史故事的展示。占据汉代图像的另一个重要部分便是对于前代历史故事的展示,这些历史故事大多记录于前代的典籍之中,比如《左传》中"赵氏孤儿"的故事、骊姬的故事等。同时,一部分编撰于汉代的典籍也记录了许多先秦的历史故事,比如《史记》中记录的刺客故事,其中"荆轲刺秦王"的故事流传十分复杂,不仅有《史记》记录的版本,同时还有民间流传的版本。而民间口耳相传的故事,经过工匠们的再度接受后,被图像化,安排进墓葬中,造成现存的画像石图像与《史记》记载不符的状况出现。还有《列女传》中也记录了许多先秦妇女的传记,她们的形象也在汉代图像中得到了体现。

以上三点只是汉代图像与前代文学之间存在确证联系的典型表现,更多的图像却因为文献的不确定性而得不到证明,这必然成为汉代图像研究中十分令人遗憾的问题。

第一节　符瑞的图像映射

符瑞亦称祥瑞、嘉瑞、瑞应、祯祥等,是中国古代政治文化的特有产物。符瑞被视为古代帝王承天受命、施政有德的征验与吉兆,是一种糅合了先秦以来的天命观念、征兆信息、德政思想、帝王治术等因素,"神道设教",用以巩固统治、粉饰太平的政治文化体系。符瑞文化的形成与汉代的政治生活与文化形态密切相关。由于符瑞文化的盛行,所以符瑞图像在汉代以各种形态出现,在现存的汉代各种物质载体上,比如画像石、画像砖、墓室墙壁等,均可看到各种符瑞图像,这些图像承载着丰富的意蕴。

由于现今能够看到的绝大部分汉代图像均为出土的墓葬,墓葬作为一种体现神秘文化与信仰的综合体,加之由砖石构成,其上多有各种图案与符号,而这些图案或符号大多数可以归类为符瑞。从中国文化史来看,汉代是一个符瑞文化鼎盛时期,这与汉代的学术发展与政治结构密切相关。

墓葬中的这些符瑞图像代表着汉人认识世界的方式,而这种文化的形成又与先秦文化密切相关,根据当今学者的研究,符瑞图像和符瑞文化的最早形成可以追溯到远古时期。总之,符瑞作为一种特殊的社会现象和文化现象,来源于先秦,而在汉代得到充分发展,对汉代图像的兴盛产生了直接影响。

一、符瑞文化的渊薮

《宋书·符瑞志》里说:"夫体睿穷几,含灵独秀,谓之圣人,所以能君四海而役万物,使动植之类,莫不各得其所。百姓仰之,欢若亲戚,芬若椒兰……见圣人利天下,谓天下可以为利,见万物之归圣人,谓之利万物。力争之徒,至以逐鹿方之,乱臣贼子,所以多于世也。夫龙飞九五,配天光宅,有受命之符,天人之应。《易》曰:'河出《图》,洛出《书》,而圣人则之。'符瑞之义大矣。"[①]以天人感应为出发点,延伸出丰富多彩的符瑞思想,并在两汉时期得到系统化、理论化,之后,在中国古代社会不断衍生,成为历代帝王统治手段的重要组成部分。虽然符瑞文化在汉代得以兴盛,并对后世产生了深远的影响,但是其源头在先秦时期。

商周时期,祥瑞开始影响人们的日常生活,其发端于先民对于自然的崇拜与敬畏,如《诗经·商颂·玄鸟》云"天命玄鸟,降而生商"[②],以及《大雅·生民》中关于后稷的出生[③]。由于可借助符瑞来实现对人间政治善恶的评价以及反映社会兴衰存亡的变化,至春秋末期社会制度大转变,于是孔子将符瑞纳入儒学体系之中。符瑞文化发展到西汉时期,被大儒董仲舒进行了全面改造,最终天人关系神秘化,阴阳五行道德化。由此开始,帝王的一言一行均有上天的旨意相对应,从此,符瑞或祥瑞与国家政治密切相关。

原始的自然崇拜对象非常丰富,在先民眼中,只要比人类力量强大,无法征服的对象均可视为偶像,比如山川、河流、大地、日月星辰、风雨雷电、山石土木、虎豹熊罴等。直到今天,在某些偏远的地区,这种自然崇拜的形式依然存在。人们通过各种祭祀活动来体现对自然对象的崇拜,比如对天地神灵、日月星辰、水火雷电、动物植物的祭祀。由于祭祀的普遍性,自然景物开始以各种形式出现在先民的日常生活环境中,比如居住场所、生活器物、劳动工具或衣服装饰等各方面。以服饰为例,许多先民模仿所崇拜的动物,披兽皮、执兽骨、断发纹身、穿鼻环耳等,这些都与他们的自然崇拜有一定关系,蕴含趋利避害的心理。根据出土材料以及原始的岩画可知,先民们在日常生活中经常用兽牙、羽毛进行装饰,或者用黄、红土涂抹身体,这些都是趋利避害的表现。由于受到知识能力水平和生产力的限制,先民往往将自然界和社会生活中的某些规律性的现象视为吉凶的征兆,用来指导日常的事务,某些具有规律性的现象,久而久之就被视为吉兆或凶兆,比如风雨雷电等。总之,因自然崇拜而衍生出的对于某些规律性现象的崇拜成为祥瑞灾异思想的源头。

随着"泛神论"思想的发展,祥瑞观念便有了一定的思想意识基础。同时,随着思维的不断进化,于是有了用图像或符号来表示意象的想法,远古的岩画、石器时代的彩陶纹饰、商周时期的青铜器纹饰以及甲骨卜辞中有关的图画符号和文字记载便应运而生。动物、植物、自然现象等不断被符号化、图像化,并出现在先民的日常生活中,最典型的便是生活器具,比如铜器、铜镜、瓦当、漆器、帛画等都出现了许多带有祥瑞意味的图像和符号。由此,祥瑞意识、祥瑞符号逐步凝练

---

① 沈约:《宋书》,中华书局 1974 年版,第 759 页。
② 周振甫:《诗经译注》,江苏教育出版社 2006 年版,第 503 页。
③ 安居香山、中村璋八:《纬书集成·尚书中侯》,河北人民出版社 1994 年版,第 410 页。

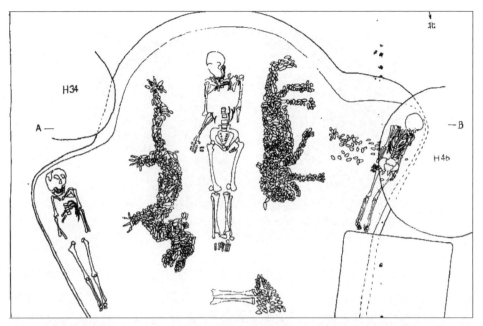

图1-1　蚌塑龙虎；1987年河南省濮阳市西水坡仰韶文化古墓群M45墓出土，距今约6000年。

成为祥瑞文化，先民们开始逐步对祥瑞符号固定化、模式化。

　　远古时代，随着人口的增长，族群的形成，先民们开始用日常习见的符号图画作为部落的精神寄托，后人谓之图腾，同一族群使用同样的图腾符号。随着部落人口的继续增长，氏族开始出现，祥瑞图腾符号变成一个民族集体无意识的产物。图腾是原始先民的寄托，是他们关于自己从哪里来的最初思考。后来发展到对动植物、天体的崇拜。根据考古发掘的实物以及原始岩画可知，有许多物象被打制成"日月星辰"等天体符号或"虎豹熊罴"等动物符号，在先民眼中，这些符号能够为他们战胜自然、保存自己增添一些信心和力量。比如历史悠久的龙和凤的符号，它们都是远古时期的图腾，也是部落的标记，尤其是龙，它是中国西部华夏族的图腾，传说它角似鹿，头似马，眼似虾，耳似牛，颈似蛇，腹似蜃，鳞似鲤，爪似鹰，掌似虎，是多种动物的集合体，有学者认为这些动物都是其他部落的图腾，华夏民族战胜他们之后，将他们图腾物的部分特征集合到自己部落图腾之上，最终形成了龙。凤是神鸟凤凰的简称，是中国东部部落集团的图腾，传说高六尺，鸡头、蛇颈、燕颔、虎背、五彩色。由于龙凤在中华民族的认知中具有极大的辨识度，后来成为封建帝王权力和威严的象征，而龙凤呈祥也成为祥瑞的代表。除此之外，原始先民还将对动物的崇拜表现在日常器物之上，这些纹饰既来自先民的自然崇拜，同时又与巫术密不可分，寄托了他们对于自然的祈祷与祝愿。原本在自然界中常见的动物形象，由于具有非凡的能力，逐渐演变成人类的崇拜对象，承载丰厚的精神寄托，最终演变为保护人类的神物。

　　关于符瑞的认识经历了一个漫长的过程，不同时期人们对祥瑞的认识，随着

图 1-2　人面鱼纹盆；新石器时代仰韶文化，距今 5000—6000 年；彩陶；通高 16.5 厘米，口径 39.5 厘米。

政治思想家的加工而不断深化。《礼记正义》中记载"'国家将兴，必有祯祥'者，祯祥，吉之萌兆；祥，善也。言国家之将兴，必先有嘉庆善祥也。《文说》：'祯祥者，言人有至诚，天地不能隐，如文王有至诚，招赤雀之瑞也。'国本有今异曰祯，本无今有曰祥。何为本有今异者？何胤云：'国本有雀，今有赤雀来，是祯也。国本无凤，今有凤来，是祥也。'"①两汉时期，董仲舒提出了"天人感应""天人合一"理论，将符瑞与政治的关系复杂化，增加了符瑞的神秘色彩。他在《春秋繁露·同类相动》中阐述，事物会依照其类别自然分类，天将选任人间君主之时，必定会预先给予昭示，即美事、美祥。同时他指出这种预示帝王将兴的美事、美祥是"受命之符"，是"非人力所能致而自至者"，②并以《尚书》中周武王屋顶之大赤鸟③为例加以证明。董仲舒提出"天命观"之后，自然界中的各种现象开始与国家政治生活联系起来，符瑞因此就有了浓厚的天命色彩。此后的封建王朝，大多继承了汉代的符瑞思想，史书中多有《符瑞志》或《灵征志》等符瑞的记载。《宋书·符瑞志》《南齐书·祥瑞志》《魏书·灵征志》，这些专志中继承了两汉祥瑞观念中神秘的政治寓涵。《宋书·符瑞志》中，贯穿其始终的是"受命之符，天人之应"的理念，所体现的"天命—圣德"和"天道—人事"的思想，更是理解笼罩我国古代政权更替之际的种种符瑞现象的一把钥匙④。此后，历代更有增加，比如隋唐时期，欧阳询编撰《艺文类聚》，其书专设"祥瑞部"解释祥瑞含义。《唐六典》中祥瑞分为大瑞、上瑞、中瑞、下瑞。其中大瑞有景星、庆云、鳞、凤、龟、龙之类；上瑞有白狼、赤兔之类；中瑞有苍乌、朱雁之类；下瑞有歧麦、嘉禾、芝草、

---

① 郑玄注，孔颖达疏：《礼记正义》卷五三，《中庸》，阮元刻：《十三经注疏》，中华书局 1980 年版，第 1632 页。

② 班固：《汉书》卷五六，《董仲舒传》，中华书局 1962 年版，第 2500 页。

③ 《尚书传》言："周将兴之时，有大赤乌衔谷之种，而集王屋之上者。武王喜，诸大夫皆喜。周公曰：'茂哉！茂哉！'天之见此以劝之也。"苏舆撰，钟哲点校：《春秋繁露义证》，中华书局 1992 年版，第 361 页。

④ 金霞：《两汉魏晋南北朝祥瑞灾异研究》，北京师范大学 2005 博士学位论文，第 24 页。

连理枝之类①。宋元时期的祥瑞的种类承袭前代，且祥瑞逐步与国家政治生活联系起来，成为政治文化中的重要组成部分。在此背景下，历代均有尚祥之风，一直延续到今天。

二、先秦文献中的符瑞思想与符瑞文化

由于认识的限制，先民们无法对客观规律做出合理的解释，他们将自然界和社会生活中的某些特殊现象视为吉凶的征兆，某些具有规律性的现象，比如风雨雷电等，成为指导他们日常事务的所谓准则。《尚书》中即有关于"休征"和"咎征"的具体叙述，如《尚书·洪范》曰："曰休征：曰肃，时雨若；曰乂，时旸若；曰哲，时燠若；曰谋，时寒若；曰圣，时风若。曰咎征：曰狂，恒雨若；曰僭，恒旸若；曰豫，恒燠若；曰急，恒寒若；曰蒙，恒风若。"②不管是休征，还是咎征，其具体表征如风调雨顺、寒暑温湿等都是自然界最普遍的现象，这些现象对先民的生活产生巨大的影响，直接决定其是否能够生存，所以先民们用其判断吉凶。由此，来自自然界的这些现象成为我国古代符瑞思想和符瑞文化的滥觞。

据金霞统计，先秦时期，谈符瑞灾异最多的文献是《春秋左氏传》。她指出《汉书·五行志》曰《春秋》"书灾而不记其故"，而《左传》尤好言灾异，常用天人相应的观点来解释灾异现象。如《春秋》载："昭公七年夏四月甲辰朔，日有食之。"《左传》补充："晋侯问于士文伯曰：'谁将当日食？'对曰：'鲁、卫恶之，卫大，鲁小。'公曰：'何故？'对曰：'去卫地如鲁地。于是有灾，鲁实受之。其大咎其卫君乎！鲁将上卿。'公曰：'《诗》所谓'彼日而食，于何不臧'者，何也？'对曰：'不善政之谓也。国无政，不用善，则自取谪于日月之灾，故政不可不慎也。'"③文伯认为君主为政不善导致灾异现象的出现。又《春秋》僖公十四年："秋，八月，辛卯，沙鹿崩。"《左传》曰："秋八月辛卯，沙鹿崩。晋卜偃曰：'期年将有大咎，几亡国。'"④将灾异与国运联系在一起，以灾异现象来预测国家前途。《左传》关于符瑞的解释进一步奠定了我国符瑞灾异思想的基本思路，比如对于"西狩获麟"的解读。《春秋》载："鲁哀公十有四年春，西狩获麟。"《左传》补充说："十四年春，西狩于大野，叔孙氏之车子锄商获麟，以为不祥，以赐虞人。仲尼观之，曰：'麟也。'然后取之。"⑤其中隐含的"麒麟出，王者兴"的祥瑞思想成为后世的源头。

此外，《国语》中，也有符瑞思想的存在。《国语·周语》记载：

幽王二年，西周三川皆震。伯阳父曰："周将亡矣。夫天地之气，不失其序，若

① 李林甫等撰，陈仲夫点校：《唐六典》卷四，《尚书礼部》，中华书局 1992 年版，第 114 页。
② 李民、王健：《尚书译注》，上海古籍出版社 2004 年版，第 227 页。
③ 杨伯峻：《春秋左传注》，中华书局 2009 年版，第 1287—1288 页。
④ 杨伯峻：《春秋左传注》，中华书局 2009 年版，第 347 页。
⑤ 杨伯峻：《春秋左传注》，中华书局 2009 年版，第 1682 页。

过其序,民乱之也,阳伏而不能出,阴迫而不能烝? 于是有地震。今三川实震,是阳失其所而镇阴也。阳失而在阴,川源必塞,源塞,国必亡。夫水土演而民用也。水土无所演,民乏财用,不亡何待! 昔伊、洛竭而夏亡,河竭而商亡。今周德若二代之季矣,其川源又塞,塞必竭。夫国必依山川,山崩川竭,亡之征也,川竭,山必崩。"①

伯阳父在此把西周将亡与地震联系在一起,把"三川实震"看作是西周灭亡的征兆,这也就是后来的灾异谴告说。又"十五年,有神降于莘,王问于内史过曰:'是何故? 固有之乎?'对曰:'有之。国之将兴,其君齐明、衷正、精洁、惠和,其德足以昭其馨香,其惠足以同其民人。神飨而民听,民神无怨,故明神降之,观其政德而均布福焉。国之将亡,其君贪冒、辟邪、淫佚、荒怠、粗秽、暴虐,其政腥臊,馨香不登,其刑矫诬,百姓携贰。明神不蠲而民有远志,民神怨痛,无所依怀,故神亦往焉,观其苛慝而降之祸。是以或得神以兴,亦或以亡。'"②内史将君王的"德"视为获得祥瑞或灾异的主要原因,对符瑞思想有所发展。

此外,在《礼记》中也有对符瑞灾异思想的阐发,比如《月令》篇列举了君主一年十二个月中从事的活动,应该符合天地四时的规律,即"春生,夏长,秋收,冬藏",若违反时令,必招致灾异。如孟春时节"天气下降,地气上腾,天地和同,草木萌动"③,宜行春令,若"孟春行夏令,则风雨不时,草木蚤落,国时有恐;行秋令,则其民大疫,猋风暴雨总至,藜莠蓬蒿并兴;行冬令,则水潦为败,雪霜大挚,首种不入"④。《礼运》篇中记录了对四灵的论述:"何谓四灵? 麟、凤、龟、龙谓之四灵。故龙以为畜,故鱼鲔不淰;凤以为畜,故鸟不獝;麟以为畜,故兽不狘;龟以为畜,故人情不失。"⑤四灵通常被看作是动物类的主要祥瑞,其中凤凰和麒麟在古代祥瑞中备受关注。

图1-3　汉青龙、白虎瓦当;汉代瓦当;青龙纹瓦当直径18.5厘米,白虎纹瓦当直径19.3厘米。

---

① 邬国义、胡果文、李晓路:《国语译注》,上海古籍出版社1994年版,第21页。
② 邬国义、胡果文、李晓路:《国语译注》,上海古籍出版社1994年版,第25页。
③ 杨天宇:《礼记译注》,上海古籍出版社2004年版,第176页。
④ 杨天宇:《礼记译注》,上海古籍出版社2004年版,第177页。
⑤ 杨天宇:《礼记译注》,上海古籍出版社2004年版,第278页。

除《易经》《左传》《国语》和《礼记》之外,《管子》和《吕氏春秋》等文献也记载了不少关于祥瑞的内容。比如《管子·水地篇》云:"地者,万物之本原,诸生之根菀也。美恶贤不肖愚俊之所生也。水者,地之血气,如筋脉之通流者也。故曰:水具材也。……伏暗能存而能亡者,蓍龟与龙是也。龟生于水,发之于火,于是为万物先,为祸福正。龙生于水,被五色而游,故神。欲小则化如蚕蠋,欲大则藏于天下,欲上则凌于云气,欲下则入于深泉,变化无日,上下无时,谓之神。龟与龙,伏暗能存而能亡者也。或世见,或世不见者……是以圣人之化世也,其解在水。故水一则人心正,水清则民心易,一则欲不污,民心易则行无邪。"①所谓龙、龟可以昭示祸福、见乎存亡的观点,就带有浓厚的祥瑞灾异色彩。

秦朝的《吕氏春秋》,杂糅儒、道两家的思想,记录了不少祥瑞灾异的信息。《应同》篇曰:

> 凡帝王者之将兴也,天必先见祥乎下民。黄帝之时,天先见大蚓大蝼。黄帝曰:"土气胜。"土气胜,故其色尚黄,其事则土。及禹之时,天先见草木秋冬不杀。禹曰:"木气胜。"木气胜,故其色尚青,其事则木。及汤之时,天先见金刃生于水。汤曰:"金气胜。"金气胜,故其色尚白,其事则金。及文王之时,天先见火,赤乌衔丹书集于周社。文王曰:"火气胜。"火气胜,故其色尚赤,其事则火。代火者必将水,天且先见水气胜。水气胜,故其色尚黑,其事则水。②

这里用所谓五德终始说解释帝王的祥瑞征兆,为后世所沿用。《商箴》云:'天降灾布祥,并有其职。'以言祸福人或召之也"③,将天命人事与灾祥联系在一起。另外,墨子也相信祥瑞天命之说,《墨子·非攻下》曰:"赤乌衔珪,降周之岐社,曰:'天命周文王伐殷有国'。泰颠来宾,河出绿图,地出乘黄,武王践功。"④由此可见,我国古代的符瑞思想,发端比较久远,在西周时期已经有了文字表述,春秋战国时期,经过学者们的解读,逐步衍生,对人们的日常生活和政治生活产生了一定影响,从而为汉代符瑞思想的大繁盛奠定了基础。

三、"瑞应图"分析

除《符瑞志》《祥瑞志》以及《灵征志》等纯文字记载的史书外。还有一种与符瑞有关的专书,这些书可谓图文并茂,即一般由图画和文字共同构成,其中图是主体,文字是解说性的文字,是为图录式著作,时称作"图"或"图书"。如《汉书·礼乐志》:"齐房产草,九茎连叶。宫童效异,披图案谍。玄气之精,回复此都,蔓

① 黎翔凤撰,梁运华整理:《管子校注》,中华书局 2004 年版,第 813—832 页。

② 吕不韦著,陈奇道校释:《吕氏春秋新校释》,上海古籍出版社 2002 年版,第 682—683 页,

③ 吕不韦著,陈奇道校释:《吕氏春秋新校释》,上海古籍出版社 2002 年版,第 683 页。

④ 吴毓江撰,孙启治点校:《墨子校注》,中华书局 1993 年版,第 221 页。

蔓日茂,芝成灵华。"①此诗名为《齐房》,因汉武帝时甘泉宫齐房产芝而作。芝即芝草,为瑞物,被宫童发现后,尚需要"披文案谍"加以确认。《后汉书·章帝纪》:"在位十三年,郡国所上符瑞,合于图书者数百千所。乌呼懋哉!"②此"图"与"图书"无疑是指绘有瑞物之类的图书,或者即是"瑞应图"之类的图书。

先秦时期便已有"图书"流传,如现在的《山海经》原本即是有图有文字的"图书",袁珂指出:"《海经》……当是先有图画然后有文字,文字不过是用来作为图画的说明的。"③长沙子弹库出土的《楚帛书》、马王堆出土的《天文气象杂占》正是此类图书的实物证据。

《山海经》与"瑞应图"皆属于古之"图书",二者在形式和内容上都有着一定的渊源关系。《山海经》全书共十八卷,分《山经》五卷、《海经》十三卷两大部分,一般认为,《山经》又称《五藏山经》,在西汉刘歆之前尚是一部独立的书,刘向、歆父子在校理古书时,将它和《禹本纪》合在一起,题名《山海经》。古《山海经》是一部典型的图书。清人郝懿行说:"古之为书,有图有说,周官地图,各有掌故,是其证已。《后汉书·王景传》云:'赐景《山海经》《河渠书》《禹贡图》',是汉世《禹贡》尚有图也。"④他在《山海经笺疏·叙》中梳理了《山海经图》在历史上的流传情况:最初的《山海经图》绘有山川道里,这是第一种;东晋时,此图版本已发生改变,郝氏根据郭璞的《山海经》注,认为郭璞所见的《山海经图》中只有各种精怪,没有山川道里;第三种《山海经图》为南朝梁时张僧繇所作;第四种是由南唐画家舒雅所重绘;第五种即郝氏所谓之"今图",与张僧繇、舒雅所绘的都不同。郝氏所梳理五种《山海经图》,基本上勾勒出了《山海经》作为图录式著作中图画部分流传和演变情况。

在郝懿行所揭示的五种《山海经图》中,尤为值得注意的是第一、二种图,即汉代《山海经图》和东晋郭璞所见图。郝氏曰:"然郭所见图,即非已古,古图当有山川道里。今考郭所标出,但有畏兽仙人,而于山川脉络,即不能案图会意,是知郭亦未见古图也。今《禹贡》及《山海图》遂绝迹不复可得。"⑤郝氏认为《山海经》古图有山川道里,而郭璞所见只有"畏兽仙人",那么后者与汉《山海经图》有无联系呢?按郭璞所见的"畏兽仙人",当即是刘秀在《上山海经表》中所说的"祯祥变怪之物"。刘秀在表中重点介绍的是《山海经》中的"祯祥变怪之物"⑥,而几乎没有谈及所谓山川道里。显然,在刘歆看来,"祯祥变怪之物"才是《山海经》需要重视的内容,那么古《山海经图》除山川道里之外,也应该有它们的图画,甚至后者

---

① 班固:《汉书》,中华书局1962年版,第1065页。

② 范晔:《后汉书》,中华书局1965年版,第159页。

③ 袁珂:《山海经全译·前言》,贵州人民出版社1991年版,第5页。(《山海经》古图问题,古今学者论者甚众,虽然观点时有歧异,但有古图这一点差不多是共识。)

④⑤ 郝懿行笺疏:《山海经笺疏·叙》,中国书店1991年据光绪十二年刻本影印。

⑥ 刘秀:《上山海经表》,详见《山海经笺疏·叙录》,郝懿行笺疏。

所占分量还要重些。由此言之,东晋郭璞所见到的《山海经图》很可能是汉代《山海经图》的删减版。

由上论可知,最初的《山海经》,在形式上是图录式著作,在内容上,它记有许多"祯祥变怪之物",它与"瑞应图"之间有千丝万缕的联系。

今天所见题名为"瑞应图"的,除了有清人马国翰、叶德辉、王仁俊分别辑佚的三种外,还有《敦煌钞本〈瑞应图〉残卷》。前三种徒有其名,因为只有文字,没有图,且辑佚也存在着较大的问题。后者图文俱备,为图录式之书,遗憾的是个残卷,且是六朝时作品,与汉代已有一定时间距离。但是我们可以从汉代武梁祠的画像石上,找到"瑞应图"的部分证据。

《山海经》里的文献记载与图画,到汉代得到延续。在武梁祠的画像石中,有两块被称为"祥瑞石一"和"祥瑞石二"的石头,画满各种图像。根据巫鸿的研究,目前可以确定为祥瑞图像的有二十四个,可能还不到原来的一半。这二十四个图像从左至右依次为:

祥瑞石一:第一列为浪井、神鼎、麒麟、黄龙、蓂荚;第二列是六足兽;第三列是白虎。

祥瑞石二:第一列为玉马、玉英、赤罴、木连理、璧流离、玄圭、比翼鸟、比肩兽、白鱼、比目鱼、银瓮。第二列为:后稷诞生、巨畅、渠搜献裘、白马赤鬣、泽马、玉胜[①]。

以上二十四个图像都属于祥瑞的范畴。此外,还有一块"祥瑞石三",由于该石上既有传统的祥瑞图像,还有灾异图像,故而巫鸿将其称为"征兆石三",其上有鹤、比目鱼、角兽等图像,这些图像都可以属于符瑞的范畴。

在这些石头上,除了图像之外,还有解说符瑞的榜题,比如"木连理,王者德(洽、八方为一)家,则连理生""璧流离,王者不隐过则至""比翼鸟,王者德及高远则至""比肩兽,王者德及(鳏)寡则至"等[②]。这些榜题分别与其对应的符瑞图像单独相配,形成一个独立的图像与文字相配的单元,从而又在整块画像石上呈现出一种典型的图录式风格。

根据现有材料可知,在汉代存在各种"瑞应图",而以武梁祠为代表的汉画像石上的符瑞图像则大多从这些"瑞应图"上进行翻制。前文所云汉武帝时甘泉宫齐房所生玉芝,以"图谍"相案,到东汉时,所谓的符瑞图典便经常出现于文献之中。"瑞图"一词最早出现于东汉王逸的《九思·逢尤》中,"羡咎繇兮建典谟,懿风后兮受瑞图"[③],班固的《白雉诗》提及"瑞图","启灵篇兮披瑞图,获白雉兮效素乌"[④]。王充在《论衡·讲瑞》中以征兆图像为例证,批判俗儒盲目迷信:"儒者之

---

① ② 巫鸿:《武梁祠:中国古代画像艺术的思想性》,生活·读书·新知三联书店 2006 年版,第 93、259—260 页。

③ 洪兴祖撰,白化文等点校:《楚辞补注》,中华书局 1983 年版,第 314 页。

④ 萧统撰,李善注:《文选》,中华书局 1977 年版,第 36 页。

图1-4 麒麟·武梁祠屋顶画像；约东汉桓帝元嘉元年（151）画像石；祥瑞石；纵114厘米，横279厘米。

论，自说见凤皇、骐驎而知之。何则？案凤皇、骐驎之象。……如有大鸟，文章五色，兽状如獐，首戴一角，考以图象，验之古今，则凤、麟可得审也。"①由此可见，当时的一些儒生是以现成的图像来判断上天所降的征兆的。应劭在《风俗通义》中则更进一步让我们了解到，这些所谓"瑞图"不仅是儒生判断征兆的凭证，也在普通民众中流行："七日名为人日，家家剪彩或镂金簿为人，以帖屏风，亦戴之头鬓；今世多刻为花胜像瑞图金胜之刑。"②所谓"胜"，通常被认为是西王母所戴之物，《山海经》载："西王母其状如人，豹尾虎齿而善啸，蓬发戴胜，是司天之厉及五残。"③相关记载也见于《宋书·符瑞志》："金胜，国平盗贼，四夷宾服则出。"④

《山海经》中记录了大量奇异物象，刘秀的《上山海经表》有云："纪其珍宝奇物，异方之所生，水土草木禽兽昆虫麟凤之所止，祯祥之所隐。"⑤故而其自然成为汉代各种"瑞应图"的对象，这点可以从武梁祠及汉代各种画像石中观察到。作为征兆图像的汇编，《山海经》帮助汉代人们识别奇异的物象，刘秀有云："禹别九州，任土作贡，而益等类物善恶，著《山海经》。皆圣贤之遗事，古文之著明者也，其事质明有信……（至汉代），朝士由是多奇《山海经》者，文学大儒皆读学，以为奇，可以考祯祥变怪之物，见远国异人之谣俗。"⑥而《山海经》中对"祯祥变怪"文字的解说方式也直接影响到了"瑞应图"的文字表达，即文图结合的方式。

所以由此可见，以武梁祠画像石为代表的符瑞图像，不管是祥瑞石，还是征兆石，都是以当时流行的符瑞图籍为蓝本的。而这些符瑞图籍又多来自《山海经》。以通行的观点而论，古本《山海经》，也就是刘向、刘歆父子所编订的《山海经》，毫无疑问是来自先秦时代的典籍。由此可见，汉代各种符瑞图像，其源头多来自先秦，是先秦符瑞思想在汉代的隔代昌盛，由此而开创了源远流长的符瑞

---

① 王充著，张宗祥校注，郑绍昌标点：《论衡校注》，上海古籍出版社2010年版，第337页。

② 《风俗通义》佚文，转引自王重民：《敦煌古籍叙录·瑞应图》，商务印书馆1958年版，第173页。

③ 袁珂：《山海经校注》，上海古籍出版社1980年版，第50页。

④ 沈约：《宋书》，中华书局1974年版，第852页。

⑤⑥ 袁珂：《山海经校注》，上海古籍出版社1980年版，第477—478页。

文化。

第二节　神仙世界的投影

汉代是一个笃信鬼神的时代，汉人对于神仙的信仰反映在各个方面，一方面我们可从史籍、子书、小说等文献中了解汉人关于神仙的崇拜；另一方面，作为承载着丰富文化意蕴的墓葬，其中的各种图像更以鲜活的姿态向我们展示汉人对于各种鬼神的信奉。在汉代图像中，比较常见的神话人物形象有伏羲、女娲、西王母、东王公、羿等，这些不同的神话人物形象为我们建构出一个丰富的神仙世界。而这些神话人物形象的原型，又多出自于先秦的典籍，比如《山海经》《庄子》等，在汉代的文献《淮南子》中也有部分记载。这些神话人物形象承担的是汉人关于神仙世界的想象。这些想象，特别是对死后世界的憧憬与构建，受到了"事死如生"观念的影响。

关于神仙信仰的起源，歧异颇多，闻一多、顾颉刚、袁珂等老一辈学者各有论说。总而言之，神仙信仰起源于西周初年到战国中期，巫术信仰、鬼神观念、古老的神话等各种因素杂合在一起，最终促使神仙信仰在汉代大行其道，深刻地影响了汉人的思想观念和文化形态。汉人在先秦神仙方术思想的基础上，糅合各种鬼神之说，结合现实的需要，构建起一个庞大而复杂的神仙世界，而这个世界又被他们带入地下，最终呈现极为丰富而壮观的汉代墓葬图像景观。

一、西王母与昆仑山世界

西王母神话是中国古代神话体系中极其重要，同时又是极其复杂的组成部分。根据现存文献与出土材料可知，有关西王母的信仰最迟到战国时期就已经形成，而两汉时期则是西王母信仰的鼎盛时期。近半个多世纪以来，出土了大量有关西王母的实物材料，包括画像石、画像砖、画像石棺、祠堂、铜镜、摇钱树底座、壁画、玉器以及漆画等等，出土的范围分布于山东、河南、陕西、山西、四川、江苏、浙江等广大地区，甚至延伸到汉代统治区域的边缘，如内蒙古和乐浪（西汉汉武帝在今朝鲜半岛设置乐浪郡）等。从时间上来看，自西汉昭、宣年间的洛阳卜千秋墓壁画到东汉末年建安时期的铜镜，均可见西王母的形象。从图像形式上看，西王母图像包括一系列图像元素，如捣药的玉兔、三足乌（青鸟）、九尾狐、蟾蜍、羽人等等众多神祇，构成了一个极具特色的神话图像系统，这是先秦两汉时期所有神话人物中最独特最复杂的一个系统。

鲁迅在《中国小说史略》中提到中国神话传说时说道："中国之神话与传说，今尚无集录为专书者，仅散见于古籍，而《山海经》中特多。《山海经》今所传本十八卷，记海内外山川神祇异物及祭祀所宜，以为禹益作者固非，而谓因《楚辞》而造者亦未是；所载祠神之物多用糈（精米），与巫术合，盖古之巫书也，然秦汉人亦有增益。其最为世间所知，常引为故实者。有昆仑山与西王母。"[1]在他眼中，西王母及昆仑山神话是中国上古神话传说中"最为世间所知"，也是资料最丰富的一类。然而以当今出土的资料与文献记载相比较即可知，这些实物材料的规模及其图像内容远远超过了文献中对西王母信仰的记载，西王母信仰在汉代民间的普及程度也远远超过前辈学者的想象。以《中国画像石全集》[2]为例，其画像石上有西王母图像的就有134块，这仅仅是一个地区最具代表性的画像石选集而已，其他地区性的画像石全集中，西王母图像更是比比皆是。李淞曾经以《陕北汉代画像石》[3]一书进行统计考察，结果发现书中所辑的120个左右的汉墓画像石中，有62幅西王母画像，也就是说一半左右的陕北汉墓中存在西王母图像，这个比例远远超过当地同类题材比如伏羲、女娲的图像[4]。这仅仅只是汉画像石中的西王母图像，如果将汉代其他艺术形式，比如画像砖、铜镜等综合在内，西王母的图像将更加丰富。

从整体图像上来看，西王母形象具有一定的稳定性，比如头戴胜，周围有玉兔、三足乌等神祇围绕。但是从文献记载上看，西王母形象有一个变化的过程，从战国时期半人半兽的怪神形象，演变成为西汉后期的老妇形象，到东汉时期又变成一位慈祥、端庄的贵妇人形象。在汉代，她实质上从一位处于遥远的昆仑之上，手握瘟疫及刑罚的古老神祇，演变成为一位形象可亲、掌握汉人汲汲以求的"长生不老之药"的女仙，具有崇高的地位，超越伏羲、女娲、三皇五帝等传说人物，成为一位不折不扣的宗教偶像。

西王母作为一个神话传说中的人物，其事迹的流传必然经过一个由口耳相传到记载于典籍的过程。在此过程中，许多珍贵的史料不断被丢失，同时一些新的材料也在不断地补充。由于其神话传说的特性，于是关于西王母的记载在不同文献中便有不同的表达，其形象也时有矛盾之处。现存记载西王母的早期文献大约有十多种，包括《山海经》《穆天子传》《史记》《汉书》《后汉书》《淮南子》《易林》等，不同文献之间，对于西王母的记载有同有异，这或许跟不同的地缘来源与时间来源有关。于是这些纷繁芜杂的文献材料既是我们进行研究不可或缺的部分，同时又因其各自不同而使研究进程困难重重。不过，最困难之处还是在于这些久远材料的真伪和成书年代问题，这是一个从事先秦两汉文史研究者所不得不面对的窘境。根据研究对象与文献的实际情况，李淞将十多种记载有西王母材料的文献分成三类，第一类是作者、真伪、成书年代均没有问题的文献，如《史

---

① 鲁迅：《中国小说史略》，上海古籍出版社2006年版，第7—8页。

② 中国画像石全集编辑委员会：《中国画像石全集》一至八卷，河南美术出版社、山东美术出版社2000年版。

③ 李林、康兰英、赵力光：《陕北汉代画像石》，陕西人民出版社1995年版。

④ 李淞：《论汉代艺术中的西王母图像》，湖南教育出版社2000年版，第4页。

记《汉书》《后汉书》;第二类是在真伪、成书年代等问题上有争议,但经过历代学者的甄别与使用,在这些问题上有大致明确倾向的文献,如《山海经》《易林》《穆天子传》《博物志》等,可以进行有选择性的使用;第三类是有明显问题的文献,如《汉武帝内传》《汉武故事》等,则避免使用①。

根据这些原则,我们可以梳理一下从战国到东汉关于西王母的文献资料,从中选择一些与汉代图像资料关系最紧密,且具有一定的情节性、系统性的部分。

在这些文献中,内容最丰富、最系统的首推《山海经》,其中有四处谈到了西王母:

1. 又西三百五十里,曰玉山,是西王母所居也。西王母其状如人,豹尾虎齿而善啸,蓬发戴胜,是司天之厉及五残②。(《山海经·西山经·西次三经》)

2. 西海之南,流沙之滨,赤水之后,黑水之前,有大山,名曰昆仑之丘。有神——人面虎身,有文有尾,皆白——处之。其下有弱水之渊环之,其外有炎火之山,投物辄然。有人,戴胜,虎齿,有豹尾,穴处,名曰西王母。此山万物尽有③。(《山海经·大荒西经》)

3. 西王母梯几而戴胜杖,其南有三青鸟,为西王母取食,在昆仑虚北④。(《山海经·海内北经》)

4. 西有王母之山、壑山、海山。……有三青鸟,赤首黑目,一名曰大鵹,一名少鵹,一名曰青鸟⑤。(《山海经·大荒西经》)

《山海经》中的这四段文字为我们勾勒出一位上古之神的大致形态,从外形上来说,"豹尾、虎齿、善啸、蓬发戴胜",这是一位处于半兽半神阶段的女神,其本身具有明显的原始图腾性,带有浓厚的原始生灵气息,这与世界其他地区上古神灵的形象是一致的,展现出一种原始、粗野的气息。其中,"戴胜"成为西王母最具辨识性的装饰,它是指西王母所戴的一种头饰,前三则材料中均有提到。从神力权限上来说,西王母乃"司天之厉及五残","厉"即灾祸,"五残"为五星,郭璞注曰:"主知灾厉五刑残杀之气也。"⑥说明西王母是一位掌管瘟疫和刑罚的凶神,这与她半兽半神的形象相符。此外,《山海经》还指出西王母所处的位置——玉山,或者说昆仑山,她穴居其中,且拥有万物。同时,三青鸟的形象开始出现,"非宛转依人之小鸟,乃多力善飞之猛禽也"⑦,其职能在于为西王母取食。

《山海经》虽名为一书,却内涵博杂,由蒙文通、袁珂等学者的研究可知,其书

---

① 李凇:《论汉代艺术中的西王母图像》,湖南教育出版社2000年版,第15页。

② 袁珂:《山海经校注》,上海古籍出版社1980年版,第50页。

③ 袁珂:《山海经校注》,上海古籍出版社1980年版,第407页。

④ 袁珂:《山海经校注》,上海古籍出版社1980年版,第306页。

⑤ 袁珂:《山海经校注》,上海古籍出版社1980年版,第397—399页。

⑥ 袁珂:《山海经校注》,上海古籍出版社1980年版,第51页。

⑦ 袁珂:《山海经校注》,上海古籍出版社1980年版,第306页。

非成于一时，亦非成于一手，大约是从战国初年到汉代初年楚地和巴蜀地区的人所作，西汉成帝时刘向、刘歆父子负责校点秘阁图书，将其归于一册①。以上4条有关西王母的记录分属三卷，虽然所述均为一物，但其中还是存在不少矛盾的地方，比如第1条中说西王母"其状如人"，明显说明西王母非人，从其描述来看，西王母确非人类。而第2条则说"有人……名曰西王母"，在此又明说西王母为人，那么西王母到底是非人的神仙，还是人呢？再有第1条明说西王母居于玉山，而第2、3条又说西王母居于昆仑山，在《西次三经》中另有"昆仑之丘"，玉山与昆仑山或昆仑之丘是否为一山的多种称谓，今已无考。此外，第3、4条中的三青鸟与三足乌是否为一物，也不可知。如上种种，正好说明《山海经》本身的复杂性。

《穆天子传》与《山海经》的年代大致相当②，其中也记录了周穆王见西王母的传说：

> 吉日甲子，天子宾于西王母。乃执白圭玄璧以见西王母，好献锦组百纯，□组三百纯，西王母再拜受之。

> □乙丑，天子觞西王母于瑶池之上，西王母为天子谣曰："白云在天，山陵自出。道里悠远，山川间之。将子无死，尚能复来。"天子答之曰："予归东土，和治诸夏。万民平均，吾顾见汝。比及三年，将复而野。"天子遂驱升于弇山。乃纪丌迹于弇山之石，而树之槐，眉曰：西王母之山。③

《穆天子传》中这段传说实则发端于周穆王征犬戎之事，《左传》《楚辞·天问》《墨子》《国语·周语》《史记·周本纪》《史记·秦本纪》中都有记载，不过未提及周穆王会西王母之事。此说最早见于《竹书纪年》："十七年，（穆王）西征昆仑丘，见西王母……西王母来见，宾于昭宫。"④郭璞注《穆天子》时曾注引此文。此外，《史记·赵世家》中也有类似的记载："缪王使造父御，西巡守，见西王母，乐之忘归。"⑤晋武帝咸宁五年（279），《穆天子传》与《竹书纪年》同出于汲郡魏安厘王（或魏襄王）墓中，二者之间存在一定的联系也在情理之中。

《山海经》与《穆天子传》（包括《竹书纪年》）中有关西王母的记载之间存在相同点，二者均指明西王母的处所为昆仑山，且居住条件比较恶劣，《山海经》中有云昆仑山中"其下有弱水之渊环之，其外有炎火之山，投物辄然"，而《穆天子传》

---

① 《中国大百科全书·中国文学·Ⅱ》，中国大百科全书出版社1986年版，第691页，"山海经"条。参见蒙文通：《略论〈山海经〉的写作时代及其产生地域》，《巴蜀古史论述》，四川人民出版社1981年版。

② 现代学者一般认为《穆天子传》为战国时的文献，其史料具有相当的真实性。详见李学勤：《汲冢竹书》，《失落的文明》，上海文艺出版社1997年版，第240—244页。杨善群：《〈穆天子传〉的真伪及其史料价值》，《中华文史论丛》第54辑，上海古籍出版社1995年版，第227—251页。杨宽：《〈穆天子传〉真实来历的探讨》，《中华文史论丛》第55辑，上海古籍出版社1996年版，第182—204页。

③ 郭璞注：《穆天子传》卷三，上海古籍出版社1990年版，第10页。

④ 王国维撰，黄永年校点：《古本竹书纪年辑校·今本竹书纪年疏证》，辽宁教育出版社1997年版，第13页。

⑤ 司马迁：《史记》，中华书局1959年版，第1779页。

中西王母则自陈："徂彼西土，爰居其野。虎豹为群，於（乌）鹊与处。"这些记载说明西王母仍然居住于荒凉之境，与鸟兽为伍，尚未脱去原始神灵的外衣。不过，二者记载之间的差异性仍然是十分明显，尤其在西王母的形象上，虽然《穆天子传》中没有直接描写西王母的外貌，但从其谈吐歌吟中，可以见出其形象的变化，从半兽半神的原始形象，一跃而成为雍容尔雅、谈吐不凡的"帝女"，也就是贵妇的形象。文献记载之间的区别，或者是因不同文化传统所致，如何志国所说："《山海经》表现的是巴蜀文化传统，《穆天子传》则表现的是中原文化传统。"①或者是因为口头传说转变为文本记载时所产生的变异。具体原因，已不可考。

先秦文献中，《庄子》中也有提到西王母的片段，《大宗师》中有云：

夫道有情有信，无为无形；可传而不可受，可得而不可见；自本自根，未有天地，自古以固存；神鬼神帝，生天生地；在太极之先而不为高，在六极之下而不为深，先天地生而不为久，长于上古而不为老。豨韦氏得之，以挈天地；伏戏氏得之，以袭气母；维斗得之，终古不忒；日月得之，终古不息；堪坏得之，以袭昆仑；冯夷得之，以游大川；肩吾得之，以处大山；黄帝得之，以登云天；颛顼得之，以处玄宫；禺强得之，立乎北极；西王母得之，坐乎少广。莫知其始，莫知其终；彭祖得之，上及有虞，下及五伯；傅说得之，以相武丁，奄有天下，乘东维、骑箕尾而比于列星。②

其中最重要的是提出西王母"坐乎少广"，得道而长生，与伏羲、黄帝等并列，这是第一次在文献中记录关于西王母长生不死的信息。

两汉时期关于西王母的记载渐趋丰富起来，与此时存世文献增多有关，也与神话传说在流传中不断增益相关。西汉时期淮南王刘安组织编写的《淮南子》中有三处提及西王母：

1. 西王母在流沙之濒。乐民、挐闾在昆仑弱水之洲。三危在乐民西。③（《淮南子·地形训》）

2. 逮至夏桀之时，主暗晦而不明，道澜漫而不修……美人挐首墨面而不容，曼声吞炭内闭而不歌；丧不尽其哀，猎不听其乐；西老折胜，黄神啸吟；飞鸟铩翼，走兽废脚。④（《淮南子·览冥训》）

3. 潦水不泄，瀇漾极望，旬月不雨则涸而枯泽，受瀷而无源者。譬若羿请不死之药于西王母，姮娥窃以奔月，怅然有丧，无以续之。何则？不知不死之药所由生也。是故乞火不若取燧，寄汲不若凿井。⑤（《淮南子·览冥训》）

① 何志国：《论汉代西王母图像的两个系统——兼谈四川西王母图像的特点和起源》，《民族艺术》2007年第1期。
② 曹础基：《庄子浅注》，中华书局1982年版，第96页。
③ 刘文典撰，冯逸、乔华点校：《淮南鸿烈集解》，中华书局1989年版，第149—150页。
④ 刘文典撰，冯逸、乔华点校：《淮南鸿烈集解》，中华书局1989年版，第210—211页。
⑤ 刘文典撰，冯逸、乔华点校：《淮南鸿烈集解》，中华书局1989年版，第216—217页。

从语境中可知,第1条中,"西王母"应为地名,可能是以神名替代地名,联系到《山海经》中"有西王母之山、壑山、海山",以及《穆天子传》中"眉曰:西王母之山",所指地名可能即此山,也就是昆仑山。第2条中的"西老"即西王母,在这条中,因夏桀荒淫不当,西王母折断玉胜,所以其所戴之"胜"具有了祥瑞的性质,汉画像中,比如武梁祠屋顶石的画像中,便有玉胜的图像,与其他祥瑞图像并存。第3条中,出现了后羿求药于西王母,而嫦娥偷食奔月的典故。这个典故最早见于失传的《归藏》中,《归藏》成书于战国初年,《文选》李善注中曾引两条(《月赋》《祭颜光禄文》注引)。

此外,南朝梁时刘昭在注《后汉书·天文志》中辑有东汉张衡《灵宪》中的一段记载:"羿请无死之药于西王母,姮娥窃之以奔月。将往,枚筮之于有黄。有黄占之曰:'吉。翩翩归妹,独将西行,逢天晦芒,毋惊毋恐,后其大昌。'姮娥遂托身于月,是为蟾蜍。"[1]袁珂认为,这就是失传的《归藏》中嫦娥奔月的旧文,即《淮南子》此段文字的来源[2]。至此,西王母、后羿、嫦娥、蟾蜍、长生不死药等汉代西王母图像中常见的元素均已出现。

《史记》中除《赵世家》中略有西王母的记载外,最丰富的部分即《司马相如列传》引用的司马相如《大人赋》中的相关信息:

西望昆仑之轧沕洸忽兮,直径驰乎三危。排阊阖而入帝宫兮,载玉女而与之归。舒阆风而摇集兮,亢乌腾而一止。低回阴山翔以纡曲兮,吾乃今目睹西王母曤然白首,载胜而穴处兮,亦幸有三足乌为之使。必长生若此而不死兮,虽济万世不足以喜。[3]

虽然司马相如是以反讽的语气记录西王母及其不死的形态,但是从中可以见出当时西王母神话的一种样式,其中,"载胜""穴处""三足乌"这三个要素在《山海经》中已经得到完全呈现。根据蒙文通的研究,证明《山海经》中存在大量巴蜀文化元素,而司马相如又为巴蜀人士,或许他所得到的西王母神话的信息乃接受自当时巴蜀一带的口头传说,或许此时该传说已写为定本,司马相如有所获知,今已不可推断。但毫无疑问,司马相如、巴蜀、西王母神话之间确实存在紧密的联系,因为在流传至今的西汉文献中,只有《大人赋》中关于西王母的元素最丰富,且与《山海经》中的相关元素最相似。而其中关于长生不死的元素又与《淮南子》一脉相承,说明此时关于西王母掌握不死之药的传说已开始广泛流传。

在文学作品中描写西王母,除了《大人赋》之外,还有扬雄的《甘泉赋》,此篇为作者跟随成帝出游甘泉宫时所作,一般认为作于成帝永始四年(前13)。扬雄在赋中吟哦西王母:"风傱傱而扶辖兮,鸾凤纷其御蕤。梁弱水之潚漭兮,蹑不周

---

① 范晔:《后汉书》,中华书局1965年版,第3216页。
② 袁珂:《中国神话通论》,巴蜀书社1993年版,第232—233页。
③ 司马迁:《史记》,中华书局1959年版,第3060页。

之逶蛇。想西王母欣然而上寿兮，屏玉女而却虙妃。玉女无所眺其清卢兮，虙妃曾不得施其蛾眉。"①

东汉的张衡在《思玄赋》中也有类似的吟诵："聘王母于银台兮，羞玉芝以疗饥。戴胜愁其既欢兮，又诮余之行迟。载太华之玉女兮，召洛浦之宓妃。咸姣丽以蛊媚兮，增嫭眼而蛾眉。"②

扬雄在赋中提到了西王母长生不老的特质，这与西汉时期对于西王母的宗教期望相一致，最特别的还是提到了西王母的两个女伴——玉女与虙妃，张衡继承此说。

巫鸿有论，在西汉中期文献中，西王母开始扮演越来越重要的宗教角色，她开始变成一位超验的神祇和宗教崇拜的偶像，不仅能够在日常生活中赐福于民众，同时还能在特殊情况下消灾攘难，救百姓于倒悬③。

西汉末期哀帝建平四年（前3）爆发了一场大规模的崇拜西王母运动，《汉书》有三处记载，其中"五行志"记载最为详细，其云：

哀帝建平四年正月，民惊走，持藁或梻一枚，传相付与，曰行诏筹，道中相过多至千数，或被发徒跣，或夜折关，或逾墙入，或乘车骑奔驰，以置驿传行，经历郡国二十六，至京师。其夏，京师郡国民聚会里巷阡陌，设（祭）张博具，歌舞祠西王母。有传书曰："母告百姓，佩此书者不死。不信我言，视门枢下，当有白发。"至秋止。④

《哀帝纪》中有相同记载：

四年春，大旱，关东民传行西王母筹，经历郡国，西入关至京师。民又会聚祠西王母，或夜持火上屋，击鼓号呼相惊恐。⑤

《天文志》：

其四年正月、二月、三月，民相惊动，谨哗奔走，传行诏筹祠西王母，又曰"从目人当来"。⑥

在天灾的推动之下，西王母开始从神话人物转变为宗教偶像，巫鸿指出了这场运动中宗教活动的因素，包括象征物（诏筹、博具）、符咒、仪式、奇迹、结社以及宗教偶像⑦。从这场疯狂的运动中可以看出，此时的西王母的功能已经从一位拥有长生不死特权的神话人物，变成汉代民众实实在在崇拜的对象，她具有将信徒从各种危难中解救出来的神力，同时还拥有赐福的神力。上天在汉人的眼中依然是崇高而不可触及的，但他们已然悄悄地改变了自己心愿的寄托者，至此，

① 班固：《汉书》，中华书局1962年版，第3531页。
② 范晔：《后汉书》，中华书局1965年版，第1930页。
③ 巫鸿：《武梁祠：中国古代画像艺术的思想性》，生活·读书·新知三联书店2006年版，第144页。
④ 班固：《汉书》，中华书局1962年版，第1476页。
⑤ 班固：《汉书》，中华书局1962年版，第342页。
⑥ 班固：《汉书》，中华书局1962年版，第1311—1312页。
⑦ 巫鸿：《武梁祠：中国古代画像艺术的思想性》，生活·读书·新知三联书店2006年版，第145页。

在汉人的信仰生活中,西王母开始成为仅次于上天的神祇,并且比上天更加可亲可近。《汉书》中三处提到这场运动,说明其影响之深广。在这种信仰的推动之下,群众性的西王母崇拜开始与汉代墓葬艺术联系起来,出土实物证明,在这场运动的发源地关东地区(也就是函谷关以东,汉武帝时已将函谷关从陕西潼关迁移至河南新安东北,即洛阳附近,此时的关东即指洛阳、郑州、南阳一带的广泛地区),从西汉后期至王莽时期开始出现西王母图像的画像砖墓和壁画墓[1]。

西王母摇身一变为全能偶像,这种情况在《易林》中得到记载。《易林》又名《焦氏易林》,传为西汉焦延寿(字赣)撰,清代沈炳巽和牟庭以及今人余嘉锡和胡适都考证该书为东汉崔篆在公元1世纪所作。据巫鸿统计,该书中共有24处直接提到西王母,李淞归纳出该书中提到的西王母的四个特征:

1. 护佑:

穿鼻系珠,为虎所拘,王母祝福,祸不成灾[2]。(《明夷卦第三十六》)

患解忧除,王母相予,与喜俱来,使我安居[3]。(《蒙卦第四》)

2. 赐福:

西逢王母,慈我九子,相对欢喜,王孙万户,家蒙福祉。[4](《鼎卦第五十》)

3. 长寿:

弱水之西,有西王母,生不知老,与天相保[5]。(《讼卦第六》)

4. 凶相:

一人辇车,乘入虎家,王母贪饕,盗我犁牛[6]。(《剥卦第二十三》)

其中,第一、二类出现充分说明时人对于西王母所具有的功能的新期待,而第三类则是汉人对于西王母一如既往的期盼,至于第四类则说明此时仍然保存着西王母原始神祇的特性。

从以上神话文本中的描述可知,大体上,西王母神话呈现出一个由简单到复杂、由模糊到清晰的过程,西王母神话体系在此过程中不断丰富,其元素也不断增加。同时,西王母本身的形象也经历了三重转变,从最开始的怪异、恐怖的半兽半神到白首的长寿仙人再到华贵可亲的宗教偶像。西王母所具备的功能也由主持瘟疫与刑罚转变发展到其他方面。掌握长生不死特权、能够救苦救难、保佑赐福成为东汉时期西王母的主要功能。美国学者詹姆斯说:"我们通过研究各种表现汉代人们信仰的描述认识了他们所崇拜的西王母,她是具有多种功能的神,既能提供长寿和死后灵魂不灭,在一个更高的层次上她又代表着宇宙中'阴'的力量。"[7]正是这种不断变化、丰富的过程,使西王母形象的神圣意义逐渐呈现出

---

① 李淞:《论汉代艺术中的西王母图像》,湖南教育出版社2000年版,第31页。

②④ 《焦氏易林》卷四,文渊阁四库全书本。

③⑤ 《焦氏易林》卷一,文渊阁四库全书本。

⑥ 《焦氏易林》卷二,文渊阁四库全书本。

⑦ 简·詹姆斯著,贺西林译,张敢校:《汉代西王母的图像志研究》,《美术研究》1997年第2期。

来,延至西汉后期,对于西王母的崇拜开始从简单的仪式转变为视觉形象的接受,包括墓葬在内,西王母的图像开始广泛出现。

二、自然神与祖先崇拜

战国秦汉时期是我国历史上造神运动的高峰,秦汉大一统帝国的建立,为神的汇集和改造提供了良好的条件。这一时期,不仅对之前的民间信仰兼收并蓄,同时还创造出各种新的神祇。延至汉代,民间所信仰的神祇数量众多,体系庞杂,根据文献和出土实物可以推断,汉人除了信奉西王母之外,还信奉众多的自然神,同时还有非常浓厚的祖先崇拜之风,而这些神祇的来源都可以从前代文献中得到证实。

(一) 司命

司命在古代的地位很高,主要因为其负责督察人命。它最早来自古人的天体崇拜,郑玄曰:"司命,文昌宫星。"从周代开始,祭祀司命成为非常重要的活动,比如《周礼·春官宗伯·大宗伯》中载:"以禋祀祀昊天上帝,以实柴祀日、月、星、辰,以槱燎司中、司命、风师、雨师。"[1]汉代延续了周代的礼制,将司命列为"六宗"之一,辅佐至上神"天一",纳入官方祭典。

司命的重要职责是督察人命,又有大小之分,比如《楚辞·九歌》中有大司命和少司命两个神祇。《大司命》曰:"纷总总兮九州,何寿夭兮在予。"[2]根据《史记·扁鹊仓公列传》载:"其在骨髓,虽司命无奈之何。"[3]由此可见,大司命主要负责掌管人之生死,而所谓的少司命则主要掌管子嗣之有无。《楚辞·少司命》曰:"夫人自有兮美子,荪何以兮愁苦。"[4]王夫之在《楚辞通释》中将大小司命的神职作出区别:"大司命通司人之生死,而少司命则司人子嗣之有无。皆楚俗为之名而祀之。以其所司者婴稚,故曰少。大则统摄之辞一。"[5]

秦汉时期,关于司命的信仰依旧流行。《史记·天官书》有载:"四曰司命。"司马贞《索隐》引《春秋元命包》云:"司命主老幼,司灾主灾咎也。"[6]张衡《思玄赋》曰:"死生错而不齐兮,虽司命其不哲"[7],可以证明司命信仰的流行。在汉代司命的职责又得到了扩充,不仅可以改变人的贫富命运,还可以惩恶扬善,比如《思

---

① 杨天宇:《周礼译注》,上海古籍出版社 2004 年版,第 275 页。
② 洪兴祖撰,白化文等点校:《楚辞补注》,中华书局 1983 年版,第 69 页。
③ 司马迁:《史记》,中华书局 1959 年版,第 2793 页。
④ 洪兴祖撰,白化文等点校:《楚辞补注》,中华书局 1983 年版,第 72 页。
⑤ 王夫之:《楚辞通释》卷二(《船山全书》第 14 册),岳麓书社 1996 年版,第 259 页。
⑥ 司马迁:《史记》,中华书局 1959 年版,第 1293—1294 页。
⑦ 萧统编,李善注:《文选》,中华书局 1977 年版,第 217 页。

玄赋》云:"或莘贿而违车兮,孕行产而为对。"李贤注云:"车谓张车子也。有夫妇夜田者,天帝见而矜之,问司命曰:'此可富乎?'司命曰:'命当贫,有张车子财可以借而与之期。曰,车子生,急还之。'田者稍富,及期,夫妇莘其贿以逃。同宿有妇人,夜生子,问名于其父,父曰:'生车间,名车子。'其家自此之后遂大贫敝。"①

根据考古发现,20 世纪 50 年代,在山东济宁发现一件汉代石雕人像。据孙作云描述,该像作半身立状,头大戴冠,面部丰盈,博衣大袖,左手抱一婴儿,右手持一长方形物,右腕下并悬一物。孙作云认为此像即司命神像②。

(二) 四灵

四灵,又称四神,在汉代图像中比较常见,据考古资料可知,现今出土的四灵图像实物有画像石、画像砖、铜镜、壁画、漆画、陶器、瓦当、工艺品等。以《中国画像石全集》为例,共收录四灵图像 199 幅,超过伏羲、女娲、西王母等神仙图像,由此可见四灵信仰在汉代的重要性和普及程度。

按照文献记载,四灵的组合共有两种不同的版本,一种为《礼记·礼运》:"四灵以为畜,故饮食有由也。何谓四灵? 麟凤龟龙谓之四灵。"③一种为《三辅黄图》:"苍龙、白虎、朱雀、玄武,天之四灵,以正四方。"④以后一种说法为流行。现存的考古资料证明,四灵组合并非出于同一时间,其来源具有多元性。最早可见于仰韶文化时期的濮阳西水坡遗址,其 45 号墓有用蚌壳摆成的龙虎图案⑤,1956—1957 年发掘出土的河南三门峡上岭村虢国墓地中的铜镜上也有四灵的形象,而 1978 年湖北随县发掘的曾侯乙墓中发现一个漆木衣箱,其中有龙虎图纹,与西水坡遗址中的龙虎图案一致。

程万里⑥、贾艳红⑦等根据文献与考古资料认为,四灵图像的出现与古人的天文学知识密切相关,四灵最早来指示天象,与北斗、二十八星宿等组成一个完整的"星图",后来又与方位、四季以及动物形象相融合,到汉代时发展为具有象征性的四种动物:青龙、白虎、朱雀、玄武。

先秦两汉时代的文献中对于四灵也屡有记载,比如《礼记·曲礼》云:"行,前朱鸟而后玄武,左青龙而右白虎,招摇在上,急缮其怒,进退有度,左右有局,各司其局。"⑧《吴子·治兵》云:"必左青龙,右白虎,前朱雀,后玄武,招摇在上,从事

---

① 范晔:《后汉书》,中华书局 1965 年版,第 1927 页。

② 参见孙作云:《汉代司命神像的发现》,《光明日报》1963 年 12 月 4 日。

③ 杨天宇:《礼记译注》,上海古籍出版社 2004 年版,第 277—278 页。

④ 何清谷校注:《三辅黄图校注》,三秦出版社 1995 年版,第 150 页。

⑤ 参见孙德萱等:《河南濮阳西水坡遗址发掘简报》,《文物》1988 年第 3 期。

⑥ 程万里:《汉画四神图像》,东南大学出版社 2012 年版。

⑦ 贾艳红:《汉代民间信仰与地方政治研究》,山东大学出版社 2011 年版。

⑧ 杨天宇:《礼记译注》,上海古籍出版社 2004 年版,第 28 页。

于下。"①《史记·天官书》和《汉书·天文志》中均有"四官"或"四宫"的说法,将夜空中的二十八星宿及其所统摄的区域分为四大星区,分属东南西北四方,每一方由七宿组成,并用一位神灵作象征,最终形成东方苍龙七宿(角、亢、氐、房、心、尾、箕),北方玄武七宿(斗、牛、女、虚、危、室、壁),西方白虎七宿(奎、娄、胃、昴、毕、觜、参),南方朱雀七宿(井、鬼、柳、星、张、翼、轸)的格局。在各种因素的作用下,秦汉时人已把龙、虎、凤、龟四种动物配合四方,最终形成了左青龙、右白虎、前朱雀、后玄武的形态,体现于《三辅黄图》中。

汉代文物中,四灵图像非常普遍,西汉景帝阳陵的罗经石遗址中已发现四灵纹空心砖,在西安国棉五厂汉墓六中出图的一件铜温酒炉上镂刻有四灵纹,该器物被定为西汉前期,这也是考古发现中最早的完备四灵形象。武帝时期,随着儒学思想定于一尊,天人感应之说流行,四灵又成为重要的符瑞象征,于是具有吉祥寓意的四灵图像在画像石、画像砖、壁画中层出不穷,笼罩整个汉代。东汉时期,随着其他信仰的逐渐兴起,四灵图像又与伏羲、女娲、西王母、东王公等其他神仙人物共同呈现于墓葬中,比如陕西神木大保当 11 号汉画像石墓②,造型简洁质朴,色彩艳丽和谐。

四灵中的白虎和朱雀图像经常见于汉画像石墓墓门上,取其可以驱邪避鬼的功能。《风俗通义·祀典》云:"虎者,阳物,百兽之长也,能执搏挫锐,噬食鬼魅。今人卒得恶悟,烧虎皮饮之,击其爪,亦能辟恶,此其验也。"③汉人普遍相信将虎的图像绘于门扉上能够辟邪逐鬼。与此相类似,朱雀或凤凰,同样能够抵御魑魅的侵害,所以在汉画像石墓中经常可以看到以白虎为原型的铺首衔环图像和朱雀的图像。

(三) 祖先崇拜

祖先崇拜的历史源远流长,一般来说,它起源于鬼神信仰,它是由鬼神观念与图腾及生殖崇拜交合而成的一种信仰形式。祖先崇拜在周代发展到高峰,《诗经》的"大雅"和"颂"中都有不少关于称颂祖先功德的诗篇。汉代时期,祖先崇拜发展到新的阶段,它是汉代祭祀的重要内容,通过祭祀,后人一方面表达了对祖先的感恩,同时也祈求祖先保佑子孙,赐福消灾。祖先崇拜是汉人维系族人关系和维护宗法关系的重要纽带。

在汉人的信仰系统中,伏羲和女娲是最古老最重要的创世神和祖先神,他们的形象也多见于汉画像石墓中。但是在先秦的文献典籍中,伏羲和女娲多是分

① 吴起:《吴子》卷上,《丛书集成初编》本,商务印书馆 1935 年版,第 6 页。
② 陕西省考古研究所、榆林地区文物管理委员会:《陕西神木大保当第 11 号、第 23 号汉画像石墓发掘简报》,《文物》1997 年第 9 期。
③ 应劭撰,王利器校注:《风俗通义校注》,中华书局 1981 年版,第 368 页。

而论之,表明这两位神祇原本属于两个不同的神话系统。直到《淮南子·原道训》时,二神才并列起来:"泰古二皇,得道之柄,立于中央,神与化游,以抚四方。是故能天运地滞,轮转而无废,水流而不止,与万物始终。……其德优天地而和阴阳,节四时而调五行……"①把伏羲、女娲列为"泰古二皇"。到东汉时,在《春秋运斗枢》《路史》等文献中,二神跻身于"三皇"之列。不管是"泰古二皇",还是"三皇",均可见汉人对于伏羲、女娲的崇拜程度,而他们之所以有如此崇高的地位,与其创世之功密切相关。

汉代之后,随着对伏羲、女娲的尊奉程度不断加深,汉人对他们的神化也在不断加强。女娲开创了人类,由此发展成了创造万物之神;同时,她胜利地帮人类度过了洪水的浩劫,由此又演化出了她消灭百害的神话。而晚出于女娲的伏羲,由于他为开创人类立下了汗马功劳,也被推崇得越来越高。人们尊称伏羲为春神,认为人类社会中许多事物的发明者、许多生产技术的开创者都是伏羲。由于两位神祇的丰功伟绩,在后人的不断崇拜中,他们最终演变成为主宰人类婚姻和生育的大神:"女娲祷祠神祈而为女媒,因置昏姻,行媒始行明矣。……女娲,伏希之妹。"②在汉画像石中他们多以偶神的形象出现。

在先秦两汉的文献中,关于女娲的记载比较复杂,最早可见于《楚辞·天问》和《山海经·大荒西经》,汉代的部分文献如《淮南子》《风俗通义》中也有记载。比较重要的有《山海经·大荒西经》:"有神十人,名曰女娲之肠,化为神,处栗广之野。横道而处。"③《楚辞·天问》中屈原有对女娲形体的询问:"女娲有体,孰制匠之",王逸有注:"传言女娲人头蛇身,一日七十化。"④《淮南子》中则对"七十化"有一定程度的延伸:"黄帝生阴阳,上骈生耳目,桑林生臂手,此女娲所以七十化也。"⑤后世流传的绝大部分关于女娲的神话,多出自《淮南子》:"往古之时,四极废,九州裂,天不兼覆,地不周载,火爁炎而不灭,水浩洋而不息,猛兽食颛民,鸷鸟攫老弱,于是女娲炼五色石以补苍天,断鳌足以立四极,杀黑龙以济冀州,积芦灰以止淫水。苍天补,四极正,淫水涸,冀州平,狡虫死,颛民生。背方州,抱圆天。……当此之时,禽兽蝮蛇无不匿其爪牙,藏其螫毒,无有攫噬之心。考其功烈,上际九天,下契黄垆,名声被后世,光晖重万物。乘雷车,服驾应龙,骖青虬,援绝瑞,席萝图,黄云络,前白螭,后奔蛇,浮游消摇,道鬼神,登九天,朝帝于灵门,宓穆休于太祖之下。然而不彰其功,不扬其声,隐真人之道,以从天地之固然。"⑥而关于女娲造人的传说,则可见于《风俗通义》等文献,"俗说天地开辟,未有

---

① 刘文典撰,冯逸、乔华点校:《淮南鸿烈集解》,中华书局1989年版,第2—3页。
② 应劭撰,王利器校注《风俗通义校注》,中华书局1981年版,第599页。
③ 袁珂:《山海经校注》,上海古籍出版社1980年版,第389页。
④ 洪兴祖撰,白化文等点校:《楚辞补注》,中华书局1983年版,第104页。
⑤ 刘文典撰,冯逸、乔华点校:《淮南鸿烈集解》,中华书局1989年版,第561页。
⑥ 刘文典撰,冯逸、乔华点校:《淮南鸿烈集解》,中华书局1989年版,第206—210页。

人民,女娲抟黄土作人,剧务,力不暇供,乃引绳于缙泥中,举以为人"①。

在先秦两汉的文献中,关于伏羲的记载也不少,但是他的名字却不统一,可作伏羲、伏牺、疱牺、炮牺、伏戏、虙戏、虙羲、伏犠等。甚至在同一部书中,也存在异名的现象,比如最早记载伏羲的《庄子》,共有五篇提到伏羲,即《人间世》《大宗师》《胠箧》《缮性》《田子方》,共有"伏羲""伏犠""伏戏"等多种称呼。同时,虽然伏羲名列三皇五帝之一,但是他在古帝王中的序列却不定,或为三皇,或为五帝,或在禹、舜之后,或在之前,这说明在战国晚期,关于伏羲的身份尚未确定,他的传说和形象还在创造中②。

梳理传世文献可知,关于伏羲的大量记载出现在战国中晚期,时代越晚,记载越详细,说明伏羲的传说在不断增益,到汉代才基本定型。《易传·系辞下》记载了伏羲创制八卦的经过:"古者包牺氏之王天下也,仰则观象于天,俯则观法于地,观鸟兽之文与地之宜,近取诸身,远取诸物,于是始作八卦,以通神明之德,以类万物之情。作结绳而为网罟,以佃以渔,盖取诸《离》。"③《管子》《荀子》《商君书》等也有一些记载,但真假难辨,比如"古者封泰山、禅梁父者,七十二家……昔无怀氏封泰山,禅云云。虙羲封泰山,禅云云。神农封泰山,禅云云……"④"自理国虙戏以来,未有不以轻重而能成其王者也"⑤"文武之道同伏戏"⑥"伏羲、神农教而不诛,黄帝、尧、舜诛而不怒"⑦。

关于伏羲、女娲的形象,历来说法不一,通行的说法是两位神祇均为人首蛇身,比如王延寿《鲁灵光殿赋》:"伏羲鳞身,女娲蛇躯。"⑧王逸注《楚辞·天问》:"女娲人头蛇身。"⑨曹植《女娲赞》:"或云二皇,人首蛇形。"⑩

西汉关于伏羲、女娲的图像,最典型的属长沙马王堆一、三号墓出土的"T"字形帛画和洛阳的卜千秋墓壁画等。"T"字形帛画由1972年湖南长沙马王堆一号汉墓出土,是我国已知画面最大、保存最完整、艺术性最强的战国彩绘帛画。帛画分为上、中、下三部。其中上部为天上景象,绘有太阳、扶桑树、新月、蟾蜍、玉兔等,一女子乘龙奔向弯月,中部绘有一人首蛇身像,再往下有两只飞鸟相对,天门内,守门人拱手对坐。中部所描绘的是墓主人在人间的景象。下部为地下

① 《太平御览》卷七八引《风俗通》,李昉撰,夏剑钦、王巽斋校点:《太平御览》,河北教育出版社2000年版,第672页。

② 过文英:《论汉墓绘画中的伏羲女娲神话》,浙江大学2007年博士毕业论文第21页。

③ 周振甫:《周易译注》,中华书局1991年版,第257页。

④ 黎翔凤撰,梁运华整理:《管子校注》,中华书局2004年版,第952—953页。

⑤ 黎翔凤撰,梁运华整理:《管子校注》,中华书局2004年版,第1507页。

⑥ 梁启雄:《荀子简释》,中华书局1983年版,第345页。

⑦ 高亨:《商君书注译》,中华书局1974年版,第17页。

⑧ 萧统编,李善注:《文选》,中华书局1977年版,第171页。

⑨ 洪兴祖撰,白化文等点校:《楚辞补注》,中华书局1983年版,第104页。

⑩ 欧阳询撰,汪绍楹校:《艺文类聚》,上海古籍出版社1965年版,第208页。

图 1-5　马王堆一号墓帛画；西汉帛画；上宽 92 厘米，
下宽 47.7 厘米，全长 205 厘米。

景观。一巨人站立在两龙之上，横跨一条大蛇，双手托举着可能象征大地的白色扁平物。

　　东汉画像石中伏羲、女娲的图像数量更多，内容也更丰富，遍及山东、四川、河南、江苏、陕北等几个重要的画像石出土区域。在汉画像中，伏羲、女娲的形象基本都是人首蛇身，或交尾并置，或相对而应。其中位于山东嘉祥武梁祠的第一石第二层刻有伏羲、女娲，呈现的是一组面相对的男女人首，下身刻画成蛇形，做"X"形结，二人中间夹以小人像，小人像下体是怪异的鱼尾形状，其中男像右手持曲尺。在画面的左上方有榜题"伏戏"，并有题记："伏戏仓精初造王业画卦结绳以理海内。"

　　除帛画和画像石之外，还有不少伏羲、女娲的画像被雕刻于石棺之上。例如简阳三号画像石棺，出土于四川省简阳县董家埂乡深洞村鬼头山，为东汉晚期的画像石棺。棺长 2.12 米,宽 0.63 米,高 0.64 米。头档上刻画一朱雀,足档上是伏羲、女娲画像。画像右侧一人,人首蛇身,头戴高冠,其右上方榜题"伏希";左侧一人,人首蛇身,背上生羽,其右上方榜题为"女娃"。伏羲、女娲相对,两尾外翘呈"八"字形,手高举。伏羲、女娲两尾之间有一龟,榜题"兹武"(玄武)。

通过纵览汉代各种伏羲、女娲图像可以发现,在汉代墓葬中,伏羲、女娲画像的细节也在不断变化之中,尤其是随着阴阳五行思想和神仙思想的盛行,晚期的伏羲、女娲画像上开始有了日月、嘉禾、灵芝、羽化等新元素。另外,东汉中期以后,随着西王母信仰的盛行,伏羲、女娲的神性有逐渐削弱之势,成了仙界西王母、东王公的陪侍。总的来看,两汉时期,人首蛇(龙)身、交尾合体的形式是伏羲、女娲的标准像,无论是帛画、画像石还是石棺上都有大量例证,对伏羲、女娲的崇拜正是汉人祖先崇拜的一个缩影。

第三节 历史故事的展示

以图像的方式反映和记录历史故事,这是艺术史中常有的现象,汉代的图像也是如此,以砖石、壁画、纹饰等方式展示了丰富的人物故事,这些图像与文献一起,使我们能够尽可能地还原历史的场景。

用图像表现历史,其源头甚早,王逸在注释《楚辞·天问》时曾说:"屈原放逐,忧心愁悴。彷徨山泽,经历陵陆,嗟号昊旻,仰天叹息。见楚有先王之庙及公卿祠堂,图画天地山川神灵,琦玮僪佹,及古贤圣怪物行事。周流罢倦,休息其下,仰见图画,因书其壁,何(一作呵)而问之,以泄愤懑。"[①] 由此可见,早在先秦时期,在宗庙的墙壁之上就已出现历史人物图像。不过从出土的材料来看,直到西汉时期,汉代画像的题材还比较单一,历史故事的内容虽有出现,但数量较少,东汉晚期之后,历史故事内容的图像大量出现,其中最集中的首推著名的武氏祠。以武梁祠为例,其中带有榜题的人物图像就多达 44 幅,涵盖帝王将相、忠臣孝子、义士列女等各种类别。墓葬中之所以大量出现历史故事图像,其目的正如曹魏时期的何晏在《景福殿赋》中所云"图象古昔,以当箴规",换言之,就是拿一些道德规范的实例来教育时人,而这种规范的原则即董仲舒所提倡的三纲五常思想。

汉代图像中的历史人物故事多记载于先秦的各种文献之中,尤其多见于史传,比如《左传》《战国策》《国语》等,汉代的《史记》《汉书》《列女传》等史传同样也记录了大量先秦历史人物故事。根据现有资料可知,汉代历史人物图像涵盖了从先秦到当时的各种人物,帝王将相、忠臣烈士、孝子贞女等等,展示出丰富多彩的历史画面。每一类图像本身均包含丰富的文化内蕴,而不同图像的组合之间又包含了不一样的含义。

---

① 洪兴祖撰,白化文等点校:《楚辞补注》,中华书局 1983 年版,第 85 页。

一、刺客故事

在汉代历史故事图像中,刺客故事是比较有代表性的一类。首先,此类图像在汉画像历史人物图像中比较典型,其表现形式多样,既有祠堂内的画像,又有墓葬中的画像,还有石阙上的图像、画像砖图像等,基本涵盖了汉代画像的大部分形式。同时,其传播的范围也十分广泛,在山东、四川、浙江、陕西等地的墓葬中均出现了刺客画像,基本包括了现今出土的汉代画像的大部分地域。最重要的是,刺客故事还有比较经典的文本存世,比如《史记·刺客列传》等,均为存世较早的文本,且各个故事中间存在一定的矛盾。

据出土实物可知,汉代的刺客故事图像主要有荆轲刺秦王、豫让刺赵襄子、聂政刺侠累、曹沫劫持齐桓公、专诸刺杀吴王僚、要离刺庆忌等,出土的地域涵盖山东、四川、浙江、陕西等,其中山东嘉祥武梁祠左右两侧的第二层装饰带上出现了这六个故事的图像,其旁有榜题标明主要人物的身份。在先秦两汉的许多文献中,详略不等地记录了这些刺客故事,巫鸿梳理了先秦两汉文献中关于刺客故事的文本,发现在许多文献中都存在刺客故事的不同版本[1],比如曹沫的故事出现在《荀子》《管子》《战国策》《吕氏春秋》《史记》《春秋公羊传》《淮南子》《盐铁论》等文献中,存在两个不同版本,其中《战国策》与《史记》的记录相一致,而《春秋公羊传》与《吕氏春秋》的版本不同,出现了管仲的画像,以及有"曹子"的榜题,这两个细节与《史记》不同,而武梁祠中的画像则体现了这两个细节,说明《公羊传》是该图像的文本来源。

《史记·刺客列传》详细记录了除要离之外的五个刺客的故事,而要离刺杀庆忌的事迹则记录在《吕氏春秋》《吴越春秋》等文献中,而这两本书在细节方面略有差异,如《吴越春秋》描写庆忌"三捽其头于水中,乃加于膝上"[2],而《吕氏春秋》说"王子庆忌捽之,投之于江,浮则又取而投之,如此者三"[3],相比较而言,武梁祠上的要离图像与《吕氏春秋》更相符。

纵观现今出土所有刺客图像,荆轲故事出现的频率最高,总共有十几幅,在山东、四川、陕西、浙江、江苏等地均有发现,从东到南,从中到西,涵盖现今汉代墓葬发现较多的大部分区域。根据墓葬中其他材料综合分析,刺客图像年代均为东汉,早、中、晚各期均有发现,且多见于中、晚期。从目前可见的材料分析,首先,说明荆轲刺秦王故事在汉代,尤其是东汉时期在民间流传较广泛,呈现出一种辐射状的流布状态,其中山东地区发现较多,其雕刻较精,画面完整,包含故事

---

① 巫鸿:《武梁祠:中国古代画像艺术的思想性》,生活·读书·新知三联书店 2006 年版,第 318 页。
② 《吴越春秋·阖闾内传第四》,《四部丛刊》初编(六十四),上海书店 1989 年版,第 24 页。
③ 《吕氏春秋》,《四部丛刊》初编(六十四),上海书店 1989 年版,第 442—444 页。

情节最丰富。其次，根据与文献材料的相互参照可知，东汉时期，该故事的部分细节开始变得更加神秘化、荒诞化，在秦汉时期的故事主干之上增添了不少额外的细节，故事变得更加丰富，小说化倾向更加明显。所以，图像上的许多细节已经无法通过现存的文献（《荆轲传》《燕丹子》）进行佐证说明。

在现存的先秦两汉文献中，记载荆轲刺秦王之事较详的有《战国策·燕策》《史记·刺客列传》《燕丹子》和《三秦记》。其中《战国策·燕策》和《史记·刺客列传》中的记叙大致相同，只是个别文字略有出入。二书之间的关系暂且不论，细究二书中对于荆轲刺秦王之事的记载，确实大同小异，其故事发展脉络、主要情节、语言等方面均大致不差，相比较而言，《史记·刺客列传》中的记载更加丰满，尤其细节描写更生动传神，人物塑造更加成功，故以此作为主要的文献来源。

同样基于《战国策》的史料，与《史记·刺客列传·荆轲传》（下文简称为《荆轲传》）相比，《燕丹子》则要复杂得多，其成书年代、文本性质尚在争议当中。虽然二者所叙述的事件大体相同，描述的过程也大致不差，但是在具体细节的描写上，后者要显得更加丰富，增加了许多荒诞、神奇的情节。总体而言，《荆轲传》追求的是一种严谨求实的史传风格，后者则更加偏向于小说笔法。综而论之，可以将《燕丹子》作为荆轲刺秦王的另一个主要的文献来源。

此外，汉代的一些学者在其著作中也屡次称引荆轲之事，比如邹阳的《狱中上书自明》、刘安的《淮南子》、刘向的《列士传》、应劭的《风俗通义》、王充的《论衡》等，叙其事简而约之，且多称其神异之事，比如"白虹贯日""天雨粟，乌白头，马生角，厨门木象生肉足"等，盖多来自汉代所传荆轲之事。司马迁在《史记·刺客列传》的赞语中云："太史公曰：世言荆轲，其称太子丹之命，'天雨粟，马生角'也，太过。又言荆轲伤秦王，皆非也。始公孙季功、董生与夏无且游，具知其事，为余道之如是。"[1]说明该故事在汉代流传甚广，且多有神异之说，司马迁通过与前辈学者交流，知其本末，故而舍弃神异之说，而持客观之论。然而其他学者则不免其俗，多从传说之意。

《史记》与《燕丹子》一为注重严谨的历史书写，一为注重虚构的小说书写，虽然二者所叙述的是一个大致相同的故事传说，但是在具体细节方面，二者仍然存在较大的差异。一些学者将二者并列起来进行比较，并得出《燕丹子》为伪书的结论，其比较本身便存在一定的偏颇，因为《史记》与《燕丹子》一为正史，一为小说，二者本身泾渭分明，以历史的眼光来评价、衡量后者，明显抹杀了历史与小说之间的区别，《史记》注重的是历史事件本身及其人物，而小说注重的是传说或历史事件本身的奇异性质。

在具体描写上，《荆轲传》与《燕丹子》之间也存在很多差别。首先，《燕丹子》中增加了许多《荆轲传》中没有的情节，如太子丹逃归经过、太子丹宴请荆轲、荆

---

① 司马迁：《史记》，中华书局 1959 年版，第 2538 页。

轲阳翟买肉等,其中秦宫行刺的具体细节也丰富了许多,说明荆轲刺秦王故事在流传中得到不断丰富、发展,其情节也变得更加曲折、动人。其次,在细节描写方面,《燕丹子》要比《荆轲传》丰富得多。《史记》写燕太子丹待荆轲如上宾,满足他的一切欲望和要求,仅"太子日造门下,供太牢具,异物间进,车骑美女恣荆轲所欲,以顺适其意"等数句,简单概括而已,但《燕丹子》中却有精彩的细节描写,如黄金投蛙、杀马进肝、玉盘盛手等。

之所以形成这些差异,本质上是因为《史记》的史传叙事与《燕丹子》的小说叙事之间有差别,兹不赘叙。这里所强调的是对于此事的高潮部分,即秦宫行刺,二书在描写上存在诸多差别。这一幕不仅是荆轲刺秦王故事的高潮,彰显了荆轲故事本身的历史意义,而且在汉画像中也屡屡出现,是该系列画像情节最丰富、表现最精彩的部分,文与图之间存在对应以及矛盾。

《史记·刺客列传》中的相关描写:

轲既取图奏之,秦王发图,图穷而匕首见。因左手把秦王之袖,而右手持匕首揕之。未至身,秦王惊,自引而起,袖绝。拔剑,剑长,操其室。时惶急,剑坚,故不可立拔。荆轲逐秦王,秦王环柱而走。群臣皆愕,卒起不意,尽失其度。而秦法,群臣侍殿上者不得持尺寸之兵;诸郎中执兵皆陈殿下,非有诏召不得上。方急时,不及召下兵,以故荆轲乃逐秦王。而卒惶急,无以击轲,而以手共搏之。是时侍医夏无且以其所奉药囊提荆轲也。秦王方环柱走,卒惶急,不知所为,左右乃曰:"王负剑!"负剑,遂拔以击荆轲,断其左股。荆轲废,乃引其匕首以擿秦王,不中,中桐柱。秦王复击轲,轲被八创。轲自知事不就,倚柱而笑,箕踞以骂曰:"事所以不成者,以欲生劫之,必得约契以报太子也。"于是左右既前杀轲,秦王不怡者良久。[1]

《燕丹子》中的相关描写:

秦王发图,图穷而匕首出。轲左手把秦王袖,右手揕其胸,数之曰:"足下负燕日久,贪暴海内,不知厌足。於期无罪而夷其族。轲将海内报仇。今燕王母病,与轲促期,从吾计则生,不从则死。"秦王曰:"今日之事,从子计耳! 乞听琴声而死。"召姬人鼓琴,琴声曰:"罗縠单衣,可掣而绝。八尺屏风,可超而越。鹿卢之剑,可负而拔。"轲不解音。秦王从琴声负剑拔之,于是奋袖超屏风而走,轲拔匕首擿之,决秦王,刃入铜柱,火出。秦王还断轲两手。轲因倚柱而笑,箕踞而骂,曰:"吾坐轻易,为竖子所欺。燕国之不报,我事之不立哉!"[2]

二书对刺秦过程、结果的交代大致相同,但细节处又多有不同。整个行刺过程可以分为三个部分:行刺初、行刺中、行刺末,二书对三个部分的描写均有不同。

---

[1] 司马迁:《史记》,中华书局 1959 年版,第 2534—2535 页。
[2] 无名氏撰,程毅中点校:《燕丹子》,中华书局 1985 年版,第 15—16 页。

首先,行刺初。《荆轲传》中所说的是荆轲只是抓住了秦王的衣袖,正准备行刺之际,秦王挣裂衣袖,起身逃走。《燕丹子》中则说荆轲已完全控制秦王,却迟迟不下手,而是对秦王进行语言上的指责,细数其罪,然后秦王"乞听琴声"。

其次,行刺中。《荆轲传》所云为荆轲见秦王逃走,便起身追逐,秦王环柱而逃,万分危急之时,侍医夏无且用药囊袭击荆轲,同时秦王在左右的提醒下,拔出宝剑,还击荆轲,荆轲用匕首投掷秦王,不中。而《燕丹子》所说的则是秦王从姬人的琴声中得到提示,由此拔剑奋袖超屏风而逃,此时荆轲用匕首投掷秦王,不中,秦王还击。二书于此处差别最大,尤其是《燕丹子》中"乞听琴声"一事,颇难想象秦王在如此危急的情况下还能有闲情逸致听琴声,更神奇的是居然能够从琴声中听出解脱之道。同时二书在秦王拔剑、还击,荆轲投匕首的顺序上也有差别。

再次,行刺末。《荆轲传》中秦王先断荆轲左股,后又使其"被八创",最后荆为左右所杀。而《燕丹子》则是说秦王斩断荆轲双手。此外,荆轲倚柱而骂的内容也有所区别,《荆轲传》中荆轲自叙刺杀之事不成,是由于荆轲想要胁迫秦王签订和约以解燕国之急,而《燕丹子》中荆轲则认为是秦王用听琴之计欺骗他,故而事不成。

通过分析现今所有已识别出的十余幅"荆轲刺秦王"图像可知,这些图像的情节和构图大体相似,均选择"荆轲刺秦王"故事的高潮部分,即"掷匕中柱"一幕,各地的"荆轲刺秦王"图像均围绕这一情节展开。同时,各地的工匠又根据画面大小、个人喜好等对画面内容进行取舍以及构图发挥,整体上看,均意图通过最精简的方式展示最全面最丰富的内容,取得图像叙事的最大效应。

根据文本和图像内容,本文从主要人物和主要情节的呈现两个方面展示其对应关系:

首先,主要人物的呈现。武氏祠中的三幅"荆轲刺秦王"画像是此系列所有画像中唯一附有榜题的一类。武氏祠分为武梁祠、前石室和左石室三个祠堂,三幅画像分别位于武梁祠西壁下部第一层最左边、武氏祠前石室后壁小龛西侧、武氏祠左石室后壁小龛西侧,三幅画像构图元素基本相同,人物动作大体一致,只是在次要人物数量上有所区别,比如侍卫。其中武梁祠中的画像构图最简洁:

画面中间为一根立柱,被一匕首贯穿。立柱左侧是仓皇逃命的秦王,上身向左,一手指向柱子右侧的荆轲,一手握着一块玉璧,正是"环柱走,卒惶急,不知所为",柱左有榜题"秦王"二字。立柱右侧上方是蜷伏于地的秦舞阳,有榜题"秦舞阳"三字。在匕首之下,柱础旁有盛放樊於期首级的盒子,盒盖已开,露出头颅,其上有榜题"樊於其(期)头"。再右边为荆轲,怒发冲冠,身形奋力向右,却被一名侍卫拦腰抱住,动弹不得,右边有榜题"荆轲"。

由于该画像具有榜题,所以能够清晰地观察到图像中的人物与文本中人物的对应关系,秦王、荆轲、秦舞阳以及樊於期之头俱有展现。其他相关画像则在四者之间进行增减,除两位最核心的人物秦王与荆轲之外,秦舞阳、夏无且以及樊於期之头则或有或无。如山东沂南汉墓中的"荆轲刺秦王"画像最为简略,其人物只有秦王与荆轲二人,四川江安一号汉代石棺画像也仅在左侧多出一位骑马人物而已,而河南南阳唐河针织厂汉墓画像、四川乐山麻浩一号崖墓画像、四川渠县王家坪无铭阙画像、陕西神木大保当墓门楣画像则不仅有秦王、荆轲、秦舞阳三人,还出现了《荆轲传》中所提到的另一位重要人物——夏无且,其中乐山崖墓画像与海宁汉墓画像中还有樊於期之头的呈现。

其次,主要情节的呈现。所有画像均详略不同地展示了两个情节——秦王环柱走、荆轲掷匕中柱。虽然由于艺术水准、造像材质不同而使得艺术表现力有强弱之分,但所有画像均牢牢把握这个关键性的"顷刻",极力传达该故事的众多信息。从艺术表现力上看,武氏祠的三幅、海宁中学汉墓画像、四川乐山麻浩一号崖墓画像以及陕西神木大保当墓门楣画像都体现出紧张的动态感,人物衣带飘举,身姿向左倾斜,体现出秦王在危急时刻奋力环柱而逃,略显狼狈却又迅疾的形态;荆轲则是穷追不舍、奋力向前、一心杀之的勇猛形态。此外,匕首中柱的情节也在各幅画像中均有体现,且匕首多具缨穗,与刀平行,体现出其插入铜柱时迅猛的姿态。

现今出土汉画像石中,尚有许多画像或因画面漫漶,或因文献缺失而无法识别,而"荆轲刺秦王"系列画像,由于部分画像存在榜题,以鲜明的文字材料指示图像内容,而图像部分则以清晰的情节展现故事,榜题与图像相结合,共同为叙事服务。这样的画像模式不仅为解读单幅画像提供了极大便利,同时也为解读画面形态类似的画像提供了参照,从而带动整个系列画像的解读。虽然现在已无法考察画像所参照的文本,但按照现存文献材料,依然能够比较有效地分析图像中的人物、情节,从而为进一步进行解读提供可能。文字与图像在此过程中所起到的是一种互相配合、互相参照的作用,而文献与图像内容之间的对应则将图像模仿语言文字的过程彰显出来。

由于荆轲刺秦王之事流布范围广,且歧异迭出,造成文本与图像之间产生诸多差异,甚至有不少相互矛盾之处。凡此种种,造成当今出土的十余幅汉代荆轲刺秦画像,在人物造型、情节设置、图像要素之间均有各种差异。简而言之,有如下两种情况:一、画面要素与文本记录不相符者;二、人物动作、画面情节与文本记录不相符者。

首先,画面要素与文本记录不相符者。此处的画面要素主要指画面中的人物、物象等单个要素,由于《荆轲传》与《燕丹子》在"秦宫行刺"这个高潮书写中所记录的种种要素详略不同,故而此处所谓不符,主要指在二书中并没描写到,而出现于画像之中的人物或事物,其中最主要的差别即在于侍卫的有无。

《燕丹子》完全没有提及侍卫的存在,《荆轲传》倒是有所提及:"而秦法,群臣

图1-6　荆轲刺秦王·武梁祠西壁画像(上为拓本,下为复原图);约东汉桓帝
　　　　元嘉元年(151)画像石。

侍殿上者不得持尺寸之兵;诸郎中执兵皆陈殿下,非有诏召不得上。方急时,不及召下兵,以故荆轲乃逐秦王。"①很明显,此为否定侍卫在荆轲刺杀秦王时所起到的阻拦作用。反观画像,则有不少表现侍卫奋力环抱荆轲,阻拦其追杀秦王的画面,其中最明显的是武氏祠中的三幅画像,虽然它们所展现的侍卫的数量不等,但无一例外均着重描绘了最突出的一位侍卫——他拼命环抱荆轲。二者的形象均展现出十足的动态感,荆轲与侍卫朝向相反,都在奋力挣脱对方,荆轲张开双臂,其目标是前面不远处环柱而逃的秦王,而侍卫则紧紧抱住荆轲的腰部,其目的是尽全力阻止荆轲再往前一步,二人剑拔弩张,丝毫不肯退让。

　　除了文献中不可见的侍卫外,荆轲的血脉偾张、须发尽竖的勇猛形象也为文献所不载。不过虽然文献中均没有描写荆轲在刺杀时的形象,但工匠们根据实际,充分发挥想象力,对文献未详之处进行补足,亦合情合理。而且《荆轲传》中有易水送别时"士皆瞋目,发尽上指冠"的记载,而《燕丹子》中则有"为壮

_____
① 司马迁:《史记》,中华书局1959年版,第2535页。

声则发怒冲冠,为哀声则士皆流涕"的记载,很明显,工匠们将此处众人之态借用于此。

侍卫环抱阻荆轲的形象为大多数"荆轲刺秦王"画像所通用,就已知的情况来看,只有山东沂南汉墓中室西壁北侧画像和四川江安一号汉代石棺画像未出现侍卫的形象,荆轲与秦王隔柱相对,或跟画像极其简约的构图相关。其余相关画像都有侍卫环抱荆轲的形象,均呈现出一种迅疾、激烈的动态感,以此展现当时情态的危急。

其次,人物动作、画面情节与文本记录不相符者。除画面要素之外,这些画像中的人物动作以及相关的情节均有不少与文献不符之处。最突出的是武氏祠三图中的秦王举璧动作。

从图像看,武氏祠三幅"荆轲刺秦王图"的秦王手中都持有一中央为孔洞的环状物,武梁祠与前石室画像中的环状物已残缺,而左石室的仍然完整清楚。武梁祠后壁下层位于中心楼阁之后的地方,刻有蔺相如"完璧归赵"的故事,其有榜题曰"(蔺相如赵臣)也,奉璧于秦",对比蔺相如手中所持之璧与左石室秦王所持之物可知,二物完全相同,均为璧,而且秦王的身形动态与蔺相如如出一辙。从现存的关于荆轲与秦王的文献记载来看,都没有找到可以吻合的情节。这样的设计,不知道是工匠别有所本,还是由于他们混淆了人物的身份特征。瞿中溶认为此乃误作①,而邢义田则怀疑这是因为武氏祠的画工有意将荆轲刺秦王、蔺相如完璧归赵这两幅都与秦王有关的故事串联在一处②。

《荆轲传》与《燕丹子》,两种文本之间有诸多差异,此为一。此两种文本又与汉时的民间传说之间有诸多差异,应劭与王充均曾将《荆轲传》与时闻相对照,如王充有云:"太史公曰:'世称太子丹之令天雨粟、马生角,大抵皆虚言也。'太史公,书汉世实事之人,而云虚言,近非实也。"③此为二。在民间传说的基础上,民间工匠将其图像化,其中必然产生诸多变异之处,未必与传说相符,此为三。荆轲之事流布甚广,地域之间、流俗之间,势必有差,此为四。

凡此四种,即造成当今出土的十余幅汉代荆轲刺秦画像,在人物造型、情节设置、图像要素之间均有种种差异。

当然,作为一个耳熟能详、路人皆知的故事,虽然文本众多、传说纷繁,但其大体的故事情节、发展过程还是有其相对稳定的框架。同样,虽然图像之间的细节差异不小,与文本之间的差异也不小,但其主要画面情节依然围绕荆轲刺秦王展开,虽然画面表现力有差别,但基本情节尚能辨别,这也是相关图像之所以能

---

① 瞿中溶:《汉武梁祠画像考》,北京图书馆出版社 2004 年版,第 432 页。

② 邢义田:《格套、榜题、文献与图像解释——以一个失传的"七女为父报仇"汉画故事为例》,颜娟英:《美术与考古(上)》,中国大百科全书出版社 2005 年版,第 202 页。

③ 王充著,张宗祥校注,郑绍昌标点:《论衡校注》,上海古籍出版社 2010 年版,第 110 页。

够被今人所识别、所接受的一个主要原因。

二、列女与孝子故事

两汉文化的最大特点在于重视礼教观念，这是儒家思想逐步一统汉代思想的结果，中间经历了从神话传说世界向礼教世界的转变。如果说对西王母、伏羲、女娲等的信仰统治了汉人的生死观念，那么儒家礼教观念便统治了汉人的行为方式，所以在汉代墓葬中可以看到神仙信仰下的西王母、伏羲、女娲与礼教观念下的列女、孝子等形象的并置。西王母等神话人物画像寄托着汉代对于死后世界的向往，而礼教形象的出现则寄托着汉代对于现实世界秩序的一种认知。在汉人观念中，礼教人物为他们提供了良好的行为参照。这些行为符合礼教规则的忠臣、孝子、列女、节妇等为礼教的具体实施提供了良好的参考。首先是礼教观念的建立，其次是礼教观念下出现的人物，再次是这些人物成为众人的楷模，成为汉人表彰的典型，这点与汉代盛行的图像表彰风尚有关。最后，这些人物也成为礼教的一部分，成为礼教典籍中记录的部分内容。

（一）列女故事

在现今出土的汉代画像和砖石中，列女故事是一个比较特殊的类别，其原因在于在两处重要的墓葬遗址中，均有系列的列女图像，即山东嘉祥的武梁祠中的画像石刻和内蒙古和林格尔汉墓壁画。其中武梁祠的列女图像共有8幅，其中东壁第二层从右至左刻的是梁节姑姊、齐义继母、京师节女的故事，西壁第一层从右至左是梁高行拒聘、鲁秋胡戏妻、鲁义姑姊舍儿、楚昭贞姜待符的故事，而钟离春说齐王的故事则是在东壁第四层的最左边。据考古学家研究，和林格尔汉墓大约建造于东汉桓帝延熹年间（158—165），墓葬的主人可能是一位护乌桓校尉。在该墓中室的南、北、西三壁上，画着80多则圣贤、忠臣、孝子、列女、义士的图像。其中列女有曾子母、后稷母姜嫄、契母简狄、王季母大姜、文王母大任、武王母大姒、鲁秋胡子妻、周主忠妾、许穆夫人、曹僖氏妻、孙叔敖母、晋羊叔姬、晋汜氏母、孟轲母、鲁之母师、齐田稷母、秦穆姬、楚昭越姬、盖将之妻、代赵夫人等。

虽然两种图像的载体不同，但是它们均带有榜题，其中武梁祠画像的人物图像比较丰富，故事性较强，而和林格尔汉墓壁画则用比较简洁的图像标明人物的身份，二者均有比较强烈的指示性。更重要的是，这些比较有名的列女均可见于汉代刘向所编订的《列女传》除《孽嬖》之外的前六卷中。

《列女传》在我国古代是一个有着多重指称的文本名称，历代文人或对其进行增补、或重撰，纷繁芜杂，而这部典籍的最初编撰者指向一人——刘向。虽然经过两千多年的传承，这部书早已在时间的长河中被冲刷得面目全非，但是经过

图 1-7　鲁秋胡妻·武梁祠后壁画像；约东汉桓帝元嘉元年（151）画像石；
纵 162 厘米，横 241 厘米。

对现存典籍的考索，我们还是能略窥汉代时期这部书的些许原貌。

《列女传》为流传至今的不多的汉代典籍之一，历来被认为乃刘向所作，《汉书·艺文志》著录："刘向所序六十七篇。"注："《新序》《说苑》《世说》《列女传颂图》也。"①虽然颜之推曾认为"颂"为刘向之子刘歆所作，但王回、曾巩、蔡骥等人经过考证仍认为"颂"为刘向所作，而今人多确信此书为刘向所撰。

《列女传》是刘向在校书过程中的成果之一。汉成帝河平三年（前 26），刘向受命始校点内阁图书，此后刘向上呈了一系列作品，如《洪范五行传》《列女传》《新序》《说苑》等，刘向与其子刘歆等人一起梳理了散见于先秦典籍中的一些史料，将其汇编成书。

据钱穆考证，《列女传》成书于汉成帝永始元年（前 16）。《初学记》卷二五"器物部屏风三"（又可见《太平御览》）引《别录》云："臣向与黄门侍郎歆所校《列女传》种类相从为七篇，以著祸福荣辱之效，是非得失之分，画之于屏风四堵。"②刘向在此自述了《列女传》的成书过程，并说明了编撰此书的目的是"著祸福荣辱之效，是非得失之分"。而班固在《汉书·楚元王传》中则用史家的敏锐，追溯了刘向编撰此书的真实目的，说明《列女传》的编撰，主要是针对元、成之际后妃逾礼、外戚擅权的现实，其根本目的，乃在于巩固刘汉大统，维护封建礼制。

《列女传》以《母仪》《贤明》《仁智》《贞顺》《节义》《辩通》《孽嬖》七卷，分门别类的方式记载了许多古代妇女的传记，现存古籍中有关西汉之前知名妇女的重要事述，大抵汇集于此。中国古代史家对女性历史的探索和对女性事迹的著录

---

① 班固：《汉书》，中华书局 1962 年版，第 1727 页。
② 徐坚：《初学记》，中华书局 1962 年版，第 599 页。

不多，而《列女传》的出现不仅开了先例，更重要的是该书保存了先秦许多妇女的史实，其中一部分可以与《左传》《战国策》《国语》等相互参证，另外还有许多妇女事迹只能通过此书考察，这点功不可没。

元、成时期，宦官、外戚交替专权，政治黑暗，危机四伏。成帝不思进取，贪恋美色，曾"微行过阳阿主家，悦歌舞者赵飞燕，召入宫，大幸"①。从此，他开始迷恋赵飞燕，将其立为皇后，且封其女弟为昭仪。刘向以宗室自居，眼见政局混乱，他深知以古为鉴、借古讽今之理，于是上书："《易》曰：'君不密，则失臣，臣不密，则失身；几事不密，则害成。'唯陛下深留圣思，审固几密，览往事之戒，以折中取信，居万安之实，用保宗庙，久承皇太后，天下幸甚。"②主张从古人的事迹中，吸取经验教训。刘向鉴于前朝吕、霍之事，特别警惕外戚势力通过皇帝后宫宠幸之人左右朝政，混乱朝纲。曾巩《列女传目录序》指出："风俗已大坏矣，而成帝后宫，赵、卫之属尤自放。向以谓王政必自内始，故列古女善恶所以致兴亡者以戒天子，此向述作之大意也。……向之所述，劝戒之意，可谓笃矣。"③刘向上呈《列女传》的目的明确是用于"戒天子"，直接针对的是"赵、卫之属"，即成帝宠爱的赵飞燕姊妹、卫婕好。他预期的读者是当时的汉成帝及其嫔妃，所以《列女传》既是刘向校书的重要成果，同时又寄托着刘向本人针砭时弊的良苦用心。

流传至今的先秦典籍，大部分都经过刘向的整理，其中《列女传》是一部在体例上非常有特色的典籍，这样的特色首先在于该书体例乃传、颂、图三位一体。《汉书·艺文志·诸子略》"儒家"类对于刘向作品的著录情况是："刘向所序六十七篇。"班固注曰："《新序》《说苑》《世说》《列女传颂图》也。"④

对于根据班固的注文问题而衍生出来的刘向四部著作的性质问题，历代学者歧异迭出，这六十七篇到底是刘向依据前典改编而作，还是自撰新作，久无定论。《汉书·楚元王传》对《列女传》《说苑》和《新序》的记载是这样的：

> 向睹俗弥奢淫，而赵、卫之属起微贱，逾礼制。向以为王教由内及外，自近者始。故采取《诗》《书》所载贤妃贞妇，兴国显家可法则，及孽嬖乱亡者，序次为《列女传》，凡八篇，以戒天子。及采传记行事，著《新序》《说苑》凡五十篇奏上。⑤

刘向在《别录》中自陈该书为："臣向与黄门侍郎歆所校《列女传》种类相从为七篇，以著祸福荣辱之效，是非得失之分，画之于屏风四堵。"⑥宋人王回编定之后的《列女传》（时称《古列女传》）中七篇分别为《母仪》《贤明》《仁智》《贞顺（慎）》《节义》《辩通》《孽嬖》。而《汉书》本传则称之为"凡八篇，以戒天子"，篇卷略有歧

---

① 司马光：《资治通鉴》，中华书局 1963 年版，第 996 页。

② 班固：《汉书》，中华书局 1962 年版，第 1962 页。

③ 曾巩撰，陈杏珍、晁继周点校：《曾巩集》，中华书局，1984 年版，第 179—180 页。

④ 班固：《汉书》，中华书局 1962 年版，第 1727 页。

⑤ 班固：《汉书》，中华书局 1962 年版，第 1957—1958 页。

⑥ 徐坚：《初学记》，中华书局 1962 年版，第 599 页。

异，张涛认为根本原因在于对于"颂"的处理问题，"刘向编撰《列女传》时，图既画于屏风，便不会以篇称之，故本传所言八篇，即传七篇、颂一篇，较为合理。《七略别录》所言七篇仅指传而言，未包括颂"①。而且后世《列女传》篇卷的分合也与颂的处理密切相关，清周中孚《郑堂读书记》有评："是编为内训所须，非寻常传记可比，古之相传本无阙佚，其卷数之异同，当颂义及注分合之故尔。"②此观点十分正确。

对于《列女传》的篇数，多处文献有记载，《汉书》刘向本传称《列女传》"凡八篇"，《别录》佚文称"为七篇"。《隋书·经籍志》易篇为卷后载刘向撰、曹大家注《列女传》十五卷。可以看出，《列女传》的篇卷之数前后记载并不一致。

其中最大的问题在于对颂与图的处理。由班固自注的《列女传颂图》可知，《列女传》为传、颂、图三位一体的编撰体例，现存《列女传》仅存传、颂（版画之图与之前的图并不相同）。另《别录》佚文载："以著祸福荣辱之效，是非得失之分，画之于屏风四堵"，表明《列女传》有图画于屏风，可见当时刘向曾将《列女传》的内容绘成图画。

综合《别录》佚文和现存《列女传》文本可知，"七篇"应该只是《列女传》正文篇数，即"种类相从"，分为《母仪》《贤明》《仁智》《贞顺（慎）》《节义》《辩通》《孽嬖》七篇，而刘向本传所载的"八篇"应该包括"颂"在内。刘向所作叙录，正是校书初成，只有正文，颂并未包括在内，而是列于屏风之上，故曰"七篇"；而在刘向本传的记载中，刘向上呈其书用以劝诫，其书为传、颂、图三位一体，已将屏风之上的颂列入，颂文结集为篇，与传文一起，正好八篇。《七略》著录刘向的作品应该是在刘向呈书汉成帝之后，此时《列女传》已最终定稿，传、颂、图在内三类齐全，所以合称为《列女传颂图》，班固于内阁中见之，故有此注。以完整的名称反映作品的内容，正体现出《七略》的总结性意义。而《隋志》中所载十五篇，乃曹大家作注后，将七篇正文析为上下卷，共十四卷，与颂一起，正好十五卷。

关于颂的作者，历代学者众说纷纭，有人认为乃刘向所作，有人认为乃刘歆所作，甚至还有人认为是三国曹植所作。实则，前文所引的《汉志》与《汉书》刘向本传早已明确指出《列女传》其传、颂、图三者均为刘向之作，三者一体，共为该书。之所以产生如此歧异，其源头大约在于颜之推。《颜氏家训·书证篇》云："《列女传》亦向所造，其子歆又作颂"③，曾巩、王回等早已据《汉志》《汉书》驳之，《四库全书总目》遂以为"讹传颂为歆作，始于六朝"。不过该说法也有可商榷之处，《隋志》于"《列女传》十五卷，刘向撰，曹大家注"下，有云："《列女传颂》一卷，

① 张涛：《刘向〈列女传〉的版本问题》，《文献》1989 年第 3 期。
② 周中孚：《郑堂读书记》，《宋元明清书目题跋丛刊》（十五）清代卷第九册，中华书局 2006 年版，第 120页。
③ 颜之推：《颜氏家训》，华夏出版社 2002 年版，第 208 页。

刘歆撰。"此后，《通志·艺文略·史略》《国史·经籍志》都有相同记载，日本藤原佐世（卒于897年）所撰的《日本国见在书目录》"杂家类"中亦有"《列女传》十五卷，《列女传颂》一卷，刘歆撰"①。同时，《文选》李善注引刘歆《列女传颂》曰"材女修身，广观善恶"，今本《列女传》中颂文部分无此内容。所以，很可能是汉代刘向编撰的《列女传颂图》传世之后，刘歆也曾撰有《列女传颂》。《列女传》传世之后，为其撰颂的代不乏人，《隋志》除载刘歆有作之外，还有曹植撰《列女传颂》一卷，缪袭撰《列女传赞》一卷。《初学记》卷十引曹植《母仪贤明颂》、《艺文类聚》卷十五引刘柔妻王氏《姜嫄颂》《启母涂山颂》等，均与今本《列女传》颂文不合。

根据《别录》残篇可知，《列女传颂图》的出现应属同一时期，刘向编撰完成《列女传》的传文之后，又将其"画之于屏风四堵"。屏风是古人常用的一种屋内陈设，汉人广为运用，其上绘图也来源甚早。汉淮南王刘安和羊胜都有《屏风赋》，更加说明屏风在汉代生活中的常见性。刘向之所以选择将《列女传》故事图绘于屏风之上，一方面与屏风的广泛运用有关，另一方面也与当时屏风多绘帝王列女图像相关。

按照实际情况来说，屏风的表面面积有限，刘向不可能将全部传文绘于其上，其所绘的内容最可能的是根据传文而来的列女故事，带有一定的情节性与故事性，而其上的文字应该就是"颂"。首先，"颂"的文字为四字一句，每篇八句，形制短小，其内容适合表现于屏风之上；其次，"颂"的内容一则概括传主生平事迹，复杂的历史事件浓缩在三十二字之内，可取代较长的《列女传》传文。如《晋献骊姬》的传文长约千字，时间跨度大，情节复杂曲折，而颂文仅用四言八句概括了事件的全部经过，"骊姬继母，惑乱晋献。谋谮太子，毒酒为权。果弑申生，公子出奔。身又伏辜，五世乱昏"②，言简意赅，恰当具体。二则对其品德做出适当评价，表现了作者的价值判断，又如《晋献骊姬》中的颂文，用"惑乱""谋谮""伏辜""乱昏"等字眼表现了作者的强烈爱憎之情，而其他六传——《母仪》《贤明》《仁智》《贞顺（慎）》《节义》《辩通》的颂文中则时时可见"通达""知礼""清静""专一"等颂扬赞美之词。总之，颂文既严肃又活泼，融劝、讽于一体，在四言八句的规格中，简洁地叙述了一个比较完整的故事，同时还蕴含着作者劝讽的目的，与《列女传》警示、教化的目的相符合。所以，附着在屏风上列女故事之上的文字内容极有可能为颂文。史载，虞世南能在屏风上默写《列女传》不错一字，则从另一个角度证明屏风上的文字应为颂而非传文。

《列女传》的故事十分丰富，在纸张尚未得到广泛运用的汉代，要想将其全部图像化几乎不可能，就算群体性的列女图像至今也仅仅只有寥寥几处而已，广泛

---

① 贾贵荣：《日本国藏汉籍善本书志书目集成》（十），北京图书馆出版社2003年版，第480页。
② 张涛：《列女传译注》，山东大学出版社1990年版，第271页。

出现的大多是单个的列女故事。武氏祠的前石室、左石室都有单个的列女故事，如梁高行拒聘、鲁义姑姊舍儿、钟离春说齐王、鲁秋胡戏妻。鲁秋胡戏妻的故事还出现于四川的两具崖墓石棺和两块画像砖上。晋献骊姬的故事载于《春秋左传》《战国策》等先秦典籍，刘向将其编入《列女传》卷七《孽嬖》中，这个故事在汉画像石中也比较常见，其作用应该与"殷纣妲己"类似，都是一种警示或者警告。

列女故事图在汉代之后得到了广泛的沿用，《历代名画记》载："灵帝诏邕画赤泉侯五代将相于省，兼命为赞及书，邕书画及赞皆擅名于代，时称三美。"蔡邕有"《讲学图》《小列女图》传于代"[1]。蔡邕之后，魏晋南北朝时期的画家如晋明帝司马绍、荀勖、卫协、王廙、谢稚等人绘有《列女图》《大列女图》《小列女图》《列女仁智图》《列女母仪图》《列女贞节图》等，均已湮灭不存。东晋著名画家顾恺之的《列女仁智图》虽然不见《历代名画记》所载，但有宋人摹本传世，尚可管中窥豹，略见魏晋南北朝时期列女图的基本形态[2]。

（二）孝子故事

孝道观念在中国源远流长，早在先秦时代，诸子百家几乎都从各个角度谈到过孝的问题，尤其是儒家，在《论语》中，孔子将孝视为人的基本品性，多次提醒其弟子必须遵循孝悌，到孟子时代，孝的观念更是大行其道，所以《孟子》一书中所提到孝的部分又远远超过《论语》。及《孝经》一出，更将儒家的孝悌观念进行理论化、政治化。汉武帝时期，儒家独尊，其所推崇的孝悌更成为整个王朝得以立足的根本，成为上至帝王，下及平民必须遵循的行为准则。自汉武帝听从董仲舒建议，以举孝廉的方式开仕进之路，笃行孝道又成为时人登上仕途的终南捷径。自此，不管是从思想上，还是从利益上，推崇孝悌、践行孝道都成为汉人所热衷的一种社会风尚。

在此背景下，出现了若干罗列前代孝子事迹，借以熏染时风，指示世人敦行孝道的"孝子传"开始面世，正如日本学者黑田彰所云："如果我们把《孝经》看作儒家思想中关于孝的理论书籍，那么《孝子传》则是将孝付诸实践的人物故事的辑录。"[3]据西野贞治与黑田彰研究，从汉到六朝末，共有刘向等人所著的十多种《孝子传》，但现在均已失传，其部分内容为《太平御览》《初学记》《艺文类聚》《法苑珠林》等类书所收录。据吉川幸次郎、西野贞治等日本学者的研究，京都近卫家阳明文库所存《孝子传》和船桥家（原清原家）所传而现藏京都大学附属图书馆清家文库的《孝子传》最接近六朝古本。

据黑田彰论述，两孝子传均由上、下两卷组成，共收录了四十五条，即四十

---

① 张彦远：《历代名画记》，上海人民美术出版社 1964 年版，第 86 页。

② 详见本书第三章的第三节《列女传》故事及其图像。

③ 黑田彰著，靳淑敏、隽雪艳译：《孝子传图概论》，《中国典籍与文化》2013 年第 2 期。

五位孝子的故事,分别是舜、董永、邢渠、伯瑜、郭巨、原毂、魏阳、三州昏、丁兰、朱明、蔡顺、王巨尉、老莱子、宗胜之、陈寔、阳威、曹娥、毛义、欧尚、仲由、刘敬宣、谢弘微、朱百年、高柴、张敷、孟仁、王祥、姜诗、叔先雄、颜乌、许孜、鲁义士、闵子骞、蒋诩、伯奇、曾参、董黯、申生、申明、禽坚、李善、羊公、东归节女、眉间尺、慈乌。

这些孝子大多出自先秦两汉时期,由于曾经施行过孝道而被后人所铭记,在汉代推崇孝悌的社会背景下,其事迹流传很广,后经文人学者的收集整理,故而成《孝子传》。随着孝子故事文本的流传,孝子的图像化也开始流行起来。

图绘历史人物,在汉代已成风气。唐代张彦远在《历代名画记》中《叙画之源流》开篇即云:"夫画者:成教化,助人伦,穷神变,测幽微,与六籍同功,四时并运,发于天然,非由述作。"①将图画的功能与六籍并列,并认为图画有成教化、助人伦的作用,而这种现象的发源即在汉代的图像表彰风气。张彦远同时还提道:"以忠以孝,尽在于云台。有烈有勋,皆登于麟阁。见善足以戒恶,见恶足以思贤。留乎形容,式昭盛德之事,具其成败,以传既往之踪。"②云台、麟阁之事皆出自汉代,即东汉明帝时图画三十二人于南宫云台,西汉宣帝时图画十一人于麒麟阁。而后这种风气流传到民间,郡国州府亦图画名士于壁,彰显其品德功勋。

从现有材料来看,云台、麟阁所绘人物多为功臣,而孝子图像的出现则要稍晚。根据黄婉峰的研究③,文献记载中的汉代孝子图,依照所出现的场所,可以分为三种,第一种是绘制于帝王宫殿中的孝子图,比如鲁灵光殿壁画中的"忠臣孝子,烈士贞女";第二种是地方官吏绘于郡县街衢或人流密集场所的孝子图,比如东汉豫州境内曾有多处绘有孝子陈纪的图像;第三种则是绘于家族墓地的孝子图,比如郦道元《水经注》中曾引戴延之《西征记》曰:"焦氏山北数里,有汉司隶校尉鲁峻冢……冢前有石祠、石庙,四壁皆青石隐起,自书契以来,忠臣、孝子、贞妇、孔子及弟子七十二人形像。"④

目前所能见到的汉代孝子图多刻画于民间墓地中,此外,在部分器物的表面、汉代铜镜的背面也能看到孝子图。分布的地域有山东、河南、四川、湖北、山西、宁夏、浙江、内蒙古、安徽、北京等地,这些孝子图像主要刻画在石阙、祠堂、墓室、画像石(砖)、屏风、石(木)棺、石榻(棺床)、石室、漆盘、箧等器物上。图绘的孝子主要有舜、董永、韩伯俞、郭巨、原毂、丁兰、蔡顺、老莱子、闵子骞、伯奇、眉间尺、李善、李充等,其中,又以舜、孝孙原毂、丁兰事木母、郭巨埋儿、蔡顺伏棺、老莱子娱亲、董永葬父、孝子伯奇等最为常见。

① 张彦远:《历代名画记》卷一,上海人民美术出版社 1964 年版,第 1 页。

② 张彦远:《历代名画记》卷一,上海人民美术出版社 1964 年版,第 4 页。

③ 黄宛峰:《汉代孝子图与孝道观念》,中华书局 2012 年版,第 46—48 页。

④ 郦道元著,陈桥驿校证:《水经注校证》,中华书局 2007 年版,第 216 页。

图 1-8 董永侍父·武梁祠后壁画像；约东汉桓帝元嘉元年（151）
画像石；纵 162 厘米，横 241 厘米。

其中山东是汉代孝子图遗存最多的地域，在嘉祥、宋山、南武山、孝堂山、肥城、大汶口等地均发现了孝子图。而以武氏祠孝子画像数量最多。武梁祠东墙、西墙和后墙均刻有孝子画像，东墙有三州昏、魏汤、颜乌、赵盾、原穀；西墙从右至左依次为曾子、闵子骞、老莱子、丁兰；后墙有韩伯俞、邢渠、董永、蒋章训、朱明、李善、金日䃅。武氏祠前石室第七石刻闵子骞、老莱子、伯游、邢渠，第十三石刻丁兰、邢渠，左石室第八石刻丁兰、邢渠。

在内蒙古和林格尔汉墓的壁画上，不仅出现了多幅列女图，同样也有众多孝子的图像，其丰富程度仅次于武梁祠，孝画像主要绘于中室西壁至北壁。据尚可辨识的榜题，西壁绘有舜、闵子骞、曾子，北壁绘有丁兰、邢渠、孝乌、伯禽、魏昌、原穀、子路以及金日䃅[①]。据该墓前室壁画"举孝廉时"题记，知墓主系因察举孝廉入仕，故墓中大量描绘孝子画像，除与汉代崇孝语境相关，亦与墓主刻意标榜个人孝德关系密切。

朝鲜乐浪于 1931 年出土一件汉代彩箧（平壤博物馆藏）。箧身上部沿口下方同绘人物数组，在箧盖、箧身四周及边角部位共绘有 94 位历史人物的图像，其

----

① 内蒙古自治区博物馆文物工作队：《和林格尔汉墓壁画》，文物出版社 1978 年版，第 139 页。

中 30 人有题榜,其中有丁兰、邢渠、孝孙、孝妇、魏汤等孝子图像。这些孝子亦见于武氏祠、大汶口汉墓以及和林格尔汉墓,画像形式与题材的相似性,以及乐浪彩箧源出蜀郡的来历显现出两地文化的血脉联系。

此外,在其他地方,在不同的载体上也出现了数量不少的孝子图,或为单个,或两三个为一组,比如大汶口汉墓前室西壁横额上,有赵苟事父、丁兰事亲、申生事父母三个故事。开封白沙镇汉画像石墓共有孝子画像五幅,分别是邢渠、丁兰、闵子骞、伯瑜、原毂。河南登封启母阙阙身东面自上而下第五层有"郭巨埋儿"故事。四川渠县沈府君阙和蒲家湾阙均有"董永事父"图像。四川乐山麻浩和柿子湾东汉崖墓中,有"董永事父""闵子骞失棰""老莱子娱亲""伯瑜悲亲""孝孙原毂"等图①。此外,在河南、四川等地发现的东汉画像砖上也有各种孝子图。

总之,不管是汉代《孝子传》的编写,还是孝子图的流行,都与当时盛行的孝悌观念密切相关。与《列女传》和列女图的功能相类似,这些图像集合在一起,以直观形象的方式反映出汉人对于美好品德的推崇,折射出汉代社会的道德观念和生死观念。

从图像生产的角度来说,虽然汉代社会可能流传不少关于列女或者孝子的故事,也存在若干文本,但是根据现有材料,我们依然无法确知现今留存的列女或孝子图是依照何种文本进行创作。由于现今出土的图像多出自汉代中下层民众的墓葬中,由此可以推断,这些画作主要是民间工匠根据自己的经验以及粉本进行创作,他们熟悉普通民众喜闻乐见的题材,按照久而久之形成的套路,在墓葬中用这些孝子或列女图进行装饰,同时寄予时人对于优良品德的称颂。所以,现有的部分文本在释读图像时难免会产生各种矛盾的情况,这也符合民间文艺与精英文本存在差异的基本事实。

(三)其他历史故事

先秦时代的历史文本为汉代图像的创作提供了丰富的资料来源,在现存的汉代图像中,除刺客、列女、孝子故事之外,还有数量可观的其他历史故事,重要的有周公辅成王、孔子见老子、二桃杀三士、完璧归赵、季札挂剑等。

"周公辅成王"故事在汉代画像砖、石中比较常见,特别是山东南部区域,数量众多,此处为春秋时代鲁国的故地,周公曾分封于此,此地多周公故事。或许是当地人仰慕周公品德,故而用图像的形象彰显周公伟业。虽然该画像的数量比较庞大,但形式基本相同,图中周公与几位大臣分居两侧,中间一童子,应为成王,周公手持华盖庇佑成王,整幅图像以形象的方式表现周公与诸位大臣辅佐成王。

---

① 李复华、曹丹:《乐山汉代崖墓石刻》,《文物参考资料》1956 年第 5 期。唐长寿:《四川乐山麻浩一号崖墓》,《考古》1990 年第 2 期。

先秦文献中曾多次提及周公辅成王之事，而且多认为周公曾经代成王执政。① 比如《荀子·儒效》云："武王崩，成王幼，周公屏成王而及武王以属天下，恶天下之倍周也。履天子之籍，听天下之断，偃然如固有之，而天下不称贪焉。"②《尸子》云："昔者武王崩，成王少，周公旦践东宫，履乘石，祀明堂，假为天子七年。"③《韩非子》云："周公旦假为天子七年。"④大部分的西汉典籍也继承了先秦文献中的说法，比如《礼记·明堂位》："武王崩，成王幼弱，周公践天子之位以治天下。……七年，致政于成王。"⑤《尚书大传》："周公摄政……七年致政成王。"《韩诗外传》卷三："周公践天子之位七年。"⑥司马迁在《史记》中也沿用了前代的说法，《史记·周本纪》云："周公行政七年，成王长，周公反政成王，北面就群臣之位。"⑦《鲁周公世家》："成王长，能听政，于是周公乃还政于成王，成王临朝。周公之代成王治，南面倍依以朝诸侯。及七年后，还政成王，北面就臣位，躬躬如畏然。"⑧《淮南子·齐俗训》云："武王既没，殷民叛之。周公践东宫，履乘石，摄天子之位，负扆而朝诸侯，……七年而致政成王。"⑨《说苑·君道》云："周公践天子之位，布德施惠，远而逾明。"⑩

这些记载勾勒出周公辅成王故事的大致面貌是，武王驾崩后，由于成王年幼，无力处理政务，故而周公代替成王执政七年，待成王成年后，归政，自己称臣。该故事在战国秦汉广为流传，时人对周公的"践天子之位"的行为也屡有称颂，但根据现有出土实物可知，该故事的大量图绘要等到东汉时期，而且图像的样式多为成王居于画面中央，周公躬身礼拜成王，而且除周公之外，还有多位辅政大臣，至于周公代成王执政的内容则没有得到表现。这说明该故事到东汉时期，其含义已有改变，周公的个人形象不再是先秦、西汉人心目中践祚当国、大权独揽的摄政王，而只是一位承受先王托孤之重、率领群臣一心扶保幼主的忠厚长者。

汉代比较有代表性的"周公辅成王"画像有武氏祠左石室后壁小龛西壁"周公辅成王画像"、山东嘉祥县南武山出土"周公辅成王"画像、山东嘉祥县蔡氏园出土"周公辅成王"画像等。

"孔子见老子"故事也是汉代画像砖石中比较常见的主题，主要出土于山东、陕西、河南、四川和江苏等省，其中以山东嘉祥等地区所见最多。其基本样式为

① 参考彭裕商：《周公摄政考》，《文史》第四十五辑，中华书局编辑部 1998 年，第 37—38 页。
② 梁启雄：《荀子简释》，中华书局 1983 年版，第 78 页。
③ 李守奎、李轶：《尸子译注》，黑龙江人民出版社 2003 年版，第 83 页。
④ 陈奇猷校注：《韩非子新校注》，上海古籍出版社 2000 年版，第 882 页。
⑤ 杨天宇：《礼记译注》，上海古籍出版社 2004 年版，第 391 页。
⑥ 许维遹校释：《韩诗外传集释》，中华书局 1980 年版，第 116 页。
⑦ 司马迁：《史记》，中华书局 1959 年版，第 132 页。
⑧ 司马迁：《史记》，中华书局 1959 年版，第 1519—1520 页。
⑨ 刘文典撰，冯逸、乔华点校：《淮南鸿烈集解》，中华书局 1989 年版，第 371 页。
⑩ 向宗鲁校证：《说苑校证》，中华书局 1987 年版，第 6 页。

孔子带领数量不等的学生前往拜谒老子,在许多图像中,孔、老二人中间还有一位手持圆环的童子项橐。其出现的方式比较多样,有时整块砖石上只有该幅故事图,有时则与周公辅成王图、泗水升鼎图等并合在一起出现,其旁还有龙凤等纹样。

山东地区大量出土孔子见老子图,其原因与齐鲁大地为孔子故里密切相关,与周公辅成王图在当地流行相类似,时人尊奉孔子与周公。先秦两汉时期的多种文献都曾记录孔老相见的情况①,如《礼记·曾子问》载,孔子曾四次问礼于老子:第一次是鲁昭公七年(前535),孔子17岁时问礼于老子,地点在鲁国的巷党。孔子说:"昔者吾从老聃助葬于巷党,及堩,日有食之。"②《水经注·渭水注》载:"孔子年十七,遂适周见老聃。"③第二次是在昭公二十四年(前518),地点在周都洛邑(今河南洛阳)。《史记·老子韩非列传》载:"孔子适周,将问礼于老子。"④《史记·孔子世家》亦载:"鲁南宫敬叔言鲁君曰:'请与孔子适周。'鲁君与之一乘车,两马,一竖子俱,适周问礼,盖见老子云。"⑤第三次是孔子53岁时,即周敬王二十二年(前498),地点在一个叫沛的地方。《庄子·天运》载曰:"孔子行年五十有一而不闻道,乃南之沛见老聃。"⑥第四次在鹿邑,具体时间不详。《吕氏春秋·当染》记载:"孔子学于老聃、孟苏夔、靖叔。"⑦

由于孔子问学于老子的故事在战国秦汉时期流传较广,加之又有孔子曾请教童子项橐的故事,如《战国策·秦策五》:"甘罗曰:'夫项橐生七岁而为孔子师,今臣生十二岁于兹矣!君其试臣,奚以遽言叱也?'"⑧所以时人将这两个故事合并起来,最终形成了现今出现的孔子见老子图的形态,其主要的目的是为了彰显孔子的好学精神,以及宣扬儒学,这与当时儒学为一统的思想状态相一致。

根据现存的汉代历史人物图像可知,其载体多为墓葬,或为画像砖石,或为墓室壁画等,虽然由于艺术表现手法、雕刻风格、视觉形象等方面的不同,人物故事的表现力方面也存在差异,但是如果我们将这些人物故事画放置于墓葬这个大背景下进行观察,就能够发现这些人物故事图都承载着丰富的意蕴。比如刺客画像代表着勇力与忠诚,列女与孝子代表贞洁与孝悌,而周公、孔子、老子等人都是古时的贤人,其美德备受后人推崇,他们的故事之所以被汉人图绘,并流行于整个汉帝国,说明汉人希望通过这种形象的方式表达他们对于美德的赞赏,就算到了另一个世界,他们依然如此。

---

① 以下资料详见郑立君、赵莎莎:《山东汉画像石〈孔子见老子〉图像分析》,《孔子研究》2013年第1期。

② 杨天宇译注:《礼记译注》,上海古籍出版社2004年版,第243页。

③ 陈桥驿校证:《水经注校证》,中华书局2007年版,第431页。

④ 司马迁:《史记》,中华书局1959年版,第2140页。

⑤ 司马迁:《史记》,中华书局1959年版,第1909页。

⑥ 曹础基:《庄子浅注》,中华书局1982年版,第213页。

⑦ 吕不韦著,陈奇道校释:《吕氏春秋新校释》,上海古籍出版社2002年版,第98页。

⑧ 何建章注释:《战国策注释》,中华书局1990年版,第275页。

第二章　汉代图像与汉代文学

　　汉代是一个文学勃兴的时代，气象雄奇阔大的汉大赋，叙事婉转磅礴的太史公书，以及时而缠绵、时而悲怨的汉乐府歌诗……几乎成为后人难以企及的高峰。特别是汉代一些被文学作品和图像艺术反复摹写的母题（原型），包括文学母题被图像艺术演绎、图像母题被文学演绎两个方面，比如文学与图像中的"文姬归汉""凤求凰"，画像石中的"西王母"等，均需作为典型个案进行分析研究。

　　在这个文学与图像交相辉映的时代，它们两者之间自然有着千丝万缕的联系，一方面，从目前出土的许多汉画像石看，它们所演绎的内容绝大部分都是对前代文献（经史子集）的模仿或演绎。也就是说，其中涉及的神话传说、寓言故事、史传记述、民间信仰和文学作品等，比如荆轲和专诸的故事，绝大多数都已有文本语言的现成品，鲜有图像本身的独创和新语。另一方面，也有文学作品对于图像的模仿，例如东汉王延寿《鲁灵光殿赋》对殿内壁画的摹写，或者如班固《两都赋》对于西都长安宫殿内的铺叙。至于汉乐府歌诗与汉赋中所表现的"游猎""祭祀""礼仪""乐舞""百戏"等文学主题与汉画像石的"语图"关系，均为重要的研究对象。

　　一、图像中的文学。重点归纳研究汉代图像对于文学作品中人物、情节、场景的刻绘，特别是汉画像石对汉代史传中的一些故事情节的刻绘，比如《史记》中的一些故事在画像石中就有反映，最著名的就是"荆轲刺秦王"故事的展示，各地工匠不约而同地选择"投匕中柱"的情节，因为这个情节是整个故事的高潮部分，通过图绘这个情节，可以实现叙事效果的最大化。同时，在物象最充分的武氏祠三幅"荆轲刺秦王"画像中，不仅包括高潮情节的摹写，还包含至少五个情节的并置，这些情节或者通过人物动作，或者通过若干物象进行表现。

　　二、文学对图像的描绘。积极挖掘汉代文学中的图像描绘，比如辞赋、诗歌等体裁中有一些对于宫殿、楼阁等建筑物绘画的描绘，最突出的就是王延寿的《鲁灵光殿赋》，对灵光殿内的图像进行了事无巨细的描摹，使我们看到了汉代壁画的成就。此外，在史传文学、子书中也有一些关于图像的描写，比如《史记》《汉书》《后汉书》中记录了两汉时期宫廷创制图像的情况，比如东汉明帝时图画三十二人于南宫云台，西汉宣帝时图画十一人于麒麟阁。而后这种风气流传到民间，郡国州府亦图画名士于壁,彰显其品德功勋,而颂赞之类的文字则往往出现于这些图像之侧。

三、文图的融合与共生。汉代文图关系还有一个重要特点就是共生,其表现形式便是文图共同呈现于一幅画面中,文图发生强烈的统觉共享,二者交相辉映,从而使整幅画面的叙事效应达到最大化。比如汉代的列女屏风,可以通过北魏司马金龙墓出土的屏风推断汉代屏风的形制,即图像加文字,根据文字与图像的关系可将屏风图像分为两种,一种为榜题加图像,如"有虞二妃";另一种为榜题、题记加图像,如"周室三母""鲁师春姜""班姬辞辇"。不管哪一种形式,其本质均为文字与图像的组合,其区别在于文字信息出现的多少。屏风上的榜题标明了人物的身份,而题记则用简短的文字概述了人物的生平事迹,许多文字与《列女传》中的相关记载如出一辙。除此之外,武梁祠汉画像中也出现了文字与图像结合的情况,文字即榜题,而其中的榜题又可以分成两种,一种为表明身份的榜题,一种则是糅合了身份信息与行为品德信息的榜题,与题记相似,具体而微。这些都是汉代文图融合与共生情况的体现。

第一节 图像中的文学

随着考古工作的不断展开,现今出土的汉代图像材料也在不断丰富,从形式上看,有画像石、画像砖、墓室壁画、雕塑、工艺品等等;从内容上看,更是异彩纷呈。以汉画像石来说,李发林曾将汉画像石按照题材内容分为四类:一、反映社会现实生活的图像;二、描述历史人物故事的图像;三、表现祥瑞和神话故事的图像;四、刻画自然风景的图像[①]。蒋英矩与杨爱国在《汉代画像石与画像砖》中同样将画像石图像分成四类,前三类与李发林相同,只是第四类变易为"图案花纹类"[②]。在这四类图像中,与文学关系最紧密的是第二类表现历史人物故事的图像与第三类中的表现神话故事的图像。

王逸在注释《楚辞·天问》时曾提及当年屈原在楚先王庙中看到墙壁上图绘有天地山川神灵,于是创作了《天问》。由此可见,早在先秦时候,在宗庙的墙壁之上就已出现历史人物图像。不过从出土的材料来看,直到西汉时期,汉代画像的题材还比较单一,历史故事的内容虽有出现,但数量较少,东汉晚期之后,历史故事内容的图像大量出现,其中最集中的首推著名的武氏祠。以武梁祠为例,其中带有榜题的人物图像就多达 44 幅,涵盖帝王将相、忠臣孝子、义士列女等各种类别。其中西壁最上层起始位置即刻有十一位古代神话人物或帝王,包括伏羲、女娲、祝融、神农、黄帝、颛顼、帝喾、尧、舜、禹和夏桀,呈现出一个线性的历史进

① 李发林:《山东汉画像石研究》,齐鲁书社 1982 年版,第 25 页。
② 蒋英矩、杨爱国:《汉代画像石与画像砖》,文物出版社 2001 年版,第 65 页。

程。其他历史故事更是异常精彩，包括周公辅成王、孔子见老子、蔺相如完璧归赵、闵子骞御车失棰、邢渠哺父、赵氏孤儿、曾母投杼、鲁义姑姊、秋胡戏妻、二桃杀三士、荆轲刺秦王、专诸刺王僚、聂政刺韩王、豫让刺赵襄子、要离刺庆忌等。

山东地区是汉代历史人物图像出现最丰富的地区，其他地区亦有出现，且形式多样，比如位于比较偏远的内蒙古和林格尔地区，出土了一座约东汉桓帝延熹年间（158—165）的壁画墓，在墓室中室西壁至北壁上方共存壁画 46 组 57 幅画面，榜题 250 条。画面分三层，根据榜题可知其中画有老子、□□、孔子、颜渊、舜、子张、子贡、蹇父、闵子蹇、子路、曾子母、子游、子夏、曾子、□者、后稷母姜嫄、契母简狄、王季母大姜、文王母大任、武王母大姒、卫姑定姜、鲁秋胡子、秋胡子妻、周主忠妾、许穆夫人、曹僖氏妻、孙叔敖母、晋羊叔姬、晋氾氏母、李□、□君、木□人、丁兰、邢渠父、邢渠、孝乌、伯禽、魏昌父、魏昌、孝孙父、甘泉、休屠胡、三老、慈父、孝子、弟褚、仲□、曾赐、公孙□、冉伯牛、宰我、仁姑、慈母、贤妇、孟轲母、鲁之母、齐田稷母、□师□女、秦穆姬、□□□保、楚昭越姬、盖将之妻、代赵夫人等。

这些历史人物故事多记载于先秦两汉的各种文献之中，尤其多见于史传，比如荆轲刺秦王的故事，《战国策》《史记》《燕丹子》中均有详略不同的记载，而现存的汉代材料中有多达十余幅相关图像。不过，各种文献之中既有相同之处，又有矛盾之处，同时，没有任何一种文献能够完全对应武氏祠三幅荆轲刺秦王图中的一幅，充分说明文本的流传与接受和图像粉本的流传与接受出自两个不同的系统。

在武梁祠的后壁至左壁上，出现了八位列女的形象，分为梁高行、鲁秋胡妻、鲁义姑姊、楚昭贞姜、梁节姑姊、齐义继母、京师节女和钟离春，其图像内容均与刘向所编撰的《列女传》相关，而刘向在编撰《列女传》的同时也将其内容图绘于屏风之上，将其与书一起上呈给成帝。从形式上来说，武梁祠与和林格尔汉墓中列女的群体性出现同刘向图绘列女与屏风相关；从目的上来说，刘向编撰《列女传》是为了对元、成帝时期后妃失德、宫廷混乱的情况进行讽谏，带有浓厚的政治目的，而武梁祠、和林格尔汉墓中的列女图像同样具有一定的道德劝诫功能。

汉代人物图像的出现与此时盛行的图像表彰之风密切相关，同时也与儒家礼教观念的深入人心相关，这些历史人物多具有良好的品行，完美地体现出儒家推崇的忠孝仁义等美德。这些历史人物图绘于墓葬之中，既有纪念死者，同时也有教育生者的意义。信立祥说："汉代墓地祠堂中历史故事画像的选择和配置，除了风俗习惯上的原因，还应与祠主的性格、理想和政治倾向有着直接的关系，甚至有可能其具体的题材内容是祠主生前就选定好的。由于祠主的个人性格和志向不同，每座祠堂内历史故事画像的有无、多寡和具体内容也会有所不同，因而这类画像属于汉代墓地祠堂画像中的可变内容。"[1]此判断非常符合实际情

---

[1] 信立祥：《汉代画像石综合研究》，文物出版社 2000 年版，第 128 页。

况,如东汉赵岐生前曾营造陵墓,在墓葬中陈设图像,图像旁还有赞颂等文字,其本传载:"先自为寿藏,图季札、子产、晏婴、叔向四像居宾位,又自画其像居主位,皆为赞颂。"[①]而武梁祠中多历史人物,则与祠主本人武梁通晓儒学、恪守儒家礼教及生平道德追求相关,祠堂本身具有开放性的特点,乃死者与生者所共同拥有。

神话传说故事则是汉代图像中另一个重要的部分,就汉画像石来说,其中包括西王母图、后羿射十日图、嫦娥奔月图、伏羲图、女娲图、常羲图、羲和图、东王公图、牛郎织女图、高禖图等。[②] 这些神话传说或多或少都能够从文献中找到相对应的部分,比如著名的西王母。西王母是汉代画像中最常见的神话人物,《山海经》《穆天子传》《淮南子》《史记》《汉书》等文献均有记载,大约在东汉章帝、和帝年间,一位与西王母相对应的神灵——东王公被创造出现,从此西王母神话趋于稳定,而汉代墓葬中西王母的形象也就此定型。

从出土的材料可知,西王母与东王公形象一般被安置在画像石墓、祠堂两侧或墓门石柱的最高位置,呈现出对称的状态。二人各自掌管一片仙境,其中包括三足乌、玉兔、九尾狐、蟾蜍等灵兽,以及各种形态的仙人侍立周围,至于汉人所梦寐以求的不死之药则多由玉兔捣制。而在另外一些地区,工匠们则通过不一样的方式表现西王母以及仙境,比如四川的西王母多坐在龙虎座上,周围有三足乌、九尾狐、蟾蜍等神兽环绕。陕北地区的西王母与东王公则是坐于灵芝状的悬圃之上,二人遥遥相对,仙境中亦多有三足乌、九尾狐等神兽。这些神仙人物形象以及情节在流传至今的各种文献中均可得到程度不一的对应,图像与文本一起共同体现出汉代神仙信仰的变更过程,其中当然也包括神仙形象的变化。

从此处也可以看到文学对图像的作用,即文学对图像的影响,文学为图像提供了素材,文学的内容描写为图像的构建提供了素材,图像的构建建立在文学的描写上。换言之,从内容、描写方式、图像装饰风格这些方面,文学对图像均有影响,文学或者追求藻饰,或者追求平淡,都对图像构成作用或反作用力。图像的构成类型、造型风格、展现方式方面都有相似性。总而言之,即文学对图像的模仿。

第二节 文学对图像的描绘

与繁多的图像均可以得到文献的印证不同,汉代文学中描摹图像的情况并不太常见,其中最著名的莫过于王延寿的《鲁灵光殿赋》。据《后汉书·光武十王

---

① 范晔:《后汉书》,中华书局 1965 年版,第 2124 页。
② 王建中:《汉代画像石通论》,紫禁城出版社 2001 年版,第 386—387 页。

传》可知,景帝成姬之子鲁恭王好宫室,起灵光殿,甚壮丽,至东汉犹存。[1] 王延寿因作《鲁灵光殿赋》,用细腻详尽的笔触对宫殿的布局、雕刻和绘画进行了描述,描摹生动逼真,艺术水平很高,据《后汉书·文苑传》载,蔡邕"亦造此赋,未成,及见延寿所为,甚奇之,遂辍翰而已"[2]。从艺术史的角度来看,该赋保存了许多关于汉代宫廷壁画的珍贵材料,在实物不存的情况下,这些用语言描摹的图景成为后世遥想、研究汉代宫廷壁画的唯一途径。赋云:

> 图画天地,品类群生。杂物奇怪,山神海灵。写载其状,托之丹青。千变万化,事各缪形。随色象类,曲得其情。上纪开辟,遂古之初。五龙比翼,人皇九头。伏羲鳞身,女娲蛇躯。鸿荒朴略,厥状睢盱。焕炳可观,黄帝唐虞。轩冕以庸,衣裳有殊。下及三后,淫妃乱主。忠臣孝子,烈士贞女。贤愚成败,靡不载叙。恶以诚世,善以示后。[3]

从内容上来看,鲁灵光殿内的壁画与屈原所见楚先王庙中壁画一脉相承,包括天地、山海、神灵以及传说中的上古帝王和神话人物,这同样是汉代宫廷壁画的常见题材。《史记·封禅书》载,汉武帝听信术士之言,"又作甘泉宫,中为台室,画天、地、太一诸鬼神,而置祭具以致天神"[4],此外,《汉书·杨恽传》载"恽上观西阁上画人"[5],其图既有尧、舜、禹、汤等贤王,又有桀、纣等昏君。不过与上述宫廷壁画相比,鲁灵光殿壁画中则多了忠臣孝子、烈士贞女的图像,其目的在于"恶以诚世,善以示后",体现出浓厚的礼教功用。《鲁灵光殿赋》中这种光怪陆离的荒诞神意落实于现实的道德训诫,构成了神话、历史、现实、政治浑融一体的理想境界。

尤为重要的是《鲁灵光殿赋》中有对人物图像进行描述的部分,比如"五龙比翼,人皇九头。伏羲鳞身,女娲蛇躯"。这四句话描述了四种物象的形象,"五龙比翼",描述的是神话中翼龙飞翔的状态,汉画像石中即有这样的形象,比如南阳永城酂城出土的应龙翼虎画像。"人皇九头"则不知所谓,《山海经·海内西经》有关于开明兽的记载:"海内昆仑之虚,在西北,帝之下都。昆仑之虚,方八百里,高万仞。上有木禾,长五寻,大五围。面有九井,以玉为槛。面有九门,门有开明兽守之,百神之所在。在八隅之岩,赤水之际,非仁羿莫能上冈之岩。"[6]开明兽即多头动物,不知是否与此相关。伏羲、女娲也是汉代图像中常见的神话人物,其典型的形象便是人首蛇躯,与"伏羲鳞身,女娲蛇躯"的描述相当一致,比如山东省滕州市桑村镇大郭村出土的西王母与伏羲、女娲画像,画面两层,其中上层

① 范晔:《后汉书》,中华书局 1965 年版,第 1423 页。
② 范晔:《后汉书》,中华书局 1965 年版,第 2618 页。
③ 萧统编,李善注:《文选》,中华书局 1977 年版,第 171 页。
④ 司马迁:《史记》,中华书局 1959 年版,第 1388 页。
⑤ 班固:《汉书》,中华书局 1962 年版,第 2891 页。
⑥ 袁珂:《山海经校注》,上海古籍出版社 1980 年版,第 294 页。

中间西王母端坐，两侧有执便面的伏羲、女娲，均为人首蛇躯麟身。"焕炳可观，黄帝唐虞。轩冕以庸，衣裳有殊"四句则指出图像中黄帝与尧舜形象之间的异同，"轩冕以庸"乃三人之间的共同点，"轩冕"均为帝王的装饰，用来表示三人的共同身份，而"衣裳有殊"则指出三人在具体形象上仍然有区别，这个区别就是衣服的样式。具体而言，应该是黄帝与尧舜之间的差别，黄帝距蛮荒时代尚不远，其装扮必然透露出原始的形态，而尧舜则更近于文明时代，故而其装扮显出文明的形态。这几句描述说明，汉代工匠已善于抓住人物最独有的特征进行图绘，使图像的指称更加明确。

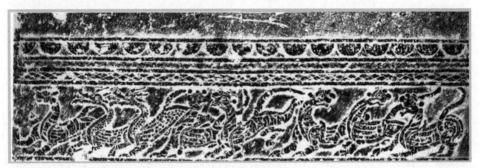

图2-1　应龙·翼虎画像；东汉画像石；高47厘米，长150厘米。

所以，《鲁灵光殿赋》体现出图像向文字的转译取得了一定的成就。王延寿在赋文中的记述，不仅事无巨细地描摹了鲁灵光殿中图像的具体内容，同时也有简笔描述出具体图像的特征，使读者能够最大限度地掌握殿内壁画的情况。

文学对图像的反作用，指图像对文学的影响。图像有可能改变文学文献的内容，文学在流传过程中可能有缺失，或者失传，而图像则很有可能为文学找回失落的内容，而这种找回即一种弥补，有可能减少或者丰富文学的原本形态。

第三节　文图的融合与共生

有学者将文字出现之后到宋元期间视为语图分体的时代，其中语图关系的特点为语图互仿①，如此，汉代当然也包括于"分体"期间。从整体上看，这样的概括当然没有问题，但是汉代语图关系或者说文图关系的特点并不仅仅只有互仿这一点。在互仿的基础上，汉代文图关系呈现出一种融合的态势，文图之间因不同的传播体系而存在各种差异与矛盾，文图的独立与共生体现出叙事上的强弱差异，使得观者获得不一样的享受。这些都是汉代文图关系的整体特征，这些

---

① 赵宪章：《文学和图像关系研究中的若干问题》，《江海学刊》2010年第1期。

特征又不同程度地贯通于汉代各种文本与图像之间，在对汉代文图关系中的各种主题进行研究之前，我们必须对文图关系的整体特征有所把握。

一、互仿

语言文本与图像之间的相互模仿是本研究开展的起点，这也是汉代文图关系中最重要的特征，这样的实例在汉代文图材料中不胜枚举。就图像模仿文本而言，汉代各种图像形式如汉代帛画、壁画、漆画、画像石、画像砖、画像石棺、雕塑、工艺品等，其图像内容大多为前代文献内容的模仿或演绎。就画像石来说，大致可以分为社会生活类、历史人物故事类、祥瑞与神话故事类、纹饰或风景类，其中历史人物故事类和祥瑞与神话故事类图像大多可以从现存的文献中找到相对应的部分，这说明汉代图像多出自对文本的一种模仿。就历史故事而言，武梁祠中共有 44 幅带有榜题的画像，根据这些榜题以及人物图像的情节动作等，我们可以从现存文献中找到与绝大部分图像相对照的部分，这样一方面能够使我们更好地释读这些图像，另一方面，也是更重要的，就是能够对这些图像的意义有更加充分与稳妥的把握。比如武梁祠左、右两侧下部的第二层装饰带上共有六幅刺客图像，分别是曹沫劫持齐桓公、专诸刺杀王僚、荆轲刺秦王、要离刺庆忌、豫让刺赵襄子、聂政刺韩王。根据这些图像的榜题，我们能够清晰地分辨图像所表述的故事情节，同时这些故事在文献中都有比较详尽的对应，比如《史记·刺客列传》中记载了除要离之外的五位刺客的生平以及刺杀经过，并且一些人物故事还不止在一种文献中有对应。荆轲刺秦王的故事在先秦两汉时期，至少有《战国策》《史记》《燕丹子》等三个比较详细的版本，此外，一些学者如张衡、应劭等人在著作中也有零星记载。

不过其中也存在两个问题，一是对图像所模仿的文本需要进行辨析，在汉代民间流传的文本与留存至今的文本之间存在一定的差异；二是一些汉代图像的内容尚不能用现今的文献进行释读，说明图像的创作既有与文本相对应的地方，同时也存在工匠在创作时超出文本、自由发挥的地方。总而言之，随着考古材料的不断发现，一些现在不能释读的图像也许在将来能够通过一系列材料的对比而得到确认。

就文本模仿图像而言，从两汉流传至今的完整的文学作品并不算多，同时此时用文学描摹图像也并未形成风气，故而这方面的材料并不丰富，东汉王延寿的《鲁灵光殿赋》是其中的代表作。这篇赋文不仅在艺术上达到了很高的成就，同时它对鲁灵光殿内壁画的描摹提供了珍贵的关于汉代图像的材料。与汉代一些史传材料中所记录的汉代图像材料相比，《鲁灵光殿赋》的重要之处在于其对于图像细节的描述，前文已述。

在互仿的基础上，文图二者在文化层面上走向融合。西王母信仰是汉代尤其是东汉时期,流传于民间的最重要的信仰,这点可以从文本记载与出土实物中得到证明,西王母信仰的形成过程即可体现汉代的文图互融。在以往的有关西王母的许多研究中,学者们往往只是将文本记载视为释读图像材料的一种工具,而且不可避免地存在将各种片段式的材料并举,然后挑取最适合解读图像的部分,对一些存在差异的部分则选择性忽视,或者进行各种曲说,这是目前研究中存在的通病。如果我们将文献记载与西王母信仰的流变结合起来研究,就能够发现其实以往的许多看起来存在差异甚至相互矛盾的地方,实际上恰好说明西王母信仰在流传过程中所体现出的不断变化的状态,产生于不同阶段的文献正好选择性地记录了这个过程。比如对于西王母形象的描述,从《山海经》到《穆天子传》,再到《淮南子》《大人赋》《汉书》等,各种文献均有不同表述,总体来说,体现了西王母由半兽半神到不死老妇再到华贵人神的三重变化,这正好体现了西王母由原始神祇转变为全能偶像的过程。现存最早的西王母图像出现于西汉初年,此时的西王母已经褪去上古神灵的外貌,她端坐于云彩之上,迎接死者夫妇的飞升,代表着一种不死的状态。此后,尤其是东汉中晚期,西王母图像开始变得丰富起来,她的周围往往出现三足乌、捣药的玉兔、蟾蜍、各种侍奉的仙人以及前来求药的民众形象,图像元素的不断丰富代表的是西王母偶像程度不断加深,实则是汉代对于西王母神性功能的不断增益。所以,有关西王母的文本与图像不仅仅是一种互释关系,将二者结合之后,能够对整个汉代西王母信仰的变化过程有更深入、更具体的了解,而这正是文图之间的融合。

二、差异

图像与文本一样,也是记录历史的重要工具,从某种意义上来说,图像可以让我们更加生动、直观地回忆过去,唐代张彦远在《历代名画记》中有云:"记传所以叙其事,不能载其容,赋颂有以咏其美,不能备其象,图画之制所以兼之也。"[1]进一步说,图像在真实记录历史方面,甚至超过文本,约翰·罗斯金认为:"伟大的民族以三种手稿撰写自己的传记:行为之书、言词之书和艺术之书。我们只有阅读了其中的两部书,才能理解它们中的任何一部;但是,在这三部书中,唯一值得信赖的便是最后一部书。"[2]所以我们解析往古的历史,并不能仅仅依靠文本或者图像,更多的时候需要将二者结合起来,文图互释,相互补充,掌握其中最充分的信息量。然而当我们进行这项工作时,往往发现实际情况不像看起来那么美好,文图之间存在各种差异,甚至矛盾重重,原因多种,有的是文本的缺失,

---

① 张彦远:《历代名画记》,上海人民美术出版社1964年版,第4页。
② 曹意强:《艺术与历史——哈斯克尔的史学成就和西方艺术史的发展》,中国美术学院出版社2001年版,第59页。

有的是图像之间的联系太少。当我们着力于探讨汉代文图关系,进行文图互释时,这样的情况也屡屡发生,比如对荆轲刺秦王图像的解读。

现存的汉代荆轲刺秦王图像有十余幅,如果将汉代记录该故事最重要的两种文献——《史记·刺客列传》《燕丹子》与这些图像相对照,可以发现在人物造型、情节设置、图像要素之间均有种种差异。简单来说,有如下两种情况:一、画面要素与文本记录不相符者;二、人物动作、画面情节与文本记录不相符者。第一种情况中最大的区别即侍卫的有无,无论是在《史记·刺客列传》,还是《燕丹子》中均没有提到侍卫的作用,但是荆轲刺秦王图像中,特别是武氏祠的三幅图像中,都将侍卫很明显地表现出来,其中有一位侍卫死死将荆轲拦腰抱住。对《史记·刺客列传》稍微了解的人即知,秦宫行刺紧张氛围的形成,与当时秦廷之上不允许侍卫上前有很大关系。不过,这只是其中最明显的差异而已,至于一些文本中有记载,而图像却没有表现,与图像中有所表现,而文本却无征的情况更是不胜枚举,这些多为细节的差异,对于故事本身的描述没有影响,多为工匠本人对故事的不同理解。

文图之间差异发生的原因有多种,首先,作为图像创作根据的文本本身存在差异。汉代的各种图像,尤其是墓葬中的图像,无论是画像石、画像砖、壁画、帛画、工艺品等,其创作必然基于一定的文本来源,尤其是一些故事性较强、情节比较丰富的图像,在汉代持续出现,且形态类似,工匠在创作过程中应该根据一定的粉本。而这些粉本的创作大多根据一定的民间传说而来,这样的判断基于两点。一是现今出土的汉代壁画墓、画像石墓、画像砖墓,其墓主人的社会地位都不高,以中下层平民为主,故其中图像的创作也必然为底层工匠。二是两汉时期的教育情况,不管是私学还是官学,其受众范围都非常有限,底层民众接受教育的机会少之又少。在汉代,像兒宽曾"以郡国选诣博士,受业孔安国。贫无资用,尝为弟子都养。时行赁作,带经而锄,休息辄读诵,其精如此"[1],匡衡曾"好学,家贫,庸作以供资用"[2],这样的情况只是特例。黄留珠曾对两汉孝廉家世可考者进行统计后发现,其中官僚贵族子弟占 69.6%,富豪占 6%,平民占15.7%,贫民占 8.7%。[3] 可以想见,作为底层民众中"贱业"的从事者——手工艺人,其接受教育的情况更是不容乐观,所以他们所接受的文本必然以口头文本为主,具体来说,他们所进行的图像创作都是以模仿前辈所留下的范式为主,这样的流传形式直到今天的某些手工业中依然有保持。口头文本在流传过程中经常出现不稳定性,传播者往往根据自身的需要、接受者的实际情况等对故事本身进行增减或变易,比如宋元时期流传的各种话本小说。作为粉本来源的文本之

---

① 班固:《汉书》,中华书局 1962 年版,第 2628 页。
② 班固:《汉书》,中华书局 1962 年版,第 3331 页。
③ 黄留珠:《秦汉仕进制度》,西北大学出版社 1985 年版,第 142 页。

间存在差异,从而造成图像之间产生各种不同,以荆轲刺秦王为例,虽然不同的图像选择了相同的情景节点,但是在具体描述上又各不相同,尤其是各种画面元素选择更是千差万别,就算是同出于一个系列的三幅武氏祠画像,其中同样存在不少差别。以本身存在不同的各种图像对照现存的文本,必然产生种种差异。

其次,用来进行释读与对照的文本之间也存在差异。同为记录荆轲刺秦王故事的《史记·刺客列传》与《燕丹子》,虽然在描述故事发生的流程上大致相同,但细节的差别仍然清晰可见,不管是人物、细节、语言等等,两相对照后,可以轻易找出众多差异之处,这跟二者一为严谨的史传,一为虚构的小说密切相关。有不少文章均指出了二者的具体差别,兹不赘述。

当然,差异的产生还不能忽视文本本身的缺失,从汉代流传至今的文献毕竟只是少数,许多文献都在历史的长河中无情湮灭,而这些流传下来的文献又经过了历代学者的不同程度的修改。此外,从本质上来说,留存下来的这些文献与汉代工匠们用来创作图像的底本之间即存在极大的差异,这些文献多为出自缙绅先生之手,流通于社会上层,其本身就与民间的口头文本天差地别,以这些具有相当稳定性、属于精英阶层所有的文献来对照那些变异性极强的口头文本所创作的图像,其中必然出现种种差异。

三、共生

汉代文图关系还有一个重要特点就是共生,其表现形式便是文图共同呈现于一幅画面中,文图发生强烈的统觉共享[1],二者交相辉映,从而使整幅画面的叙事效应达到最大化。

文图共同呈现的最显著事例为《列女传》故事与图像。《列女传》为西汉成帝时期刘向所编撰的一个史传类典籍,以分门别类的方式汇聚了先秦时候百余位女性的事迹,共分为《母仪》《贤明》《仁智》《贞顺(慎)》《节义》《辩通》《孽嬖》七卷。该书的编撰本身带有浓厚的政治色彩,主要针对元、成之际后妃逾礼、外戚擅权的现实,希望以此劝诫天子、晓谕嫔妃,从而达到巩固刘氏大统、维护封建礼制的目的。《列女传》的体例非常有特色,为传、颂、图三位一体的编撰方式。《汉书·艺文志·诸子略》"儒家"类统计刘向作品的著录情况是:"刘向所序六十七篇。"班固注曰:"《新序》《说苑》《世说》《列女传颂图》也。"[2]刘向在《别录》中自陈该书为:"臣向与黄门侍郎歆所校《列女传》种类相从为七篇,以著祸福荣辱之效,是非得失之分,画之于屏风四堵。"[3]在屏风上图绘帝王列女图像是汉代既有的传统,

---

① 赵宪章:《文学和图像关系研究中的若干问题》,《江海学刊》2010 年第 1 期。

② 班固:《汉书》,中华书局 1962 年版,第 1727 页。

③ 徐坚:《初学记》,中华书局 1962 年版,第 599 页。

而刘向所作列女屏风最大的特色在于将文本，也就是《列女颂》与图像并置。在图像之侧附着文字在汉代已经出现，与此时盛行的图像表彰之风相关，这些与图像并置的文字多是颂赞性的，以简短的形式概括人物的生平事迹与良好品德。

虽然刘向所制的列女屏风早已不存，不过1966年在山西大同石家寨北魏司马金龙墓出土的一架屏风可以帮助我们构想出它们的样子，从质地、结构到主题和装饰风格来看，它几乎保留了记载中的汉代列女屏风的所有特征。最为重要的是屏风的构图形式为图像加文字，根据文字与图像的关系可将屏风图像分为两种，一种为榜题加图像，如"有虞二妃"；另一种为榜题、题记加图像，如"周室三母""鲁师春姜""班姬辞辇"。不管哪一种形式，其本质均为文字与图像的组合，其区别在于文字信息出现的多少。屏风上的榜题标明了人物的身份，而题记则用简短的文字概述了人物的生平事迹，许多文字与《列女传》中的相关记载如出一辙。

除此之外，武梁祠汉画像中也出现了文字与图像结合的情况，文字即榜题，而其中的榜题又可以分成两种，一种为表明身份的榜题，一种则是糅合了身份信息与行为品德信息的榜题，与题记相似，具体而微。

这些都是文图共呈于一画的事例，虽然其文本存在些许差异，但其本质均为文本与图像并置，并且其文本多为说明图像中人物的身份与生平事迹。从叙事学的角度来看，它们都构成了一个"文—图"叙述单元或者叙述体，它们相互连接，形成一个或多个叙述单元，从而构成一个完整的叙述体。每一个叙述单元都是自足的，文本与图像相互补充，独立完成一个叙事过程。比如司马金龙墓屏风上的"周室三母"，画面上有三位妇女的形象，其左上均有一长条形的榜题，分别标明"周大（太）姜""周大（太）任""周大（太）似（姒）"的身份，其左前有四行题记，根据图片，参照《列女传》的相关内容，可辨认出如下文字："周［室三母］者，大（太）姜、大（太）任、大（太）似（姒）也。大（太）姜，大王之妃，吕氏之女。（缺字若干）。［太任者］，王季之妃，贞一（缺字若干）。以胎教溲于豕牢而生文王。大（太）似（姒），文王之妃，禹后［有莘姒氏］之女也。号曰文母生十子，皆贤胜。"①榜题使图像的指向性得以明确，而题记则提供了一定的具体信息，三者之间的结合，使观者对于"周室三母"的生平事迹以及道德品质均有一定的了解，这就是一个叙事的过程，其中叙事者即工匠藏于背后。由叙述单元构成的叙述体又相互补充，完成一个更加宏大的叙事过程。比如此屏风上的图像故事还包括有虞二妃、启母涂山、鲁师春姜、齐田稷母、孙叔敖母、卫灵夫人、班姬辞辇等，它们大多出自刘向编撰的《列女传》，表现贞顺、仁智等美好品德。这些图像或隐或显的连接，以群体性的姿态叙述了工匠或者墓主人对于良好品德的推崇承载着复杂的

---

① 《中国美术全集·绘画编·原始至南北朝绘画》，人民美术出版社1988年版，第153页。方括号中文字为原屏风上的缺字，根据《列女传》增补。

文化意蕴。武梁祠的许多人物画像在形式上与此相似，叙事模式也大同小异，

　　文图共生的方式在后世产生了深远的影响，就列女图而言，传为晋代顾恺之所绘的《列女仁智图》，其人物出自《列女传》中的《仁智》卷，形式上同样采取图像加榜题或题记的方式，文图之间的相互补充与呼应使图像的叙事效应最大化，也使画家想要推崇美德的目的得以最充分地释放出来。

第三章 汉代史传文学中的图像母题（上）

中国古代的许多传说故事，大致都经过正史记载、民间演绎和文艺创作三个过程，随着时代的变化，不断地发展和演进，内容日益丰富，形式日益多样，汉代的史传、传说故事也是如此。

历时四百余年的汉王朝，国力强盛，气势雄壮，朝气蓬勃，谱写了我国历史上辉煌的一页。在这个英雄辈出、波澜壮阔的伟大时代中，丰富的历史素材与天才的史学巨匠之间的相遇成就了我国史学上一个不可超越的高峰，司马迁的《史记》与班固的《汉书》成为后世景仰的史学双璧，其史学成就早已得到世人的公认。更重要的是，这两位史学巨匠用其如椽巨笔，以生动的笔触、精妙的构思记录下了有汉一代丰富的史料，尤其是其纪传中的诸多人物形象，至今读来，均如在目前，千载之下，仍不失其风采。南朝刘宋的范晔接续前人，着力著史，其《后汉书》中也载有东汉诸多史实。

正是这三位史学家的传神描绘，使许多汉代人物与故事成为后世文人再度创作的重要素材，历朝历代，各体文学中均不乏对汉代人物故事的题咏。同时，由于中国诗画结合的传统，文学领域的创造又延伸到艺术领域，于是汉代史传故事成为绘画等艺术创作的重要题材。此外，随着明清版画艺术的进步，许多铺写汉代史传故事的戏曲、小说刊本中出现大量插图，文图结合之后，进一步丰富了文学作品的叙事性，使汉代史传故事得到更广泛的流传。

第一节 "昭君出塞"的文图演变

杜甫《咏怀古迹》其三云："一去紫台连朔漠，独留青冢向黄昏。"王昭君当年出塞和亲，而今茫茫大漠上只留下青冢屹立于塞北草原上。她的悲怨以及为国为民的大义成为两千多年来文人题咏的重要题材，在各体文学中都有谱写，逐渐形成了一种文学主题。在此过程中，围绕王昭君的出塞，衍生出各类不同的文学创作，如诗词歌赋、传奇小说、戏曲戏剧等，呈现出内容不断丰富，情节不断延展，形式不断多变的状态。特别是明清时期，随着版画的流行，书籍与图像结合，围绕"昭君出塞"的小说戏曲出现了大量插图。同时，这一主题也成为文人画的重要题材，画家往往突破文字的限制，在艺术的殿堂内充分发挥自己的想象力，以自己非凡的创造使流传千年的昭君出塞主题出现了图像化的表现形式，他们还在绘画中广泛题词，使昭君出塞的故事既未失掉文学的传统，又出现了文学与图像相结合的新形式。正是这种文学与图像的结合，使这个流传两千多年的故事焕发出新的意蕴。

一、史实及其故事的展衍

昭君出塞和亲，历史上确有其事。根据班固《汉书》的《元帝纪》和《匈奴传》的记载，王昭君，名嫱，字昭君，西汉南部秭归（今属湖北）人。王昭君本是"良家子"，汉元帝时被选入宫中。竟宁元年（前33）春天正月，匈奴呼韩邪单于入汉朝见，自言愿做汉室女婿，请求与汉朝和亲，并且保证汉朝疆界将不会再受侵犯，兵戈战争从此止息。汉元帝感其不忘汉朝恩德、仰慕礼义，此次又修朝贺之礼，所以将"待诏掖庭"未被皇帝御见的宫女王昭君赐给呼韩邪单于作为阏氏（匈奴王后的称号）。建始二年（前31）呼韩邪单于死，前阏氏子代父立为单于。王昭君依照当时匈奴的习俗，嫁给后单于。这就是昭君故事的简单史实。

南朝刘宋史学家范晔撰写《后汉书》时，又在《南匈奴传》中写入王昭君的事迹。他在史书中明说："呼韩邪来朝，帝敕以宫女五人赐之，昭君入宫数岁，不得见御，积悲怨，乃请掖庭令求行。"①也就是说，王昭君因入宫多年未得皇帝恩幸，而主动地请求去匈奴和亲，并非《汉书》所谓的被动地被汉元帝赐给呼韩邪单于。《后汉书》不仅写明王昭君的态度和心理，而且对她的仪表也有生动的描绘："呼韩邪临辞大会，帝召五女以示之。昭君丰容靓饰，光明汉宫；顾影裴回，竦动左右。帝见大惊，意欲留之，而难于失信，遂与匈奴。"②在这里不但有对王昭君容貌衣饰、风采仪态的描绘，同时也描述了汉元帝欲赐不忍，欲留不能，既爱怜昭君天姿国色，又不肯失信于匈奴的矛盾心理。此外，《后汉书》还交代了昭君在呼韩邪单于死后，不愿嫁给继任单于的继子，她曾"上书求归"，但是"成帝敕令从胡俗，遂复为后单于阏氏焉"。

由上可见，《后汉书》所记载的昭君故事，已经不像《汉书》那样简略，可能吸收了部分民间传说，而且加上了一定程度的文学描写，王昭君已粗具悲剧人物的雏形。

传为东晋葛洪所撰的《西京杂记》中也记录了王昭君的事迹，与《后汉书》相比，更多传奇色彩。此书记述了王昭君之所以多年未被元帝宠幸的原因："元帝后宫既多，不得常见，乃使画工图形，案图招幸之。诸宫人皆赂画工，多者十万，少者亦不减五万。独王嫱不肯，遂不得见。"③于是，王昭君故事中又增添画工索

---

① ② 范晔：《后汉书》，中华书局1965年版，第2941页。

③ 成林、程章灿译注：《西京杂记译注》，贵州人民出版社1993年版，第44页。

贿的情节。及至"匈奴入朝,求美人为阏氏,于是上案图以昭君行。及去,召见,貌为后宫第一;善应对,举止娴雅。帝悔之,而名籍已定。帝重信于外国,故不复更人。乃穷案其事,画工皆弃市,籍其家,资皆巨万。"①被斩画工共有毛延寿、陈敞、刘白、龚宽、阳望、樊育等六人,其中毛延寿排名在前,而且善于画人物,"为人形,丑好老少,必得其真"。其余五人主要擅长布色或画"牛马飞鸟",人物画不如毛延寿,这也可能是后世将罪责加诸毛延寿一人身上的重要原因。

与《西京杂记》几乎同时的《琴操》一书中也记载了王昭君之事,后者虚构成分更多。其中最明显的一点便是,该书记述王昭君不肯依"胡礼"再嫁给前阏氏的儿子,"乃吞药自杀"。这是从封建礼教的贞操观念出发,对《汉书》所载王昭君史实做出的重大改动。《琴操》还写王昭君死后葬于匈奴境内,"胡中多白草,而此冢独青",这便是"青冢"的由来。

在《西京杂记》与《琴操》之前,西晋石崇在其作《王昭君辞》之序中曾说:"王明君者,本是王昭君,以触文帝讳,改焉。"为避晋文帝司马昭之讳,王昭君从西晋始又被称为明君或明妃。石崇还写道:"昔公主嫁乌孙,令琵琶马上作乐,以慰其道路之思,其送明君亦必尔也。其造新曲,多哀怨之声。"②从此王昭君又与琵琶结下了不解之缘,

至此,后世昭君出塞故事的所有元素均已基本具备,如画工毛延寿索贿、昭君心存怨恨、和亲、琵琶、思乡、青冢等,一个比较成熟的故事开始形成。又因为魏晋南北朝时期,中国南北分裂,国势颓败,北方边疆又受到侵扰,许多家庭被迫离散,不少人被掳而离开家园,在动荡中惨死他乡。所以,王昭君的命运便得到民众的深切同情,他们纷纷在昭君故事中倾注自己的爱憎,从而使昭君故事得以广泛流传,并得到巨大发展。

到了唐宋时期,随着边塞诗的发展,昭君出塞的故事更是受到文人的重视,包括李白、杜甫、白居易、欧阳修、苏轼、王安石等人在内,很多著名的诗人,都有歌咏王昭君的诗作。他们都向王昭君一洒同情的眼泪,哀怜她离乡去国葬身沙漠的悲剧,也有借王昭君遭遇浇胸中块垒,寄托身世之慨的。与此同时,《王昭君变文》也已出现,为后世昭君故事小说化开了先河。

二、戏曲、小说版画图像

元代,随着一种新兴的文学样式——戏剧的成熟,昭君出塞的故事也被编成戏剧搬上舞台。据《录鬼簿》载录,关汉卿有《汉元帝哭昭君》,吴昌龄有《月夜走昭君》,张时起有《昭君出塞》,皆已佚失。现存剧作只有马致远的《汉宫秋》(全名

① 成林、程章灿译注:《西京杂记译注》,贵州人民出版社 1993 年版,第 44 页。

② 徐陵编,吴兆宜注,程琰删补,穆克宏点校:《玉台新咏笺注》,中华书局 1985 年,第 88 页。

《破幽梦孤雁汉宫秋》）。《汉宫秋》是马致远的代表作，是一部著名的悲剧，也是昭君出塞故事系列中最有影响的文学作品，同时也是迄今为止能见到的最早的昭君戏。这部杂剧集中了前代笔记小说、文人诗词和民间讲唱文学的成果，根据时代的需要，使昭君出塞故事有了重大的发展。

首先，该剧颠覆史实，继承《王昭君变文》的写法，把汉元帝时的民族关系，描写成汉弱匈奴强，昭君远嫁是匈奴恃兵强取，而不是汉元帝的恩赐。其次，该剧采用了毛延寿贪贿舞弊的情节，并把他的身份由普通的画工改为"中大夫"，又增加了毛延寿献图叛国的剧情。再次，把王昭君的宫女身份改为皇妃，将其宁愿牺牲自己去"和番"写成是为了"国家大计"，最后昭君行至两国交界的"黑龙江"时投水而死。此外，该剧还创造性地增添了元帝与昭君之间的爱情故事。《汉宫秋》的出现为明清两代昭君出塞故事的流传和发展奠定了基础，对后世戏曲和小说及其图像产生了重要影响。

明代以昭君出塞故事作为题材的剧本有陈与郊的杂剧《昭君出塞》（现存《盛明杂剧》本），还有无名氏的传奇《和戎记》（现存明万历年间金陵富春堂本），以及《青冢记》三种。在这三种杂剧中，最值得注意的是《和戎记》，全名为《新刻出像音注王昭君出塞和戎记》，凡 2 卷 36 折，存本第 25、27、33 折略有缺图。剧中情节多与正史不符，当基于民间传说。

《和戎记》不仅在故事情节上与传统昭君戏有很多区别，而且由于其出现于版画艺术蓬勃发展的明代中晚期，其刻本中开始出现插图。明代中、晚期，随着市民阶层的兴起与各地的版刻术蓬勃发展，版画艺术得到了长足的发展，许多戏曲小说都附有木刻插图，鼎盛一时，其中金陵、建阳、新安等地成为明代版刻中心，其版画各有特色，在民间流传极广。在版刻兴盛的时期，几乎无书不图，甚至连儒家的经典"四书五经"等都附有插图，在此背景之下，《和戎记》中出现图像也就顺理成章。《和戎记》最早的刻本今已不可考，其中是否有插图也不可知，现存的明万历年间金陵唐氏富春堂刻本《和戎记》中，已经出现插图（《古本戏曲丛刊》二集据此本影印），这是现存昭君戏刻本中第一个拥有插图的刊本。

富春堂乃明代金陵著名书肆，主人唐富春，字子和。富春堂所刻戏曲小说，版刻精美，多有插图。所镌传奇剧曲有《李十郎紫箫记》《虎符记》《玉玦记》《白蛇记》《拜月亭记》《刘智远白兔记》《易鞋记》《重订赵氏孤儿记》《南调西厢记》《和戎记》《千金记》等，多至百余种，皆有繁复的插图。其中除一大部分利用书的半幅作为插图外，已将插图广为对幅，并加大插图数量。如《玉玦记》附插图三十一幅，《何文秀玉钗记》附插图二十八幅，可说是图文并茂。插图构图以大型人物为主，戏剧性地加以排列。用笔粗壮，表现了庄整、雄健、放纵、生辣之趣。插图人物脸部刻画生动，尤能以简明的线，表达内心情感。唐氏诸刻，仍保留画版顶端和左右两边的横标和竖标。许多刻本极富技巧，内容丰富多彩，人物突出，情趣浑厚。

富春堂刻本《和戎记》共有插图 16 幅,全部为书内插图,单面方式。形式上全部采用传统的单面通栏,其中上栏标目,下部则绘图,使人一目了然,标目结合剧本内容让读者可以很容易地了解插图所要展示的情节,这是金陵富春堂刊本的一大特色。虽然剧本内容写的是汉代故事,但在剧中却大量运用明代制度及官职,这直接影响到插图对人物服饰、动作等的描绘,比如插图中所有官员的服饰均为明官的典型服饰,头戴幞头,身穿前后有圆形补子的长袍官服,匈奴人则同样身穿前后有补子的长袍官服,只是头戴长翎冠以区别汉臣,双方皆行跪拜礼,坐于高背椅子上。一般而言,富春堂刻本大多用笔粗壮,风格雄健,尤其注重黑白对照,构图以人物为主,背景为辅,特别擅长利用戏剧性的排列充实图像内容,比如“昭君出塞”图。

该图插入剧本第二十九折中,背景为毛延寿点破萧善音身份,单于恼怒不已,处死萧之后命再度出师攻伐汉境,索要昭君。平帝无计可施。昭君见状上本,愿“舍一人之命,保全万载之邦,救万民之难”,前往和番。平帝只得依允,让敌兵先退三日,再送昭君出城。是日,昭君父母王朝珊夫妇、兄王龙、妹秀真一家送其出关。昭君辞别父母,将入北国,心恋平帝,发誓:“宁作南朝黄泉客,不作番邦掌国人。”

画面左侧枪戟林立,预示边境危急,番邦大军兵临城下,咄咄逼人;右侧则画一线城墙,墙上有一道城门,代表昭君一家已在城外,左右两侧图像将背景略作交代。画面大部分则被四位人物占据,其中王昭君居于正中,冠插长翎,身披长帔,与番邦服饰一致,说明其正准备前往番邦和亲。其左有一女子,一手捧琵琶,一手牵马,其右一女一男,大约为昭君父母。面对离别,昭君不胜哀伤,掩面哭泣,昭君母正在安慰其女,仿佛可以听到其用轻声细语慰藉女儿,其父则一脸无奈,愁容满目。该折有两曲正好说明昭君此时的哀怨之情,“【亭前柳】黑暗暗楚天云,滴溜溜泪珠倾,扑簌簌红叶坠。咭(叽)叮当,响秋砧。雁儿儿,你在空中叫(叫),断肠声,怎割舍断肠人”。“【一盆花】迤逦风霜历尽望,黄沙漠漠霜草,烟凝轧轧,车儿更提铃,趷的趷蹬,骆驼牵引,路儿又不平,月儿又不明,强把琵琶吭吭砰砰,拨着数声,总是离情。”曲词与画面结合,把昭君之怨展现得淋漓尽致。该图用笔粗犷,画面疏朗,寥寥数笔,将人物服饰、动作、表情等准确表现出来,特别是左幅枪戟,右幅城墙并立,将图像背景交代得清清楚楚。总而言之,该图完全依照剧本而绘,图像中的事物、人物以及人物动作等无不契合剧本第二十九折的内容,可以断定,该图的刻绘者对该剧内容应该做过比较充分的了解,才能领悟出该剧情所蕴含的深意,由此而能绘出切合剧情的图像。

清初方来馆白云道人编选的《方来馆合选古今传奇万锦清音》,共收录明末清初多种传奇,多为当时市井流传的弋、昆演出剧目,清顺治十八年(1661)方来馆镌刻刊行。该书同样收录了该曲,该本也有插图,据傅惜华《中国古典文学版画选集》可知,插图形式为卷首冠图,单面圆式,傅作中同样选取了《昭君出塞》

图。该图中心部分即昭君一行三人，其中昭君坐于马背，手持琵琶，左后方一侍女手持旗旆，右后方一侍女站立。图像右下方绘有两面旗帜，两位胡人，应是前来迎接昭君的队伍。昭君一行人所立之处，两旁山石嶙嶙，乱树横生，不似塞外之景，然而天空中又有鸿雁群飞，云彩飘扬，一派塞外风光。

而陈与郊（1544—1611）所撰的《昭君出塞》只是一折的短剧，并见于作者的《麒麟罽》传奇，作为戏中串戏。该剧完全本于《西京杂记》，集中写王昭君别离时的悲苦，全剧只写到昭君出玉门关为止。此剧虽有一二语取自马致远《汉宫秋》杂剧，但结构与立意不落旧窠。前人称其写昭君，不言其死，亦不言其嫁，写至出玉门关即止，最为高妙（见焦循《剧说》）。

《盛明杂剧》乃明人沈泰编辑的明代戏曲剧本集，共 60 卷，分初集、二集两集，每集 30 卷，每卷 1 个剧本，共收明杂剧 60 种。《盛明杂剧》初集于崇祯二年（1629）刊行，二集于崇祯十四年（1641）刊行。诵芬室于 1918 年翻刻了初集，1925 年又翻刻了二集。中国戏剧出版社 1958 年据 1918 年武进董氏诵芬室刊本出版影印。所有入选的剧本都配有单面方式的插图，据中国戏剧出版社刊行的《盛明杂剧》可知，插图均冠于卷首。

与略显粗犷、用墨稍重的万历富春堂刊本《和戎记》相比，《盛明杂剧》本《昭君出塞》的插图要显得更加精细，用墨更加均匀，画面的构图也显得更有章法层次，显示出明代中晚期版画技艺的进步。以其中第二幅《昭君出塞》图为例，可以看到这样的风格。《和戎记》中的《昭君出塞》图完全遵照剧本内容而绘，图中的枪戟林立、城墙围绕以及昭君父母等图像都是传统昭君故事所没有的，昭君等人的动作也贴合剧中的一些唱词唱段。而《昭君出塞》剧中的《昭君出塞》图则与其完全不同，更加符合传统昭君故事，如唐宋诗词、元马致远《汉宫秋》等中的故事情节。

图中大致可以分为上下两个部分，中间以一道山梁隔开。下面一行五人，二女三男，最左边一男应为仆役，短打装扮，束腿，戴帻，手握马缰，立于马前。其后另有一男子，同样为仆役，手持旗旆，旗尾随风飘扬。画面最右边同样为一男子，即剧中的护送官员，身着长袍，头戴短脚幞头，面右坐于马上，拱手，似正在作别。中间两位女子则分别为昭君及其侍女，其中昭君乘坐于马上，身穿毛领长帔，回头面左，右手略为举起，应是与最右边的官员告别。昭君身后为其侍女，手抱琵琶，同样回头面左。

在该剧最后，行到玉门关后，昭君依依不舍，她说："俺只着马儿款款行车儿，慢慢随缘，何这般样到的快也。"即便心中万分不愿，却还是走到玉门关前。众人都劝她早点过关，此时昭君心里百味杂陈，怨恨、不舍、愤懑等等，她唱到："觑中常扣紫缰，觑中涓泣红妆，西出阳关更渺茫，似仙姝投鬼方，如天女付魔王。"并且嘱咐护送官员："还宫奏当今主上，只说感皇恩去国，婆娘若问咱新来形像，休道比旧时摧夷。"然后连喊两声"好恨"，一腔悲怨喷薄而出。

此图所表现的即昭君回头嘱咐送行官员的一幕,镌刻者用极其精细的刀法将该剧最后的场景全部表现了出来,包括驻马、送行、作别、悲叹等,毫无疑问,全剧的高潮就在昭君的两声长叹中,而镌刻者恰好将这一幕完整地记录在了这幅图中,完全把握了"最富于孕育性的顷刻",不仅完美地传达出原剧的情节,而且提升了剧本的叙事张力,观者将图文结合之后,可以更加强烈地感受剧本原有的悲怨之情。

此外,该图上半部分出现的则是三位胡人,两人持枪,一人扛旗,均骑马,所表现的应该是番王派来迎接昭君一行的队伍,这样就补足了原剧中所无的情节,交代了昭君出关后的故事发展。图中所绘的景色中远山叠嶂,山峦起伏,寥寥几笔,明暗交替,将山石的形状描绘得栩栩如生,虽然不符合关外的景色,但刻工高超的技艺仍可见一斑。

清尤侗(1618—1704)有《吊琵琶》杂剧,全剧四折一楔子(楔子在第一、二折之间),作于顺治十八年(1661)。《曲海总目提要》卷二十著录,谓:"前三折与《汉宫秋》关目略同,但元曲全用驾唱,此用明妃自抒悲怨,为小异。第四折入蔡琰陷入胡中,自伤与昭君同,酹酒青冢,并以胡笳十八拍写入琴中鼓之,以申其哀,故名。"该剧与其他昭君戏不同之处在于,其叙昭君在出塞途中投水自尽,其魂魄却回到汉宫,梦中与元帝相会,诉说衷情,恳请元帝赡养其父母,元帝醒后不胜惆怅。若干年后,蔡琰被匈奴掳去,为左贤王阏氏,某日她携酒肴至青冢祭奠昭君,并对昭君弹奏《胡笳十八拍》,倾诉不幸遭遇及思归之情。该剧可见清初邹式金编《杂剧三集》(又名《杂剧新编》),中国戏剧出版社 1958 年根据 1941 年诵芬楼翻刻本影印。

薛旦有《昭君梦》剧,同样见于邹式金编《杂剧三集》,演昭君于塞外悬念汉帝,梦中由氤氲大使指引,逃入玉门关,重回汉宫。该剧卷首有插图一幅,所刻内容即昭君梦中之事,昭君身着胡装,伏案酣睡,此时其魂魄已于梦中飞出,画面最上方即表现昭君跨天马行于云彩之中,正茫然之际,氤氲大仙赶来给她指引去汉宫的道路。

明清时代,昭君戏曲广为流行。但多歌颂她与元帝爱情,昭君自杀,既为朝廷殉身,又为元帝尽节,统一于爱国、忠君观念中,皆与史实背离,如《和戎记》《昭君出塞》《吊琵琶》等。独《昭君梦》,系遵照史实令其和番,下嫁呼韩邪单于,且其情节十分奇特,以梦结构全剧,所有剧情都在梦中完成。

从图像上看,《杂剧三集》的插图镌刻十分细致,画面虽然繁复,却显得井井有条,格局有序,不管是《吊琵琶》中的"蔡琰祭奠"图,还是《昭君梦》中的"昭君入梦"图,其布局都十分有条理,结构清晰,一目了然。刻绘者对于剧情的把握也十分到位,没有误刻的情况,也没有过度阐释剧情。此外一些细节上也十分注重,比如"蔡琰祭奠"图中,青冢所处之地古柏森森,符合墓地的实际,而"昭君入梦"图中将昭君置于穹庐之中,同样符合西北少数民族的游牧习性,甚至在此图的右上角还特别添上月亮与星辰以代表夜晚,符合昭君入梦的实际。

清代昭君出塞故事又由戏曲进入长篇小说创作领域，嘉庆年间出现了题为《双凤奇缘》的小说，署《绣像双凤奇缘》，原名《昭君传》，凡二十卷八十回，作者不详，嘉庆十四年（1809）序刻本，卷首之序署"雪樵主人梓定"。全书文笔浅陋粗劣，毫无剪裁地综合了前代昭君故事，把《和戎记》中的王秀真改名赛昭君，又增加了林皇后和一个与昭君同时被选入宫中被封为西宫名叫定金的美女，并插入与昭君原本无关的李陵被擒、苏武和番的故事，以凑成80回长篇，昭君出塞故事本身并没有新的演变。由于其诸多史实错误，以及颇多乖谬之处，此书当是知识水平不高的民间文人或书商所编撰。此书在嘉庆、道光、咸丰、光绪年间有多种版本流传，现存忠恕堂本、兆敬堂本、道光二十一年（1841）维扬二酉堂本、光绪二十年（1894）上海宝善书局石印本等。

上海古籍出版社《古本小说集成》影印复旦大学藏道光二十三年（1843）卧云书阁藏版本，该书卷首冠图，单面方式。整体而言，该刊本质量低劣，尤其是插图，镌刻手法拙劣，形象失真，明显为民间水平低下的刻工所为。同时，由于该书之图冠于卷首，且每图刻一人，也就失去了扩充叙事的意义，与其他小说插图相比，其叙事上相差甚远。不过值得注意的是，该本的每幅插图上均有作者的题记，如汉帝图上有"一代风流主，三更配合缘。山河谁保固，全杖两婵娟"，昭君图上则是"只因妾貌却如花，薄命红颜自怨嗟。一出汉宫谁是伴，凄凉马上弄琵琶"，其题记承小说而来，与小说意蕴一脉相承，既讽刺汉帝面对外敌入侵的无能为力，又同情昭君出塞和亲的悲惨命运。

三、纸本、绢本绘画图像

随着宋代绘画黄金时代的开始，昭君出塞故事开始成为文人画家所着眼的主题。据《宣和画谱》卷七载，北宋大画家李公麟曾作《昭君出塞图》，藏于宫廷，惜已不传。据清代陈邦彦选编的《历代题画诗》可知，宋代除了李伯时的《昭君图》，还有无名氏所作的《明妃出塞图》《明妃辞汉图》《王昭君上马图》等，今均不可见。

现存最早的表现昭君出塞故事的绘画作品为金代（或宋代）宫素然的《明妃出塞图》，现藏于日本大阪市立美术馆。图绘昭君出使匈奴，跋涉塞外的情景。图中两人策马前行，一人肩扛黑色日旗，塞外朔风正厉，两人均缩颈弓身，其中一人抬臂遮挡风沙，连马也低首缓行。昭君与一侍女骑马随后，昭君左手上举置于额下，神态从容，两马夫在前徒步揽辔，女侍手抱琵琶转颈以避寒风。其后一组人马聚拢在一起，呵冻冲寒而行，衣带、发辫随风飘举，一人驾鹰策马殿后。

画家线描准确流畅，通过人物的动态、神态很恰当地表现出塞外寒风凛冽的特征和行旅的艰辛。用粗笔淡墨写出塞外苍茫萧瑟的荒凉景色，笔墨纯熟，勾线流畅。以人物、犬马的动作表现出风之肆虐呼啸，也反衬出王昭君镇静、从容的面貌。此卷与传世金代张瑀《文姬归汉图》所绘情节、构图大同小异，估计都应是有本之作。

图 3-1　《明妃出塞图》；宫素然；纸本水墨；纵 30.2 厘米，横 160.2 厘米。

图 3-2　《明妃出塞图》(局部)

南宋末年，中原涂炭，不仅宋后妃、宫女遭元蒙凌辱，夏国、金国也同遭此命运。夏主虽"纳女请和"（《元史·太祖本纪》），终不免于一亡；金主守绪兵败自焚死，叛臣崔立献汴城降元，后妃嫔女及其他宗室五百余口被蒙古兵押解"赴北"（《金史·哀宗本纪》），"诣青城，皆为北兵所杀。如荆王、梁王辈皆预焉、独太后、皇后、诸妃嫔宫人北徙"（金·刘祁《归潜志》）。张天锡身为金朝大臣，痛心于贞祐二年（1214）向蒙古请和，"奉卫绍王公主归于大元太祖皇帝"（《金史·宣宗本纪》），遂作《题〈明妃出塞图〉》诗，有"玉颜胡沙"之恨。张天锡所题是否即为宫素然之作，暂难确定，不过云此作有倾吐国仇家恨之意，大致不差。

元明时期，有关昭君出塞主题的绘画作品仍然层出不穷，惜多已不传，《历代题画诗》中著录有关昭君故事的题画诗24首，多为题《昭君出塞图》，可见此时，该故事已经成为文人画的重要题材之一，其中元代著名诗人王思廉与虞集均有题咏传世。王思廉的《昭君出塞图》云："黄沙堆雪暗龙庭，马上琵琶掩泪听。汉室御戎无上策，错教红粉怨丹青。"根据其讽刺汉室御敌无方的内容看，此时有关昭君出塞故事的背景已经开始偏离史实，不过这也跟当时蒙古族夺汉正朔，统治中原的现实密切相关。大部分的作品均为借古讽今之作，反对和亲，同情昭君，带有强烈的民族意识，与马致远《汉宫秋》的主旨相一致，不过虞集的《题〈昭君出塞图〉》则另有所表，诗云："天下为家百不忧，玉颜锦帐度春秋。如何一段琵琶曲，青草离离永未休。"很明显，他认为昭君远嫁并不可悲，并规劝后人不必为此大做文章，虞集入元之后，曾加官晋爵，荣显一时，他有此语，不足为怪。

自从毛延寿出现在昭君出塞故事中，有关毛延寿的图绘情节就在后世文人作品中层出不穷，不过大部分人都对毛延寿的索贿表示批判态度，认为他正是造成昭君悲剧的根源，正如李商隐的《王昭君》诗所云："毛延寿画欲通神，忍为黄金不为人。"不过北宋王安石的《明妃曲》却大作翻案文章，有云："意态由来画不成，当时枉杀毛延寿。"关于绘画是否能够客观反映真实，从古至今都是一个众说纷纭的话题，不过"求真"却一直是中国绘画史上长久的主题。《西京杂记》中并没有画工故意丑化昭君的情节，反倒说："有杜陵毛延寿，为人形，丑好老少，必得其真。"王安石认为毛延寿的失误正在于"求真"不成，颇有几分道理。明丘浚接续王安石的翻案文章，其《题〈明妃图〉》："莫向西风怨画师，从来旸谷日光遗。当时不遇毛延寿，老死深宫谁得知。"认为昭君之所以能够出深宫，往塞外，功在毛延寿将其丑化，这样的说法令人耳目一新。

明清两代已近于当世，故而昭君出塞题材的绘画作品保存较多，异彩纷呈。明中期著名画家仇英即有多幅有关昭君出塞的作品存世，其中一幅名为《昭君出塞图》，扇页，金笺设色，现藏于南京博物院，另一幅则名为《明妃出塞》，藏于北京故宫博物院，为其《人物故事图》中的一页。

仇英的《人物故事图》，全册共10页，是其工笔重彩人物仕女画的代表作，所

图3-3 《人物故事图·明妃出塞》;仇英;册,绢本设色;纵41.1厘米,横33.8厘米。

画人物、仕女,多属传统题材。表现历史故事的有"贵妃晓妆""明妃出塞""子路问津";属于寓言传说的有"吹箫引凤""高山流水""南华秋水";描绘文人逸事的有"松林六逸""竹院品古";取自古代诗词的有"浔阳琵琶""捉柳花图"。

其中《明妃出塞》所绘为昭君离故国到不毛之地的旅途情形。画右中身着红袍者为匈奴使者,冠皮质羯尾冠,有傲然自得神情。护卫四人,或捧盒,或持凤首瓶,或操旌旄。另有跨马携犬前引者一人。明妃坐驼车,二着唐人侍从装束者为护卫,二胡人正以杖支驼首,仿佛正止其渡水,有惊恐之意。远处平沙连绵不绝,三五旅人,散见沙际,恶山阴黯,形容前途茫茫、故国远隔的情景。仇英此本虽明妃装束均误作唐人装束,但鞍马车具,甚具古风,诚属不易。

与其他有关昭君出塞的作品相比,该图着力于真实,首先其背景为沙漠,明清刊本中的许多插图均将昭君出塞的背景设为山谷之中,古树森森,明显不符合塞外实情。其次,该图中昭君坐于驼车之中。许多作品,包括宫素然的《明妃出塞图》所绘昭君形象,均坐于马背,妇女骑马盛行于唐,汉则不然,故仇英此作更近真实。再次,由于昭君一行人正行走于沙漠之中,故出现驼车,画家于细节处十分着意。

清代画作中有关昭君出塞故事的作品有冷枚、华嵒、费丹旭、倪田、李熙的《昭君出塞图》，沈韶的《昭君琵琶图》，徐宝篆的《王昭君图》等。清人之作，已不在着意于全面表现昭君出塞，而是选取其中一景，绘三两人物，甚至仅绘昭君一人，身披大裘，怀抱琵琶，孤立于画面之中，疏朗而重点突出，比如华嵒的《昭君出塞图》。

该图描绘了王昭君作伫立沉思观望状，后有二侍女随从，一为汉人侍女手捧琵琶，一为匈奴人侍女手挽披巾，前一匈奴人男侍从正手牵骏马，马作回望状，马鞍上饰以龙纹。整幅画面构图平稳，只是匈奴人侍从牵马时的姿势有一点动感。人物造型沉稳，昭君作沉思状，内涵一种对汉族恋恋不舍的情感。脸部刻画为典型的瓜子脸，清秀雅丽。

特别是该画的右上角将石崇的《王昭君辞》全文录下，文图相配，更反衬出昭君的凄态，仿佛就是该诗中"仆御涕流离，辕马悲且鸣。哀郁伤五内，泣泪沾，湿朱缨"的具象化，令人怆然不已。纵观目前能看到的所有昭君题材画作，此为唯一一幅图配文的作品，华嵒充分领悟了石崇诗作中的悲怨之气，以高妙手法将其具象化，使题词与图像达到了完美契合。

清末民初的任伯年画派的倪田延续了简约之风，其《昭君出塞图》自题为"一望关河萧索"，从题即可知，该画主题为写昭君思乡之情。画面景色肃杀枯败，塞外深秋，寒气袭人。一身胡服穿戴的昭君，一手执马鞭，一手执缰绳，似刚下马背。空中几只南归的大雁吸引了她的目光，让她不觉黯然神伤，萌生故国千里、归期如梦之感。画家较少用线条勾勒，以墨彩直接渲染。师法任伯年的小写意人物画，却又独具一格，笔法更为自由，写意中带工笔，收敛自如。背景以淡彩渲染烘托，以红、绿、黑等重色为主调，形成较为强烈的视觉效果。笔不显而意满，景不实而韵足，格调清新雅致，是一幅难得的佳作。

大雁在中国文学中是常出现的事物，汉代苏武正是凭借雁书而成功归汉，画家图绘昭君望雁的姿态，一方面借用"衡阳雁去无留意"，引起昭君思乡；另一方面也是借用苏武的典故。其题词则化用柳永《曲玉管》词中"立望关河萧索，千里清秋，忍凝眸"之句，用其悲秋苦情之意，与画中大雁南飞、满目萧瑟的景色十分契合。其图、其典、其意都透露出浓郁的中国画特色，不管在艺术上，还是在意蕴上，都达到了相当高的层次。

第二节 "文姬归汉"的文图演变

东汉末年"文姬归汉"的故事在中国历史上流传甚广，有关的文学创作数见不鲜，根据其归汉及其诗歌《胡笳十八拍》《悲愤诗》等创作的绘画也颇多，画家往往铺衍诗中内容，将诗歌图像化、具象化，中国文人画文学与图像紧密结合的特征在该题材中得到了充分展现，也足以引发后人的思考。

一、相关史实

蔡文姬作为东汉著名学者蔡邕的女儿，又是一代才女，她饱经沧桑、一波三折的命运曾引发无数文人墨客的唏嘘悲叹。从魏晋开始，各个时代的文人运用各种文学题材，诸如诗词、戏曲、杂剧、小说等对"文姬归汉"故事进行吟咏，或指斥汉末战乱时代，哀叹同情其命运，或称颂其才华，钦佩其所作——《胡笳十八拍》和《悲愤诗》二首，甚至模拟其作，讽喻当下等，不一而足。特别值得注意的是，"文姬归汉"故事，以及与其相关的《胡笳十八拍》与《悲愤诗》等，自汉末南北朝以来广为画者喜爱，一些名家诸如阎立本、李公麟、李唐等皆作过同名画题，该故事成为中国画史上一个久盛不衰的题材，与此相关的一系列名作也在画史上占据重要地位。

据《后汉书·列女传》中有关"董祀妻"的记载，蔡文姬为蔡邕之女，名琰，文姬为其字。她博学而有才辩，精通音律，曾嫁于卫仲道，可惜卫仲道年岁不永，夫亡后文姬归于家。恰逢东汉末天下战乱频仍，文姬不幸被胡人所掳，流入匈奴，饱经沧桑，被迫嫁给南匈奴左贤王，留匈奴十二年，生二子。曹操平素与蔡邕交好，痛惜其没有后嗣，于是派使者以金璧将文姬赎归，将其嫁给陈留董祀。这就是后世"文姬归汉"故事的来源。

蔡文姬才华卓著，足以与"建安七子"相颉颃，据《隋书·经籍志》载，其作品有一卷，但现存仅三首诗——五言《悲愤诗》和骚体《悲愤诗》各一首，以及《胡笳十八拍》。前二首收录于《后汉书》本传中，乃其"感伤乱离，追怀悲愤"之作，特别是五言《悲愤诗》，长达108句，540字，叙述生平悲惨遭遇，语言浑朴，情节生动，感情真挚，动人肺腑，是一篇由血泪凝成的杰作，足以与"七子"佳作相媲美。

不过，她的骚体《悲愤诗》与长诗《胡笳十八拍》却屡屡被后人视为伪作，特别是《胡笳十八拍》。这是一首长达1297字的骚体叙事诗，《后汉书》并没有收录，该诗最早见于宋郭茂倩的《乐府诗集》卷五十九，朱熹的《楚辞后语》卷三也有收录，两本文字小有出入。由于《后汉书》记蔡文姬生平十分简略，又没有收入此诗，故过去论者大多以为是伪作。但20世纪50年代末郭沫若经过多方考证，反复辩难，先后写了一至六篇谈蔡文姬的《胡笳十八拍》等篇的专论，认为并非伪作。不过郭沫若的论断没有得到学术界的一致赞同，刘大杰等学者仍然断定该篇非蔡琰所作，对于该篇的真伪至今仍有不同意见。

二、纸本、绢本绘画图像

由于蔡文姬的故事既带有民族大统一的含义，又带有浓郁的人情、人性内蕴,这一切在"归汉"时表现得最为充分,且成为历代诗人十分钟爱的题材之一。从南北朝时期的庾信,到唐代的卢照邻、李白、杜甫、韩愈、刘长卿,再到宋代的陆游、陈师道,直到明代的王世贞,清代的王士禛等,各个时代的著名文人都对此事有过吟咏。与此同时,有关该故事的绘画作品也是屡见不鲜。

虽然《胡笳十八拍》诗歌的真伪仍有待论证,但这却丝毫无损于自唐宋以来的画家据此创作有关文姬归汉的作品。于是,在中国绘画史上,有关文姬归汉的绘画作品形成两个系列:一是以单幅绘画的形式描绘一景,或者表现文姬与二子分别时的伤感场面,或是表现文姬一行人归汉途中的情景,此类描绘多遵照《后汉书》的记载;二是根据《胡笳十八拍》的内容,以组合画的形式描绘文姬归汉的全过程,按照诗歌十八拍的内容展开绘画,大致是一拍入一画。这种组合画场面宏大,反映全面,在庞大的题材中充分展示画家的创作才华与对文学作品的领悟能力。

以文姬归汉为主题的绘画作品出现甚早,据《居易录》《式古堂书画汇考》等文献记载,唐代著名人物画家阎立本曾作《胡笳十八拍图》,唐初书法家虞世南题词其上,《图画见闻志》则载五代画家朱简章曾作《胡笳十八拍图》。据《宣和画谱》卷七载,李公麟有《蔡琰还汉图》,与其《昭君出塞图》堪称双璧,均藏于内府。此外,元赵孟頫也有文姬归汉内容的画作。

虽然以上如此丰富的绘画作品均已不存,不过由于蔡文姬故事广受历代画家青睐,故留存至今的画作仍然不少,仅仅宋本或摹宋本《文姬归汉图》或者《胡笳十八拍图》长卷就达九个以上,它们形成了一个丰富的以"文姬归汉"为母题的图像系统。这些画作或以《文姬归汉图》为题,如美国波士顿美术馆藏《文姬图》册、日本奈良大和文华馆藏的《文姬归汉图》卷及天籁阁旧藏本《文姬归汉图》扇面;或以《胡笳十八拍》为题,如美国大都会博物馆藏《胡笳十八拍图》卷、美国波士顿美术馆藏《胡笳十八拍》册(是图只有四幅《第三拍》《第五拍》《第十三拍》《第十八拍》)、中国南京博物院藏明摹本《胡笳十八拍图》两卷、瑞士苏黎世Drenowat 氏的《胡笳十八拍图》及去向不明的"艺林本"《胡笳十八拍图》①。由于画作存世较多,且面目各异,又多为无款之作,其中相关问题仍疑窦重重,扑朔迷离。

有关宋本文姬归汉故事的画作中,陈居中是一个绕不开的人物。陈居中为南宋嘉泰年间画院待诏,其生卒年不详。据画史载,陈专工人物及马,杂画亦佳,擅画反映贵族游乐、出猎生活和表现少数民族放牧风情等题材,注重写实,观察入微,构图简洁,风格清新,富于生趣。据《南宋院画录》等资料载,陈居中曾作《胡笳十八拍图》和《文姬归汉图》(或即前图之部分)。

---

① 因其刊登在 1931—1934 年当时北平中国画学研究会主办的《艺林月刊》上,故被今天的学者称之为"艺林本",现已不知所踪,或流至国外。

　　台北"故宫博物院"藏《文姬归汉图》（图3-4），无款，旧题为陈居中作，乃公认现存同题材画作中最精彩之作。画面构图为线形螺旋方式，整齐之中又有跌宕的变化。画面可以分为上中下三个部分，以中部为重点。画家描绘了这样的场景：塞外的沙丘之间，匈奴左贤王与蔡文姬端坐于毡毯上，两人正在倾吐离别时的衷肠。双方的随从陪侍于周围，上部与下部均是装载好的马匹与驼队，所有人都在等待着他们告别完之后，再踏上各自的归程。毡毯上，左侧的文姬显得有些矛盾，而右侧的左贤王则一边侧过身体手拿托盘接酒，一边用双眸凝视着文姬，神态凝重，不舍之情跃然纸上。最令人感慨的是文姬身后的两个孩子，年幼的孩子紧紧抱住母亲，不顾身后女侍的呼唤，幼了恋母，乃人之天性，放置于此画之中，尤其令人唏嘘不已。对于文姬而言，虽然此行能够回到日夜思念的中原故土，但这又意味着骨肉分离，今生再无重逢的机会。画作就是在这样一种令人伤感，又无限矛盾的氛围中展开，完美地复现了蔡文姬《悲愤诗》中的情景：

图3-4　《文姬归汉图》；无款（旧题陈居中）；轴，绢本设色；纵147.4厘米，横107.7厘米。

　　天属缀人心，念别无会期。存亡永乖隔，不忍与之辞。儿前抱我颈，问母欲何之。人言母当去，岂复有还时。阿母常仁恻，今何更不慈。我尚未成人，奈何不顾思。见此崩五内，恍惚生狂痴。号泣手抚摩，当发复回疑。兼有同时辈，相送告离别。慕我独得归，哀叫声摧裂。马为立踟蹰，车为不转辙。观者皆歔欷，行路亦呜咽。[1]

画面右下角有汉使一行人，领首的使者身穿红色冠服，踞坐于毡毯之上，神情肃穆，就是他令文姬作出"已得自解免，当复弃儿子"的决定，不知他是否属于歔欷不已的"观者"中的一员。

画家布局巧妙，技法高超。画面上部为荒凉萧索的塞外气象，土岗沙丘，疏枝衰草，与人物的悲凉心情互为呼应。中部重点区域则集中刻画文姬、左贤王与其幼子，揭示出三者之间骨肉分离，痛苦而又无可奈何的心情，特别是表现了文姬百感交集的内心世界和欲言无声、欲哭无泪的难堪场面。画家于人物的刻画上极见功力，蔡文姬的文雅端丽、左贤王的神态凝重、幼儿的惊恐、汉使的雍容，都个性化十足，就是双方随从的神态亦不雷同。画幅上的人物、车马、景物都不大，然描绘精微。画家十分熟悉北方少数民族的生活，因此对塞外景色、匈奴服饰、驼马行装的描绘逼真生动，具有历史真实性，增强了作品的艺术感染力，如俯仰盘曲的枯木枝干很真实地体现了塞外景物的特征，图中马匹无论何种角度都描绘得很精神。全图线描细劲流畅，赋色绚丽匀整，风格细腻精致，是传世南宋人物画的佳作。

现藏于吉林博物馆的《文姬归汉图》是我国画史上的名作，其作者为金代画家张瑀（也有学者认为画卷上此字不可识）。与台北"故宫博物院"藏《文姬归汉图》不同，此图选取的是文姬归汉途中的情景，重点突出归汉场景，省略背景。画面上人骑疏密有致，真切描绘出长途跋涉的气氛和朔风凛冽的塞外环境，笔墨遒劲简练，富于变化，设色浅淡丰富，典雅和谐。

画面描绘的是蔡文姬归汉时行旅在漠北大风沙中的一幕，整个队伍由汉朝官吏与匈奴官吏、武士等十一人、大小马十匹和一骏犬组成。画面最前端，一汉人骑老马引路，肩扛汉家圆月旗，躬背缩首冒着风沙而行。老马亦低头缓步，旁有马驹相随。前驱者稍后数步，就是画卷的中心人物蔡文姬。她头戴貂冠，身着华丽胡装，双目凝视前方。从她那凝视前方的双目中，我们可以看到蔡文姬从容不迫、踌躇满志的神态。蔡文姬左右有两位剽悍的汉人马夫，身后是七名骑在马上护送的汉、胡官员和侍从。左侧汉朝官员，头戴帻巾，左手持一把用毛皮镶边的团扇遮面，以避风沙。他面带喜色，注目文姬，似是曹操派往匈奴赎迎蔡文姬的使者。右侧胡人官员，头戴皮帽，身穿紫袖长袍，束带革履，腰系佩饰，坐骑的辔饰讲究。他年已半百，面容愁苦，正在勒马。其后有侍从五骑相随，有的怀抱包裹，有的身背行囊，有的手架猎鹰，有的马上驮着毡毯。这支队伍的殿后者，是一头戴皮帽，身着窄袖皮袍，腰携箭囊，右手架鹰，左手执缰的武士，他正驱马追

---

① 范晔：《后汉书》，中华书局 1965 年版，第 2802 页。

赶队伍，马旁猎犬相随。

画家的精心描绘把这支行旅队伍长途跋涉的气氛，充分地表现了出来，每个人物的神态，都非常生动真切。特别值得注意的是，此图中的蔡文姬一副轻松淡定、踌躇满志的神态，与该类题材绘画中愁容满面、凄惨哀怨的文姬颇不相类，可能与画家身处少数民族政权金王朝相关。此画与宫素然《明妃出塞图》极为相似，其中疑问史论家看法不一，难以定论。

图3-5　《文姬归汉图》；张瑀；绢本设色；纵29厘米，横129厘米。

《胡笳十八拍》，分为十八拍，每拍成一章节。与五言《悲愤诗》内容相仿，蔡文姬在此诗中将她悲惨的遭遇、沉痛的感情，深刻而细致地表现出来，使全诗哀婉动人。从文学形式上看，《胡笳十八拍》属于琴曲歌辞，乃根据胡笳所翻的琴曲进行填辞。一般来说，歌辞要求意义显豁，音调畅达，所以与五言的《悲愤诗》寓情于事、含蓄蕴藉的特点相比，该诗显得有些重复浮泛，在抒情上也是以迸发式、宣泄式为主。不过，正是因为如此，《胡笳十八拍》在内容上承五言《悲愤诗》而来，但容量上得到了极大扩充，其直接的抒情方式也能够使画家得到更强烈的情感冲击，从而为创作奠定更好的情感基础。

以《胡笳十八拍》为内容创作的绘画则注重显示文姬故事的全貌，按照《胡笳十八拍》的诗意铺衍画作，诗中一拍即对应长卷中的一幕，诗歌内容与画面场景相糅合，诗意与画意交织，诗歌意象与画面形象相映成趣。这样的创作拓展了中国文人画形式，增强了画作的叙事性，也使诗歌接受出现新形式。

藏于南京博物院的明摹宋本《胡笳十八拍图》是目前国内现存最完整的一卷。全画共分十八图，图文对照，以连环画形式画出。此图以细腻的笔调表现了蔡文姬故事的全过程，包括：战乱被虏、尘沙千里、陇边炊食、遥思乡土、望鸿思汉、边城寒夜、异俗添愁、塞上幽怨、穹庐问天、边城寒月、含羞育儿、汉使赎身、母子分离、帷车惊梦、征途思儿、天各一方、伤感归程、长安归来等十八个情节。

画作完全按照诗歌内容而来，如《帷车惊梦》一段。该图表现的是蔡文姬正在归汉的道路上，队列在浩浩荡荡地前进。最前面有胡骑前导，仪仗队手持肩扛各式仪仗和武器，两顶华盖下，汉使和左贤王并骑，如在对语。文姬所坐的驼车占去很大的一段画面。作者用暗示的手法，画文姬正在驼车上入睡，梦见她心中念念不忘的两个孩子，即诗歌第十四拍中所云："更深夜阑兮梦汝来斯，梦中执手兮一喜一悲，觉后痛吾心兮无休歇时。""身归国兮儿莫之随"，回归中原固然可喜，却因此骨肉分离，与两个孩子隔如参商。

总体而言，该本《胡笳十八拍》善于运用我国长卷人物画的连环性，起伏多变，情节紧扣，细致入微。画家不仅技艺高超，对诗意也有深入的理解，所选片段无不精妙，既没有逾越画艺范畴，又较好地诠释了诗作内容，于叙事无亏。

在《胡笳十八拍图》系列中，存在一类图画，虽名为《胡笳十八拍图》，却不是按照蔡文姬《胡笳十八拍》诗来进行的创作，而是参照唐代诗人刘商所作的同名诗。

刘商，字子夏，彭城（今江苏徐州）人，大历间进士，官至礼部郎中。此人能文善画，诗以乐府见长。他的诗歌作品很多，最为人所知的即《胡笳十八拍》。据史料载，大历中，他罢庐州合肥县令后，"拟蔡琰《胡笳曲》"创作了琴曲歌辞《胡笳十八拍》，此作"脍炙当时"。与蔡诗相比，"刘商《胡笳十八拍》在内容、结构安排上的变化是戏剧性、叙事性上的进步，而节奏、韵律的变化却是抒情性上的退步"。[①]

今存的《胡笳十八拍图》中，美国波士顿美术馆本《胡笳十八拍图》册、中国台北"故宫博物院"本《胡笳十八拍图》册、美国大都会博物馆本《胡笳十八拍图》卷、日本奈良藏《文姬归汉图》等皆为刘商谱系的版本。其中大都会博物馆本中《第三拍》《第五拍》《第十三拍》《第十八拍》四图与波士顿美术馆所藏《胡笳十八拍》

---

① 吴庚舜、董乃斌：《唐代文学史》下册，人民文学出版社 1995 年，第 49 页。

图 3-6　《胡笳十八拍图·母子分离》;明摹宋本;绢本设色;纵 28.6 厘米,横 1196.3 厘米。

残册的构图和人物形象几乎完全相同,论者一般认为波士顿美术馆本为大都会博物馆本的祖本,乃南宋初年作品,近年来又出现不同看法。

波士顿美术馆本已非完璧,且切掉部分画边,装裱成册页,大失原貌。大都会博物馆本《胡笳十八拍》则保存完好,画卷按刘商《胡笳十八拍》诗,一拍绘一图,以连环绘画的方式逐个展开,共有十八个画面,每一个画面都是一件独立的作品,同时又与其他画面构成一个完整的画卷。最重要的是,在此本上可以清楚看到,画家将刘商本《胡笳十八拍》逐一书于画卷上,这一举动极大地增强了绘画的叙事张力,是中国文人画在叙事上的一大发展,如所绘第十三拍《母子分离》图。

从画面结构、人物构成等因素看,此图与台北"故宫博物院"所藏旧题陈居中的《文姬归汉图》相差不大。图中众人皆掩面哭泣,尤其是右边着红衣的左贤王,更是双手遮面,可见其悲之深,居左的蔡琰则是一手用袖拭泪,一手挽住幼儿,该幼儿从侍女怀中探出身子,紧紧抓住母亲之手,另一孩则于另一侧紧拉母亲裙裾,一片凄切哀婉之态。此场景即刘商《胡笳十八拍》中第十三拍所叙:"童稚牵衣双在侧,将来不可留又忆。还乡惜别两难分,宁弃胡儿归旧国。山川万里复边戍,背面无由得消息。泪痕满面对残阳,终日依依向南北。"[1]

该片段写于画面左侧,既成为两画的间隔,又扩充了画面的叙事性。中国的长卷绘画在收藏时需要卷成卷轴,欣赏时才打开。欣赏一幅长卷绘画,一般来说都是从右至左徐徐打开,每次打开一个手肘的长度。以这幅绘画而论,其创作设计明显已将欣赏方式考虑在内,首先,其采用连环画的形式,每幅画均长约一手肘(该画总长 1207.5 厘米,每段约长 67 厘米),欣赏者从左至右打开画卷,所进行的不仅仅是一种观看,同时也是一种叙事的接受。画家通过画面内容的起承转合,将文姬归汉故事缓缓铺开,当整个画卷全部打开完毕,一个完整的叙事过程也就此完成。其次,虽然画家已在卷首以题目告知观者此画的基本内容,但他并不满足,而是将诗中每一拍的内容均书于每幅画面的起首处,也就是最左边。这样,观者观看画作时,首先映入其眼帘的必定是这些诗句,然后才是画面。同时,观者还能将诗句与画面相对照,遇到不可解之处,可以回到诗句,从而达到完全了解。毫无疑问,这是一种无言的暗示,通过这样的方式,绘画的叙事性大大加强,不管是诗人,还是画者,他们的叙事内容都得到了完整的传递。

作为画史上颇受青睐的题材,蔡文姬故事在不同时代、不同画家手中均有演绎。明代仇英就曾以长卷、扇面等形式绘制过多幅《文姬归汉图》,各图均接续传统,或表现文姬归汉途中的场景,或表现母子分离时的情景,达到了很高的成就。晚明苏州画家李士达也有扇面《文姬归汉图》,此图颇有特色,虽绘归汉途中场景,却一改一般画作中采用荒寂塞外风光作为背景的传统,将文姬一行人置于春意盎然的风景之中,好似江南春色。是图设色秀丽,用笔细致柔婉,人物形象亦

---

[1] 郭茂倩编:《乐府诗集》,中华书局 1979 年版,第 868 页。

现翩翩儒雅之态。此为文姬故事系列画作中的一大创造。此外,明代的方宗、张翀等人均有该类题材画作传世。

文姬故事题材在清代依然长盛不衰,顾融、金廷标、任薰、钱慧安、樊圻等都有画作传世,其中樊圻的《胡笳十八拍图》为刘商谱系,将人物置于山水环境之中,通过人物的动态而不是面部表情来传达情感。任薰的《蔡文姬》用方折有力的线条描绘了才女蔡文姬的形象,将其聪慧而富有正义感的内在品质表现得生动传神,特别是画家将蔡文姬置于枯树之下,用枯树劲峭奇崛、卓然独立的形象映衬文姬的不凡气质。

此外,民间也有不少相关题材的创作,比如年画,光绪二十九年(1903)天津杨柳青所印制的高桐轩所作《文姬归汉》就颇具特色。此图所绘为第十三拍"母子分离",蔡文姬坐于马上,身披斗篷,以袖掩口,一步三回首,惜惜离别的痛苦之情油然而生。左贤王带着一大一小两个胡儿在与母告别,左贤王戴风帽、穿皮裘,虽面带笑容,似在哄骗胡儿,大胡儿却将信将疑,凝望着将一去不返的母亲,小胡儿在侍女怀中伸出小手指向母亲。骨肉分离,其情凄凄。画的前首,两位官员驻马不前,回视蔡文姬者当是汉使。后尾两胡人,正把行李安放在骆驼背上。图右上方空白处有数行题诗云:"塞上笳声绝,文姬此心悲。亲恩远汉相,旧恨忆明妃。旅梦依驼影,乡心逐雁飞。征中留不得,儿女任牵衣。"末署"癸卯仲春月,津门柳村居士荫章桐轩氏戏作于雪鸿山馆之西窗下",堪称杨柳青年画的代表作之一。同代亦有苏州桃花坞等以此题材出版的年画,如吴嘉猷、周慕桥作《文姬归汉图》,但成就均未赶上高桐轩之作。

图3-7　《文姬归汉》;高桐轩;年画。

三、戏曲版画图像

蔡文姬故事本身蕴含丰富的戏剧性，自元代开始，便不断有文人将其改编为戏剧、戏曲。据臧晋叔《元曲选》可知，元人金志甫即有杂剧《蔡琰还汉》，惜其不存，无法一窥究竟。现存最早能见到全貌的文姬戏为明陈与郊的《文姬入塞》，收入明末沈泰所编的《盛明杂剧》中。

该剧敷演文姬流落匈奴，为左贤王妻室，汉丞相曹操派使者前往边地接文姬回归汉室，文姬闻讯惊喜交集，不由归心似箭，但又割舍不下留在匈奴的幼子。左贤王令儿子一路护送母亲直到关界，临别前文姬向儿子讲述了自己的身世，母子二人在玉门关依依惜别，忍痛分离。

中国戏剧出版社 1958 年翻刻诵芬楼本《盛明杂剧》，于此剧卷首配有二图，所绘即文姬与其子玉门关痛别之景。

图中绘四人立于一座关门之外，即剧中所谓玉门关，最左边一位男人身着明朝官服，戴幞头，手持节杖，应为曹操所派之汉使。右边为二位女子，居中一位正掩面哭泣，低首凝视其下的一位孩童，孩童仰首似在问询，应为文姬与其子。画面左下角为一列车马，御者正张望四人，待文姬与其子告别之后，正式踏上归汉之路。

该图细致地描绘了《文姬入塞》中剧末的情节：面对骨肉分离的惨痛事实，文姬心生不忍，痛哭流涕，"一寸柔肠便一寸铁，也痛的似痴绝"，汉使劝慰她不如不见其子："见他还痛嗟，你待觅半缄离恨赦，却早领一道追魂索命牒。枉了那些周折，便把百般心千遍说，只落得将人不去将愁去也。"正当文姬内心纠结之时，其子奔来，跪抱母亲的腿，问母亲将要前往何处。

该图刻画细腻，图中所绘与剧中所云无不相合，将汉使之肃穆、文姬之凄切、其子之天真均毫分毕现。特别是人物的动作、表情，既与剧本吻合，又符合人之常情，睹此画面，即可想见剧中之情节，如文姬与其子的对唱："【莺集御林春】（小旦）却才的说得伤嗟，野鹿心肠断绝，母子们东西生死别。（旦白）你自有你爹爹在哩。（小旦）父母每觉严慈差迭。娘娘，腹生手养，一步步难离怎向前程歇。明夜冷萧萧是风耶雨耶，教我娘儿怎宁贴。"母子之情，难以割断，此情此景，令人动容。画面真实地再现了剧情，即使该剧早已无法在舞台上重现，但观此图，亦可想象当年敷演时的动人场景。

尤侗的杂剧《吊琵琶》中也有蔡文姬出现的片段，该剧剧末文姬携琴前往青冢祭奠昭君，弹《胡笳十八拍》诉衷情，以文姬魂魄出现作结。该剧情节奇特，将两位不同时期的女性并列一处，隔空对话，借文姬之口倾吐了两人对命运的不满。

该剧可见清初邹式金编《杂剧三集》(又名《杂剧新编》),中国戏剧出版社1958年根据1941年诵芬楼翻刻本影印。该剧卷首有插图一幅,图中绘有三人,最下方跪于席上者应为蔡琰,抬头仰望上空,旁有二侍女,其中一女手持一琴。画面最上面云气飘缈,其中一女冠插长翎,着长帔,背琵琶,跨天马,腾云而跃,下视蔡琰。青冢所在之处古柏参天,枝繁叶茂。图中所绘内容即蔡琰于青冢祭奠昭君的场景,蔡琰正对青冢述心中悲怨。该剧以蔡文姬哀悼明妃青冢作结,亦是出人意表,想落天外。复借清笳之拍,以传哀艳之思,调促音长,余音袅袅。蔡琰唱道:"【沽美酒】枉叫做左丘明司马迁,辱抹了卫姬引楚妃叹。他不肯进穹庐黥墨面,又何曾叙羝羊牵黄犬?怎将汉宫人扭入《匈奴传》。"既为昭君翻案,又倾吐自己内心的不平。"【梅花酒】我奏胡笳将心事传,这不是别鹄离鸾,也不是唳鹤啼猿,又不是落叶哀蝉。按新声只十八拍,则诉幽怨倒有千万言,忆当年逐戎旃,逐戎旃出阳关,出阳关到阴山,到阴山嫁楼兰,嫁楼兰恶姻缘,恶姻缘泪潺湲,泪潺湲望秦川,望秦川还几时,还几时还想夫怜,想夫怜恨绵绵,恨绵绵问青天。"这一连串顶真叠句将内心愤懑一吐而尽,激愤之时将琴摔于地,希望"有一日殉琵琶埋向古坟边",这时异事出现,昭君抱琵琶骑马绕着坟头打转。

清初南山逸史陈于鼎有杂剧《中郎女》,张瘦桐有同名传奇,其中张作见于清朱休承《集益轩诗草》题词,写蔡文姬事,今未见传本,而陈作则收入清初邹式金《杂剧新编》《杂剧三集》中。

陈于鼎的杂剧《中郎女》共有四出,本事据《列女传》而有所增改。剧写魏王曹操平定北方后思修国史,遂派使臣携重金去番地赎史官蔡中郎女文姬归汉。蔡文姬与儿女洒泪分别。书生董祀原是蔡中郎的门生,与文姬订有婚约,文姬还朝后,曹操使二人重偕伉俪。蔡文姬继承父业,呕心沥血,终于修成国史。

诵芬楼翻刻的《杂剧新编·中郎女》中共有四图,每出插入一图,下图(图3-8)即第三出中文姬撰史的场景。图中文姬坐于明堂之下,身着官服,头戴幞头,一副女官打扮,转头正与桌旁侍女言语,侍女也身着男装,手捧书籍。堂下左右两侧各有一位写手,正伏案奋笔疾书,应是文姬之助手。剧中文姬笔走龙蛇,迅疾异常,一再吩咐侍女催促抄写官员,此图即表现此情景,图中堂左案边即有一位侍女正对一位写手作催促状。

从图中场景及人物装扮上看,均为典型的明代样式,堂内三张案桌均为明式家具,文姬背后为一素屏,所有人物均着明代衣冠,明显受到戏剧演出实际场景的影响。虽然均不太符合剧中汉代故事之背景,但所有图像都刻画精细,连堂上地板纹路、屏风折痕、堂下台阶等均用界画手法绘成,条理清晰、一丝不苟,颇能代表明清之际的版画艺术成就。

图 3-8　中郎女·文姬撰史；据 1941 年武进董氏诵芬楼翻
　　　　刻本影印。

第三节　《列女传》故事及其图像

汉代推崇厚葬，民间流行在墓葬建筑上图绘忠臣、义士、列女、孝子等符合儒家道德评判体系的人物，而刘向的《列女传》为他们提供了文献基础。汉代画像石、画像砖、墓室壁画中均可见列女图像。后世也有许多画家同样按照《列女传》所载之事图绘历史人物，从而形成了一个《列女传》图像的系统。

一、《列女传》文本

《列女传》是东汉学者刘向的重要著作之一，它以《母仪》《贤明》《仁智》《贞顺（慎）》《节义》《辩通》《孽嬖》七卷，分门别类的方式记载了许多古代女性的传记，现存古籍中有关西汉之前知名女性的重要事述，大抵尽汇于此。据钱穆《刘向歆父子年谱》，《列女传》编撰于汉成帝永始元年（前 16），而刘向编撰的原因则是："向睹俗弥奢淫，而赵、卫之属起微贱，逾礼制。向以为王教由内及外，自近者始。

故采取《诗》《书》所载贤妃贞妇,兴国显家可法则,及孽嬖乱亡者,序次为《列女传》,凡八篇,以戒天子。"①可见,《列女传》的编撰,主要是针对元、成之际后妃逾礼、外戚擅权的现实,其根本目的,乃在于巩固刘汉大统,维护封建礼制。

刘向不仅是编撰《列女传》文本的作者,他还亲自将《列女传》图像化。据刘向所著《七略别录》的残卷可知,《列女传》上的故事曾被图绘和注解于一座四扇屏风之上:"臣向与黄门侍郎歆所校《列女传》种类相从为七篇,以著祸福荣辱之效,是非得失之分,画之于屏风四堵。"②《汉书·艺文志》著录:"刘向所序六十七篇。"注:"《新序》《说苑》《世说》《列女传颂图》也。"③显然,《列女传》是由传、颂、图三部分组成。这样三位一体的典籍编撰方式,不仅在刘向之前尚未发现,就是在刘向之后也很少见到,足以说明刘向对这部典籍倾注了不少心血,希望其能够发挥最大的作用,实现其巩固汉统、维护礼制的目的。

从西汉的史实来看,刘向的这个目的显然已经落空,不过这却没有削弱后人对《列女传》文字以及图像的浓厚兴趣。汉代之后,不仅出现了许多注解《列女传》的著作,种类繁多、形态各异的列女图也是层出不穷。究其原因,恐怕还是与刘向当时未竟的目的相关。刘向《列女传》中记载的所谓"母仪""女范"等等,不仅符合儒家对于女性的要求,也符合中国古人对于女性的一般要求。刘向以下的古人不仅对《列女传》兴趣颇浓,而且还编撰了许多与之思想内容相似的约束女性行为的典籍,比如《女诫》《女则》《女孝经》《女论语》《内训》《女范捷录》等所谓的女书。

后世对《列女传》的图像演绎形式各异、异彩纷呈,根据图像载体所运用的材料的选择来看,可以分为屏风图像、壁画图像、画像石与画像砖图像、绢本图像、纸本图像与版画图像等。由于所选择的材料不同,其图像的表现形式也各有特点,更加重要的是,不同的图像形式之间,其语象和图像的关系也有所区别。

二、屏风图像

屏风是古人常用的一种屋内陈设,汉人广为运用,其上绘图也来源甚早。宋高承的《事物纪原·屏风》说:"汉制屏风,盖起于周皇邸斧扆之事也。"扆,指宫殿上陈设在户牖之间画有斧形图案的屏风。《释名》曰:"屏风,以屏障风也。扆在后,所依倚也。"《礼记·明堂位》曰:"天子负斧扆,南面而立。"郑玄注:"斧扆,画屏风。"《三礼图》:"扆,纵广八尺,画斧文。今之屏风。则遗象也。"④汉淮南王刘

---

① 班固:《汉书》,中华书局 1962 年版,第 1957—1958 页。
② 徐坚:《初学记》,中华书局 1962 年版,第 25 页;李昉:《太平御览》,中华书局 1960 年版,第 701 页。
③ 班固:《汉书》,中华书局 1962 年版,第 1727 页。
④ 李昉:《太平御览》,中华书局 1960 年版,卷 701《服用部三·屏风》引文。

安和羊胜都有《屏风赋》，更加说明屏风在汉代非常常见。刘向之所以选择将《列女传》故事图绘于屏风之上，一方面与屏风的广泛运用有关，另一方面也与当时屏风多绘帝王列女图像相关。

据史料记载，《列女传》中的一些故事在刘向之前就已经有了图像表现，而屏风则是这些图像常用的表现形式。如《西京杂记》卷四载："羊胜为《屏风赋》，其辞曰：'屏风鞈匝（《初学记》作"张设"），蔽我君王。重葩累绣，沓璧连璋。饰以文锦，映以流黄。画以古列，颙颙昂昂。藩后宜之，寿考无疆。'"（又见《初学记》卷二十五）羊胜，汉景帝时人，为梁孝王上客。"画以古列，颙颙昂昂"，意为屏风上绘画的古列女图，相貌服肃，气概轩昂。

又如《汉书》卷一百上《叙传》载班固祖上班伯进谏汉成帝的故事。汉成帝"乘舆幄坐张画屏风"，其中"画纣醉踞妲己作长夜之乐"，汉成帝指画问班伯："纣为无道，至于是乎？"班伯回答："《书》云'乃用妇人之言'，何有踞肆于朝？所谓众恶归之，不如是之甚者也。"成帝又问："苟不如此，此图何戒？"班伯答："沉湎于酒……"①妲己的这个故事即《列女传》卷七《孽嬖》中的"殷纣妲己"。

屏风作为一种室内的陈设，其所在的位置往往在主人的坐榻周围。将图绘有列女的屏风置于帝王、嫔妃的座位四周，其道德训诫的目的十分明显。虽然不能确定刘向将绘有列女故事的图像献给汉成帝后的效用如何，但其编撰以及图绘《列女传》进行劝诫的目的确实是承古而来。

虽然对于男性而言，"列女图"因为其风格的变化而削弱了其道德劝诫的力量，但是对于女性而言，这种力量依然很强大，《后汉书·皇后纪》："顺烈梁皇后讳妠，大将军商之女，恭怀皇后弟之孙也。后生，有光景之祥。少善女工，好《史书》，九岁能诵《论语》，治《韩诗》，大义略举。常以列女图画置于左右，以自监戒。"李贤注："刘向撰《列女传》八篇，图画其象。"②无疑，顺烈梁皇后常置于左右的列女图是画在屏风上的，而且据李贤注可推测，其图样即刘向《列女传》的图像。

包括刘向所制作的屏风在内，所有的汉代屏风早已不存，不过 1966 年在山西大同石家寨司马金龙墓的一架屏风可以帮助我们构想出它们的样子。这座墓葬的主人，北魏大将军司马金龙下葬于 484 年。在其墓中出土的这架屏风虽然晚于刘向时代的作品，但从质地、结构到主题和装饰风格来看，它几乎保留了记载中的汉代列女屏风的所有特征。据巫鸿推测，完整的屏风很可能由三扇组成，每一扇都以木板为基质。此外，还有石质的基座。这些木板屏面的长度约 80 厘米，加上框架和石座，原来的屏风应该有 1 米多高，与汉代石刻中的一些屏风

---

① 班固：《汉书》，中华书局 1962 年版，第 4200—4201 页。
② 范晔：《后汉书》，中华书局 1965 年版，第 438 页。

相仿①。

根据现存的材料可知,这架屏风漆板两边都有绘画,一面保存完好,色彩鲜明;另一面剥落较严重,色彩暗淡。较完整的五块漆画,上下分为四层,每层高约19到20厘米,均有榜题和题记。所画的内容为列女、孝子、高人、逸士。第一、二块拼合后正反两面自上而下各得四图,正面依次为:有舜二妃、周室三母、鲁师春姜、班姬辞辇;背面依次为李善养孤、孝子李充、素食赡宾、如履薄冰。第三块正面自上而下四图为:启母涂山、鲁之国师、孙叔敖、汉和帝后。背面第一图为鲁义姑姊,接着是楚成郑瞀题记和楚子发母题记,再下面的题记待考。第四块正面与第五块背面拼合后依次为孙叔敖母、卫灵夫人、齐田稷母、刘灵故事。背面文图相混,漫漶不清。第四块背面与第五块正面拼合后,第一图似乎为介子推故事,第二图为齐宣王,第三图为大片题语,第四图内容不详。

此漆绘屏风使我们可亲睹一千五百多年前,古人那流畅自如的线条、绚丽多彩的设色、高超的技法。画面人物个性昭然,气韵生动,展现出浑然天成的艺术效果。屏风中的人物褒衣博带,襦袍曳地,衣带飘举,衣摆低垂,处处显出仪态宛然、雍容华贵的气质。从人物服饰质地的优劣、人物的高低远近和不同比例的构图,能区别人物身份的尊卑贵贱。例如周室三母衣着华丽、端庄秀丽,君王则体态丰腴、昂然气派;而鲁义姑姊和楚庄王樊姬身后的侍者及肩舆人物,则穿着简约,身材矮小,居于次要的空间。构图上采用了突出主题,中心人物大于陪衬人物的手法,风格上飘逸灵动,与顾恺之的《女史箴图》颇为类似。

就屏风上所残存的列女故事而言,大多出自刘向的《列女传》,比如有虞二妃、启母涂山、周室三母、鲁师春姜、齐田稷母见于卷一《母仪传》,孙叔敖母、卫灵夫人见于卷三《仁智传》,蔡人之妻与黎庄夫人见于卷四《贞顺传》,班婕妤则出自《续列女传》。从语图关系分析,这些图像首先体现的是图像对于语言文字的模仿,比如有虞二妃,画面中共出现了6个人物,是这组屏风图像中人物最多的一幅,根据榜题可知,从左至右分别为舜后母、舜弟象、舜父瞽叟、舜二妃娥皇和女英、舜。《列女传·有虞二妃》说,舜生活在"父顽、母嚣、象傲"的家庭环境里,三人串通一气,三番五次想要致舜于死地。其中一次,三人欲借舜疏浚水井之机将其掩杀。有一幅图像所表现的内容正是如此,画面左半部分表现的是舜弟象与舜父瞽叟立于水井旁,正往井中填土,其后母则站在左侧仰望,右半部分所展现的分明是之前舜与娥皇、女英商量对策时的情境。虽然两个场景并不是发生在同一个时间里,但工匠们将二者并置起来,使画面的叙事效果最大化。从人物形象以及画面内容来看,工匠的创作无疑借鉴了《列女传·有虞二妃》的故事情节。

据此,我们可以反推出刘向所设置的汉代屏风的形制。首先,在有限的空间内,刘向不可能将100多个女性故事全部图绘其上,而是根据一定的需要,选择

---

① 巫鸿:《重屏——中国绘画中的媒介与再现》,上海人民出版社2009年版,第80页。

其中的某些故事作为描绘对象，这种对于类的选择，对后世的列女图产生了重要影响。其次，屏风上的图像与一定的文字内容相结合，共同说明这个故事以及它所要传达的道德训诫目的，这与《列女传》传、颂、图三位一体的形制密切相关。

三、壁画、画像石与画像砖图像

壁画的来源可以追溯到石器时代的岩画，进入文明时代后，壁画得到了长足的发展，我国西周、春秋、战国时期都有庙堂壁画创作的情况被记载下来，据说屈原的《天问》就是在观看楚先王庙堂的壁画之后有感而作。壁画的政治宣传和道德说教功能从西汉开始受到重视，西汉的武帝、昭帝、宣帝都曾将其作为褒奖功臣的方式，一时间宫殿壁画建树非凡。东汉的明帝延续了前辈的传统，曾图绘三十二人于洛阳南宫云台，史称云台三十二将。除此之外，东汉的统治者为了巩固统治，控制人心，鼓吹"天人感应"论及"符瑞"说，祥瑞图像及标榜忠、孝、节、义的历史故事成为画家的普遍创作题材。在这样的环境中，列女故事成为壁画的重要内容之一。

东汉王延寿用赋的形式描述了建造于西汉景帝时期的灵光殿的建筑和殿内壁画，他不仅不厌其烦地描述了他所见到的灵光殿内的壁画，而且指出了它们最重要的功能——恶以诫世，善以示后。这些图像绝非作为一般视觉对象而存在，而是承载着巨大的道德说教功用。

这种图像形式在东汉时期从地上转入了地下，从生人所居的宫殿转入了逝者所居的墓葬之中。《后汉书》卷六十四《赵岐传》称赵岐"年九十余，建安六年卒。先自为寿藏，图季札、子产、晏婴、叔向四像居宾位，又自画其像居主位，皆为赞颂"。李贤注："寿藏谓冢圹也。称寿者，取其久远之意也。犹如寿宫、寿器之类。"[1]于墓圹中雕刻绘画人物图像，乃东汉流行的一种葬俗，列女亦为常见的题材。

《水经注》卷八《济水篇》引戴延之《西征记》曰："焦氏山北数里，有汉司隶校尉鲁恭峻冢，穿山得白蛇白兔，不葬，更葬山南，凿而得金，故曰金乡山，山形峻峭，冢前有石祠石庙，四壁皆青石隐起，自书契以来，忠臣、孝子、贞妇、孔子及弟子七十二人形像，像边皆刻石记之，文字分明。"[2]

又杨树达引洪适撰《隶续》十八云："右荆州刺史李刚石室残画像一轴，高不及咫，长一丈有半。所图车马之上横刻数字云：'君为荆州刺史时。'前后导从有骈骑，有步卒，标榜皆湮没。在后一车，碑失其半，止存'东郡'二字。向前一车，车前有榜，惟'郡太守'三字可认。前后亦有骈骑及没字榜。又一车仅存马足泰

---

① 范晔：《后汉书》，中华书局 1965 年版，第 2124 页。

② 王国维：《水经注校》，上海人民出版社 1984 版，第 291 页。

半无碑。少前六骑，形状结束，胡人也。其上亦刻数字，惟'乌桓'二字可认。汉长水校尉主乌桓骑又有护乌桓校尉。此以乌桓为导骑，必二校中李君尝历其一。所图《列女传》三事：其一，三人，车一，马一；无盐丑女，齐宣王，侍郎，凡三榜。车前一榜，无字。其一，四人，三榜，惟梁高行梁使者二榜有字。此二列女，武梁碑中亦有之。其一，四人，樊姬，楚庄王，孙叔敖，梁郑女，凡四榜。后有一榜而阙其人。"①

根据现存资料，无法判断赵岐墓中的图像到底是墓室壁画还是画像石，不过鲁恭墓与李刚墓中的图像则可以断为画像石，因为这种形制的图像在考古发掘中屡有发现，其中以山东嘉祥纸坊镇武翟山北麓的武梁祠最为著名。

嘉祥武氏墓地的发现时间很早，关于它们的记录最早可以追溯到北宋欧阳修的《集古录》，此后，赵明诚在《金石录》中对其有所扩充。后来，洪适在其《隶释》中根据画像榜题记载了武梁祠所刻的画像之名，其中包括无盐丑女、梁高行、秋胡妻、鲁义姑姊、梁节姑姊、京师节女等列女，《隶续》则载有根据拓片精心翻刻的图片。此后的六百多年中，对于武氏祠的记录付诸阙如，直到1786年，黄易重新发现了这片遗存，并对其进行了发掘，发现了三四十块画像石。20世纪中叶以来，国内外的学者开始着眼于武氏祠的研究，并产生了一系列的成果，其中费慰梅、蒋英炬、吴文祺等学者所进行的复原工作尤其令人瞩目。根据他们的研究，如今我们已经可以大致看清武梁祠的全貌。

根据考古发掘的材料可判定，武梁祠大约建于东汉晚期的桓帝元嘉元年（151），距今有1800多年，墓主人武梁是当时的一位儒生，声名不显，但武氏家族在当地颇有势力，建有多座祭祀石祠，武梁祠是其中最完整的一座。根据复原结果可以看到，武梁祠为一个单开间的小祠堂，整个祠堂由五块画像石组成，其中屋顶两块，两边各一块，后墙一块。五块石头上均刻满了各种图像，除去一些漫漶不清的图像之外，其余的图像绝大部分都已经被识别出来。简而言之，其上的图像包括祥瑞、神仙、帝王、忠臣、孝子、列女、义士等。

王延寿用文字描绘了灵光殿内精彩纷呈的图像，而武梁祠则将这种精彩变成现实，两者是否为前后相续的关系，尚需要其他考古材料的证明以及进一步研究。不过可以确定的是，虽然武梁祠上的图像，包括"列女图"在格式和图像表现上可能与那些图绘在宫殿或屏风上的画像相似，但两者在功能以及题材的编排上却很不相同。最重要的是，武梁祠作为墓葬建筑的一部分，是祠主武梁的子孙后代用来向其供奉祭品、表达哀思的纪念性建筑。其墓葬建筑的属性决定其上的图像绝非简单的排列，而是经过精心选择，所有图像都被赋予了特殊的含义。

武梁祠中的列女图像共有8幅，其中东壁第二层从右至左刻的是梁节姑姊、齐义继母、京师节女的故事，西壁第一层从右至左是梁高行拒聘、鲁秋胡戏妻、鲁

---

① 转引自杨树达撰：《汉代婚丧礼俗考》，上海古籍出版社2000年版，第113页。

义姑姊舍儿、楚昭贞姜待符的故事，而钟离春说齐王的故事则是在东壁第四层的最左边。这8个故事全部出自《列女传》，其中东壁与西壁上部的7个出自《贞顺》与《节义》两章，而钟离春说齐王的故事则出自《辩通》。

前文已述，整个《列女传》包括100多个故事，很难想象有如此大的材料能够承载这么多图像。所以，包括刘向在内，设计者们只能挑选一部分图像复制于不同的材料之上，比如司马金龙墓屏风上只选取了9位女性，而相传为顾恺之所绘的《列女仁智传》所选的则只是《列女传》卷3的《仁智》中的15位女性。

如果我们认同巫鸿的观点，把武梁祠的设计者与赞助者认为是武梁本人，那么这些图像的出现就更加顺理成章。《列女传》收录了百余名的女性，按照她们的行为与品德，被分成7个不同部分，为什么武梁偏偏只从《贞顺》与《节义》两卷中挑选人物，这恐怕还要从这些人物本身所具备的品德来分析，她们所共同的品德便是"贞"与"节"。这两点被儒家看作妇女最重要的品德，它们被出自儒家的刘向被表彰，又被同样出自儒家的武梁所看中，自然顺理成章。

武梁祠中的画像石图像具有很高的艺术成就，画面疏朗大方，刻绘一丝不苟，人物颇具动态感，特别突出的是，武梁祠的工匠们开始熟练运用抓住"最富于孕育性的顷刻"的原则进行创作，利用图像进行叙事，比如位于武梁祠后壁的"鲁义姑姊"画像。"鲁义姑姊"的故事出自汉刘向编撰的《列女传》，鲁义姑姊是鲁国国都郊外的一个妇人，齐鲁交战之时，鲁义姑姊带着自己的儿子与侄子逃难，眼见齐军来到跟前，鲁义姑姊毅然丢下自己的儿子，而抱着侄子逃入山中，后来齐将感叹其节义，便停止伐鲁，鲁君听说后，对其进行赏赐，并将其称为义姑姊。武梁祠画像对这个故事的描绘十分精彩，毫无疑问，这个故事中，最紧张最迫切的瞬间便是齐军将要冲到鲁义姑姊跟前，而她毅然抛弃自己的儿子，抱着侄子准备逃走的时刻。工匠们紧紧抓住这一点，将画像的大部分空间留给代表军队的一辆马车以及对抗的齐鲁士兵，而鲁义姑姊和她的儿子、侄子则被压迫至画像的最右边，从图像观之，仿佛齐军就要冲到鲁义姑姊跟前。最精彩的地方在于鲁义姑姊已经抱着侄子，抛弃儿子准备逃难，甚至她的身形都已经向右倾斜，说明她正准备迅速逃走；然而她的头却转向与身体相反的方向，一方面她是在观察齐军的动向；另一方面，更重要的是她在回头看儿子最后一眼。整个画像加上榜题把鲁义姑姊故事的前半部分表现得非常清楚，以至于观者在观赏时甚至可以感受到两军交战的激烈程度，以及鲁义姑姊在面对危险时的坚定选择，还有她的一片心酸之情，整个画面具有强烈的冲击力，包蕴着丰富的内容。

列女图像以这样群体性的形式出现，在汉代的墓葬中除了武梁祠画像石之外，还有内蒙古和林格尔汉墓的壁画。据学者研究，这座墓葬大约建造于东汉桓帝延熹年间（158—165），时间略晚于武梁祠，墓葬的主人可能是一位护乌桓校尉。在该墓中室的南、北、西三壁上，画着80多则圣贤、忠臣、孝子、列女、义士的图像。其中列女有曾子母、后稷母姜嫄、契母简狄、王季母大姜、文王母大任、武

图 3-9　武梁祠"鲁义姑姊"画像(上为拓本,下为复原图);约东汉桓帝元嘉元年
(151)画像石;武梁祠后壁画像;纵 162 厘米,横 241 厘米。

王母大姒、鲁秋胡子、秋胡子妻、周主忠妾、许穆夫人、曹僖氏妻、孙叔敖母、晋羊叔姬、晋汜氏母、孟轲母、鲁之母、齐田稷母、秦穆姬、楚昭越姬、盖将之妻、代赵夫人等,这些女性的故事大多见于《列女传》,也有少部分可能来自民间传说,她们的故事散见于《列女传》除《孽嬖》之外的前六卷。武梁祠图像大多描绘出一段情节,其人物也往往不止一人,与之相比,和林格尔汉墓壁画图像在造型上显得比较简单,往往只是单独的一个人物图像加上一条表明身份的榜题。可以说明这些图像的编排并没有特定的目的,设计者只是将她们视作道德楷模而将其图绘于上,这些图像与其他的圣贤、忠臣、孝子、义士的图像构成的壁画所体现的只是一种墓葬壁画的传统,即时人对各种美德的一种称颂。

这两处墓葬图像在图像造型上的不同显示出不同的设计者对于语象与图像关系的不同看法。武梁祠的列女故事图像大多拥有两个或者两个以上的人物,比如齐义继母故事的人物多达五人,其中的主要人物大多用榜题表明其身份。清楚的榜题加上带有强烈故事情节的画面构成了整个图像,语象与图像的紧密结合使图像的叙事性得到了强烈的释放,对《列女传》稍有所知的人能够立刻进入情境之上,理解设计者的用意。而和林格尔汉墓壁画的图像造型则简单得多,单独的一个人物图像加上一条榜题,这样的形式使得图像的叙事性变得十分贫弱,使人很难理解设计者的用意。不过这应该与两处图像的不同功用有关。武梁祠是一个开放的地上空间,子孙后代能够进入其中,设计者希望通过特别的图像造型来传达出特殊的用意,比如以列女为楷模,学习其优良的品德。再加上在东汉的崇尚孝义的文化背景中,祠堂不再是一个家族的私人领地,往往成为友朋、乡人相聚的场所,设计者通过这些图像一方面表达了对前人品德的敬仰,另一方面也暗示了自己的子孙同样拥有这样的品德,从而为他们赢取名望。而和林格尔汉墓则是一个封闭的地下空间，一旦封闭，"千岁不发"，其所绘壁画恐怕连自己的子孙都难得一见，所以它的图像难以做到丰富而精彩，壁画的装饰性目的占据主要方面。

《列女传》的故事十分丰富，在纸张尚未得到广泛运用的汉代，要想将其全部图像化几乎不可能，就算群体性的列女图像至今也仅仅只有寥寥几处而已，广泛出现的大多是单个的列女故事，武氏祠的前石室、左石室都有单个的列女故事，如梁高行拒聘、鲁义姑姊舍儿、钟离春说齐王、鲁秋胡戏妻，其中鲁秋胡戏妻的故事还出现于四川的两具崖墓石棺和两块画像砖上。晋献骊姬的故事载于《春秋左传》《战国策》等先秦典籍，刘向将其编入《列女传》卷七《孽嬖》中，这个故事在汉画像石中也比较常见，其作用应该与"殷纣妲己"类似，都是一种诫示或者警告。

四、绢本、纸本与版画图像

汉代绘有列女图的屏风早已不存，灵光殿也早已灰飞烟灭，留存下来的只有坚硬且难以磨灭的画像石以及存在于墓室的壁画。除此之外，列女图在汉代还曾被绘制在彩篋之上以及被制作成易于携带的卷轴画。《历代名画记》载："灵帝诏邕画赤泉侯五代将相于省，兼命为赞及书，邕书画及赞皆擅名于代，时称三美。"蔡邕有"《讲学图》《小列女图》传于代"[①]。《小列女图》的形制如今已难以查考，不过据"小"字推断，它的形制必定要小于传统的屏风样式，或许是一种绢本形式。

蔡邕之后，魏晋南北朝时期的画家对列女图的兴致不减，而且经常绘制群体性的列女图，据《历代名画记》可知，生于晚唐的张彦远尚可见晋明帝司马绍的《列女图》，荀勖的《大列女图》《小列女图》，卫协的《列女图》《小列女图》，王廙的《列女仁智》，谢稚的《列女母仪图》《列女贞节图》《列女贤明图》《列女仁智图》《列女传》《列女辩通图》《列女画秋兴图》《列女图》《大列女图》，戴逵的《列女仁智图》，刘宋濮道兴的《列女辩通传》，南齐僧珍的《姜嫄等像》，王殿的《列女传母仪图》，陈公恩的《列女贞节图》《列女仁智图》等。

可惜如此丰富的绘画材料如今早不存，反倒是不见《历代名画记》著录的一幅绘画作品现今有宋人的摹本传世，这就是东晋著名画家顾恺之的《列女仁智图》。这幅绘画作品如今藏于北京故宫博物院，据画名便可知，此画乃依据《列女传》卷三《仁智》绘历史上有智谋远见的妇女，每节后录其颂语，注明所绘人物。此卷原本有 15 节，共收集 15 位列女故事，全卷 49 位人物，现仅存 10 节，共 28人，其中"楚武邓曼""许穆夫人""曹僖氏妻""孙叔敖母""晋伯宗妻""灵公夫人""晋羊叔姬"7 个故事保存完整。"齐灵仲子""晋范氏母""鲁漆室女"3 个故事只

---

① 张彦远：《历代名画记》，上海人民美术出版社 1964 年版，第 86 页。

存一半,其余5个故事则全丢失,又错将"鲁漆室女"之右半与"晋范氏母"之左半拼接在一起,使人误以为是一个故事。

图3-10　《列女仁智图》局部(卫灵公夫人);顾恺之;卷,绢本,墨笔淡着色;纵25.8厘米,横417.8厘米;南宋摹本。

顾恺之的这幅画在唐代就已经有了摹本,而且这个摹本至宋犹存,宋人米芾的《画史·晋画》称,顾恺之"《女史箴》横卷,在刘有方家,人物三十余。已上笔彩生动,髭发秀润,《太宗实录》载购得顾笔一卷。今士人家收得唐摹顾笔《列女图》,至刻板作扇,皆是三寸余人物,与刘氏《女史箴》一同"①。

《女史箴》即著名的《女史箴图》,乃顾恺之依据西晋张华《女史箴》一文而作,原文12节,所画亦为12段,唐摹本存自"冯媛挡熊"至"女史司箴敢告庶姬"共9段,现藏于大英博物馆。故宫博物院另藏有宋代摹本,水平稍逊,而多出樊姬、卫女2段。张华的《女史箴》是在刘向《列女传》的影响下而作,同样带有浓厚的政治目的,当时即被奉为"苦口陈箴、庄言警世"的名篇。其中"樊姬感庄,不食鲜禽""卫女矫桓,耳忘和音"以及"班妾有辞,割欢同辇"三个故事均出自《列女传》,而"玄熊攀槛,冯媛趋进"的故事则被后人编入《续列女传》。《列女仁智传》与《女史箴图》这两部体现女性美德的画作出自顾恺之一人之手,说明其对此类题材的偏爱。

顾恺之的《列女仁智图》多处可以体现汉代的意味,很可能直接承接于刘向的列女图。比如画卷中多处保留了汉代的衣冠制度,如男子头戴进贤冠,身着曲线大袖袍,腰结绶带并配挂长剑;女子梳着垂髻鬌,身着深衣,特别是眉毛涂以朱色,是模仿赵昭仪的新妆,这些都表现了特定时期的风俗和时尚。又蘧伯玉所乘坐的马车称"辂车",亦为汉代形制,描绘得非常细致,这些都可以从大量出土的汉代画像石、砖和壁画中找到与之相应的图像。

从艺术上说,《列女仁智传》人物线条粗犷流畅,造型生动,特别是对妇女的描绘,体态轻盈飘逸,婀娜多姿,达到了当时绘画的高峰。其构图布局则与武梁祠的列女画像一脉相承,《列女仁智传》虽然描绘的只是15位女性的故事,但却绘有49个人物,平均每个故事都有3个左右的人物图像,这些人物图像共同构

----

① 黄宾虹、邓实编:《美术丛书》第2册,江苏古籍出版社1986年版,第1186页。

成了一个具有故事情节的图像片段；加上每个人物均有榜题，每个故事片段的右侧还有一小段题记文字，既补充说明了故事情节，又巧妙地将两个故事分开，这样的形式与武梁祠画像别无二致。人物图像与榜题、题记一起构成一个完整的叙事体，语象与图像的紧密结合使其叙事性得到充分的发挥。同样的构图样式也体现在《女史箴图》中，说明顾恺之在这两幅图中运用了相同的构图法则。

南北朝之后，列女图的创作陷入了低谷，《历代名画记》中不见隋唐时代的列女图著录，整个《宣和画谱》中著录的有关列女图的作品也只有南唐周文矩的《鲁秋胡故实图》，一方面可能是画家对创作列女图的兴趣转淡，另一方面也有可能是因为战火而导致作品的流失，故而后世不见著录。

明清时期的关于列女故事的绘画作品出现不少，比如明仇英的《列女图》，丁云鹏的《冯媛挡熊图》，清金廷标、任薰的《婕妤挡熊图》，康涛的《孟母断杼教子图》等等。其中康涛的《孟母断杼教子图》上方有作者以楷书题述《列女传》中的孟母三迁择邻、断杼教子的内容，下部描绘孟母断杼的情景。孟母侧身立于织机旁，手中执刀，回首教训儿子，孟轲躬身揖立于旁。这些画幅现藏于北京故宫博物院，文献可征。

以版画图绘《列女传》始于北宋年间，与雕版印刷的逐步兴起密切相关。现今能够看到的最早的《列女传》版画是北宋仁宗嘉祐八年（1063）建安余靖庵勤有堂刊本，图版作上图下文版式；全书共 8 篇，123 节，插图 123 幅；书中题"汉护天都水使者光禄大夫刘向编撰，晋大司马参军顾恺之图画"；宋刻本传世稀少，钱谦益曾有收藏，后归于清宫，清乾隆嘉庆时藏书家黄丕烈曾见过宋原刊本，后流失不知所踪，清道光五年（1825）扬州阮福曾有翻刻，被称作《文选楼丛书》本，不过已大失原作风貌，吴兴刘氏《嘉业堂善本书影》中收宋刊本书影两页。建安余氏本在归于阮福之前，曾为顾广圻所得，广为流传，嘉庆元年（1796），顾之逵请从弟广圻董理，据余氏本重雕印行，是为顾氏小读书堆本，此本由于有顾广圻的校勘考证，在诸本中质量最优。

据学者研究可知，除去《文选楼丛书》本与顾氏小读书堆本之外，明清时期《列女传》版本还有明正德刊本、明嘉靖黄鲁曾刊本、明万历黄嘉育刊本、明崇祯太仓张浦刊本、清《四库全书》本、清三家校注本等①，其中清代的版本均与建安余氏本有着千丝万缕的联系，形制大体无差。不过明代的各种版本则与建安余氏本相差较大，比如万历黄嘉育刊本中的图像在每传之前，其他的几个版本则干脆无图。

此外，明代还出现了一些《古今列女传》，与古本《列女传》相比，其内容扩充了不少，其版式也与建安余氏本相差较大。比如万历十五年（1587），金陵富春堂刊刻的《古今列女传》，其原题为《新镌增补全像评林古今列女传》，经过了明代茅

---

① 张涛：《刘向〈列女传〉的版本问题》，《文献》1989 年 03 期。

坤的增补,彭烊的点评和宗原校点。虽然其卷数与建安余氏本一样都为八卷,但是其中所收纳的列女故事却从汉代之后一直延续下来,内容比建安余氏本多出不少,比如"托赋写愁"一幅绘的是唐玄宗之梅妃江采萍事。其版式也独具一格,为插图双面连式,图上方通栏标题,左右镌以联语,此为金陵富春堂戏曲诸本的独特版式。

与包括屏风、壁画、画像石、绢本、纸本等传统的列女图相比,版画列女图与文字的联系更加紧密,其中所体现的语象与图像的关系也有很大的不同。在传统列女图中,虽然文字所占的份额有多有少,但整体上,文字起到的只是一种补充解释的作用。当观者在观看画面时,其首先捕捉的肯定是占据大部分面积的图像,只有在他们无法理解图像本义时,才去求助于文字。文字在这些画面中从来没有占据过主要地位,而它们的存在也是若有若无,不管是屏风、壁画、画像石图像,还是绢本、纸本图像,都有文字缺失的状况,甚至在一些画面中,已经留出了属于榜题的长方形空白处,但最终设计者依然付之阙如。毫无疑问,在设计者眼中,文字是可有可无的,只要观者掌握了足够的知识,他们仍然能够通过自己的想象复原整个图像,使叙事过程得以完成。

但是在版画列女图中,情况恰好逆转,图像开始成为文字的附庸。绝大多数版画列女图都依存于版刻《列女传》而存在,设计者首先着眼的是《列女传》文本本身,图像开始变得可有可无,所以在许多《列女传》版本中,图像经常被无情删去。即使是在版画异常发达的明晚期,无图的《列女传》版本数量还是要比有图的多,学者们对于《列女传》文字的关注要远远超过对其图像的关注。

当这样的逆转得以完成之后,我们可以发现语象与图像的关系恰好走完了一个循环。当初刘向首先编撰了《列女传》的文本,然后以文本为基础绘制了图像,由于材料的限制,他只能选择某些图像进行绘制,并只能将少量榜题与题记标注其上,后世各种各样的列女图在此基础上开始出现,其形制与刘向的列女图大同小异。当纸张开始得到广泛运用,印刷术成熟之后,材料的限制完全被打破,于是人们又开始重视《列女传》的文本,在画面中原本沦为附庸的文字开始占据主要地位,图像则降为次要。语象与图像就是在这种相互模仿、此消彼长中共同进步,一方面,以语象为代表的文字内容不断地得到扩充,其接受的范围也不断扩大;另一方面,以图像为代表的绘画也在艺术上得到不断提升,并衍生出种类繁多的形式。

第四章 汉代史传文学中的图像母题（下）

第一节 孝子故事及其图像

孝子文化自汉代始，汉代民众推崇孝道，传扬孝子故事，积极践行孝道，且崇尚厚葬，所以墓葬建筑中多孝子图像。后世因循汉制，墓葬中亦多孝子图，且不断充实孝子故事，推动刻绘技艺发展，故而孝子图呈丰富多彩之貌。

一、《孝子传》与孝子文化

孝道在汉代被视为所有美德的根源与基础，也为汉代统治者提供了治理国家的根本手段，特别是汉武帝罢黜百家、独尊儒术之后，儒家学说大行其道，孝作为儒家重要的思想之一，成为汉武帝着力运用的工具。据《汉书·武帝纪》载，元光元年（前 134）冬十一月，在董仲舒的建议下，武帝初令郡国举孝廉各一人，自此，笃行孝道成为两汉时期士人博取名望、走上仕途的重要途径。一方面是受到儒家思想的强烈熏染，另一方面也是受利禄所诱，践行孝道、尊爱耆老成为汉代民众所极力推崇的行为，此举也成为汉代厚葬之风盛行的重要原因。

于是在墓葬中刻绘孝子图像成为东汉中期之后重要的葬俗之一，其本身承载着深厚的文化意蕴。一方面墓主人的子孙后代借此表明自己对于著名孝子的景仰，另一方面也是在暗示自身的为孝之道，因为毫无疑问，在墓葬中刻绘众多孝子图像，不管载体是画像石，还是画像砖，或者是壁画，都需要花费数量不菲的金钱。所以在汉代，尤其是东汉时期，不仅出现了众多著名的孝子人物，而且在墓葬中也可以看到他们以及前代孝子的图绘形象。

虽然孝悌作为儒家重要的思想内容存在已久，但是孝子文化确实是自汉代始，汉代不但诞生了众多孝子，同时汉代史传也记录了前代孝子以及同时代孝子的众多故事。元代郭居敬（或郭守正、郭居业）的《全相二十四孝诗选》中所记录的二十四位孝子中，汉代时人就占据八位，分别是汉文帝、蔡顺、郭巨（一说为晋人）、董永、丁兰、姜诗、陆绩、黄香、江革，多人之事出自汉代史传，而其中虞舜、郯子、周仲由、闵子骞四人之事则是由汉人记录于典籍方才流传后世，此外还有众多的孝子故事散见于典籍之中。

孝悌思想的盛行，以及民间孝子传说的广泛流行，促使汉代学者着手将孝子故事整理成书，其中刘向的《孝子传》即为其中代表作。虽然史志书目中均不言刘向撰有此书，亦未见著录，然而《文苑英华》所载许南容、李令琛《对策》并言刘向修《孝子图》，《玉海·艺文》也引许南容言刘向有此书。今《日本国见在书目录》杂传家著录有《孝子传图》一卷，但未署撰人，姚振宗《汉书艺文志拾补》认为："诸家孝子传不言有图，此独有图，与《列女传》相类也。"即认为为刘向所作。《法苑珠林》卷四九引郭巨、丁兰、董永、大舜四事，出刘向《孝子传》，《太平御览》卷四一一人事部引郭巨、董永二人之事，题出自刘向《孝子传》。前人言之凿凿，必有所本，故刘向曾撰《孝子传》殆可确之无疑。今有茆泮林《十种古逸书》本、黄奭《汉学堂丛书》本、王仁俊《玉函山房辑佚书续编》本等辑本。

据《隋书·经籍志》等史志书目可知，南北朝时期出现众多《孝子传》，王韶之、王歆、萧广济、师觉授、宋躬、周景式、郑缉之、虞盘佑等人均有类似著作，如今均散见于《初学记》《太平御览》《艺文类聚》《法苑珠林》等类书中。

汉代，主要是东汉时期，直到元代《全相二十四孝诗选》撰成之前，墓葬、墓阙、祠堂等建筑中存在大量孝子图像，其中不少孝子故事都为《全相二十四孝诗选》所未载。这些图像载体不一，形式各异，绝大部分出现于墓葬之中，其构图，包括人物、动作、背景等，大体遵照自汉以来的孝子传说故事，且多参照粉本。今按其载体分为三类加以考察：画像石与画像砖、墓室壁画以及前两种之外的竹箧、木板、彩绘木棺、石棺等其他载体。

二、画像石、画像砖中的孝子图像

汉代墓葬，尤其是东汉时期的墓葬中，画像石墓与画像砖墓比较常见，颇具特色，这种葬俗汉之后逐渐衰落不存。此外，汉代墓葬建筑中还流行一种由石板构建而成的祠堂，多置于坟茔之前，为后人祭祀时的处所，这种祠堂的石制构件也多为画像石，其上也多有孝子图像。

根据考古材料可知，在山东嘉祥的武氏祠堂、山东泰安大汶口汉画像石墓、浙江海宁东汉画像石墓、四川乐山东汉崖墓的石函、四川渠县燕家村沈府君阙和四川渠县蒲家湾无铭阙，以及辽宁喀左于杖子的辽代画像石墓中均发现了数量不等的孝子图像，散见于各地墓葬中的单幅孝子图像也为数不少。

山东嘉祥的武梁祠和武氏祠前石室、左石室中均有多幅孝子图，孝子图像成群像出现，且造型优美，古朴大方，艺术水准极高。特别是武梁祠，该祠堂的东西后三壁均出现孝子图像，而且这些图像集中于武梁祠上部装饰区域中的第二条装饰带中，共有十三人，以单幅画像的形式接替出现，且均有榜题。据巫鸿等学者的研究，这十三人从左至右分别是曾子、闵子骞、老莱子、丁兰、韩伯瑜（俞）、邢渠、董永、蒋章训、金日磾、魏汤、颜乌、赵徇、原毂。①

据巫鸿的研究可知,这些孝子的故事大部分可见于公元前 1 世纪到公元 5 世纪的六本《孝子传》的幸存部分,其他的故事则可从《汉书》等其他典籍中找到。巫鸿据此认为武梁祠中的"列士"画像(包括孝子在内)是根据文献(以及绘画)而不是口头传说来进行创作的,这一点值得商榷,根据位于武梁祠西壁的闵子骞失棰画像即可提出疑义。

图 4-1　武梁祠"闵子骞失棰"画像(上为拓片,下为复原图);约东
　　　　汉桓帝元嘉元年(151)画像石;武梁祠西壁画像;纵 162
　　　　厘米,横 241 厘米。

画面上共有三人一车一马,其中车上二人,前一人御,后一人乘,车后跪一人。根据榜题可知,御者为闵子骞后母弟,乘者为闵子骞父,而车后跪者即为闵子骞。画面中子骞父转身用手触摸子骞的肩膀,而闵子骞则跪地朝父拱手。

闵子骞的故事最早可见于刘向所撰的《说苑》,《艺文类聚》卷二十曾有征引,但文字不见于传世本《说苑》。

闵子骞,兄弟二人。母死,其父更娶,复有二子。子骞为其父御车,失辔,父持其手,衣甚单,父则归,呼其后母儿,持其手,衣甚厚温,即谓其妇曰:"吾所以娶汝,乃为吾子。今汝欺我,去无留。"子骞前曰:"母在一子单,母去四子寒。"其父

---

① 巫鸿:《武梁祠:中国古代画像的思想性》,生活·读书·新知三联书店 2006 年版,第 185 页。

默然。故曰：孝哉闵子骞，一言其母还，再言三子温。①

在此记载中，闵子骞失棰故事已基本成型，而在南朝刘宋时期师觉授的《孝子传》中则增添了新的情节：

闵损，字子骞，鲁人，孔子弟子也。以德行称，早失母，后母遇之甚酷，损事之弥谨。损衣皆以菅蒯为絮，其子则棉纩厚重。父使损御，冬寒失辔，后母子御则不然。父怒诘之，损默然而已。后视二子衣，乃知其故。将欲遣妻，谏曰："大人有一寒子犹尚垂心，若遣母，有二寒子也。"父感其言乃止。

两个故事相比较，师本增加了闵子骞后母弟御车的情节，这是闵父发觉闵子骞衣薄的关键，在武梁祠的画像中，正有其弟御车的形象。而在刘本中，闵父乃持子骞手才察觉其衣薄，武梁祠画像中同样图绘了此情节，看起来，此"闵子骞失棰"图乃综合刘本与师本情节而来，巫鸿认为这是因为师本增益了东汉时有关闵子骞的传说。不过，这恰好证明武梁祠画像根据的是东汉民间传说而进行的创作，因为师本增益的内容即在武梁祠的此图中。此外，刘本与师本皆云"失辔"，而武梁祠画像的榜题却云"失棰"，"辔"为缰绳，"棰"为马鞭，二者区别不小，正好说明武梁祠画像的创作乃据传说为本，或者说是东汉民间流传的其他粉本。

1960年山东省泰安市大汶口出土的东汉画像石墓中也有孝子图像，画像位于前室西壁横额上，从左至右刻孝子故事三则，左侧刻赵苟故事：左一树上悬二盒，树右一老者扶鸠杖坐于独轮车上，榜题"此苟偤父"，车后一童子推车，车前一人执锄间苗，榜题"孝子赵苟"，根据已出土的具有榜题的图像以及该图中的童子、老者、推车等图案，可证明此为董永故事，榜题有误。车上方缀二羽人。中则刻赵苟哺父故事：两人相对坐于榻上，右者捧碗喂食左者，榜题"孝子丁兰"，左者榜题"此丁兰父"，此为赵苟或邢渠故事，榜题有误。右则刻骊姬计杀申生的故事：左一妇持镜右向立，榜题"此后母离（骊）居（姬）也"；其前有一人执便面右向坐，榜题"此晋浅（献）公贝（被）离（骊）算"；右一人左向跪，持匕首抵颈，榜题"浅（献）公前妇子"，其后一人抚其背劝阻；右端停一轺车。

董永的故事见刘向的《孝子传》（《太平御览》征引），云董永家贫，无以葬父，只好卖身为奴，得钱葬父，后遇到织女下凡，助其还债。《搜神记》中有类似的故事，并且在"小失其母，独养其父"之后有一段解释的话："家贫困苦，至于农月，与辘车推父至田头树荫下。与人客作，供养不阙。"武梁祠的董永故事画像将二者的情节结合了起来，一是董永用车推父亲至田头树荫下，二是织女飞走，这可能是匠人根据当时别本传说进行的创作。曹植的《灵芝篇》有类似的表述："董永遭家贫，父老财无遗。举假以供养，佣作致甘肥。责家填门至，不知何用归。天灵

---

① 严可均：《全汉文》，商务印书馆1997年版，第404页。

感至德,神女为秉机。"①有可佐证。

这块大汶口东汉墓的画像石也由类似的图像构成,董永、董永父、辘车、树荫、劳作等,特别重要的是辘车之前还有二羽人飞翔,该形象可以释为东汉墓葬中常见的羽人形象,也可以释为神女或织女形象。四川乐山柿子湾一区一号汉代崖墓的"董永侍父"图像也是如此,图分两部分,左侧一树下,独轮车中坐者为董永父,其前董永,一手执锄,一手执便面,为坐在大树下的父亲扇风。图的中部和右侧可能是宴饮。相似的图像还有四川渠县蒲家湾东汉无铭阙上的"董永侍父"图像,位于无铭阙楼部背面上部。中刻董永父坐在独轮车上,董永站在父前,一手执锄,一手正为其父扇风。独轮车后一大树,树上挂两个水罐。

"邢渠哺父"也是孝子故事中常见的题材,武氏祠画像石中刻有四幅。《太平御览》和《天中记》中记载了邢渠的孝行:"邢渠失母,与父仲居。性至孝,贫无子,佣以给父。父老齿落不能食,渠常自哺之,专专然代其喘息。仲遂康休,齿落更生,百余岁乃卒也。"

图 4-2 武梁祠"邢渠哺父"画像(左为拓本,右为复原图);约东汉桓帝元嘉元年(151)画像石;武梁祠后壁画像;纵 162 厘米,横 241 厘米。

在各地出土的画像石中,邢渠哺父图像的构成相对稳定,特别是邢渠与其父的位置、动作基本一致,比如武氏祠中的四图与大汶口东汉墓的此图,以及 1978年在山东嘉祥县满硐乡宋山汉墓出土的一图。此图在孝子图中具有极强的可识性,一方面说明各地的刻绘者创作所依据的文献基本一致,另一方面也说明孝子图粉本确实存在。

根据目前的考古发掘材料可知,隋唐时期,孝子图像资料比较少,宋辽金时代孝子图像又开始群体性出现,以画像石棺为载体的也不少,比如河南洛宁大宋村北宋乐重进夫妇画像石棺、洛阳宋"王十三秀才"画像石棺、河南孟津宋张君墓画像石棺、河南巩县宋墓石棺、辽宁鞍山汪家峪辽画像石墓、山西永济金代石棺。

① 参考巫鸿:《武梁祠:中国古代画像的思想性》,生活·读书·新知三联书店 2006 年版,第 302 页。

在这些墓葬中,孝子图呈现前所未有的丰富状况,诸如"十孝子图""十一孝子图""二十一孝子图",甚至"二十四孝子图"均已出现,比如河南孟津宋张君墓画像石棺,其棺帮后半部和后档部分阴刻连续的孝子图,凡24幅,皆有榜题:赵孝宗、郭巨、丁兰、刘明达、舜子、曹娥、孟宗、蔡顺、王祥、董永、鲁义姑、刘殷、孙悟元觉、郯子、鲍山、曾参、姜诗、王武子妻、杨香、田真三人、韩伯俞、闵损、陆绩和老莱子。这是成型的"二十四孝图"首次出现,说明孝子文化的发展进入了一个新阶段。

1990年辽宁省喀左县白塔了乡于杖子村出土的辽代晚期画像石墓中出土12块石板,石板上有雕刻,内容都是孝悌故事,有王祥卧冰、董永典身、杨香打虎、郭巨埋儿、姜诗跃鲤等,还有三幅图像在自元至清多种版本的《百孝图》或《二十四孝》图解中也没有找到相近的内容和合理的解释,可能是失传的孝悌故事。比如第五块"姜诗跃鲤"画像,画面刻三人一鱼。左为一男子,头戴软角幞头,身着宽袖长袍,站立,身微右躬,双手合于胸前,躬身目视鲤鱼。右为妇女,高云髻,上着圆领窄袖短服,下穿多褶长裙,身向小孩作拥抱状。"姜诗跃鲤"或"涌泉跃鲤"的故事出自《后汉书·列女传》有关"姜诗妻"的记载,后世多有图绘。

该墓画像石上所雕内容多为半浮雕,虽然画像反映的是汉族的孝子义妇故事,但孝悌故事人物的服饰却多为契丹族装束,而且还有多幅驼车出行图,具有浓郁的契丹族习俗,可见汉族孝子义妇儒家孝治思想在北国契丹族中亦有不小的影响力。

除画像石外,画像砖上也有不少孝子图,兹举三例。

1958年1月河南文化局对河南邓县学庄发现的一座南北朝时彩色画像砖墓进行了清理,发现和收集彩色画像砖60多块,共有34种内容,其中两块砖上分别刻有郭巨埋儿和老莱子娱亲的故事。

图4-3　邓县"郭巨埋儿"画像砖;南北朝画像砖;砖长38厘米,宽19厘米,厚6厘米。

图4-4 邓县"老莱子娱亲"画像砖；南北朝画像砖；砖长38厘米，宽19厘米，厚6厘米。

茆泮林《古孝子传》所录刘向《孝子传》中有"郭巨"条："郭巨，河内温人，甚富，父没，分财二千万为两分与两弟，己独取母供养，寄住。邻有凶宅，无人居者，共推与之居，无祸。妻产男，虑养之则妨供养，乃令妻抱儿欲掘地埋之于土中，得金一釜，上有铁券云：'赐孝子郭巨。'巨还宅主，宅主不敢受，遂以闻官，官依券题还巨，遂得兼养儿。"

《太平御览》卷四一一亦引，稍异，东晋干宝在《搜神记》中也有类似的记载。画面表现的是郭巨已将釜掘出的情景，左边郭巨手拿铁锹，正在掘地，地下一釜露出，右边其妻怀抱一小儿，郭巨图像身边有"郭巨"二字。此砖形制优美，造型颇具动态感，内容与文献所记基本吻合。后世的"郭巨埋儿"画像砖还有很多，虽然构图有所差异，但情节基本一致，都为郭巨、郭巨妻、郭巨子三人，以及一锹一釜，比如甘肃陇西和榆中出土的两块宋代"郭巨埋儿"画像砖。

邓县出土的"郭巨埋儿"画像砖没有着色，但"老莱子"画像砖却有着色。画面中亭子内前面坐的老翁穿浅黄色衣，后面坐的老妇穿深紫色衣，腰束粉绿色带，分别为其父和其母，而老莱子则在亭外作仆倒状，其父母作鼓掌状。

老莱子在历史中确有其人，《史记·老子韩非列传》中说他与孔子同时，为楚国人，其著书有15篇，《汉书·艺文志》载《老莱子十六篇》，今已失传。此外，《战国策》《庄子》《大戴礼记》《说苑》《淮南子》中有关于他的零星记载。不过真正令老莱子在历史上瞩目的还是他的行孝故事。

南朝师觉授的《孝子传》曰："老莱子者，楚人也，行年七十，父母俱存。至孝烝烝，常着斑斓之衣，为亲取饮，上堂脚跌，恐伤父母之心，因僵仆为婴儿啼。孔子曰：'父母老，常言不称老，为其伤老也。'若老莱子可谓不失孺子之心矣。"《初学记》《艺文类聚·孝引列女传》所引与此基本相似，只增加了一个"弄乌鸟于亲侧"的内容。

武氏祠中有两幅"老莱子娱亲"图像，一幅位于武梁祠西壁，一幅位于前石室。其中武梁祠的那幅榜题为："老莱子楚人（也），事亲至孝，衣服斑连，婴儿之态，令亲有欢，君子嘉之，孝莫大焉。"该图有四个人物，其中左边两位为老莱子父母，中间一位妇女正在劝他们进食，而老莱子居右，跌倒并抬起手臂。从构图和榜题上看，此图内容与师觉授的《孝子传》中的记载基本一致。邓县"老莱子娱亲"画像砖也与该本一致，而后世的许多相关图像，一般着眼于两个情节，或者表现老莱子彩衣娱亲的情节，或者表现其仆倒啼哭的情节。

图4-5　武梁祠"老莱子娱亲"画像（上为拓本，下为复原图）；约东汉桓帝元嘉元年（151）画像石；武梁祠西壁画像。

三、墓室壁画中的孝子图像

壁画在汉代墓葬中也比较常见，尤其是洛阳一带，汉墓壁画艺术水平颇高，内容上多绘神人、异兽、日月、星辰或者墓主人图像，孝子图像则偶一见之。1972年在内蒙古和林格尔发现一座汉代壁画墓，所绘历史人物图像颇多，其中中室的南、西、北三壁上均绘有孝子题材，根据榜题可以辨识出"舜"、"闵子骞"父子、"曾参"母子、"丁兰"、"邢渠"父子、"孝乌"以及"孝孙父""孝子"等。西壁甬道门上还有"七女为父报仇"壁画。所绘人物多为单独形象，情节性较差，无法识别其据何种文献创作，多半据民间粉本，图绘孝子图以装饰用。

宋金时期，我国墓室壁画艺术接续唐代，继续向前发展，孝子故事再一次成为墓室壁画的重要内容。据董新林统计，现今已经发掘，且孝子图像资料较丰富的壁画有：荥阳司村宋代壁画墓（约1107—1111）、屯留宋村金代天会十三年（1135）壁画墓、山西长子县石哲金代正隆三年（1158）壁画墓、长治安昌村金代明昌六年（1195）崔忠父母壁画墓。①

1981年在河南荥阳王村乡司村发掘出土了一座北宋壁画墓，时代约为1107—1111年。该壁画墓铺作以上共绘19组行孝图，均有墨书"××行孝"的榜题，南壁有元觉、姜诗、郯子；西南壁有老莱子、田真、韩伯瑜（俞）；西北壁有董永、舜子、鲍山；北部有曾参、闵子骞、王祥；东北壁有孟宗、丁栏（即丁兰）、鲁义姑、刘殷；东南壁有陆绩、郭巨、王武子。这种每壁绘三组以上行孝图的布局很少见，几乎就是行孝故事之集大成者，同元代《二十四孝》相比，已有其中的12人。

图4-6 司村壁画墓北壁行孝图（摹本）

其中北壁绘的三组行孝图分别题为"曾参行孝""闵子骞行孝""王祥行孝"。左图为曾参"啮指痛心"的故事，图中参母右手拄杖，左手指向曾参。参躬身叉手，面向其母，身侧放一担柴。表现曾子与其母之间心灵感应故事的图像出现甚早，武梁祠画像石中就有这样的故事。据巫鸿考察，这个故事首先出现于王充的《论衡》中："传书言：曾子之孝，与母同气。曾子出薪于野，有客至而欲去，曾母曰：'愿留，参方到。'即以右手扼其左臂。曾子左臂立痛，即驰至问母：'臂何故痛？'母曰：'今者客来欲去，吾扼臂以呼汝耳。'盖以至孝，与父母同气，体有疾病，精神辄感。"②此图十分完整地展现了《论衡》中的记载。

① 参考董新林：《北宋金元墓葬壁饰所见"二十四孝"故事与高丽〈孝行录〉》，《华夏考古》2009年第2期。
② 王充著，张宗祥校注，郑绍昌标点：《论衡校注》，上海古籍出版社2010年版，第117页。

观此图画,中为闵子骞"芦衣顺母"的故事,图中骞父左手指向骞母。骞母左手捂于腹部。右臂直伸,指向骞父,二人作争吵状。中间一矮少年为闵子骞,躬身面向父亲,作劝解状。此图为闵子骞行孝故事的另一种图像展示。

右为王祥"卧冰求鲤"的故事,图中王祥侧身半裸卧于冰上,冰下两鱼作上跃状。王祥之事见于《晋书》本传:"祥性至孝。早丧亲,继母朱氏不慈,数谮之,由是失爱于父。每使扫除牛下,祥愈恭谨。父母有疾,衣不解带,汤药必亲尝。母常欲生鱼,时天寒冰冻,祥解衣将剖冰求之,冰忽自解,双鲤跃出,持之而归。母又思黄雀炙,复有黄雀数十飞入其幕,复以供母。乡里惊叹,以为孝感所致焉。有丹柰结实,母命守之,每风雨,祥辄抱树而泣。其笃孝纯至如此。"①《搜神记》也有相似的记载。王祥行孝的故事除了"卧冰求鲤"外,还有"黄雀入幕",此事也多有图像表现。

河南郑州周边宋金时代的壁画墓颇多,图绘孝子故事亦不少,除荥阳司村外,还有黑山壁画墓、高村壁画墓、孤柏嘴壁画墓等,特别是孤柏嘴壁画墓中,行孝人物图像达到 24 个,在司村的基础上增加了杨香、刘明达、曹娥、蔡顺、赵孝宗,与元代《二十四孝诗选》中的人物相差无几。这些行孝故事大都绘于拱间壁或铺作以上的梯形界面内,可以使人抬头仰止,起警示作用。

山西金代壁画墓中也有不少孝子图像,比如 1983 年在山西长子县发掘的金正隆三年石哲墓,墓室为仿木建筑,在墓室西壁门窗之上画八幅图,两窗外侧画两幅图,内容均为"二十四孝"人物,依次为舜、刘明达、董永、鲍山、赵孝宗、杨昌(香)、元觉、姜诗、鲁义姑、曾参。墓室南壁正中是墓门,门边绘三角带纹,门两侧各绘大树一株,树旁绘一武士,武士身着铠甲,白盔红缨,手持宝剑,怒目挺胸。武士图外侧各绘孝子图两幅,依次为蔡顺、闵子骞、郯子、陆绩。东壁门窗上画八幅图,两窗外侧画两幅图,均为孝子图。自右至左有刘殷、丁兰、王祥、郭巨、王武子、韩伯俞、田真、孟宗、曹娥、老莱子。1963 年在山西省闻喜县下阳村发掘清理了一座金代壁画墓,年代为金明昌二年(1191),其一号墓墓室同样为仿木建筑,其左右两窗和墓室南壁上分别有两幅孝子图,共有六幅孝子图,1985 年在山西长治安昌村发掘清理了金代明昌六年(1195)的崔忠父母壁画墓,其主室北壁和东、西壁上彩绘有整套的"二十四孝"图像,并有墨书题记。1999 年在山西屯留宋村发掘清理了金天会十三年(1135)壁画墓,这是一座木结构砖筑近方形单室墓,墓内彩绘装饰成二层楼阁式建筑,其中额枋之上的四壁绘有成套的"二十四孝"人物故事。

这些壁画墓的图像在造型上比较简单,画法也显得粗疏、稚拙,显示出民间画匠的工艺水准,值得注意的是一些壁画图像有榜题和题记,比如山西省长子县石哲金墓,还是能够达到一定的叙事效应。当然,其中的一些壁画同样具有一定

---

① 房玄龄等:《晋书》,中华书局 1974 年版,第 987 页。

的艺术价值，比如山西省闻喜县下阳村金代一号墓的壁画，其南壁上绘有一幅孝行图。画右侧一人袒胸露臂坐于石上，双目圆睁，左手握刀，一副骇人模样，背后一人举执旌旗。右下二樵夫被捆绑于地，两人正苦苦哀求，旁放两副柴担。此图似为孝子蔡顺拾桑葚奉亲的故事。一说此图可能与"赵孝舍己救弟"故事有关。画面人物造型准确、传神，怒目、惊骇、惧怕、同情，各尽其态，线描苍劲简练，为民间艺人的佳作。

由于河南、山西一些宋金墓葬喜用仿木建筑，其中一类建筑构件必不可少，这就是砖。在此基础上砖雕应运而生，许多砖雕形制精美，造型生动，图像丰富，具有很高的审美价值，其中也出现了一些孝子图像。比如1971年在河南林县城关发现了一座宋代长方形类屋式彩绘砖雕墓，墓室内壁有24块"二十四孝"砖雕，1989年考古工作者在山西壶关南村发掘了北宋哲宗元祐二年（1087）砖雕墓，墓室壁面上雕刻有20幅孝悌人物故事砖雕；1991年考古工作者在山西壶关下好牢村发掘了一座北宋宣和五年（1123）砖室墓，主墓室四壁镶嵌彩绘孝悌人物故事砖雕，均带有墨书题记，整个墓室共有十七幅孝悌人物故事砖雕；1998年底在山西沁县西林东庄村清理了一座金代八角形砖雕墓，墓室内壁均有仿木结构建筑和砖雕，可分上下两层，上层有五铺作斗拱，倚柱其间镶嵌有"二十四孝"人物故事彩绘砖雕，也有墨书题记（有些题记模糊不清）①；2001年在山西的沁县故县镇中学校内发现两座仿木结构砖室墓，也有数量不等的孝子故事砖雕。还有1963年山西闻喜县小罗庄出土的金代砖雕墓，其中1号四壁第一层拱眼壁上各嵌孝子故事砖雕两块，绘画两幅，2号墓四壁上部第一层拱眼壁上各以图案花边砌长方框，内雕孝子故事三幅，6号墓四壁第一层拱眼壁均雕孝子故事图。这些砖雕本为墓葬建筑构建，故它们多被嵌在墓室中。

一些辽代墓葬中也有壁画，其中也出现了孝子图像，比如1978年北京门头沟区斋堂镇西斋堂村发现的辽代晚期墓葬。墓室壁面涂有厚约1厘米的白灰，上绘彩色壁画。墓门东侧壁画已毁，南壁墓门西侧、西壁、北壁及穹隆顶画保存完好。其中西壁有一幅《孝悌故事图》，画面以四株不同树木分隔成左、中、右三个部分。右边为施礼默祭先人，内容是"丁兰事母"故事。中间画一个武将正在审讯情境。小卒举刀，勒着跪着被押者的头发，旁边一人跪地，扒开上衣，似在为被押者求情，内容是"赵孝舍己救弟"的故事。左边画一青年男子，拖着一副竹担架，其后立二老者，内容是"孝孙原穀"的故事。画面布局紧凑，线条精细流畅，人物形象生动。②

---

① 董新林：《北宋金元墓葬壁饰所见"二十四孝"故事与高丽〈孝行录〉》，《华夏考古》2009年第2期。
② 罗春政：《辽代绘画与壁画》，辽宁画报出版社2002年版，第130页。

图4-7　北京门头沟斋堂辽墓孝悌故事图

四、竹箧、木板、木棺、石棺等载体上的孝子图像

除了画像石、画像砖、壁画、砖雕等载体之外,孝子图还出现在其他许多载体之上,比如竹箧、木制屏风、彩绘木棺、石棺等,由于载体不一,其图像的构图方式、人物造型、敷彩装饰也有所区别。

1931年6月在朝鲜平壤附近的一座汉代时期的墓葬,后来学者将其称为"乐浪彩箧冢",因为该墓葬中出土了一个著名的竹编漆绘彩箧。在箧盖、箧身四周及边角部位共绘有94位历史人物的图像,其中30人有题榜,有丁兰、邢渠、孝孙、孝妇、魏汤等孝子图像。人物图像多采取坐姿,动作都在上半身,尤其注重手的表现力。比如"邢渠哺父"的画面,邢渠居右,一手捧钵,一手持匙,给其父喂饭。其父双鬓皆白,双手扶膝,状颇吃力。日本考古学者在《乐浪彩箧冢》报告中认为其时代为东汉末期,也有人认为属公元1世纪左右。

孝子文化在汉代萌生并得到迅速发展,形成第一个高峰之后,在魏晋南北朝时期继续向前发展,在北魏时候形成了另一个小高峰,上至北魏拓跋贵族,下至普通民众,均热衷行孝,而孝子故事题材的图像也在此时层出不穷。在汉代孝子图的基础之上,北魏孝子图在叙事题材与内容、图像位置、刻画风格上都有所变化,艺术技艺也有很大的提高,许多孝子图都刻绘于石室、漆棺、石棺、石棺床围屏等葬具上。

1966年在山西大同石家寨司马金龙墓中出土了一具北魏时期的漆画屏风,共有五块,另有残片若干。漆板两边都有绘画,一面保存完好,色彩鲜明;另一面

图4-8　乐浪彩箧绘孝子故事图

剥落较严重,色彩暗淡。较完整的五块漆画,上下分为四层,每层高约 19 到 20 厘米,均有榜题和题记。画的内容为列女、孝子、高人、逸士,其中孝子有舜、李充。

　　1981 年在宁夏固原西郊出土一具北魏漆棺,漆棺两侧的漆画可分为上中下三栏,其中上栏是孝子故事图,以三角火焰纹相间,每幅图都有题榜。故事情节的发展及主要人物行动方向均是自棺前向后,右侧画面自右向左发展,左侧正相反,画幅高约 8 厘米。右侧残存故事有孝子舜(8 幅)和郭巨(3 幅)故事,左侧画面残缺甚多,有蔡顺(1 幅)、丁兰(3 幅)和尹伯奇(3 幅)的故事。漆画中人物着鲜卑装,容貌稚拙,笔法随意。据推测绘制年代当在北魏太和年间,系当地鲜卑族画工绘制。

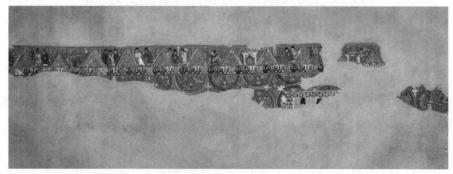

图4-9　固原北魏漆棺左侧板图像(摹本)

　　虽然屏风与漆棺上的图像达到了一定的艺术高度,但能够代表北魏孝子图最高成就的还是刻绘在石棺或石棺床围屏上的图像。据黄明兰、邹清泉等学者统计,刻绘有孝子画像的石棺或石棺床围屏有:今藏于美国明尼苏达州明尼阿波利斯美术馆的元谧石棺,1930年出土于河南洛阳城西东陡村北李家凹村南,其中左帮刻伯奇、董笃父、老莱子、舜、原毂;右帮刻丁兰、韩伯余(俞)、郭巨、闵子骞、眉间赤(尺)。今藏于美国波士顿艺术博物馆的宁懋石室,1931年出土于洛阳翟泉村北邙山,约北魏孝昌三年(527),共有画像9幅,其中刻绘有董永、丁兰、舜四位孝子图像。现藏于洛阳古代艺术馆的升仙石棺足挡,1977年出土于洛阳北郊,中间刻绘孝孙原毂故事。现藏于美国堪萨斯纳尔逊阿特肯斯艺术博物馆的孝子棺,石棺左帮绘舜、郭巨、原毂,右帮绘董永、蔡顺和王琳。此外,还有藏于中国洛阳艺术馆、中国上海博物馆、日本和泉市久保物纪念美术馆、日本天理参考馆等地的石棺床,刻有孝子故事的数量不等。①

图4-10　洛阳北魏元谧石棺"丁兰事木母"图;北魏石棺石刻。

　　元谧石棺图中各孝行故事均有榜题,左帮为"丁兰事木母""韩伯余(俞)与杖和颜""孝子郭巨赐金一釜""孝子闵子骞""眉间赤(尺)妻""眉间赤(尺)与父报酬(仇)"。右帮有"孝子伯奇母赫儿""孝子伯奇耶抚父""孝子董永笃父赎身""老莱子年受百岁哭内""母欲煞舜焉得活""孝孙弃祖深山",此外,左右两个方框内分别刻有墓主人半身像。此石棺的画像刻绘精细,画面夸张与写实并举,图中内容丰富,天、地、人、仙均有所表现,画面构图协和,纷繁而不乱。比如"丁兰事木母"

_____

① 参考黄明兰:《洛阳北魏世俗石刻线画集》,人民美术出版社1987年版;邹清泉:《北魏孝子画像研究》,文化艺术出版社2007年版。

图，画面左侧大树下置有一方榻，上有一老者，跽坐于上，前有一男子执香作跪拜状，根据榜题即可知，此为丁兰"刻木事亲"的故事。丁兰与木母处于山石树木之中，虽物象繁多，但主要图像仍处于中间位置，且用榜题表明，令人一望即知。与汉代画像石刻相比，此作不管是在技艺上，还是在内容上，或叙事效应上，都有极大的提升。

宁懋石室的图像与元谧石棺的图像在构图上都具有高度的相似性。首先两处图像都有榜题，其次图中物象都比较丰富。董永、董晏图上层刻董永"卖身葬父"的故事，大树右侧为董永父子在田间锄草，董永头扎双髻，衣衫褴褛，旁刻"董永看父助（锄）时"。大树右侧刻三轮辇，内坐挂杖富人，旁有女仆高举华盖，舆前董永推车而行。此图与一般的董永行孝故事图有所区别。下层刻"馆陶公主与董偃近幸"故事。画面中四阿式厅堂，馆陶公主站立堂内，头扎髻，腰束带，前置方篚。董晏（偃）持团扇跪地，董晏母跽坐在右侧厢房内，旁站一人，仰面张望，堂侧台基上站一侍女，旁刻"董晏母供王寄母语时"。

图4-11 洛阳北魏孝子棺蔡顺行孝图；北魏石棺石刻；石棺长223.5厘米，高62.5厘米；河南洛阳早年出土；美国堪萨斯市纳尔逊艺术博物馆藏。

藏于美国堪萨斯纳尔逊阿特肯斯艺术博物馆的孝子棺画像是所有石棺画像中最精美之作，石棺上的每幅图均选择两个不同的生活场景，采取连续性构图，在一近似画卷的布局中，通过对树石、鸟兽、云气的穿插，把不同的孝子故事联系起来，并用榜题一一表明各个故事。此举在叙事上远超其他石棺画像，也为其他孝子画像所不及，因为它既表达了情节的连续和完整，又可形成单独画面，具有良好的叙事张力。其经营位置，似断还连，紊而不乱。其刻绘物象均用阴线刻画,细条细腻,笔法柔和,善于状物传情,虽然为石刻,却反映了北魏时代高超的绘画水平。此蔡顺行孝图,图中刻两楹房屋,一屋内置棺,有人伏棺痛哭,一犬蹲房前,另一屋火焰四起,四人用水灭火,画间饰花草树木山石,上有榜题"子蔡顺"。人物形象生动,动感十足,画面采取写实与夸张相结合的方式,于绘刻人物上写实,于刻绘景物上夸张,两相映照,富有趣味。

此图所绘蔡顺故事与一般图像不符,一般图像多绘蔡顺"采葚奉亲"的情节,而此图所绘却为蔡顺火中救其母棺柩之事,与《后汉书·周磐传》所附《蔡顺传》的记载相同。是传曰:"(蔡顺)母年九十,以寿终。未及得葬,里中灾,火将逼其舍,顺抱伏棺柩,号哭叫天,火遂越烧它室,顺独得免。"诸本《孝子传》均未载蔡顺此事,说明其"采葚奉亲"之事另有所本,或乃在流传中,他人之事附会于蔡顺,后以讹传讹,遂成如此模样。

宋金辽时期,孝子文化再度兴起,孝子图像层出不穷,石棺上也屡有所见,比如1985年出土于河南孟津张盘村的张君石棺。该棺年代为北宋崇宁五年(1106),后半部分和后挡刻孝子列女故事,皆有榜题。其右侧为赵孝宗、郭巨、丁兰、刘明达、舜子、曹娥、孟宗、蔡顺、王祥、董永;其左侧有鲁义姑、刘殷、孙悟元觉、郯子、鲍山、曾参、姜诗、王武子妻、杨昌(香)、田真;后挡有韩伯余(俞)、闵损、陆绩、老莱子,共二十四人。此外,河南辉县、巩义半个店出土的北宋石棺、河南修武县出土的金代石棺上均有孝子图像。

第二节　忠臣义士、往圣先贤故事及其图像

因个人秉性与特殊遭遇的缘故,司马迁在《史记》中塑造了一批特殊的人物,并在他们身上赋予了个人的痕迹,使他们特殊的品质得以彰显。班固的《汉书》同样记载了许多具有美好品德的人物故事,他们或贤,或忠,或信,或仁,或义,既符合儒家的道德标准,又备受普通民众推崇,乃至于千载之下,犹有余音。他们的故事在汉代就广为流传,成为一种道德的标尺,不仅图绘于墓葬建筑的祠堂和坟墓中,也被图绘于宫殿墙壁之上。随着时间的推移,这些故事流传愈加广泛,并顺利地进入文人的绘画作品中,早在魏晋南北朝时期,汉代史传故事就成为绘画的题材。明清时期,许多汉代史传故事又被改编为戏曲和小说,在许多插图本中得以出现。

一、画像石、画像砖、墓室壁画图像

在中国古代的建筑中,墓葬是一个特殊的建筑群体,往往承载着多重文化意蕴,不管是祠堂,还是墓室,其建筑样式、内在装饰,都体现出一个时代的文化风貌。汉代,尤其是西汉武帝之后,儒家思想渗透到社会各个阶层、各个角落,这一

点在墓葬中也体现得十分明显。当然，这也与推崇孝义、践行孝义的风气有关。

所以，在汉代的墓葬中可以看到许多有关忠臣、义士、孝子、列女之类的图像，其载体有画像石、画像砖、壁画等等。画面表现的是这些人物在其有生之年所展示出的符合儒家标准的美德，而画面所集中展现的正是他们是通过何种行为从而受到当时以及后世的赞誉与表彰。每一幅图像或者每一类型图像的集合都有其不同的含义，这些含义寄托着设计者对于彼岸世界的理解或者对于死后世界的一种想象，但更多的是他们对于他们那个时代道德品质的理解。它们绝不是单纯的一种存在，而是承载着深沉的意蕴，反映了儒家道德约束之下的"忠""孝""贞"等准则，起到表达情怀和劝诫后人的作用，即《鲁灵光殿赋》中所谓的"恶以诫世，善以示后"。

"周公辅成王"是汉画像石、画像砖中常见的题材，特别是在山东南部，这里正是春秋时期鲁国——周公和他的后代的故地，全国其他地区汉画中的"周公辅成王"题材大概都是从这里流传出去的。

《史记·鲁周公世家》中详细记载了"周公辅成王"的史实：

其后武王既崩，成王少，在强葆之中。周公恐天下闻武王崩而畔，周公乃践阼代成王摄行政当国。管叔及其群弟流言于国曰："周公将不利于成王。"……管、蔡、武庚等果率淮夷而反。周公乃奉成王命，兴师东伐，作《大诰》。遂诛管叔，杀武庚，放蔡叔。……成王长，能听政。于是周公乃还政于成王，成王临朝。周公之代成王治，南面倍依以朝诸侯。及七年后，还政成王，北面就臣位，躬躬如畏然。[1]

关于周公是否代成王为天子之事，历史学家尚有争论，不过在汉画像石中所刻绘的大多都是周公辅佐成王的情节，与《史记》所载相吻合，比如武氏祠左石室后壁小龛西壁"周公辅成王画像"、山东嘉祥县南武山出土"周公辅成王"画像、山东嘉祥县蔡氏园出土"周公辅成王"画像等。

图 4-12　武氏祠左石室后壁小龛西壁"周公辅成王"画像；约东汉桓帝、灵帝时期（147—189）画像石；纵71.5厘米，宽74厘米。

① 司马迁：《史记》，中华书局 1959 年版，第 1518—1520 页。

上文提到的三块画像石上的图像具有明显的相似性,尤其是前两块,不管是构图方式、人物造型,还是雕刻技巧等方面,几乎如出一辙,犹如从一块模板中复制而来,很明显,这样的画像存在类似的粉本。不过,考虑到三块画像石出土地点相距不远(三处均属于今嘉祥县),所属年代非常接近(东汉晚期),它们出自相同或者类似的粉本也毫不奇怪。

如下代表了大部分"周公辅成王"画像的样式:中一童子立于榻上,头戴山形冠,为成王;其右一人执曲柄伞盖,为周公,也有不持伞盖的;其左一人跪拜,或为召公;其右侧三人,左侧二人执笏恭立,应为臣僚,有些画像中臣僚数量多少不等。有些画像中有题榜,中间童子或题"太子",或题"成王",其右持伞盖者则题"周公"。

现存任何文献都不曾记载以上一幕,可以肯定这是画工们的"主观创造",但他们的这种创造也是基于一定的史实。据《史记》的相关记载来看,这样的史实或者传说在汉代已有了一个相对稳定的版本。画工根据口耳相传的故事,创造了一种相对固定的模式,然后不断复制和传播,基于此,史实得以延续。

虽然以上三图是这个故事最具代表性的图像模式,但即使对于同一个史实,民间也会有不同的叙述版本,也就有了不同的图像,比如嘉祥县纸坊镇敬老院的"周公辅成王"画像。图中一少年袖手而立,榜题"太子"二字,是为成王。其右为周公,左有二人面太子而立。最特别的是下刻二榻,榻上各卧一人。在如今出土的所有相关的画像石中,从来没有见过这样的图像。虽然有些奇怪,不过只要回到史实本身,我们很快就能明白这两个卧在榻上的人原来是被诛的武庚和管叔。很明显,刻绘者根据自己对于这个故事的理解,对图像内容做了一定的扩充。而嘉祥县五老洼出土"周公辅成王"画像则代表刻绘者对于故事的另一种理解。该图左半部分与一般的"周公辅成王"画像基本雷同,最令人回味的是其右半部分的图像,中立一人,其装扮与左边童子时期的成王相同,其左右两侧仍为两位恭立的大臣,按照他们的动作、服饰来分析,其中间一位即成年之后的成王,而左右两边则分别为周公与召公。很明显,这是将该故事中的两个不同时段的情节并置在了一处,产生了类似"连环画"的效果。刻绘者在这个画像中将原本停留于"周公乃践阼代成王摄行政当国"阶段的历史叙事,延伸到了"周公乃还政于成王,成王临朝"阶段,其叙事的长度加长了,内容更丰富了,其指向性也更加明显了。

汉代画像石墓中广泛出现这类图像,或许代表着民众对于周公大公无私、忠贞不二的一种景仰,但是在汉代,这个故事的意义绝非如此。画面中周公往往手持伞盖,弯腰屈膝,神态万分谦卑,这是一个具有通天权势、良好品德与巨大号召力的大臣的谦恭写照,虽然他有许多机会登临宝座,但他依然只是固守本分、任劳任怨。这一图像在汉代儒家话语体系中具有巨大指向性,它代表的是儒家关于社会体系良性运转的伦理基础——君君臣臣,这既是人世间的法统,也是宇宙间的秩序。所以汉武帝晚年托孤于霍光时便选择了这幅意蕴深长的图像，据《汉书》载："上乃使黄门画者画周公负成王朝诸侯以赐光。后元二年春，上游五柞宫，病笃，光涕泣曰：'如有不讳，谁当朝者？'上曰：'君未谕前画意邪？立少子，君行周公之事。'"①

"二桃杀三士"在汉画中也是常见的题材。与"周公辅成王"相似，"二桃杀三士"的主题也是君臣伦理，只不过二者一正一反，从两个方面展现了维护君臣之道的重要性。该史实出自《晏子春秋·内篇·谏下》，叙述了春秋时期公孙接、田开疆、古冶子三人共事齐景公的故事。他们有勇力，能搏虎。晏子恶其勇而无礼，于是，同景公私谋除之。因请景公使人馈之二桃，并使三人论功食桃，结果三人争桃，不肯退让，最后羞愧难当，相继自刎而亡。

表面看来，这是一个充满阴谋的悲剧故事，三个立下功勋的大臣，最后死在晏子的计谋之下，但这并非故事的主题，正如晏子在规劝齐景公时说的一样："今君之蓄勇力之士也，上无君臣之义，下无长率之伦，内不可以禁暴，外不可威敌，此危国之器也，不若去之。"②三人之所以必死无疑，其根本原因就在于功高震主，恃功而骄，不识君臣之义，长幼之伦，也就是打破了整个社会维持秩序的根本。

这个故事在汉画中出现甚早，河南洛阳烧沟81号西汉墓中就已出现该题材的壁画。在该墓隔梁横楣上有一窄长横幅，共绘十三人，背景为山峦。画面内容可分为二段，其中右端八人，描绘"二桃杀三士"的故事。画面最前者为田开疆，正俯身返桃。中间者为公孙接，右手挂剑，左手挈领准备自刎。右面为古冶子，双手把剑，瞪目张口大吼，似正逼令二人返桃。三人表情激烈，性情暴躁。皆穿阔袖长袍，胡髭倒竖，手臂生毛，一副野而狂傲不逊之态。三个形象面相虽有重复之处，但画者已注意到通过描绘三人的不同姿态、不同面部表现来区别彼此的性格。

而汉画像石中，该题材的画像更是层出不穷，山东、江苏、河南等地均出现过类似的画像，其构图也基本相似。大多数该题材的画像中都有三个主要人物的形象，其中多为一人或两人返桃，另一人在旁作自刎状，另有数人在两侧，应为齐景公和晏子派来送桃的使者。从图像叙事的角度来看，刻绘者抓住了该故事最高潮最紧张的时刻，使图像所能展现的内容最大化。

如果说"周公辅成王""二桃杀三士"故事所要展示的主题是维护君臣之道，恪守礼仪之大防，那么"荆轲刺秦王"等刺客故事则表现的是对于"义"的高度推崇。在司马迁的《史记·刺客列传》中共记录了五位春秋战国时期刺客的故事——曹沫、专诸、荆轲、豫让、聂政，这些义士或为报恩，或为行义，义无反顾地

① 班固：《汉书》，中华书局1965年版，第2932页。
② 李新城、陈婷珠译注：《晏子春秋译注》，上海三联书店2014年版，第105页。

图 4-13　武氏祠左石室后壁小龛东壁"二桃杀三士"画像；约东汉桓灵帝建和二年（148）画像石；纵72厘米，横74厘米。

图 4-14　山东省嘉祥县宋山村出土"二桃杀三士"画像；东汉晚期（147—189）画像石；纵69厘米，横64厘米。

踏上一去不复返的道路，不管成与不成，其精神、气度、风范，早已令后人无限景仰，而这样的景仰从汉代就已经开始。

武梁祠的左右两侧下部的第二层装饰带上共刻绘六位著名刺客的故事，右壁从右到左是曹沫、专诸和荆轲，右壁是要离、豫让和聂政，图像旁有榜题表明主要人物身份。除要离之外，其余五人均在《史记·刺客列传》中有记载，而要离的事迹在《史记》中也有所展现。当然，《史记》并不是第一部记录这些刺客故事的典籍，从东周到西汉的多部书籍中均可见他们的身影，比如《荀子》《韩非子》《管子》《战国策》《吕氏春秋》等。这些刺客故事中最著名即"荆轲刺秦王"的故事，汉画中它的出现频率也非常高。

这个故事在汉代流传甚广，范围遍及大半个中国，在现今出土的汉画像石中，有多达十余幅图像与此相关，分布在山东、四川、浙江、陕西等地。其中武氏祠中就有三幅，除了武梁祠的这幅外，武氏祠的前石室、左石室上还有两幅，特别是前石室上的"荆轲刺秦王"画面比武梁祠上更加细腻，所展示的细节也更多。

不过根据这些图像进行分析，虽然看起来其故事情节与《战国策》《史记》《燕丹子》等书的记载相同，然而实际上其中又有不少相互抵牾的地方，没有任何一种文献能够与其中任何一幅图像完全相合，这至少说明这个故事在汉代存在不同的版本，或者说在民间存在不同于官方说法的版本。比如武梁祠中的那幅，画面右侧有武士环抱荆轲的情节，武氏祠前石室秦王手举玉璧的情节等，均不见任何文献的记载。

　　虽然这些图像在细节上各有区别，所展示的内容有多有寡，但无一例外，它们都选取"掷匕中柱"这一幕，各地的"荆轲刺秦王"故事都是围绕这一情节进行展开。《史记·刺客列传》此段的描写为："荆轲废，乃引其匕首以擿秦王，不中，中桐柱。秦王复击轲，轲被八创。"①《燕丹子》中的描写则显得更加有声有色："轲拔匕首擿之，决秦王，刃入铜柱，火出。秦王还断轲两手。"②

　　在各地画像石表现这一幕时，普遍是描绘荆轲掷出匕首，误中铜柱，秦王环柱奔逃。毫无疑问，这是整个故事最紧张高潮的一刻，工匠们把握住这一刻并将其描绘出来，看起来十分符合把握"最富于孕育性的顷刻"的原则，然而实际上，在情节内容比较丰富的三块武氏祠画像石上，所展现的内容远远不止故事中"一刹那"或者"一个顷刻"，而是将不同时间点、先后发生的故事压缩到一个画面之中。

　　陈葆真和邢义田不约而同地指出，武氏祠的三幅刺秦王图至少应该包括五个先后的段落：(1)秦舞阳匍匐于地(武梁祠和前石室两幅均有榜题"秦舞阳")；荆轲打开樊於期头函(三幅皆同)，请秦王验看。(2)荆轲斩断秦王衣袖(前石室和左石室可见)，秦王急走。(3)荆轲欲追，被拦腰抱住，遭阻挡(三幅皆同)。(4)荆轲掷出匕首，洞穿立柱(三幅皆同)。(5)举刀持质的侍卫前来营救秦王，前后包抄荆轲(前、左石室)。③

　　如果只是把目光集中在"掷匕中柱"这一幕，那么画面中所表现出的其他四幕就会被有意无意地忽略，而使观者以为工匠们只是根据"最富于孕育性的顷刻"的原则来创作这些图像。如果仔细观察到了秦舞阳匍匐于地或者断袖等微妙表现时间顺序的情节，就可以领悟到原来工匠所想要表现的并不仅仅是刺杀中最紧张惊险的一幕，而是想要表现整个故事。正如邢义田所说的，相比较武氏祠工匠们的巧思，其他地方的工匠们则更愿意以简单的画面单单捕捉刺杀最精彩的一刻：掷匕中柱。④ 两者高下立判。

　　除"荆轲刺秦王"故事之外，汉画中还有许多表现其他刺客故事的图像，除武梁祠中的几幅之外，还有山东省苍山县兰陵出土的"豫让刺赵襄子"画像，唐河针织厂出土的两幅"聂政自屠"画像等，此外，画像砖中也有刺客图像。

　　汉画中还有一些表现其他史传故事的画像，比如"孔子见老子"、蔺相如"完璧归赵"、"赵氏孤儿"、季札"延陵挂剑"等，大多遵照史实，图绘情节，且有模式

① 司马迁：《史记》，中华书局 1959 年版，第 2535 页。

② 无名氏撰，程毅中点校：《燕丹子》，中华书局 1985 年版，第 15—16 页。

③ Pao-chen Chen(陈葆真)："Time and Space in Chinese Narrative Painting of Han and Six Dynasties", in Huang and E. Zuricher, ed. Time and Space in Chinese Culture, pp238 - 285, Leiden: E. J. brill, 1995, p.242.

④ 邢义田：《格套、榜题、文献与画像解释——以一个失传的"七女为父报仇"汉画故事为例》，颜娟英主编《美术与考古(上)》，中国大百科全书 2005 年版，第 186 页。

化、类型化的倾向。

二、纸本、绢本绘画与戏曲、小说版画

汉代史传中所记载的忠臣、义士、往圣先贤故事不仅在当时广为流传，成为汉人所尊奉的准则，他们的故事在后世也颇具影响力，其美德也为后人称颂，故而绘画中也多用其题材，比如荆轲刺秦王的故事。

明末清初的吴历有《人物故事图册》传世，所绘皆历史人物故事，"荆轲刺秦王"就是其中的一幅。与汉画像石不同，吴历的此画并没有选择故事中最激烈的一幕，而是选择了易水送别的情景。此图分上下两个部分，下半部分，荆轲身穿红衣，驾马车，车旁为骑马的秦舞阳，上半部分则为送别的太子丹和高渐离等人，所选正是众人歌罢，"于是荆轲就车而去，终已不顾"的场景。

画家构图别致，山水各峙两旁，长草于风中摇曳，河水汹涌流淌，一股悲壮之气喷薄而来，令人如闻易水呜咽，长草哀鸣，所谓"风萧萧兮易水寒"正是如此。送行之人皆拱手而立，身子略倾，一片哀戚之态。这一切更映衬出荆轲的昂扬英姿，其端坐马车之上，身着亮丽红袍，头颅高昂，双目直视前方，毫无惧怕之色，虽明知"壮士一去兮不复还"，却"终已不顾"。此图将易水送别进行了完美地展现，

图4-15　人物故事图册之"荆轲刺秦王"（吴历）

不仅于情节无差，更重要的是画家将当时萧索悲壮的氛围很好地传达出来。一般来说，故事画叙事易，叙情难，然此画却毫无费力地突破此藩篱，体现出画家深厚的功力和对故事的深度解读。

《廉颇蔺相如传》是司马迁《史记》中的名篇，所述蔺相如完璧归赵的故事在中国可谓家喻户晓，蔺相如也以其智勇双全、不辱使命的形象成为人臣中的典范。吴历的《人物故事图册》也有一幅蔺相如"完璧归赵"图像。图中所绘即此故事最紧张激烈的时刻——"相如持其璧睨柱，欲以击柱"。图中右边蔺相如捧璧退到大殿的柱子旁，而秦王则急忙召来有司，在图上指明将拿哪些城池与赵国易璧。此图人物刻画极为传神，蔺相如的凛然不屈、秦王的诡诈阴险、大臣的交头接耳，皆表现得淋漓尽致。该图选取的角度也巧妙别致，蔺相如正面相对，而秦王、大臣则仅绘后背及侧面，这样就衬托出蔺相如誓死力争、智勇双全的形象。

蔺相如的故事在汉代就已有图像展示，武梁祠后壁即有一幅，所绘也是故事中高潮的情节。画面中间一根柱子将画面分成两个部分，蔺相如居右，举起双臂，一手举璧，作势要撞柱，秦王居左，上半身微微下弯，也是在对比中，衬托出了蔺相如的形象。

图4-16 人物故事图册之"完璧归赵"（吴历）

图4-17 武梁祠"完璧归赵"画像；约东汉桓帝元嘉元年（151）画像
石；武梁祠后壁画像；纵162厘米，横241厘米。

　　季札是春秋时吴国贵族，吴王寿梦的少子，故称季札，曾封于延陵，又称延陵
季子，后又封州来，又称延州来季子。季札颇有贤名，其二事传扬甚远，一为鲁国
观乐，彰显其博学；二为延陵挂剑，彰显其信义。其中"延陵挂剑"一事历代文人
多有称咏，亦颇多图绘。

　　据《史记·吴太伯世家》载："季札之初使，北过徐君。徐君好季札剑，口弗敢
言。季札心知之，为使上国，未献。还至徐，徐君已死，于是乃解其宝剑，系之徐
君冢树而去。从者曰：'徐君已死，尚谁予乎？'季子曰：'不然。始吾心已许之，岂
以死倍吾心哉？'"①

① 司马迁：《史记》，中华书局1959年版，第1459页。

明代张宏有《延陵挂剑图》，自题："延陵挂剑。崇祯乙亥冬日写于久微馆，吴门张宏。"所绘即故事中季札出使完毕，再度途经徐国，知徐君已死，故来祭奠的情节。图中以高远与深远相结合构图，陵园体势开阔宏伟，且背靠崇山峻岭，颇显气势；加之设色沉稳，使画面的整体氛围趋于沉静肃穆，符合故事中环境的要求。作者采用全景式构图，粗看似一幅山水画，所画人物占画幅比例很小，但由于人物服饰鲜艳，巧妙地突出了主人公在画中的位置。

"延陵挂剑"的故事同样在汉代就有了图像，汉画像即有多幅，不过与张宏此作不同，汉画中表现的多为季札在徐君坟前祭拜且挂剑的场景。比如武氏祠左石室后壁小龛西壁上的画像、山东嘉祥满硐乡宋山出土的画像石上的图像、四川雅安高颐阙上的图像。所绘图均与《史记》所记相似，唯山东的两幅都是将剑插入坟冢中，冢上有树，与雅安高颐阙上的图像不同，不知是否别有所本。

汉代历史上，与北方匈奴之间的关系一直处于时战时和的状态，这种状态持续到汉末，就是在这种状态之中，产生了诸多历史故事，比如"昭君出塞""文姬归汉""投笔从戎"等，"苏武牧羊"也是其中一个。

据《汉书·苏武传》载，西汉天汉元年（前100），中郎将苏武受武帝之命持旄节出使匈奴，被匈奴扣留。匈奴单于欲招降苏武，先以死恐吓，苏武不从，单于将苏武幽禁在大窖中，不给饮食。苏武只能吞食雪和毡毛，数日不死。匈奴疑有神助，于是将苏武流放到北海穷荒之处，让他放牧公羊，说待公羊给小羊哺乳，方可放他回汉，并断绝供应。苏武到北海之后，掘野鼠觅草实充饥，每天拄着汉廷的旄节牧羊，躺卧起身均不离手，以致节上的旄牛尾毛脱落几尽。次年，汉降将李陵奉单于之命前往北海劝降，苏武仍宁死不从。苏武四十岁时出使，留匈奴十九年，至昭帝时归汉，须眉皆白，人们无不为之感动，是为大丈夫，后官拜典属国，图绘麒麟阁。这就是苏武故事的基本史实。

苏武以其坚忍不拔的意志、顽强不屈的精神，以及对故国、对君王一片赤诚的热爱打动了后世无数文人墨客，尤其是在边塞烽火连天、民族矛盾突出的时代，吟诵苏武的文学作品更是大量出现，绘画作品同样如此。从魏晋南北朝开始，苏武故事就是中国绘画中十分常见的题材，据《历代名画记》卷六载，南朝刘宋时期的蔡斌即有《苏武像》传世。据《图画见闻记》，五代时期的周行通有《李陵送苏武》传世，惜已不存。

在苏武故事图像中，一般来说着重表现的是苏武坚贞不屈的精神，所以往往将其置于冰天雪地的背景中，羊群与节杖是两个必不可少的物象，一则体现苏武无法回国的处境，一则体现其虽处逆境却不失节的英雄气概。经过历代画家的积淀，逐渐形成了比较稳定的模式。

明代陈子和的《苏武牧羊图》是传世作品中较早以苏武故事为题材的绘画作品，一般描绘苏武手持使节，或坐或立，姿态宁静，神情温和。此图则不同，苏武面部微仰，斜看寒柯，两袖拱胸前，不仅扶节，而且腰挂佩刀。两眼炯炯有神，正气凛然。背景用淡墨烘染,寒气迫人,衬托出主题人物威武不屈的忠贞气质。人物、羊群、老树、荒草,笔墨纵横挥洒,奔放中不失法度。明代浙派中有不少福建画家,陈子和就是其中之一。他的作品传世较少,此图为其七十一岁时作,尤为难得。

清代画家中,黄慎、任伯年、任颐等人均有多幅苏武故事图传世,分藏于故宫博物院、上海博物馆、中国美术馆等地。其中黄慎的《苏武牧羊图》,以工写兼有的笔调,表现了苏武坚贞不渝的精神。苏武身着汉装,须发尽白,双手紧握汉节,目视远方,沉静而又刚毅。虽无背景,但天寒地冻之意充盈画幅。人物、羊群造型都非常写实,笔墨苍劲有力,表现了作者深厚的艺术技巧和功底。

在有关苏武故事的文学作品和绘画作品中,除了主角苏武之外,另一位曾劝降苏武的汉朝叛臣——李陵也经常出现。对他,历代文人持有不同的看法,或者讥讽其失节,将其与苏武相对比,反衬出苏武的坚毅,或接续司马迁的看法,同情其遭遇,这又与所谓的"苏李诗"密切相关。

不少绘画作品中都有李陵的身影,比如明代叶优之的《李陵送苏武归汉图》、明代罗文瑞的《苏李泣别图》,其中明晚期大画家陈洪绶的《苏李泣别图》很有特色。图绘匈奴单于令李陵前去劝降,但遭苏武拒绝,李陵只得与其洒泪而别。画面中苏武持节斜视李陵,虽衣衫褴褛,但仍不失汉室气节。李陵身着胡服,佩胡刀,掩面而泣。仆从持匈奴旌旐。作者以清服饰代胡服,借古喻今,因作者所处时期正值清军据浙东前夕,作者之意,溢于画端。在苏武赠李陵诗中曾两度写到流泪,第二首云:"长歌正激烈,中心怆以摧。欲展清商曲,念子不能归。俯仰内伤心,泪下不可挥。愿为双黄鹄,送子俱远飞。"第三首云:"握手一长叹,泪为生别滋。"苏武李陵二人虽皆泣,然而所泣之事有所不同,李陵所泣,乃为己,苏武所泣,乃为君,两人之境界,高下立判。

晚清时期,随着外国列强不断入侵神州大地,中华沃土惨遭践踏,无数仁人志士奋起反抗,民族矛盾的深化再度激起画家们创作苏武故事的热情,其中任伯年曾创作多幅《苏武牧羊图》。画面中苏武反披羊裘,手握旌节,两目有神,眉宇间透出坚贞不屈的英雄气概。人物衣纹以粗笔写意,笔触潇洒淋漓,面部勾勒线条细劲,渲染得当,人物传神入化。从画上题款"光绪庚辰"可知,该画作于1887年,当时

图4-18　牧羊记·告雁

正值西方列强疯狂掠夺中国之时，作者借苏武而寄托胸中爱国情思。此画情境感人肺腑，不仅体现作者高深的艺术造诣，更突显其人物画中深刻的思想内容。

苏武的故事在民间流传相当广泛，至今有《苏武牧羊》民歌传唱。有关戏曲演出在金时有院本《苏武和番》(佚)，元杂剧有周文质《持汉节苏武还乡》，马致远也作有同题材剧，元南戏有《牧羊记》，明传奇有《雁书记》《全节记》《双卿记》等，除《牧羊记》现存外，其他均佚。《牧羊记》剧本内容基本与史传记载相同，但增出卫律令妓劝苏武及妓见苏武忠节、借剑自刎等情节。

清方来馆白云道人编选的《万锦清音》中载《牧羊记》，清顺治十八年（1661）有方来馆刻本，刻本中卷首冠图，单面圆式。据《汉书》苏武本传载，汉使者乃诡称昭帝在上林苑中射得大雁，其足上系有帛书，言苏武在荒泽中，这才使匈奴不得不放苏武等归汉，从此形成"鸿雁传书"的典故。此出剧情即由此而展开，图中绘苏武立于一断崖之前，上有大雁高翔，苏武乃向大雁倾诉心中苦闷，希望大雁能够将其心声带回汉土。此图虽为版画，但其构图与一般绘画无异，苏武故事图中的所有元素均已具备，如节杖、羊群、雪景等，体现了文人画与版画的会通。

第三节　其他史传、传说故事及其图像

两汉史传记述详备，史料丰富，笔触细腻，刻画深入，诸多传说故事均在两千年的岁月中不断沉淀发酵，散发出无穷魅力，许多情节早已为中国人耳熟能详，许多人物早已成为中国人日常行事的楷模。除了前文所述之外，尚有为数不少的故事同样精彩万分，影响深远，其人、其事在历史的长河中每每为人津津乐道，欲罢不能，相关的图像作品也是数见不鲜，故兹载于此，以补前阙。

一、画像石、画像砖、壁画、纸本绘画图像

汉代史传中有许多情节片段，或具有巨大历史意义，或极具戏剧化的色彩，或本身具备多重意蕴，因而在后世广泛流传，如鸿门宴、商山四皓、伏生传经、袁安卧雪、汉殿论功等，后世画家屡屡以史传记载为基础，在绘画作品中加以表现。这些故事在后世的绘画传播中成为若干典型的母题，在流传过程中形成了相对固定的模式，为中国叙事性绘画提供了丰富的故事来源。

鸿门宴乃是中国历史上一次著名的宴会，其事出于司马迁《史记·项羽本纪》。据该本纪载，汉元年（前206）十月，项羽率四十万大军进驻鸿门，与驻于灞上的刘邦相隔四十里，吞刘之势，咄咄逼人。刘邦自知力不能敌，便遣张良请项伯出面调解，并亲自至鸿门卑辞言好，项羽设宴招待刘邦。宴会上，谋士范增屡次示意项羽杀刘邦，但项羽犹豫不决，默然未动。范增又令项庄舞剑，欲乘机刺刘，因项伯掩护而未成。最后樊哙带剑执盾闯入，数责项羽，刘邦始得脱险而归。

这便是历史上有名的"鸿门宴"。

《项羽本纪》乃《史记》中的名篇,而《鸿门宴》则是《项羽本纪》中一个著名片断,其中涉及的许多人物,个个闪耀着个性的光芒。司马迁以卓越的笔法在这个片段中将项羽、刘邦、范增、张良、樊哙等人的形象描绘得栩栩如生,各具风姿。

"鸿门宴"乃改变中国历史进程之事,在汉代就广为人知,特别是刘邦称帝后,追忆戎马往事,又以"鸿门宴"为史实,用歌舞的形式编演了大型歌舞《公莫舞》。虽然此舞今已不可复现,但安徽宿州曹村东岗出土的汉画像石中还保存着珍贵的片段。

图4-19　安徽省宿县汉墓画像石"鸿门宴"图像;汉画像石;纵68厘米,横134厘米。

此石的画面分上下两层,上层是几个姿态婀娜为宴伴舞的女郎,下层是鸿门宴的情景。虽然受形式所限,画面之人的面部表情不可识别,但是从各人的动作来看,此图表现的即是鸿门宴上最紧张的时刻,即"项庄拔剑起舞,项伯亦拔剑起舞,常以身翼蔽沛公,庄不得击"。画面的左方,第一个画像是舞剑的项庄,他右手举剑欲刺杀刘邦。第二个画像是项伯,也手拿利剑,作舞蹈之态,并用剑和头抵挡项庄的剑。第三个画像应是刘邦,他头戴圆方形冠,身着宽大的长袍,两手伸出,故作镇静,似在劝说舞剑的各方,不要伤着人。第四个画像应是项羽,他两手伸直,身体右旋作舞蹈之状。第五个画像应是张良,他身着条纹状的衣袍,两手作恭迎状,似内心极度不安。

该画面与《史记·项羽本纪》的相关记载高度吻合。此图并非孤例,南阳汉画馆藏的一块画像石上也有相似的构图,显示出该故事在汉代的广泛流传。该画面同样表现的是宴会上最紧张最扣人心弦的时刻,左起为项羽,依次为刘邦、项庄、项伯及二侍者。项羽与刘邦相对踞坐，项庄拔剑起舞，杀机毕露。两块不同地区出土的画像石在构图上的高度相似，不但说明该故事在汉境内普遍流传，且说明工匠们在创作时已熟练掌握抓住"最富于孕育性的顷刻"的原则，使图像的叙事性得到最充分的展示。

此外，汉墓壁画中也有"鸿门宴"的场景。1957 年发掘的河南省洛阳市烧沟村 81 号汉墓后室后壁上有一幅呈梯形的壁画，此壁画绘于墓室后壁上方两块并列的长条形空心砖上，为便于和斜坡状墓顶结合而切割掉左右两端上角，故整体呈梯形。画面犹如一幅展开的长卷。画面以山峦为背景，绘九人正在举行野宴。据郭沫若考释，此图描绘的是"鸿门宴"故事。右起二人是军中伙夫，正在准备餐事，一人踞坐于有脚方炉前烤牛肉，另一人立在他身后，右手抚头顶，左手拄戟，上身微前倾，目视烤肉。背部悬钩上挂着牛头牛身。炉左是野宴的核心部分，有二人席地而坐，相向对饮：着紫衣右手举角杯作敬酒姿势的是项羽，着赭衣面向右而躯体后缩的是刘邦。靠近项羽、面向左拱手而立者，即有意掩护刘邦的是项伯。其左为盘膝而坐的虎头状怪物，郭沫若释作路寝门上所绘之虎。第七人"貌如妇人女子"，头戴黑色巾帻，身穿紫色曲裾长衣，下着白裤黑靴，腰挂宝剑而面有忧色者，当是张良。第八人着赭衣白裤，双手拥戟，年纪较老而怒视右方者，必为范增。最左以人貌最狞猛，张目露齿，左手叉腰，右手举剑，作跨步起舞姿态的当是项庄。画面构图富有节奏，人物性格鲜明，姿态多样，色调热烈，将"鸿门宴"扣人心弦的紧张气氛充分表现出来，是一幅不可多得的壁画佳作。但孙作云则认为此图是打鬼行事的"大傩"开始式，画面中那位举杯饮酒的是仪式主角大方相氏，至今仍难定论。

商山四皓在我国历代文人口中屡有吟诵，仅唐代就有李白的《过四皓墓》、白居易的《题四皓庙》、杜牧《题商山四皓庙一绝》等，画家更是对其青睐有加。据《历代名画记》《宣和画谱》等画史记载，唐代王维、李思训、孙位，五代支仲元、石恪，北宋孙可元、李公麟，南宋马远，元代钱选等，都以四皓为题材，作《商山四皓图》，或名《四皓弈棋图》，或名《山居四皓图》，将他们与方外之人、成仙得道之人等而视之。

四皓之典出自《史记·留侯世家》："及燕，置酒，太子侍。四人从太子，年皆八十有余，须眉皓白，衣冠甚伟。上怪之，问曰：'彼何为者？'四人前对，各言名姓，曰东园公、角里先生、绮里季、夏黄公。"[①]由于四位老者"须眉皓白"，又隐居商山，故后人称其为"商山四皓"。晋皇甫谧《高士传》载："四皓者，皆河内轵人也，或在汲。一曰东园公，二曰角里先生，三曰绮里季，四曰夏黄公。皆修道洁己，非义不动。秦始皇时，见秦政虐，乃退入蓝田山，而作歌曰：'莫莫高山，深谷逶迤。晔晔紫芝，可以疗饥……'乃共入商洛，隐地肺山，以待天下定。"[②]刘邦久

---

① 司马迁：《史记》，中华书局 1959 年版，第 2046—2047 页。
② 皇甫谧著，任渭长、沙英绘：《高士传》，上海古籍出版社 2014 年版，第 166 页。

闻四皓大名,曾请他们出山为官,遭拒。刘邦登基后曾立吕后之子刘盈为太子,然刘盈天生懦弱,刘邦欲改立戚氏所生的赵王如意为太子,吕后心急如焚,张良献策请四皓出山辅助太子,刘邦见太子羽翼已丰,只好打消心中之念。

由于四皓之典兼及德治、隐逸、孝道、尚贤等历代中国文人士大夫极为赏识的观念,故而每每成为他们寄托自身精神抱负的象征和隐喻,有关四皓的文学作品与艺术作品的创作无一例外均源于此。

现存最早商山四皓的形象出现在一个东汉时期的彩箧上,该物1931年6月在朝鲜平壤附近的乐浪彩箧冢中出土。彩箧为竹编,漆绘历史人物故事于箧盖、箧身四周及边角部位,共94人,多有题榜。其中短侧面之一有"孝惠帝""商山四浩(皓)""大里黄公"题榜,所绘与《史记·留侯世家》基本不差。

图4-20　乐浪彩箧绘"商山四皓"图

由于商山位于汉都长安以南,故"商山四皓"又称"南山四皓"。南北朝时期随着隐逸思想的广为流传,四皓之典更加流行,河南邓县文物工作人员曾收集一块南北朝时期的彩色画像砖,该砖左侧题有四字"南山四皓"。画面为深山密林之中四位老人悠闲自得地坐在地上,或吹笙,或弹琴,或说唱,或戏玩,反映的是"南山四皓"的故事。图中弹琴老人穿绿色长衣,吹笙老人穿紫色长衣,说唱老人穿黄紫色长衣,戏玩老人穿绿色长衣。其素雅的着色、精致的浮雕、完整的布局,出神入化地反映了南朝时期所崇尚的一种"隐而不仕,潇洒飘逸"的遁世生活。

现存最早有四皓形象的绘画作品为南宋的《商山四皓·会昌九老图》,现藏于辽宁省博物馆,旧题李公麟作,今多以为不可信。本图卷由《商山四皓》与《会昌九老》二图合装而成,两个故事原来合画在一起,入清宫重装时中间以黄绫隔水断开。系白描人物,界画榭、桥、亭、台,高松巨柏细竹,老人稚童,天然构成一卷幽静、生动的场面。前卷《商山四皓》画东园公、甪里先生、绮里季、夏黄公四位高士秦末避隐商山的故事。一座小桥连接坡岸,湖畔一童腋挟画卷边走边耍,身后小鹿紧随,柏树之后是飞檐翘起的水榭。内有三叟,一抚琴,一聆听,两童一边窃

图4-21 "商山四皓"画像砖（拓本）

窃私语,远处飞瀑听似有声。板桥之上,一叟手持钓竿,似垂钓无获闻琴声而来,身后一童缓步侍随。后卷绘《会昌九老》,系唐会昌年间白居易、胡杲、吉皎、郑据、刘真、卢真、张浑、李元爽、释如满相聚洛阳履道坊作"尚齿之会"的故事。整幅作品笔致纤弱工谨,清秀典雅,取材于隐居生活、文士会友,与士人画关系密切。

图4-22 《商山四皓·会昌九老图》;纸本,墨笔;纵30.7厘米,横238厘米。

　　元明清时期,有关商山四皓的作品依然存世颇丰,仅北京故宫博物院就藏多幅商山四皓故事图,比如元代无款的《商山四皓图》,此图画使臣迎请四皓一节。还有明代著名花鸟画家戴进的《商山四皓》《商山四皓并四聘图》,吴伟的《商山四皓》,萧晨的《商山应聘图》,以及《商山四皓图》《四皓弈棋图》《山居四皓图》等等。

　　其中清代画家黄慎的《商山四皓图》颇具特色。画面可分为左中右三个部分,其中左边四位须眉皓白的老人正在低首言语,此为商山四皓,中间一弱冠男子拱手向右边坐于榻上的中年男子行礼,似正要告退,应为太子刘盈与高祖刘邦。刘邦转头与榻左一妇人言语,应是戚夫人,刘如意站于戚夫人身后。刘邦一

图4-23　《商山四皓图》;佚名;绢本设色;
纵155.3厘米,横77.2厘米。

脸无奈,而戚夫人也是神情低落。此场景正是《史记·留侯世家》中"四人(四皓)为寿已毕,趋去。上(刘邦)目送之,召戚夫人指示四人者曰:'我欲易之,彼四人辅之,羽翼已成,难动矣。吕后真而主矣。'戚夫人泣"[1]的场景,画作很好地展现了刘邦的无可奈何和戚夫人的失望至极,同时又描绘了四皓飘逸、出尘之态,完美地再现了史书中的相关情节。画面秀丽清逸,动态刻画十分到位,为四皓故事画作中的精品。

自从汉武帝推行"罢黜百家,独尊儒术"的政策以来,儒家经典在汉代文化中处于至高无上的地位。不过由于当年秦始皇焚书坑儒,再加上后来项羽火烧阿房宫,书籍散佚,十不存一,故汉代尊经须先寻经,于是"伏生授经"成为汉代尊经之始,是儒家在有汉一代始昌之标志,令后世文人学者无限景仰,也成为历代绘画中的一个常见题材。

《史记·儒林列传》:"伏生者,济南人也。故为秦博士。孝文帝时,欲求能治《尚书》者,天下无有,乃闻伏生能治,欲召之。是时伏生年九十余,老,不能行,于是乃诏太常使掌故朝(晁)错往受之。秦时焚书,伏生壁藏之。其后兵大起,流亡,汉定,伏生求其书,亡数十篇,独得二十九篇,即以教于齐鲁之间。学者由是颇能言《尚书》,诸山东大师无不涉《尚书》以教矣。"[2]《汉书·儒林传》亦载此事,这就是"伏生授经"的史实。

《宣和画谱》卷十载,唐代王维有《写济南伏生像》,日本大阪市立美术馆藏《伏生授经图》,上有南宋高宗赵构题"王维写济南伏生",故被认为乃王维所作。但是否为王维真迹,尚有争论。此图画伏生正在讲授典籍的情景,他席地而坐,右手持一卷书伸过几案,左手指卷侃侃而谈。图中伏生两鬓苍苍、瘦骨嶙峋,但目光炯然,精神饱满,神情专注而和蔼,十分恰当地表现出伏生睿智博学的气质。画面构图简洁,用笔细劲,格调高古。

传为王维的《伏生授经图》仅绘伏生一人,故有人颇疑其即画史所载之《写济南伏生像》,而明代杜堇的《伏生授经图》则将史传中所有涉及此事的人物都图绘

① 司马迁:《史记》,中华书局1959年版,第2047页。
② 司马迁:《史记》,中华书局1959年版,第3124—3125页。

图4-24 《伏生授经图》；王维（传）；绢本设色，长卷；纵25.4厘米，横44.7厘米。

出来。图中倚坐于方席上的老者应是伏生，须发皆白，老态龙钟，席前有一女子，应为传说中伏生之女羲娥。传伏生因年迈，言语不清，其语唯有其女羲娥能懂，故传经之时，须先由伏生言于羲娥，再由羲娥转述给晁错。画面中羲娥扭头正与右下角伏案的一男子言语，该男子正奋笔疾书，此人即晁错。该画综合史书记载与传说故事，比较完整地描绘了伏生授经的整个过程。画面工整细腻，比如图中伏生须发皓白，苍老不堪之态，与王维《伏生授经图》中伏生之态异曲同工，特别是整个画面颇具动态感，最左边的小童、伏生、羲娥三人均将头转向晁错一侧，可见三人对于晁错写经之关注，而晁错则正弓着身子，一刻不停地书写，四人之形动态十足。

伏生授经乃明清绘画中常见题材，除上述二图外，还有明代崔子忠的《伏生授经图》以及清黄慎、杨良、柳遇等人的相关创作。

汉代经学昌盛，除官方设立博士，广授弟子之外，家学也同样兴盛，汉代画像石、画像砖中就颇多传经讲学的图案，比如四川博物馆藏的这块传经讲学画像砖。画面左端经师据榻凭几，面部肃穆，其上置遮蔽灰尘的"承尘"。弟子六人围聚而坐，手中各捧简牍。经师和弟子皆宽袖长服，戴进贤冠。右下一人颔下有须，腰间佩刀。

此外，绘画中也有许多描绘汉代儒生传经讲学的内容，尤其喜好东汉大儒马融"绛帐授经"的题材。《东观汉记·马融》："马融才高博洽，为通儒，教养诸生，

图 4 - 25 《伏生授经图》;杜堇;绢本设色;纵 147 厘米,横 104.5 厘米。

图 4 - 26 《伏生授经图》(局部)

图4-27　"传经讲学"汉画像砖；东汉画像砖；高39.2厘米，宽46厘米。

图4-28　《授经图》；展子虔；绢本设色；纵30.1厘米，横33.7厘米。

常有千数。涿郡卢植，北海郑玄，皆其徒也。善鼓瑟，好吹笛，达生任性，不拘儒者之节。居宇器服，多存侈饰。常坐高堂，施绛纱帐，前授生徒，后列女乐，弟子以次相传，鲜有入其室者。"[①]《后汉书·马融列传》亦载其事。隋唐之际大画家展子虔，清代画家柳岱、谭经等均有《马融绛帐传经图》或《马融绛帐授经图》。

---

① 刘珍等撰，吴树平校注：《东观汉记校注》，中华书局2008年版，第454页。

东汉袁安于微时保持气节，甘守清贫；于显时为人持重，不畏强权，良好家风熏染后人。袁氏一族代有高官，汝南袁氏成为东汉显赫的世家大族，袁安本人也成为古代知识分子的楷模，其事多为人所诵。其中"袁安卧雪"的故事在我国古代极有影响，成为诗词曲赋和绘画中广为引用的典故和题材。据画史载，从唐至清，许多著名画家如王维、董源、李升、黄筌、范宽、李公麟、李唐、周昉、马和之、郑思肖、颜辉、赵孟頫、王恽、沈梦麟、倪瓒、沈周、盛懋、陶宗仪、祝允明、文徵明、文嘉、谢时辰、周臣等都曾画过《袁安卧雪图》，还有许多幅无款的同题材绘画散见于历代画史论著中。

"袁安卧雪"的典故出自《后汉书·袁安传》注引的晋周斐《汝南先贤传》，曰："时大雪积地丈余，洛阳令身出案行，见人家皆除雪出，有乞食者。至袁安门，无有行路。谓安已死，令人除雪入户，见安僵卧。问何以不出。安曰：'大雪人皆饿，不宜干人。'令以为贤，举为孝廉。"[①]《艺文类聚》卷二引《录异传》亦载。

唐代大诗人、大画家王维曾有一帧极负盛名的画叫作《袁安卧雪图》，北宋沈括《梦溪笔谈》卷十七曰："书画之妙，当以神会，难可以形器求也。世之观画者，多能指摘其间形象、位置、彩色瑕疵而已，至于奥理冥造者，罕见其人。如彦远《画评》言：'王维画物多不问四时，如画花，往往以桃、杏、芙蓉、莲花同画一景。予家所藏摩诘画《袁安卧雪图》有雪中芭蕉，此乃得心应手，意到便成，故造理入神，迥得天意，此难可与俗人论也。'"[②]至此，"雪中芭蕉"成了绘画、艺术史上的千古绝唱，成为一种传说中不可超越的境界，也使其成为中国艺术史上一大艺术公案，这也是理论批评史上的一个话题，人们众说纷纭，争论不休。

二、戏曲版画图像

汉代史传著作以其高超的叙事技巧，叙述了许多颇具戏剧性的历史故事，其对人物的刻画也十分到位，许多人物栩栩如生，这些都为后世文人将其改编为戏曲、小说打下了良好的基础。自元代以来，便不断有汉代史传故事被搬上戏曲舞台，仅《元曲选》与《元曲选续编》中就载有石君宝的《举案齐眉》《气英布》《吕太后醢彭越》，马致远的《戚夫人》，关汉卿的《立宣帝》《哭昭君》《凿壁偷光》，白仁甫的《斩白蛇》《高帝归庄》，宫大用的《汲黯开仓》，庚吉甫的《买臣负薪》，高文秀的《张敞画眉》《班超投笔》《霸王举鼎》，李文蔚的《圯桥进履》《汉武帝哭李夫人》，张时起的《别虞姬》《昭君出塞》，李宽甫的《问牛喘》，李寿卿的《斩韩信》，武汉臣的《信筑坛》，王仲文的《董宣强项》《张良辞朝》《韩信乞食》《王祥卧冰》，王廷秀的《细柳

---

① 范晔：《后汉书》，中华书局1965年版，第1518页。

② 胡道静校证，虞信棠、金良年编：《梦溪笔谈校证》，上海古籍出版社1987年，第542页。

营《焚典坑儒》，吴昌龄的《夜月走昭君》，金志甫的《追韩信》《蔡琰还汉》，周仲彬的《苏武持节》，吴仁卿的《子房货剑》，顾仲清的《陵母伏剑》，鲍吉甫的《曹娥泣江》《宋弘不谐》《班超投笔》，郑廷玉的《哭韩信》，柯丹丘的《私奔相如》，以及无名氏的《气英布》《赚蒯通》《举案齐眉》《霍光鬼谏》《卓文君驾车》，李文尉的《张子房圯桥进履》，宫大用的《严子陵垂钓七里滩》，金仁杰的《萧何月夜追韩信》，杨梓的《承明殿霍光鬼谏》。明清时代，有关汉代史传故事的戏曲更是层出不穷，不胜枚举，至今许多剧作还在舞台上演出。

明中晚期版画艺术成熟之后，包括戏曲剧本在内，许多刊本都包含有丰富的插图，汉代史传故事的剧作刊本也不例外，比如明万历年间金陵富春堂刊刻的《新刻出像音注司马相如琴心记》、金陵继志斋刊刻的《重校班仲升投笔记》、金陵唐振吾广庆堂刊刻的《新刻出像音释点板东方朔偷桃记》、存诚堂刊本《鼎镌魏仲雪先生批评投笔记》，清初邹式金编选的《杂剧三集》中也附有插图，其中包括《吊琵琶》《秦廷筑双调》《醉新丰》《京兆眉》《昭君梦》《饿方朔》等基于汉代史传改编的杂剧，此外明末止云居士选辑的《新镌出像点板北调万壑清音》中也收录汉代故事的戏曲，如庚生子的传奇《歌风记》，今存明天启四年（1624）刻本中也附有插图。

唐代初年蜀郡相如县令陈子良撰《祭司马相如文》中有云："弹琴而感文君，诵赋而惊汉主。"这两句话高度概括了司马相如一生最重要的两次际遇，即生逢两大"知音"：卓文君与汉武帝。[①] 这一本事曾被司马相如写入《自传》，又由司马迁载入《史记》，从此，司马相如"琴挑文君"的风流韵事在后世广为流传，各体文学中都有谱写，逐渐成为一种爱情典范。元明清戏曲中有《升仙桥相如题柱》（元关汉卿、屈子敬均有作，今佚）、《私奔相如》（元柯丹丘作，今佚；明朱权作，今存）、《琴心记》（明孙柚）、《题桥记》（明朱有燉作，今存；明陈济之作，今佚）、《鹔鹴裘》（明袁于令）、《凤求凰》（明陈玉蟾作）等等。其中明孙柚的传奇《琴心记》共四十四出，敷演司马相如与卓文君事。本事见《史记·司马相如列传》，又见东晋常璩《华阳国志·蜀志》《类说》卷二十八引《异闻集·相如琴挑》等。今存明万历金陵富春堂本，明末汲古阁原刻初印本（《古本戏曲丛刊》二集据以影印）以及《六十种曲》本，其中富春堂本配有插图。

富春堂本《琴心记》全名《新刻出像音注司马相如琴心记》，共四卷，书内插图为单面方式。《史记·司马相如列传》中云："相如与俱之临邛，尽卖其车骑，买一酒舍酤酒，而令文君当垆。相如身自着犊鼻裈，与保庸杂作，涤器于市中。"[②]《琴心记》据此铺衍，而成该剧第十六出《当垆市中》的情节。该本插图《文君当垆卖酒》，所绘即该出内容。

---

① 许结：《弹琴而感文君——司马相如"琴挑文君"说解》，《四川师范大学学报》2007 年第 5 期。
② 司马迁：《史记》，中华书局 1959 年版，第 3000 页。

图上部通栏题"文君当垆卖酒",中有四人,二男立于柜台之外,为酒客,而二女立于其内,其中头绾高髻者即文君。两酒客对文君作指指点点状,似正对其评头论足,而文君则满脸羞涩,低首不语。这正是《当垆市中》酒客调笑文君的情节。一酒客云:"老哥,你看他家酒淡,那妇人眼里都是水。"而另一酒客则云:"啐,你不晓得,这是绝妙的妇人。岂不闻眉偃春山,眼横秋水。"绘者对该剧情节颇有研究,所绘图像与情节十分吻合,画面疏朗,细节处也颇着意,加上通栏题有"文君当垆卖酒"字样,整幅图一看便明了其内容。

图 4-29　琴心记·文君当垆卖酒

《东方朔偷桃记》为明代吴德修的传奇作品,该剧二卷二十出,本事出《史记》《汉书》的《东方朔传》及《博物志》。虽然在历史上东方朔确有其人,但由于其本身好荒诞之言,多做滑稽之事,汉武帝以弄臣处之,故后世多将其与附会神异之事相联系,以讹传讹,其中偷桃之事出自晋张华《博物志》。此本《偷桃记》情节多虚构,荒诞不经,曲白粗疏。今存明万历金陵广庆堂刊本,收入《古本戏曲丛刊》二集,另有抄本数种流传。其中广庆堂本《偷桃记》共有插图五幅,双面连式,画面疏朗，层次清晰，没有繁缛的景物，而是以直线、界格组成建筑物的轮廓，看似简单，却起到了突出人物形象的效果，这一特点，本书插图有充分体现。其中人物多着明代服装，动作形态等多受戏曲舞台艺术的影响。

图4-30　《东方朔偷桃图》；吴伟；立轴，绢本水墨，淡设色；纵134.6厘米，横87.6厘米。

　　同时，由于东方朔所偷之桃为西王母的蟠桃，有长生不老之功用，故其事又有吉祥之意，一些画家据此而有作，比如明吴伟有《东方朔偷桃图》，唐寅有《东方朔像》，尤其是唐作，图尽绘东方朔滑稽之态。东方朔着便服，一手拎袍，一手握桃，蹑手蹑脚，复回首窃笑，一副贼头贼脑、鬼鬼祟祟之姿，却无鼠辈之相，而更多顽皮之态，一如邻家返老还童的长辈，令人可亲可近。作者用笔粗犷豪放，现其提衣摄足之态。人物造型比例精确，神态刻画活灵活现。其题词显出画家创作此画的真实用意："王母东邻劣小儿，偷桃三度到瑶池。群仙无处追踪迹，却自持来荐寿厄。唐寅为守斋索奉马守庵寿。"此外，故宫还藏有元代缂丝《东方朔偷桃图轴》，此图以宋代绘画为粉本，以米色为地，石青、宝蓝、浅蓝、月白为主色，稍配水粉瓦灰，运用过渡戏、木疏戏、子母经、长短戏等缂丝技法。"缂丝"也叫"刻丝"，是将绘画作品移植于丝织品的特种工艺美术品。它既保留了绘画作品的风格，又具丝织品的特色，有很高的艺术欣赏价值。

　　班超乃东汉著名军事家和外交家，其"投笔从戎"的故事为后人所熟知。明代有传奇《投笔记》，该剧写东汉班超与同窗好友徐干投屯田吏任尚，尚嫉班才高，故意轻辱之，班投笔弃砚而去，后率三十六人出使西域，二十年后衣锦荣归。

剧作写班超投笔从戎,立大功于异域的同时,也写了班妻邓二娘在家历尽艰辛力行孝道的事迹。今存有明万历三十八年(1610)三槐堂刻本、明万历间存诚堂刻本、明万历间罗懋登注释本、明万历间金陵文林阁刻本等,《古本戏曲丛刊》初集据存诚堂本《魏仲雪批评投笔记》影印。

其中存诚堂刻本为卷首冠图,单面方式,绘图署名有叔烈、之璜。其图样式精美,刻绘细腻,为明代版画中的精品。如第六出《采椹奉姑》插图。本出叙班超妻邓二娘因家贫,只好到桑园中采桑椹供养婆婆。恰逢班超自任尚处归来,途经桑园,坐食桑椹,被二娘碰到。二娘责其归不见母,功业无成。班超羞愧万分,云:"违亲去一月过,自惭桂玉无措,何弹铗过豪家,无鱼反招祸,多是命坎坷。今日投笔归来,见母应难回话。好一似乞祭齐人,早被妻奴瞧破。"夫妻因而反目。幸好徐干母来劝解,两人才和好如初。图中三人,中立者即劝解的徐干母,她面对班超,手指身后的邓二娘,似在对班超说二娘的好话。该图左上角有刻工之璜的录自剧中的题词:"好一似乞祭齐人,早被妻奴瞧破。"该图细致工丽,背景与人物并重,其刻三人形象与剧情高度吻合,徐干母之耐心、班超之愧、邓二娘之怨均在画面中一一得以表现。特别是人物的背景,简直可与纸本绘画相媲美,从桑树之枝叶、院墙之砖痕都可见出刻绘者的细腻与用心。此外,明万历间金陵继志斋版陈氏版《重校班仲升投笔记》也有插图,技艺与此本相比,相形见绌。

三、小说版画图像

宋元时代,我国讲史平话小说开始逐渐成熟,因《史记》《汉书》《后汉书》等记载丰富了汉代史料,故而有关汉代史传故事的小说逐渐流行,现存最早的为元至治年间(1321—1323)建安书肆虞氏刊行的《新刊全相平话前汉书续集》。该书为《元刊全相平话五种》之一,原藏日本内阁文库,我国久已失传,也未见有著录。20世纪20年代日本学者盐谷温等发现并影印后,始陆续传回国内,商务印书馆曾先后影印《元至治本全相平话三国志》和《全相平话四种》。1956年文学古籍刊行社将5种合在一起影印,题为《元刊全相平话五种》。这5种平话版式一致,各分上中下3卷,扉页三栏,上下题名,中栏图画。书内正文插图,连环图式,版框两栏,上图下文,图约占版画的三分之一。每图有长短不一的题句,其作用类似每段文字的回目。

《新刊全相平话前汉书续集》共有三卷,上卷记吕后斩韩信事,中卷记高祖杀彭越、英布,吕后害赵王如意及戚夫人等事,下卷记吕后专政,诸吕得势,樊亢、刘泽诛诸吕事。整体来看,小说谨守历史故实,间有附会的传说,但皆离史实不远,神怪仙佛的成分也较少。因为拘泥于史实,有些地方照录史书原文,缺乏艺术加工。语言文白相间,文字质朴,常有粗野不通之处。此书对后世戏曲小说有所影响,比如《西汉演义》即以此书为蓝本加以扩充。

《元刊全相平话五种》的图版制作极为缜密精严，绘刻者善于利用黑白线条的疏密对比，用阴阳刻相间的手法来增强画面的质感，这种构图方法对明代建安和金陵版刻插图有深刻影响。比如《四皓辅太子》插图，该史实来源于《史记·留侯世家》，见前文有关"商山四皓"图像的背景介绍，不再赘述。图中刘邦一脸病容，戚夫人领着少不更事的如意，显得忧患重重，四位白发皓首的老者依次而立，其前施礼者为太子刘盈。该图的整体结构与清代黄慎的《商山四皓图》如出一辙，而且两图在人物形象构成，甚至人物动作上都高度相似，说明不同时代的画者对于相同史实的理解存在高度一致性，同时也显示出司马迁在叙事上的极高成就。

小说戏曲插图经历了一个从上图下文，到文内单独插图，再到卷首单独冠图的发展过程，这是一个插图图像叙事性不断削弱的过程。毫无疑问，诸如《元刊全相平话五种》这样的上图下文版式具有最强的叙事效应，观者在阅读的过程中，同时也接收到了来自图像信息，两者交相作用，增强了整个叙事文本的叙事效应。

明代是一个小说昌盛的时代，以汉代史传故事为基本内容的讲史小说也是层出不穷，比如明甄伟撰写的《新刻剑啸阁批评西汉演义传》、谢诏撰写的《新刻剑啸阁批评东汉演义传》，二书成书于明万历四十年（1612），天启年间苏州白玉堂将二书合刻，总题为《新刻剑啸阁批评东西汉演义传》，袁于令批评。《西汉演义》八卷，不分回，共一百则，《东汉演义》十卷，不分回，共一百二十五则，二书均卷首冠图，单面方式。

《西汉演义》以元刊讲史话本《新刊全相平话前汉书续集》（即《吕后斩韩信》）为蓝本改编而成。事由秦昭王派皇孙异人伐赵叙起，中经秦始皇统一中国，传位二世，农民起义，刘邦与项羽相争，楚霸王乌江自刎，到吕太后谋诛大臣，汉惠帝坐享太平止。《东汉演义》一名《东汉演义传》，日本内阁文库藏书。另有《重刻文本增评东汉十二帝通俗演义》，题"金川西湖谢诏编集，金陵周氏大业堂评订"，首陈继儒序，十卷一百四十六则，署有作者谢诏之名。至此本时削去撰人姓名，易以袁宏道序，并压缩为一百二十五则。书先叙王莽出身，至汉平帝即位，进女为妃，遂得专宠，后用毒酒鸩死平帝，篡夺帝位。继写东汉十二帝的更替，而着意于汉光武帝中兴故事。二书均以《全汉志传》《两汉开国中兴志传》为框架，稍有补缀。

整体上看，此刊本绘刻精工，造型生动，虽然是卷首冠图，但插图与小说情节的契合程度仍然颇高，某些插图体现出刻绘者高超的艺术技艺，比如《西汉演义·霸王于帐下别姬》。该图写霸王于帐内惊闻四面楚歌，觉大势已去，便悲愤交加，虞姬掩面悲泣，乌雅立于帐下，远雾中"大汉"军旗招展，战戈林立，描绘出生死关头这一紧张的时候。人物须眉毕现，衣纹劲细。该刊本的所有插图均有七字题记，为该回书目的减省，比如该图左下角题"霸王于帐下别姬"，以其鲜明的题记提醒读者将插图回归到原文中。

苏州白玉堂乃明代著名书坊，惜其插图传世不多，这套插图也就成为研究该

图4-31 西汉演义传·霸王于帐下别姬

书坊的珍贵材料。下图是为《东汉演义》卷一中插图《光武求贤会故人》，此则叙刘秀的姐夫邓长荐邓禹，邓禹与其同访古人严光，严光卜知刘秀乃真天子，将做皇帝一段故事。图中为以一道院墙隔为内外两个部分，其中院墙外为刘秀与邓禹，两人正在交谈，居前一位应为邓禹，他正向刘秀指辨严光家门户，而严光则居于厅堂之下，正悠然自得地弹奏古琴，一副隐逸之士的派头，堂下有童子正在烧水准备沏茶，仿佛严光已预示到刘秀将要到来。

明代讲述两汉史传故事的通俗长篇小说还有两部《全汉志传》，一种全称为《京本通俗演义按鉴全汉志传》，刊于明万历十六年（1588）。上图下文，共十二卷，分《西汉志传》六卷十二则，《东汉志传》六卷五十七则。故事以文王梦兆飞熊起，演述两汉史事。另一种全称为《新刻按鉴编集二十四帝通俗演义全汉志传》，一名《全像按鉴演义东西汉志传》，上图下文，共十五卷，西汉九卷七十二则，东汉六卷四十六则。此书亦演述两汉史事，比上书稍详。

两书均为上图下文，图约占版面三分之一，所绘图像均与本版小说内容相

图 4 - 32　东汉演义·光武求贤会故人

关，最值得注意的是插图画面两侧均有题记，右侧四字，左侧三字，两侧题记需从左至右连读，如《全汉志传·张子房圯桥进履》（清白堂本）。这种题记既是对图像内容的简述，同时也是对本则内容的简述，与图像相结合，以最简略的方式扩充了文本的叙事张力。

《两汉开国中兴传志》，全称《京板全像按鉴音释两汉开国中兴传志》，署"抚宜黄化宇校，书林詹秀闽绣梓"，六卷四十二则。版式与两部《全汉志传》基本相同，均为上图下文，插图左右两侧也有题记，与《全汉志传》插图题记的左三右四不同，《两汉开国中兴传志》插图两侧的题记均为三字，如《子房圯桥取履》。不管是两部《全汉志传》还是这部《两汉开国中兴传志》，其插图都比较粗糙，刻绘很不精细，既不注重图像的工整，也忽略细节刻画，体现出版画在不同时代、不同地域的水平差异。

图4-33　东汉演义评·光武帝

清代小说中讲述汉代史传故事的小说也不少，其中《东汉演义》颇具特色。该书全称《新刻批评东汉演义》，署"珊城清远道人重编"，八卷三十二回。清嘉庆十五年（1810）同文堂刊本（南京图书馆藏），前有乾隆二十年（1755）清远道人序，卷首冠图，单面方式，共有绣像三十幅，均为单人单图，其人物形象、动作显得比较呆板，与戏曲舞台上的形象很相近，既体现出该时段版画小说的逐步衰落，同时也说明小说插图的叙事性在进一步削弱。

除以上三种之外，还有许多图绘汉代单个历史人物的图像流传于世，种类繁多，形式各异，从地下的汉画像石、画像砖、墓室壁画，到宫殿室内的图绘，再到历代的纸本、绢本绘画，到明清时代的版画等等，这些人物均出自记录汉代历史的著作之中。画师以其丰富的想象力，凭借对史实的不同理解，在这些人物画中驰骋才华，将仅仅存在于文字描述中的历史人物具象化、图像化，也令后人有了更加广阔的想象空间。

第五章　汉赋与图像

赋是中国古老而有特色的文体,肇始于战国,兴盛于两汉。刘勰《文心雕龙·诠赋》谓:"汉初词人,顺流而作。陆贾扣其端,贾谊振其绪,枚、马播其风,王、扬骋其势。皋、朔已下,品物毕图。繁积于宣时,校阅于成世,进御之赋,千有余首。讨其源流,信兴楚而盛汉矣。"①赋体文学光大鼎盛于汉代,成帝时进献给皇帝的就已千有余篇,未进御的尚不得知,再加上民间俗赋,西汉赋当有两千篇之多,东汉赋作肯定远多于西汉。这样,两汉赋的总数当在五千篇以上,成为四百余年间标志性的文体。清焦循《易余籥录》云:"夫一代有一代之所胜……汉则专取其赋……"②王国维称"汉之赋"为"一代之文学……后世莫能继焉者也"③。汉代文人对辞赋创作充满热情,朝夕论思,时时间作,涌现出大量优美的华章,其成就和影响远远超过了同时代的诗歌和散文,足以称誉为"一代之文学"。

汉画像是汉代最具有代表性的艺术作品之一,当代学者顾森先生即指出:"在汉代众多的艺术制品中,汉画最有代表性。汉画反映的是中国前期的历史。时间跨度从远古直到两汉;覆盖从华夏故土广达周边四夷、域外各国。两汉文化是佛教未全面影响中国以前的文化,是集中华固有文化之大成者。汉画内容庞杂,记录丰富,其中的神话传说、历史故事、生产活动、仕宦家居、社风民俗等,形象繁多而生动,被当今许多学者视为形象的先秦文化和汉代社会的百科全书。"④

赋体文学尤重"体物"描写,具有鲜明的描绘性特征,刘勰《文心雕龙·诠赋》谓:"赋者,铺也。铺采摛文,体物写志也。"⑤陆机《文赋》说:"赋体物而浏亮。"⑥缘于赋体描绘性的特征,文人作赋在某种程度上就是"赋写图像",汉代王延寿《鲁灵光殿赋》"图画天地,品类群生"⑦一段,对梁柱与墙壁绘画的细致描写,即被当作早期画论史料备受画学界关注。而赋学批评领域对赋的"图像"叙写,也

---

① 刘勰撰,范文澜注:《文心雕龙注》,人民文学出版社1958年版,第134—135页。

② 焦循:《易余籥录》卷十五,清光绪间刻李盛铎辑木犀轩丛书本。

③ 王国维撰,马美信疏证:《宋元戏曲史》,复旦大学出版社2004年版,第1页。

④ 顾森:《中国汉画图典》序,浙江摄影出版社1997年版,第1页。

⑤ 刘勰撰,范文澜注:《文心雕龙注》,人民文学出版社1958年版,第134页。

⑥ 陆机撰,张少康集释:《文赋集释》,上海古籍出版社1984年版,第71页。

⑦ 萧统编,李善注:《文选》,中华书局1977年影印本,第171页。

早有论述,刘勰《诠赋》谓赋"述客主以首引,极声貌以穷文""品物毕图",甚至径谓赋是"写物图貌,蔚似雕画"①。汉赋具有明显的图案化倾向,与汉画像在艺术精神上具有鲜明的相似性,诚如李宏先生所言:"如果抽出汉赋语言所表达的形象和画像石刻描绘的事物作一比较,就会发现,他们千篇一律津津乐道的内容是何等相似,艺术表现的情感态度又何等相似。二种艺术相似的描写对象,都是宫室、楼阁、陂池、苑囿、茂林、嘉禾、神禽、异兽、龙螭龟蛇、山川日月、飞仙列神。画像石刻所描写的大型场面:围猎、出行、歌舞百戏、进谒宴饮、征战、农事等,完全可以用赋来作为注脚。"②

文字与图像是人类共同的语言,在"图像转向"现代性知识背景下,通过图像来研究汉赋文学,是一个新的研究方法和研究领域。分析汉画像的构图方式、透视技巧、图像配置与汉赋的敷陈结构、布置经营的关系,深入到汉代的审美精神、审美观念上来进行研究。从汉画像的总体图式与汉赋文学意象的比较中,探讨汉人的审美观念,理解汉代的审美世界。汉画像是汉代文化精神的"图像"彰显,而汉赋是汉民族心理的"语象"呈现,它们共同构成了中华民族早期内在文化生命的驱动力。本章按照汉赋中主要的主题类型分成祭祀宴饮、狩猎弋射、乐舞百戏、宫室建筑与车驾出行五个部分的文字"语象",与汉画像石、画像砖、墓室壁画中同类画像的视觉"图像"相互印证与比较阐释,发掘其内在意义的关联性,揭示其所包蕴的民族精神的深层意义世界。

第一节　祭祀宴饮

诸礼之中,惟祭尤重。《礼记·祭统》云:"凡治人之道,莫急于礼;礼有五经,莫急于祭。"③祭祀在国家政治生活和帝王文化系统,以及民间世俗行为中占据着重要地位。《左传·成公十三年》云:"国之大事,在祀与戎。祀有执膰,戎有受脤,神之大节也。"④戎在某种意义上也是祭祀的一种形式,《周礼·天官·大府》云:"邦都之赋,以待祭祀。"至两汉时期,宗教兴盛、谶纬迷信盛行,巫术方士大行于世,祭祀活动颇为频繁。那么,汉画像石作为汉代墓室、祠堂和阙等为逝者服务的特殊建筑中刻绘图像的石质建筑材料,其上雕绘了相当多的祭祀图像。

在汉代文化中,祭祀活动常常与庖厨宴饮活动相随发生,尤其是在汉画像中,庖厨宴饮本身就已经具有一定的祭祀意义,是生人为祭祀祖先灵魂而准备祭

---

① 刘勰撰,范文澜注:《文心雕龙注》,人民文学出版社 1958 年版,第 134—136 页。

② 李宏:《汉赋与汉代画像石刻》,《中原文物》1987 年第 2 期。

③ 《礼记·祭统》,阮元校刻《十三经注疏》,中华书局 1980 年影印本。下文引《诗经》《尚书》《礼记》《周礼》《仪礼》《左传》等经传文字,如未特别注明,均据此本,不再出注。

④ 杨伯峻:《春秋左传注》,中华书局 1990 年版,第 861 页。

食。《礼记·礼运》曰:"夫礼之初,始诸饮食。其燔黍捭豚,污尊而抔饮,蒉桴而土鼓,犹若可以致其敬于鬼神。及其死也,升屋而号,告曰:皋!某复!然后饭腥而苴孰。故天望而地藏也,体魄则降,知气在上,故死者北首,生者南乡,皆从其初。"凡祭祀都要陈设牺牲等供品,"黍稷馨香"才能"神必据我"。汉人相信人死后是有灵魂存在的,而且灵魂像活着的时候一样同样有着饮食的需求,相信"鬼犹求食"。因此,就汉赋文本与汉画像的共通性主题而言,祭祀活动与庖厨宴饮密不可分。

一、郊祀祭食

《文选》分赋为十五类,首为"京都",次即"郊祀",可见"郊祀"类赋,在汉代赋类中也有着重要的地位。昭明太子在"郊祀"类赋中仅选扬雄《甘泉赋》一篇,单独为一篇赋立"类",亦可见扬雄这篇赋的重要性。何谓"郊祀"?李善在此篇赋注中有云:"祭天曰郊。郊者,言神交接也。祭地曰祀。祀者,敬祭神明也。郊天正于南郊,郭外曰郊。"①《汉书·郊祀志》云:"南郊祭天,北郊祭地。"郊祀指在城郊举行的各种祭祀,包括祭天地、山川。又载:"成帝初即位,丞相衡、御史大夫谭奏言:'帝王之事,莫大乎承天之序;承天之序,莫重于郊祀。'"郊祀是汉代帝王所要做的极为重要的一件事,尤其是成帝时期,也就是扬雄写作《甘泉赋》的时代。在此之前,王褒也曾写过一篇《甘泉赋》,今仅存残篇;在此之后,东汉的邓耽有《郊祀赋》一篇,今也存残篇。昭明太子在编纂《文选》时,不选此两赋,而选录扬雄《甘泉赋》,一方面是扬雄之作更佳,更有代表性,除此之外,也与成帝时期极重视"郊祀"活动有关。

扬雄《甘泉赋》有序云:"孝成帝时,客有荐雄文似相如者。上方郊祠甘泉泰畤、汾阴后土,以求继嗣,召雄待诏承明之庭。正月,从上甘泉还,奏《甘泉赋》以风。"②泰畤是祭祀天神泰一的祠坛,在甘泉宫的南边,后土是古时对地神的敬称,成帝要去甘泉宫南边的泰一祠和汾水南边的后土祠,祭祀天神与地神,以求继嗣。赋中写天子莅祠祭神时云:"于是大夏云谲波诡,摧嶵而成观,仰挢首以高视兮,目冥眴而亡见。正浏滥以弘恢兮,指东西之漫漫,徒回回以徨徨兮,魂固眇眇而昏乱。据轱轩而周流兮,忽轶轧而亡垠。翠玉树之青葱兮,璧马犀之瞵珼。金人仡仡其承钟虡兮,嵌岩岩其龙鳞,扬光曜之燎烛兮,乘景炎之炘炘,配帝居之县圃兮,象泰壹之威神。"而祭祀的过程是:"于是钦柴宗祈,燎熏皇天,拓颰泰壹。举洪颐,树灵旗。"恭敬焚柴,燎熏上天,感动招摇和泰一神,举起旌旗,最后燃起

---

① 萧统编,李善注:《文选》,中华书局 1977 年影印本,第 111 页。

② 费振刚等:《全汉赋校注》,广东教育出版社 2005 年版,第 230 页。下文引汉赋作品,如未特别注明,皆出此本,不再出注。

柴火，摆上祭品："燋蒸焜上，配藜四施。东烛沧海，西耀流沙，北炉幽都，南炀丹崖。玄瓒觖磟，秬鬯泔淡。肸向丰融，懿懿芬芬。"玄瓒，祭祀时盛灌鬯酒的勺子，用玄玉装饰。古人用郁草合秬酿造香酒，以为祭祀之用。酒香四溢，醇美味浓，芳不可说，四方辐射感知，选派神巫去叫天帝门阍，延请众神，众神降临祭坛，瑞气纷至，子子孙孙祥和兴盛。

在出土的汉画像石中，表现天子求子之祭的图像极为罕见，而民间的这类祭祀活动，在汉画像中则是经常出现，我们可以将二者进行一个比较。求子之祭在汉代叫"高禖"，据《汉书·武五子传》记载："上（武帝）年二十九乃得太子，甚喜，为立禖，使东方朔、枚皋作禖祝。"①《枚皋传》颜注有云："《礼月令》：'祀于高禖。'高禖求子神也。武帝晚得太子，喜而立此禖祠。"②《后汉书·礼仪志》："仲春之月，立高禖于城南，祀以特牲。"③据孙作云先生考证："高禖神就是远古时期各部族最初的女祖，他们认为这些女祖管理这一族的婚姻及生育之事。"④

我们来看山东省微山县两城出土的一块画像石，这块画像石表现的就是"高禖之祭"的求子图。⑤一个人面鸟身的神医正在为一些披发女子治疗无子之疾，这些女子正列队进入河边上的庙堂，人手举有一炷香，祭祀"高禖"女神。其中靠右上侧的画面可分为三层。下层是在郊外祭祀求子的人坐在连理树下，两旁有一只羊和一匹马，这是祭祀用的。树上有群猴，即多子之意。中层有一人戴进贤冠为男子外，其余皆为发梳高髻之女子，中有一人面鸟身的神医，正为众女子祛除无子之疾。上层为神兽，一小孩骑龙，表示通过祭祀，感应神灵，神灵赐以龙子之意。画像石的左侧有两人骑双虎鼓座击建鼓，旁有乐舞杂耍以悦神灵之视听，许多助祭的宾客相互劝酒吃喝。在左侧的下方有悬挂在树枝上的牲畜肉块，盖是宰杀后烹煮用来献祭神灵的。将扬雄《甘泉赋》与微山县出土的画像石相比较，尽管一个是宫廷帝王的求可继承帝位的王子之祭，祭祀的对象是"泰一""后土"；一个是民间的求子之祭，祭祀的对象是"高禖"，但均需要献酒、作法、延请神人，仪式都是以神灵降临、众生得到福佑结束，其中的共通点值得玩味。

二、享祖厨膳

汉大赋中描写天子行祭祀典礼的特别多，如司马相如《子虚赋》《上林赋》、扬雄《甘泉赋》《长杨赋》《校猎赋》《河东赋》、班固《两都赋》、张衡《二京赋》等。班固

① 班固：《汉书》，中华书局 1962 年版，第 2741 页。

② 班固：《汉书》，中华书局 1962 年版，第 2367 页。

③ 范晔：《后汉书》，中华书局 1965 年版，第 3107 页。

④ 孙作云：《关于上巳节（三月三日）二三事》，《诗经与周代社会研究》，中华书局 1966 年版，第 321 页。

⑤ 山东省博物馆、山东省文物考古研究所编：《山东汉画像石选集》，图 40（图版二〇），齐鲁书社 1982 年版。

《西都赋》："礼上下而接山川，究休祐之所用。"祭祀天地山川之神，尽量祈求所需的各种福佑。班固《东都赋》："于是荐三牺，效五牲。礼神祇，怀百灵。"三牺，李善注引《左传》杜预注："三牺，祭天、地、宗庙三者之牺。"五牲，李善注引《左传》杜预注："五牲，麋、鹿、麇、狼、兔。"向天、地、宗庙献呈三牺、五牲，不但祭礼天神地祇，而且招徕各种神灵祭祀。张衡《东京赋》描写天子郊祭祀天之礼：

> 及将祀天郊，报地功，祈福乎上玄，思所以为虔。肃肃之仪尽，穆穆之礼殚。然后以献精诚，奉禋祀，曰："允矣，天子者也。"乃整法服，正冕带。珩紞紘綖，玉笄綦会。火龙黼黻，藻绣鞶厉。结飞云之袷辂，树翠羽之高盖。建辰旒之太常，纷焱悠以容裔。六玄虬之弈弈，齐腾骧而沛艾。

"祀天郊，报地功"，即祭祀天地。李善有注曰："《白虎通》曰：'祭天必在郊者，天体至清，故祭必于郊，取其清洁也。'《周礼》以正月上辛，郊祀。告于上帝，祭天而郊，以报去年土地之功。"禋祀，对天的祭祀。《周礼·春官·大宗伯》："以禋祀昊天上帝。"以祭神的牲体与玉帛置于柴上，燃柴烟气上升，表示告于上天。还重视法服和冠冕的装饰。举行郊外祭祀大典，要庄重严肃，态度毕恭毕敬，威仪肃穆，礼数要全到，祭祀的目的是天子向上苍祈求赐福于万民。经过一番精彩的乐舞表演之后，群神出现，祭祀天地的大典开始举行，"元祀惟称，群望咸秩，飏焌燎之炎炀，致高烟乎太一。神歆馨而顾德，祚灵主以元吉"。"群望"，薛综注曰："既举群岳众神望以祭祀也。"山川群岳之神都受到祭祀。这里写到在祭祀时，要聚柴焚烧，火焰飘扬，烟气上升到天府，神明因此感知，享用祭品，眷念天子和群臣的恭敬之德，将大吉大福赐给人间。

汉赋，尤其是汉大赋展现的都是天子祭祀天、地、山川诸神灵，而今日出土的汉画像对这一主题的反映不是很多，目前出土的汉画像祭祀主题，最为丰富的是"先祖祭祀"。在"享祖"方面，汉赋与汉画像有诸多共通之处。就宫廷而言，两汉诸帝祭祀先帝一般是在宗庙中举行，有正祭、间祀、非常规祭祀之分。正祭一般采用时祭，即按春夏秋冬四季而举行的祭祀，故而又称"四时之祭"。张衡《东京赋》中有关于四时之祭的描述："于是春秋改节，四时迭代。蒸蒸之心，感物曾思。躬追养于庙祧，奉烝尝与禘祠。物牲辩省，设其楅衡。毛宗豚胉，亦有和羹。涤濯静嘉，礼仪孔明。万舞奕奕，钟鼓喤喤。灵祖皇考，来顾来飨。神具醉止，降福穰穰。"天子要亲临宗庙祭祀，追感孝养之道。祭品丰富，祭器干净整洁，祭礼盛大光明，众神陶醉，为人间子孙降下很多祥福。有非常规祭祀，张衡《东京赋》载："然后宗上帝于明堂，推光武以作配。"写宗室祭祀，尊崇天上五帝，在明堂祭祀他们，且以光武帝的灵位来相配对。明堂祭祀的祭品有烤小猪、做汤羹、喝酒。

就民间"享祖"祭祀而言，扬雄《蜀都赋》和张衡《南都赋》皆有述及。扬雄《蜀都赋》："若夫慈孙孝子，宗厥祖祢，鬼神祭祀，练时选日，沥豫齐戒。龙明衣，表玄縠。俪吉日，异清浊，合疏明，绥离旅。"祭祀祖宗先辈，要选择吉日，事先沐浴更衣,穿上明衣,献上黑黍,拿着清酒和浊酒,理清人员亲疏关系,安排好众人的职级次序。

　　1972年四川省大邑县安仁乡出土有宴饮画像砖,画面上七人依次排序,席地而坐。上层右端二人,其中一人正伸手取席间酒樽内的勺,似舀酒注于耳杯内。对面二人并坐,席前置一案,手举耳杯欲饮。上端有三人,席前置一案,右一人举耳杯向中间一人劝酒,左一人执盘而待。《蜀都赋》与画像砖表意大致相同。然后庖厨准备好各色奇珍异味,祭祀享用:

　　乃使有伊之徒,调夫五味,甘甜之和,勺药之羹。江东鲐鲍,陇西牛羊,籴米肥猪,麈麂不行。鸿狭䞶乳,独竹孤鸧,炮鸮被纰之胎,山麝髓脑,水游之腴,蜂豚应雁,被鹴晨兔,戳鹎初乳;山鹤既交,春羔秋鳅,脍鲮龟肴,秔田孺鷔,行不及劳。五肉七菜,朦猒腥臊,可以颐精神,养血脉者,莫不毕陈。

宴饮的品类极其繁多,善于烹饪的人调和五味,做可口的甜品、酸辣羹、江东鲐鲍、陇西牛羊、猪肉、鹿脯以及各种野兽肉和菜蔬。张衡《南都赋》也有云:

　　若其厨膳,则有华芗重秬,滍皋香秔。归雁鸣鹦,黄稻鲜鱼,以为芍药。酸甜滋味,百种千名。春卵夏笋,秋韭冬菁。苏荔紫姜,拂彻膻腥。酒则九酝。甘醴,十旬兼清。醪敷径寸,浮蚁若萍。其甘不爽,醉而不酲。

南阳庖厨的食物有华芗产的黑黍,滍水出的粳稻,肥美的大雁,细嫩的鹦鸟,黄稻和鲜鱼,调味的芍药。酸甜滋味,百种千名。春季的小蒜,夏天的竹笋,秋天的韭菜,冬季的蔓菁。桂荏、茱萸和紫姜,能去除膻腥味。还有美酒九酝,十旬就可纯清。米酒浑浊,浮沫如萍,其甘不伤人,醉不病人。1957年河南南阳市区也出土了这样一块厨膳的画像石:画像上端一人正襟危坐,旁有建鼓,二人击鼓起舞。画面主体为一方案,案上摆满美味佳肴,一条大鱼头尾远出盘外,三只肥鸭造型生动,四个圆饼,边为成串炙肉,两只耳杯,象征醇酒。就祭祀时具体的宴饮场面,《南都赋》又写道:

图5-1　鼓乐宴饮画像;东汉画像石;
高104厘米,长53厘米。

　　及其纠宗绥族,禴祠蒸尝。以速远朋,嘉宾是将。揖让而升,宴于兰堂。珍羞琅玕,充溢圆方。琢瑁狋猎,金银琳琅。侍者蛊媚,巾帻鲜明。被服杂错,履蹑华英。儇才齐敏,受爵传筋。献酬既交,率礼无为。弹琴擪龠,流风徘徊。清风发微,听者增哀。客赋醉言归,主称露未晞。接欢宴于日夜,终恺乐之令仪。

　　每个季节的祭祀大典,同时也是一个宗族的人聚集并相互安抚的时候。嘉宾到场,行过宾主之礼,登上大堂,贵重珍奇的食品盛满各色的食器、食盘,主宾互相敬酒,遵循礼仪,在和乐的氛围中保持着美好的风度。

1954 年发掘的山东沂南画像石墓中有三幅祭祀图,为我们形象地展示了宗祠祭祀宴饮的具体情况。[①]

第一幅是前室南壁横额画像,纵 48 厘米,横 284 厘米。1954 年 3 月山东省沂南县北寨村出土。沂南北寨汉画像石墓博物馆藏。画像为祭祀图。中央刻有一座庑殿顶重檐祠庙,其前两侧有子母双阙,二人执彗侧立于旁。祠阙两旁的大道或广场上放置二几,几上有简册祭文。八个亲朋好友执笏,或跪拜,或躬揖,正在进行祭祀。另一侍者恭立侍候,一侍者牵祭羊。地上放置篋、盒、壶、袋等装祭品的用具,一案上放置二兔作牺牲,另有大树数株,树干上系二亲朋骑用的马和二祭羊。两旁远处停立亲朋乘坐的三辆轺车和一辆棚车,轺车上有御者。右上边有二侍者执梃左向跪。

第二幅前室西壁横额画像,纵 48 厘米,横 185 厘米。1954 年 3 月山东省沂南县北寨村出土。沂南北寨汉画像石墓博物馆藏。画像刻吊唁祭祀图。右端一屋仅露门口,两扉开启,上饰铺首衔环。门锁上系一猴。门前地上置一几,几上有简册。屋前一人执彗,一人执槌,左向立,一吏左向跪,双手捧案,案上放置简册,似读祭文。其左前一人执笏右向跪,似在招呼前来吊唁祭祀的宾客,左边五列十九人均右向执笏,前二列各四人跪拜,其后二列各三人,最后一列五人,皆恭立。左端地上置案、盘、壶、盒、篋等,案上放置果品、鱼、耳杯。案前一老者执笏右向跪。案、盒后二人右向行,似布置祭品的侍仆。

第三幅是前室东壁横额画像,纵 49 厘米,横 185 厘米。1954 年 3 月山东省沂南县北寨村出土。沂南北寨汉画像石墓博物馆藏。画像刻吊唁祭祀图。该图右端是一座曲尺形房屋,屋旁置建鼓,屋后植一树,院中有两条砖铺的"T"形路。院前一人执彗恭立,迎候前来祭祀的宾客。十四位宾客分为六列进见,或持笏鞠躬,或拱手胸前。右下角有一庑殿顶小屋。

将汉赋中的"享祖"宗祠祭祀与汉画像中的"享祖"祭祀相比较,扬雄《蜀都赋》和张衡《南都赋》述及的民间享祖祭祀形式与汉画像似乎更加吻合。皇家的享祖活动尤为重视仪式的威严性,庖厨宴饮更丰富、更奢华,而民间享祖仪式虽简单随意些,但其敦宗睦族的意图更为明显些,无论是扬雄《蜀都赋》中的"合疏明,绥离旅"、张衡《南都赋》中的"纠宗绥族",还是汉画像中的宾客迎来送往,都有借享祖之机会,宴饮家族宾客,团结并安抚宗族成员之意。"享祖"祭祀是当时人心目中的大事,远行在外的宗族成员纷纷归来,大家彬彬有礼,互相揖让。宴会上器物精致,食物美味,宾主觥筹交错,尽兴而归。

三、水边祓禊与宴饮

"祓禊"是古祭名,源于古代"除恶之祭",一般于春秋两季,在水滨举行洁身净体、祓除不祥的祭礼习俗。《周礼·春官·女巫》:"女巫掌岁时祓除衅浴。"郑玄注:"岁时祓除,如今三月上巳,如水上之类。衅浴,谓以香熏草药沐浴。"春季常在三月上旬的巳日,并有沐浴、采兰、嬉游、饮酒等活动。

张衡《南都赋》:"暮春之禊,元巳之辰,方轨齐轸,被于阳滨。"水边求福祛邪,车马并行,众人洗濯水滨。杜笃《祓禊赋》:"王侯公主,暨乎富商,用得伊雒,帷幔玄黄。于是旨酒嘉肴,方丈盈前,浮枣绛水,酹酒醴川。"上巳日来临,王公及富商拥集于伊水、雒水,摆出一平方丈的美酒佳肴,将大红枣撒向江中,水面一片红色,把酒洒到江中,河水泛出酒香,将祭祀与宴饮结合起来。

1982年山东省滕州市岗头镇西古村出土一水榭宴饮画像石:画面中央刻主人凭几端坐,一人于面前躬身拜见,墙上挂满鱼、肉,一人操刀在割,近处一人牵一羊欲宰,右端一水榭,榭下垂钓者一人,斗拱上坐一人观看,楼梯上有人、猴登临。孔臧《杨柳赋》有云:"于是朋友同好,几筵列行。论道饮燕,流川浮觞。肴核纷杂,赋诗断章。各陈厥志,考以先王。赏恭罚慢,事有纪纲。洗觯酌樽,兕觥并扬。饮不至醉,乐不及荒。"朋友同好在树下摆好一行行矮几,准备好筵席,边谈边饮。面前摆满各色肉肴、菜蔬和果品。觯,古代酒器,似樽而小,用以饮酒。樽,酒器。兕觥,兕牛角制的酒杯。汉赋祓禊宴饮与水榭宴饮也可形成对照。

四、傩祭

傩是上古时期用来驱逐瘟疫与厉鬼的一种禳祭活动,它反映了上古人类对于神秘力量的敬畏和崇拜。《周礼·方相氏》载周代宫廷傩祭活动时云:"方相氏掌蒙熊皮,黄金四目,玄衣朱裳,执戈扬盾,帅百隶而时难(傩),以索室驱疫。大丧,先柩。及墓,入圹,以戈击四隅,驱方良。"郑玄注曰:"时难(傩),四时作方相氏以难(傩),却凶恶也。"先秦文献中有春傩、秋傩、冬傩的记载,尤以冬傩为最,故冬傩又称大傩。方相氏是先秦时期傩祭中假扮傩神的人,面目狰狞。两汉大傩依然存在,一般在祭祀先祖的蜡祭前一天举行,《后汉书·礼仪志》记载:"先腊一日,大傩,谓之逐疫。其仪:选中黄门子弟年十岁以上,十二以下,百二十人为侲子。皆赤帻皂制,执大鼗。方相氏黄金四目,蒙熊皮,玄衣朱裳,执戈扬盾。十二兽有衣毛角。中黄门行之,冗从仆射将之,以驱恶鬼于禁中。……因作方相与十二兽傩。"[1]

廉品《大傩赋》和张衡《东京赋》对大傩的仪式皆有描述,廉品《大傩赋》:

---

① 范晔:《后汉书》,中华书局1965年版,第3127—3128页。

于吉日之上戊，将大蜡于腊烝。先兹日之酉久，宿洁静以清澄。乃班有司，聚众大傩。天子坐华殿，临朱轩。凭玉几，席文纺，率百隶之倀子，群鼓噪于官垣。弦桃剌棘，弓矢斯张。赭鞭朱朴击不祥，彤戈丹斧芟夷凶殃。投妖匿于洛裔，辽绝限于飞梁。

先腊一日，聚众傩祭，天子亲临，百姓童子以桃弧、棘矢射杀厉鬼，驱除不祥。张衡《东京赋》：

尔乃卒岁大傩，殴除群厉。方相秉钺，巫觋操茢。倀子万童，丹首玄制。桃弧棘矢，所发无桌。飞砾雨散，刚瘅必毙。煌火驰而星流，逐赤疫于四裔。然后凌天池，绝飞梁。捎魑魅，斮獝狂。斩蜲蛇，脑方良。囚耕父于清泠，溺女魃于神潢。残夔魖与罔像，殪野仲而歼游光。八灵为之震慑，况魃蜮与毕方。度朔作梗，守以郁垒、神荼副焉，对操索苇。目察区陬，司执遗鬼。京室密清，罔有不韪。

这里记载的是年终举行傩祭，驱除恶鬼的仪式。方相氏手持斧钺，男巫、女巫手执扫帚，众童子跳着万舞，头裹红头巾，身穿黑衣服，在方相氏和巫觋的带领下，以桃弧、棘矢射杀厉鬼，最后持炬火，逐疫鬼投洛水中，使不复还。然后再以桃木作木偶，以郁垒、神荼执苇索捕捉漏网的鬼，最终京城的宫廷王室得以安宁洁净，没有了妖怪和厉鬼作恶。

这两段文字是汉代最为详实的关于傩祭的记载，在汉画像石中也有大量傩祭的画面图景，最为典型的是1954年3月山东省沂南县北寨村汉墓中出土的前室北壁横额画像：

图5-2 沂南汉墓前室北壁横额画像；东汉晚期（147—220）画像石；纵48厘米，横284厘米。

画像石纵 48 厘米，横 284 厘米。沂南北寨汉画像石墓博物馆藏。这幅画像画框上边修饰锯齿纹、垂帐纹，下边修饰兽首、莲花的宽带三角纹和锯齿纹，皆有修饰纹理，画像刻奇禽、异兽、神怪。左起有：翼龙持盾和棨戟，马首异兽和长冠展翅小禽，虎兽上长五人兽神怪持刀、戟，并有虎兽鱼身六足兽，神怪和双人首蛇身怪兽，倒立神怪和鸡首大鸟，展翅奇禽和持勾镶神怪，持刀蹲踞神怪和人首鸟神怪兽，人首鱼身单臂持钺神怪和独角怪，二虎首翼兽，持钺神怪和蝎尾甲虫，虎兽衔蛇和蹲踞神怪，四人首连体神怪和持盾神怪，双人首鸟神奇禽，一虎人立持勾镶和棨戟。石墓中的大傩图展示了方相氏及十二神兽驱鬼逐疫的场面，画面上雕刻有十几个面目狰狞、身长毛羽的神兽在驱逐异兽（疫鬼），有的正在追杀，有的正在吞食，异兽四散逃奔。又如河南长葛县出土的东汉"方相氏·骑射·楼阁画像砖"，其中方相氏图像：

上端局部

上端局部

图 5-3　方相氏·骑射·楼阁画像；东汉画像砖；高 116 厘米，宽 45 厘米。

画像在中部两端,用小印模捺印,共六组,每组三图。上端、下端均有方相氏图像。方相氏,兽面,手中拿兵器,是汉代举行大傩时打鬼的头目。墓葬中的方相氏即有驱逐鬼怪保护墓室安宁之意。

将汉赋文字中的记载与画像石、砖的图像相对照,皆有方相氏的出现,都从不同角度、不同侧面表现了汉代大傩之俗。不同的是,前者是天子盛大傩祭,后者可能更民间化、平面化,而且汉画像中的傩祭画面多出土于墓葬中,描绘的场景玄远飘忽,汉赋中的傩祭文字展现的是宫廷表演场景,更给人切近之感,巫风迷信思想似乎淡化了些,将仪式的每个程序层次都清晰化,重点在于展现对安宁洁净的现世生活的祈盼。

第二节 狩猎弋射

《左传·成公十三年》:"国之大事,在祀与戎。"祭祀、军事活动,均与狩猎有关。狩猎是上古社会一项非常重要的生产活动,其目的最初是人类向大自然索取动物类生活资料。随着社会生活物质资源的丰富,狩猎的功能也随之丰富。孔子有云:"田猎有礼,故戎事闲也。"有规制的狩猎可以用来训练军队,练习武事。《左传·隐公五年》所说:"故春蒐,夏苗,秋狝,冬狩,皆于农隙以讲事也。三年而治兵,入而振旅,归而饮至,以数军实。"利用农闲时期外出射猎,狩猎文化反映的是农业文明与游牧文明的交汇,而游牧民族的狩猎活动,一般都具有一定的娱乐性,如《诗经》中的狩猎主题作品,即表现有游牧文化的特点。《郑风·叔于田》第二章云:"叔于狩,巷无饮酒。岂无饮酒,不如叔也,洵美且好。"观看狩猎表演,产生万人空巷的效果。《驷驖》末章云:"游于北园,四马既闲。辀车鸾镳,载猃歇骄。"射猎游乐是一个活动整体。这种狩猎活动所具有的获得生产资料和训练军队的功利性,与表演活动的娱乐性,在汉代很好地交汇融合在一起,我们在现存的汉赋文学作品和出土的汉画像石、画像砖等图像中,还可窥见一斑。

两汉狩猎内容的赋作非常多,如枚乘《七发》、孔臧《谏格虎赋》、司马相如《子虚赋》《上林赋》《哀秦二世赋》、扬雄《校猎赋》《长杨赋》、班固《两都赋》中的畋猎片段、张衡《两京赋》中的畋猎片段及《羽猎赋》、傅毅《洛都赋》《七激》、桓麟《七说》、王粲《羽猎赋》《七释》、刘桢《鲁都赋》、应玚《西狩赋》《驰射赋》《校猎赋》等。还有两篇残篇《羽猎赋》,一篇是王符《羽猎赋》,见《文选》卷二十二颜延年《车驾幸京口三月三日侍游曲阿后湖作》注引王符《羽猎赋》曰:"天子乘碧瑶之雕辂,建曜天之华旗。"一篇是张衡《羽猎赋》残篇,散句见存于《文心雕龙·夸饰》,《文选》曹丕《芙蓉池作》李善注、陆机《汉高祖功臣颂》李善注、左思《蜀都赋》刘逵注,《初学记》卷二十二,《艺文类聚》卷六十六,《太平御览》卷八百零九。另有三篇已经亡佚仅存篇目的赋作,《太平御览》载刘向著有《行过江上弋雁赋》《行弋赋》《弋雌得雄赋》。而汉画像石、画像砖中的狩猎图更是数量众多,展现出丰富多彩的狩猎图式,有田猎与渔猎之别,有重点图画猎人、狩猎的走兽以及飞禽等图样。如果将汉赋与汉画像的狩猎主题做一比较阅读,辨其异同间的趣味,以此来分析汉代的艺术之美,是有一定的批评价值的。

一、田猎

"田猎"即"畋猎"。《说文解字》谓:"畋",平畋也;"猎",放猎逐禽也。[1] "畋猎"二字的本义即为猎取飞禽走兽。畋猎主题的创作在汉代极为兴盛,南朝梁昭明太子萧统在《文选》中即辟有"畋猎赋"一类,收有司马相如《子虚赋》《上林赋》、扬雄《长杨赋》《校猎赋》以及潘岳《射雉赋》五篇作品,其中前面四篇均属汉代作品。

汉代田猎多是采用"围猎"的方式,即司马相如《子虚赋》中所云"列卒满泽,罘网弥山",就是用网或者木栅栏围出一个较大的范围,很多人从一个方向或几个方向围向中间的野兽,手持狩猎器械,大声呐喊,野兽受惊吓而慌不择路,最终撞入围网而被擒获。司马相如《上林赋》中有一段非常精彩的围猎描写:

于是乎背秋涉冬,天子校猎。……鼓严簿,纵猎者,河江为阹,泰山为橹,车骑雷起,殷天动地,先后陆离,离散别追,淫淫裔裔,缘陵流泽,云布雨施。生貔豹,搏豺狼,手熊罴,足野羊;蒙鹖苏,绔白虎,被班文,跨野马,凌三嵕之危,下碛历之坻,径峻赴险,越壑厉水。椎蜚廉,弄獬豸,格虾蛤,铤猛氏,罥騕褭,射封豕。箭不苟害,解脰陷脑;弓不虚发,应声而倒。

肃杀冬季,天子行校猎,击鼓刺激行猎士卒,以江河为栅栏、大山为望楼,车骑声与士卒的呐喊声,震天动地,士卒们争先恐后,分别驱进,似密云广布,又似时雨淋漓,士卒网猎的全过程被详细地展现出来。就具体狩猎场景描绘来说,《上林赋》谓:

流离轻禽,蹴履狡兽。辖白鹿,捷狡兔。轶赤电,遗光耀。追怪物,出宇宙。弯蕃弱,满白羽。射游枭,栎蜚遽。择肉而后发,先中而命处。弦矢分,艺殪仆。然后扬节而上浮,凌惊风,历骇猋,乘虚无,与神俱。蹴玄鹤,乱昆鸡。遒孔鸾,促鹓鶵。拂翳鸟,捎凤凰。捷鸳雏,掩焦明。道尽途殚,回车而还。

这一段田猎场景的动态描绘极具想象性,与1992年陕西省榆林市红石桥乡古城界村出土东汉墓门楣画像相比照,更具直观感(参见图5-4)。

此像两端为狩猎图,山林中鹿、猪、牛、兔、骆驼惶惶奔逃,飞禽走兽姿态各异。猎手荷竿、执戟,策马飞奔,张弓追射,各具风姿。中间为车骑出行,一轺一辎,前两导骑,后两从骑,轺车与辎车之间有十骑吏相随。

---

[1] 许慎撰,段玉裁注:《说文解字注》,上海古籍出版社1981年版,第476页。

左边局部

右边局部

图5-4　榆林古城界墓门楣画像;东汉画像石;纵33厘米,横212厘米。

《易林》有谓:"鹰飞雉遽,兔伏不起。"《西京杂记》有云:"茂陵少年李亨,好驰骏狗逐狡兽,或以鹰鹞逐雉兔,皆为之佳名。"可见在田猎活动中,常有鹰、犬相助,这在汉画像中也有很多展现,如1980年山东省嘉祥县满硐乡宋山村北出土的宋山小石祠基座画像。画像约是东汉桓、灵帝时期,画面上饰双菱纹、五铢钱纹。画像刻狩猎图,左侧一猎人牵犬追逐野猪,并有兔、鹿、鸟惊散奔逃。中部五个山包,内藏二兔一虎,山左一猎人举弩射虎。右边二猎人骑马,三猎人奔跑,执竿或荷弩架鹰。又如微山县两城镇出土的狩猎、车骑出行图画像石:

图5-5　狩猎·车骑出行画像石;东汉中晚期画像石;纵53厘米,横180厘米。

　　画像约是东汉中晚期,面两层,上层,狩猎。猎人一列,有执竿者四人,荷弩者三人,架鹰者三人,另有猎犬四只,其中前二犬已跃起捕捉到鹿、兔。又如1992年陕西省榆林市盐湾乡陈兴庄出土墓门楣画像,画像分上下两层,下层为狩猎图:

左边局部

右边局部

图5-6　榆林陈兴墓门楣画像;东汉画像石;纵42厘米,横280厘米。

　　画面中有拼命奔逃的双头鹿和小兔,有一手拉缰一手架鹰追赶猎物的"走马扶鹰"者,有抓住前逃兔子的后腿、张口作吞咬状的猎狗,有雄鹰抓踏一兔,有骑马张弓的两猎手围射仓皇逃跑的黄羊、鹿,有缓慢悠然前行的羊和静卧的鹿,整个画面有动有静,动静结合,生机盎然。

　　这种用猎鹰、猎犬捕捉禽兽的场景,在汉赋中同样有表现,如枚乘《七发》有云:"将为太子驯骐骥之马,驾飞轭之舆,乘牡骏之乘,右夏服之劲箭,左乌号之凋弓……逐狡兽,集轻禽。于是极犬马之才,困野兽之足,穷相御之智巧……"这里所说的"极犬马之才"即是指让猎犬和马都尽其才力,可见在汉初赋中就有猎犬参与捕猎活动的描写。崔骃《七依》有云:"乃命长狄使驱兽,夷羿作虞人。腾句喙以追飞,骋韩卢以逐奔。弓弹交错,把弧控弦。""句喙",盖即指鹰、雕之类的猛禽;"韩卢",战国时韩国的良犬名,犬与鹰类猛禽已经参与到狩猎活动中。张衡

《西京赋》:"乃有迅羽轻足,寻景追括。鸟不暇举,兽不碍发。青骹击于鞲下,韩卢噬于绁末。"这里的"羽"与"足",即是分别代指捕猎用的鹰和犬,"青骹",薛综注云:"鹰青胫者。"青胫之鹰,最善捕猎。"韩卢",薛综注云:"犬,谓黑色毛也。"迅飞的猎鹰,轻捷的猎犬,使鸟儿来不及举翼,野兽来不及逃窜,就被捕捉、咬住。

二、渔猎

《易·系辞下》有记载云:"作结绳而为网罟,以佃以渔。"所谓渔猎,就是划着船在水中捕捉动物。在汉代,一般是田猎之后,兴尽困乏,于是到水中来捕猎放松。司马相如《子虚赋》写楚王经过一段激烈的田猎活动后,"怠而后发,游于清池。浮文鹢,扬旌枻,张翠帷,建羽盖,网玳瑁,钩紫贝;摐金鼓,吹鸣籁,榜人歌,声流喝,水虫骇,波鸿沸,涌泉起,奔扬会,礧石相击,硠硠磕磕,若雷霆之声,闻乎数百里之外"。楚王泛起文鹢装饰的龙舟,游于清池之上,用网捞玳瑁,用钩钓紫贝。扬雄《蜀都赋》:"若其游怠鱼弋却公之徒……笼睢眺兮罞布列,枚孤施兮纤缴出",也是游猎惰怠之后,从事渔猎活动,"笼"是捕鱼用的竹器,"罞"意在水中积柴以聚鱼,"枚"就是指聚鱼用的树枝,整个描写的是用笼捕鱼的场景。可以看出渔猎的方式有划船钓捕、用网捕捉、用笼罩捕等多种类型。

汉画像中捕鱼活动也方法多样,有执竿钓鱼、持矛刺鱼、鱼叉叉鱼、撒网捕鱼、下罩捕鱼、鱼鹰捕鱼等。如山东省微山县两城镇出土的水榭、人物画像:

图5-7　水榭·人物画像;东汉中、晚期(89—189)画像石;纵90厘米,横88厘米。

画面两层,其中下层有水榭一座,榭下水中游鱼可见,一人摇橹划渔船,二人在船上射鸟,拉网捕鱼,又一人叉鱼,一人罩鱼,榭顶上有鸟、猴,亭内观者二人,另有蹬树梯六人,旁坐者六人。班固《西都赋》:"于是后宫乘辁辂,登龙舟。……鸟群翔,鱼窥渊。招白鹇,下双鹄。揄文竿,出比目。抚鸿罻,御矰缴。"后宫佳丽们观看猎人拉开白鹇之弓,射下成对天鹅,举起雕有花纹的钓竿,从清波钓出比目鱼,撒下捕鱼的网,射出系丝绳的飞缴,同样体现出的是渔猎的观赏性质。

汉代渔猎以网捕最为盛行,1982 年河南南阳宛城区英庄墓出土有网罟画像:

图 5-8　网罟画像;东汉画像石;高 38 厘米,长 153 厘米。

在画像中的东门门楣上,一双拱桥,桥下碧波荡漾,鱼翔浅底。一舟水上游弋,舟上一荡桨者、一捕鱼者。捕鱼者双手下罩,作捞鱼状。桥上二人,各执一竿通力向下放网。右一人,戴冠着袍,似观赏罟鱼。

同时,网捕渔猎也最为高效,收获一般都比较大,但其危害是以细网滥捕,捞尽鱼子鱼苗,张衡《西京赋》有曰:

于是命舟牧,为水嬉。……然后钓鲂鳢,缃鳏鲉。摭紫贝,搏耆龟。挼水豹,馽潜牛。泽虞是滥,何有春秋?摘澸澥,搜川渎。布九罭,设罜䍡。摤昆鲕,殄水族。蓬藕拔,蜃蛤剥。逞欲畋鮫,效获麖麋。掺蓼浑浪,干池涤薮。上无逸飞,下无遗走。

这里渔猎的方式有两种,一种是钓捕,一种是网捕,垂钓鲂鳢,网捞鳏鲉。"缃"即是渔网,薛综注曰:"网如箕形,狭后广前。""九罭",《诗·九罭》毛传曰:"九罭,缀罟,小鱼之网也",都是撒布细孔之网捕鱼。

三、猎人

在"狩猎"主题的汉赋与汉画像石中,猎人的形象都得到重点展现,这是上古社会"崇力尚武"的体现,反映的是当时社会在生产和生活中,因抗争自然和群体竞进需要,一种比较普遍的对于个人强健体能的追求。

春秋战国时期的很多"力士"化身为汉赋中的"猎人"形象出现,如司马相如《上林赋》有云:"于是乎乃使专诸之伦,手格此兽。""专诸",即春秋时代的吴国勇士,曾替吴公子光刺杀吴王僚,此指像专诸一样的勇士。傅毅《七激》有云:"于是宾友所欢,近览从容,詹公沉饵,蒲且飞红。纶不虚出,矢不徒降,投钩必获,控弦加双。""詹公",即詹何,古之善钓者;"蒲且",古楚国之善射者,《淮南子·览冥训》:"故蒲且子之连鸟于百仞之上,而詹何之鹜鱼于大渊之中,此皆得清静之道,太浩之和也。"[1]"詹公""蒲且"皆是著名的狩猎人,詹公钓鱼线甩出去,鱼钩收回的时候必定有所收获,蒲且开弓射出的箭,一定可以射中猎物,狩猎技艺极为高超。班固《西都赋》有云"尔乃期门佽飞""许少施巧,秦成力折",猎人是作为期门、佽飞的官员,佽飞本是古代的勇士的名字,汉武帝以之作为官名,主管弋射。猎人是许少、秦成。许少是古代敏捷之人;秦成是古代勇士。

图5-9 牵犬画像;东汉画像石;高127厘米,宽46厘米。

在汉画像中,虽无猎人姓名,但猎人的形象无疑也是"力士"的体现。如1973年河南邓县长冢店墓出土的牵犬猎人画像,猎人身体魁梧,赤裸上身,双手牵索,也是古代勇士专诸之伦。又如1981年陕西省米脂县官庄征集的墓门楣画像:

图5-10 米脂官庄墓门楣画像;东汉画像石;纵29厘米,横149厘米。

画面中部头戴平顶冠,端坐马上,手持弓箭者应是田猎的主人——牛君。牛君的前后有荷旌骑吏,田猎队伍十分庞大,图中十多个猎手个个强悍骁勇。有持矛刺中大熊的、射中狐狸的、持戟与虎搏斗的、拉弓射箭的、撒网捕鸟的,被围的

---

① 刘文典撰,冯逸、乔华点校:《淮南鸿烈集解》,中华书局1989年版,第194页。

飞禽走兽,或狂奔乱跑仓皇逃命,或木然呆立不知所措。又如1977年嘉祥县城西南齐山出土人物、六博游戏、狩猎画。画面分三层,其中上层有三个人物。前者戴平顶武士帽,身着宽袖长袍,双手捧盾,身后一扛锤者右手扬起,嘴大张,头戴双角帽,赤脚裸体,下有一熊,上有云纹、凤鸟、怪兽,另有一人斗虎。这些汉画像中的猎人均为孔武有力之士。

关于猎人的衣着服饰形象,张衡《西京赋》有云:"结部曲,整行伍。燎京薪,骇雷鼓。纵猎徒,赴长莽。迾卒清候,武士赫怒。缇衣声赪䩪,睢盱拔扈。"猎人群体形象是下系赤黄蔽膝,上穿橘黄缇服,赫然作怒,双目圆睁,威武跋扈。又云:"乃使中黄之士,育获之俦,朱鬘鬤髦,植发如竿。袒裼戟手,奎踽盘桓。"猎人的个体形象是以红带束额头,梳着鬘和髦两种发式,发植如竿,肉袒其臂,屈肘如戟,张开两脚,回旋步履。1996年陕西省神木县大保当乡出土的墓门楣画像石:画面分上下两栏。上栏为狩猎图,四猎手跨马飞奔,或俯首回望,或箭矢在弦,引弓怒射,狐、兔、虎、鹿等仓皇逃窜。下栏为车马出行图,一导骑在前,皂衣黑马;轺车随后,驭者执鞭策马,车内坐一戴进贤冠着红袍之人;后随一轺车,厢体施墨,窗牖涂红,轺车之后为一辆华车,前坐驭者,着浅色衣,勒缰执鞭;二护卫骑吏随后,着皂衣戴大弁冠。出行车列的辐辏及马饰均以墨线勾绘。

左边局部

右边局部

图5-11　神木大保当墓门楣画像石;东汉画像石;纵39厘米,横205厘米。

值得注意的是,这块画像石的画面中有以红彩表现动物中箭流血,以此来彰显狩猎活动的精彩性和真实性。赋文中也有类似描写,班固《西都赋》有云:

> 尔乃期门伙飞,列刃钻镞,要趹追踪。鸟惊触丝,兽骇值锋。机不虚掎,弦不再控。矢不单杀,中必叠双。飚飚纷纷,矰缴相缠。风毛雨血,洒野蔽天。

期门、伙飞一类的勇士,开始大展雄风,一起举起兵刃,共同拉开雕弓。阻击狂奔的猛兽,追踪逃匿的狡兽。鸟惊飞而自投罗网,兽骇极而误触刀锋。机弩从未虚发,箭也不会单发,一发必定双中。空中飞着纷纷弋箭,箭尾的丝绳互相绞缠。羽毛随风飘飞,鲜血洒如雨点。血雨落遍绿野,鸟毛遮蔽蓝天。这样的结果就是"平原赤,勇士厉。猿狖失木,豺狼慑窜。尔乃移师趋险,并蹈潜秽。穷虎奔突,狂兕触蹶。许少施巧,秦成力折。掎僄狡,扼猛噬。脱角挫脰,徒搏独杀。挟师豹,拖熊螭。顿犀牦,曳象罴。超洞壑,越峻崖。蹶巉岩,钜石隤。松柏仆,丛林摧。草木无余,禽兽殄夷"。猎人猎杀野兽,将狡兽拖住,把猛兽生擒;扳掉角,拧断颈;徒手搏击,使巨兽毙命,挟着狮豹,拖着熊螭,拽着犀牦,捉住象罴。这一系列的猎手狩猎场景描写,可与 1977 年 7 月陕西省绥德县出土的门楣画像中的狩猎图相比较:画像的上层是出行图,下层是狩猎图,画面上有九个猎手跨着骏马奔驰,有的转身回首,有的俯身向前,皆引短弓,箭矢在弦,瞄射猛虎或奔逃的鹿群。画面左上角一野牛中箭倒地。右面被猎手围堵追射的一只老虎惊恐万状,木然呆立,仰首不知所措。还有一人手持弓箭,左脚着地,左腿曲蹲,右腿作脚蹬弩机射箭之势。

四、狩猎走兽

狩猎者往往会根据猎物的不同特点来选择各不相同的狩猎工具与手段。就猎取走兽而言,若是体形大小类似野兔的小动物,就用罜网兔罝;若是鹿类等体形较大并善于奔跑的动物,就选用弓箭远射,或投掷飞石索缠住兽腿;若是攻击性较大的动物则用利刃刺杀,或用车辆追赶击杀,等等。如司马相如《子虚赋》有云:"列卒满泽,罜网弥山。掩兔辚鹿,射麋脚麟。"兔是体型较小的动物,一般用兔罝捕捉。麋是大型鹿类,"射麋",即所用的狩猎工具是弓箭。"脚麟",即捉住麟的脚,狩猎工具应该是"飞石索",即把两到三个石球系在绳索末端,遇到大型野兽时旋转绳索向野兽投出,利用石球在空中旋转的惯性将兽腿缠住。这种猎取走兽的方式方法,在画像石中也能得到印证,如 1972 年河南唐河针织厂墓出土的"田猎"画像石:最左刻一猎者,头部已残,双手执竿,欲网一兔。其上有二猎犬,追逐野兔。又如 1992 年陕西省榆林市红石桥乡古城界村出土墓门楣画像:

左半部

右半部

图5－12　榆林古城界墓门楣画像；东汉画像石；纵36厘米，横180厘米。

画面左半部有两辎车，两骑吏出行，右半部为狩猎图，前面一猎手于马背上转身向后，摔出长长的带状物，套猎飞奔惶逃的鹿、兔，后面一猎手正拉满弓瞄射。画像石中猎取兔、鹿的方式和赋文中描写得非常相似。

扬雄《羽猎赋》写猎杀凶猛的群兽，有云："三军芒然，穷尤阕与。覃观夫剽禽之绁隃，犀兕之抵触，熊罴之攣攫，虎豹之凌遽。徒角抢题，注蹙竦訾，怖魂亡魄，触辐关脰。妄发期中，进退履获，创淫轮夷，丘累陵聚。"三军之士追逐野兽，但见那轻疾之兽到处奔窜，犀牛狂怒乱蹦，熊罴抓扯相搏斗，虎豹也惶恐战栗，纷纷以头抢地，失魂丢魄，见车便触，头陷辐条之间，卡住了脖子奄奄一息。被猎杀的群兽纵横堆积，如丘陵一般。这里猎取猛兽的做法是用车骑追赶，然后击杀、刺杀。1977年7月陕西省绥德县出土一块墓门楣画像石：画面分两层。上层为出行图，下层为狩猎图。狩猎图画面上九个猎手跨着骏马奔驰，有的转身回首，有的俯身向前，皆引短弓，箭矢在弦，瞄射猛虎或奔逃的鹿群。画面左上角一野牛中箭倒地。右面被猎手围堵追射的一只老虎惊恐万状，木然呆立，仰首不知所措，等待击杀。

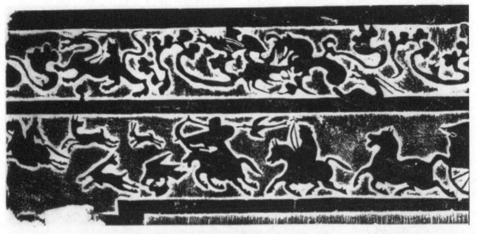

左半部分

右半部分

图 5-13　绥德墓门楣画像;东汉画像石;纵 38 厘米,横 165 厘米。

　　无论是在汉赋作品还是汉画像石、汉画像砖中,斗虎、射虎的场景是二者经常描述、绘展的一个主题,汉赋中有孔臧《谏格虎赋》写斗虎经过云:"于是分幕将士,营庶榛丛,戴星入野,列火求踪,见虎自来,乃往寻从。张罝网。罗刃锋。驱槛车,听鼓钟。猛虎颠遽,奔走西东。怖骇内怀,迷昌怔忪。耳目丧精,值网而冲。屓然自缚……以丝组,斩其爪牙。支轮登较,高载归家。"汉画像石上也有斗虎图景,如 1933 年河南南阳卧龙区草店出土田猎画像石,[1]右刻一骑手,张弓射猎一虎,虎回首吼叫,前一猎人持矛刺向虎首。1972 年河南唐河针织厂墓出土校猎画像石,[2]上刻一勇士,前推后挡与二猛虎搏斗。下刻一勇士持矛向猛虎,右一

① 东汉画像石;高 40 厘米,长 155 厘米;1933 年河南南阳卧龙区草店出土;河南省南阳汉画馆藏。
② 西汉画像石;高 73 厘米,长 127 厘米;1972 年河南唐河针织厂墓出土;河南省南阳汉画馆藏。

图5-14　斗虎、骑射画像石;西汉晚期至东汉早期画像砖。高82厘米,宽17厘米。

人作双手上扬状。最为典型的是郑州出土的斗虎、骑射画像砖:竖长方形空心大砖,为画像砖墓门柱。左边边框饰斜绳纹,中间纵向排列画像十二图,除中间一图为骑马射虎外,其余十图均为斗虎。汉赋与汉画像中斗虎、射虎主题的大量出现,是汉代人崇尚勇猛与气力以及智慧的表现。

五、狩猎飞禽

与狩猎走兽的方式手段类似,汉人猎取体形较小的鸟类,通常用带长柄的网,而猎杀体形较大行动敏捷的雉类,则用弓箭。司马相如《子虚赋》:"于是乃相与獠于蕙圃,媻姗勃窣,上乎金隄。揜翡翠,射鵕鸃。微矰出,纤缴施。弋白鹄,连驾鹅。双鸧下,玄鹤加。"这段描写提供给今人的信息有三点值得注意。一是夜间射猎捕鸟。"獠",李善注曰:"猎也。"颜师古引文颖曰:"宵猎为獠。"《尔雅》谓:"从犬,獠声,宵田为獠。"即夜间打猎。二是夜间所捕到的鸟,种类繁多,有翡翠之乌、五彩鵕鸃、白鹄、野鹅、鸧鸹、黑鹤等。1975年11月陕西省绥德县延家岔墓出土组合画像:

图5-15　绥德延家岔墓前室北壁组合画像;东汉画像石;纵166厘米,横320厘米。

墓前室门边框的卷草纹间补点乌鸦、山鸡、孔雀、鹤、天鹅等飞禽,下有猎人射猎,各色飞禽或飞或走,各具情态。三是捕捉飞禽的方法是弋射,"弋射是一种比较特别的狩猎活动,其方法是用弓发射木弋、由木弋牵带很细的绳索在空中缠缚飞禽,目的是把那些体大、飞行较慢的候鸟水禽如天鹅、大雁、野鸭子等活捉"[①]。《上林赋》中弋射的鸟类有白鹄、野鹅、鸧鸹、黑鹤等,均是大飞禽。

---

① 丛文俊:《古代弋射与士人修身》,《中国典籍与文化》1995年第4期。

古人弋射飞禽，会在箭杆末端系上细丝绳。张衡《西京赋》有云："登豫章，简矰红。蒲且发，弋高鸿。挂白鹄，联飞龙。磻不待维，往必加双。"矰，系有红丝的矢。蒲且，即蒲且子，楚人，善射者。猎人射中高飞的鸿雁，带丝之矢穿挂白鹄，并飞野鸭一箭相连，磻矢常不独中，一发双鸟必穿。1972 年四川省大邑县安仁乡出土有弋射画像砖：画面有莲池，水面野鸭数只，莲池上空，一群鸟往东西两边疾飞。左边树荫下隐蔽着两个弋人正张弓欲射。射者身旁各置一架，架内有四"磻"。弋射者孔武有力，弓控满张，《西京赋》中所云"磻不待维，往必加双"，画像砖中的猎人也能达到这种水平。关于弋射飞禽的场面，班固《西都赋》有段比较壮烈而血腥的描写："列刃钻锬，要趹追踪。鸟惊触丝，兽骇值锋……矢不单杀，中必叠双。飑飑纷纷，矰缴相缠。风毛雨血，洒野蔽天。"赋中提到的"佽飞"，本是古代勇士的名字，汉武帝以之作为官名，主管弋射。期门、佽飞一类勇士，开始大展雄风，一起举起兵刃，共同拉开雕弓，追踪飞禽猛兽，鸟惊飞而自投罗网，兽骇极而误触刀锋，机弩从未虚发，箭也不会单发，一发必定双中。尤其写到狩猎飞禽的场景：空中飞着纷纷弋箭，箭尾的丝绳互相绞缠。羽毛随风飘飞，鲜血洒如雨点。血雨落遍绿野，鸟毛遮蔽蓝天。1985 年四川省彭州市羲和乡收集到一画像砖：画面左边是一池塘，右边为池岸，岸上有树，树上有顽皮的小猴和几只飞禽，树下一人正持弓箭仰射树上飞禽，其中一只飞禽似被射中，从树上往下坠。

有趣的是，汉代的画像砖与画像石上的狩猎飞禽场景，多与农作、采莲渔猎等一起出现，是农事收获的一种形式，这与汉赋中狩猎飞禽更多注重娱乐性元素不同，画像中狩猎飞禽所表现出的实用性与功利性更强，但就展现汉人对勇武的崇敬和征服自然的智慧和力量方面，二者是一致的。

总而言之，至汉代，狩猎活动已不再是一种谋生的手段，更多的是上升到一种娱乐的性质。巫鸿谓："汉代著名文学家的一些作品，如司马相如的《子虚赋》和班固的《两都赋》中，都描写了皇帝及其随从人员狩猎的壮观场面。这种贵族狩猎不是在野兽出没的荒野中进行，而大多是在封闭的皇家园林中展开……在如此神奇的环境中狩猎，定然可以满足皇帝贵族们置身祥瑞世界中的愿望。与此同时，狩猎业为汉朝廷提供一个展示富有和奢华的机会。"[①]一方面，狩猎活动固然是有展现汉廷富有的目的；但另一方面，作为娱乐项目的一种，狩猎活动也是对勇武的崇敬和对自然的敬畏，以及由此被赋予的祭祀内涵。扬雄《羽猎赋》开篇就引古证今，表明此赋的讽谏目的，引用《孟子》里"文王之囿"的典故，说明圣贤的君主应该把狩猎作为给祭礼提供祭品和招待宾客的手段，而不应该给百姓们的生产生活造成不良影响。此文又在描写渔猎场景时云："乃使文身之技，水格鳞虫，凌坚冰，犯严渊，探岩排碕，薄索蛟螭，蹈獑獭，据鼋鼍，拔灵蠵。入洞

---

① 巫鸿：《三盘山出土车饰与西汉美术中的"祥瑞"图像》，郑岩、王睿主编《礼仪中的美术——巫鸿中国古代美术史文编》，生活·读书·新知三联书店 2005 年版，第 158 页。

穴,出苍梧,乘巨鳞,骑京鱼。浮彭蠡,目有虞,方椎夜光之流离,剖明月之珠胎,鞭洛水之宓妃,饷屈原与彭胥。"命令技术高超的潜水能手,入池中手格鳞甲之物,他们冒着坚冰,亲临深渊,探索水下岩洞,搜视水下动态,探取蛟螭。脚踏大小水獭,手捉龟鳖鳄鱼,捧起玟瑁灵蠵。人从池中洞穴潜入,而至苍梧山下钻出。乘巨鲸,骑大鱼,浮游彭蠡之大湖,目睹九嶷山的舜墓,并且椎击夜光之流离,剖取明月之珠胎,鞭杀洛水之宓妃,饷祭屈原、彭咸和伍子胥。渔猎与祭祀功能合一。

第三节　乐舞百戏

乐舞百戏是汉代综合性表演艺术的一个大集合,内容含量极其庞大、类型式样繁多,包括汉代音乐、舞蹈、杂耍、竞技以及幻术等项目。可惜的是,汉代的乐舞百戏基本没有原样保存到现在;然而幸运的是,今天我们可以通过两种艺术样式,能窥得其原样之一二,即大量出土的汉画像石与铺张扬厉的汉赋文本。

《全汉赋》中有六十余篇赋描写了乐舞百戏。其中,乐器和器乐类的赋篇约有十五篇:贾谊《簴赋》(残篇),枚乘《笙赋》(存篇目)、《七发》,王褒《洞箫赋》,刘向《雅琴赋》(存残句),刘玄《簴赋》(存篇目),傅毅《舞赋并序》《琴赋》(残篇),张衡《观舞赋》,马融《长笛赋》《琴赋》,侯瑾《筝赋》,蔡邕《弹琴赋》(残篇)、《瞽师赋》(外篇),阮瑀《筝赋》等。描写乐舞的赋约有四十七篇:贾谊《惜誓》,枚乘《七发》《柳赋》,邹阳《酒赋》,公孙乘《月赋》,孔臧《谏格虎赋》,司马相如《子虚赋》《上林赋》《大人赋》《长门赋》《美人赋》,刘胜《文木赋》,刘彻《秋风辞》,东方朔《答客难》,扬雄《蜀都赋》《甘泉赋》《河东赋》《羽猎赋》《长杨赋》《太玄赋》《解嘲》《解难》,班婕妤《捣素赋》,杜笃《论都赋并奏及序》,傅毅《七激》,崔姻《大将军西征赋》《七依》,袁安《夜酺赋》,班固《西都赋》《东都赋》《答宾戏》,黄香《九宫赋》,李尤《平乐观赋》,张衡《南都赋》《西京赋》《东京赋》《思玄赋并序》《归田赋》《逍遥赋》《七辩》,崔琦《七蠲》,刘梁《七举》,边韶《塞赋》,廉品《大摊赋》,边让《章华台赋》,蔡邕《短人赋》《霖雨赋》等。描写百戏的赋作主要有两篇:李尤《平乐观赋》和张衡《西京赋》。《全汉赋》描写乐器和器乐演奏方面的情况,包括箫、筝、琴、笛的演奏和器乐合奏的盛况;描写悬挂钟磬的簴和乐人瞽师;以及宫廷中的钟鼓乐和歌舞乐同台演出的景象。所论及的乐舞主要是宫廷乐舞,主要的舞蹈种类有:盘鼓舞、长袖舞、手持兵器的舞蹈和祭祀时所表演的歌舞音乐。百戏包括:神仙戏、动物戏、角抵戏、滑稽戏、扛鼎、跳丸、走索、寻橦、冲狭、戏车及幻术等表演。

根据不同的地域风格及分布的密集程度,以乐舞百戏为主要题材的汉画像石的分布主要可以划分为三个区域。一是苏鲁豫皖区域,该区域是我国遗存乐舞百戏画像石最多、最密集的区域。江苏省的沛县、邳县、睢宁、铜山等地出土了很多著名的乐舞百戏画像石。山东省以济宁、枣庄、临沂、泰安、济南、潍坊、青岛、聊城、烟台等地为主。河南的洛阳、密县、登封、禹州等地也是乐舞百戏画像石的主要出土地点。安徽则以宿州、定远、灵璧、濉溪、亳州等地为主。二是河南南阳区域。河南是汉画像石出土较多的省市之一，而南阳则是河南乃至全国汉画像石出土量排名第一的城市。南阳各县市乐舞百戏画像石主要分布在宛城、唐河、卧龙、方城、邓州、新野等地。三是四川区域。主要集中在成都、合川、乐山、新津、雅安等地。

汉画像石是图像史料，形象直观；汉赋是文字记载，内容繁复，二者相互参照，"以图证史""以赋读图"，文图互证，或可在写实与抽象之中窥得汉代社会文化中的乐舞百戏之真实面貌。

一、音乐

梁萧统《文选》按照题材分赋为京都、郊祀、耕藉、畋猎、纪行、游览、宫殿、音乐等，首立"音乐"赋体，收录有王褒《洞箫赋》、傅毅《舞赋》、马融《长笛赋》、嵇康《琴赋》、潘安《笙赋》和成公绥《啸赋》，其中前三篇为汉赋。《全汉赋》中保存下来的音乐赋，也大致是乐器赋和舞蹈赋两类，而乐器赋主要描写的是箫、笛等管乐器，琴等弦乐器以及钟、磬、鼓等合奏场面。

1. 管乐器：笛子、箫

应劭《风俗通义》谓"笛"："谨按：《乐记》：'武帝时丘仲所作也。'笛者，涤也，所以荡涤邪秽，纳之雅正也。长尺四寸，七孔。后有羌笛。"马融《长笛赋》记载："况笛生乎大汉。"又引用汉丘仲辞曰："近世双笛从羌起，羌人伐竹未及已。龙鸣水中不见已，截竹吹之声相似。剡其上孔通洞之，裁以当遏逪便易持。京君明贤识音律，故本四孔加以一。君明所加孔后出，是谓商声五音毕。"[1]《长笛赋》记载羌笛有四个孔，后京房又在其后加了一个高音按孔，变为五孔笛。

在汉代画像砖和画像石中，吹奏笛乐的画像很多，有一人吹笛者，如1983年山东省嘉祥县纸坊镇敬老院出土的乐舞画像，画面分四层，其中第二层是：赏乐，男主人居右，左有四人奏乐，其中第三人正在吹笛。又1986年江苏徐州铜山汉王乡东沿村发现的乐舞画像石，画面分四层，其中第四层画像是：正中刻建鼓舞，建鼓为兽形柎座，鼓上饰幢、羽葆等物，旁有鼓员二人。左侧刻有弄丸艺人，右侧刻吹竽、吹排笛、抚琴、摇鼗鼓等乐师。还有吹横笛者，1956年江苏徐州铜山苗山发现的乐舞画像石：

---

① 应劭撰，王利器校注：《风俗通义校注》，中华书局1981年版，第304—305页。

图5-16　乐舞画像;东汉画像石;纵58厘米,横152厘米。

画面中部刻一乐师吹奏横笛。

在汉画像石中,吹笛者的姿态、神情得以很好的保存,并逼真地展现在现代人面前。但关于汉代的笛子文化,还有很多是不能通过汉画像来传达的,比如汉代笛子的制作过程、笛子奏乐的美妙程度等,这些又通过汉赋文本得以补偿,如马融《长笛赋》写笛子的制作装饰的过程云:

> 于是乃使鲁般、宋翟,构云梯,抗浮柱,蹉纤根,跋篾缕,膺峭陁,腹陉阻,逮乎其上,匍匐伐取,挑截本末,规摹瓁矩。夔、襄比律,子野协吕,十二毕具,黄钟为主,矫揉斤械,剜挨度拟,鑢铜隙坠,程表朱里,定名曰笛。

让制作笛子的能手在悬崖绝壁、人迹罕至的山巅伐取竹子,按照一定的规格尺寸,截取根稍,请夔、襄按律定音,子野协和律吕,再用文火矫正弯度,用刀斧使之圆直,系上坠子等装饰,外面削出笛孔,里面涂上红漆,笛子就制作完成了。描写笛声之美云:

> 尔乃听声类形,状似流水,又象飞鸿,泛滥溥漠,浩浩洋洋,长矕远引,旋复回皇。充屈郁律,瞋菌碨抈。鄽琅磊落骈田磅唐。取予时适,去就有方。洪杀衰序,希数必当。微风纤妙,若存若亡。荩滞抗绝,中息更装。奄忽灭没,晔然复扬。

听那笛声,仿佛就像看见了物体的形象,它的形状像流水欢快,又像飞鸿飘逸,声调取舍适度,节奏繁简有方,有时声音像微风那样纤细轻柔,仿佛存在,又仿佛消亡,有时稍稍停息,有时又盛大高昂。总之是各个声调异常美妙。

鉴赏汉画像石,品读《长笛赋》,眼前实境是吹笛者的姿态、神情,幻境中的是《长笛赋》所营造出来的制笛情景和笛声之美,浮想联翩,汉代笛乐之美在实与幻的交替之间得到更好的展现。

箫,管乐器,相传为舜所造,别称"竖吹""尺八""竖篴""通洞""排箫"等。箫是古代乐队中的主要乐器之一,无论是在雅乐还是在俗乐的演奏中,都经常出现,如1983年山东省嘉祥县纸坊镇敬老院出土的乐舞画像,第二层的左边有四人奏乐,其中第二个人就是在吹排箫。又如1954年3月山东省沂南县北寨村出土的汉墓中室东壁横额画像:乐舞百戏图。自左而右分为三组。第一组右下为三排踞坐于席上演奏小鼓的女乐和吹排箫、击铙、吹埙、抚琴、吹笙的男乐。第二组，上列右为三人吹箫伴奏。第三组，车舆内四羽人吹排箫、击建鼓和唱歌。从器乐演奏的形式与规模来看，应该是一场雅乐表演，排箫演奏广泛参与其中，就人数规模来看，排箫演奏的人员达到了八人，形式也很多样，有男乐演奏，有伴奏，有羽人演奏，姿态各异。

汉代又称箫为"洞箫"，王褒专门作有《洞箫赋》，其中写洞箫制作、装饰的过程云：

> 于是般匠施巧，夔妃准法。带以象牙，揾其会合。锼镂离洒，绛唇错杂；邻菌缭纠，罗鳞捷猎；胶致理比，挹抐摁揬。

与笛子的制作过程描写相似，鲁般、匠伯施展技巧，夔和师襄制定准则，用象牙装饰，孔眼染红，箫上文彩交错，美不胜收。此文描写了一个天生盲人吹箫的过程：

> 于是乃使夫性昧之宕冥，生不睹天地之体势，暗于白黑之貌形。愤伊郁而酷恶，愍眲子之丧精。寡所舒其思虑兮，专发愤乎音声。故吻吮值夫宫商兮，和纷离其匹溢。形旖旎以顺吹兮，瞋啥喁以纤郁。气旁迕以飞射兮，驰涣散以逶律。趣从容其勿述兮，骛合遝以诡谲。或混沌而潺湲兮，猎若枚折；或漫衍而络绎兮，沛焉竞溢。惏栗密率，掩以绝灭，嚛霅晔踕，跳然复出。

一个天生盲者，不知天地为何物，不明白昼黑夜之形貌。短于见者精于思，忧思苦恼全部倾泻到他的音乐之道中，丝竹之音，形随声起，灵动多姿，妙不可言。

赋写箫声悠扬，听箫者不知不觉伴唱声起，"若乃徐听其曲度兮，廉察其赋歌。啾咇咛而将吟兮，行锽锽以和啰"。这种情形在汉画像中也很多见，如1986年8月山东省济宁师范专科学校出土的十号石椁墓西壁画像：画面左格，上刻一建鼓竖立于虎座上，羽葆平飘，两侧各一人执双桴建鼓，下刻伴奏乐人五人，其中一人执槌击磬，二人吹排箫，一人作长袖舞，一人高歌伴唱。这种随箫等乐器演奏而起舞伴唱的形式，在汉赋作品与画像中都有展现，且姿态、神情与音乐之妙趣、兴味得以完美结合了起来。

2. 弦乐器：琴

《全汉赋》中描写最多的弦乐器是琴，如刘向《雅琴赋》、蔡邕《弹琴赋》、傅毅《琴赋》、张衡《琴赋》等，枚乘《七发》、司马相如《长门赋》、崔琦《七蠲》等赋文中也有对制琴和琴曲的描写。如司马相如《长门赋》有云："援雅琴以变调兮，奏愁思之不可长。案流徵以却转兮，声幼妙而复扬。"把雅正的琴曲改为变调，按住流畅的徵音，抒发内心愁思。

汉画像中弹琴的场景出现得特别频繁，几乎只要是宴饮、乐舞的场面都会有弹琴助兴。但在汉画像中，关于琴的制作材料与工艺技术的记载非常少见。《诗经·定之方中》有云："椅桐梓漆，爰伐琴瑟。"梧桐是制作琴的最好材料，而梧桐木料的选取，也是有严格讲究的，这在汉画像中得不到立体的展现，这一点，在汉赋文本中有较为详细的记载。如刘向《雅琴赋》谓梧桐树是"潜坐蓬庐之中，岩石之下"。马融《琴赋》云："惟梧桐之所生，在衡山之峻陂。"琴木梧桐的生长地点在险峻的衡山之崖。傅毅《琴赋》也云："历嵩岑而将降，睹鸿梧于幽阻。高百仞而不枉，对修条以持处。蹈通涯而将图，游兹梧之所宜。盖雅琴之丽朴，乃升伐其孙枝。命离娄使布绳，施公输之剞劂。遂雕琢而成器，揆神农之初制。"制琴的过程，选取一棵长在险峻而人迹罕至的地方的高大的梧桐树为材料，让离娄巧匠打墨线，让鲁班师傅精雕细琢，按照琴的始祖神农氏当初的格式，制作成琴。蔡邕《弹琴赋》云："尔乃言求茂木，周流四垂。观彼椅桐，层山之陂。丹华炜烨，绿叶参差。甘露润其末，凉风扇其枝。鸾凤翔其巅，玄鹤巢其岐。考之诗人，琴瑟是宜。"制作琴的木料的梧桐生长在层峦叠嶂的山崖上，花红且光灿鲜亮，叶绿且摇曳多姿，得甘露滋润，有清风吹拂，鸾凤盘旋树冠之上，鹤栖树杈之间。

　　古人弹琴最佳者，莫过师旷。马融《琴赋》云："昔师旷三奏，而神物下降，玄鹤二八，轩舞于庭，何琴德之深哉！"师旷弹琴，当他在弹奏琴的时候，有神奇之物自空中降下，十六只玄鹤在庭院里轻扬起舞，可知琴的感染力之深。四川省雅安市姚桥乡出土的高颐阙有一幅"师旷鼓琴图"与此相对应：

图 5-17　雅安高颐阙·师旷鼓琴图；东汉画像石；高 31 厘米，宽 60 厘米。

　　画像中有两个戴冠者相对坐于两矮榻上，左者拨弦弹奏琴曲；右者左手抚膝，右手举袖。中间放置一豆行器，内盛一勺。天上有两只展翅下翔的鹤，抚琴者左方有一对类似猿猴者，在图的最右侧有两头羊站立一旁。赋中说有十六只玄鹤起舞，画像中展现出来的是两只鹤，但多了猿猴与羊，共同的主题展现的都是琴声的感染力之深厚。

　　这幅"师旷鼓琴图"展现的另外一点是弹琴的姿态与技巧，画面中的左边人物左手放置于膝的古琴上，手指按弦，右手拨弦作弹奏状。蔡邕《弹琴赋》有云："尔乃清声发兮五音举，发宫商兮动徵羽，曲引兴兮繁弦抚。然后哀声既发，秘弄乃开。左手抑扬，右手徘徊。指掌反覆，抑案藏摧。"乐曲一开始是拨动琴弦发出丰富的乐音，然后悲哀的音调出现。左手上下拨动，右手左右连弹，或用手掌反复击打，或双手按琴用力拨动琴弦。画像石中，弹琴演奏的动作，不只是人能做，神兽动物也能完成，如 1975 年四川省彭山县出土的画像砖中有一神兽在抚琴，[①]1983 年山东省嘉祥县纸坊镇敬老院出土的画像第七石上有一牛在弹琴。[②]还有较为清晰且形象的老虎弹琴图，1955 年 5 月陕西省绥德征集到的绥德墓门楣画像：画面中的这只虎两后腿站立，右前爪拿一五弦琴，左前爪作弹琴状，弹琴形态活灵活现。

汉画像中没有弹琴演奏的曲目与演奏效果的展现，而这在汉赋文本中有较好的体现，蔡邕《弹琴赋》有云："于是繁弦既抑，雅韵乃扬。仲尼思归，《鹿鸣》三章。《梁甫》悲吟，周公《越裳》。青雀西飞，《别鹤》东翔。《饮马长城》，楚曲《明光》。楚姬遗叹，鸡鸣高桑。走兽率舞，飞鸟下翔。感激弦歌，一低一昂。"这里列举出一些琴曲雅韵，如孔子《思归》曲、天子宴饮的《鹿鸣》、悼念故人的《梁甫吟》，以及《越裳》《青雀》《别鹤》《饮马长城》《明光》等。关于弹琴的音阶变化，刘向《雅琴赋》云："弹少宫之际天，授中徵以及泉。"少宫，即变宫，为中国古代七声音阶中的第七音级，比"宫"低半音。中徵，即变徵，为中国古代七声音阶中的第四音级，比"徵"低半音。当用变宫之音弹奏时，琴声高昂如入云天，忽而转为变徵，音声又如淙淙流水。关于弹琴的演奏效果，傅毅《琴赋》有一句总结道："尽声变之奥妙，抒心志之郁滞。"弹琴的作用就是要弹奏出音乐变化的所有奥妙，抒发出弹奏者内心积聚的苦闷。具体而言，就是蔡邕《弹琴赋》所云："楚姬遗叹，鸡鸣高桑。走兽率舞，飞鸟下翔。感激弦歌，一低一昂。"楚姬留下深深的哀叹，雄鸡飞到桑树巅上鸣叫，走兽按照节拍跳舞，飞鸟循着音乐下翔。1972 年冬山东省临沂市白庄出土画像石：

图 5-18 西王母·东王公·祥禽瑞兽画像；东汉画像石；纵 51.5 厘米，横 283 厘米。

---

① 拓片纵 37.5 厘米，横 46 厘米；四川省彭山县文物管理所藏。

② 朱锡禄：《嘉祥汉画像石》，山东美术出版社 1992 年版，图 132；原石纵 81 厘米，横 68 厘米；山东省嘉祥县武氏祠文物保管所藏。

上层中部有一人抚琴，羽人伴乐跳舞，瑞兽奔跃，想必就是蔡邕《弹琴赋》所说的听琴效果。诚如刘向《雅琴赋》谓："游予心以广观，且德乐之愔愔。"将汉赋文本与汉画像相对照着来欣赏，让我们充分发挥想象的空间，仿佛能聆听到美妙的琴声。

　　3. 乐队组合

　　观察汉画像与细读汉赋文本，我们会发现，二者所展现出的乐器演奏，通常都不是单一出现的，而是以一个乐队组合的形式呈现出来。就汉赋文中的记载来看，汉代乐队的组合方式主要有：钟鼓乐、金石乐、丝竹乐、鼓吹乐这四种乐队组合。

　　司马相如《子虚赋》写渔猎时"罔瑇瑁，钩紫贝，摐金鼓，吹鸣籁。榜人歌，声流喝"，记载的就是户外鼓吹乐演出。撞击铙钹金鼓，吹奏箫管芦笙，船夫应节而歌，一片悲嘶之声，其目的是惊骇鱼类，利于追捕。又班固《西都赋》："棹女讴，鼓吹震，声激越，謍厉天。"讴，歌唱。鼓吹，乐曲名，北方民歌，乐器为鼓钲箫笳。船女歌唱，鼓吹伴奏，声音激越，响彻云天。这种鼓吹演奏渔猎的场景，汉画像石中也有一定程度的展现，如1976年山东滕州官城郊马王村出土的画像石：此图画面三格，左格，建鼓高立中央，羽葆飘扬两旁，二人持桴边击鼓边舞蹈，另二人吹排箫。中格，一楼二阙。楼上女主人正中坐，两侧二侍者，楼下男主人端坐，左有二人长袖舞。右格，水上一树，树上二人钓鱼，旁有一人划船捕鱼。汉人渔猎通常会唱起渔歌，这在汉画像中是体现不出来的，而在汉赋文本中得以保存，如张衡《西京赋》描写渔猎乐歌："齐栧女，纵棹歌；发引和，校鸣葭；奏《淮南》，度《阳阿》。"女子划桨动作整齐划一，放声高唱船家山歌，一个人引唱，众人齐和，调校鸣葭（笳）来伴乐，刚演奏了《淮南》之曲，又来吹楚曲《阳阿》。

　　又有钟鼓乐与丝竹乐交替演奏的情形，如早年山东省微山县两城镇出土建鼓、乐舞画像：此图画面中央立高杆建鼓，杆上羽葆飘扬两旁，两人双手持桴击鼓，鼓旁乐舞杂技，抚琴者、吹竽者、吹排箫者列坐左边，钟鼓与丝竹齐鸣。同样的情形，班固《东都赋》有云：

　　尔乃盛礼兴乐，供帐置乎云龙之庭。陈百寮而赞群后，究皇仪而展帝容。于是庭实千品，旨酒万钟。列金罍，班玉觞。嘉珍御，太牢飨。尔乃食举《雍》彻，太师奏乐。陈金石，布丝竹。钟鼓铿钖，管弦烨煜。抗五声，极六律。歌《九功》，舞《八佾》。《韶》《武》备，泰古毕。四夷间奏，德广所及。《僸》《佅》《兜离》，罔不具集。万乐备，百礼暨。皇欢浃，群臣醉。降烟煴，调元气。然后撞钟告罢，百寮遂退。

　　写宫廷宴飨的音乐助兴，先是进餐要伴有《雍彻》乐声，有乐师指挥演奏；再就是要陈列编钟编磬，布置琴瑟箫笙，钟鼓之声是"铿钖"，即庄重典雅，管弦之音是"烨煜"，光辉闪耀，热情饱满。并且歌有《九功》之类来赞颂六府三事之功的歌曲，舞有古代天子舞的《八佾》，乐有传为舜所制的乐曲《韶》、武王克商的颂曲

《武》等上古之乐,尽善尽美。又有《僸》《休》《兜离》等四方少数民族的乐曲前来助欢,万种音乐齐备,大汉声威远扬。

遗憾的是,汉画像中虽有非常丰富的乐队表演类型与形态的展现,但缺少了音乐表演的名称呈现,只能望其在奏乐,而不知在奏何种音乐,汉赋能够在欣赏汉画像的同时,在这方面有所补充,前引司马相如《上林赋》与班固《东都赋》都有所揭示,又如张衡《东京赋》云:"礼事展,乐物具,《王夏》阕,《驺虞》奏。"大射的礼仪开始进行,乐队演奏完《王夏》乐章,又奏起《驺虞》乐章,这些都是雅乐。又张衡《南都赋》云:"结《九秋》之增伤,怨《西荆》之折盘。弹筝吹笙,更为新声。"《九秋》之歌增人伤感,《西荆》之舞使人幽怨,这些是新声。赋文本中新声与雅乐名称的呈现,弥补了汉画像欣赏兴味的不足。

二、舞蹈

《乐府诗集》卷五十二中记载:"自汉以后,乐舞浸盛。故有雅舞,有杂舞。雅舞用之郊庙、朝飨,杂舞用之宴会。"[1]卷五十三又记载:"杂舞者,《公莫》《巴渝》《槃舞》《鞞舞》《铎舞》《拂舞》《白纻》之类是也。"[2]宴饮时所表演的舞蹈主要有:长袖舞、盘鼓舞和武舞,应归《乐府诗集》中的杂舞一类。其中《长袖舞》属于以手、袖为容的舞蹈;盘鼓舞是一种与乐器演奏相结合的舞蹈;而武舞是一种与武术相结合的舞蹈,通常是手持兵器的舞蹈。郊庙祭祀和典礼时表演的乐舞则可归为雅舞之类。如黄帝的《云门》,尧的《大咸》,舜的《大韶》,禹的《大夏》,商的《大濩》和周的《大武》,即所谓六代乐舞。汉代郊庙祭祀上表演的乐舞又增加了《青阳》《朱明》《云翘》等。祭祀雅乐,大量出现在汉赋文本中,但在汉画像中,却很少见到雅乐舞的踪迹,更多的是傩祭乐舞。

1. 长袖舞

《韩非子·五蠹篇》云:"鄙谚曰:'长袖善舞,多钱善贾。'此言多资之易为工也。"[3]长袖舞是一种舞种的统称,其特点是长袖纤腰、灵动飘逸。这个舞种在汉代非常盛行,"汉代舞人舞袖的形象十分丰富,几乎是无舞不舞袖"[4]。在汉赋文本描写舞蹈表演时,也往往会写到长袖舞,如邹阳《酒赋》云"曳长裾,飞广袖,奋长缨",边让《章华台赋》云"长袖奋而生风",此当为跳长袖舞之便利装束与长袖飘举的特征。崔骃《七依》"振飞縠以舞长袖,袅细腰以务抑扬",点出长袖舞的扬袖舞腰之态,舞伎细腰成为汉人的审美取向。犹如江苏徐州驼篮山汉墓出土的

---

① 郭茂倩编:《乐府诗集》,中华书局 1979 年版,第 753 页。

② 郭茂倩编:《乐府诗集》,中华书局 1979 年版,第 766 页。

③ 《韩非子》校注组编写,周勋初修订:《韩非子校注》,凤凰出版社 2009 年版,第 562 页。

④ 王克芬:《中国舞蹈发展史》,上海人民出版社 2004 年版,第 115 页。

西汉长袖舞俑：舞俑所展示的长袖舞最显著的特点是翘袖折腰,舞者运用长袖来使身姿更加旖旎动人,使舞蹈场面更加丰富优美。

在汉画像中,对长袖舞的展现也是比比皆是,如河南郑州出土的单人长袖舞画像砖：画中一人身穿长袖舞衣,下身长裤,腰部纤细,一腿呈弓步状前伸、跨步奔跃,两只手臂一前一后挥洒出长袖,袖如飞虹,体若游龙,舞姿动作幅度很大,右坐一人手执桴击鼓,左坐一人击掌为节打节奏。此即傅毅《舞赋》所云"于是蹑节鼓陈,舒意自广。游心无垠,远思长想。其始兴也,若俯若仰,若来若往。雍容惆怅,不可为象。其少进也,若翔若行,若竦若倾。兀动赴度,指顾应声。罗衣从风,长袖交横"以及"体若游龙,袖如素蜺"者也。又如山东省邹城市太平镇王石村出土的二人长袖舞画像石：画面中两名女舞者,发髻高耸,身着长裤,腰肢纤细,一只长袖飘于身旁,另一只长袖摇曳于头顶之上、凌空飞舞,头部扭向身体一侧,双腿跨开,舞姿婀娜。诚如张衡《南都赋》所写："于是齐僮唱兮列赵女。坐南歌兮起郑舞。白鹤飞兮茧曳绪。修袖缭绕而满庭,罗袜蹀躞而容与。翩绵绵其若绝,眩将坠而复举。翘遥迁延,跅跅蹁跹。"齐僮清唱赵女舞,唱着南歌舞起郑舞,舞似白鹤蹁跹,歌如茧丝不断。长袖飘拂堂前,步履轻盈舒缓,修长舞袖,似断似连,时上时下,令人目眩,广袖轻举,舞姿回旋。

舞蹈表演常有歌乐相伴,汉画像中的舞蹈也是常与音乐演奏同时呈现,如江苏徐州沛县栖山画像石：画像中间有二人跳长袖舞,左为一女子,细腰长裙,右臂在上,左臂在下,侧身扬袖而舞,姿态舒展,婀娜多姿;右侧一男子扎腰,短袍长裤,垂袖与之合舞,姿态典雅优美,刚柔并济,旁有四位乐师,用笙、瑟、排箫为长袖舞伴奏。徐干《齐都赋》："欢幸在侧,便嬖待隅。含清歌以咏志,流玄眸而微眄。竦长袖以合节,纷翩翩其轻迅。"刘桢《鲁都赋》："舞人就列,整饰容华。和服扬眸,眄风长歌。飘乎猋发,身如转波。寻虚骋迹,顾与节和。纵修袖以终曲,若奔星之赴河。"

2. 盘鼓舞

盘鼓舞是汉代常见的一种舞蹈形式,在宫廷和民间都很盛行。盘鼓舞表演以盘和鼓为道具,舞者或围着盘或鼓,或在盘子和鼓上面跳舞,盘和鼓摆放的位置与数量灵活不固定,有三、四、五、七盘的,也有四盘二鼓、六盘二鼓、七盘三鼓的等等。但大多情况下放置七个盘,因此盘鼓舞又被称为"七盘舞"。《文选·舞赋》李善注谓："《般鼓》之舞,载籍无文,以诸赋言之,似舞人更递蹈之而为舞节。"①《盘鼓舞》的起源,已无法考证。"推测是从楚国的祠神乐舞里发展演变而来,楚国的祠神乐舞,以用鼓为主要特点。"②"在目前已发现的汉代舞蹈画像中,以《盘鼓舞》画像的数量最多;同时,在汉代文献记载的舞蹈资料中,也是《盘鼓

---

① 萧统编,李善注：《文选》,中华书局 1977 年影印本,第 248 页。

② 萧亢达：《汉代乐舞百戏艺术研究》,文物出版社 1991 年版,第 211 页。

舞》最多。"①

1974 年山东省济南市历城区黄台山出土七盘舞画像：

图 5－19　七盘舞；东汉画像石；纵 107 厘米，横 67 厘米。

画面上部一女子抛长袖踏盘而舞，脚下共有七个盘子，盘间有一小鼓，下部一人击鼓伴奏。王粲《七释》有云："七盘陈于广庭，畴人俨其齐俟。……揄皓袖以振策，竦并足而轩跱。邪睨鼓下，伉音赴节。……安翘足以徐击，驭顿身而倾折，……翩飘微霍，乱精荡神。"此舞有飘盈欲逝、进退有节的特点。

七盘舞的表演形式通常是与长袖舞一体化，表演者一般都是穿着长袖服饰在盘上起舞。1956 年四川省彭山县太平乡出土盘舞杂技画像砖：画面中间一双髻女伎，手持长巾，踏鼓起舞，舞者足下倒覆七盘。女伎动作轻捷，舞步灵巧，长袖和裙边长带随舞姿飘拂，有"体如游龙、惊鹤"之状。张衡《西京赋》有云：

① 傅举有：《鸾飞天汉，袖舞长虹》，《故宫文物月刊》第 11 卷 10 期，第 118 页。

秘舞更奏,妙材骋伎。妖蛊艳夫夏姬,美声畅于虞氏。始徐进而赢形,似不任乎罗绮。嚼清商而却转,增婵娟以龇龃。纷纵体而迅赴,若惊鹤之群罴。振朱屣于盘樽,奋长袖之飒缅。要绍修态,丽服扬菁。略藐流眄,一顾倾城。

稀见之舞依次进献,美女歌姬开始徐徐趋进,体态柔弱纤细,仿佛不能自持,支撑不住美丽的衣服,口吟清商之曲,欲前行却又将身转,妖姿媚态,冶艳至极。一会儿纷纷纵体轻举,迅速矫健,一会儿宛如惊鸿轻飞,成群相随,振起红底丝履,舞于杯盘之间,挥举长长双袖,不断滚动舒卷,体态极尽娇媚,倾城倾国。

盘舞在汉代是一种很盛行的乐舞,舞蹈时有歌相和,有乐伴奏。张衡《舞赋》云:

美人兴而将舞,乃修容而改袭,服罗縠之杂错,申绸缪而自饰。拊者啾其齐列,盘鼓焕以骈罗。抗修袖以翳面兮,展清声而长歌。歌曰:惊雄逝兮孤雌翔,临归风兮思故乡。揶纤腰而互折,婑倾倚兮低昂。增芙蓉之红花兮,光的皪以发扬。腾眸目以顾眄,盼烂烂以流光。连翩骆驿,乍续乍绝。裾似飞燕,袖如回雪。……同服骈奏,合体齐声。进退无差,若影追形。……历七盘而屣蹑。

盘舞时有清歌相和,有击鼓伴奏。1974 年山东省济南市历城区黄台山出土人物对坐、长袖鼓舞像:画面上部二人对坐,右边之人手执便面,中部一人执便面踏鼓而舞,一女子击鼓伴奏,下部二人执便面观舞。画像中看不出是否有歌者,但结合汉赋文本的描写,应该也是有以歌相和者。河南新野后岗出土有七盘舞画像砖:图中舞伎头梳高髻着褂衣,修身束腰,腰间有柳叶形彩饰。足下置六盘一鼓,两足踏于盘鼓之上,长袖翻飞,舞姿翩翩。有一男单腿跪地,双臂前伸,仰面与女伎对视,口为半张之状,或即是随舞清歌。

随盘鼓舞而歌之曲,一般都是俗乐,傅毅《舞赋》云"眄般鼓则腾清眸,吐哇咬则发皓齿",表明盘鼓舞为踏鼓跳跃之舞,或伴之"哇咬"一类的民间艳声丽曲。傅毅《舞赋》此句之后的一段关于盘鼓舞表演的描述,当为汉赋中描写盘鼓舞最为细致详尽的文字:

摘齐行列,经营切拟。仿佛神动,回翔竦峙。击不致策,蹈不顿趾。翼尔悠往,暗复辍已。及至回身还入,迫于急节。浮腾累跪,趺蹋摩跌。纤形赴远,漼似摧折。纤縠蛾飞,纷猋若绝。超越鸟集,纵弛殟歾。蜲蛇姌弱,云转飘曶。体如游龙,袖如素蜺。

跳盘鼓舞,就舞蹈整体而言是队列整齐,往来有秩,一动一静,又回又复。就舞蹈的瞬间动作来看,蹈鼓时足趾不顿,动作且轻且疾,舞者一会儿纵身跳跃,一会儿飞腿盘旋,曲体奋身。汉画像中也有这种舞蹈时的精彩瞬间动作的捕捉,如河南南阳东关李相公村出土的许阿瞿墓乐舞画像石:

图 5－20　许阿瞿墓志画像；东汉建宁三年(170)画像石；高 69 厘米，长 109 厘米。

画面下层刻画一梳双髻乐人两袖飘举，正纵身腾空跃起，从一鼓跳向一盘，左脚已离开鼓面，右脚脚尖正落向覆置于地的盘上。这是舞者表演中最精彩动人的一瞬，稍纵即逝的生动舞姿，舞姿翩然，诚乃"体如游龙，袖如素蜺"之谓也。

3.　武舞

武舞是手持兵器的舞蹈，通常手持矛或剑起舞，山东金乡香城堌堆出土的汉代武舞图：画面中左边一人手持短剑，右边一人手握长矛，二人对舞。崔琦《七蠲》云："小语大笑，应节有方。众戏并进，于肆徘徊。妓人正容，就到从行。三声二变，激徵溢商。镜舞九曜，剑利冬霜。"描写的就是剑舞，四川省大邑县安仁镇出土的东汉画像砖中有一幅持剑武舞画像：在汉代流传最广的武舞是巴渝舞。"'渝'也作俞，又名俞儿舞，原为古代西南少数民族舞蹈。……汉代巴渝舞已成为表现军旅战斗、歌颂帝王功德的宫廷舞蹈。表演时，舞者身披盔甲，手持弩箭，口唱賨人古老战歌，乐舞交作，边歌边舞。"[①]《乐府诗集》说："《晋书·乐志》曰：《巴渝舞》，汉高帝所作也。高帝自蜀汉将定三秦，阆中范因率賨人从帝为前锋，号板楯蛮，勇而善斗。及定秦中，封因为阆中侯，复賨人七姓。其俗喜歌舞，高帝乐其猛锐，数观其舞，曰：武王伐纣歌也。后使乐人习之。阆中有渝水，因其所居，故曰《巴渝舞》。"司马相如《上林赋》有关于巴渝舞的描写："巴、渝、宋、蔡，淮南干遮，文成颠歌，族居递奏，金鼓迭起，铿锵闛鞈，洞心骇耳。荆、吴、郑、卫之声，《韶》《濩》《武》《象》之乐，阴淫案衍之音，鄢郢缤纷，《激楚》《结风》，俳优侏儒，狄鞮之倡，所以娱耳目乐心意者，丽靡烂漫于前，靡曼美色于后。"这是天子游猎

_____

① 《中国大百科全书·音乐舞蹈卷》，中国大百科全书出版社 1992 年版，第 38 页，"巴渝舞"词条。

倦怠后，在摩天高台张雅乐，撞千石洪钟，立万石巨簴，架鼍皮蒙制的鼓，吹奏唐尧时的舞曲，聆听葛天氏的乐歌，气势宏大。又有巴渝妙舞，宋蔡名讴，淮南干遮，辽西新咏，云南滇歌，荆、吴、郑、卫之声，《韶》《濩》《武》《象》之乐，《激楚》《结风》等等舞曲，凡是能够愉悦耳目、赏心悦意的歌舞表演，全部都进献了出来。巴渝妙舞现在已不可知，1987 年四川璧山广普乡蛮洞坡崖墓出土壁山一号石棺，石棺右侧有"巴人舞"画像：

图 5-21　巴人舞·杂技画像；东汉画像石；高 72 厘米，长 210 厘米。

画像下层有两根立柱，将画面分为三格。右格中戴冠长服、束腰带者，似为主人。左右二人，均戴山字冠，长服佩剑，手持便面。中格三人均戴山字冠，背长羽，着紧身衣，牵手起舞。左格三人均戴人字冠、着紧身衣，一人跳丸，一人弄剑，一人手执一物，不易辨认。王粲《七释》云："巴渝代起，鞞铎响振。"巴渝舞应是有金鼓奏乐、雄浑有力的舞蹈形式。

4. 祭祀乐舞

雅乐舞有六代乐舞和汉代郊庙祭祀上新出现的乐舞两种形式，司马相如《上林赋》写狩猎后的燕礼奏乐云：

　　奏陶唐氏之舞，听葛天氏之歌。[①] ……荆、吴、郑、卫之声，《韶》《濩》《武》《象》之乐，阴淫案衍之音。[②]

---

① 葛天氏之歌，《周礼》《礼记》中不见载。《文选》李善注："张揖曰：'葛天氏，三皇时君号也。其乐，三人持牛尾，投足以歌八曲：一曰载民，二曰玄鸟，三曰育草木，四曰奋五谷，五曰敬天常，六曰彻帝功，七曰依地德，八百总禽兽之极。'韦昭曰：'葛天氏，古之王者，其事见《吕氏春秋》。'善曰：'《吕氏春秋》云：葛天氏之乐，以歌八阕：一曰载民，三曰遂草木，六曰建帝功。今注以阕为曲，以民为氏，以遂为育，以建为彻，皆误。'"

② 费振刚等：《全汉赋校注》，广东教育出版社，2005 年，第 90 页。下文引汉赋作品，如未特别注明，皆出此本，不再出注。

陶唐，尧有天下之号也。《文选》李善注引如淳注曰："舞《咸池》也。""奏陶唐氏之舞"，即奏尧《咸池》乐舞，接下来的"圣乐"是《韶》（舜）→《濩》（汤）→《武》（周武王）→《象》（周公），这一古乐系统顺序与《周礼》及郑玄注大体一致。《周礼·大司乐》载："以乐舞教国子舞《云门》《大卷》《大咸》《大磬》《大夏》《大濩》《大武》。"郑玄注云：

此周所存六代之乐。黄帝曰《云门》《大卷》，黄帝能成名，万物以明，民共财，言其德如云之所出，民得以有族类。《大咸》《咸池》，尧乐也。尧能殚均刑法以仪民，言其德无所不施。《大磬》，舜乐也。言其德能绍尧之道也。《大夏》，禹乐也，禹治水傅土，言其德能大中国也。《大濩》，汤乐也。汤以宽治民，而除其邪，言其德能使天下得其所也。《大武》，武王乐也。武王伐纣以除其害，言其德能成武功。[1]

其所构成的"圣乐"系统是：《云门》《大卷》（黄帝）→《大咸》（尧）→《大磬》（舜）→《大夏》（禹）→《大濩》（汤）→《大武》（周武）。又班固《东都赋》："尔乃食举《雍》彻，太师奏乐。陈金石，布丝竹，钟鼓铿锽，管弦烨煜。抗五声，极六律，歌九功，舞八佾，《韶》《武》备，太古毕。四夷间奏，德广所及，《僸》《佅》《兜离》，罔不具集。"《雍》，《诗·周颂》篇名，《毛传》云："《雍》，禘大祖也"，《郑笺》："禘，大祭也"。此段文字与《礼记·明堂位》相对照：

季夏六月，以禘礼祀周公于大庙。……升歌《清庙》，下管《象》，朱干玉戚，冕而舞《大武》。皮弁，素积，裼而舞《大夏》。《昧》，东夷之乐也。《任》，南蛮之乐也。纳夷蛮之乐于大庙，言广鲁于天下也。

《礼记》描述在太庙用禘祭礼祭祀周公的过程中，除乐舞"圣乐"外，还有雅乐《清庙》，另有《昧》《任》二乐。演奏形式是：堂上歌唱《清庙》，堂下用管乐吹奏《象》曲，跳《大武》《大夏》舞。《昧》是东夷音乐，《任》是南蛮音乐，将此二乐吸收到太庙中，意在说明鲁（周公）的功德广布天下。

诸如上述，汉赋文本中大量存在着雅乐舞类型，但汉画像石、画像砖中却难觅踪迹，不能将二者对照欣赏。幸运的是，有一种祭祀乐舞——傩舞大量存在于汉赋文本与汉代图像中。傩舞是一种由方相氏戴着假面，为了驱鬼逐疫而表演的舞蹈。这种舞蹈最初是民间用于全民驱邪逐魔的，后来逐渐被宫廷内所认可，形成了一种仪式性的规制。傩舞在汉代社会非常普遍，汉画像石中也留下了对傩舞的史实记录。如江苏徐州贾汪区建筑人物傩舞图画像石：画面中部刻有一建筑，内有两人坐着交谈，建筑左侧两人六博，并有仆人跪侍相伴，建筑右侧有一人在表演长袖舞，另一人跳傩舞，此人头戴面具，头上左右各有一犄角，目瞪眼圆，手中持一斧钺，扮相与方相氏相符合，一旁有一只人装扮的神兽。

---

[1] 《周礼·大司乐》，阮元校刻《十三经注疏》，中华书局1980年影印本。下文引《诗经》《尚书》《礼记》《周礼》《仪礼》《左传》等经传文字，均据此本，不再出注。

三、百戏

百戏是汉代广为流传的一种综合性的艺术表演形式,早期称"角抵",《汉书·武帝纪》:"元封三年春,作角抵戏,三百里内皆来观。"①角抵戏有全民参与的特点。角抵戏的名称颇多变化,较早的文献记载出自司马迁《史记》,称之为"觳抵"或"大觳抵",如《李斯传》谓:"是时二世在甘泉,方作觳抵优俳之观。"集解谓:

应劭曰:"战国之时,稍增讲武之礼,以为戏乐,用相夸示,而秦更名曰角抵。角者,角材也;抵者,相抵触也。"文颖曰:"案:秦名此乐为角抵,两两相当,角力,角伎艺射御,故曰角抵也。"骃案:觳抵既角抵也。②

角抵是延续战国"讲武之礼"的戏乐,"抵"作"两两相当"之意。后来,角抵戏逐渐成为百戏大家庭中的一员,"百戏"一词,今知较早见之于《后汉书·孝安帝纪》"乙酉,罢鱼龙曼延百戏"③,以及《后汉书·南匈奴列传》"诏太常、大鸿胪与诸国侍子于广阳城门外祖会,飨赐作乐,角抵百戏。顺帝幸胡桃宫临观之"④。百戏已经包括"角抵"与"鱼龙曼延"等众技,是杂技、幻术、俳优、角抵、驯兽、蹴鞠等节目的总称。

1. 杂技:扛鼎、寻橦、冲狭、跳丸剑、走索

汉代的杂技已经规模恢宏,项目众多,常见的项目有冲狭、扛鼎、寻橦、跳丸剑、走索等。

张衡《西京赋》中有一段著名的"百戏"表演描述,首先提到的是"乌获扛鼎"。"扛鼎"在秦代时即成为一种展现力气大的杂技表演。《史记·秦本纪》记载:"武王有力,好戏。……王与孟说举鼎、绝膑。"孟说、乌获都是秦武王时的大力士。汉画像石中也有"扛鼎"的杂技表演,如1956年在江苏徐州铜山洪楼出土的"搏虎、扛鼎"画像石:左第五人双手执鼎耳,弓步蹬地,把鼎翻举过来,鼎足朝上,举过头顶。《说文》云:"扛,横开对举也",所以有学者在解释这句话时,认为"扛鼎"是将杠子插入鼎的两耳,然后由二人抬起来,但据画像石记载可知,实际上是由一人抓举两耳,翻举过头顶,这更显武士力气之大。

《西京赋》又谓"都卢寻橦","寻橦",古代百戏之一。橦,竿。据现存汉画像,系缘竿演技,即一人手持或头顶长竿,另有数人缘竿而上,进行表演。1959年12月至次年3月发掘于山东省安丘市董家汉墓中室室顶北坡西段画像:画像刻乐

---

① 班固:《汉书》,中华书局1962年版,第194页。
② 司马迁:《史记》,中华书局1959年版,第2560页。
③ 范晔:《后汉书》,中华书局1965年版,第205页。
④ 范晔:《后汉书》,中华书局1965年版,第2963页。

舞百戏图。右边一人手托十字形大橦,二童沿竿而上,六童在橦竿上表演倒立、倒挂,橦顶方板上一童倒立,即是"寻橦"表演。

《西京赋》接下来又说:"冲狭燕濯,胸突铦锋。""冲狭",即"燕戏",因动作轻疾如燕,故名。《列子·说符》谓:"宋有兰子者,以技干宋元……元君大惊,立赐金帛。又有兰子又能燕戏者,闻之,复以干元君。"①张湛注曰:"如今之绝倒投侠者。""投侠"也即"冲狭"。《西京赋》薛综注云:"卷簟席,以矛插其中,伎儿以身投从中过。"即今天的穿刀圈。高步瀛有疏云:"余萧客《纪闻》引《类林》曰:'狭以草为环,插刀四边,使人跃入其中,胸突刀上,如燕濯水。'"②从现存的材料来看,汉代的冲狭主要有三种:刀圈、火圈和空环。由"胸突铦锋",我们知道《西京赋》所冲的应该是刀圈,1933 年河南省南阳市一中曾出土一冲狭图画像石:这个冲狭似乎是用竹苇席卷成筒,四周插有刀矛,表演者从筒中间迅速穿身而过,画面正中刻有一狭,狭右边有一个伎人纵身腾空正欲冲狭,可以看出冲狭表演需要伎人有着很好的腰功、腿功及跟斗功夫,而且穿过时需要很高的灵敏度、准确度,巧妙控制好狭内狭小的空间以及穿越的速度才可以完成表演动作。

《西京赋》接着又云:"跳丸剑之挥霍,走索上而相逢。"这里又有两种杂技表演,即"跳丸剑"和"走索"。"跳丸剑"又叫作"飞剑跳丸",是一种用手熟练而巧妙地耍弄和抛接丸、剑的技巧表演,属于杂技之手技范围。表演形式可分为飞剑、跳丸、飞剑跳丸三种,跳丸最易,飞剑较难,"飞剑跳丸"是手技中难度最大、技巧性最强的一项表演节目,翻动飞腾的弹丸令人眼花缭乱,目不暇接,所以,在汉代百戏中它是一项颇为盛行的节目。上引山东省安丘市董家汉墓中室室顶北坡西段画像石,其中最右侧有一人即在表演"飞剑跳丸",为三剑十一丸,抛接时手、膝脚背兼用。"走索",薛综注曰:"长绳系两头于梁,举其中央,两人各从一头上,交相度,所谓舞绹者也。"即是将绳索两端固定,由艺人在悬空的绳索上表演各种花样动作的杂技项目。1968 年邹城师范学校附近出土的杂技画像石:此图有二层,上层乐舞杂技,右刻建鼓,在建鼓顶杆上左右各斜拉一绳,有八人在斜绳上作攀登、行走、仰卧、倒立、跳丸等杂技动作,表演的精彩程度令人拍案叫绝,《西京赋》将"跳丸剑"与"走索上"连起来写,恐怕也是走在绳索上表演飞剑跳丸的杂技表演形式,难度非常之大。

李尤《平乐观赋》中也有一段杂技表演的描写:"尔乃太和隆平,万国肃清。殊方重译,绝域造庭。四表交会,抱珍远并。杂逻归谊,集于春正。玩屈奇之神怪,显逸才之捷武。百僚于时,各命所主。方曲既设,秘戏连叙。逍遥俯仰,节以韬鼓。戏车高橦,驰骋百马。连翻九仞,离合上下。或以驰骋,覆车颠倒。乌获扛鼎,千钧若羽。……陵高履索,踊跃旋舞。飞丸跳剑,沸渭回扰。"将这一段文

---

① 杨伯峻:《列子集释》,中华书局 1979 年版,第 254—255 页。

② 高步瀛著,曹道衡、沈玉成点校:《文选李注义疏》,中华书局 1985 年版,第 455 页。

字与河南南阳新野李湖出土斜索戏车画像砖图景对照：画面右侧一拱桥旁有两骑士，一人在奔驰的烈马中回身奋力作引弓后射，一人在低首奋奔的马背上掮旗帜前行；其后有两辆戏车，舆内各乘二人，一驭手和一乘伎，两车粗随，马匹飞奔，车轮滚滚。前车上竖一长杆，顶端置一横木，一人倒挂于横杆之上，两臂平伸，掌心向上，两手上各放一球，左右两手各托一演艺乐人：一人头顶一物，右手向上伸展，左腿高抬作金鸡独立状，手中各托一弄丸，似跳丸表演，一人双手叉腰作下蹲状，作平衡静止造型，惊险无比；车上一人匍伏其上，面向右高伸右手拉一索绳；后车上竖一杆，顶端蹲有一乐伎，两臂向下斜垂，左手挽一条绳索的上端，绳索的下端握在前舆中乘伎的手中，二人相向注视绳索的中间，在这一根斜着的绳索中间，有一伎人裸袒上身，穿宽腿裤在索上走动，两臂上举以掌握平衡，与中间车上一乐伎合拉一绳索，另一伎人沿索攀行，右腿高抬作精彩表演。整个画面惊险异常，惊心动魄：那狂奔的烈马、戏车上的走索等形象，技艺精度和难度都达到了绝妙的境界，其技艺之高超，令人叹为观止。这幅戏车图的绝妙表演体现了中国杂技艺术的精华所在，甚至于在现代杂技表演中也难觅踪影，其精彩之处是把寻橦和履索两个难度较大的节目结合起来，用戏车的形式进行表演，寻橦即爬杆，履索又叫走索。此图与张衡《西京赋》、李尤《平乐观赋》中的描写非常切合，仿佛张衡、李尤就是对着这幅画像石来创作《西京赋》《平乐观赋》中有关"百戏"的篇章。

2. 幻术：吞刀吐火、鱼龙曼延

《西京赋》在写完杂技表演后，接下来又写到幻术表演，有云：

华岳峨峨，冈峦参差。神木灵草，朱实离离。总会仙倡，戏豹舞罴。白虎鼓瑟，苍龙吹篪。女娥坐而长歌，声清畅而蜲蛇。洪涯立而指麾，被毛羽之襳褵。度曲未终，云起雪飞。初若飘飘，后遂霏霏。复陆重阁，转石成雷。礔砺激而增响，磅礚象乎天威。巨兽百寻，是为曼延。神山崔巍，欻从背见。熊虎升而拏攫，猿狖超而高援。怪兽陆梁，大雀踆踆。白象行孕，垂鼻辚囷。海鳞变而成龙，状蜿蜿以蝹蝹。含利飓飓，化为仙车。骊驾四鹿，芝盖九葩。蟾蜍与龟，水人弄蛇。奇幻倏忽，易貌分形。吞刀吐火，云雾杳冥。画地成川，流渭通泾。……尔乃建戏车，树修游。侲僮程材，上下翩翻。突倒投而跟絓，譬陨绝而复联。百马同辔，骋足并驰。橦末之技，态不可弥。弯弓射乎西羌，又顾发乎鲜卑。

华山叠起，神仙会集，戏豹舞罴，女娥献唱，洪涯指挥，又有曼延、搏斗、吞刀吐火、兴云作雾等表演，奇幻至极。幻术类似于现代的魔术和变戏法。据晋王嘉《拾遗记》载周成王七年："南垂之南有扶娄之国。其人善能机巧变化，易形改服，大则兴云起雾，小则入于纤毫之中。缀金玉毛羽为衣裳。能吐云喷火，鼓腹则如雷霆之声。或化为犀、象、师(狮)子、龙、蛇、犬、马之状。或变为虎、兕，口中生人，备百戏之乐，宛转屈曲于指掌间。人形或长数分，或复数寸，神怪欻忽，炫丽

于时。"①其中,吐火表演是幻术中经典的表演项目,河南南阳王寨汉墓出土有幻人吐火图画像石:

图5-22　乐舞百戏画像;东汉画像石;高42厘米,长316厘米。

两主室门楣画由两石组成,刻乐舞百戏。上方垂帷幔,中置一镈钟,一建鼓。镈钟两侧各一人,皆一手抚钟架,一手执棒击钟。建鼓两侧亦各一人,手执桴,举臂跃足且鼓且舞。钟左四人作杂技,一俳优大步疾走,一女伎按樽托物,作倒立之姿,一男子口吐火焰,另一男子右手摇鼗,左手跳十二丸。鼓右三人,一女伎甩长袖翩翩起舞,一男子手摇鼗吹排箫,另一乐伎吹埙。画两端各一伴唱之伎。

　　李尤《平乐观赋》中也有一段关于幻术的描写:"吞刃吐火,燕跃鸟峙。……巴渝隈一,逾肩相受。有仙驾雀,其形蚴虬。骑驴驰射,狐兔惊走。侏儒巨人,戏谑为耦。禽鹿六驳,白象朱首。鱼龙曼延,峨嵯山阜。龟螭蟾蜍,絜琴鼓缶。""鱼龙曼延"是西域传入的一种幻术。《汉书·张骞李广利传》载汉武帝时安息国"发

---

① 王嘉撰、萧绮录,齐治平校注:《拾遗记》,中华书局1981年版,第53页。

使随汉使来,观汉广大,以大鸟卵及黎轩善眩人献于汉。""黎轩"属古罗马帝国。"善眩人",颜师古注:"眩读与幻同。即今吞刀吐火,芝瓜种树,屠人截马之术也。本从西域来。""鱼龙曼延"是一场大型的幻术表演,由艺人执持制作的珍异动物模型表演,有浓郁的幻化情节展示。"鱼龙"和"曼延"本来是两个幻术节目,因形式相近,古人经常连在一起演出。鱼龙,又称"激水化鱼龙"或"黄龙变"。汉人蔡质《汉仪》载:"正月朝,天子幸德阳殿……舍利兽从西方来,戏于庭极,乃毕入殿前,激水化成比目鱼,跳跃漱水,作雾障日。毕,化为黄龙,长八丈,出水遨游,于庭炫耀。"曼延,也作"漫衍""曼衍""蔓延"或"蝹蜒"。曼延戏也是由一系列鸟兽变幻组成的综合性节目。1954年3月山东省沂南县北寨村汉墓中室东壁横额画像,其中有"鱼龙曼延"幻术表演:图上刻龙戏、鱼戏、豹戏和雀戏,展示的是鱼变为龙,豹变为雀的幻术表演,与张衡《西京赋》中的"戏豹""苍龙""大雀""海鳞变而成龙"以及李尤《平乐观赋》中"有仙驾雀,其形蚴虯"一一对应。

　　3. 角抵戏:东海黄公

　　张衡《西京赋》在描写角抵戏时有云:"东海黄公,赤刀粤祝。冀厌白虎,卒不能救。挟邪作蛊,于是不售。""东海黄公"是汉代具有一定情节和人物性格的由两个人扮演的角抵戏,主要以动作来表现人和虎搏斗的故事。据《西京杂记》所载:"有东海人黄公,少时为术能制蛇御虎,佩赤金刀,以绛缯束发,立兴云雾,坐成山河。及衰老,气力羸惫,饮酒过度,不能复行其术。秦末有白虎见于东海,黄公乃以赤刀往厌之。术既不行,遂为虎所杀。"1974年四川郫县新胜乡竹瓦铺出土一石棺有"角抵戏"画像,共有七人,均赤足,戴不同之假面,古代称这种人为"象人"。其中第三人正用力拖着第四人所坐的蛇虎之尾前行。第四人束五髻,胸前有一斧,斧下圆形物似为盾,坐在蛇虎身上。第四人可能即是东海黄公:

图5-23　宴客·乐舞·杂技画像;东汉画像石;高87厘米,长232厘米。

此图像表演的是东海黄公少时制伏蛇虎的故事，黄公束发悬斧，坐压于蛇虎身上，与《西京赋》"赤刀粤祝，翼压白虎"形象非常相似。

值得注意的是，汉代的乐舞百戏表演，尤其是从汉赋文本来看，其表演的地点多是在"平乐观"。平乐观，汉代宫观名，也叫"平乐馆""平乐苑"。汉高祖始建，武帝增修，在长安上林苑。《汉书·武帝纪》："（元封六年）夏，京师民观角觝于上林平乐观。"东汉迁都洛阳，明帝取长安飞帘、铜马移洛阳西门外，置平乐观。平乐，既在平坦广阔的场地上作乐，又寓意和平安乐。《文选·张衡〈西京赋〉》："大驾幸乎平乐，张甲乙而袭翠被。"薛综注："平乐馆，大作乐处也。"归其一旨，乐舞百戏皆在其娱乐性。

第四节　宫室建筑

有汉一代，国势强盛时间长，经济繁荣日久，文化发达，建筑成就也进入辉煌的时代。汉代建筑类型繁多，规模宏大，艺术精湛。可惜的是，这些可贵的民族建筑文化，实物几乎不存，史书文献虽有记载却比较简略而零散，相比之下，在现存的汉赋作品和出土的汉代画像中却有较为完美的展现。

现存的汉赋作品以建筑为描写对象的多达二十余篇，写到的古代建筑十分广泛，有宫殿、坛庙、陵墓、园林、府宅、学府、城垣、桥梁、楼台、亭阁、华表、门阙等。如扬雄《蜀都赋》、班固《两都赋》、张衡《二京赋》集中描写都市建筑，刘歆《甘泉宫赋》、王褒《甘泉宫赋》、扬雄《甘泉赋》、黄香《九宫赋》、李尤《德阳殿赋》、王延寿《鲁灵光殿赋》等专写宫殿建筑，枚乘《梁王菟园赋》、司马相如《子虚赋》《上林赋》《长门赋》等专写园林建筑，崔骃《大将军临洛观赋》、李尤《辟雍赋》《平乐观赋》《东观赋》、边让《章华台赋》、繁钦《建章凤阙赋》等专写阙观台馆建筑，马融《梁大将军西第赋》等专写府宅建筑，庄葱奇《茂陵赋》、张衡《冢赋》等专写陵墓建筑。

现已出土的汉代画像石、画像砖、壁画中，存有丰富的汉代建筑形象，如阙观、楼宇、门亭、粮仓、桥梁、祠堂、陵墓等，这些汉画形式的建筑：一是其本身就是汉代建筑装饰的载体，它所赋予的装饰功能就已经达到了建筑物构件实用性与装饰性的和谐统一，具有建筑整体的装饰美；二是刻绘制作有建筑形象的汉画以其直观形象较客观地反映出汉代地面建筑规制的磅礴大气和建筑装饰的万千气象，也同样成为我们今天研究汉代建筑及其装饰艺术弥足珍贵的图像资料。

汉代的建筑文化在汉赋作品与汉画像中都有较为丰富而真实的再现，将二者结合起来作一比较分析，或许更能有效地帮助我们认识、理解汉代的建筑风貌和文化内涵。

一、宫室与昆仑山

阅读汉赋文本时,有一个很有趣的现象,那就是写宫殿建筑时,通常都会写到山,尤其是昆仑山。宫殿象征着地位、尊严、权威,象征着至高无上的帝王。古代帝王营建宫室要师法天地,体天而行,班固《西都赋》谓:"其宫室也,体象乎天地,经纬乎阴阳,据坤灵之正位,放太紫之圆方。"仿天之制,营建紫微宫,法地之规,宫殿的建筑指向高山,尤其是充满神仙色彩的高峻昆仑山。即如张衡《七辩》所云:"览八极,度天垠,上游紫宫,下栖昆仑。"

在汉赋作品中,尤其喜欢将甘泉宫比拟为昆仑山,如刘歆《甘泉宫赋》云:"冠高山而为居,乘昆仑而为宫。"又扬雄《甘泉赋》云:

> 于是大厦云谲波诡,摧唯而成观。……配帝居之县圃兮,象泰壹之威神。……蛟龙连蜷于东厓兮,白虎敦圉乎昆仑。……梁弱水之潇瀁兮,蹑不周之逶蛇。

这段话是写甘泉广厦奇伟崔巍的景象,短短一段文字,有三处言及昆仑。一是"县圃",《文选》李善注引服虔曰:"曾城、县圃、阆风,昆仑之山三重也,天帝神在其上。"即是将帝居的甘泉宫比作昆仑。二是"白虎敦圉乎昆仑",李善注引《春秋汉含孳》曰:"天一之帝居,左青龙,右白虎。"又引服虔注曰:"象昆仑山在甘泉宫中也。"三是"弱水",李善引服虔注曰:"昆仑之东有弱水,渡之若潇瀁耳。"扬雄笔下的甘泉宫完全是与天神所居的昆仑县圃齐观。

现今出土的汉画像石、砖中,很少有皇家宫殿的图像,但作为建筑构件出现的"层栌""曲枅"等的图像却不少,在这一点上,汉赋文本与汉画像有着共通性。王延寿《鲁灵光殿赋》有云:"层栌磥垝以岌峨,曲枅要绍而环句。芝栭攒罗以戢香,枝撑杈枒而斜据。"这里写到四个建筑构件:栌,斗拱,柱子顶上承托栋梁的方木;枅,柱上的横木;芝栭,梁上绘有芝草的短柱;枝撑,梁上交叉相撑的斜柱。灵光殿内的方形的斗拱层层叠叠,堆积如山高耸于柱端,曲形的横木交互勾连,芝栭聚集在梁上,密集众多,枝撑则呈现参差之貌,分叉斜靠着。值得注意的是,在描述"层栌""曲枅""芝栭""枝撑"等建筑构件时,使用了许多与山势形态有关的形容词汇,如"磥垝""岌峨"等,更在描写灵光殿整体时,出现大量山、石旁的文字:

> 瞻彼灵光之为状也,则嵯峨崔嵬,岧巍巀嶭。吁可畏乎,其骇人也。迢峣倜傥,丰丽博敞。洞轇辒乎,其无垠也。邈希世而特出,羌瑰谲而鸿纷。屹山峙以纡郁,隆崛峋乎青云,郁坱圠以增岈,嵝绣绫而龙鳞。汨碻碻以璀璨,赫烨烨而烛坤。状若积石之锵锵,又似乎帝室之威神。崇墉冈连以岭属,朱阙岩岩而双立。

赋中完全将灵光殿当作一座山在写,张衡《西京赋》中也有同样的写法,如:"正紫宫于未央,表峣阙于闾阖。疏龙首以抗殿,状巍峨以岌嶪。亘雄虹之长梁,结棼橑以相接。……刊层平堂,设切厓嶛。坻崿鳞眴,栈齴巉崄。襄岸夷涂,修路陵险。"位于未央宫正中的紫微宫,营构高高的宫殿,宫殿如山高峻触天。

繁钦《建章凤阙赋》也有这种写法:"象玄圃之层楼,肖华盖之丽天。……栌六翮以抚跱,俟高风之清凉。"建章宫的栌柱、房椽、栌木,形似重重叠叠的昆仑山(玄圃,即上文县圃),屋顶像华盖星附着在天上,直言建章宫的宫殿建筑构件像昆仑山。为何汉赋作家将宫殿当成山,尤其是昆仑山来写呢? 这在汉画像中能找到一些根据,我们先来看看汉画像石中的"层栌""曲枅":

图5-24　荥经石棺·曲枅;东汉画像石;高79厘米,宽232厘米。

"层栌""曲枅"的画像与昆仑山的画像非常相似,因为它们同样是作为"柱"这一存在为呈现:"层栌""曲枅"是宫殿的梁柱,帝王居住其内部,而昆仑山是天柱,天帝神仙居住其上。《神异经》即谓:"昆仑有铜柱焉,其高入天,所谓天柱也。"《山海经·西山经》:"昆仑之丘,是实惟帝之下都。"[1]《艺文类聚》卷七引《龙鱼河图》:"昆仑山,天中柱也。"[2]有学者认为,这些图像所呈现的意义除了结构外可能还表达了汉代人的宇宙观及升仙含义,结构的层叠抬高可能与昆仑山的

---

① 袁珂:《山海经校注》,上海古籍出版社1980年版,第47页。
② 欧阳询撰:《艺文类聚》,上海古籍出版社1982年新1版,第130页。

形象相关，是沟通天地的枢纽符号①。

二、阙观

阙，本意是望楼，指宫廷、住宅中之楼观。阙必须是两个，中间或为门，或为路。汉代刘熙《释名》有云："阙，在门两旁，中央阙然为道也。"②晋人崔豹《古今注》更进一步阐述道："阙，观也。古者每门树两观于其前，所以标表宫门也。其上可居，登之可远观。"阙又叫作"象魏"，郑众注云："象魏，阙也。"

阙的种类依用途大体分为：宫阙、庙阙、城阙、宅第阙、墓阙。在汉赋文本中，出现最多的是宫阙，如甘泉宫的石阙，刘歆《甘泉赋》云："封峦为之东序，缘石阙之天梯。"《三辅黄图》谓："甘泉宫有石关观、封峦观。"③"石阙"，即石关观。甘泉宫的宫殿坐北朝南，东面是封峦观，走过高高的台阶就是石关观。"云阙蔚之岩岩，众星接之皑皑。"高大的宫阙耸入云霄，有众星为伴。四川省大邑县安仁镇出土有天阙画像砖：砖的正中上方刻一人首鸟身的羽人，腹部有一圆轮，双翅展开，双羽之上各有一颗星，其下有一人双手托头，其头上长一对长耳，着交领衫，下肢作弓箭步，两侧各有一颗星，右方的星有羽。在羽人的两侧有一对双重檐的阙，双阙之后还有一对单檐子阙。大阙前各有一人持棨戟相向躬身站立，阙檐两旁各有一蛇身人面像，为伏羲、女娲，其下各有一颗星。诚如赋之所云"众星接之皑皑"。

未央宫里也有阙，《三辅黄图》引《汉宫殿疏》谓未央宫有玄武、苍龙二阙④。赋中描写最多的是建章宫的双凤阙，张衡《西京赋》："圛阙竦以造天，若双碣之相望。"《太平寰宇记》卷二十五引《三辅旧事》云建章宫"于宫门北起圆阙，高二十五丈，上有铜凤凰"⑤。建章宫殿前的圆阙双立，高耸入天，就像海边的碣石一样遥遥相对。《关中记》："建章宫圆阙临北道，有金凤在阙上，高丈余，故号凤阙也。"班固《西都赋》写凤阙时，还专门写到上面有金雀等祥瑞栖住："设壁门之凤阙，上觚棱而栖金爵。"山东省东平县后魏雪村出土有双凤阙画像石，画面一楼为双阙，楼阙顶上有祥禽瑞兽，其中即有两只铜凤。

繁钦专门作有《建章凤阙赋》，描写道：

---

① 季宏、朱永春：《汉画像升仙图中斗拱的文化意义解读》，《华中建筑》2008 年第 1 期。又周煜：《汉赋中的建筑认知》（浙江大学 2013 年硕士学位论文）第四章对《鲁灵光殿赋》中的"建筑构件"的解读，可作参考。

② 刘熙撰，毕沅疏证，王先谦补：《释名疏证补》，中华书局 2008 年版，第 189 页。

③ 何清谷：《三辅黄图校释》，中华书局 2005 年版，第 332 页。

④ 何清谷：《三辅黄图校释》，中华书局 2005 年版，第 119 页。

⑤ 乐史撰，王文楚等点校：《太平寰宇记》，中华书局 2007 年版，第 537 页。

筑双凤之崇阙,表大路以退通。上规圆以穹隆,下矩折而绳直。长楸森以骈停,修桷揭以舒翼。象玄圃之层楼,肖华盖之丽天。当蒸暑之暖赫,步北楹而周旋。鷾鹏振而不及,岂归雁之能翔? 抗神凤以甄蒙,似虞庭之锵锵。

建造塑有双凤的高大宫阙,作为标识耸立在通向远方的大道旁。凤阙上部成圆形,下部是方形。庭前高大的楹柱繁密,刻有漂亮的房桷,屋顶像华盖星附着在天上。河南新野樊集出土有凤阙画像砖:画面外框饰菱形纹图案,中间为一座出双层檐的四阿顶阙,檐下饰斗拱,阙间饰祥云纹,两边各有一株常青树。阙顶立一只引颈展翅、张嘴鸣叫的凤鸟。

张衡《东京赋》:"建象魏之两观,旌六典之旧章。"象魏,古代天子、诸侯宫门外的一对高建筑,也称"阙"或"观",因其巍然而高,谓之魏阙。因其为悬示教令的地方,又叫作象魏。宫门外耸立着双阙,阙上悬挂着六部旧的典章。到汉代,阙成了标志性建筑,其作用"由最初的显示威严,供守望用的建筑,逐渐演变为显示门第、区别尊卑、崇尚礼仪的装饰性建筑"[1]。也有一些建筑担负着实用性和标志性两种用途,例如《西都赋》"于是左城右平",《西京赋》中的"右平左城"。"平"和"城"不但起着台阶的作用,同时还是宫殿建筑遵循礼制的表现。

三、楼宇台阁

汉赋中描写的楼宇台阁,多是皇家贵族之物,司马相如《上林赋》描写帝王离宫里的楼阁:"于是乎离宫别馆,弥山跨谷。高廊四注,重坐曲阁。华榱璧珰,辇道缅属。步櫩周流,长途中宿。夷嶕筑堂,累台增成。岩突洞房。頫杳眇而无见,仰攀橑而扪天。奔星更于闺闼,宛虹扦于楯轩。青龙蚴蟉于东箱,象舆婉僤于西清。灵圉燕于闲馆,偓佺之伦暴于南荣。"君王的行宫遍布山林,有四边相通的行廊、高高的楼房、曲折相连的台阁,屋椽上都雕刻有花纹,椽头装饰着美玉。沿着长廊游览,阁道漫长,一天都走不完,高山上面建有各式厅堂和层层楼房,这些楼房高耸入天,流星驰过宫中小门,彩虹越过眼前的栏杆和门窗,仙人们的马和车驰过大殿两旁的厢房,仙人们都聚在栏檐下晒太阳。君王的行宫楼阁充满了奇幻色彩。

汉画像石、画像砖上的建筑图像,很少有皇家的宫殿苑囿,也很少是一般的平民住房,更多的是贵族官宦、豪强地主的府第和楼台。山东省阳谷县八里庙出土的五层重檐楼阁画像石,为墓门中立柱南面画像。第一层,二人对坐于榻上,楼外两旁各有一人持笏躬立。第二层,二人扶栏对话,楼外两旁各有一人拥彗侍立。第三层,中间立一羽人,两旁为重檐阙形立柱,左柱上一兽举前肢托举屋顶,

---

[1]《中国大百科全书·建筑园林城市规划》,中国大百科全书出版社1988年版,第362页。

右柱上一侏儒托举屋顶,左柱下一卧虎,右柱下一人持弓射箭。第四层,左边一人,右边一虎,楼顶有猴相戏。崔骃《大将军临洛观赋》有云:"滨曲洛而立观,营高壤而作庐。处崇显以闲敞,超绝邻而特居。列阿阁以环匝,表高台而起楼。步辇道以周流,临轩槛以观鱼。"在弯曲的洛水旁建立一座宫观,又在高地建起了庐舍,这些建筑高大宽阔,四周有亭台楼阁,楼阁间有空中通道相连,站在长廊上还可以观鱼。

崔骃《七依》云:"反宇垂阿,洞门金铺。丹柱雕楹,飞阁层楼。"屋檐下垂而四角翘起,门上钉有铜制的铺首。大堂上的柱子是红色的,还雕着花纹,空中阁道连着楼台。关于汉代的楼宇台阁,还有两点值得关注,一是金铺首,即衔环着于门上的兽首,汉赋中常常会写到,如司马相如《长门赋》:"挤玉户以撼金铺兮,声噌吰而似钟音。"推开玉饰的大门,摇动金饰的铺首,声音响如洪钟。四川省成都市建二公司出土有凤阙门铺首画像石,凤阙门扉上饰一兽首。另一个值得注意的是楼台内的装饰,如司马相如《长门赋》写楼台内装饰谓:"刻木兰以为榱兮,饰文杏以为梁。"屋椽雕刻有木兰,大梁绘饰有文杏。汉代楼宇装饰比较有特色的是屋栋镂空天窗与荷蕖图案的藻井。藻井,汉代建筑中顶棚上的一种装饰处理,一般做成方形、多边形或圆形的凹面,上有各种花纹、雕刻和彩画。如张衡《西京赋》:"蒂倒茄于藻井,披红葩之狎猎。"在藻井上雕饰荷梗和荷蒂,花与茎都向下,盛开的红莲重重叠叠,多多相连。傅毅《洛都赋》:"带螭龙之疏镂,垂菡萏之敷荣。"宫殿中雕刻着螭龙,绘饰有盛开的荷花。刘梁《七举》:"双覆井菱,荷垂英昂。"安丘汉墓后室有莲花雕刻形象:绘饰盛开的荷花有什么含义呢?王延寿《鲁灵光殿赋》有云:"尔乃悬栋结阿,天窗绮疏。圆渊方井,反植荷蕖。发秀吐荣,菡萏披敷。""反植荷蕖"句《文选》李善注曰:"种之于圆渊方井之中,以为光辉。"

四、桥梁渐台

桥,刘熙《释名》谓:"桥,水梁也。"郭璞注《尔雅》"梁莫大于溴梁"曰:"梁,即桥也。或曰:梁,石桥也,……凡桥有木梁石梁。"1982年河南南阳宛城区英庄墓出土一画像石中有拱桥图像:

一双拱桥,桥下碧波荡漾,鱼翔浅底,桥上二人放网捕鱼。汉赋中也有桥的描写,如扬雄《蜀都赋》:"尔乃其都门二九,四百余闾。两江珥其前,九桥带其流。"成都的城门有十八个,城内有四百多个里闾,两条江水从城前流过,河流上建有九座桥梁。九桥,《华阳国志》云为李冰所建。杜笃《论都赋》:"修理东都城门,桥泾、渭。"《初学记•桥第七》曰:"秦都咸阳,渭水贯都,造渭桥及横桥,南渡长乐宫。汉作便桥,以趋茂陵,并跨渭,以木为梁。汉又作霸桥,以石为梁。"①

古人又将"桥"称为"造舟",张衡《东京赋》云:"造舟清池,惟水泱泱。"《文选》注云:"造舟,以舟相比次为桥也。"《毛诗》有云"造舟为梁",即指此。《初学记·桥第七》引《说文》曰:"楚人谓桥为圯,凡桥有木梁、石梁,舟梁谓浮桥,即《传》所谓造舟为梁者也。"又曰:"洛阳魏晋以前,跨洛有浮桥。"②

汉赋文本中更多的是将"桥"写作"飞梁",如扬雄《甘泉赋》:"历倒景而绝飞梁兮,浮蠛蠓而撇天。"廉品《大傩赋》:"投妖匿于洛裔,辽绝限于飞梁。"飞梁,即浮道之桥。张衡《东京赋》有云:"然后凌天池,绝飞梁。"《后汉书·礼仪志》注引《东京赋》注云:"逐鬼投洛水中,乃上天池,绝其桥梁,使不得度还。"因桥有凌空架设的高耸特征,汉赋作家经常将"桥"比喻成"虹""螭虹""螭龙",如王延寿《鲁灵光殿赋》:"浮柱岹嵽以星悬,漂峣巇而枝拄。飞梁偃蹇以虹指,揭蘧蘧而腾凑。"班固《西都赋》:"抗应龙之虹梁。"张衡《西京赋》:"亘雄虹之长梁,结棼橑以相接。"张衡《七辩》:"雕虫彤绿,螭虹蜿蜒。"汉赋文本中将"桥"比作"螭虹",这与汉人的建筑构件营造思想以及宇宙认知有关,可从汉画像中找到印证。汉画像中的龙形"虹",如1972年河南唐河针织厂墓出土的长虹画像石,飞虹作半圆形,两端各刻一龙首,与桥形似。山东省长清县孝堂山石祠隔梁西面画像,画像上部正中刻一两端作龙首的垂虹,虹内一神人端坐,下部用细阴线刻一座大桥。虹与桥同时出现在一幅画像石中,交相辉映,正如张衡《思玄赋》所云"灵龟以负坻兮,亘之飞梁",螭龙横跨河面即为浮空的桥梁。

渐台又叫水榭,《汉书·郊祀志》:"北治大地渐台,高二十余丈,名曰太液。"注:"渐,浸也。台在水中,为水所浸,故曰渐台。"山东省微山县两城镇出土有水榭画像石:画面两层,下层一水榭,榭下水中有鱼、鳖,榭亭内二人坐观,一人凭栏钓鱼,榭梯上七人登临。当然,汉画像石中的水榭高度、规模远没有汉赋文本中所写的建章渐台壮观,扬雄《羽猎赋》:"渐台泰液,象海水周流方丈瀛洲蓬莱。"张衡《西京赋》:"顾临太液,沧池漭沆。渐台立于中央,赫昈昈以弘敞。"《汉书》谓:"建章,其北治太液池,渐台高二十余丈,名曰泰液。"渐台,在太液池中,高二十余丈,光彩赫然宏伟敞亮。王延寿《鲁灵光殿赋》中更有具体描写:"阳榭外望,高楼飞观。长途升降,轩槛曼延。渐台临池,层曲九成。"渐台耸立在池塘边,呈弯曲形状,共有九层。

就整体而言,汉赋文本中的宫室建筑,大多是作为皇家贵族之物呈现,恢宏壮观,色彩绚烂,展现的是一副大汉皇家气象;而汉画像中的建筑规格建制要小得多,多是一些中小贵族生活的展现。但在这一层面上,汉画像中的建筑格制可以有助于我们解析汉赋文本;而且二者有一点是共通的,那就是在建筑意识和认

---

① 徐坚等著:《初学记》,中华书局1962年版,第156页。

② 徐坚等著:《初学记》,中华书局1962年版,第156—157页。

知上，普遍有一种宇宙化的倾向，摹写宇宙，倾心自然，都展现出了一种美好的心理诉求。

第五节 车驾出行

汉画像石、画像砖以及壁画等，是我们了解汉代车驾出行形制和规格的最直接、最丰富的依据与史料，汉志虽有记载，但不够直接形象。汉画像的大量出土，既可补史志所载之缺漏，还可以有助于我们解读汉赋，考见汉赋车制名物。

一、车名考

据今所出土的汉代车马俑、壁画、画像石、画像砖中所见汉代车名非常之多，如轺车、辎车、䦲车、轩车、辇车、轓车、（驷马）安车、斧车、鼓吹车、大车、槛车、辎车、容车、辒辌车等等。相比较而言，现存汉赋文本中出现的车名则比较少，扬雄《甘泉赋》："据轸轩而周流兮，忽坱圠而亡垠。"张衡《东京赋》："乃御小戎，抚轻轩。"轩，《说文·车部》："轩，曲辀藩车也。"段玉裁注谓："谓曲辀而有藩蔽之车也。"一般是指车舆两侧竖立两块屏板的车称为"轩车"，是大夫车。《左传》闵公二年："卫懿公好鹤，鹤有乘轩者。"杜预注曰："轩，大夫车。"轩车之藩，或以席，或以皮革为之。司马相如《上林赋》有谓："前皮轩，后道游。"李善注引文颖曰："皮轩，以虎皮饰车。"又张衡《东京赋》云："乘轩并毂毂……鸾旗皮轩。"李善注："属车有藩者曰轩。……皮轩，以虎皮为之。"轩车或又可称为藩车。江苏徐州铜山画像石有轩车画像：

图5-25　轩车·辎车·轺车画像；东汉画像石；纵32厘米，横48厘米。

其他如山东肥城栾镇村画像石、山东临沂白庄画像石上都有轩车，可以看出轩车是一种前顶较高且有帷幕的车子。王粲《羽猎赋》云："相公乃乘轻轩，驾四骆。"这里的"相公""驾四骆"，均说明轻轩应该是供卿大夫和诸侯乘坐的曲辕有轓的车。

扬雄《长杨赋》云:"捕熊罴豪猪,虎豹狖玃,狐兔麇鹿,载以槛车,输长杨射熊馆。"李善注曰:"刘熙《释名》曰:槛车,上施栏槛以格猛兽,亦囚禁罪人之车也。"所谓栏槛,即车舆四面及顶部均用栏杆遮挡。山东滕州王开画像石上有这种槛车:画面最下层左有一轺车出行,一虎立轺车后,右边有一个比较独特的车,双曲辕,无盖,车舆为大方箱形,一马牵引,此车即"槛车"。

扬雄《长杨赋》:"碎辒辌,破穹庐。"李善注引应劭语曰:"辒辌,匈奴车也。"又引服虔注曰:"辒辌,百二十步兵车,或可寝处。"辒辌,兵车,四轮,排大木为之,上蒙以牛皮,下可容十人,往来运土填堑,木石不能伤,用于攻城。繁钦《征天山赋》:"于是辒辌云趋,威弧雨发。"辒辌,四轮,用于攻城的车子。《孙子·谋攻》有云:"修橹辒辌,具器械,三月而后成距闉,又三月而后已。"曹操注曰:"辒辌者,辒床也,辒床其下四轮,从中推之至城下也。"张预注曰:"辒辌,四轮车,其下可覆数十人,运土以实隍者。"辒辌,四轮车,是战争中集侦察、进攻、防御、运输为一体的大型多功能兵车。

张衡《东京赋》:"终日不离其辎重。"李善注引张揖曰:"辎重,有衣车也。"辎车是衣车的一种。《说文·车部》云:"辎軿,衣车也。軿,车前衣也;车后为辎。"山东省微山县两城镇画像石中的辎车形制:辎车一般是曲辀,有盖,盖下车舆后半施衣蔽,多还有窗。

二、驾车之动物

汉代最常见的驾车动物是马,汉人对马有着无比的崇尚。《后汉书》云:"夫行天莫如龙,行地莫如马,马者甲兵之本,国之大用,安宁则以别尊卑之序,有变则以济远近之难。"[①]马是汉人勇武精神、进取意识和图腾崇拜的体现。

汉赋中有写"天马"的,如黄香《九宫赋》:"乘根车而驾神马,骖骙骍而侠穷奇。"神马,天马。骙骍,神马名。关于天马的最早记载见于《山海经》:"马成之山有兽焉,其壮如白犬而黑头,见人则飞,其名曰天马。"《汉书·礼乐志》云:"太一况,天马下。"而天马的外在特征,一般是生有双翼,能展翅高飞,如1988年在安徽淮北梧桐村发现的一块鼓形画像石,上刻有一天马生羽翼,作行空之势;1957年河南南阳市区出土的"天马"画像石,上刻一疾驰并有翼的马的形象,当为天马。又应玚《西狩赋》:"于是魏公乃乘雕辂,驷飞黄。"魏公,曹操。飞黄,传说中的神马。黄帝有"飞黄腾踏去,不能顾蟾蜍"的升仙传说,飞黄是一种神马,"龙翼而马身,黄帝乘之而仙"(《汉书·礼乐志》)。江苏徐州苗山画像石有神人乘马形象,或即为"飞黄"形象:画像上刻有一轮旭日,日旁有一人,熊首人身,展翅飞腾,这可能是黄帝形象,而其下是翼马及象,翼马可能就

---

① 范晔:《后汉书》卷二十四《马援列传》第十四,中华书局1965年版,第840页。

是"飞黄"。

汉人特别喜欢马,在他们的文字中,通常给马一个非常祥瑞的名称,如张衡《七辩》云"驷秀骐之驳骏",骐,青黑色有如棋盘格子纹的马。驳骏,毛色不纯的骏马。蔡邕《释诲》云"造父登御于骅骝",骅骝,赤色骏马。陈琳《武军赋》写到的马名更多:"马则飞云绝景,直鬐骐骝,驳龙紫鹿,文的(日间)鱼,走骏惊飙,步象云浮,受衔斯游,敛鞚则止。"飞云、绝景、直鬐、骐骝、驳龙、紫鹿、文的、(日间)鱼,皆良马名。更有专门给马作赋者,如刘琬《马赋》:"吾有骏马,名曰骐雄。龙头鸟目,麟腹虎胸。尾如雪彗,耳如插筒。"专写马的形象。这可与武梁祠画像石中的汉马形象相对看:这幅画像中的骏马奔驰如惊飙,如云浮,真有陈琳《武军赋》所云"走骏惊飙,步象云浮,受衔斯游,敛鞚则止"的形象。写骏马风采的赋作还有傅毅《七激》云:

骥骒之乘,龙骧超摅,腾虚鸟踊,莫能执御。于是乃使王良理辔,操以术教,践路促节,机登飙驱。前不可先,后不可追。逾埃绝影,倏忽若飞。日不转曜,穷远旋归。此盖天下之骏马,子能强起而乘之乎?

骥,即赤骥,骒,即骒骒,均是良马名,都属于周穆王八骏之中。刘广世《七兴》:"骏壮之马,憪不征路,其荷衡也。曜似惊禽,其即行也。翚若游鹰,飚骇风逝,电发波腾。影不及形,尘不暇兴。"李尤《七野》:"神奔电驱,星流矢弩,则莫若益野腾驹也。"奔驰的骏马,它的速度连闪电、流星、弓弦上激发的箭,都比不上。

另,赋家有骑鹿的描写,桓谭《仙赋》:"以沧川而升天门,驰白鹿而从麒麟。"南阳军帐营出土有鹿车升仙图:

图5-26　鹿车·升仙画像;东汉画像石;高46厘米,长125厘米。

赋家有骑狮子的描写,黄香《九宫赋》:"招摇丰隆,骑师子而侠毂,各先后以为云车。"师子,即狮子。云车,传说中仙人所乘的车子。1975年11月陕西省绥德县延家岔出土有狮子画像石:画面中的狮子张牙舞爪,威力无比,周围空间饰有云气。

赋家有骑驴的描写，黄香《九宫赋》："三台执兵而奉引，轩辕乘驱驉而先驱。"驱驉，兽名，善走，为驴骡之属。李尤《平乐观赋》："骑驴驰射，狐兔惊走。"即骑驴边走边射猎。

三、游仙出行仪仗

在汉赋文本中还有一类非常奇特的驾车动物——龙，而骑龙、驾龙者多是神灵，或凡人成仙后的升仙出行。如桓谭《仙赋》："乃骖驾青龙，赤腾为历。"写人成仙后，以青龙驾车，以赤霞为马具，飞向天空。班彪《览海赋》："骋飞龙之骖驾，历八极而回周。"也是用飞龙来拉车，骖驾，即三条飞龙驾一车。1966年山东省费县垛庄镇潘家疃出土一龙车画像石，画面中三翼龙驾一车，即是"骖驾"，轮作卷云状，即是以"赤霞"为马具。

成仙后自然要游观天界，傅毅《洛都赋》："于是乘舆鸣和，按节发轫，列翠盖，方龙辀。备五路之时副，槛三辰之旗斿。傅说作仆，羲和奉时。千乘雷骇，万骑星铺。络绎相属，挥沫扬镳。"写的是天子乘舆，按照季节的变化准备了五种不同的车子，车上都插着绘有日、月、星三种不同图像的旗帜。车子由傅说式的人物御驾，由羲和式的人物帮助掌握时辰。出行目的是游仙。对游仙出行描写得最为细致、详尽的是司马相如的《大人赋》：

垂绛幡之素霓兮，载云气而上浮。建格泽之修竿兮，总光耀之采旄。垂旬始以为幓兮，曳彗星而为髾，掉指桥以偃蹇兮，又旖旎以招摇。揽欃枪以为旌兮，靡屈虹而为绸。红杳眇以玄湣兮，猋风涌而云浮。驾应龙象舆之蠖略委丽兮，骖赤螭青虬之蚴蟉宛蜒，低卬夭蟜据以骄骜兮，诎折隆穷躩以连卷，沛艾赳螑仡以佁儗兮，放散畔岸骧以孱颜。跰踻辋辖容以骩丽兮，蜩蟉偃寋怵奂以梁倚。纠蓼叫奡踏以艐路兮，蔑蒙踊跃腾而狂趡。莅飒卉歙熛至电过兮，焕然雾除，霍然云消。

赤幡为饰的霓虹，载着云气而上浮。状如烟火的云气长竿，撑着光炎闪耀的五彩旌旗。旌旗的飘带是旬始星做的，垂羽是彗星做的，旗杆是欃枪做的，而且把缠绕着弯曲的彩虹作为绸。旌旗随风披靡，逶迤婉转，婀娜多姿。驾着应龙、象车屈曲有度地前行，以赤螭、青虬为骖马蜿蜒行进。车驾队伍是时快时慢，忽进忽退，或恣意奔驰，或举首不前，或飞扬跳跃，或疾闪如电，如此在天庭周旋遨游，最终目睹到满头白发的西王母。陕西省榆林市绥德延家岔墓前室东壁组合画像中有这样的一个游仙出行展示：

图 5-27　绥德延家岔墓前室东壁组合画像；东汉画像石；横额，纵 35 厘米，横 184 厘米；左立柱，纵 136 厘米，横 52 厘米；右立柱，纵 135 厘米，横 57 厘米。

画像由三石组成，三石的外边栏均有勾连云纹、龙纹饰其间。门柱内边栏为云纹、珍禽瑞兽点缀其间。横额内栏从左依次为鲸车、狮车、鹿车、龙车，羽人乘鹿、马、虎、凤前导后拥；右边为一深宅大院，内有二人。左竖框下为持矛而人立的翼龙，上为西王母坐于天柱悬圃上，云纹中穿插灵兽。右门柱下为人立状的蛟龙，上为两羽人对立于天柱悬圃上。这幅画像也是到昆仑山追寻西王母的游仙出行图景。当然，与《大人赋》天子游仙出行的雍容华贵相比，画像石展现的内容更倾向于一种属于平民的朴素的生存状态，反映的是世俗阶层的心声。

四、车驾规制

汉赋文本对两汉的车驾规制有详细记载，尤其是对天子车驾的描写，非常详尽。两汉天子仪仗出行有大驾、法驾和小驾三种形式，胡广《汉制度》云："大驾则公卿奉引，大将军骖乘，太仆御，属车八十一乘，备千乘万骑。法驾，公不在卤簿，唯河南尹、执金吾、洛阳令奉引，侍中骖乘，奉车郎御，属车三十六乘。小驾，太仆奉驾,侍御史整车骑。"

西汉天子校猎主要用"大驾",其形制,司马相如《上林赋》有详细描述:

于是乎背秋涉冬,天子校猎。乘镂象,六玉虬。拖蜺旌,靡云旗。前皮轩,后道游。孙叔奉辔,卫公参乘。扈从横行,出乎四校之中。

孙叔即太仆公孙贺,字子叔。卫公即指大将军卫青也。太仆御,大将军骖乘,此是大驾形制。天子校猎出行的大驾车队:车饰——镂象,象路,以象牙疏镂其车辂。马匹数及装饰——六玉虬,即驾六马,以玉饰其镳勒,似虬。旌旗装饰——析羽毛,染以五彩,缀以缕为旌,有似虹蜺之气。画熊虎于旐为旗,似云气。车驾等级——天子出,道车五乘,游车九乘,在乘舆车前。

而在郊祀时,又出现了用法驾车制,《上林赋》云:"……于是历吉日以斋戒,袭朝服,乘法驾,建华旗,鸣玉鸾,游于六艺之囿,驰骛乎仁义之涂。"明言用"法驾"车制。至东汉张衡《东京赋》写天子祭祀出行,又用大驾车制,赋云:

及将祀天郊,报地功……结飞云之裧輅,树翠羽之高盖。建辰旒之太常,纷焱悠以容裔。六玄虬之弈弈,齐腾骧而沛艾。龙辀华轭,金鋄镂钖。方钅金左纛,钩膺玉瓖。銮声哕哕,和铃钺钺。重轮贰辖,疏毂飞轮。羽盖威蕤,葩瑶曲茎。顺时服而设副,咸龙旂而繁缨。立戈迤戛,农舆辂木。属车九九,乘轩并毂。旷弩重斿,朱旂青屋。奉引既毕,先辂乃发。鸾旗皮轩,通帛绡帿。云罕九斿,阘戟缪輠。罄毳被绣,虎夫戴鹖。驸承华之蒲梢,飞流苏之骚杀。

"属车九九",即大驾八十一乘的规制。这一段是对天子祭祀出行的大驾的详细描述。将日、月、星画之于旌旗,垂十二旒,名曰太常,上画三辰,以昭示天明。汉代规定天子十二旒,诸侯九旒,大夫三旒。时服,即五时车,按五行而车、马分别为青、赤、白、黑、黄五色。《后汉书·舆服志》:"五时车,安立各如方色,马亦如之。"副,副车。《后汉书·舆服志》:"所御驾六,余皆驾四,后从为副车。"农舆,耕根车,帝王耕籍田时所乘。乘轩,大夫之车。蔡邕《独断》:"前驱有云罕、九斿,阘戟、皮轩、鸾旗车。"这些都是皇帝出行的先驱车。

两汉天子出行,一般还是以法驾规制为多,班固《西都赋》云:"于是乘銮舆,备法驾,帅群臣。披飞廉,入苑门。"李善注引司马彪语曰:"法驾,六马也。"《汉官仪》谓:"天子法驾三十六乘,大驾八十一乘,皆备千乘万骑而出也。"据此规制,汉赋文本中描写天子法驾的文字很多,如扬雄《河东赋》有云:

于是命群臣,齐法服,整灵舆,乃抚翠凤之驾,六先景之乘,掉奔星之流旃,彏天狼之威弧。张耀日之玄旄,扬左纛,被云梢。奋电鞭,骖雷辒,鸣洪钟,建五旗。羲和司日,颜伦奉舆。风发飙拂,神腾鬼趭。千乘霆乱,万骑屈桥,嘻嘻旭旭,天地稠𪐗。

灵舆,天子之车。翠凤之驾,一种凤形而装饰翠羽的车,是天子所乘的车。"六先景之乘",指六匹马拉的速度非常快的车。奔星之流旃,指绘有流星的赤色曲柄旗。旗上有天狼星、弧星等图案。玄旄,黑色的旗帜。纛,皇帝乘舆上的装饰物,用牦牛尾或雉尾制成,一般设在车衡的左边。骖,一车驾三马。辎,辎车。驾车之人是羲和、颜伦。车骑之众,羽旗之艳,盛况空前。

又张衡《西京赋》云:"天子乃驾彫轸,六骏駮。戴翠帽,倚金较。璇弁玉缨,遗光儵爚。建玄弋,树招摇。栖鸣鸢,曳云梢。弧旌枉矢,虹旃蜺旄。华盖承辰,天毕前驱。千乘雷动,万骑龙趋。属车之簉,载猃猲狿。"天子乘坐六匹马拉的车子,车上有翠羽制的车盖,车厢两旁是黄金装饰的横木,马头上装饰着美玉,马颈上的系带缀着玉块。旗子上画着玄弋星和招摇星,有画着鸢的,有画着云彩的,还有画着弧星、枉矢星或虹霓的。

汉赋文本中,很少有帝王小驾出行的记载,而大子以下人物出行的描写文字就更少,枚乘《梁王菟园赋》云:"车马接轸相属,方轮错毂,接服何骖,披衔迹躐,自奋增绝。怵惕惊跃,水意而未发,因更阴逐,心相秩奔,隧林临河,怒气未竭。羽盖繇起,被以红沫。"方轮,两辆车并行。服,古代一车四马驾,居中的两匹叫服。骖,三匹马拉的车。车上有羽毛装饰的车盖,车盖上有红色的装饰物。这大概是诸侯子弟出行游玩的车驾形制。刘歆《遂初赋》:"舞双驷以优游兮,济黎侯之旧居。……驾驷马而观风兮,庆辛甲于长子。"驷,驾四马之车。刘歆出为太守,乘四马驾车。

《后汉书·舆服志》注引《逸礼·王度记》载:"天子驾六马,诸侯驾四,大夫三,士二,庶人一。"在现今出土的汉画像中,还没有发现天子车驾规制的画像,比较大的规模的车驾出行画像是1956年安徽宿县褚兰镇墓山孜出土车马出行图:画像石为四石贯连,是一幅完整的车马出行图,有车乘十四辆,主车为驷马轩车,辕上龙首高昂,车前有伍佰、骑吏和三车作前导,后面有属僚从车九辆,还有置盾棒之兵车和两名弩手护卫。汉画像中"一车四马"的车驾规制都很少,有"一车三马"的车驾,如1983年河南南阳卧龙区王庄墓出土的车骑出行画像石:

图 5-28　车骑出行画像;东汉画像石;高 35 厘米,长 152 厘米。

画面上右一轺车，驾三马，尊者端坐舆中，御者挽缰扬鞭。车前两排骑吏，每排四骑，皆持刀剑捐棨戟作前导。有"一车二马"车驾，1956 年安徽宿县褚兰镇墓山孜出土的车骑画像石：画面刻有加幡轺车三辆，一骑前导，一戴武弁冠者拱手相迎；首车为双驾，二、三两辆为单驾，皆一御者一乘者；马皆彩头结尾，鞭上彩带飘摇。汉画像中"一车一驾"规制的车驾很多，比如四川省新津县崖墓出土的车马出行图：图上车驾一马，车上二人，前为御者，后为主人。两车正在飞奔，图之左侧上部，一人骑一马正在向前，下部有二人向车上跪拜。轺车中间还有两个伍佰开道。

综观汉赋文本与汉画像中有关车驾出行的描写和展示，汉赋中的车驾规制等级普遍比较高，尤其是天子法驾车制的描写非常集中和丰富，而画像中的车驾等级要低些，更世俗化些。但在相互比照的过程中，我们会发现二者所展现出来的都是有比较普遍的尚武倾向和进取意识，且崇尚神仙长生，在汉赋文字与画像中摹写日月星辰、祥云虹霓，对宇宙世界有广泛的模仿与敬慕，而且在车制的使用过程中，逐渐形成了比较森严的等级制度，这是汉代文化礼制化的重要特征。

汉赋文本与汉画像共同构筑起了一个包括宇宙的汉文化结构图：天上世界、昆仑山仙界、现实人间与鬼魂世界。《西京杂记》卷二载司马相如答盛览作赋有云：

> 合纂组以成文，列绵绣而为质，一经一纬，一宫一商，此赋之迹也。赋家之心，苞括宇宙，总览人物，斯乃得之于内，不可得而传。①

赋包括宇宙，汉赋文本中所展现出来的宇宙世界从高到低有四个层次：一是天上世界，即由作为宇宙最高存在和诸多人格化的自然神组成的诸神世界，如扬雄《太玄赋》："忽万里而一顿兮，过列仙以托宿。役青要以承戈兮，舞鸣夷以作乐。听素女之清声兮，观宓妃之妙曲。茹芝英以御饿兮，饮玉醴。"冯衍《显志赋》："离尘垢之窈冥兮，配乔、松之妙节……饮六醴之清液兮，食五英之茂英。"张衡《七辩》："若夫赤松王乔，羡门安期。嘘吸沆瀣，饮醴茹芝。驾应龙，载行云，浮弱水，越炎氛，览八极，度天垠。"二是仙人世界，如西王母居住的昆仑山世界，司马相如《大人赋》铺写大人游历昆仑山仙人世界，"西望昆仑之轧沕荒忽兮，直径驰乎三危。排阊阖而入帝宫兮，载玉女而与之归。登阆风而遥集兮，亢鸟腾而一止。低徊阴山翔以纡曲兮，吾乃今日睹西王母。"赋中"大人"大致按照东南西北的方向，纵横来往于神界人间，足迹几乎游遍昆仑山世界的各个角落，乃至亲眼目睹西王母。又如蓬莱仙界，班彪《览海赋》云："指日月以为表，索方瀛与壶梁。曜金璆以为阙，次玉石而为堂。蓂芝列于阶路，涌醴渐于中唐。朱紫彩烂，明珠夜光。"三是现实生活的人间世界，这个世界体系遍布在汉赋的每一篇文本中，无论是铺写哪个主题，都是人在主导着这个现实世界。四是地下的鬼魂世界，这在

---

① 刘歆撰，葛洪集，向新阳等校注：《西京杂记校注》，上海古籍出版社 1991 年版，第 91 页。

汉赋的祭祀主题中展现得最为丰富。

汉画像石按照题材内容分类，也分为天上世界、仙人世界、人间世界、地狱世界四大类。[①] 巫鸿在研究"武梁祠"的图像配置后认为："其图像的三个部分——屋顶、山墙和墙壁恰恰是表现了东汉人心目中宇宙的三个有机组成部分——天界、仙界和人间。"[②]1972年湖南长沙马王堆1号汉墓出土的"T"形帛画，最能代表汉代人的宇宙观：这幅帛画是长沙相利苍妻子的"非衣"，属西汉前期的画作。"T"形帛画从上到下分为四个层次：第一层画幅最宽，绘有日、月、星辰和天上的诸神，是天上世界；第二层绘有天门以及守门神，是仙人世界，寓示死者死后灵魂到达昆仑山仙界；第三层画的是墓主生前受谒图，是现实世界；第四层画的是脚踏巨龟、双手托撑大地神怪的地下世界。

归根到底，汉画像是一种装饰艺术，而汉赋文本是一种修辞艺术，以修饰言辞来影写画像艺术，这种对应关系是来源于一种民族的集体无意识。屈原《天问》即曾影写神庙壁画，王逸《楚辞章句·天问》曰："屈原放逐，忧心愁瘁，彷徨山泽，经历陵陆，嗟号昊旻，仰天叹息。见楚有先王之庙及公卿祠堂，图画天地、山川、神灵、琦玮僪佹及古贤圣怪物行事，周流罢倦，休息其下，仰见图画，因书其壁，呵而问之，以泄愤懑，舒泻愁思。"刘师培赞同这种说法，他在《古今画学变迁论》中进一步阐述道："古人象物以作图，后者按图以列说。图画二字为互训之词。盖古代神祠，首崇画壁。……神祠所绘，必有名物可言，与师心写意者不同。《楚辞·九歌》《天问》诸篇，言多恢诡，盖楚俗多迷信，屈赋多事神之曲，篇中所述，其形态事实，或本于神祠所绘。"[③]辞赋作品有用文字影写画壁的渊源，王延寿《鲁灵光殿赋》也是延续这种传统，对西汉景帝之子鲁恭王所建"灵光殿"之壁画作了生动而传神的描写，所谓"图画天地，品类群生，杂物奇怪，山神海灵"，"上记天辟，遂古之初，五龙比翼，人皇九头，伏羲鳞身，女娲蛇躯"，"下及三后，淫祀乱主，忠臣孝子，烈士贞女，贤愚成败，靡不载叙"。灵光殿里的壁画，今日已不能考见，但出土的武梁祠壁画可以作为分析《鲁灵光殿赋》与壁画关系的一个非常好的样本，诚如朱存明所谓："如山东武梁祠的壁画，完全可以看成《鲁灵光殿赋》所描绘图画的注脚。"[④]

刘熙载《艺概·赋概》："赋家之心，其小无内，其大无垠，故能随其所值，赋像班形，所谓'惟其有之，是以似之'也。"[⑤]赋之所以能够影写画像，关键还是在于艺术的相似性。《上林赋》的整体结构与具体场景描绘反映出明显的图案化倾向，与汉画像在艺术精神上具有鲜明的相似性，后世画家图绘"上林"，如明人仇

---

① 信立祥：《汉代画像石综合研究》，文物出版社2000年版，第60页。

② 巫鸿：《武梁祠：中国古代艺术的思想性》，生活·读书·新知三联书店2006年版，第92页。

③ 刘师培：《左盦集》卷十三，《刘申叔遗书》本。

④ 朱存明：《汉画像之美——汉画像与中国传统审美观念研究》，商务印书馆2011年版，第409页。

⑤ 刘熙载：《艺概》，上海古籍出版社1978年版，第99页。

英的《上林图》,即是这种艺术精神上的相似性又反过来为《上林图》的创作架构提供参照的具体呈现。①

在民族精神与艺术形式本身的相似性层面上,汉赋文本与汉画像在语言与图像的相互转换过程中,被赋予了极为浓郁的象征性意味,这是一个时代的烙印,且这种烙印又对后代的艺术创作与民族形象塑造产生了极为深厚的影响,汉赋与图像的关系也因此深化。汉赋图像学的研究也由此通过汉赋的文字语象与画像的视觉图像的相互印证与比较阐释,其内在主题的关联性得到较为充分的发掘,而其所包蕴的民族精神及其深层意义世界也是耐人寻味且值得进一步探讨。

---

① 具体论述详见第六章第一节《图写"圣域":从〈上林赋〉到〈上林图〉》。

第六章　汉赋与绘画艺术

　　文人作赋常有"赋写图像"情形，如汉代王延寿《鲁灵光殿赋》的"图画天地，品类群生"①一段描写即是；而赋学批评对赋的"图像"叙写，如刘勰论赋"述客主以首引，极声貌以穷文""品物毕图"，甚至径谓"写物图貌，蔚似雕画"②，亦着眼于赋与图的关联。相对而言，以图绘赋（赋图）早在魏晋时即有戴安道《南都赋图》传世，刘熙载《赋概》谓"戴安道画《南都赋》，范宣叹为有益。知画中有赋，即可知赋中宜有画矣"③。而由图生赋，由赋绘图，又由图派生出诸多题咏诗文，形成对赋与画的一种历史批评，往复之间，其中内涵极为丰富。本章以司马相如《上林赋》和王粲《登楼赋》为例，试图揭示汉赋与绘画等艺术形式在图写文学与复叙历史方面的多重内涵。

第一节　图写"圣域"：从《上林赋》到《上林图》

　　被尊为"赋圣"的司马相如创作铺写"圣域"上林苑的《上林赋》篇，传"画圣"西晋卫协曾作《上林苑图》④，而自南宋赵伯驹绘《上林图》、明仇英摹写《上林图》（附文徵明楷书《上林赋》）后，题咏《上林图》的诗文也随之屡出。作为上述问题的个案与典范，从《上林赋》到《上林图》（赋图）话题值得关注与探讨。

一、蓝本：《上林图》本事与流衍考

　　仇英，字实父，号十洲，与唐寅、沈周、文徵明并称"吴门四家"，又称"明四家"。《上林图》，又作《子虚上林图》，是仇英最著名画作之一，明陈继儒《妮古录》谓："仇实父画《子虚上林图》，长五丈，穷态极妍，盖天孙锦手也。余见其《胡笳十

---

① 萧统编，李善注：《文选》，中华书局 1977 年影印本，第 177 页。
② 刘勰著，范文澜注：《文心雕龙注》，人民文学出版社 1958 年版，第 134—136 页。
③ 刘熙载：《艺概》，上海古籍出版社 1978 年版，第 103 页。
④ 王毓贤《绘事备考》卷二称："卫协与张墨并为'画圣'，顾恺之论画云：'《上林苑图》，协最得意笔也，同时作者亦自以为不可及。'"清文渊阁四库全书本。

八拍图》《汴桥会盟图》《赤壁赋图》，皆属能品，而不若此卷为第一。"①明张丑《清河书画舫》亦录有仇英《子虚上林图》，有云：

> 仇英，实甫，其出甚微，尝执事丹青，周臣异而教之，遂知名于世。壮岁为昆山周六观作《子虚上林图》卷，长几五丈，历年始就，所画人物、鸟兽、山林、台观、旗辇、军容，皆臆写古贤名笔，斟酌而成，可谓图画之绝境，艺林之胜事也。兼有文徵仲小楷相如二赋在后，其家称为三绝。岂过许邪？后归之严氏。②

这段记载透露的信息非常丰富。首先，"壮岁为昆山周六观作《子虚上林图》卷"，是为仇英作图本事。清褚人获《坚瓠集》有更为详细的记载："周六观，吴中富人，聘仇十洲主其家凡六年，画《子虚上林图》为其母庆九十岁，奉千金，饮馔之半逾于上方，月必张灯集女伶歌宴数次。"③此图自题时间是嘉靖丁酉（1537）至壬寅（1542），盖为仇英四十岁左右时画，故曰"壮岁"。昆山周凤来是吴中巨富，家藏很多法书名画，仇英馆于周家，一来可获观名画，二来可解决生计问题，《上林图》即得酬"千金"，或谓"百金"，如张丑《清河书画舫》："仇画赠昆山周六观，经年始就，酬以百金。"④

其次，"周臣异而教之"与"臆写古贤名笔"二句明示仇英画作的师承渊源关系。周臣，字舜卿，号东村，擅长山水画，力追宋人，尤得李唐精髓。仇英出身低微，做过漆工与房屋彩绘画匠，但绘画天分惊人，周臣惜其才，收为门徒。仇英《职贡图》拖尾有彭年跋曰："实父名英，吴人也。少师东村周君臣，尽得其法，尤善临摹。东村既殁，独步江南者二十年，而今不可复得矣。"⑤"臆写古贤名笔"，意指仇英多临摹唐宋名家稿本，尤其从南宋"院体"入手，汲取文人画之长。《上林图》即摹写南宋赵千里的名作，清王弘《山志》谓："仇十洲《上林图》一卷，临赵千里笔也。"⑥赵千里即赵伯驹，字千里，宋太祖赵匡胤七世孙，据文献记载，赵千里有《江山图》《溪山晚照图》《岳阳楼图》《上林图》等，其中《上林图》属青绿山水画，场面浩大，气势壮阔，尤为后人称道。元人柯九思题《赵千里〈上林图〉》谓："千里公巧思苦心，绘此《上林图》，不惟独得精工之妙，而超出古人之意趣。其楼阁、人物、花鸟，皆摹小李将军。其树石、蹊径、布景，悉自成一家，萃前拔古。其设色，最得旨奥，凡绘色如不得旨，逾年即能毁变，其得旨者，虽数百年必不更毁……然千里公所绘图，余亦阅数卷矣，未有若此卷之妙者，珍藏之家宜重之慎之。"⑦

---

① 陈继儒：《妮古录》卷二，明宝颜堂秘籍本。
② 张丑：《清河书画舫》卷十二下，清文渊阁四库全书本。
③ 单国霖：《仇英生平活动考》，北京故宫博物院编《吴门画派研究》，紫禁城出版社1993年版，第226页。
④ 张丑：《清河书画舫》卷七上。
⑤ 仇英：《职贡图》卷后纸彭年跋，北京故宫博物院藏。
⑥ 王弘：《山志》卷一《上林图》，清初刻本。
⑦ 柯九思：《丹邱生集》卷二，清光绪三十四年柯逢时刻本。

再次，仇英《上林图》的形制是"长几五丈"，这与明陈继儒"长五丈"、清顾复"绢高头五丈"①等所说一致，清卞永誉《式古堂书画汇考》录有仇英《上林校猎图》卷谓"长四丈，高一尺三寸余"②，盖另有他本。仇英《上林图》是摹写赵千里画作，那么赵千里《上林图》形制如何？清藏书家顾文彬《过云楼书画记》卷一《吴道元水墨维摩像轴》记云：

道光戊子，有咸魏某携此及院画《上林图》售余，是为收藏之始，时先子与慈溪秦君苏湖友善，秦君酷好书画，先子因命出示，见有欲得之色，慨然赠之。余虽不忍割爱，未敢违也。比同治壬戌，侨居海上，复于楼月潭家见之，以议直未谐而罢，及甲戌秋，有人持《上林图》求售，遂不惜重价购归，而此帧不可复得矣。③

道光八年（1828），顾文彬从亲戚魏某手中买下吴道子《佛像图》，此外还有一个重要画作，即院画《上林图》，后顾文彬寄居上海，同治十三年甲戌（1874）秋又见《上林图》，以高价购回。"院画"即南宋画院作品，顾文彬看到的《上林图》或即赵千里真迹，其在《南宋画院本〈上林图〉卷》中做了详细介绍：

展卷，见郭天锡摹窠书"上林图"三字……后幅有宣文阁宝考，宣文即奎章阁，为顺帝所改。《辍耕录》云：'今上皇帝改奎章曰宣文'是也。篆为周伯温手笔，《近光集》有《承诏篆宣文阁宝诗》，则是图曾入元御府矣。别纸乌丝阑，有余忠宣隶书《上林赋》。款署元统改元季秋月赐进士及第同知泗州事河南余阙书，以本传考之，是年正忠宣初登第时也。④

郭天锡，元代著名收藏家、书法家；周伯温，即元周伯琦，著有《近光集》；余忠宣，元末官吏，元统元年（1333）进士，任泗州（安徽泗县）同知。据此可知，院画《上林图》入元御府，在形制上有很大改动，与仇英画作多有不同。这里有一个疑问：即张丑《清河书画舫》谓仇英《上林图》"兼有文徵仲小楷相如二赋在后"，二赋大概就是指《文选》所载司马相如的《子虚赋》《上林赋》。顾文彬见到《上林图》仅有余阙隶书《上林赋》一篇，仇英摹本与此不同。从画作尺幅上来看，如果想在"五丈"之绢上作巨幅"上林图"后再写上《子虚赋》和《上林赋》，可行性不大，或是因为《上林图》又叫《子虚上林图》，而《上林赋》又有《子虚上林赋》或《天子游猎赋》之名，鉴赏家们误以为《上林赋》是二赋。从今天所见《上林图》画作来看，也仅是《上林赋》中所写内容。

当然，院画《上林图》的赝品仿作甚多，王弘《山志》谓《上林图》：

予在京兆曾见之，工细之极，非周岁之力不能也。汪文石以善价得之一老兵，今于燕市更见二卷，工细相等，笔力稍逊，神采遂异，盖赝作耳。其一卷又增

---

① 顾复：《平生壮观》卷十，清钞本。
② 卞永誉：《式古堂书画汇考》卷五十七画二十七，清文渊阁四库全书本。
③ 顾文彬：《过云楼书画记》卷一《画类》一，清光绪刻本。

写伯驹二字为款。刘太史以五十金购去，公勇尝过予，称之。予笑曰，十洲卷可彷彿千里，千里卷乃不及十洲，公勇问故，汪卷适在予所，因出视之，公勇为爽肤。①

又清胡敬《西清札记》载："元人《上林校猎图》卷，绢本，青绿画……无款印。"下有按语：

谨案：此卷无款印，签题元人。细审绢色，尚新设色，如甫脱手。考张丑《清河书画跋》载仇英为昆山周六观作《子虚上林图》卷……；又《式古堂书画汇考》仇十洲《上林校猎图》卷，绢本青绿，大设色，上林校猎，千乘万骑，位置精严，不失赋中一语，款嘉靖庚戌秋日吴门仇英实父制。二书所载布景，与此卷均同，疑即仇英所图，不知何时割去文徵明书，并卷尾款字。②

有人赝南宋院画《上林图》，也有人将仇英《上林图》改造成院画本，真正的赵千里《上林图》今已未知踪迹。

图6-1 《上林图》；仇英；绢本设色；纵44.8厘米，横1208厘米；台北"故宫博物院"藏。

最后，张丑谓仇英《上林图》"后归之严氏"。严嵩之子严世藩得知仇英为周母作《上林图》，便向周六观索取，《上林图》即归严家。③ 此后，仇英《上林图》的赝本甚多，清翁方纲即曾被赝品所惑，其《跋〈上林图〉》卷谓：

仇实父画，师周东邨，所临小李将军《海天落照图》，及临李龙眠《西园雅集图》，世间皆有数本。况《上林》卷是其尤著名之作邪？三十年前，山阴吴水云持来一卷属为赋长歌，今见此卷，乃知前所见者，尚非其真也。……予昔于粤东药洲得"上林"二字古瓦，手拓其文，势兼篆隶，尝用其笔法以题《上林图》卷，今复得见此卷，因捡得前稿，并为复作一篇系录于后。④

翁氏于乾隆三十五年（1770）写的《仇十洲〈上林苑图〉》七古一首，⑤题咏的

① 王弘：《山志》卷一《上林图》。

② 胡敬：《胡氏书画考三种》之《西清札记》卷二，清嘉庆刻本。

③ 一说周六观献给严世藩一幅《子虚上林图》的摹本后全家出逃，仇氏真迹因此下落不明。

④ 翁方纲：《复初斋文集》卷三十三，清李彦章校刻本。

⑤ 翁方纲：《复初斋诗集》卷八《药洲集》七，清李彦章校刻本。

即是赝品《上林图》,至乾隆五十八年才获观真品,作《仇实父〈上林图〉卷》(文徵仲书二赋)七古一首。[①] 目前所见较好的《上林图》版本有五种:台北"故宫博物院"藏第一本,绢本设色,53.5厘米×1183.9厘米,有文徵明隶书《上林赋》一篇;台北"故宫博物院"藏第二本,44.8厘米×1208厘米,有文徵明隶书《上林赋》一篇;虚斋名画录著录本,54厘米×1266厘米,无文徵明书;中国嘉德国际拍卖有限公司收藏双宋楼珍藏名画本,45.8厘米×1247.5厘米,后纸有明万历间徐象梅章草书《上林赋》一篇;辽宁美术出版社藏《上林图》(国宝级名画珍藏六十年本),手卷,46.5厘米×1400厘米,后有文徵明楷书《上林赋》一篇。此三种虽都不能确定为仇氏原本,但究其创作年代,与仇氏应相去不远,且不同的只是题款与形制,画面场景、情节、物象基本相同,尤其是辽宁美术出版社藏本,形制特征与张丑所言仇氏原本最为接近,且山石、树木、人物、鸟兽刻画精工,色彩清丽,灿然夺目,尤值赏鉴。

二、元典:"上林"文学本事与图像语言渊源

品鉴《上林图》,又不得不归向"上林"文学元典——司马相如的《上林赋》。《史记·司马相如列传》载,司马相如客游梁时,作有《子虚赋》,"上(汉武帝)读《子虚赋》而善之,曰:'朕独不得与此人同时哉!'得意(狗监杨得意)曰:'臣邑人司马相如自言为此赋。'上惊,乃召问相如。相如曰:'有是,然此乃诸侯之事,未足观也。请为天子游猎赋,赋成奏之。'……相如以'子虚',虚言也,为楚称;'乌有先生'者,乌有此事也,为齐难;'无是公'者,无是人也,明天子之义。故空藉此三人为辞,以推天子诸侯之苑囿。其卒章归之于节俭,因以风谏"[②]。"上林",帝王园林名,位于长安西,本为秦王朝所辟,汉武帝予以扩建,成帝王校猎游观之所。《汉书·东方朔传》详细记述了汉武帝广开上林苑的具体过程:"初,建元三年,微行始出……乃使太中大夫吾丘寿王与侍诏能用算者二人,举籍阿城以南,盩厔以东,宜春以西,提封顷亩,及其贾直,欲除以为上林苑,属之南山。"[③]地理意义上的"上林"完备于汉武帝,与此同时也开始了"上林"的文学化进程。

"上林"地理的全面文学化,自司马相如《上林赋》始,其谓:"独不闻天子之上林乎?左苍梧,右西极。丹水更其南,紫渊径其北。终始灞浐,出入径渭,沣镐潦潏,纡余委蛇,经营乎其内。荡荡乎八川分流,相背而异态。东西南北,驰骛往

---

① 翁方纲:《复初斋诗集》卷四十四《小石帆亭稿》下,清李彦章校刻本。

② 司马迁:《史记》,中华书局1959年版,第3002页。

③ 班固:《汉书》,中华书局1962年版,第2847页。

来。出乎椒丘之阙，行乎洲淤之浦，经乎桂林之中，过乎泱漭之野。"①天子上林区域广阔，天然山川河流蜿蜒曲折，经此而过。其后，扬雄《羽猎赋》谓："武帝广开上林，东南至宜春、鼎湖、御宿、昆吾；旁南山，西至长杨、五柞；北绕黄山，滨渭而东，周袤数百里。"②班固《西都赋》云："若乃观其四郊，浮游近县，则南望杜、霸，北眺五陵，名都对郭，邑居相承。……其阳则崇山隐天，幽林穹谷……其阴则冠以九嵕，陪以甘泉，乃有灵宫起乎其中……东郊则有通沟大漕，溃渭洞河，泛舟山东，控引淮湖，与海通波。西郊则有上囿禁苑，林麓薮泽，陂池连乎蜀、汉，缭以周墙，四百余里。离宫别馆，三十六所，神池灵沼，往往而在。"③张衡《西京赋》："上林禁苑，跨谷弥阜。东至鼎湖，邪界细柳。掩长杨而联五柞，绕黄山而款牛首。缭垣绵联，四百余里。"④"上林"文学在赋中得到了前所未有、后人也望尘莫及的展示。

皇甫谧《三都赋序》谓："赋也者，所以因物造端，敷弘体理，欲人不能加也。"⑤缘于赋家"无以复加"之创作追求，《上林赋》专门描绘上林，从一开始即将"上林"文学推向极致，后世图绘"上林"从《上林赋》中"取景"便也不足为奇，而追溯"上林"图像语言渊源，当从解读赋文本图案化的描绘性特征入手，并与汉画像相佐证，构成文学"上林"与图绘"上林"的艺术相似性，以彰显从语言向图像的转化。

就整体构像而言，《上林赋》全篇盛夸上林苑的奇异山水、珍禽异兽、草木虫鱼、离宫别馆、良石美玉，更写天子校猎、游乐的稀世壮举。1958年在山东滕县（今滕州）城东桑村公社西户口一墓中出土一汉代画像石，共十八石，画面二十六幅，共分十层：一层，鹿、异兽；二层，儒生授经；三层，人物相会；四层，车骑；五层，狩猎；六层，群山及兽；七层至九层，人物；十层，水上行船、钓鱼。

汉画像石将所见到的一切物像都并置在一起，以上下、左右、东西南北的布置方式平面化展示出来，这与《上林赋》中"其上……其下……其东……其西……其阳……其阴……"的铺写结构安排极为相似，而且画像石物像的密集展示，与汉赋"比物属事，离辞连类"的叙事特征如出一辙。

将《上林赋》有关百戏、乐舞的描写与1959年12月至次年3月发掘于山东省安丘市董家庄汉墓中室室顶北坡西段画像相比照。画像刻乐舞百戏图，左上方二人踏鼓对舞，左者执便面，挥长巾，其左二人坐观，右三人坐于席上击铙、鼓伴奏。乐舞者下二羽人玩六博，四羽人围观，其左一跪者执物向一侧立者进奉，另一羽人作舞，其右二人捧物左向跪，一骑者及二吹管、荷臿步卒左向

---

① 萧统编，李善注：《文选》，中华书局1977年影印本，第123页。

② 萧统编，李善注：《文选》，中华书局1977年影印本，第130页。

③ 萧统编，李善注：《文选》，中华书局1977年影印本，第23—24页。

④ 萧统编，李善注：《文选》，中华书局1977年影印本，第43页。

⑤ 萧统编，李善注：《文选》，中华书局1977年影印本，第641页。

行。右下边二翼兽衔鱼及一仙人戏翼兽左向行,其后一兽、一鸟及一人执笏左向跪。右边一人手托十字形大橦,二童沿竿而上,六童在橦竿上表演倒立、倒挂,橦顶方板上一童倒立,其右侧一人表演飞剑掷丸,一人倒立,六人坐观,并有一羽人右向行,右下二翼虎左向行。①《上林赋》中超现实的、光怪陆离的狩猎和百戏、乐舞表演场景,在日常生活气息较浓厚的汉画像中能够照见现实的踪影。

《上林赋》的整体结构与具体场景描绘反映出明显的图案化倾向,与汉画像在艺术精神上具有鲜明的相似性,诚如李宏所言:"如果抽出汉赋语言所表达的形象和画像石刻描绘的事物作一比较,就会发现,他们千篇一律津津乐道的内容是何等相似,艺术表现的情感态度又何等相似。二种艺术相似的描写对象,都是宫室、楼阁、陂池、苑囿、茂林、嘉禾、神禽、异兽、龙螭龟蛇、山川日月、飞仙列神。画像石刻所描写的大型场面:围猎、出行、歌舞百戏、进谒宴饮、征战、农事等,完全可以用赋来作为注脚。"②不过,相比较而言,《上林赋》描写的是皇家"上林"广阔地理疆域,加上赋家侈丽闳衍之辞的描绘,要理解好赋作,不妨也可以将汉画像作为一个很好注脚,裨益于追寻"上林"的图像语言渊源。后世画家图绘"上林",《上林赋》是"上林"文学的典范,其结构布局、场景描写的图像语言渊源以及图案化倾向,必然会为《上林图》的创作架构提供参照。

三、布局:赋迹与画迹

《西京杂记》卷二载:"司马相如为《上林》《子虚》赋,意思萧散,不复与外事相关,控引天地,错综古今,忽然如睡,焕然而兴,几百日而后成。其友人盛览,字长通,牂柯名士,尝问以作赋。相如曰:'合纂组以成文,列锦绣而为质,一经一纬,一宫一商,此赋之迹也。赋家之心,苞括宇宙,总览人物,斯乃得之于内,不可得而传。'"③"纂组",赋之铺叙结构;"锦绣",赋之辞藻敷彩,此赋迹也。清张玉书《佩文韵府》"《上林图》"条谓:"孙畅之《述画记》'《上林苑图》,卫协之迹最妙。'"④卫协作《上林苑图》,其画迹兼备"六法",南齐谢赫《古画品录》谓"画有六法":"一,气韵生动是也;二,骨法用笔是也;三,应物象形是也;四,随类赋彩是也;五,经营位置是也;六,传移模写是也。唯陆探微、卫协备该之矣。"⑤《上林图》得卫协画迹之妙,清卞永誉《式古堂书画汇考》谓《上林图》"青绿大设色,上林

---

① 画像纵 120 厘米,上横 140 厘米,下横 200 厘米;安丘市博物馆藏。
② 李宏:《汉赋与汉代画像石刻》,《中原文物》,1987 年第 2 期。
③ 刘歆撰,葛洪集,向新阳等校注:《西京杂记校注》,上海古籍出版社 1991 年版,第 91 页。
④ 张玉书:《御定佩文韵府》卷七之六,清文渊阁四库全书本。
⑤ 谢赫:《古画品录》,明津逮秘书本。

校猎,千乘万骑,位置精严,不失赋中一语,六法兼到,真画苑巨观"[①]。将赋迹与画迹两相对比,二者皆重结构经营与体物赋彩二端。

美国学者华莱士·史蒂文斯(Wallace Stevens)曾指出:"诗歌和绘画同样是通过结构创造出来的。"[②]从结构层面来说,在某种程度上辞赋比诗歌与绘画的关系更紧密,尤其是一幅取材于经典赋篇《上林赋》的图绘,画家一定是要在辞赋与绘画之间寻找类比点,甚至会试图站在赋家的视角来构筑画篇,这从《上林赋》与《上林图》的结构比照中即可看出。辽宁美术出版社版《上林图》画卷可解析为八个部分:子虚、乌有、亡是公三人端坐一室;帝御龙舟,鱼、鸟类游翔上下;离宫别馆无数,皇帝与皇妃对坐宫寝,文武百官整装待发,弓箭、猎具齐备;帝乘六马龙凤辇出行,旗幡飞扬,浩浩荡荡前往狩猎场;帝骑马观猎,敲钟、擂鼓,主持狩猎典礼;狩猎者扬鞭策马,围捕野兽,箭射飞禽,抬着猎物进献皇帝;帝置酒登台,张乐起舞;最后是解酒罢猎,法驾而归,画面展示农田层出的农郊景象。从画面整体结构内容上来看,与《上林赋》内容基本对应,如清人胡敬《西清札记》称述"《上林图》卷":

绢本,青绿画,洪波巨浸,层峦叠嶂,瑶林琪树,杰阁飞楼,其间士卒车旗,分写校猎上林始终次第。首写岩松碉屋中,坐子虚、乌有、亡是公三人,为斯赋缘起。次写紫渊丹水,跳沫腾波,鳞族则蛟龙赤螭,羽族则驾鹅属玉之伦,游翔乎上下。次写离宫别馆,弥山跨谷,紫茎翠叶,缘陂丛生。次写蜺旌云旗,天子校猎,奉辔参乘,千官景从。次写七校纷陈,易舆而骑,骑射之士,撞钟伐鼓,角走射飞。次写张乐层台,青琴宓妃之徒,靓妆便嬛,更侍迭奏。次写解酒罢猎,返斾平皋,农郊耕牧,方兴原隰,龙鳞方田,如罫白云,回合红椒,碧树缥缈,在溪山烟霭之间。[③]

就局部细节经营来看,同样是"不失赋中一语",《上林赋》一开始即写亡是公品评子虚、乌有先生之论,《上林图》一开始也就画出三人同坐一室,从三人神情也可判别出各自身份。

清翁方纲在《跋〈上林图〉卷》中即指出:"前画三人对坐,其正坐拱听者乌有先生也;左坐者亡是公也;右坐有所指属者子虚也。奉使之节候于门外,齐、楚对论之境宛然,而全图则专绘上林也。"又赋写天子校猎出行的车驾谓:"乘镂象,六玉虬,拖蜺旌,靡云旗",《上林图》即画有六马镂象辇、日月龙凤旗幡。而就具体的车制问题,图绘亦精细工到,翁方纲考证后谓:"今见此卷所绘车制正合与陈祥道《礼书》所考,程盖达常之制,与寻常画史之作,迥乎不同。愚尝见六朝人画车制皆如此,与汉画武梁、鲁峻祠墓诸石刻可资印证,乃知弇州所云以古贤名笔斟酌而成者,非虚语也。"[④]明王世贞曾称《上林图》"人物、鸟兽、山林、台观、旗辇、

---

① 卞永誉:《式古堂书画汇考》卷五十七画二十七。

② 华莱士·史蒂文斯:《诗歌与绘画的关系》,奥登等著,马永波译:《诗人与画家》,山东画报出版社 2006 年版,第 75 页。

③ 胡敬:《胡氏书画考三种》之《西清札记》卷二"十九日癸酉"条。

④ 翁方纲:《跋〈上林图〉卷》,《复初斋文集》卷三十三,清李彦章校刻本。

军容,皆臆写古贤名笔,斟酌而成,可谓绘事之绝境,艺林之胜事也"①,《上林赋》与《上林图》在结构经营层面亦相契合。

前引"相如曰"谓赋"列锦绣而为质",何谓"绣"?《考工记》谓:"画绘之事,杂五色:东方谓之青,南方谓之赤,西方谓之白,北方谓之黑。天谓之玄,地谓之黄。青与白相次也,赤与黑相次也,玄与黄相次也。青与赤谓之文,赤与白谓之章,白与黑谓之黼,黑与青谓之黻,五彩备谓之绣。"②作赋与绘画一样,尤重赋彩,《文心雕龙·情采》云:"故立文之道,其理有三:一曰形文,五色是也……五色杂而成黼黻。"③《上林赋》中"五彩"皆备:

> 于是乎蛟龙赤螭……蜀石黄碝,水玉磊砢,磷磷烂烂,采色澔汗……鲜支黄砾,蒋芧青薠。……其兽则犑猏旄貘犛(注:貘,白豹;犛牛,黑色),沈牛麈麋。赤首圜题,穷奇象犀。……奔星更于闺闼,宛虹扦于楯轩。青龙蚴蟉于东箱,象舆婉僤于西清。……于是乎卢橘夏熟(注:卢,黑也),黄甘橙楱。……扬翠叶,扤紫茎。发红华,垂朱荣。煌煌扈扈,照曜钜野。……于是乎玄猿素雌(注:猿之雄者玄色,猿之雌者素色),蜼玃飞蠝(注:蠝,鼫鼠也,毛紫赤色),……手熊罴(注:熊,犬身,人足,黑色;罴,如熊,黄白色),足野羊。蒙鹢苏,绔白虎……轶白鹿,捷狡兔。轶赤电,遗光耀。……弯蕃弱,满白羽。……改制度,易服色(注:郭璞曰"衣尚黑")。④

初步统计,《上林赋》此段中青(翠)出现3次,赤(红、朱)出现9次,白(素)出现6次,黄(玄)出现5次,黑出现5次,分布于天上、地上、水中、动物、植物,"上林"整个就是一个五彩世界,诚如赋中借亡是公之口所谓"君未睹夫巨丽也,独不闻天子之上林乎",《上林赋》中描写的是一个五色相宜的"巨丽"世界。

赋是以巨丽之辞写巨丽之美,需要读者在字里行间去发挥想象,通过五彩之辞去寻觅巨丽之美。而仇英作画需要将"辞"直观化,通过青绿之笔,只能绘出一个"清丽"的世界。明人董其昌即谓:"李昭道一派为赵伯驹、伯骕,精工之极又有士气,后人仿之者,得其工不能得其雅,若元之丁野夫、钱舜举是也。盖五百年而有仇实父,在若文太史极相推服,太史于此一家画,不能不逊仇氏。"⑤仇英继承南宋二赵的青绿山水画法,从《上林图》可以看出,其用笔秀劲,布置精工,着色清丽,同时又糅合了北宋文人画家水墨山水的一些画法和趣味,具有文人画蕴藉典雅的意趣,画作中的山石以勾勒为主,施以青绿重色,铺以赭色,鲜丽中见清雅,笔法工整中见疏放,格调以清丽明快为主。就赋彩而言,从《上林赋》到《上林图》,化巨丽为清丽,审美理念有了一个较大的转换。

---

① 王世贞:《增补艺苑卮言》卷十二,明万历十七年武林樵云书舍刻本。

② 戴震:《考工记图》卷上,清乾隆纪氏阅微草堂刻本。

③ 刘勰著,范文澜注:《文心雕龙注》,人民文学出版社1958年版,第537页。

④ 萧统编,李善注:《文选》,中华书局1977年版,第124—129页。

⑤ 董其昌:《画禅室随笔》卷二,清文渊阁四库全书本。

图很大程度上是对赋的图像"转译",《上林图》在布局结构上依据原赋,把赋文中描绘的场景全过程地安排在一个全景画面之中,辅以山水、树石等背景的自然衔接,画面整体上具有了多情节、长卷式的特征,赋与图同具有激荡之气势,而具体到用辞与着笔方式以及文化观念上的时代差别,又潜孕着赋家与画师各自所赋予的创作法度。

四、文图:赋法与画法

《上林图》是对《上林赋》的摹写,赋的"蔚似雕画"的场景描写得到图像的对应展示,相对而言,图的场景也多为赋的局部复现。当然,赋与画二者的场景对应,也绝不仅是复制,而是内含赋家与画师的各自创造。概括地说,赋家是以自我的眼光(假托赋中人)审视自然物象与图像,进行选择、刻画与描述;画师同样以自我的眼光(借助画中人)审视文字(文本)中的语象与图像,进行摹写、提炼与展示。这里存在着一个非常重要的接受方法问题。例如诗赋家从"语象"的视角对《上林赋》的接受,常忽略赋作对自然图像的表现,而更重于语象之"义"的衍展。试举元人祝尧对《子虚》《上林》赋文的评述:

当讽刺则讽刺,而取之风;当援引则援引,而取诸比;当假托则假托,则取诸兴。(评《子虚赋》语)……古人之赋,固未可以铺张侈大之辞为佳,而又不可以刻画斧凿之辞为工,亦当就情与理上求之。(评《上林赋》语)①

此评在以比、兴之法抽绎其情与理,故轻赋迹而重赋心。而画师的接受则不然,首取在"象"而非"义",所以常忽略(或不可表现)赋家铺张扬厉之辞章内在的情与理,而更关注赋家对自然物象的关注,并借助其语象再转译为图像。所以从《上林图》看《上林赋》,赋家与画师审美的对接点在一"观"字,如果说孔子论诗之"兴、观、群、怨","诗可以兴"偏重于语象的内在义理,则"诗可以观"即可借助于"赋可以观"的审视眼光,只是这一"观"字更多体现于图像意识。而回到《上林赋》的描写,赋家由发端之"子虚""乌有""亡是公"的对话转向上林之"水"(八川分流)与"山"(崇山矗矗)的夸赞,在进入全赋主旨的一静(宫室描写)一动(校猎描写)的景境时,中有一段过渡文字,以展开全景画面,颇为重要。
赋有云:

于是乎周览泛观,缤纷轧芴,芒芒恍忽。视之无端,察之无涯。日出东沼,入乎西陂。其南则隆冬生长,涌水跃波……其北则盛夏含冻裂地,涉冰揭河……②

可以说,正是这一"观"(览),既是《上林赋》的转折点,以导向主题的描写,也是《上林图》的视域焦点,从而揭开了一幅幅转译语象的画面。由此切入,我们读

---

① 祝尧:《古赋辨体》卷三,清文渊阁四库全书本。
② 萧统编,李善注:《文选》,中华书局1977年版,第125页。

图6-2　《上林图》(局部)

赋与图,也就可以看到二者的异同。

就其相同点而言,赋与图的浓重之笔均落实在两方面:一是静态的描绘,即苑囿与宫室。赋语对"上林苑"的描绘,采取实象与想象结合的方法展开,在实象中,诸如草木花卉、飞禽走兽、楼台宫室以及犬马与人物等,虽有夸张,然皆清晰明豁。如写宫室:

于是乎离宫别馆,弥山跨谷。高廊四注,重坐曲阁。华榱璧珰,辇道绸属。步櫩周流,长途中宿。夷嵕筑堂,累台增成,岩突洞房……①

其中"弥山跨谷"虽不乏夸张描写,然其实物摹写,也是赋体的征实特征的表现。而赋中想象的描绘手法,则更体现在"左苍梧,右西极""缤纷轧芴,芒芒恍忽,视之无端,察之无涯"的东、西、南、北全方位的虚写,这就是宋人程大昌说的"亡是公赋上林,盖该四海言之"的道理②。

二是动态的描绘,最具代表性的是"天子校猎,乘镂象,六玉虬……弓不虚发,应声而倒"的一段书写,其中包括诸如"车骑雷起,殷天动地"的狩猎阵容、"先后陆离,离散别追"的狂奔兽群与"搏豺狼,手熊罴"的格掠收获的动态场景。对照仇英《上林图》的绘饰,其对山川、草木、鸟兽均以实像勾勒,占驻了多数的画面,并用远近高低各不同的视角距离以展其"弥山跨谷"的观感。对动态的校猎场景的处理,通过五个画面展示,分别是出行仪仗、狩猎场面、钟鼓游乐、猎罢归营与天子乘辇图像,使长卷的故事达到高潮。至于赋笔的诸多虚写,图中则同样采取疏笔虚写的方式,以远山云天与水波映衬的效果,使画面拓展得更为广阔而无限。

就其不同点而言,赋家与画师之"观"有很大差异。概括地说,赋家的视点是

---

① 萧统编,李善注:《文选》,中华书局1977年版,第125页。
② 程大昌:《演繁露》卷十一,清嘉庆学津讨原本。

图6-3 《上林图》(局部)

图6-4 《上林图》(局部)

受语象的时序制约,所以上林之"巨丽"是由"八川分流"(地形)、"崇山"崔巍、周览四方、"离宫别馆"、动植物产、"天子校猎"以及崇礼明德(历吉日以斋戒)等七大场景次第展开,其中如"校猎"一事,又由仪仗出行、射猎过程、猎罢游乐与酒酣沉思诸场景因时序而变化,起到转折其义与深化主题的作用。与之不同,画师的"观"点重在通篇画幅的一体展示,减少了赋文的时序制约,而着力于空间的呈示。对此,《上林图》采取了两种处理方式:

　　一是选择。这种方式也导致了图文比较的两种结果:其一,因选择而割弃无法表现的场景,如赋文中的"八川分流",尤其是对水流"汹涌澎湃,滭弗宓汨"一大段有关流向与水声(如"汹涌"为流向,"澎湃"为水声)的描写,图面仅以水波曲笔显示,结果只能以抽象替代形象。如此图像的平面处理以及画师的无奈选择,造成了赋中大量的生动语象丢失。其二,因选择而突出重点场景,使图像较语象更为简洁明了,主题突出,令读者易于聚焦。如《上林赋》开篇大段的山水草木与鸟兽的文字,则被《上林图》融织于整体画面中;而赋文经大量描写才引出"离宫别馆"与"天子校猎",在图像中第一、第二场景就已出现了类似的描写,且图像的八个部分（十幅片断画面）绝大多数绘饰行猎情形，使整卷画面围绕"天子校猎"展开，于是在某种意义上画师更加接近与强化了《史记》原始文本所记述的"请为天子游猎赋"的主题与意旨。

二是聚象，或可谓之合意与合图。再以狩猎场景为例，赋文中"天子校猎"的描写是一前后有序的流程，包括扈从仪仗、狩猎车骑、搏格猛兽、径峻赴险、越壑厉水、发弓猎获等连续的动作与场景。而以"辽宁本"《上林图》为例，画师仇英将这一复杂的流程与众象汇聚在一幅图（第七幅画面）中，采用三层构图法，即最底层画面是众骑士射杀猎物（对应赋文"弓不虚发，应声而倒"），中层画面是狩猎队伍在行进与奔突，上层画面则有四人用担架抬着猎物，并点缀以几位旁观者。值得注意的是三层画面并非简单的分割，而是通过山林行径的弯曲回旋自然区别，形成一有机的整体。同样，如此聚象之法体现于《上林图》的全幅画面，也使品读赋文时容易产生的时序断续与片断割裂之现象得以解消，从而达到将山水与人物融会贯通的阅读效果。

从文学批评的意义来看，中西学者对诗、画各自优势的论述大同小异，如清人叶燮《赤霞楼诗集序》云：

吾尝谓：凡艺之类多端，而能尽天地万事万物之情状者，莫如画。彼其山水、云霞、林木、鸟兽、城郭、宫室，以及人士、男女、老少、妍媸、器具、服玩，甚至状貌之忧离欢乐，凡遇于目，感于心，传之于手而为象，惟画则然；大可笼万有，小可析毫末，而为有形者所不能遁。

吾又以谓，尽天地万事万物之情状者，又莫如诗。故彼山水、云霞、士人、男女、忧离欢乐等类而外，更有雷鸣、风动、鸟啼、虫吟、歌哭、言笑，凡触于目，入于耳，会于心，宣之于口而为言，惟诗则然；其笼万有，析毫末，而为有情者所不能遁。[①]

其论诗与画之同，为其大要，然则以"有形者"状画，而以"有情者"状诗，且将"声响"之描写归于诗而阙于画，已内涵两种不同艺术形态的差异。对此，德国学者莱辛《拉奥孔》探讨诗、画差异更为明确，即把"诗"为代表的文学称为"时间艺术"，把"画"为代表的造型艺术称为"空间艺术"，并作出诸如"生活高出图画有多么远，诗人在这里也就高出画家多么远"的价值判断。[②] 尽管诗与赋的语象在表达方式与程度上或有所差异，如刘熙载说的"赋起于情事杂沓，诗不能驭，故为赋以铺陈之。斯于千态万状，层见迭出者，吐无不畅，畅无或竭"[③]，换句话说，即赋的"蔚似雕画"使其语象更接近于图画，然毕竟诗、赋均属语言的艺术，所以《上林赋》与《上林图》的表现方法自然有所不同。如赋文中的"天子校猎"的时序是"背秋涉冬"，赋图则与之不同，其因有二：一是全图采用绢本青绿，设色华浓，其与

---

① 叶燮：《已畦集》卷八，民国六年长沙叶氏梦篆楼刊本。

② 莱辛：《拉奥孔》，朱光潜译，人民文学出版社 1979 年版。

③ 刘熙载：《艺概》，上海古籍出版社 1978 年版，第 86 页。

祝寿之章有关,故无经秋历冬之萧瑟之状;二是时序变迁在同一设色的长卷中无法展示,此亦如叶燮所言"雷鸣、风动、鸟啼"易见于诗而不易成于画的道理一样,具有图像表达的局限性。同样,赋图中如对行猎、射杀、收获在同一时空的表现,使读者的眼光聚焦于纷繁复杂的场景,又是赋文无法表述的。

相比之下,一些具体的场景的再现,《上林图》采取了与赋文相同的白描手法,如游乐一段,赋文描述有"撞千石之钟""树灵鼍之鼓",赋图则在画面中分别描绘了撞钟与击鼓的形象与动作。又如赋文中描述的猎罢行礼一节,即"历吉日以斋戒,袭朝服,乘法驾,建华旗,鸣玉鸾,游于六艺之囿,驰骛乎仁义之涂"云云,以彰显王者的"隆德"形象,所以赋图的卷末场景正是宫室帝王与群臣"坐而论道"的画面,且以山峦间巍峨的宫殿建筑群为映衬,展现的也是天子肃穆庄严的气韵。

而赋法与画法的关联,还宜关注赋体与画体,仇英《上林图》所摹写的对象是汉代骈辞大赋的典范,所以采取"大设色"法以呈示大气象。对此,可引述元人陈绎曾《汉赋法》所论:

> 汉赋之法,以事物为实,以理辅之。先将题目中合说事物一一依次铺陈,时默在心,便立间架,构意绪,收材料,措文辞。布置得所,则间架明朗;思索巧妙,则意绪深稳;博览慎择,则材料详备;锻炼圆洁,则文辞典雅。[1]

因为大赋体重在"事物",要在"铺陈",而妙在"布置",使杂沓情事与千态万状宏整呈示,且有条不紊,而有"体国经野,义尚光大"的态势与气象。读《上林图》,事物的布置与壮阔的场景实与赋法相通,这也是与其他赋图如《洛神赋图》《赤壁赋图》的不同之处。

五、语象:《上林图》题咏的文化批评

论及"语象"与"图像"关系,还应关注围绕图像的题咏作品,如历史上大量的题图诗就是"为读者提供的缘于图像而超越图像,复述历史而超越历史的诗的情境,也可谓'读'的审美"[2]。"上林"文学的书写固然缘起于实际的长安上林苑囿,但更因文化传统的影响,"上林"具有皇家园林"圣域"的文化空间符号意义,《上林图》摹写画家文化想象中的"上林",已不再完全是长安真实的地域景观,而是从"上林"文学的原型意象中寻求"圣"境,阐述己意。而文人题咏《上林图》,也就不仅是从视觉经验角度——"观图",复述上林地理;且更多地着眼于超越历史与地理,在更深层次的文化记忆中探寻与追索为"圣"之道,这也是"读图"的文化批评内涵。

---

① 陈绎曾:《文筌》,清李士棻家钞本。

② 许结:《一幅画·一首歌·一段情——张曾〈江上读骚图歌〉解读及思考》,《文艺研究》2011年第2期。小说中的插图也存在这种现象,如杨森《"图—文"互文视野下的〈李卓吾先生批评西游记〉插图"顼间"研究》,《明清小说研究》2014年第1期。

首先是"观图"。观南宋赵伯驹画卷者,如元柯九思《赵千里〈上林图〉》文一篇①、清顾文彬《南宋画院本〈上林图〉卷》文一篇②、清梁章钜《古瓦研斋所藏历代书画杂诗》之赵千里《子虚上林赋》画卷诗③等。又清官修《题画诗》收录有明廖道南《上林图》七绝六首④,不署题何人作画卷,自注有云"为何举人伟题"。何伟,四川资中人,明太祖洪武二十三年(1390)庚午科举人,而廖道南是正德十六年(1521)进士,卒于嘉靖二十六年(1547),就时间上推理,或仍是题赵千里的《上林图》。观仇英画卷者,如清翁方纲《仇十洲〈上林苑图〉》七古一首⑤又《跋〈上林图〉卷》文一篇⑥又《仇实父〈上林图〉卷》(文徵仲书二赋)七古一首⑦、清曾燠《仇实父〈上林图〉歌》一首⑧、清刘嗣绾《仇实父〈上林图〉》⑨及《二月二日兰坡前辈销寒第六集,出仇实父〈上林图〉为题,余以往年有七古一章,请书绝句一首》⑩、清乐钧《仇实父〈上林图〉》七古一首⑪等。这或是一个文人团体在题咏《上林图》,刘嗣绾、乐钧、梁章钜皆师事于翁方纲,他们又都与曾燠交游,时常切磋诗文。

其次,由"观图"而"赏画论赋"。柯九思品赏赵千里《上林图》有云:"余初展时惟知娱目快心而已,既玩之久,觉得山林村落若我身履其境,渐渐如阅其队队行伍,马如走,人如行,如相与语言,如获诸羽物。阅至卷尾,见人物台榭渐小,如隔遥远作眺望状,惟知娱目观猎,玩山水,历诸境界,忽不知予今观绘图也。"从"娱目快心"到"身履其境"到"历诸境界"而不知是身在观图,可见画卷精工逼真。乐钧鉴赏仇英《上林图》谓:"离宫别馆拟昆阆,神池灵沼欺蓬瀛。属车夹道拥鸾辂,仗马泛驾追霓旌。弓刀所及麟凤死,轻禽狡兽空纵横。嫔御如花倚台殿,归来饮酒吹瑶笙。"用八句诗语极为精练地概括出了《上林图》的八个主要图景,又与《上林赋》的内容切切相应,精妙有趣。因"赏画"而论司马相如与《上林赋》,刘嗣绾《仇十洲〈上林图〉》即谓:"汉家典册相如才,封禅乃有遗书开。诗成未入柏梁宴,表上不诉通天哀。一篇谏猎事非偶,讽谕深深托乌有。楚地波吞云梦胸,齐封石刻之罘手。"数句即将相如身世写尽,又将《上林赋》的讽谏主旨点出。翁方纲《仇实父〈上林图〉卷》云:"苍然远势文句外,悦如相对主客言。亡是神光静以摄,齐楚得失然不然。昔者相如二赋就,萧然百日卧起间。孰与悟言一室客,

① 柯九思:《丹邱生集》卷二。
② 顾文彬:《过云楼书画记》卷一《画类》一。
③ 梁章钜:《退庵诗存》卷二十二,清道光刻本。
④ 《题画诗》卷九十"花卉类",清文渊阁四库全书本。
⑤ 翁方纲:《复初斋诗集》卷八《药洲集》七。
⑥ 翁方纲:《复初斋文集》卷三十三。
⑦ 翁方纲:《复初斋诗集》卷四十四《小石帆亭稿》下。
⑧ 曾燠:《赏雨茅屋诗集》卷一,清嘉庆刻增修本。
⑨ 刘嗣绾:《尚絅堂集》之《诗集》卷三十六《五甲集》上,清道光大树园刻本。
⑩ 刘嗣绾:《尚絅堂集》之《诗集》卷四十九《雪泥集》。
⑪ 乐钧:《青芝山馆诗集》卷十六"古今体诗",清嘉庆二十二年刻后印本。

妙莹骊颗余三千。巨丽之中寓规讽,变态乃极于神完。"此言鲜明地指出《上林赋》主客问答的结构布局和"劝百讽一"的功用特征。《上林赋》与《上林图》"巨丽之中寓规讽",只写繁华,只画盛景,而繁华与盛景的另一面是什么呢?翁方纲在《仇十洲〈上林苑图〉》诗中予以揭示:"离宫别馆转闲寂,层楼门掩枞括枫。靓容曼饰目窈窕,倚栏盼立云溶溶。精灵欲语歌舞外,似假营藿芎莠通。弄田亦假钩盾意,水衡租出内府充。诏于有司赡氓隶,安得尽入登眺中。司马赋所不到处,置酒叹息思何穷。"此诗题咏的《上林图》虽是赝本,但从赋与画中实有之景的描写转向赋与画外虚有之境的想象,尤为值得关注。繁华宫殿终有闲寂时,窈窕淑女也会落寞伤感……这一切皆是"登眺"不得见、"司马赋所不到处"的,"不写荒凉毁又复,莲房菰米烟露<u>丛</u>",繁华落尽背后是荒凉孤寂景象。

最后,因"上林"是"圣域"而评"圣",议论"君王之道"。"上林"是"圣域","圣域"是否繁华,关键是看圣上贤明与否。乐钧《仇实父〈上林图〉》云:"国家富强衰之征,君王雄武骄之萌。秦皇威尊德亦盛,丞相颂扬天下惊。汉家文景意狭小,特以恭俭希承平。圣子神孙笑田舍,雄才大略包公卿。求书兴学任文武,初政何必非英明。规模忽谓过尧舜,大辟宫苑娱心情。"总结秦始皇、汉文帝、汉景帝等君王功绩,主要提出了两个有关"君王之道"的观点:一是君王忌"雄武";二是君王"初政何必非英明"。汉武帝"大辟宫苑娱心情"是有违"君王之道"的:"相如此时乃谏猎,为虑衔橛输忠诚。君心侈泰能遏,开边未已求长生。帝王似此实罕比,宁知天道偏恶盈。天下虚耗民力竭,轮台下诏徒哀鸣。驰骋发狂忘国恤,古语至痛今闻声。不然校猎亦细故,其机乃以同亡嬴。"此言痛斥汉武帝不理解司马相如的"忠诚"之心,奢靡享乐,妄求长生,虚耗民力,古今罕比,轮台罪己诏也只徒有哀鸣,其命运犹如嬴秦一样会土崩瓦解。"吁嗟汉武亦已矣,陈牒往事休讥评",这些讥评汉武帝的话语猛烈刚劲,前所少见,个中缘由或可在曾燠《仇实父〈上林图〉歌》中找到些答案,其歌曰:

仇实父,汝视明武宗才何如汉武?豹房居野外,非有离宫一百四十五。日日前驱鼓严簿,臂鹰牵犬出宣府。当时谏猎宁无人,未让相如独千古。不因廷杖毙,便遣蛮荒去。曷若赋上林,犹蒙天子许。实父心伤之,丹青写出赋中语。丹青著纸何太华,上林景物原穷奢。颇闻袁氏好园圃,坐以重罪籍其家。珍禽奇兽尽没入,紫鸳青兕纷腾拏。又闻群臣进文杏,输枇杷,三千余树皆名葩。葡桃何以致西域、博望槎,荔枝何以植南越、通邛巴。千军万夫竭力供一苑瑰宝,那不穷幽遐。大鱼吐珠来,祥麟应弦获。百灵犹献媚,骄泰宜已极,岂知黎首困徭役,但见羽旄皆蹙额。他时虽罢珠崖兵,千秋富民已无策。我思汉高明祖始开国,逐鹿中原苦费力。守成何必有雄才,文景仁宣真令辟。两朝衰盛大转关,只系元封与正德。

这首诗有三个主要观点:一是诗开篇即抛出一个疑问:问仇英,你觉得明武宗的才能比汉武帝如何?"上林"成为评价汉武帝功绩的一个征象,由此类推,"豹房"亦成为评价明武宗功绩的一个重要标的。明武宗是个有争议的帝王,他的一生,既有刚毅果断的一面,有弹指之间诛刘瑾、应州大败小王子的壮举;也有贪玩、好色,所行之事多荒诞不经的一面,其中最为恶劣的是营建"豹房"。《明史·武宗本纪》载正德二年:"秋八月丙戌,作豹房。"①豹房新宅多构密室,建有妓院、校场、佛寺,豢养动物,尤多豹子,武宗每日广招乐妓承应,荒淫无度。毛奇龄《武宗外纪》载"又别构院御,筑宫殿数层,而造密室于两厢,勾连栉列,名曰豹房。初,日幸其处,既则歇宿比大内。令内侍环值,名豹房祗候。群小见幸者,皆集于此","上称豹房曰新宅,日召教坊乐工人新宅承应。……于是有司遣官押送诸伶人,日以百计,皆乘传续食"。② 明武宗荒淫暴戾,"不因廷杖毙,便遣蛮荒去",即指正德十四年,他以讨伐朱宸濠叛乱为名,下诏圣驾南征,一百多位官员诤言,结果被罚跪午门,多人因杖责毙命。诗中认为司马相如赋"上林"谏猎,且蒙汉武帝许可,而明武宗杖人毙命,无人再敢谏,明武宗比汉武帝更荒淫残暴。二是仇英感伤于明武宗,借绘《上林图》写出《上林赋》中讽谏意。诗云"实父心伤之,丹青写出赋中语",图绘"上林",其实处处是在绘"豹房",《上林赋》结尾是天子幡然醒悟,以为"大奢侈",解酒罢猎,法驾而归;而明武宗是"百灵犹献媚,骄泰宜已极,岂知黎首困徭役,但见羽旄皆蹙额",犹不知悔改。三是汉武帝与明武宗是汉朝和明朝具有重要转关意义的帝王。诗最后谓"两朝衰盛大转关,只系元封与正德","元封"是汉武帝的第六个年号;"正德"是明武宗年号,孝宗去世,武宗即位,次年改元为正德元年。曾燠此论与乐钧的"初政何必非英明"观点类似,认为"守成何必有雄才",汉代的文帝、景帝,明代的仁宗、宣宗才是"真令辟"。"上林"与"豹房"的确是一个时代盛极一时的象征,但同时也不再只是一个地理概念,而是成为劝谏帝王"戒奢侈"、以为贤明君王的一个重要文化坐标。在"上林"的历史文化批评语境中,传统的"君王之道"评价标准有所转变,汉武帝、明武宗已不再被看作有才能的帝王代表,取而代之的是汉文帝、汉景帝、明仁宗、明宣宗,他们成为圣贤明君的楷范。

清方薰《山静居画论》有云:"戴逵写《南都》一赋,范宣叹为有益;大年少腹笥数卷,山谷笑其无文。又谓画格与文同一关纽,洵诗文书画相为表里者矣。"③《上林赋》与《上林图》互为表里,《上林赋》是《上林图》绘制的元典,《上林图》是《上林赋》展现出来的蓝本。一方面是《上林图》"不失赋中一语",即从视觉观感角度而言,二者都是旨在铺写与描绘"上林"这个皇家苑囿"域"的地理概念,其布局经营切切相应;另一方面,从历史文化批评的角度来看,"丹青写出赋中语",《上林赋》的历史功用重在"讽谏",在借对"上林"地理"域"的描绘过程中奠定了一个劝"圣"的基调,尽管只是"劝百讽一",但其历史意义是在"圣域"描绘与帝王

---

① 张廷玉:《明史》,中华书局 1974 年版,第 201 页。

② 毛奇龄:《武宗外纪》卷一,《艺海珠尘》本。

③ 方薰:《山静居画论》卷一,《知不足斋丛书》本。

奢享之间渗入了一个"讽谏"的传统。值得注意的是,"讽谏"只是《上林赋》的一个尾巴,而在对"圣域"图画及其题咏的过程中,这个"尾巴"逐渐被放大,以致有题咏诗歌全篇皆在"讽谏","上林"成为一个极富有历史批评意识的文化"真身"存在,甚至成为衡量一个君王贤能与否的标准。图画学讲究"意在笔先""成竹于胸",与此相对应,但凡言及帝王从事"上林"模式的活动时,题图歌咏首先想到的是"奏雅"批评,这在某种意义上是对《上林赋》文本创作过程中"曲终奏雅"模式的一个逆转,这也是图写文学与复叙历史的力量所在。

第二节　楚地醉思乡:多重艺术语境下的《登楼赋》书写

王粲《登楼赋》传诵已久,享有盛誉,晋代陆云与兄陆机切磋文章,谓"《登楼》名高,恐未可越尔"[①],南朝梁代刘勰推此赋为"魏晋之赋首"[②]。梁太子《昭明文选》将其列为赋类"游览"之首。[③] 宋代朱熹在《楚辞后语》中也认为《登楼赋》"犹过曹植、潘岳、陆机《愁咏》《闲居》《怀旧》众作,盖魏赋之极此矣"[④]。盛名之下,《登楼赋》也被多重艺术形式书写展现出来:多地建筑仲宣楼,吸引文人登楼题咏,诗文创作层出;绘制《王粲登楼图》,形成文人雅集品图,吟咏唱和系列诗作;改写成戏曲剧本,成为舞台艺术,并与剧本中的插图相互辉映。朱光潜在《诗论》中谓:"一般抒情诗较近于音乐,赋则较近于图画,用在时间上绵延的语言表现在空间上并存的物态。诗本是'时间艺术',赋则有几分是'空间艺术'。"[⑤]赋作"写物图貌,蔚似雕画""铺采摛文,体物写志","描绘性"是赋体文学的一大征象,就《登楼赋》本身所具有图案化特征而言,更是时间维度与空间维度交错叠加的典范之作,自然会引起多重艺术形式的摹写。而任何艺术形式的摹写,都是对赋作本身的一种再创作,更是对"王粲登楼"情感的再体验,同时也寄寓摹写者对文学与历史的批评倾向,其中蕴含着丰富的文化内涵,值得探讨。

一、斯宇所处:赋文与仲宣楼地理图景

《登楼赋》有曰:

览斯宇之所处兮,实显敞而寡仇。挟清漳之通浦兮,倚曲沮之长洲;背坟衍之广陆兮,临皋隰之沃流。北弥陶牧,西接昭丘。华实蔽野,黍稷盈畴。[⑥]

---

① 陆云:《与兄平原书》,严可均辑《全晋文》,商务印书馆 1999 年版,1079 页。
② 刘勰著,范文澜注:《文心雕龙注》,人民文学出版社 1958 年版,第 135 页。
③ 萧统编,李善注:《文选》目录,中华书局 1977 年影印本,第 5 页。
④ 朱熹:《楚辞集注》,上海古籍出版社 2001 年版,第 257 页。
⑤ 朱光潜:《诗论》,生活·读书·新知三联书店 2012 年版,第 261 页。
⑥ 萧统编,李善注:《文选》,中华书局 1977 年影印本,第 162 页。此文中所引赋文,如未特别注明,均引此本,不再赘注。

这是王粲所登之楼的地理环境。《水经注》卷三十二"漳水"下云："漳水又南径当阳县，又南径麦城东，王仲宣登其东南隅，临漳水而赋之曰：'夹清漳之通浦，倚曲沮之长洲。'是也。"又"沮水"下云：沮水"又东南径驴城西、磨城东，又南径麦城西""又南径楚昭王墓，东对麦城，故王仲宣之赋登楼云'西接昭丘'是也。"①《水经注》对王粲所登之楼的地理环境作了进一步的阐释。《登楼赋》是王粲寄寓荆州时所作，那么王粲当时所登的是哪座楼呢？就目前所见的最早史料记载是《文选》注，但有两说：一是当阳城楼，《文选》李善注引盛弘之《荆州记》云："当阳县城楼，王仲宣登之而赋。"一是江陵城楼，《六臣注文选》刘良引《魏志》云："时董卓作乱，仲宣避难荆州，依刘表，遂登江陵城楼，因怀归而有此作。"②

唐杜甫《将赴荆南寄别李剑州》诗有云"春风回首仲宣楼"③，此时是否就建有仲宣楼，现在不得而知。据《明一统志》记载说，最早有"仲宣楼"之称的是在北宋年间："仲宣楼，在荆门州，即当阳县城楼。汉王粲仲宣登楼作赋，有曰：倚曲沮、挟清漳。今当阳正在沮漳之间。……今府城东南隅，亦有仲宣楼，乃五代时高季兴所建望沙楼，宋陈尧咨更此名。"④这里指的是当阳仲宣楼。至南宋贾似道又重修有一座仲宣楼，李曾伯《重建仲宣楼记》云："淳祐十年春，制置使天台贾公似道，屏华底功，竣浚筑事，步城之巽，偶有址屹然，因金汤之余力，益新甃，规重屋，即昔之仲宣楼也。夏六月，公易镇全淮，覃怀李某继之，如前画，越半期告成。腊月二十有五日，爰集宾校置酒而落之。"又说："按《江陵志》，扁名昉于祥符，复于绍兴。今既毁，再葺，能不与齐云栖霞俱圮，而独存此，则仲宣之赋之力也。"⑤这里的仲宣楼当指的是在江陵。

明万历年间襄阳知府周绍稷又提出"襄阳"说，王世贞赞同其说，并撰写《仲宣楼记》进一步论证谓：

自王粲仲宣依刘表于荆州，作《登楼赋》，而江陵有仲宣楼，后襄阳有楼，亦曰仲宣。而友人襄少史周绍稷至，自修《楚乘》还断以属之襄阳，其辞甚辨，而其旨意以刘表始至宜城，用二蒯、蔡瑁计讨平诸贼，北据汉川，以临中土，几十五年，而其子琮始降曹氏。盖终始不离襄阳，而江陵特其支郡，仲宣之依表为幕下参佐，以共朝夕，不应去襄阳而登江陵之郡楼也。然刘良注兹赋犹以为江陵，而盛弘之《荆州记》则直以为当阳，其所称"陶牧""昭丘"云，江陵西有陶朱公冢，其碑云是越之范蠡，又当阳东南七十里有楚昭王墓，登楼则见之。按张华《志》称范蠡葬南郡之华容，又云济州平阴东陶公山，山有陶朱公冢，则所谓陶牧者未必确，而楚昭王避吴去郢，北徙都为襄州之乐乡，其所谓昭丘者，亦未必不在襄之近境也。赋

① 王国维校，袁英光、刘寅生整理标点：《水经注校》，上海人民出版社1984年版，第1025—1026页。

② 《六臣注文选》，中华书局1987年版，第207页。

③ 钱牧斋笺注：《杜工部诗集》，世界书局1935年版，第288页。

④ 李贤：《明一统志》卷六十，清文渊阁四库全书本。

⑤ 李曾伯：《可斋杂稿》卷二十二《赋记》，清文渊阁四库全书本。

又云："倚曲沮之长洲。"注引《地理志》："汉水，房陵东山沮水所出。"今房陵实为襄接壤邑，而沮水至郢入江，故不走江陵道。然郦道元谓沮水南迳麦城西，又南迳楚昭王墓，东对麦城，据此赋语为证，则仲宣之所登者一，而后人之所拟者三。其在襄阳去赋事辞稍远，而于理为近也。夫襄阳之必为仲宣与江陵之必不为仲宣，吾固不暇论。[1]

周绍稷修《楚乘》，认为王粲所登之楼应该在"襄阳"，因为王粲依荆州牧刘表，而荆州牧的治所在襄阳。王粲既然作为刘表幕下参伍，就应该是不离左右的。刘表卒后，王粲劝说刘琮降曹操，也是在襄阳。所以，王粲登楼不应去襄阳而登江陵的城楼。王世贞赞同周绍稷的观点，认为"江陵""当阳"说，都是根据"陶牧""昭丘"位置推测出来的，但辞赋创作是允许夸张、想象的，"所谓陶牧者未必确""所谓昭丘者，亦未必不在襄之近境也"，而"仲宣楼"在襄阳是"去赋事辞稍远，而于理为近也"。后来《(乾隆)襄阳府志》也谓"荆州之江陵，安陆之当阳皆有是楼，然考其实当以在襄阳为确"[2]，亦沿袭此说。

明人袁中道在《游居柿录》中，谓自己与好友游至"合溶"这个地方，也有考证"仲宣楼"地理的论断：

合溶，乃沮、漳二水合流处也。沮水出襄阳房陵县景山，即荆山首也。《水经注》："沮水又连，北径汶阳郡北高安县界，又南径临沮县西。青溪水注之，今远安县是也。"据注，高安、临沮为二县，今以远安为高安，即临沮，似非。沮水又东径当阳县北，又东南径驴城西、磨城东，又南径麦城西，即云长诈降处也。传曰："伍子胥造驴、磨二城，以攻麦邑。"沮水又南径楚昭王墓，东对麦城，故王仲宣赋《登楼》曰"西接昭丘"是也。沮水又南与漳水合流。漳水出南漳县荆山。南漳，汉临沮地，其山有卞和宅、抱玉岩。又南历临沮县，又南径当阳县，又南径麦城东。王仲宣楼在东南隅临漳水，而赋之曰："夹清漳之通浦，倚曲沮之长洲"是也。二水皆径麦城，而合流于此。麦城又与昭丘近，则仲宣楼旧迹，正在合溶十余里内无疑。总之，荆、襄皆名荆州，而当阳，荆州隶地。仲宣客此赋之，正不必在荆、襄城郭间也。[3]

袁氏认为荆州、襄阳都只是概而言之，不一定就是王粲所登楼的具体地址，而麦城"合溶"这个地方，非常符合《登楼赋》中所描述的地理环境，所以他认为"仲宣楼旧迹，正在合溶十余里内无疑"。又清人王械谓：

王仲宣楼，有谓在襄阳，有谓在荆州及当阳者，迄无定论。余宰当阳时考之，究于当阳为是。《登楼赋》云："挟清漳之通浦兮，倚曲沮之长洲。"按邑志：漳水出于南漳，沮水出于房陵，而当阳适在沮、漳之会。又云："西接昭邱。"昭邱，即楚昭王墓。康熙初，土人曾掘得之，有碣可考。距昭邱二十里有山名玉阳，一名仲

---

① 王世贞：《弇州四部稿》卷七十七《文部》，明万历刻本。

② 陈锷纂修：《(乾隆)襄阳府志》"古迹"，乾隆二十五年刻本。

③ 袁中道：《游居柿录》，上海远东出版社 1996 年版，第 115—116 页。

宣台，即当年登临处也。俯瞰平原，历历如绘，漳、沮二水，左右萦拂，遥睇昭邱，隐然可指。揆诸赋中曰挟、曰倚、曰接，实为吻合，其在当阳无疑矣。至荆州仲宣楼，乃五代高季兴所建，名玉沙楼，又名望江，宋陈尧咨始易此名。若襄阳止有汉水，与漳、沮、昭、邱渺不相及。杜诗"春风回首仲宣楼"及"仿佛识昭邱"句，注皆指为当阳。其训昭邱并引盛注"登楼即见之"语，据此而论，亦确切不易。但当阳汉初为南郡地，景帝析江陵置当阳县，仍属南郡。三国时，蜀以编郡地为荆州，领当阳，而孙吴领荆州，又于襄阳置南荆州，当时有三荆州，以故荆襄之间，借仲宣遗迹以彰名胜。而注疏家言人人殊，皆未亲历其地而详考也。①

王械，山东福山人，据《福山县志稿》载："械原名枰，字凝斋。以父荫监生举乾隆丙辰恩科顺天乡试。历直隶临城、湖北当阳、天门县知县，所至有廉能声。"②王械在做当阳知县时，考证出"仲宣楼"应该是在当阳，他是有考古依据的：一是在康熙初年，当地人曾掘得楚昭王墓，有墓碣可证；二是距离楚昭王墓二十里的地方，有座玉阳山，又名"仲宣台"，这就是当年王粲登临的地方。值得注意的是，王械还以《登楼赋》中所描述的城楼的地理环境来印证其具体地址："俯瞰平原，历历如绘，漳、沮二水，左右萦拂，遥睇昭邱，隐然可指。"据此判断王粲所登之楼"在当阳无疑矣"。

"仲宣之所登者一，而后人之所拟者三"，不论是当阳、江陵，还是襄阳，这三个地方皆建有仲宣楼。古代建筑的存废与否，很大程度上是基于其自身的文化承载含量重不重。诚如李曾伯所云："能不与齐云、栖霞俱圮，而独存此，则仲宣之赋之力也。"无赋则无此楼之存，仲宣楼不仅没有圮塌，而且还得到不断重建，且多地争相修建，关键还在于其本身的文化含量。无论是王械登仲宣楼的"俯瞰平原，历历如绘"，还是毕沅《仲宣楼当阳县城楼》诗云："独立高城忆仲宣，登楼一赋至今传。凭栏极目山如画，绿到荆门以外天。"③作为一座富有文化含量的建筑图像的存在，古往今来的文人墨客，自然会不断登临题咏，这也是一种图像的文字再现。这些题咏文字的出现，又与《登楼赋》文字以及王粲的人生体验形成互动，涌现出一股历史的再叙与批评。

首先，我们来看看题咏文字中的《登楼赋》场景重现。王粲登楼四望所见的是：此楼位于一个开阔宽敞的地方，傍着清澈的漳水的浦口，靠着曲折的沮水边上的长长沙洲，背后是高且平的广阔陆地，前面的低洼处是河流，背面直抵陶朱公的坟墓，西面紧接着楚昭王的墓。鲜花和果实遮蔽了原野，谷子与黄米长满了田畴。又说："步栖迟以徙倚兮，白日忽其将匿。风萧瑟而并兴兮，天惨惨而无

---

① 王械：《秋灯丛话》卷十三，清乾隆刻本。
② 王陵基修，于宗潼纂：《福山县志稿》卷七之二《人物志·宦绩·王杲传》，民国二十年烟台裕东书局铅印本。
③ 毕沅：《灵岩山人诗集》卷三十七《香草吟》，清嘉庆四年经训堂刻本。

色。兽狂顾以求群兮，鸟相鸣而举翼。原野阒其无人兮，征夫行而未息。"登临仲宣楼，本来面对的是一幅雄浑的开阔图景，由此而生发的要么是万丈豪情，要么是一片萧索景象。南宋李曾伯《重建仲宣楼记》云："高甍承霓，飞翚跨虚。缜致轮囷，雉堞环拱。"①先写仲宣楼的构形。"岧峣乎凌巫峡之十二，宕荡乎吞云梦之八九。美哉！斯楼之壮，固荆州之奇观也。"接着写仲宣楼的雄壮气势，然后再写具体的登楼所见："酒边相与徙倚，平芜鳞次，列堡棋布，湖襟江带，鸥雁上下，吴樯蜀舰，幢幢去来，问之山川，苍莽之外，秦函宛洛，虽遐想所未到。"这个描写比《登楼赋》所见要丰富得多。明代宰相张居正因病告假回故乡江陵的时候，曾登仲宣楼，作有《登仲宣楼》诗二首，云："一楼雄此郡，万里眼全开。孤嶂烟中落，长江天际来。看题寻旧迹，怀古寄新裁。不见操觚者，临风首重回。""百雉枕江烟，危楼倚碧天。望随云共没，心与日俱悬。柳暗迷通浦，沙明辨远川。登高愧能赋，空羡昔人贤。"②两首诗均写得气势非凡，其一云"看题寻旧迹"，其二云"登高愧能赋"，历代登临仲宣楼的文人墨客，很多都在此有题咏诗作，都是在不同程度上，将《登楼赋》中的登楼所见情景不断重现，并赋予文化内涵。

其次，在题咏仲宣楼的文字中，以南宋和明人居多，更有意思的是这两个时代的题咏，有着明显不同的历史指向。南宋江陵知县陈杰有两首题咏仲宣楼的诗，其一有云"地大中原接，天低七泽浮。山川元用武，离乱一登楼"；其二有云"孙刘气力三分尽，蜀汉山川百战收。可是登临无限意，闲看西日下城头"。③ 遥望中原，期望大一统，可惜已是落日楼头，故主也没有了收复故国的决心。张栻《除夕登仲宣楼》直谓："怀土昔人志，伤时此日心。长江霜潦净，故国暮烟深。"④江北故国已被暮烟笼罩，只能空留遗憾。《登楼赋》有谓"冀王道之一统兮，假高衢而骋力"，在南宋人看来，这是一种故国、故主之思，但在明人看来，仅是一种故土之情。王世贞在《仲宣楼记》一文中，直接指明："然则仲宣之所为怀思故土也，非故国与故主也。……今天子累叶神圣，薄海内外为一，虽穷发不毛之地，梯航所可及者，若在堂隍之下而无所虑其私。王以亲贤有国，兹土世世共奉，唯谨亦宁，若景升之不恤其祀，而自玷于宗衮哉！"明代文人是在"大一统"视域下题咏"仲宣楼"，无故国、故主可虑，仅剩下怀土思乡之情。

最后，是对"王粲归曹"问题的历史认知。在上引文中，王世贞认为《登楼赋》是"怀思故土"之作，不是怀思"故国与故主"，即有为王粲归降曹操正名之意。王粲南迁依附刘表时，始终只是一个普通幕僚，讨得一个容身之处，没有地方施展

---

① 明人尹台《仲宣楼》诗有云："昔读登楼作，爱敬公子风。今来使荆楚，始得观遐踪。层构依古堞，巉嵘临崇墉。长洲被葭菼，广隰丰稑穜。曲沮北盘委，巨江南会通。川原一以眺，带扼何危雄……"也写到了仲宣楼的构造。参见尹台《洞麓堂集》卷七，清文渊阁四库全书本。
② 张居正：《张文忠公全集》，民国二十四年商务印书馆《万有文库》本，第715页。
③ 陈杰：《自堂存稿》卷二、三，民国豫章丛书本。
④ 张栻：《张栻集》，岳麓书社2010年版，第503页。

才能。直到曹操南征，刘表去世，王粲说服刘表的儿子刘琮归降曹操，曹操赐王粲关内侯爵位，后迁军谋祭酒、侍中。王世贞认为，在王粲所处的时代，"天下半糜躏于戈戟，其可借而托足者，独荆州"，王粲寄寓刘表是情非得已，"而幽忧感怆之极，自谓其身庄舄而心钟仪，若有羡于求群之兽与举翼之鸟，岂以景升之将阽而荆社之不永欤？"在刘表幕下，郁郁不得志，归附曹操也是"择木而栖"，"迨其一说琮而归操，甘为其用事之掾，而内艳其所从之神武，遂忘先太尉、司空之所以相汉，其于辞盖不以风而以颂矣"，所以不应该以这个问题来贬低王粲。所以，在题咏仲宣楼的诗作中，一方面慨叹王粲怀才不遇，如马世奇《仲宣楼》诗二首，其二云："未解登楼意，空怀作赋才。景升徒竖子，那得识邹枚。"①另一方面对王粲归附曹操表示理解与支持，尹台《仲宣楼》诗有谓："信美兹赋作，足悲豪士穷。琐琐刘竖夫，安得成巨功？有才不显用，附托能久终。……君看曹孟德，崛立建魏崇。顿罗八纮表，英杰归其笼。规业侔前帝，魏声扬邺中。从军述俞舞，颂咏归主公。宏文并辅武，比力怀乃忠。"②顾璘《仲宣楼》诗也说："公子跌宕士，作赋窥才雄。刘表不解用，遗之归曹公。君看大厦就，得无资众工。慷慨从军作，亦足扬魏风……"③在"大一统"的诉求下，明代文人与王粲寻找到了情感共鸣点，所以在他们的题咏诗作中，对"王粲归曹"问题，一般都是持赞成的态度。

二、图与题咏：《王粲登楼图》的文化意蕴

正是源于《登楼赋》本身的画面感和丰富情思，其所展现出的画面感，自然会形成于画家的笔端。从现存史料来看，在元代即有人作《王粲登楼图》，并引来一批文人的争相题咏，如杨维桢《题王粲登楼图》、余日强《奉同铁笛相公赋王粲登楼图》以及刘仁本《题王粲登楼图送李茂先司议》等。

杨维桢《题王粲登楼图》诗云：

临洮水涸铜人毁，西园青青草千里。秦川公子走乱离，瘦马疲童面如鬼。俊君威命夸汉南，虎视走鹿何耽耽。可怜膝下尽豚犬，谁复大厦收梗楠。落日楼头髀空拊，目断神州隔风雨。平生不识大耳公，座上客归丞相府。春深铜雀眼中蒿，揽涕尚复思登高。江山破碎非旧土，版图何日还金刀。荆台高栖已荆棘，丹青写赋工何益。君不见，袁家有客能骂贼，将军头风重草檄。④

杨维桢（1296—1370），字廉夫，号铁崖、铁笛道人，晚号东维子，浙江会稽（今浙江绍兴）人。泰定四年（1327）进士。任天台尹时，因狷直忤物，十年不调。至

① 马世奇：《澹宁居诗集》卷下，清乾隆二十一年刻本。
② 尹台：《洞麓堂集》卷七，清文渊阁四库全书本。
③ 顾璘：《顾璘诗文全集》之《凭几集续编》卷一，清文渊阁四库全书本。
④ 陈邦彦选编：《康熙御定历代题画诗》，北京古籍出版社 1996 年版，第 437—438 页。

元五年(1339),丁父忧还乡。服阙,至杭州补官不果,浪迹钱塘(杭州)、吴兴(湖州)、姑苏(苏州)、昆山、松江等地,以授学为生。后擢江西儒学提举,未上。会兵乱,避地富春山,徙钱塘。张士诚据吴,累召不赴,反告之顺逆成败之说,又忤达识帖睦尔丞相,徒居松江。明洪武二年,朱元璋召修礼乐书,赋《老客妇谣》,辞之不就。生性高旷,志趣绝俗,诗文造像怪异、造境奇崛,号称"铁崖体"。这首诗是杨维桢题《王粲登楼图》而作。《王粲登楼图》是何人所作,杨维桢诗中没有说明。铜人毁,是指在魏明帝景初元年(237),曾命从长安拆移汉武帝于建章宫所铸铜仙人,迁至洛阳,后因铜人过重,留于灞垒。秦川公子,即指王粲。面如鬼,是指王粲相貌不扬。俊君,指刘表,刘表容貌温伟,知名当世,与同郡张俭等号称"八俊"。豚犬,指刘表之子琦、琮,曹操称赞孙权说:"生子当如孙仲谋!如刘景升儿子,豚犬耳!"大耳公,指刘备,相传刘备人耳垂肩。铜雀,指铜雀台。金刀,古刘字由卯金刀三字组成,故以卯金、金刀代指刘汉政权。袁家有客,指袁绍记室陈琳,曾为袁绍草写讨曹檄文。《三国志·魏书·陈琳传》载:"琳避难冀州,袁绍使典文章。袁氏败,琳归太祖。太祖谓曰:'卿昔为本初移书,但可罪状孤而已,恶恶止其身,何乃上及父祖邪?'"陈琳曾为袁绍起草檄文声讨曹操,骂曹操祖父曹腾"饕餮放横,伤化虐民",其父曹嵩"盗窃鼎司,倾覆重器"等,并骂曹操是"赘阉遗丑"。裴松之注引《典略》云:"琳作诸书及檄,草成呈太祖。太祖先苦头风,是日疾发,卧读琳所作,翕然而起曰:'此愈我病。'"①

元人顾瑛(1310—1369)在《草堂雅集》卷十三录有余日强(1303—1354)《奉同铁笛相公赋王粲登楼图》诗一首,云:

建安文章应刘陈,通倪亦有王公孙。长安西行白日匿,汉阳人依刘俊君。汉阳偷安无远略,王孙坐觉荆州窄。英雄固当择所归,作掾终惭座上客。北风萧萧吹素心,北望杳隔荆山岭。魏官牵车出关远,铜华蚀风惊春深。秋来满眼生禾黍,江山重感非吾土。凭轩作赋抑何心,犹是黄初非典午。君不见当时奴视卖履翁,矫矫文举真如龙。②

顾瑛又名顾阿瑛、顾德辉,字仲瑛,昆山(今江苏太仓)人。出身豪门,富甲一方,以主办文士雅会,编辑、出版诗文集著称,其中最为著名的是"玉山草堂雅集",相继参与玉山雅集的人数多达两百余人,常客如杨维桢、柯九思、吴克恭、于立、良琦、袁华、秦约、陆仁、岳榆、张雨、郑元祐、熊梦祥、陈基、高启、殷奎、谢应芳等。在这帮东南文人雅集中,杨维桢是精神领袖,王世贞《艺苑卮言》卷六谓:"吾昆山顾瑛、无锡倪元镇,俱以猗卓之资,更挟才藻,风流豪赏,为东南之冠,而杨维桢实主斯盟。"③《草堂雅集》是顾瑛编纂的元末最重要的诗歌总集之一,收录诗

① 陈寿撰,裴松之注:《三国志》,中华书局1959年版,第600—601页。

② 顾瑛:《草堂雅集》卷十三,清文渊阁四库全书本。

③ 王世贞著,罗仲鼎校注:《艺苑卮言校注》,齐鲁出社1992年版,第291页。

作即从杨维桢始,且请杨维桢作序。至正九年,杨维桢作《玉山草堂雅集序》谓:"其取友日益众计,文墨所聚日益多,此草堂雅集之出于家而布于外也。集自余而次凡五十余家,诗凡七百余首。"①余日强,字伯庄,改字彦庄,晚号渊默叟,昆山人。笃志于学,周览经史,有隐操,时号博雅。此诗前有顾瑛序谓余日强:"与余声问久阙,一日以和杨铁崖诗来见,其所学云升川增,不觉惊叹,故录于此。"这首诗是为唱和杨维桢《王粲登楼图》诗而作。王公孙,即指王粲。刘俊君,即指刘表。黄初,三国时期曹魏的君主魏文帝曹丕的年号。典午,"司马"的隐语,晋帝姓司马氏,便以"典午"指晋朝。卖履翁,指曹操,曹操于临终前留下一份《遗令》,命后宫"诸舍中无可为,可学作组履卖也"。文举,孔融字,因触怒曹操,为操所杀。

以上二首题咏图像之作,均写到王粲西行入长安,遭乱后又流寓荆州依附刘表,不受重用,郁郁不得志,登楼作赋,抒发怀土之情。杨诗标新立异,突出王粲"貌丑"特征,夸赞刘表"威命夸汉南",至刘表儿子刘琮,王粲只好归降曹操;余诗直接指责刘表"偷安无远略",王粲归附曹操,是"良禽择木而栖",这与杨诗所说的"平生不识大耳公""版图何日还金刀",倾心刘汉政权的旨归不同。其次,二首既然是题咏图像之作,当要写图像中景,杨诗"落日楼头髀空拊,目断神州隔风雨""荆台高栖已荆棘,丹青写赋工何益";余诗"北风萧萧吹素心,北望杳隔荆山岭""秋来满眼生禾黍",应该就是图像中的景象,这与赋文"华实蔽野,黍稷盈畴""凭轩槛以遥望兮,向北风而开襟。平原远而极目兮,蔽荆山之高岑"以及"步栖迟以徙倚兮,白日忽其将匿。风萧瑟而并兴兮,天惨惨而无色"句相对应,蕴含着图绘赋文,诗写赋图的"语象"关系转换。再次,无论是杨诗的"江山破碎非旧土",还是余诗的"江山重感非吾土",都与赋文"虽信美而非吾土兮,曾何足以少留"相呼应,只是不同的是,赋文中没有明写王粲归降曹操之意,而二首题咏诗中,将此点出,并附以自己的历史评价。最后,在二诗末尾,一是称赞陈琳写《为袁绍檄豫州文》痛斥曹操之举,一是赞赏孔融骂操之行,这既是对王粲归附曹操行为的一种议论,也是元末文人"不仕王侯"心态的体现。元代采取民族高压政策,加上科举考试多处于中断状态,文人仕进之途很狭窄,这在一定程度上消解了人们对政治权威性和神圣性的信仰,"家国情怀"的逐渐淡漠,文人"自我边缘化",尤其是远离北方政治中心的两浙三吴之地的文人,多是采取与现行政权不合作的态度,疏离政治,独善其身。这些文人题咏《王粲登楼图》,与其形成共鸣的是"怀土之情",而对王粲归附曹操之举,多持警醒态度。

杨维桢与余日强题咏的《王粲登楼图》为何人所作,我们已经不清楚。元人刘仁本作有《题王粲登楼图送李茂先司议》诗,其有序云:"昔王粲尝依刘荆州,不得志,登楼作赋,以寓乡思。今荆州中政司议李茂先,以使事留四明,郁郁久居,

---

① 按:今存《四库全书》本杨维桢等人作品已经遗失,无从查证。

怀乡之念如粲也。既得归,友人作《登楼图》以贻之,请余赋诗。"①刘仁本(1311—1368),字德玄,号羽庭,今浙江温岭人。元末以进士业中乙科,历官江浙行省左右司郎中、海道防御漕运官、温州路总管、行枢密副使。至正十四年(1354)入方国珍幕。至正十八年随方国珍领节钺镇四明(今宁波)。至正二十七年,朱元璋部将朱亮祖攻下温州,生擒刘仁本。被押赴应天(今南京),朱元璋历数其罪,鞭背而死。这里李茂先友人所绘的《王粲登楼图》,是否就是杨维桢与余日强所题咏的图?我们不得而知,但可以说明王粲《登楼赋》主旨,受到元末文人的青睐,"仲宣楼"成为思亲主题的代表。正如刘仁本诗云:

> 江陵山水古荆州,极目家乡万里愁。念子岂为刘表客,思亲还忆仲宣楼。胸中气岸排风雨,海上行程近斗牛。闻说登高能作赋,楚人宋玉漫悲秋。

这是一首题图送别诗。就诗作而言,在刘仁本看来,这幅《登楼图》中所绘的应是江陵山水,也即是王粲所登之楼在江陵。王粲《登楼赋》是流寓荆州,思念家乡山阳,而此诗的主人公李茂先是因使事留居宁波,思念家乡荆州,但在郁郁不得志之心态与怀念家乡之情思上,李茂先与王粲是相一致的。这也正是李茂先友人绘《登楼图》相赠、刘仁本写作题图诗的旨意所在。王粲《登楼赋》、"仲宣楼"地理图景与宋玉的悲秋赋作主题一样,成为文化史上的一个重要标识。

三、图与戏曲:由仲宣楼到溪山风月楼

元代剧作家郑光祖根据《三国志·魏书·王粲传》史料以及王粲《登楼赋》的意境,铺衍而成杂剧《王粲登楼》(全名《醉思乡王粲登楼》),将其呈现于戏曲舞台以及戏曲插图中。

《王粲登楼》全剧四折一楔子。楔子主要是王粲与母亲的对白,交代王粲幼年丧父,母子二人相依为命,王粲学得满腹文章,但因胸襟高傲而无计求官。王粲之父曾与蔡邕指腹为亲,定下儿女婚事。蔡邕几次下书召王粲进京为官,王粲谢绝,但后来奉母命勉强进京。第一折,王粲奉母命进京拜见蔡邕,求取功名。蔡邕得知王粲虽有才学,但恃才矜傲,令人难以容忍,于是在酒席间故意怠慢,以涵养他的锐气,王粲负气离去。蔡邕又暗托曹植赠金帛鞍马荐书,让王粲投奔荆州刘表。第二折,刘表见王粲自恃才高,目中无人,手下的将官蒯越、蔡瑁又嫉贤妒能,不愿任用。第三折,王粲流落荆州,重阳节到好友许达的"溪山风月楼"中饮酒,感怀不遇,思乡心切,欲跳楼轻生。此时王粲所写的万言长策经曹植、蔡邕转送,被帝王看中,封他为天下兵马大元帅,王粲终于如愿。第四折,王粲升官之后,对蔡邕耿耿于怀,极力奚落。曹植此时才将真情告诉王粲,王粲既愧又喜,拜谢蔡邕成就之恩。王粲与蔡女完婚,皆大欢喜,结束全剧。

---

① 刘仁本:《羽庭集》卷三,清文渊阁四库全书本。

据《三国志·王粲传》记载，王粲博闻强识，"性善算，作算术，略尽其理。善属文，举笔便成，无所改定，时人常以为宿构，然正复精意覃思，亦不能加也"。蔡邕"见而奇之"，"闻粲在门，倒屣迎之"，且向众宾客介绍说："此王公孙也，有异才，吾不如也。吾家书籍文章，尽当与之。"但王粲早年不得志，"年十七，司徒辟，诏除黄门侍郎，以西京扰乱，皆不就"，不被西迁的汉献帝重用，"乃之荆州依刘表。表以粲貌寝而体弱通侻，不甚重也"。刘表卒后，王粲劝表子刘琮归降曹操，曹操任命王粲为丞相掾，赐爵关内侯，后迁军谋祭酒，"魏国既建，拜侍中"①。

将戏曲与《三国志》史料以及《登楼赋》相比较，有以下值得关注的地方：

一、从历史资料来看，王粲得不到重用的原因是"西京扰乱"和"貌寝而体弱通侻"，蔡邕一开始就很赏识王粲，向众宾客推荐王粲；而在郑光祖戏曲中，是因为王粲"恃才傲慢"的性格原因，蔡邕欲"涵养其锐气"，有意轻慢他，刘表也是见王粲高傲，不愿与手下的蒯越、蔡瑁为伍，因此不重用他。历史史料重在如实记载王粲的才学和知遇，而戏曲中并未明言王粲"貌寝""体弱"的外貌特征，重在分析人物的性格变迁。

二、《登楼赋》的写作时间问题。赋文中有云："遭纷浊而迁逝兮，漫逾纪以迄今。""遭纷浊而迁逝"，是指初平三年(192)王粲因李傕、郭汜作乱，举家迁离长安，向南到荆州依附刘表一事。一纪十二年，"逾纪"，就是超过了十二年。因为王粲归附曹操离开荆州是在建安十三年(208)末，那么登城楼的时间当在建安十年(王粲二十九岁)到建安十三年(王粲三十二岁)这四年之内，所以这里的"逾纪"是经过了十三、十四、十五，还是十六年呢？也就是说王粲是在二十九岁、三十岁、三十一岁，还是三十二岁时写作《登楼赋》的呢？这个问题学界争论不休。② 其实，在郑光祖的戏曲中，多次直言"小生三十岁也"(见第三折《醉春风》曲)、"恰便似睡梦里过了三十"(见第三折《石榴花》曲)，提出王粲登楼的时间是三十岁时，即《登楼赋》写作时间是建安十一年，也可备一说。

三、从历史史料记载来看，王粲是归降曹操后，得到曹操的重用，最高职务也是"侍中"一职；但戏曲中不说归降一事，而是说王粲上"万言长策"，被"今上"看中，封为"天下兵马大元帅"。这与戏曲规避王粲"貌寝而体弱"的外貌特征一样，意在抹去王粲人生的不光彩处，展现一个恃才傲物、桀骜不驯的文人形象。

最后，有一个非常值得重视的地方是：王粲所登之楼，由赋中的城楼(当阳、江陵或襄阳)变成了襄阳城许达自家的"溪山风月楼"，赋文与戏曲第三折的王粲登楼赋诗情节形成了一幅有意思的互渗图景。

---

① 陈寿撰，裴松之注：《三国志》，中华书局 1959 年版，第 597—599 页。

② 缪钺《王粲行年考》谓此赋之作当在建安十二年，即王粲三十一岁时；余冠英《汉魏六朝诗选》认为《登楼赋》作于王粲二十九岁左右，即建安十年左右；俞绍初认为"《登楼赋》当作于建安十三年九、十月之间，王粲归降曹操之后，江陵受封之前"，也就是王粲三十二岁时(俞绍初《〈登楼赋〉测年》，《文学遗产》2003年第 2 期)。

首先来看看"溪山风月楼"所处的地理环境。戏曲借许达之口写道:"小生赖祖宗荫下,就此城市中建一座楼,名曰溪山风月楼,左有鹿门山,右有金沙泉,前对清风霁岭,后靠明月云峰,端的是玩之不足,观之有余。"又云:"你看此楼,下临紫陌,上接丹霄,宴海内之高宾,会寰中之佳客。青山绿水,浑如四壁开图;红叶黄花,绝似满川铺锦。寒雁影摇摇曳曳,数行飞过洞庭天;寒蛩声唧唧啾啾,几处叫残江浦月。""鹿门山"位于今天的湖北省襄阳市襄州区城东南十五公里的东津镇境内,据《(光绪)襄阳县志》记载:"(汉)建武中,襄阳侯习郁立神祠于山,刻二石鹿夹神道口,俗因谓之鹿门庙,遂以庙名山也。"①鹿门山因鹿门庙而得名。这里以"鹿门山"为地理标识,还有一层原因是:汉末名士庞德公不受刺史刘表的数次宴请,携家登鹿门山采药不返,戏曲中有意用此地理内涵来消解王粲不受刘表重用的郁郁不得志的心情。"金沙泉"位于今陕西西安长安区南终南山太和谷翠微岭附近。李白《答长安崔少府叔封游终南翠微寺太宗皇帝金沙泉见寄》诗有云"初登翠微岭,复憩金沙泉"②,即指此。据此,可知戏曲中的王粲是朝西北方向而望长安。

戏曲中的"溪山风月楼"所处地理环境"浑如四壁开图",这与《登楼赋》中"斯宇所处"的环境"历历如绘""凭栏极目山如画"的场景,均描绘出"图像化"的倾向。在戏曲中这个图景以戏曲版画的插图形式展示出来。《王粲登楼》,现存版本有:清雍正三年(1725)何煌校脉望馆藏《古名家杂剧》本、《元明杂剧》本、《元曲选》戊集本、《酹江集》本、《古今名剧选》卷一本、《元人杂剧全集》本,其中《元曲选》戊集本和《酹江集》本各有插图两幅。首先是《元曲选》戊集本插图:

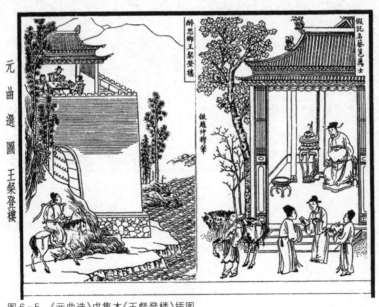

图6-5 《元曲选》戊集本《王粲登楼》插图

① 恩联等修,王万芳等纂:《(光绪)襄阳府志》卷二《舆地志》二"山川",清光绪十一年刻本。
② 李白:《李白全集》,上海古籍出版社1996年版,第157页。

　　此图右边展示的是戏曲第一折的内容,蔡邕端坐堂内,但斜头向外窥望,表面轻慢王粲,而内心实则非常关心自己的贤婿;外面是曹植手持荐书,推荐王粲投靠刘表,右边仆人手捧金帛,左边鞍马一匹。左图展示的是戏曲第三折的内容,王粲登楼赋诗,临江处有一城楼,城楼上有二人对饮,城楼下有一士子骑马而行,眼望远方,郁郁有所怀的样子,从所骑之马来看,应该就是王粲。值得注意的是,这幅图的左边有小字标注曰"此仿赵仲穆笔"。赵仲穆,即赵雍(1289—?),元画家,字仲穆,吴兴(今属浙江湖州)人。赵孟頫次子。官至集贤待制,同知湖州总管府事。继承其父的艺术传统,诗文书画皆精。山水画师董源,尤精人物、山水、竹石、花鸟、鞍马,存世作品有《溪山渔隐图》等。这幅图古树、滩石与城楼错落有致,用笔淡墨、简洁、干净,人物、山石细笔勾勒,线条劲挺,刻画入微,与《溪山渔隐图》确有传承之处。而戏曲中无名画工的仿刻版画,与文人山水画相结合,雅俗两种不同的视觉感受融合到了一起。

图6-6　《酹江集》本《王粲登楼》插图

　　上图是《酹江集》本插图,右图展示的是戏曲第一折的内容,右边是曹植手持荐书,推荐依附荆州刘表,王粲作揖拜谢;左边是两位仆人,一人手捧金帛,一人手牵鞍马,与《元曲选》戊集本插图不同的是,蔡邕没有出场。左图展示的是戏曲第三折的内容,王粲在临江小楼上与好友许达对饮,聊到惆怅处,王粲欲"不如饮一醉,坠楼而亡",戏曲中说是"做跳下,许达惊扯住科"。这里王粲所登的是二层小阁楼,不是城楼。

　　《登楼赋》中王粲所登城楼是"挟清漳之通浦兮,倚曲沮之长洲;背坟衍之广陆兮，临皋隰之沃流"，因此背山临水，这与戏曲插图展示的地理环境是一致的。《登楼赋》又说："凭轩槛以遥望兮，向北风而开襟。平原远而极目兮，蔽荆山之高岑。"王粲登楼当是向北所望，戏曲中的描述应该是向西北望（望长安），《元曲选》戊集本插图展现的是向东北望（望故乡山阳富平，即今天山东省邹城），《酹江集》本插图展现的是向西南望。在具体的望向上，又有所不同。但不管怎样，无论是戏曲的场景描写，还是插图的图像展示，都或多或少从《登楼赋》的地理图景中取法。

总之，王粲的人生经历及《登楼赋》所创设的美学意境和情感基调，相当具有吸引力。文人墨客由赋文本发端，或转向实体建筑的追慕与题咏，或转向山水图画的绘制与雅集唱和，或以戏曲舞台艺术及其插图版画形式呈现。即使是出自无名刻工之手的戏曲插图，也以追求山水画的文人意趣为宗尚。具体而言，由《登楼赋》所营造出的意境吸引到后世多地争建"仲宣楼"，是意境的图景化；由《登楼赋》的主题情愫而绘制的《王粲登楼图》，及其题咏唱和，赋予主题浓厚的历史批评内涵，是主题道德化；由王粲人生经历及《登楼赋》文本情节到戏曲《醉思乡王粲登楼》故事，这是文本的故事化，而由《登楼赋》及戏曲故事而仿刻的插图版画，又是故事的视觉化。诚如唐人张彦远所说："记传，所以叙其事，不能载其容；赋颂，有以咏其美，不能备其象。图画之制，所以兼之也。"[①]无论是后世仲宣楼营建的属地之争，还是文人画的《王粲登楼图》，以及戏曲艺术的舞台呈现及其插图版画，都是对《登楼赋》的一种再创作，再解读，文化内涵亦不断丰富。在多重艺术语境下，一部文学经典的主题，也随之完成了多重意义的书写。

结语

《上林图》图绘"上林"，《上林图》取法《上林赋》，而《上林图》对"圣域"的图画，以及后人的对图题咏，均将"上林"视为历史批评的文化"真身"，甚至成为衡量君王贤能与否的标准。王粲《登楼赋》所描绘的"仲宣楼"已成为一个文化标识，且因"斯宇所处"的环境具有"历历如绘""凭栏极目山如画"的特征，意境图像化。文人绘制《王粲登楼图》正是对意境图像化的回应，并引起文人墨客雅集题咏，赋予其历史批评内涵，主题道德化。《醉思乡王粲登楼》戏曲舞台由"仲宣楼"转场"溪山风月楼"，但所处地理环境亦是"浑如四壁开图"，呈现出"图像化"倾向，并与无名刻工版画相互映衬，由文本故事化到故事视觉化。赋写图像，因赋绘图，由图派生诗文题咏，在语象与图像的"转译"之间，展现了图写文学与复叙历史的意义。

---

① 张彦远：《历代名画记》，上海人民美术出版社 1964 年版，第 4 页。

第七章　汉乐府与图像

　　汉乐府是一种以听觉为主的艺术形式,雕塑和画像则是以视觉为主的艺术形式;乐府主要以娱乐生者为目的,画像石、画像砖常常依托亡者而存在。这两种艺术形式看似毫无交集,然而艺术的门类之间并无天然的鸿沟,早期的艺术常常是诗、乐、舞三位一体的。汉代去古未远,各种艺术形式之间尚留存着血脉相连的沟通性。艺术又都是以人性作为基点,因而同一文化氛围下,人们的集体意识会渗透到各种艺术样式之中。我们以这两点作为理论基础,分别选取了乐府诗中的天马、采桑、采莲、化鸟等意象,与汉代雕塑、画像砖、画像石以及后代绘画中的同类形象进行比较,对汉代文图关系的相关问题进行了一些考察和思考。

第一节　天马诗与天马图

　　在汉代的文学作品中,"天马诗"显得特别突出,因为这类作品与汉朝的政治军事背景密切相关,天马既是一种来自西域的良驹,同时又寄予了汉武帝对于求仙的渴望,对于军事力量的追求等。与此相伴随,出现了一批天马图,以图像的形态描绘出汉朝人对于良驹的要求。诗歌与图像相结合,共同展现出汉人独特的精神世界。

一、"天马"

　　《史记·乐书》曰:"又尝得神马渥洼水中,复次以为《太一之歌》。歌曲曰:'太一贡兮天马下,霑赤汗兮沫流赭。骋容与兮蹠万里,今安匹兮龙为友。'后伐大宛得千里马,马名蒲梢,次作以为歌。歌诗曰:'天马来兮从西极,经万里兮归有德。承灵威兮降外国,涉流沙兮四夷服。'"[1]这两首诗在《汉书·礼乐志》中的记载稍有不同:

　　　　太一况,天马下,霑赤汗,沫流赭。志俶傥,精权奇,蹑浮云,晻上驰。体容

---

[1] 司马迁:《史记》,中华书局 1959 年版,第 1178 页。

与，迣万里，今安匹，龙为友。（其一）

天马徕，从西极，涉流沙，九夷服。天马徕，出泉水，虎脊两，化若鬼。天马徕，历无草，径千里，循东道。天马徕，执徐时，将摇举，谁与期？天马徕，开远门，竦予身，逝昆仑。天马徕，龙之媒，游阊阖，观玉台。（其二）①

这两首诗皆咏"天马"，而实际上所咏的对象并非是同一个。《史记·大宛列传》载："及汉使乌孙，若出其南，抵大宛、大月氏相属，乌孙乃恐，使使献马，愿得尚汉女翁主为昆弟。天子问群臣议计，皆曰'必先纳聘，然后乃遣女'。初，天子发书《易》，云'神马当从西北来'。得乌孙马好，名曰'天马'。及得大宛汗血马，益壮，更名乌孙马曰'西极'，名大宛马曰'天马'云。"②可见第一首中"天马"指的是乌孙马，第二首的"天马"指大宛马。由此可见，"天马"一词的象征性的符号性的意义，远大于其指代性的意义。

那么，"天马"作为一个符号，具有哪些意涵呢？总结古今学者的说法，大抵有三个方向：

其一，"天马"寄托了汉武帝求仙的志愿。《汉书》文颖注曰："言武帝好仙，常庶几天马来，当乘之往发昆仑也。"③清人陈本礼亦称："《天马》二歌……其词若夸耀天马，其意则重在欲效穆满之游昆仑，而觞王母于瑶池之上也。"④当代学者多赞同此观点，例如叶岗也认为："在五首颂祥瑞的诗中，入诗题材是天马（渥洼马和大宛汗血马）……武帝这种刻意以祥瑞象征王者天命的意趣，反映出他渴望在身死之前预先跻身于神仙之列的虚妄。"⑤

其二，"天马"寄寓着武帝对实际军事力量增强的渴望。《后汉书·马援传》说："马者，兵甲之本，国之大用，安宁则以别尊卑之序，有变则济远近之难。"可见在冷兵器时代，马对于战争的重要性。而汉朝的马相对于北方少数民族来说，在品种上缺乏优势，晁错《言兵事疏》曰："今匈奴地形、技艺与中国异。上下山阪，出入溪涧，中国之马弗与也；险道倾仄，且驰且射，中国之骑弗与也。"因此古今很多学者都认为"改良马政"是汉武帝在太初元年到太初四年两次发动大宛战争的主要原因。⑥

其三，"天马"寄托着武帝"征服四夷"的愿望。武帝的《郊祠泰畤诏》中有云：渥洼水出马，朕其御焉。战战兢兢，惧不克任，思昭天地，内惟自新。《诗》云："四牡翼翼，以征不服。"亲省边垂，用事所极。⑦

---

① 班固：《汉书》，中华书局 1962 年版，第 1060 页。

② 司马迁：《史记》，中华书局 1959 年版，第 3170 页。

③ 班固：《汉书》卷二十二《礼乐志》，中华书局 1962 年版，第 1061 页，

④ 陈本礼：《汉诗统笺·郊祀歌辞》，中国社科院文学所图书资料室藏清嘉庆年间袠露轩刻本。

⑤ 叶岗：《汉〈郊祀歌〉与谶纬之学》，《文学评论》1996 年第 4 期。

⑥ 李开元：《论汉伐大宛和汉朝的西方政策》，《西北史地》1985 年第 1 期。

⑦ 班固：《汉书》卷六《武帝纪》，中华书局 1962 年版，第 185 页。

武帝得到渥洼的天马后，"战战兢兢,惧不克任",希望能驾驭它。可见此"天马"在武帝心目中便是代表着同样难以驯服的北方少数民族,尤其是匈奴。又引《诗》曰："四牡翼翼,以征不服。"《小雅·采薇》中有"四牡翼翼,象弭鱼服。岂不曰戒,猃狁孔棘。"毛传曰："猃狁,北狄也",郑玄笺云："北狄,今匈奴也。"武帝引用"以征不服"之句,显见也是表达征服匈奴之意。而何以能征服匈奴呢? 便需要"四牡翼翼"。孔颖达疏《礼记》云："诗云'四牡骓骓',下又云'四牡翼翼',皆是马之行容貌;'翼翼''骓骓',皆是马之严止。"[1]可见对"天马"的盼望正饱含着征服边陲的愿望。《史记·乐书》所载的第二首中"承灵威兮降外国,涉流沙兮四夷服",更是极为明朗地表达了武帝这一想法。

其四,"天马"作为一种祥瑞,也包藏着一种帝王统治应乎天意的政治暗示。刘师培对汉代谶纬之学的批评也可以给我们启发："夫谶纬之书,虽间有资于经术,然支离怪诞,虽愚者亦察其非。而汉廷深信不疑者,不过援纬书之说,以验帝王受命之真,而使之服从命令耳。"[2]祥瑞亦复如是。赵沛霖《汉〈郊祀歌·天马〉与祥瑞观念、神仙思想》一文认为,"天马的出现被看作国祚兴盛、天下太平和得道成仙、与神仙同游这两个方面的吉兆,作为汉武帝统治合乎天意的证明,其政治功利性十分明显"[3]。

二、《天马诗》与"天马图"

如果分析上面四种意涵的话,大概可以分成两大类,求仙是武帝个人的志愿,后三者代表着国家的意志。这两者之间其实是有着相当大矛盾的:个人的志愿可以消极、隐遁,国家的意志必须积极、事功;个人的志愿可以感性、疯狂,国家的意志必须理性、谨慎。陆贾批评求仙活动影响现实政治："苦身劳形,入深山,求神仙,弃二亲,捐骨肉,绝五谷,废《诗》《书》,背天地之宝,求不死之道,非所以通世防非者也。"[4]《汉书·艺文志》也认为神仙之学与王道政教有极大的距离："神仙者,所以保性命之真,而游求于其外者也。聊以荡意平心,同死生之域,而无怵惕于胸中。然而或专以为务,则诞欺怪迂之文弥以益多,非圣王之所教也。"白居易有一首《八骏图》专门针对"天马"游仙之事作出批评:

穆王八骏天马驹,后人爱之写为图。背如龙兮颈如象,骨竦筋高脂肉壮。日行万里速如飞,穆王独乘何所之? 四荒八极踏欲遍,三十二蹄无歇时。属车轴折趁不及,黄屋草生弃若遗。瑶池西赴王母宴,七庙经年不亲荐。璧台南与盛姬

---

① 郑玄注,孔颖达疏:《礼记疏》附释音礼记注疏卷第三十五,清嘉庆二十年南昌府学重刊宋本《十三经注疏》本。
② 刘师培:《国学发微》,《刘师培全集》第一册,中央党校出版社 1997 年版,第 481 页。
③ 赵沛霖:《汉〈郊祀歌·天马〉与祥瑞观念、神仙思想》,《励耘学刊》(文学卷)2008 年第 1 期。
④ 王利器:《新语校注·慎微》,中华书局 1986 年版,第 93 页。

游,明堂不复朝诸侯。《白云》《黄竹》歌声动,一人荒乐万人愁。周从后稷至文武,积德累功世勤苦。岂知才及四代孙,心轻王业如灰土。由来尤物不在大,能荡君心则为害。文帝却之不肯乘,千里马去汉道兴。穆王得之不为戒,八骏驹来周室坏。至今此物世称珍,不知房星之精下为怪。八骏图,君莫爱。

白居易认为"个人之仙道"与"王者之政道"是相害而不相存的。所谓"瑶池西赴王母宴,七庙经年不亲荐",指的是世务与求仙之间的矛盾;"一人荒乐万人愁",指的是个人与国家之间的矛盾。"穆王得之不为戒,八骏驹来周室坏",即便个人能借此升仙,但家国社稷会受到破坏性影响。所以,如果君王要真正地追求神仙之事,则须要冒着政治崩坏的极大危险,甚至如同周穆王一样,放弃一切,纵身远游。这当然并非汉武帝所愿。

从另一个角度说,汉武帝在求仙的同时,他不愿放弃对天下的责任,或者说他不愿放弃他掌管天下的权力。赵沛霖分析说:

应当说,摆脱世俗的利禄和人间的纷扰,到另一个世界与神仙同游,尽享仙界的清静和自由,确是怀有神仙思想的人的最高追求和信仰。但对统驭万民的人间至尊汉武帝来说,这一切不过是说说而已……这就是说,汉武帝的帝王身份和统驭天下的权势与他所向往的神仙世界是格格不入的。所以,尽管《天马》中极力表现他对于追求神仙世界的虔诚和向往,但那不过是祭祀时的咏唱而已,与付诸实践完全是两回事。[1]

郭璞的《游仙诗》(其六)称"燕昭无灵气,汉武非仙才",也正是从这个意义上说的。司马相如作为内臣,是能洞察汉武帝的内心的。如果我们考察其《大人赋》,就会发现司马相如所描写的"大人"虽在仙界,却依旧享有类似人间帝王的排场和尊荣:

悉征灵圉而选之兮,部署众神于瑶光。使五帝先导兮,反太一而后陵阳。左玄冥而右含雷兮,前陆离而后潏湟。厮征伯侨而役羡门兮,属岐伯使尚方。祝融警而跸御兮,清氛气而后行。屯余车其万乘兮,绰云盖而树华旗。

使灵娲鼓瑟而舞冯夷。时若曖曖将混浊兮,召屏翳诛风伯刑雨师。西望昆仑之轧沕荒忽兮,直径驰乎三危。排阊阖而入帝宫兮,载玉女而与之归。[2]

赋中还有"历唐尧于崇山兮,过虞舜于九疑"之句,可见《大人赋》有意无意之间将尧舜治理之道与大人求仙之道融合在了一起,将享国之尊荣与享寿、自由的游仙之境界结合成一体,故而"天子大悦,飘飘有凌云之气,似游天地之间意"。

而如何同时体现国家和个人两方面的意志,如何解决世务和生死两方面的焦虑,"天马"正是象征性的、"白日梦"式的达成手段。

首先,汉武帝通过"太一"作为纽带,将政道与仙道结合在"天马"符号之中

---

① 赵沛霖:《汉〈郊祀歌·天马〉与祥瑞观念、神仙思想》,《励耘学刊》(文学卷)2008 年第 1 期。
② 司马迁:《史记》,中华书局 1959 年版,第 3058—3060 页。

了。《天马歌》其一曰:"太一况,天马下",将天马作为"太一"的使者。张宏认为:"武帝想升天成仙,也必须与太一天帝联系起来,让太一神派龙马下来,接武帝去游昆仑、玉台。这就是《郊祀歌》中著名的《天马歌》,又叫《太一之歌》。"①元狩五年(前118),天子病鼎湖甚,病愈之后,"大赦天下,置寿宫神君。神君最贵者太一,其佐曰大禁、司命之属,皆从之"。可见武帝时人们认为太一能掌管人的生死。

图7-1　武梁祠·北斗帝车画像;约东汉桓帝元嘉元年(151)画像石;原题为武氏祠后石室第四石画像;纵162厘米,横241厘米。

贾谊《惜誓》云:"攀北极而一息兮,吸沆瀣以充虚。飞朱鸟使先驱兮,驾太一之象舆。……驰骛于杳冥之中兮,休息虖昆仑之墟。"②太一常居于北斗,因而一般的汉墓的壁画中常常有北斗七星图,表示升仙。

而《搜神记》称"南斗主生,北斗主死",也可见太一与生死、升仙的关系。而另一方面,"北斗"在古代也有着传统的政治意涵,《易纬·乾凿度》郑玄注:"太一者,北辰之神名也。居其所曰太一。"③《论语》有"为政以德,譬如北辰"之说,即代表着现实政治的核心。《史记》记载:"亳人谬忌奏祠泰一方,曰:'天神贵者泰一,泰一佐曰五帝。古者天子以春秋祭泰一东南郊,用太牢具,七日,为坛开八通之鬼道。'于是天子令太祝立其祠长安东南郊,常奉祠如忌方。其后人有上书,言'古者天子三年一用太牢具祠神三一:天一,地一,泰一'。天子许之,令太祝领祠之忌泰一坛上,如其方。"而天一、地一、太一之中,"天一是阳神,地一是阴神;泰一更是在阴阳之前,为阴阳所从出,所以谓之最贵"④。王锺陵称:"秦始皇、汉高祖、汉文帝时期同样尊崇传说中五方帝的做法,不再符合现实政治的需要,一个新的至高的上帝神——'太一'被塑造了出来。"⑤这种从五方帝到"太一"的进化,反映在政治上就是从分封制度向君主集权制度的转化。南阳麒麟岗汉墓画

① 张宏:《汉代〈郊祀歌十九章〉的游仙长生主题》,《北京大学学报》1996年第4期。

② 洪兴祖撰,白化文等点校:《楚辞补注》,中华书局1983年版,第227—228页。

③ 安居香山、中村璋八辑:《纬书集成》,河北人民出版社1994年版,第32页。

④ 顾颉刚:《秦汉的方士与儒生》,上海古籍出版社2005年版,第14页。

⑤ 王锺陵:《中国前期文化—心理研究》,上海古籍出版社2006年版,第374页。

像中,太一的形象已经与现世帝王无二了。①《史记·封禅书》正义云:"泰一,天帝之别名也。"②可见当时社会中的升仙观念。所以,"天马"作为通往"太一"的工具,象征性地同时满足了权力和自由两方面的愿望,也象征性地同时解决了现世与来世两方面的焦虑。

汉武帝对于封禅的态度也证明了这一点。所谓封禅,唐张守节说"天命以为王,使理群生,告太平于天,报群神之功",是国家性的政治活动,而武帝却愿意将之与求仙交叠在一起。大渊忍尔认为汉武帝的求仙与秦始皇的不同之处在于:汉武帝是通过"黄帝登仙说"的影响,在成仙不死的观念里加入了飞升天上的观念。③《史记·孝武本纪》载:"少君言于上曰:'祠灶则致物,致物而丹砂可化为黄金,黄金成以为饮食器则益寿,益寿而海中蓬莱仙者可见,见之以封禅则不死,黄帝是也。'"封禅而成仙的黄帝也有天马,名曰"乘黄",《山海经·海外西经》:"白民之国在龙鱼北,白身披发。有乘黄,其状如狐,其背上有角,乘之寿二千岁。"《汉书》应劭注:"乘黄,龙翼马身,黄帝乘之而上仙者。"

其次,将"天马歌"纳入"郊庙"歌曲。所谓郊庙歌辞,《乐府诗集·郊庙歌辞》题解曰:"郊乐者,《易》所谓'先王以作乐崇德,殷荐上帝。'宗庙乐者,《虞书》所谓'琴瑟以咏,祖考来格。'《诗》云:'肃雍和鸣,先祖是听'也。"郊庙之歌用于祭祀天地神明和祖先的郊祀大典,遴选极严,即便天子也不能随意选置。因此汉武帝把《天马诗》放入郊祀歌时,就引起大臣的反对。《史记·乐书》载:"中尉汲黯进曰:'凡王者作乐,上以承祖宗,下以化兆民。今陛下得马,诗以为歌,协于宗庙,先帝百姓岂能知其音邪?'上默然不悦。"汲黯认为王者作乐,要代表宗庙和人民的声音,而武帝的"天马"之诗抒发的是个人求仙的志愿,而非宗庙国家的意志,因此他反对其入郊庙。

《文心雕龙·乐府》对此事也做过评论:"暨武帝崇礼,始立乐府;总赵代之音,撮齐楚之气……河间荐雅而罕御,故汲黯致讥于《天马》也。"刘勰认为汲黯之所以批评武帝,是因为此事是以新声坏乱雅声。《宋书·乐志》云:"汉武帝虽颇造新声,然不以光扬祖考,崇述正德为先,但多咏祭祀见事及祥瑞而已。商周雅颂之体缺焉。"黄侃《文心雕龙札记》亦云:"彦和此篇大旨,在于止节淫滥。盖自秦以来,雅音沦丧,汉代常用,皆非雅声。魏晋以来,陵替滋甚,遂使雅郑混淆,钟石斯缪。彦和闵正声之难复,伤郑曲之盛行,故欲归本于正文。"雅者,正也,言王政之所由废兴也(《毛诗序》)。汉武帝将所创新声纳入雅声,实际上便意味着将个人志愿变成国家意志。

总之,汉武帝通过"天马"一诗,将个人求仙与国家祭祀融为一体,因而使得

---

① 王煜:《汉代太一信仰的图像考古》,《中国社会科学》2014 年第 3 期。

② 司马迁:《史记》卷 27《天官书》,中华书局 1959 年版,第 1290 页。

③ 刘屹:《敬天与崇道:中古经教道教形成的思想史背景》,中华书局 2005 年版,第 461 页。

其事功与求仙、现世和来世的追求同时进行。

汉武帝的"求仙"意志，通过乐府"郊庙歌辞"的演奏，也引起了巨大的社会推广效应。"人们开始相信，成仙并不只是那些具有超凡智慧的哲人和拥有巨量财富的帝王所专有的追求，一介凡夫俗子的灵魂同样可以进入西王母的天堂，成为不死的仙人。比起人间的任何地方，灵魂在天堂或仙境中可以享受到更大的幸福。在这种氛围中，汉代人对死后升仙的追求达到了前所未有的高度。"[①]天马作为升仙的工具，也大量出现在汉代的画像石、画像砖之中。而这些画像石也往往继承了武帝《天马诗》中对于求仙和现实的双重表达。画像石、画像砖中的马多是升仙导引之用，如合江四号石棺左边是西王母，墓主的灵魂正驾着天马之舆通过升仙之门。画像的右半部分是西王母所处的空间，左半部分的车马正载着墓主的灵魂奔向西王母的方向。马头颈夸张的弧度和比例使画像呈现出昂扬向上、奋勇无前的上升感；简洁的、写意的线条，使得马的造型与上方龙的造型有很多共通之处。《周礼·夏官·廋人》有言："马八尺以上为龙，七尺以上为骒，六尺以上为马。"[②]宋人朱震《汉上易传》亦云："马八尺以上曰龙，世传大宛、余吾之马，出于龙种。"[③]在此图中有形象的表现。

图7-2　合江四号石棺·车临天门画像；东汉画像石；高75厘米，宽220厘米。

除了升仙这一意义之外，这些导引的车马还具有另外一种意义，即对现实世界权位和财富的期盼。不少学者的研究认为，画像石墓主人大多是没有显赫身份和地位的中下层士人。20世纪60年代，日本学者林巳奈夫便考察了画像石中车马出行图像的组成，指出了图像规格与墓主身份的不对等性，因而认为这些车马图像并非墓主现实身份地位的真实反映。[④]张道一和李银德在统计分析了江苏徐州地区画像石墓的情况后发现，"原墓中以中、小型居多，估计墓主人没有显赫的身份和地位"[⑤]，"徐州画像石墓墓主人的身份是封爵在列侯以下，俸秩在

① 巫鸿：《四川石棺画像的象征结构》，《礼仪中的美术》，生活·读书·新知三联书店2005年版，第176页。
② 贾公彦：《周易注疏》，中华书局1980年影印阮元校刻《十三经注疏》本，第861页。
③ 朱震：《汉上易传》，《四部丛刊初编》第4册，上海书店1989年版，第19页。
④ 林巳奈夫：《后汉时代的车马行列》，《东方学报》京都1964年版，第183—226页。
⑤ 张道一：《徐州汉画像石》序言，江苏美术出版社1985年版。

二千石以下的中下层官吏、商贾富绅以及较为贫困的平民"①。罗伟先在统计大量画像石墓后指出："使用这种艺术形式的画像石墓主之社会地位基本上局限于上自二千石官吏，下至一般富豪士民的大跨度中间阶层的范围内。"②

巫鸿认为汉代墓葬中的车马出行图有一部分是对想象中灵魂出行图像的描绘。安徽宿州褚兰胡元壬祠基石车马的图像中，上面四幅图合在一起是一幅完整的车骑出行图。第二幅中首辆驷马轩车为主车，车辕上龙首高昂，主车前有两名弓弩手护卫；第一幅图中有伍伯、骑史和三辆双驾轺车，是主车的前导；第三、第四幅图中的九辆车为属僚的从车。王步毅认为："按汉制规定，像这样车乘队伍，是符合四百石县令或与之相当的官吏出行规格的。"而有龙首高昂的主车，颇类张衡《东京赋》中"龙辂华轙"的描写，恐怕是帝王显贵的规格了。而胡元壬为无官职的平民，因而图像中场景显然是在表达一种美好的愿望。③在他的墓志中有"人马皆食太仓，腰带朱紫，金银在怀，何取不得"之句，显然是祝愿墓主在仙界能衣食丰足，金银在怀，并得享高官厚禄。

巫鸿说："一方面，这种艺术反映了人们对超乎日常物质世界的不朽仙界的向往；另一方面，这种艺术又往往把死后的世界描绘成死者原有生活的延续，或表现为对现实生活的理想升华。按照这后一种理想，在艺术中，死亡使人们获得生前所不曾拥有过的一切：死者可以在装饰华美的厅堂上受到仆从的服侍，享用山珍海味的盛筵，观赏五光十色的表演。……所有这些丧葬艺术的内容都体现了人们现世的企盼。"④此番言论颇有见地。

三、《天马歌》与"天马图"出现的原因

武帝的这种将政道与仙道的结合，看似是其个人的行为，实际上在很大程度上也是汉代继承的两种文化相互交织、融合的产物。这两种文化是以法家、儒家为代表的理性文化和以神仙、巫鬼为代表的感性文化。前者以祖先崇拜和国家祭祀为主要的信仰；后者则以神仙、巫鬼、方术为主要信仰形式。前者相对理性、现实、事功、集权，以秦国文化为代表，秦人"对鬼神的认识，缺乏丰富的想象；对鬼神的形象、功能的描述，也缺少大胆的夸张与渲染。秦人心目中的鬼神有浓厚的世俗气息，而超人的力量和怪异的浪漫主义色彩则比较薄弱"⑤。后者感性、浪漫、富有想象力、自由，以齐、楚文化为代表。而齐、楚文化中，以楚为主导，《吕氏春秋·异宝》曰："荆人畏鬼而越人信礼。"《列子·说符》曰："楚人鬼，越人礼。"

① 李银德：《徐州汉画像石墓墓主身份考》，《中原文物》1993 年第 2 期。
② 罗伟先：《汉墓石刻画像与墓主身份等级研究》，《四川文物》1992 年第 2 期。
③ 王步毅：《安徽宿县褚兰汉画像石墓》，《考古学报》1993 年第 4 期。
④ 巫鸿：《礼仪中的美术》，生活·读书·新知三联书店 2005 年版，第 178 页。
⑤ 李晓东、黄晓芬：《从〈日书〉看秦人鬼神观及秦文化特征》，《历史研究》1987 年第 4 期。

《汉书·地理志》曰："楚地……信巫鬼,重淫祀。"王逸《楚辞·九歌序》曰："昔楚南郢之邑,沅湘之间,其俗信鬼而好祀。"而"战国中期楚国的势力早已发展到泗水流域,燕齐间的求仙风气,当是由楚国求仙的热浪波及而成"①。

《天马诗》和天马图像中这两种文化的交融,前文我们已经从内容的层面作出了一定的分析:天马的诗歌和图像中体现了崇礼的精神、大一统的思维与巫鬼的思维、求仙的志愿的统一,体现了现世需求和来世愿望的统一。

从形式方面来分析,"天马"的诗文和图像也都受到了这两种不同的文化的影响。我们先看《天马诗》。首先,汉武帝的两首《天马诗》都是以楚声的节奏完成的。汉代的楚歌的基本节奏是三字句,其句式一般都是由两个三字句中间加上语气词连接而成的,例如"大风起兮云飞扬""力拔山兮气盖世"等等。《史记》和《汉书》都载有"天马诗",有些学者认为,"《史》《汉》相较,《史记》所载更可能是汉武帝原作"②。而《史记·乐书》所记载的《天马歌》就完全是楚诗的样式了:"太一贡兮天马下,霑赤汗兮沫流赭。骋容与兮蹍万里,今安匹兮龙为友。""天马来兮从西极,经万里兮归有德。承灵威兮降外国,涉流沙兮四夷服。"其次,《天马诗》的一些意象很有想象力,颇有楚人之风。比如"涉流沙,九夷服",《楚辞·招魂》有"魂兮归来! 西方之害,流沙千里些"之句。"虎脊两",颜师古引应劭注曰:"马毛色如虎脊有两也。""化若鬼",颜师古解为"言其变化若鬼神"。还有"蹑浮云,晻上驰。体容与,迣万里"等句,皆描写夸张,想象奇特,颇有《九歌》遗意。另一方面来讲,《天马诗》虽然是楚歌,但又不同于一般的楚歌。一般楚歌的音乐风格是比较悲凉的,从屈原的《离骚》到刘邦、项羽的悲歌,大抵如此。武帝自己的《秋风辞》《瓠子歌》也都颇有悲伤之情;其《思奉车子侯歌》更是写得无限悲哀:"嘉幽兰兮延秀,蕈妖淫兮中溏。华斐斐兮丽景,风徘徊兮流芳。皇天兮无慧,至人逝兮仙乡。天路远兮无期,不觉涕下兮沾裳。"逯钦立《先秦汉魏晋南北朝诗》云:"《类聚》五十六引《武帝集》曰:'奉车子侯暴病,一日死。上甚悼之,乃自为歌诗。'……又《文心雕龙·哀吊》篇曰:'暨汉武封禅,而霍子侯暴亡,帝伤而作诗,亦哀辞之类也。'"楚歌的氛围大抵如是。而这两首《天马歌》不同,气势雄壮,情绪高昂。"太一贶,天马下,霑赤汗,沫流赭",唐庚《天马歌赠朱廷玉》化此句云:"贰师城中天马驹,眼光掣电汗流朱。""体容与,迣万里,今安匹,龙为友"之句,宋无的《天马歌》化写此句为:"天马天上龙,驹生天汉间。两目夹明月,蹄削昆苍山。元气饮沆瀣,跃步超人寰。""天马徕,龙之媒",李庭《送孟待制驾之》化句云:"渥洼龙媒天马子,堕地一日能千里",宋无《天马歌》云:"天马来,云雾开,天厩骏里鸣龙媒,龙媒不鸣鸣驽骀",唐人胡直钧《获大宛马赋》云:"昔孝武寤善马,驾英才,穷贰师于海外,获汗血之龙媒,于是宛卒大北,神驹尽来,駆骏奇状,超摅逸

---

① 赵辉:《楚辞文化背景研究》,湖北教育出版社 1995 年,第 84 页。
② 刘兆云:《汉武帝〈天马歌〉纵横谈》,《新疆大学学报》(哲学社会科学版)1993 年第 2 期。

材,走追风于马邑,嘶逐日于云堆。"这些诗文接受了《天马诗》的影响,皆是一派雄壮之气,由此也可以看出《天马诗》对于楚歌氛围的革新。

我们再看"天马图"。邓以蛰《辛巳病余录》云:"世人多言秦汉,殊不知秦所以结束三代文化,故凡秦之文献,虽至始皇力求变革,终属于周之系统也。至汉则焕然一新,迥然与周异趣者,孰使之然? 吾敢断言其受楚风之影响无疑。汉赋源于楚骚,汉画亦莫不源于楚风也。何谓楚风? 即别于三代之严格图案式,而为气韵生动之作风也。"如果我们对比秦朝的兵马俑与汉代马的雕塑和画像,就大概可以感觉到这两种文化的交融。

(一)写实与写意的交融。秦兵马俑中的陶马,毋庸置疑是非常写实的,"全都以头大、颈粗、躯长、四肢短壮的蒙古马为原形塑造"[1]。而楚国的雕塑相对具有更强的写意性和抽象性。陕西咸阳渭陵附近出土的西汉"羽人骑天马"白玉圆雕中,玉天马腹部阴刻有双翼,托板上刻有祥云图案,线条流畅有真趣,意为"天马徕""蹑浮云"。相比秦兵马俑中的陶马的尾部下垂、安静肃立,此马尾部皆高高翘起,羽人胯下的天马四肢曲成极大的张力,仿佛在腾起的刹那,既继承了秦俑的写实特色,也吸收了楚国的写意和抽象手法,比如双翼和云纹的刻画。

图 7-3　马踏飞燕;东汉青铜器;高 34.5 厘米,长 45 厘米,
　　　　宽 13 厘米。

甘肃武威出土的"马踏飞燕",是我国经典的天马造型。就其写实性来说,它处处都体现出《相马经》中叙述良马的规范,长沙马王堆汉墓出土《易经·系辞》载"是故良马之类,广前而圆后",《伯乐相马经》曰:"马头为王欲得方,头欲得高

① 周本雄:《武威雷台东汉铜奔马三题》,《考古》1998 年第 5 期。

峻,如削成。……尾骨高而垂。"有学者考察后认为:"良马特征处处合辙,几乎没有不符合的。"①还有学者将相马的各项标准在铜奔马上标示出来,做成一个图,以说明二者相合程度之高。

就其写意性来说,一方面,"马踏飞燕"的艺术构思本来就具有浪漫意象性,给我们劲健的、强烈的速度感。另一方面,奔跑中的马腿的姿态显然具有夸张的成分,就其较为端直的上身来讲,马腿的弧度有点过大。此是兼顾平衡、工艺、美感而虚构而成的艺术形象。所以它一方面非常写实,同时又灵动、飘逸,富有艺术想象力。

吴为山评价江苏泗阳出土的汉代木雕马说:"这些木雕带着隐蕴于民族心理深层的理性精神与朴素的浪漫主义而生成意象的原型,这原型不是原始抽象本能中的几何形,也不是蛮荒时代的空间恐惧,它带着先秦写实遗风和艺术家对生活的敏感、敏锐,在主体精神上达到了自由与自在。"②

图7-4　江苏泗阳汉代木雕马;西汉木雕;高115厘米。

图7-5　西汉玉天马;西汉玉器;长7.5厘米,宽3厘米,高5.5厘米。

（二）静穆和动态的结合。与秦俑陶马的庄严静穆相比,楚国的动物图像往往充满了原始的活力和生命的骚动。汉代的天马图像也结合了这两种艺术的力量,给我们更强的感染力。我们看汉代天马,它两肋塑有双翼,标明其与龙为友的身份,俯卧于地,四腿蜷在身下,看似静穆;而其已昂起的头颅,张开的口颚,撑起的鼻孔,高高翘起的尾部,使得这个雕像具备了一种"倾向性的张力"③,产生了内在的运动感和节奏感,因而形成了作势欲起的内孕性力量。

霍去病墓前的"跃马"雕塑与此有异曲同工之妙。石马的上半身的刻画是清晰的,但是其蹄足部分却是混沌一片,仿佛是要从石块里把自己拔出来一般,要

① 顾铁符:《奔马·"袭乌"·马式——试论武威奔马的科学价值》,《考古与文物》1982年第2期。
② 吴为山:《雕塑的诗性》,南京大学出版社2007年版,第238页。
③ 鲁道夫·阿恩海姆著,滕守尧等译:《艺术与视知觉》,四川人民出版社1998年版,第569页。

图7-6 跃马；西汉石雕；高150厘米，长240
厘米。

图7-7 江苏泗阳汉代木雕马头；西汉木雕；
高35厘米。

跃出石头本身的束缚，极好地诠释了米开朗基罗的名言："雕塑，是解放囚禁在大
理石中的生命。"前部的体量很大，使得重心偏向上前方。康定斯基曾说："简单
的曲线实际上是通过不断从两端施加压力，改变了直线的方向而形成的——这
种压力越大，偏离直线的角度就越大，形成的向外张力也就越大，最后达到自我
圆满。"石马倔强的颈部和背部连成一条直线，而它那蜷曲着的后腿和扭曲得变
了形的下半身，仿佛压抑着巨大的能量、冲天的速度，静止之中蕴藏着强大的动
能，节制中包孕着原始的冲动，无声中压抑着惊天的咆哮。这让我们不禁想到温
克尔曼在其《古代艺术史》中对"拉奥孔"的描述："肌肉运动已达到极限。它们像
一座座小山丘相互紧密毗连，表现出在痛苦的反抗状态下的力量与极度紧张。"

　　江苏泗水汉墓的西汉木雕马，眼突齿露，脖颈的弧度蕴藏着强韧的力度，线
条并不过分细腻，而自然的、纯朴的、野性的力量似要喷薄而出。吴为山所说"这
些木雕……在表现上则贯通着中国人与生俱来的那种高屋建瓴统摄客体的思维
和实践方式。具体说来是混沌法与模糊法。这两法的最根本特点是只求与事物
本质相关的形①，或说只为表现本质而炼形，因此它的外部特质表现在木雕上是
圆厚而浑然的"，是比较形象而深刻的。这又可参照李泽厚评价汉代的石雕的说
法："唐的三彩马俑尽管何等鲜艳夺目，比起汉代古拙的马，那造型的气势、力量
和运动感就相差很远。天龙山的唐雕尽管如何肌肉突出相貌吓人，比起汉代笨
拙的石雕，也仍然逊色。宋画像砖尽管如何细微工整，面容姣好，秀色纤纤，比起
汉代来，那生命感和艺术价值距离很大。"②其谓历史变迁所形成之艺术差异，也
是值得借鉴的。

① 吴为山：《雕塑的诗性》，南京大学出版社2007年版，第238页。
② 李泽厚：《美的历程》，天津社会科学院出版社2002年版，第110—111页。

（三）雄浑壮美的气势和柔和优美的线条的统一。秦国的造型质重、实际、轻幻想，不擅线条，以气势见长；楚国偏原始艺术，多以线条为基本的造型手段，线条艺术自由、丰富，尤以曲线见长。[①] 张正明说："最受楚人偏爱的几何形纹是菱形纹……这些菱形变化多端，或有曲折，或有断续，或相套，或相错，或呈杯形，或与三角形纹、六角形纹、S形纹、Z形纹、十字纹、工字纹、八字纹、圆圈形纹、塔形纹、弓形纹以及其他不可名状的几何形纹相配，虽奇诡如迷宫，而由菱形统摄，似乎楚人有意要把折线之美表现到无以复加的程度。"[②]

汉代的天马造型继承了秦楚两地的艺术特点，体型饱满厚重，线条粗犷而不呆板，精心而不纤巧，使得雄浑的气势和精美的线条并行而不悖。其雄浑阳刚的气势，首先表现在其视觉上的体量感。"'体量感'是指形体的体积大小和分量轻重等给人造成的心理感受。……大体量的视觉艺术，具有强大、沉雄、恢弘、壮阔的阳刚之气，具有壮美感和崇高感。"[③]新津崖墓石函的翼马高55厘米，宽62厘米，气势惊人，而其线条生动，每一个部位的弧度都有所修饰，造型夸张，视觉张力大，也颇有楚风。1990年四川绵阳出土的东汉大铜马，高1.23米，长1.15米，是旁边牵马俑人的两倍高度，昂首阔步，张口露齿而鸣，"志俶傥，精权奇"，颇有气宇轩昂、"赳赳武夫"之气象。而其与俑人之间的夸张比例，过分洒脱不羁的

图7-8　新津崖墓石函·翼马画像；东汉石函；高55厘米，宽62厘米。

---

① 陈龙海：《论原始艺术的"线"性特征》，《华中师范大学学报》（人文社会科学版）2002年第3期。

② 张正明：《楚文化史》，上海人民出版社1987年版，第173—174页。

③ 赵勤国：《绘画形式语言》，黄河出版社2003年版，第40页。

脚步,过度延伸的脖颈,浮夸的嘴唇,又显示出楚风的渗透力量。体量感的另一个表现是马身的肥硕壮美,画像石中的天马膨胀饱满的臀部、粗壮的脖颈,构成了厚重雄浑的美感。画像砖构图简洁,推崇一种博大崇高、古拙雄浑之美。李泽厚在其《美的历程》一书中亦指出:"也正因为是靠行动、动作、情节而不是靠细微的精神面容、声音笑貌来表现对世界的征服,于是粗轮廓的写实,缺乏也不需要任何细部的忠实描绘,便构成汉代艺术的'古拙'外貌。"①因此,汉代马雕塑注重抓住马的本质特征,做整体性的粗轮廓勾画,从而使马雕塑显现出撼人心魄的体量感。

图7-9　天马画像;西汉画像砖;高24厘米,宽23厘米。

画像砖用简单的线条勾勒出一个朴拙的天马形象,其胸部过度发达,背部过度平直,不合正常的比例和美感,但正因为此,这个天马在稳定中充满了力量感。它吸收了秦俑造型中的静穆因子和楚造型文化中的夸张因素,而扬弃了楚国繁杂的线条,改以清晰、简单的粗线条。

无论是"天马歌",还是"天马图",都带着很多文化的符号。政治的涵义,求仙的志愿,天马强健的精神面貌,雄浑的体量,发达的肌肉,昂起的头颅,头顶的扶桑,背上的翅膀,蹄下的云彩,都带着历史的沧桑与文化的记忆。

第二节　采桑与采莲

"采桑"和"采莲"都是中国文学史中极为重要的意象,同时也是绘画史中的常见题材。它们看起来大都是表现爱情,但不论是诗歌还是图像,这两种意象都有着不太相同的审美趣向。这一点值得我们探讨。

一、北土与南风

汉乐府中关于采桑主题的代表作是《陌上桑》,而有关采莲主题的代表作是《江南》和《涉江采芙蓉》。郭茂倩《乐府诗集》解题"陌上桑"曰:"崔豹《古今注》曰:'《陌上桑》者,出秦氏女子。秦氏,邯郸人有女名罗敷,为邑人千乘王仁

---

① 李泽厚:《美的历程》,天津社会科学院出版社2002年版,第107—110页。

妻。王仁后为赵王家令。罗敷出采桑于陌上，赵王登台见而悦之，因置酒欲夺焉。罗敷巧弹筝，乃作《陌上桑》之歌以自明，赵王乃止。'"邯郸是赵国之地，位于今河北。

　　桑树的适种地域较广，但大片种植桑林的，还是以北方为主。司马迁《货殖列传》说，"山东多鱼、盐、漆、丝、声色"，"齐带山海，膏壤千里，宜桑麻"，"齐鲁千亩桑麻"。竺可桢经过研究认为，汉代之时，"橘之在江陵，桑之在齐鲁"①。《诗经》中就有很多提及桑的诗句，比如"蚕月条桑，取彼斧斨。以伐远扬，猗彼女桑"（《豳风·七月》），"彼汾一方，言采其桑。彼其之子，美如英。美如英，殊异乎公行"（《魏风·汾沮洳》）。有的学者统计出，"桑是《诗经》中出现篇数最多的植物，共有二十首、三十一句之多，涵盖《国风》各篇以及《小雅》《大雅》《颂》，各体裁均有之"②。这些诗句分别出现在《鄘风》《卫风》《郑风》《魏风》《唐风》《秦风》《曹风》《豳风》《小雅》《大雅》《鲁颂》之中，都产自北地，而属于南方的"二南"和《陈风》之中一篇都没有。

　　莲的生长地主要在江南，故而采莲诗也多在江南。《江南》是汉武帝时乐府采之于"吴楚汝南"的诗歌之一，萧涤非称"此篇始载《宋书·乐志》，《通志·相和歌》亦首列《江南曲》，以为正声。当为传世五言乐府之最古者，殆武帝时所采吴楚歌诗。西北二字，古韵通，《楚辞·大招》：'无东无西，无南无北。'是其证"③。郭茂倩《乐府诗集》引《晋书·乐志》曰："吴歌杂曲，并出江南。东晋已来，稍有增广。其始皆徒歌，既而被之管弦。盖自永嘉渡江之后，下及梁、陈，咸都建业，吴声歌曲起于此也。"④《宋书·乐志》的说法也差不多，"凡乐章古辞今之存者，并汉世街陌谣讴。《江南可采莲》《乌生十五子》《白头吟》之属是也。吴歌杂曲并出江东，晋宋以来稍有增广。"江东即江南。谢灵运《道路忆山中》云："《采菱》调易急，《江南》歌不缓。楚人心昔绝，越客肠今断。"吕延济注曰"《采菱》《江南》皆楚越歌曲也。"⑤楚、越、吴皆为江南之地。

　　而《涉江采芙蓉》一首，李善认为其出自《楚辞》"折芳馨兮遗所思"之句⑥。有学者还考察了六朝的采莲主题的作品，认为大多出自楚地：

　　西晋傅玄《歌》："渡江南，采莲花。"梁昭明太子《芙蓉赋》："结江南之流调。"梁简文帝《采莲赋》："望江南兮清且空。……楚王暇日之欢，丽人妖艳之质。……唯欲回渡轻船，共采新莲。"三处的江南均指楚地。又如，梁元帝《采莲赋》："歌采莲于枉渚"，"枉渚"出自屈原《九章·涉江》："朝发枉渚兮，夕宿辰阳"。

① 竺可桢：《中国近五千年来气候变迁的初步研究》，《竺可桢文集》，科学出版社1979年版，第480页。
② 潘富俊：《诗经植物图鉴》，上海书店出版社2003年版，第83页。
③ 萧涤非：《汉魏六朝乐府文学史》，人民文学出版社1984年版，第62页。
④ 郭茂倩：《乐府诗集》，中华书局1979年版，第639—640页。
⑤ 萧统编，李善等注：《六臣注文选》，上海古籍出版社1993年版，第618页。
⑥ 萧统编，李善等注：《文选》，中华书局，1977年版，第410页。

《水经》："沅水东历小湾，谓之枉渚"，"枉渚"位于沅水边，也属楚地。沈约《江南》："棹歌发江潭，采莲渡湘南"。"湘南"即湖南南部，属楚地。①

可见，采莲主题多来自江南，来自《楚辞》系统；采桑主题多来自北方，与《诗经》联系关系较密切。这就可以从地域和传统两个方面来考虑。

首先，南北地域风俗之不同，导致这两种意象的表现方式的差异。《礼记·王制》曰："凡居民材，必因天地寒暖燥湿、广谷大川异制，民生其间者异俗。"言其大者，则艺术表现内容上面主要有务实、务虚之别；艺术表现形式上主要是刚、柔之别。所谓务实、务虚，大体上是偏理性与偏感性。刘师培称"南方之文，亦与北方迥别。大抵北方之地土厚水深，民生其间，多尚实际。南方之地水势浩洋，民生其际，多尚虚无。民崇实际，故所著之文不外记事、析理二端；民尚虚无，故所著之文或为言志、抒情之体"②。唐代贞元间曾任常州刺史的韦夏卿作《东山记》称"自江之南，号为水乡。日月掩蔼，陂湖荡漾，游有鱼鳖，翔有凫雁。涉之或风波之惧，望之多烟云之思"。(《全唐文》卷438)我们看乐府诗《陌上桑》和《列女传》中"秋胡戏妻"的故事，以及后世大量的有关采桑女的戏剧、寓言、小说，大概能了解采桑主题，多表现在叙事、说理之体裁。而《江南》《涉江采芙蓉》以及后世大量的"采莲曲"，则显示了这一主题抒情言志的倾向。所谓刚、柔之别，《汉书·地理志》云："凡民函五常之性，而其刚柔缓急，音声不同，系水土之风气，故谓之风；好恶取舍，动静亡常，随君上之情欲，故谓之俗。"玄奘《大唐西域记·序》云："夫人有刚柔异性，言音不同，斯则系风土之气，亦习俗之致也。"③刚柔与缓急相应，亦有粗豪、婉约之别。林语堂《吾国与吾民》称北人"服习于简单之思想与艰苦之生活，个子结实高大，筋强力壮，性格诚恳而忭急……爱滑稽，常有天真烂漫之态"；南人则"习于安逸，文质彬彬，巧作诈伪，智力发达而体格衰退，爱好幽雅韵事，静而少动……诗文优美，具天赋之长才"④。

我们比较同一个人写的不同主题的诗歌，大体上看出来"采桑"和"采莲"给文人的不同的心理暗示。同样是写相思之情，梁吴均有《采桑》和《采莲》各一首，其《采莲》云："锦带杂花钿，罗衣垂绿川。问子今何去，出采江南莲。辽西三千里，欲寄无因缘。愿君早旋返，及此荷花鲜。"《采桑》云："贱妾思不堪，采桑渭城南。带减连枝绣，发乱凤凰簪。花舞依长薄，蛾飞爱绿潭，无由报君信，流涕向春蚕。"他还有一首《陌上桑》云："袅袅陌上桑，荫陌复垂塘。长条映白日，细叶隐鹂黄。蚕饥妾复思，拭泪且提筐。故人宁如此，离恨煎人肠。"《采莲》一诗仅"愿君早旋返，及此荷花鲜"一句传情较为直接，然而对比"采桑"二诗中的"贱妾思不

① 俞香顺：《中国文学中的采莲主题研究》，《南京师范大学文学院学报》2002年第4期。

② 李妙根编：《刘师培论学论政》，复旦大学出版社1990年版，第66页。

③ 玄奘撰，章巽校点：《大唐西域记》，上海人民出版社1977年版，第3页。

④ 林语堂：《吾国与吾民》，岳麓书社2000年版，第16—17页。

堪""流涕向春蚕""蚕饥妾复思，拭泪且提筐""离恨煎人肠"的直接、奔放之句，则又显得委婉之极了。

这种虚与实、柔与刚的差别，反映在绘画上，便是偏写意与偏写实的差别。我们还是举同一个人的作品：清代画家顾洛有《采莲图》和《采桑图》各一幅。二者虽然都笔法细腻，但采莲图以人为中心，偏传情；而采桑图以事为中心，偏叙事。采莲图绘人绘树皆留余地，较多思维空间；采桑图则勾画务尽，"其中台榭、亭池、林泉、花木、桥梁、树石、屋宇、器皿无不位置妥帖。即点缀之鸡鹅猫犬亦皆描摹入微，形容备至"（山阴王慕陶题跋），较少想象余地。采莲图设色清淡雅致，有水墨之风；采桑图色彩对比鲜明，浓而不俗，艳而不媚，"写藻艳于毫端，各具一种尽态极妍景色"（朱霞、天半题跋），"绮罗金粉写娉婷，茸紫庵中满画屏。绝似前朝戴文进，一家儿女解丹青"（黄宾虹题跋引颐道居士陈文述语）。采莲图意境近诗，图上有顾洛并题《念奴娇》一阕云："亭亭袅袅见丰姿，款款风前微步。不藉人间红粉市，浅浅妆成仙度。秋水浮烟，春山淡碧，总是生情处。樊唇乍起，一声花外莺语。　　兰桨攫入钱塘，平湖如镜，照出吴宫女。顾乞杨枝天竺国，每每逢君蔬素。更羡芳心，才堪咏雪，眼底何人伍。无端归去，教人肠断南浦。"而采桑图意境近赋，"男耕女织、物阜人安气象"（裴景福题跋），"繁柯雨洗绿如云，酝酿春华到十分。银椀马头芬祀毕，枌榆枝上已斜曛。……披图促我遂初赋，衣被山家太古春"（何汝穆题跋），黄宾虹称其"能运逸气于秾缛富丽中"，大概都说的这个意思。

其次，所接受的诗、骚传统的差异。采莲意象主要来自楚地，自然受到了楚辞中的比兴传统的影响。"制芰荷以为衣兮，集芙蓉以为裳"（《离骚》），"搴芙蓉兮木末"（《湘君》），"荷衣兮蕙带，倏而来兮忽而逝"（《少司命》），"筑室兮水中，茸之兮荷盖"（《湘夫人》），"乘水车兮荷盖"（《河伯》），"因芙蓉而为媒兮"（《思美人》），"芙蓉始发，杂芰荷些"（《招魂》）。司马迁《屈原列传》谓"其志洁，故其称物芳"。王逸云：《离骚》之文，依《诗》取兴，引类譬喻。故

图 7-10　《柳塘采莲图》；顾洛；设色纸本；立轴；纵 112 厘米，横 39 厘米。

善鸟香草,以配忠贞。"①莲花作为芳草的一种,采莲也带有了某种象征性的属性。

采桑和采莲因其地域与传统的不同,其表达内容和方式都带着各自的倾向,采桑偏向叙事和寓理,采莲偏向抒情和言志;采桑偏向写实,采莲偏向写意;采桑偏向直率,采莲偏向婉转。采莲与采桑又继承了不同的文学传统:荷花乃隐士之服,而对采莲女的欣赏,往往代表着对世俗、繁务的超脱;这与《楚辞》的香草的传统遥遥相应,又与当下莲花的高洁之姿与孤芳自赏之美感、湖水的澄静清澈碧绿之美感交相作用,使得"采莲"的意象呈现出与"采桑"不尽相同的审美感受。

二、宗教与民俗

在上古时代,曾有"会男女"的宗教习俗。《周礼·地官·媒氏》:"媒氏掌万民之判,仲春之月令会男女。于是时也,奔者不禁。若无故而不用令者,罚之。司男女之无夫家者而会之。"《说文》:"禖,祭也",禖之言媒,"媒,谋也,谋合二姓"。郑玄注《周礼·地官》"媒氏"曰:"媒之言谋也,谋合异类,使和成者。"所以高禖之祭有禖祭和谋合两重意义。我们看河南南阳的高禖画像石,左右分刻女娲和伏羲,皆人首蛇身;中间高禖神赤身裸体将二人抱合在一起。

《媒氏》又曰:"凡男女之阴讼,听之于胜国之社。""社"是约会的地点。《周礼·地官·司徒》云:"设其社稷之壝,而树之田主,各以其社之所宜木,遂以名其社与野。"是以"社"和"野"都有很多树木,许慎《说文解字》:"壄,古文野,从里省,从林。"而"社",闻一多在《高唐神女传说之分析》中说:"原始时期的社,想必是在高山一座茂密的林子里立上神主,设上祭坛而已。"

那么这个树林,主要是以什么树木为主呢?郑玄注云:"所宜木,谓若松柏栗也。"这恐怕不太符合实际。"社"里面应当主要是桑树。原因有二。其一,桑作为古代最重要的经济树种,是贵族衣物的重要原料来源。《礼记·祭义》说"古者天子、诸侯必有公桑、蚕室"②,《白虎通》说"王者所以亲耕,后亲桑何?以率天下农蚕也。天子亲耕以供郊庙之祭,后之亲桑以供祭服"③可见古代君主对于桑树的重视,也可见其普及的程度。其二,桑树在远古被认为有生殖神的意味。屈原《天问》载"禹劳献功,降有下方。焉得彼涂山之女,而通于台桑。"《黄氏逸书考》辑《春秋元命苞》载"周本姜源,游闷宫,其地扶桑,履大人迹,生后稷"。伊尹和孔子皆有"生于空桑"的传说,据说新疆和田地区某处维吾尔族妇女祈求生育

---

① 洪兴祖撰,白化文等点校:《楚辞补注》,中华书局1983年版,第2页。
② 杨天宇撰:《礼记译注》,上海古籍出版社2004年版,第617页。
③ 陈立撰,吴则虞点校:《白虎通疏证》,中华书局1994年版,第276页。

时,仍去祭拜一棵大桑树,祭毕,摘食桑叶。① 现代学者大部分都认为桑林是男女相会的场所,同时也是祭祀高禖的场所。② 郭沫若说:"桑中即桑林所在之地,上宫即祀桑林之祠,士女于此合欢。"③闻一多《高唐神女传说之分析》:"宋、卫皆殷之后,所以二国的风俗相同,都在桑林之中立社,而在名称上,一曰桑林,一曰桑中或桑间。媒氏所主管的'会男女'的事物同听阴讼一般,也在社中举行,则媒氏与社的关系又加深一层。"

那么这个高禖之祭当时的状况是怎样的呢? 首先,《墨子·明鬼下》说:"燕之有祖,当齐之社稷,宋之桑林,楚之云梦,此男女所属而观也。"属,就是聚合、聚会。《汉志》中称"卫地有桑间、濮上之阻,男女亦亟聚会,声色生焉,故俗称郑卫之音。"④可见此地合欢之会,人数颇众,场面亦多壮观。其次,《周礼·媒氏》称"奔者不禁"。屈原《天问》:"何环闾穿社,以及丘陵,是淫是荡,爱出子文。"可见其场面放荡不羁。其三,聚会中有音乐巫舞活动。姜亮夫《楚辞通考》曰:"古欢游、乐舞、男女幽会之地,多用'桑'字。"杨宽说:"祭社时男女齐集,杀牛杀羊祭祀,奏乐歌舞。既有群众性的文娱活动,也是男女交际的场所。民间有许多动听的音乐,美妙的舞蹈,生动的诗歌,都在这里表演。"⑤这种活动在云南大理的白族生活中仍有遗留。杨黼《滇中琐记》载:"大理有绕山林会,每岁季春下浣,男妇坌集,殆千万人,数千百年不能禁止,盖惑于巫言,祈子嗣,攘灾祸。""绕山林"又称"绕桑林",这种盛会中"男妇坌集",围着篝火载歌载舞。这三个条件的合力,形成酒神似的狂欢。尼采《悲剧的诞生》说:

> 实际上,无论在什么地方,这些庆典的本质都在于极度的性的放纵,它的浪潮冲决了所有的家庭及其庄严传统;天性中最野蛮的兽性径直脱开了缰绳,乃至肉欲与暴行可怕地混合在一起,在我看来这无异于真正的女巫的肉汤。⑥

酒神精神意味着本能的集体放纵,是无拘无束的兽性与神性的原动力的狂欢式的自由迸发。所以"采桑"主题是带着原始的酒神精神的基因的,用列维·布留尔论的概念叫"集体表象":"这些表象在该集体中是世代相传的,它们在集体中的每个成员身上留下深刻的烙印。"⑦

随着礼仪取代了巫祀,桑林之习渐渐消逝,伦理观念渐渐确立。到了秦汉,法家、儒家等理性精神的繁荣和普及,使得这种集体的原始冲动受到了更为严格的挑战和压抑。例如《毛诗序》批评《鄘风·桑中》曰:"桑中,刺奔也,卫之公室淫

---

① 赵国华:《生殖崇拜文化论》,中国社会科学出版社 1990 年版,第 223 页。
② 例如陈炳良《中国古代神话新释两则》、陈梦家《高禖郊社祖庙通考》、闻一多《高唐神女传说之分析》等。
③ 郭沫若:《甲骨文字研究·释祖妣》,《郭沫若全集·考古编》第 1 卷,科学出版社 1982 年版,第 62 页。
④ 班固:《汉书》,中华书局 2000 年版,第 1665 页。
⑤ 杨宽:《西周史》,上海人民出版社 1999 年版,第 203 页。
⑥ 尼采著,周国平译:《悲剧的诞生》,生活·读书·新知三联书店 1986 年版,第 30 页。
⑦ 列维·布留尔著,丁由译:《原始思维》,商务印书馆 1981 年版,第 5—70 页。

乱,男女相奔,至于世族在位,相窃妻妾,期于幽远,政散民流,而不可止。"郑玄笺曰:"卫之公室淫乱;谓宣、惠之世,男女相奔,不待媒氏以礼会之也。……谓桑中之野。"显然是用礼教化了的"媒氏"来取代"会男女"的"高禖"了。

巫术祭祀的礼仪化和理性化,使得原始的狂欢精神被挑战和压抑,而同时这种被压抑了的原始精神也需要一个发泄的管道和象征性的满足。钟敬文的《文学狂欢化思想与狂欢》一文认为,狂欢这种"具有一定世界性的特殊的文化现象","表现出了对某种固定的秩序、制度和规范的大胆冲击和反抗。它的突出意义,是在一种公众欢迎的表演中,暂时缓解了日常生活中阶级和阶层之间的社会对抗,取消了男女两性之间的正统防范,等等,这些都是中外狂欢活动中的带有实质性的精神文化内容"[①]。从这个意义上讲,《登徒子好色赋》《梁王菟园赋》等辞赋中的采桑描写,以及《陌上桑》《秋胡戏妻》之类的故事就同时具有了双重意义:它们一方面宣传了"克己复礼"的、压抑原始冲动的文明、伦理和制度,一方面也象征性地释放了这种原始能量。宋玉的《登徒子好色赋》虽然最终"心顾其义,扬《诗》守礼,终不过差",然而对于采桑女们的细致描写显然是潜意识式的文人的发泄方式:"……群女出桑。此郊之姝,华色含光,体美容冶,不待饰装。臣观其丽者,因称诗曰:'遵大路兮揽子袪。'赠以芳华辞甚妙。于是处子怳若有望而不来,忽若有来而不见。意密体疏,俯仰异观;含喜微笑,窃视流眄。"《梁王菟园赋》曰:"若乃夫郊采桑之妇人兮,桂褐错纤,连袖方路,摩毗长发,便娟数顾。芳温往来,按神连才结,已诺不分,缥并进靖,傆笑连便,不可忍视也。于是妇人先称曰,春阳生兮萋萋,不才子兮心哀,见嘉客兮不能归,桑萎蚕饥,中人望奈何!"写采桑女群体的神情、样貌、动作,皆十分诱惑,有欲拒还迎之态。高莉芬解释此段称,"由于采桑女所具有的丰富原型意涵,使赋家在书写春郊采桑女时,一方面获得了审美的品质,另一方面蕴涵了艺术的超越,因而有了涤清情欲、抵制原欲的功能。于是生命的原始欲求与对自然美的凝神观照,在文学世界中交融合一,桑林与采桑女、原欲与情爱、神话与文学、民俗与艺术,就在历史的衍进中相互渗透,成为赋家重新绘图的桑林空间美学"[②]。

这种酒神式的集体潜意识对于当下的文明社会压制力的反抗,也表现在其他艺术中,比如出土在四川成都的桑林野合图。

此画像砖上的女子边上采桑的笼钩和盛桑叶的笼子,显示了这两幅图讲的是桑中之事。这两幅画像砖是东汉时期的,而此时的巴蜀早已经是教化之地。《华阳国志》载:"自汉兴以来,迄乎魏、晋……忠臣孝子,烈士贤女,高劭足以振玄风,贞淑可以蘱縩者,奕世载美。"[③]"降及建武以后,爰迄灵、献,文化弥纯,道德

① 钟敬文:《文学狂欢化思想与狂欢》,《光明日报》1999 年 1 月 28 日。

② 高莉芬:《春会的仪典象征:"邂逅采桑女"的文学原型分析》,《中州学刊》2003 年第 3 期。

③ 常璩撰,刘琳校注:《华阳国志校注》,巴蜀书社 1984 年版,第 699 页。

图 7-11　桑林野合画像；东汉画像砖；高 29 厘米，宽 49.5 厘米。

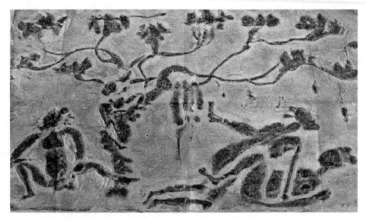

图 7-12　桑林野合画像；东汉画像砖；高 29 厘米，宽 49.5 厘米。

弥臻。……其忠臣孝子、烈士贞女，不胜咏述，虽鲁之咏洙泗，齐之礼稷下，未足尚也。"[1]有学者据《后汉书》《三国志》和《华阳国志》的记载，统计出巴蜀地区得到"贞孝""婉穆""厥贞""令诚"表彰的有名姓妇女达到 41 人，占汉代"贞节"之女总数的 80.4%。这样看来，巴蜀经过了并不太长的时间，就从汉初的"轻易淫失"进化到"五教"雍和、"士女贞孝"，而这期间被迅速压抑下来的酒徒冲动，便以这种井喷式的表达方式发泄出来。这两幅画像砖显然并非对现世现实的描绘，这样的群体式的性行为显然不是当时的社会所允许的。它们表达的是对于失落的自由情欲空间的潜意识缅怀，以及对当下文明社会的性压抑的象征性反扑。

采莲主题则与采桑有相似之处，也有不同之处。相似之处是，采莲也与生殖崇拜有关。黑格尔在《美学》中说："对自然界普遍的生殖力的看法是由雌雄生殖

---

[1]　常璩：《华阳国志校注》，巴蜀书社 1984 年版，第 223 页。

器的形状来表现和崇拜的。"①中国的"祖"崇拜是对男性生殖器的崇拜，"莲"崇拜则是对女性生殖器的崇拜。《诗经·陈风·泽陂》曰"彼泽之陂，有蒲与荷"，郑玄笺曰"蒲以喻说男之性、荷以喻说女之容体也"②，闻一多也认为该诗是以"蒲"和"荷"来比喻男、女双方。杰克·特里锡德在《象征之旅：符号及其意义》一书中说，莲花之所以在中国、印度和日本的民间都独具重要位置，一是因为其绽放的花瓣极具装饰之美，二是在于莲花被人们比作生命之源的理想中的外阴形象。③ 明

图 7-13　隋代敦煌画像砖上八瓣莲花图

杂剧《玉禅师翠乡一梦》中，讥讽禅师破色戒曰："可怜数点菩提水，倾入红莲两瓣中。"这里便是以莲代指女阴的例子。

　　莲与桑一样，都有很强的繁殖能力，李时珍《本草纲目》称"自菂薏而节节生茎、生叶、生花、生藕，由菡萏而生蕊、生莲、生菂、生薏，……中含白肉，内隐青心，石莲竖刚，可历永久，薏藏生意，藕复萌发。展转生生，造化不息"④。因而在民间，"莲"总是与"子"相连。王运熙说："吴歌的产生地域江南，是莲花最繁盛的园地，从汉乐府古辞《江南可采莲》直到后来无数的《采莲曲》，都在吟咏这江南的名花；而吴歌的内容，十九又吟咏男女的互相怜爱；即景生情，从'莲'到'怜'，从'莲子'到'怜子'，正是极其自然的联想。"⑤

　　"莲"与"鱼"相对，是一种隐语式的符号。闻一多的《说鱼》解释《江南》一诗说："'莲'谐'怜'声，这也是隐语的一种，这里是用鱼喻男，莲喻女，说鱼与莲戏，实等于说男与女戏。"⑥郑文也同意闻一多的说法："用莲谐怜，怜有爱意，是'可采莲'的意思就是可以找到可爱的人。……古时用鱼作为男女相爱以称对方的象征廋语。末四句可能是和声，但所写的鱼戏于莲叶的四周，表现了追逐者的众多与活跃。"⑦汉代画像石中便有这样的题材。石上有莲叶在中间，四面皆刻有一双鱼，鱼儿嘴相对，正切合"戏"之意，而整个图像的布局也与《江南》一诗的结构契合。这种鱼戏莲叶的题材，在中国的图像史中数量极大。

　　然而虽然都与生殖崇拜相关，采桑与采莲却又有不同之处。首先，桑中之祀

---

① 黑格尔著，朱光潜译：《美学》，商务印书馆 1981 年版，第 40 页。

② 程俊英、蒋见元：《诗经注析》，中华书局 1991 年，第 382 页。

③ 杰克·特里锡德著，石毅、刘珩译：《象征之旅：符号及其意义》，中央编译出版社 2001 年版，第 92 页。

④ 李时珍：《本草纲目》，人民卫生出版社 1981 年版，第 1894 页。

⑤ 王运熙：《论吴声西曲与谐音双关语》之《附说二论"莲""怜"相谐的普遍》，《乐府诗述论》（增补本），上海古籍出版社 2006 年，第 142 页。

⑥ 闻一多：《闻一多全集》，生活·读书·新知三联书店 1982 年版，第 121 页。

⑦ 郑文：《汉诗研究》，甘肃民族出版社 1994 年版，第 69 页。

一直以国家祭祀的形式存在,而莲花崇拜都是以民间崇拜和民间祭祀的形式进行。掌管"会男女"的媒氏"掌万民之判","奔者不禁",而且"若无故而不用令者,罚之",显然,这是有国家意志在其中。而到了汉代,国家意志又朝着相反的方向发展,要批判、惩罚的反倒是那"奔者"。汉代对桑中主题的批判是从经学到文学,从诗歌到辞赋到小说,从男德到女德的整体性、延续性批判。这种批判造成的后果是,一方面使得士大夫渐渐疏离了这个主题,另一方面将"采桑"这个主题义无反顾地引向了道德评判的不归之途。在汉代的桑林叙事中,包括《秋胡戏妻》《陌上桑》等等,无不有道德评判和礼教色彩在背后,而采桑的爱情主题从此之后渐行渐褪,一蹶不振。但是采莲主题一直依附民间信仰而存在,并没有经受过强制的官方化的过程,因此也就避免了被政治性引导和整体性批判的风险,因而能在民间长期生存,直至如今。现在的陕西民谣中还有"鱼儿戏莲花,夫妻两个没麻嗒""鱼儿闹莲花,两口子上炕结缘法"这样的句子。可见"采莲"这种"集体表象"表现得较为平和、自由。

其次,莲间有舟水之隔,因而易留出适合审美的距离;桑间无物阻挡,故而易成就情欲之念。因而采桑故事中常有"过采桑之女,止而戏之"(陈辨女),"见路旁有美妇人方采桑而说之"(鲁秋洁妇)这样的情节。再看两组采桑诗和采莲诗:"春月采桑时,林下与欢俱。其蚕不满百,那得罗绣襦"(《采桑度》),"蚕饥心自急,开奁妆不成"(佚名《陌上桑》);"宛在水中央,空作两相忆"(费昶《采菱》),"忆郎郎不至,仰首望飞鸿"(《西洲曲》)。相对说来,这两首采莲诗写得较为纯情,而采桑诗写得较为艳情;采莲诗写情较虚,采桑诗写情较实;采莲诗较有美感,采桑诗情感较为热烈。

再次,桑中之祀从一开始就贯彻着集体意志,因而表现为集体狂欢式的酒神精神。而采莲则由于客观条件的限制——独木的小舟毕竟无法容纳众人的聚会和舞蹈——大多是以个体的行为存在。即便是大一些的船只,也只能容纳一对采莲的男女。这样,采莲意象较之采桑意象,先天性地具有更多的个人性。而在尼采看来"个体化原则"是日神精神的核心,而日神就是"个体化原则的壮丽神像"。狭小的空间会遏制无节制的激情,晶莹剔透、碧绿无瑕的荷叶会消退人的冲动,平静广阔、烟波浩渺的水面会启迪、沉淀宁静的智慧。可见,两者相比,采莲意象中带有更多的集体的、酒神的、狂欢的基因,而采莲意象中更多的则是个体的、日神的、平静的基因。

图 7-14　战国采桑人物青铜壶(局部图);战国青铜器;高 35.5 厘米,腹径 26 厘米。

三、隐喻与转喻

从前面的分析中，我们知道，"采桑"和"采莲"都是可以引起深层无意识反应的符号，"它会调动或激起大量前逻辑的、原始的感受，还会引起许多完全属于个人的感觉上的、感情上的或想象的经验"①。从这个意义上讲，"采桑"和"采莲"意象都属于文化意义上的"隐喻"，它们都包含了某种超出符号指涉性意义的内涵，"隐喻和隐喻思维是人类古老生活——宗教、仪式、巫术、习俗、信仰的基础。隐喻不仅是语言的特性，它本身是人类本质特性的体现，是人类使世界符号化即文化的创造过程。隐喻是人类文化活动的根基，也是我们全部文化的基本构成方式"②。

但隐喻有两种不同的生成机制。一种是相似联想，一种是邻近联想。雅各布森在《语言的两个方面和失语症的两种类型》一文中，将言语行为分成"隐喻"（Metaphor）和"转喻"（Metonymy）两种，隐喻是基于相似性，转喻是基于邻近性。③ 弗雷泽在其著名的《金枝》中提到原始人的交感巫术原理，包括了"相似律"和"触染律"原则。可见，这两种联想机制是人类原初的最基本的两种思维模式。

"采桑"和"采莲"这两个意象，从大体讲来都是隐喻性的符号。但如果从原初的思维机制和联想方式来说，这二者有所不同："采桑"这个意象与情欲之间的关系，主要依靠"桑林"这个地点，正符合维柯所说的"事物具有的逻辑相继、时间和空间的相关、相邻性关系"④，属于"邻近联想"的、隐喻的生成机制。而"采莲"与爱情之间的关系，主要依靠的是莲与女阴外形的相似，"莲"与"怜"的声音的相似，以及莲蓬与多子的感觉上的相似促成的。这显然属于相似性联想的、转喻的生成机制。

与隐喻（相似联想）相比，转喻（邻近联想）的连接性更为脆弱，更加需要适宜的文化空气和文化记忆，更加需要所谓的"信码"（Code）的相对稳定性。⑤ 而编码的过程"是符号使用者们之间的一种约定，这些使用者承认能指与所指之间的关系并在使用符号中遵守这种关系"⑥。《诗经》时代，人们还保持着"会男女"和

---

① 滕守尧：《审美心理描述》，中国社会科学出版社 1985 年版，第 232 页。

② 耿占春：《隐喻》，东方出版社 1993 年版，第 5 页。

③ Jakobson, Two Aspects of Language and Two types of Aphasic Disturbances, Selected Writings Volume 2, p.244.

④ 维柯著，朱光潜译：《新科学》，商务印书馆 1989 年版，第 201 页。

⑤ 所谓"信码"，罗兰·巴尔特《符号学原理》称其是"一种关系体系，是保证语言符号或非语言符号在符号系统中发挥作用的规则或限制性规定的总体，是从一种符号系统到另一种符号系统变换信息的一套预定性规则"。赵衡毅编《符号学文学论文集》，百花文艺出版社 2004 年版。

⑥ 皮埃尔·罗吉著，怀宇译：《符号学概论》，四川人民出版社 1988 年版，第 21 页。

"桑林之祀"的文化空气,人们对于"采桑"的符号意义是直接感知的。而由于时移事迁,随着文化的改变,支持这种"直接感知"的信码改变了。"采桑"对于男女情爱的"兴发感动"的能力渐渐减弱甚至消退了。而到了汉代,以统治者为代表的文明社会主动修改这种"信码",使其获得了伦理学上的解码程序。闻一多的论述深刻说明了这一点:

> 文明的进步把羞耻心培植出来了,虔诚一变而为淫欲,惊畏一变而为玩狎,于是那些以先妣而兼高媒的高唐,在宋玉的赋中,便不能不堕落成一个奔女了。①

法国汉学家桀溺的《牧女与蚕娘》也呼应了这一说法,他把汉代以前的采桑主题分为三个阶段:第一个阶段中,它的出现总是伴随着反抗对性禁锢的精神和自由恋爱的激情;第二阶段是道德家的反对阶段;第三阶段中,儒家赋予采桑故事以道德的色彩。这都是因为文化的变化,导致了信码的转移。桀溺说:"关于桑园主题的前两种形式,即自发产生于春祭活动中的情歌和道德裁判家的谴责,可以说是这一主题发展中的两个极端。从此,这个令某些人怀恋而又引起某些人痛恨的内容,便始终摇摆于两极之间。它的整个历史似乎就是宽容与排斥的轮次交替,或者程度不同地互相妥协的过程。"②从桀溺的论述中,我们也可以看出这种转喻的、邻近联想的编码是何其脆弱和游移。

相反,相似性的隐喻却有相当的稳固性,同转喻相比,"前者具有意义的自足性、内在性、封闭性,而后者自身不能构成内在性意义,只能由与前面符号的差异性的并置构成意义"。因此,隐喻同转喻相比,有着延续性、自足性的优势,而相对较少受到文化潮流的革命性改变。我们对比从唐代一直到清代的"鱼戏莲"图,如果可以题款的话,全都可以题上《江南》这首乐府诗。

图7-15 唐代银器上的双鱼宝相莲瓣图案

图7-16 北宋青瓷洗上的莲花图

---

① 闻一多:《神话与诗》,天津古籍出版社2008年版,第139页。
② 钱林森:《牧女与蚕娘——法国汉学家论中国古诗》,上海古籍出版社1990年版,第187页。

图7-17　明嘉靖年五彩鱼藻纹钵　　　　图7-18　清代青花斗彩盘

　　但这种延续性、自足性的意义也不完全是积极的,它产生的后果是其隐喻意义(符号意义)对其指涉意义(本身意义)产生了侵蚀效应。雅各布森把隐喻的连接功能称为"诗性功能"(Poetic function),而将其日常表达称为"指涉功能"(Referential function),他认为诗性功能要大于指涉功能,他虽然解释说"诗性功能要优于指涉功能,这并不是说消除指涉,而是把它变成双重意涵"①,如何变成"双重内涵"呢? 保罗·利科(Paul Ricoeur)提出所谓"分割指涉"(Split reference),即先将日常指涉悬置起来,再导入诗性指涉,使得诗性指涉建立在日常指涉的废墟上,最后二者在作品中融为一体。② 这种说法很严密,但在很多情况下并不符合创作实际,尤其在构思较为散漫的民间文学和民间艺术中,日常指涉一旦被悬置,往往会被模糊和忽略,整体上会导致隐喻意义对指涉意义的侵蚀。黑格尔在《美学》中说:"(隐喻)只托出意象,意象本身的意义却被钩消掉了。"③

　　"采莲"的日常指涉意义与劳动有关,而无论是文学中,还是图像中,这一层意义已经变得比较稀薄了,被"情爱""高洁""清净""佛性"这样的诗性指涉稀释得快觉察不到了。我们看看这些写采莲的句子:"低头弄莲子,莲子清如水。置莲怀袖中,莲心彻底红。"(南朝民歌《西洲曲》)"金铜做芙蓉,莲子何能实?"(《清商曲辞·吴声歌曲·子夜歌》)"乘月采芙蓉,夜夜得莲子。"(《子夜四时歌·夏歌》)"处处种芙蓉,婉转得莲子。"(《子夜四时歌·秋歌》)还有多少与日常的指涉有关?

　　由于"采桑"符号与其隐喻意义之间是邻接联想的关系,与相似联想的关系相比,连接性相对脆弱,而且留有空间,对于"采桑"本身的指涉性意义侵占较小,

① Jakobson R., Selected Writings, Volume 2, The Hague, 1962：371.

② Ricoeur P. The Metaphorical Process. Metaphor. Ed. Sheldon Sacks, Chicago and London：The University of Chicago Press, 1979：153.

③ 黑格尔著,朱光潜译:《美学》第二卷,商务印书馆1979年版,第127页。

因而"采桑"一词的"诗性功能"不妨害其指涉功能。而"采莲"则不太相同,相似律的长期延续的、不断复制的、过于强大的连接性,使得"采莲"的本身的指涉性内涵遭到侵蚀。所谓"涉江采芙蓉",与"采桑城南隅"相比,"采芙蓉"的日常的指涉意义远远小于"采桑",而符号意义则大于后者。我们对比采莲画像砖与采桑画像砖也可以了解:二者都涉及隐喻,但东汉采桑的画像砖中,桑林刻画仔细,每棵桑树笔直,清晰,直插大地,采桑者劳动的姿态自然合宜,桑者身后还有一小亭,橡柱分明,写实性颇强。魏晋的采桑画像砖也是如此。而采莲画像砖中,只是以"莲蓬"、女子、鱼的形象拼织在一起,女子动作夸张似舞蹈,人与小舟的比例极不协调,显然其符号性、写意性比采桑画像砖更强。"采莲"意象的这种诗性功能,具有强大的普及性和垄断性,最后变得越来越形式化,正如南朝的宫体采莲诗和宋清瓷器的莲花图,表现的不再是人们"所见(see)之物,而是表现其所知(know)之物"①。

图 7-19　采桑画像砖;魏晋画像砖;尺寸不详。

第三节　化鸟主题的图文表达

汉代歌诗中常常有"愿为……鸟"的格套,比如"愿为黄鹄兮归故乡"(《乌孙公主歌》),"愿为双黄鹄,高飞还故乡"(《步出城东门》),"愿为双鸿鹄,奋翅起高飞"(《古诗十九首》其五),"思为双飞燕,衔泥巢君屋"(《古诗十九首》其十二),"愿为双黄鹄,送子俱远飞"(李陵《别诗》其六),等等。最著名的莫过于乐府诗《孔雀东南飞》的"化鸟"结局:"两家求合葬,合葬华山傍。东西植松柏,左右种梧桐。枝枝相覆盖,叶叶相交通。中有双飞鸟,自名为鸳鸯,仰头相向鸣,夜夜达五更。"汉诗《古绝句四首》(其四)与《孔雀东南飞》诗末数句极为类似:"南山一桂树,上有双鸳鸯。千年长交颈,欢爱不相忘。"这种"化鸟"的主题在汉代的画像

---

① Martin J. Powers. Art and Political Expression in Early China. Yale University Press，1991.

石、画像砖和壁画图像中也有一定的反映。

一、化鸟主题的文化心理

这样的表达显然在汉代已经习以为常。然而，常识并非天生的，也是文明所建构的。其实针对"化鸟"的主题，我们可以提出这样的疑问：为何幻化的对象总是鸟？为何化为鸟之后，还能延续化形前的人类心理？

首先，鸟是自由的符号。鸟与自由的关系符合弗雷泽在《金枝》中提到原始人的交感巫术原理中的"相似律"原则。它们"决起而飞，枪榆枋而止"，来去率性、行止自由，与古人对自由的想象极为合拍，因而《庄子》常常以鸟作为比喻来讨论心灵的自由。

其次，鸟似乎可以冲破人类认知中的空间局限，去往人类所向往的天空。我们看《山海经》中的神话形象，都是以鸟的翅膀表达其飞翔的能力的。例如："东海之渚中有神，人面鸟身，珥两黄蛇，践两黄蛇，名曰禺䝞""东方句芒，鸟身人面""其状，马身而人面，虎文而鸟翼"。而这种人首鸟身的形象，在汉代的画像中也颇多。王充《论衡·无形》称："图仙人之形，体生毛，臂变为翼，行于云。"

洪兴祖补注《楚辞·天问》引《列女传》云："瞽叟与象谋杀舜，使涂廪，舜告二女，二女曰：'时唯其戕汝，时唯其焚汝，鹊如汝裳衣，鸟工往。'舜既治廪，戕旋阶，瞽叟焚廪，舜往飞。"舜是通过鸟衣被赋予了飞翔的能力的。相反，失去鸟的特征则可能会丧失飞翔力。《搜神记》卷十四载《毛衣女》的故事："豫章新喻县男子，见田中有六七女，皆衣毛衣，不知是鸟。匍匐往，得其一女所解毛衣，取藏之。即往就诸鸟，诸鸟各飞去，一鸟独不得去，男子娶以为妇，生三女。其后使女问父，知衣在积稻下，得之，衣而飞去。后复以迎三女，女亦得飞去。"《玄中记》中也记述了类似的故事："姑获鸟，夜飞昼藏，盖鬼神类。衣毛为飞鸟，脱毛为女人。一名曰帝少女，一名夜行游女，一名钩星，一名隐飞鸟。无子，喜取人子养之以为子。人养小儿，不可露其衣，此鸟度即取儿也。以血点其衣为志，故世人名为鬼鸟。"这些例子都证明了鸟形与飞翔的直接关系。

第三，鸟符号成为沟通天人的通道。张明华曾指出古代巫觋佩戴羽毛是与"先祖沟通，所以……会用漂亮的羽毛……取悦于天地神祖"[1]。可见，巫祀中的翟羽之衣，具有导灵接神的功能。而人死之后，也需要接引亡灵上天，故古有"三年之丧者戴羽缨"[2]"丧吊者头插鸡尾"[3]"以大鸟羽送死，其意欲使死者飞扬"[4]的

---

① 张明华：《玉俑偶初识》，《如玉人生：庆祝杨伯达八十华诞文集》，科学出版社 2006 年版，第 170—181 页。

② 徐珂：《清稗类钞》第 13 册，中华书局 2003 年版，第 6194 页。

③ 檀萃：《滇海虞衡志》，《丛书集成》本，商务印书馆 1936 年版，第 102 页。

④ 陈寿：《三国志》，中华书局 1979 年版，第 853 页。

图7-20　巫师升天图;战国楚锦瑟漆绘;锦瑟长约100厘米,宽约40厘米。

说法。《楚辞·远游》曰"仍羽人于丹丘兮,留不死之旧乡",《楚辞·大招》临末称"魂乎归徕,凤凰翔只",《离骚》云"凤皇既受诒兮,恐高辛之先我""凤皇翼其承旂兮,高翱翔之翼翼""前望舒使先驱兮,后飞廉使奔属。鸾皇为余先戒兮,雷师告余以未具"。凤凰、飞廉皆是鸟类,而世人盼望这些飞鸟能够接引死者的灵魂升入天堂。浙江绍兴306号战国墓出土的铜屋上有着类似"鬼杆"的图腾柱,上有鸠形神鸟。[1] 牟永抗说:"图腾之所以常常见于屋脊或专门建立的图腾柱上,不仅仅是为了表现人们对它的崇敬,在古代东方,还与那种认为图腾来自天上的天命观念有关。""这个铜房屋模型应是越族专门用作祭祀的庙堂建筑的模型",而那神鸠也可能是"导魂鸟"[2]。

第四,可能是由于图腾信仰中的返祖现象,中国古代有亡魂直接幻化为鸟的传统。柯斯文说:"图腾主义也导致其他一些概念,如认为生育是由于图腾入居妇女体内,死亡就是人返回于自己的氏族图腾。"[3]晋张华的《博物志》曾经有过这样一段记述:"越地深山有鸟……名曰冶鸟……越人谓此鸟为越祝之祖。"崔豹《古今注》称楚怀王死"化而为鸟,名楚魂"。《楚辞·天问》云"大鸟何鸣,夫焉丧厥体"。王逸注曰:"崔文子取王子侨之尸,置之室中,覆之以弊筐,须臾则化为大鸟而鸣,开而视之,翻飞而去。"[4]《山海经·西山经》也有一则人化为鸟的神话:"又西北四百二十里,曰钟山。其子曰鼓,其状如人面而龙身,是与钦䲹杀葆江于昆仑之阳,帝乃戮之钟山之东曰崜崖。钦䲹化为大鹗,其状如雕而墨文曰首,赤喙而虎爪,其音如晨鹄,见则有大兵;鼓亦化为鵔鸟,其状如鸱,赤足而直喙,黄文而白首,其音如鹄,见即其邑大旱。"父子二人皆化为鸟类。刘敬叔《异苑》载:"朱文绣与罗子钟为友,俱仕于梁。绣既死,子钟哭之,其夜亦亡。梁国七里有鸡山,绣移葬其中。北九里有难涧,钟埋其内。绣神灵变为鸡。钟魂魄化为雉,清鸣哀响,往来不绝,故诗曰:'鸡山别飞响,雉涧和清音'。"

至唐代,尚有相类的故事。唐传奇《宣室志》也有类似故事:"东平吕生之妻黄氏,病死,变为鸟形,飞至吕氏家,止其庭树,哀鸣,食顷乃去。"又有:"俗传人之死,凡数日,当有禽自枢中而出者,曰'煞'。大和中,有郑生者,尝客于隰州,与郡

① 牟永抗:《绍兴306号战国墓发掘简报》,《文物》1984年第4期。

② 牟永抗:《绍兴306号越墓刍议》,《文物》1984年第1期。

③ 柯斯文著,张锡彤译:《原始文化史纲》,生活·读书·新知三联书店1955年版,第171页。

④ 洪兴祖撰,白化文等点校:《楚辞补注》,中华书局1957年版,第101页。

官畋于野，有鹰得一巨鸟，色苍，高五尺余，生将命解而视之，忽无所见。生惊，即访里中民，有对者曰：里中有人死且数日，卜人言今日'杀'当去，其家伺而视之，有巨鸟，色苍，自枢中出。君之所获果是乎？天宝中，京兆尹崔光远，因游畋，常遇一妖鸟，事与此同。"

二、化鸟主题的美学意蕴

化鸟主题的诗歌与一般的写鸟诗和鸟喻诗不同之处在于，它有着明确的意愿表达和强烈的情绪倾向——对现状的不满和反抗，以及对自由的渴望。反抗和自由是合二为一的，共同构成了一种"抗争"的内在结构。《山海经·北山经》记载了"精卫填海"的故事：

> 发鸠之山，其上多柘木。有鸟焉，其状如乌，文首，白喙，赤足，名曰"精卫"；其鸣自詨。是炎帝之少女，名曰女娃，女娃游于东海，溺而不返，故为精卫。常衔西山之木石，以堙于东海。

对于命运的抗争，是精卫神话的内在主轴。死后化为精卫，这本身即是一种抗争的表达，左思《魏都赋》称"揪揪精卫，衔木偿怨"，《述异记》言"炎帝女溺海，化精卫……曾溺于此川，誓不饮其水。一名誓鸟，一名冤禽"，可见其对于命运的不满。"填海"更是一种愤怒的表达：就实际效果来讲，这显然是无谓的徒劳；然而就心理来说，这显然表达了决绝的复仇意志、毫不妥协的反抗精神。

精卫的故事之所以感人，因为它的抗争有两种特征：第一，它是徒劳的、以小搏大的、无法真正成立的；第二，它是持续的、恒久的、充满韧性的。因为徒劳，才有艺术张力；因为持续，才能累积情绪。而所有的化鸟诗歌大抵应有此两种特征，方才感人。

马一浮认为："古之所以为诗者，约有四端：一曰慕俦侣，二曰忧天下，三曰观无常，四曰乐自然。诗人之志，四者摄之略尽。若其感之远近，言之粗妙，则系于德焉。"（《蠲戏斋诗话》）[1]这四者中，爱情（慕俦侣）与政治（忧天下）最容易受到压抑，故而"化鸟"主题大多存在于这两种题材之中。

"慕俦侣"类的化鸟诗歌，往往是个体情感对抗社会的关系制度的产物。《孔雀东南飞》中焦母、刘兄固然是拆散情侣的恶人，而他们的背后实际上是整个社会的婚姻制度和礼教制度。所以刘兰芝、焦仲卿的反抗跟精卫填海没有实质的区别。而在焦、刘二人化鸟之前，"心中常苦悲""相见常日稀""守节情不移""夜夜不得息""共事二三年，始尔未为久"，实际上也说明了矛盾的持续性。有数百字长诗之铺垫，方才使得结尾更为感人。而结尾"仰头相向鸣，夜夜达五更"，更是直接表达了抗争的持久性，令读者之情随之徘徊。相反，《古诗十九首·西北

---

① 马一浮：《马一浮集》第三册，浙江古籍出版社、浙江教育出版社1996年版，第1001页。

有高楼》中的"愿为双鸿鹄,奋翅起高飞"之句则因累积的压抑不足,因而情感力相对较弱,不能在全诗中发挥关键性作用。

"忧天下"类的化鸟诗歌,往往是个人情怀与政治现实之间的矛盾的产物。阮籍《咏怀诗》(其二十四)云:"愿为云间鸟,千里一哀鸣。三芝延瀛洲,远游可长生。"蒋师爚称此诗忧"国运之将终也",陈祚明云:"非亲近之臣,抱忧国之心。情深而主未知,忠切而上不谅,悲夫!"其深有忧国之心,而绝无报国之道,此间压抑可以想见。《晋书》本传称"籍本有济世志,属魏、晋之际,天下多故,名士少有全者,籍由是不与世事,遂酣饮为常",此诗首句云"殷忧令心结,怵惕常若惊",两个"常"字道出压抑之久。而"千里一哀鸣""远游可长生"更助其抗争力之长之深。

化鸟是一个非常小的叙事结构,而这个简单的叙事结构却包含着普遍的悲剧性特质。首先,化鸟叙事中,主体所受到的压抑往往是无法反抗的,往往是整个社会和制度对于人性的压抑。社会的运作有其自身的机制,人性的发展需要感情的出口,这二者其实都不错。"基本的悲剧性就在于这种冲突中对立的双方各有它那一方面的辩护理由,而同时每一方拿来作为自己所坚持的那种目的和性格的真正内容的却只能是把同样有辩护理由的对方否定掉或破坏掉。"[1]《孔雀东南飞》和阮籍的诗歌之所以感人至深,是因为他们写出的是巨大的不幸,而非偶然的命运,而"写出一种巨大不幸是悲剧里唯一基本的东西"[2]。

其次,外在的抗争不是最深刻的悲剧,而深刻的悲剧都是外在的物事映照到内心,进而转化成内心的不同层面的智性的冲突。叔本华把悲剧的不幸分为三种。第一,"某一剧中人异乎寻常的,发挥尽致的恶毒"。第二,"盲目的命运,也即是偶然和错误"。第三,"不幸也可以仅仅是由于剧中人彼此的地位不同,由于他们的关系造成的;这就无需乎可怕的错误或闻所未闻的意外事故,也不用恶毒已到可能的极限的人物;而只需要在道德上平平常常的人们,把他们安排在经常发生的情况之下,使他们处于相互对立的地位,他们为这种地位所迫明明知道,明明看到却互为对方制造灾祸,同时还不能说单是哪一方的不对"[3]。这第三种悲剧比前两种更为深刻,是"因为这一类不是把不幸当作一个例外指给我们看,不是当作由于罕有的情况或狠毒异常的人物带来的东西,而是当作一种轻易而自发的,从人的行为和性格中产生的东西,几乎是当作人的本质上要产生的东西,这就是不幸也和我们接近到可怕的程度了"[4]。化鸟这一情节很多情况是作者理智与情感相互妥协,相互斗争的产物,是矛盾象征性解决的表达。

再次,压抑和抗争的持久性,实际上也是一种悲剧手段。亚里士多德定义悲剧说"对于一个完整而具有一定长度的行动的模仿"[5];埃亨鲍姆则说:"为使悲

---

① 黑格尔著,朱光潜译:《美学》第三卷下册,商务印书馆 1996 年版,第 286 页。
②③④ 叔本华著,石冲白译:《作为意志和表象的世界》,商务印书馆 1982 年版,第 352—353 页。
⑤ 亚里士多德、贺拉斯著,罗念生、杨周翰译:《诗学·诗艺》,人民文学出版社 1982 年版,第 25 页。

剧情节充分展开，为'用形式消灭内容'和使怜悯成为成功地运用悲剧形式的结果，就应该延宕和阻滞悲剧，用席勒本人的话来说，就应该'拖延对情感的折磨'。"①压抑是一种受难，这本身就包涵了悲剧的节奏，索伦·克尔凯郭尔说："悲剧行为始终包含着一个受难的要素，而悲剧性的受难包含着一个行为要素；审美存在于它们的关系之中。"②苏珊·朗格亦称"个体生命在走向死亡的途程中具有一系列不可逆转的阶段，即生长、成熟、衰落。这就是悲剧节奏"③。雅斯贝尔斯把这种压抑状况称为"临界处境"（Grenzensituation），包括死亡、苦难和罪恶等，它把他们逼入绝境，逼向死亡，"悲剧表现着依赖于临界处境的人的变革"。④ 悲剧正是人们被一步步逼向绝境后的有心或者无奈的爆发，化鸟的悲剧亦是如此，如果较少体现这种受难的时间性，那么悲剧色彩就会大打折扣。例如清代的《张节妇辞》："妾本清河女，嫁作汝南妇。舅姑性严察，孝养无违迕。良人从吏弄刀笔，一朝犯法隶军伍。军逃之罪不容述，妻孥连捕心独苦。夫因抱病死圄圄，妾欲将夫死无所。虹河之水通淮浦，妾身一死能自许。六日浮尸波上来，相逢若与精灵语。生死同居复同处，愿魂化作双飞羽。岁岁春风返乡土，月明啼上新阡树。"⑤此诗情节与《孔雀东南飞》类似，但由于其叙事速度过快，过分突出了受难的突然性，例如"一朝犯法隶军伍""妾身一死能自许""六日浮尸波上来"等，大大减弱了悲剧色彩。

三、从化鸟到化蝶

以汉代画像和《孔雀东南飞》为代表的化鸟主题是唐代以前的灵魂化形的代表，唐代以后，蝴蝶渐渐成为灵魂的寄生的主流。最有名的要算梁祝古诗中"化蝶"结局了。有关梁祝的故事，钱南扬认为："这个故事托始于晋末，约在西历四百年光景，当然，故事的起源无论如何不会在西历四百年之前的，至梁元帝采入《金楼子》，中间相距约一百五十年。所以这个故事的发生，就在这一百五十年中间了。"⑥不少学者认为是从《韩凭夫妇》故事蜕变而来的，明人彭大岳《山堂肆考》卷二二六"韩凭魂"条说"俗传大蝶必成双，乃梁山伯、祝英台之魂，又韩凭夫妇之魂，皆不可晓。"罗永麟《试论梁山伯与祝英台的故事》一文称"它的主题接近

① 埃亨鲍姆：《论悲剧与悲剧性》，张德兴主编《二十世纪西方美学经典文本》第 1 卷，复旦大学出版社2000 年版，第 251 页。

② 克尔凯郭尔著，阎嘉等译：《现代戏剧的悲剧因素中反映出来的古代戏剧的悲剧因素》，《或此或彼》上卷，四川人民出版社 1998 年版，第 151 页。

③ 苏珊·朗格著，刘大基等译：《情感与形式》，中国社会科学出版社 1986 年版，第 406 页。

④ 转引自今道友信等著，崔相录、王生平译：《存在主义美学》，辽宁人民出版社 1987 年版，第 171 页。

⑤ 钱谦益：《列朝诗集》闰集卷二，清顺治九年毛氏汲古阁刻本。

⑥ 钱南扬：《祝英台故事叙论》，周静书主编《梁祝文化大观学术论文卷》，中华书局 2000 年版，第 8 页。

《韩凭夫妇》《华山畿》《韩鹏赋》《吴王少女》《河间郡男女》《孔雀东南飞》等民间亲见、亲闻或亲身经历的故事的主题，能在民间这类不可胜记的故事中找到梁祝的原型"。韩凭夫妇的故事见于晋干宝的《搜神记》：

> 宋康王舍人韩凭，娶妻何氏，美，康王夺之，凭怨，王囚之，论为城旦。妻密遗凭书，缪其辞曰："其雨淫淫，河大水深，日出当心。"既而王得其书，以示左右，左右莫解其意。臣苏贺对曰："其雨淫淫，言愁且思也；河大水深，不得往来也；日出当心，心有死志也。"俄而凭乃自杀。其妻阴腐其衣，王与之登台，妻遂自投台，左右揽之，衣不中手而死。遗书于带曰："王利其生，妾利其死，愿以尸骨赐凭合葬。"王怒，弗听，使里人埋之，冢相望也。王曰："尔夫妇相爱不已，若能使冢合，则吾弗阻也。"宿昔之间，便有大梓木生于二冢之端，旬日而大盈抱，屈体相就，根交于下，枝错于上。又有鸳鸯雌雄各一，恒栖树上，晨夕不去，交颈悲鸣，声音感人。宋人哀之，遂号其木曰相思树。相思之名，起于此也。南人谓此禽即韩凭夫妇之精魂。今睢阳有韩凭城，其歌谣至今犹存。

韩凭的故事在汉代就出现了，汉画像石中就有描述此事的。[①] 从《搜神记》看，这个故事显然是以"化鸟"结局的，"鸳鸯雌雄各一，恒栖树上，晨夕不去，交颈悲鸣"，跟《孔雀东南飞》的末尾很相似。"化鸟"的结局到了唐代还是主流："《搜神记》一书在唐宋时代被很多书引用过，'韩凭妻'条也先后被《艺文类聚》卷四十、《法苑珠林》卷三十六、《太平广记》卷四六三、《岭表录异》卷中、《北户录》卷三及《太平广记》引用过。《艺文类聚》《法苑珠林》成于初唐，所引与今本相同，都说韩凭夫妇冢树相交，称作相思树，灵魂变成雌雄鸳鸯，这说明最初的《搜神记》中并没有化蝶的结局。"[②]到了晚唐，韩凭夫妇的故事有了"化蝶"的版本了。李商隐《青陵台》云："青陵台畔日光斜，万古贞魂倚暮霞。莫许韩凭为蛱蝶，等闲飞上别枝花。"可见此时就已有韩凭夫妇化蝶的传说。《太平寰宇记》卷十四"河南道·济州"条引《搜神记》云：

> 宋大夫韩凭取妻美，宋康王夺之。凭怨王，自杀。妻腐其衣，与王登台，自投台下，左右揽之，着手化为蝶。又云：与妻合葬，冢树自然交柯。

而梁祝的故事可能是受此影响，改入了"化蝶"的故事。钱南扬《祝英台故事叙论》说：

> 至于化蝶之事，加入稍迟。不但《宣室志》上没有，就是李氏（李茂诚）的《庙记》中也仅说："从者惊引其裙，风裂若云飞，至董溪西屿而坠之。"而没有提到化蝶。据目今的材料而论，化蝶事最早提到的，要算宋薛季宣的《游祝陵善权洞诗》了。那首诗中有两句道："蝶舞凝山鬼，花开想玉颜。"而薛氏已经是南宋绍兴间的人了。此外《桃溪客语》所引咸淳《毗陵志》亦云："昔有诗云，蝴蝶满园飞不见，

---

① 姜生：《韩凭故事考》，《安徽史学》2015 年第 6 期。

② 焦杰：《古代爱情故事中化蝶结局的由来》，《中国典籍与文化》1995 年第 3 期。

碧鲜空有读书坛。"俗传英台本女子,幼与梁山伯共学。后化为蝶。①
冯沅君《祝英台的歌》、顾颉刚《华山畿与祝英台》等文章也都大致同意这样的看
法,他们都认为梁祝"化蝶"情节的增入,应该是在唐代以后。②

且不管学者们所考证的时间是否准确,中国叙事文学中灵魂化形的主题整
体上由"化鸟"向"化蝶"的转变大致清晰。"化鸟"与"化蝶"在意蕴上到底有何不
同,而老百姓为何更愿意接受"化蝶"的结局呢?

前面分析"化鸟"主题是具有悲剧意味的,而悲剧在中国民间的接受度是非
常有限的。王国维说:"吾国人之精神,世间的也,乐观的也。故代表其精神之戏
曲、小说,无往而不著此乐天色彩,始于悲者终于欢,始于离者终于合,始于困者
终于亨。非是而欲厌阅者之心,难矣。"③而"化蝶"与"化鸟"相比,其悲剧性就大
大减弱。原因有三:

其一,蝴蝶意象以其斑斓的色彩、优美的形态、翩翩的动作,淡化了悲剧的色
彩,消解了抗争的精神,而以"优美"代替"崇高"。精卫的复仇、焦仲卿夫妇的化
鸟悲鸣都带着一种持续的、不忿的情绪,是有其"崇高"性的。"化鸟"前的压抑,
常常是为了积蓄力量,"三年不鸣,一鸣惊人;三年不蜚,一蜚冲天"。而"化蝶"则
将这种力量幻化成翩翩的美感。蝴蝶在中国人心中是美丽而又柔弱的。李商隐
的"孤蝶小徘徊,翩拟粉翅开。并应伤皎洁,频近雪中来",沈天孙的"飞随芳树霞
衣好,倦宿琪花粉梦香。似与名蕤分艳色,不堪清露湿秋裳",就是中国人心中典
型的蝴蝶形象。蝴蝶这种美丽的、阴柔的、闲适的、与世无争的形态,就淡化了故
事结局的悲剧色彩,使得老百姓接受得更为容易。

其二,"破茧成蝶"的常识给老百姓一种印象,即"化蝶"是一种重生、新生,是
一种生命的升华,是一种美好的生命质变。有学者对比梁祝和罗密欧、朱丽叶
说:"正像海涅所说:'如果别无办法克服迎面而来的重重困难,我们便轻易决定
同爱人一起跳进坟墓。'罗朱与梁祝采取了同一的方式——跳进坟墓,但是罗朱
跳后是生命的死亡,他们的爱情同生命一起'以一声深长的叹息告终,像意大利
的傍晚最后的微风。'而梁祝跳后却是新生命的开始,他们的爱情同生命一起"万
精合并,混而为一,翻然自化"(《潜夫论·本训》),化为美丽自由的蝴蝶,翩然起
舞于无际的生命之海,真正达到了'天人合一'之境。"④而"化鸟"给人的印象则
相反,首先它常常不是全然的新生,从那么多的人首鸟身、鸟首人身的画像石、画
像砖就可以看出;其次它常常携带着化形前的压抑、不甘以及对前途未知的恐

① 钱南扬:《祝英台故事叙论》,周静书主编《梁祝文化大观学术论文卷》,中华书局 2000 年版,第 11 页。
② 冯沅君:《祝英台的歌》,《国学门月刊》1925 年第 3 期;顾颉刚:《华山畿与祝英台》,《民俗》1930 年第
   93—95 期合刊《祝英台故事专号》;钱南扬:《祝英台故事叙论》,周静书主编《梁祝文化大观学术论文
   卷》,中华书局 2000 年版,第 10—12 页。
③ 王国维:《红楼梦评论》,《王国维文学论著三种》,商务印书馆 2001 年版,第 12 页。
④ 王梅芳:《中国人生命意识的张扬——简析"梁祝化蝶"的深层美感心态》,《中州学刊》1995 年第 5 期。

惧,常常是盘旋不去、凄厉悲鸣的。这种形象和形象背后的感受显然不如蝴蝶易于接受。

其三,唐宋以后,"庄周梦蝶"的故事在民间渐渐普及,比如元代史樟的杂剧《老庄周一枕蝴蝶梦》、明代冯梦龙《警世通言》中的小说《庄子休鼓盆成大道》等都描述了此故事。"不知周之梦为蝴蝶与? 蝴蝶之梦为周与?"这种"齐物"的观念淡化了人们对于死亡的恐惧和压抑,这个美丽的、玄妙的梦又增加了人们对于生命形态的遐想,这对于悲剧的结局未尝不是一种心理的弥补。

第八章 汉代符瑞图像与汉代文学

　　符瑞,或称之为"祥瑞""瑞应""祯祥""符应""嘉瑞""嘉祥"等,一方面是古代帝王承天受命、施政有德的征验与吉兆,糅合了先秦以来的天命观念、征兆信仰、德政思想、帝王治术等因素,"神道设教",是一种用以巩固统治、粉饰太平的政治文化体系;另一方面也普遍地存在于民间风俗里,具有民族的、文化的特性。

　　汉代是符瑞思想昌炙的时代。一方面,汉代符瑞思想的流行,使汉代的政治、宗教、文学、礼制、民俗等社会生活的各个层面均打上符瑞文化影响的烙印;另一方面,符瑞图像的刻绘也在符瑞思想流行的时代氛围中风生水起。历史文献中"瑞应图"类作品的层出不穷,出土文献中符瑞图像在石椁、墓碑、铜器、玉器等各种介质上的刻绘,皆为显证。这些符瑞图像的刻绘,不仅彰显了汉代人的天人观念、符瑞信仰,也展示了汉代人的情感取向、价值认同、道德情怀、政治主张与宗教企盼,这肆意宣泄的恢宏气象与逸动凌厉的线条刻绘相得益彰,生命张力与符瑞祈福辉映成趣,是符瑞图像,又超越了符瑞图像本身。

　　在这种时代氛围中,符瑞图像本身所包孕的颂美意蕴、政治寓旨,以文图互证、互文表达等方式在两汉文学中铺陈开来,或以文学描摹图像,或以图像反映文学,汉代文学体例中的诗赋、颂赞、史传等诸多文学样式均在这种牵缠胶结的文图关系中展演。

第一节　汉代符瑞思想的流行

　　汉代符瑞图像的刻绘,源于汉代符瑞思想的流行。符瑞思想作为一种思想潮流,在汉代经历了一个初兴、成熟、隆盛的流变过程。具体言之,汉初易代之际,符瑞思想接续邹衍五德终始之说,以"五德转移、符瑞若兹"契合政权更迭,在王权政治合法性论证中起着举足轻重的作用;西汉武帝时期,董仲舒倡扬天人感应论,明确将德行因素纳入符瑞系统,完成了符瑞系统的理论建构,符瑞思想渐趋成熟;东汉章帝时期,谶纬神学泛滥,盛德"致瑞"的符瑞机理得到空前强化,符瑞思想在谶纬神学的助推下上升为国家宪纲,符瑞思想盛极一时。

一、邹衍五德终始之说的流行与汉代符瑞思想的初兴

秦汉易代、西汉立国之初，民生凋敝、百废待兴，起于陇亩的刘氏政权既无血统之尊，也无蒙荫之功，故而新生政权时刻面临着严重的政治危机。因此，巩固新生政权，彰显王权政治的神圣性、合法性、合理性是摆在刘氏政权面前一项迫在眉睫的事情。也即是说，他们迫切需要一种极具影响的理论或学说来完成其王权政治合法性的论证，这种学说显然就是邹衍的五德终始之说。

邹衍以符瑞言"受命"，将帝王以"受命"为中心的五德终始之说与符瑞思想紧密地结合起来，由于符瑞是可寻见之物，故与战国时代"查机祥候星气尤急"的时代要求契合如榫。而与邹衍同时代的其他诸子，虽屡有言天命与受命，但是，他们对统治者劝以道德、施之仁义，这种说教对于统治者来说，距离他们的政治目标过于虚远，缺乏实际操作的意义，故多不为统治者所重视。很明显，符瑞之说，已经成为邹氏五德终始说中的一个必不可少的重要层面。而邹衍五德终始之说，用于历史并鼓吹相胜，其现实背景可能是为了服务于社会变革。[1] 故而，后来的统治者——秦始皇，果然首先采用此说，并沿此以建立他们（统治者）所希望的新宗教；愚儒方士，从而附会之。[2] 由此看来，五德之说，于秦并天下之际见重，势所必然。

邹说既在秦并天下之际成为显学，降及汉世，其势力影响仍在，尤其是在燕齐方士的鼓吹下，大行其道。《史记·历书》云："至孝文时，鲁人公孙臣以终始五德上书，言'汉得土德，宜更元，改正朔，易服色。当有瑞，瑞黄龙见'。事下丞相张苍，张苍亦学律历，以为非是，罢之。其后黄龙见成纪，张苍自黜。"[3]《汉书·严安传》引邹衍曰："政教文质者，所以云救也。……守一而不变者，未睹治之至也。"[4]又桓宽《盐铁论·论邹》引桑弘羊的话说："邹子疾晚世之儒墨不知天地之弘，昭旷之道，将一曲而欲道九折，守一隅而欲知万方，犹无准平而欲知高下，无规矩而欲知方圆也。于是推大圣终始之运，以喻王公。"[5]可见邹衍的学说，在秦汉之际是很有影响的。由此，邹子后学亦在汉初得势。秦时，名显一时的方士就

---

[1] 庞朴：《阴阳五行探源》，《中国社会科学》1984 年第 3 期。

[2] 关于新宗教，徐复观说，邹子终始五德之说，乃原始宗教的变相复活；五行的德，以次运转，乃天命的"命"的具体化。虽然天命是来自神的意志，而五德只是盲目性的法则；但对于当时的人君而言，则等于是政治中的神意，在更明确的形态之下，复活了起来。他们一方面感到新奇，一方面又感到轻松和新的希望。这是政治中的新宗教。参见徐复观《中国人性论史》(先秦篇)，上海三联书店 2001 年版，第 507 页。

[3] 司马迁：《史记》卷二十六《历书》，中华书局 1959 年版，第 1260 页。

[4] 班固：《汉书》卷六十四下《严安传》，中华书局 1962 年版，第 2809 页。

[5] 王利器：《盐铁论校注》卷九《论邹》，中华书局 1992 年版，第 551 页。

有徐市、卢生、侯生、韩终等人，仅侯星气者至三百人；①汉武帝时又有李少君、栾大、公孙卿、丁公等人言神仙符瑞之事。综观秦、汉年间符瑞之事，概而言之，几乎全由邹衍书说影响、邹子后学鼓吹造作而致。一方面邹衍五德之说为符瑞思想提供了基本的理论建构，指出符瑞显现是王权天命转移的兆征；另一方面，邹衍书说的见重引发了后学方士阶层的兴盛，又为秦、汉间符瑞之说提供了坚实的倡导阶层。

二、董仲舒天人感应论的建构与汉代符瑞思想的成熟

董仲舒对符瑞之说的探讨，源于汉武帝对天下贤良之士的策问。《汉书·董仲舒传》载武帝制问曰："三代受命，其符安在？灾异之变，何缘而起？……何修何饬而膏露降，百谷登，德润四海，泽臻草木，三光全，寒暑平，受天之祜，享鬼神之灵，德泽洋溢，施乎方外，延及群生？"②又曰："盖闻：'善言天者必有征于人；善言古者必有验于今。'故朕垂问乎天人之应，上嘉唐虞，下悼桀、纣，浸微浸灭浸明浸昌之道，虚心以改。"③为了解决武帝心头的疑惑，董仲舒提出一种基于天人感应说的阴阳灾异理论。其中，一个重要层面是关于符瑞理论的建构与阐述。有关于此，学界业已论及，④然不够深入，因此进而考察董仲舒对其符瑞理论的建构具有系统性、层次性，主要表现在以下层面：

其一，天的绝对权威的树立。

其二，受命之君与守文之君的区分。

其三，五行观念的借用，德行因素的正式引入。

符瑞思想发展到董仲舒之时，得到了更为系统更为深入的理论建构。其时，德行观念的引入，标志着符瑞理论的正式形成与基本成熟。对于符瑞文化思想的发展而言，董仲舒是一位承前启后的里程碑式的重要人物，他上承邹衍五德终始学说，并融合秦汉以来的阴阳、五行、灾异、天道等学说，从而使符瑞文化渐趋成熟。同时，在董仲舒的影响下，谶纬神学在东汉时期走向极盛，谶纬神学的盛

---

① 司马迁：《史记》卷六《秦始皇本纪》，中华书局1959年版，第258页。

② 班固：《汉书》卷五十六《董仲舒传》，中华书局1962年版，第2496—2497页。

③ 班固：《汉书》卷五十六《董仲舒传》，中华书局1962年版，第2513页。

④ 金霞兼论祥瑞与灾异学说，其基本观点是：祥瑞灾异思想到了西汉时期，才真正形成系统化、理论化的体系，从而成为在两汉魏晋南北朝时期发挥重大影响力的政治文化学说。为这个理论体系奠定基础的，是西汉著名学者董仲舒。其依据有三：一、董仲舒第一次把"天道"的观念引入祥瑞灾异学说，把祥瑞和灾异看作是上天对人君的肯定或惩罚；二、董仲舒提出君主受命于天的思想，认为祥瑞是君主承受天命的符信，为其大一统学说服务；三、董仲舒把"德"的概念正式引入到祥瑞灾异学说中，认为是否有德是上天给予君主祥瑞或灾异的最重要标准。参见金霞博士论文《两汉魏晋南北朝祥瑞灾异研究》，第14—15页。金女士此说确有见地，但认为将天道之说引入符瑞理论始于董仲舒，却有待商榷；另外董仲舒符瑞理论建构的层次性也有必要进一步探讨。

行及其在东汉时期国宪地位的确立又为符瑞文化的兴盛与符瑞理论的成熟提供了新的契机。然而，董仲舒的符瑞理论并非十分完善，后世学者补益良多。其中，谶纬的造作，是符瑞之说得以完善的重要因素。

三、谶纬神学思潮的泛滥与汉代符瑞思想的隆盛

对谶纬而言，谶之与纬，本不相类。《四库全书总目》曰：“谶自谶，纬自纬，非一类也。”①谶的特点是“诡为隐语，预决吉凶”，故张衡曰：“立言于前，有征于后，故智者贵焉，谓之谶书。”②而纬的特点是“经之支流，衍及旁义”③，是发挥经义，由汉代方士化的儒生托名孔子以诡语解经的著作。关于谶与纬的区别，钟肇鹏《谶纬论略》已有详述，④此不赘论。然而，就两汉情形而言，在多数场合纬与谶是分不开的，往往是“纬中有谶”“谶中有纬”，谶纬特别是其中的“七经纬”往往以解经的形式出现，⑤故当时的人们往往混言，称之为谶纬。谶纬作为一种神学迷信，起源于《易经》中河图洛书的神话传说，西汉董仲舒的天命论和阴阳五行说是其先导，⑥并自哀帝、平帝至东汉，风靡一时，逐渐成为官方的统治思想。《后汉书·方术传》载：“后王莽矫用符命，及光武尤信谶言，士之赴趣时宜者，皆骋驰穿凿，争谈之也”，以至竟被“习为内学”⑦，尊为“秘经”⑧。《后汉书·张衡传》亦曰：“自中兴之后，儒者争学图纬，兼复附以妖言。”⑨尤为甚者，光武帝于中元元年(56)“宣布图谶于天下”⑩，使谶纬之学正式被确立为官方的统治思想。谶纬神学，至此而至极盛。

其一，符瑞理论中新因素的注入。符瑞理论发展到董仲舒那里，天命、王权、

---

① 《四库全书总目提要》卷六《经部·易类六》。

② 范晔：《后汉书》卷五十九《张衡传》，中华书局 1965 年版，第 1912 页。

③ 《四库全书总目提要》卷六《经部·易类六》。

④ 钟肇鹏：《谶纬论略》，辽宁教育出版社 1991 版，第 1—11 页。

⑤ 徐兴无：《谶纬文献与汉代文化构建》，中华书局 2003 年版，第 65 页。

⑥ 董仲舒天人感应论等学说对谶纬神学的影响亦成学界共识。章炳麟说：“谶纬蜂起，怪说布彰，曾不须臾而巫蛊之祸作，则仲舒为之先导也。”(《太炎文录初编·别录》三《驳建立孔教议》，上海书店 1992 年版)钟肇鹏也认为：“不论从《春秋繁露》中天人感应论的主导思想，对《春秋》大义微言的阐述，礼制、训诂以及篇目命名都可以看出董仲舒的著作是谶纬的先导，谶纬是董仲舒思想论著的继承和发展。”(钟肇鹏：《谶纬论略》，辽宁教育出版社 1991 年版，第 137 页)

⑦ 《后汉书·方术列传》曰：“及光武尤信谶言，士之赴趣时宜者，皆骋驰穿凿，争谈之也。故王梁、孙咸名应图箓，越登槐鼎之任，郑兴、贾逵以附同称显，桓谭、尹敏以乖忤沦败，自是习为内学。”李贤注：“内学谓图谶之书也，其事秘密，故称内。”参见范晔：《后汉书》卷八十二上《方术列传上》，中华书局 1965 年版，第 2705 页。

⑧ 《后汉书·苏竟列传》曰：“夫孔丘秘经，为汉赤制，玄包幽室，文隐事明。”李贤注云：“秘经，幽秘之经，即纬书也。”《后汉书》卷三十上《苏竟传》，中华书局 1965 年版，第 1043 页。

⑨ 范晔：《后汉书》卷五十九《张衡传》，中华书局 1965 年版，第 1911 页。

⑩ 范晔：《后汉书》卷一下《光武帝纪下》，中华书局 1965 年版，第 84 页。

德行三要素已经齐备，^①此所谓新因素，是指谶纬神学对德行因素的泛化。谶纬书中，德行不仅包括为政之德，还包括伦理道德等各种因素。如《孝经纬》阐述《孝经感应章》中的"孝悌之至，通于神明"，《孝经援神契》曰："天子孝，天龙负图，地龟出土，天蝗消灭，景云出游。庶人孝，则木泽茂，浮珍舒，恪草秀，水出神鱼。"《孝经左契》："孝悌之至，通于神明，则凤凰巢。"又《礼稽命征》说："王者君臣夫妇尊卑有别，则石生于泽也。""父子君臣夫妇尊卑有别，凤凰至，飞翔于明堂。"^②上述材料，又牵涉伦理、礼仪等德行因素，显然所谓德行，其范畴已极为宽泛。

其二，符瑞物象的补充、拓展与极度膨胀。王莽、光武至章帝时期，正是谶纬神学渐趋发展、兴盛乃至极盛的时期，其时谶纬神学因受统治者支持而渐获国家政宪的崇高地位，上行下效，臣下为媚上取荣，把现实中的一切都比附于天意，符瑞的造作，势所难免。由此可见，符瑞物象的补充、拓展与极度膨胀，展示了谶纬神学对于符瑞之说的深远影响。

其三，符瑞学说的地位空前提升。至章帝时，白虎观会议的召开，《白虎通义》的结集事实上标志着谶纬神学国家政宪地位的正式确立，因为以"傅以谶记，援纬证经""悉隐括纬候，兼综图书，附世主之好"^③的《白虎通义》"百分之九十的内容出于谶纬"^④。符瑞之说包含于谶纬神学之中，并借谶纬而增势，故而，符瑞之说也于此时达到国家政宪的崇高地位。

由上论可见，谶纬神学对于符瑞思想的发展助益良多，它不仅使符瑞理论进一步完善，拓展了符瑞理论中德行因素的内涵，而且使符瑞物象急剧增多，使符瑞文化的地位及其影响迅速攀升，从而使之在东汉章帝时期达到极盛。

也因此，汉代成为符瑞思想的流行时代。符瑞思想的流行使符瑞图像的描摹、刻绘与释说成为一时之风气，这一风气对汉代文学影响深巨。

第二节　"瑞应图"与汉代文学之"用瑞"

"瑞应图"即符瑞图，是指刻绘、描摹符瑞物象的图像艺术形式。"瑞应图"类典籍辑录符瑞图像并附加文字释说，服务于国家符瑞物象的判定与天降符瑞的德行阐发，在符瑞思想流行的两汉时代，意义重大、影响深远。汉代文学创作"用

---

① 一般认为，符瑞文化具有王权、天命、圣德、征兆等四个构成质素。这四个质素相互关联：其一，王权来自天命，王权天授，天是至上神，处主导地位；其二，圣德是王权的属性，德及于圣，方能感动于天，承天受命，圣德是天授王权的根本原因；其三，王权归属帝王，帝王修德以尽人事，以圣德感召于天命而得；其四，天命处于上，王权处于下，征兆联通上下，沟通彼此，是天命与王权的纽带，并被赋予吉祥的色彩。参见龚世学《中国古代祥瑞文化产生原因探析》，载《天府新论》2012 年第 5 期。

② 安居香山、中村璋八辑：《纬书集成》（中），河北人民出版社 1994 年版，第 510 页。

③ 庄述祖：《珍艺宧文钞》卷五《白虎通义考·序》，续修四库全书本。

④ 侯外庐等：《中国思想通史》（第二卷），人民出版社 1957 年版，第 229 页。

瑞"现象极为普遍,并具有参按"瑞应图"类典籍的习惯与特点,即是此种影响之表现。

一、"瑞应图"类典籍之考察

符瑞存有图录,并付诸图书载籍,至迟西汉武帝时期已有可考。武帝元封二年(前109),符瑞芝草生于甘泉齐房,作《齐房》诗曰:"齐房产草,九茎连叶。宫童效异,披图案谍。"①此"披图案谍",即明确指出,当时应有图绘成册的符瑞图典,以供天降符瑞后的比对确认。《后汉书·肃宗孝章帝纪》曰:"在位十三年,郡国所上符瑞合于图书者,数百千所。"②此所谓"图书"无疑是"瑞应图"类作品;又班固曾多次提及符瑞有图一事,如《白雉诗》曰:"启灵篇兮披瑞图,获白雉兮效素乌,嘉祥阜兮集皇都。"《论功歌诗》曰:"因露寝兮产灵芝,象三德兮瑞应图。"《典引》曰:"嘉谷灵草,奇兽神禽,应图合谍。"班固所说的"瑞图""瑞应图"以及"图谍"之类,显然也表明此时符瑞已有图录。又《汉书·艺文志》录有:"《杂灾异》三十五篇,《神输》五篇,图一。"师古曰:"刘向别录云'神输者,王道失则灾害生,得则四海输之祥瑞。'"③神输即是指符瑞,此图便是"瑞应图"之类典籍。然而,由于史籍有缺,除部分墓葬石刻外,汉代"瑞应图"类典籍已不可详考,其形制也无从得见。

魏晋六朝,"瑞应图"类典籍骤然增多。晋人崔豹《古今注》云:"孙亮作流离屏风,镂作'瑞应图',凡一百二十种。"④《隋书·经籍志》记有孙柔之"瑞应图"三卷,《瑞图赞》二卷,注云,梁有孙柔之《瑞应图记》、孙氏《瑞应图赞》各三卷,亡;《南齐书·祥瑞志》记齐黄门郎苏侃撰《圣皇瑞明记》一卷,永明中庾温撰"瑞应图";《南史》列传第五十九记顾野王撰《符瑞图》十卷;《旧唐书·经籍志》记有孙柔之撰《瑞应图记》二卷,熊理撰《瑞图赞》三卷;《新唐书·艺文志》记有孙柔之《瑞应图记》三卷,熊理《瑞图赞》三卷,顾野王《符瑞图》十卷,又《祥瑞图》十卷。可见,魏晋六朝,各种"瑞应图"以及《符瑞图》《祥瑞图》《瑞图赞》类作品层出不穷,而且卷帙也颇为可观。

不过,上述典籍,今多不存,唯孙氏"瑞应图",经诸家辑佚,可窥见一斑。另有敦煌抄本"瑞应图"残卷留存,可与参证。因而,目前对"瑞应图"类典籍之考察本此。

---

① 班固:《汉书》卷二十二《礼乐志》,中华书局1962年版,第1065页。
② 范晔:《后汉书》卷三《肃宗孝章帝纪》,中华书局1965年版,第159页。
③ 班固:《汉书》卷三十《艺文志》,中华书局1965年版,第1703—1704页。
④ 崔豹:《古今注》卷下,文渊阁四库全书本。

先说孙氏"瑞应图"①。孙氏"瑞应图"辑佚本有四：一、宛委山堂刻本《说郛》卷六十上，辑有近三十条；二、马国翰《玉函山房辑佚书》"子编五行类"辑一卷，一百二十一条；三、王仁俊《玉函山房辑佚书续编三种》"子编五行类"辑一卷，计一百一十一条；四、叶德辉《观古堂所著书》（光绪乙亥春二月长沙叶氏郎园刊本）收孙氏《瑞应图记》一卷。就孙氏"瑞应图"辑本的情况来看，瑞应图类典籍图列符瑞物象，力求全备，但囿于古代文献图像传抄不易的事实，孙氏"瑞应图"之中，符瑞图像早已亡失无闻，仅余图像释说略可窥见其貌。

首先，收罗全备，所谓符瑞事物，几乎尽在图录之中。以马氏辑佚本为据，孙氏"瑞应图"所录符瑞事物已有一百二十一种之多，当然，尚有许多条目亡佚，而马氏未见，故而原书所录，应该远远超出此数目。现将马氏辑录细目胪列如次：日月扬光、日有黄抱、景星、斗霄精、老人星、景云（庆云）、矞云、梢云、甘露、灵雨、大虹、真人、西王母、二美母、河图、海不扬波、蒙水、醴泉、白泉、浪井、黄金、碧石玉、神鼎、宝鼎、银瓮、玉瓮、玉龟、玉马、玉羊、金牛、玉鸡、玉英、玉莘、玉典、玉璜、白玉、元珪、金车、金胜、明月珠、地珠、大贝、碧流离、苏胡钩、珊瑚钩、丹甑、瓶瓮、白裘、秬秠、朱草、蓂甫、蕢荚、嘉禾、秬鬯、福草、福并、威绥（葳蕤）、屈轶、延嘉、紫达、芝草、芝英、木连理、宾连阔达、平露、梧桐、鸟社、凤凰、鸾鸟、元鹤、比翼鸟、三足乌、苍乌、赤乌、白乌、白鸠、赤雀、白鹊、野鸭、麒麟、白泽、乘马、騊駼、趹蹏、周市、角端、獬豸、兕、白象、白獐、白鹿、天鹿、赤熊、赤罴、白狼、白虎、文狐、九尾狐、青狐、赤兔、白兔、一角兽、比肩兽、三角兽、六足兽、驺虞、白虎、元豹、飚犬、豹犬、龙马、腾黄、飞兔、騕褭、驳马、白马朱鬣、黄龙、青龙、灵龟、比目鱼、大蚓。

由上述马氏辑佚所列举的符瑞物事的条目可见，一方面，不仅两汉之际常常称述的瑞物如凤凰、麒麟、嘉禾、木连理之属尽在所录之中，而且尚有多种稀见的瑞物存在，如梢云、二美母、蒙水、元鹤、豹犬等，此类物事疑是谶纬书附会，增衍而成。另一方面，同一物类，符瑞物象也相对齐备，如鹿属，有白獐、白鹿、天鹿等三种瑞物；马属，有龙马、腾黄、飞兔、騕褭、驳马、白马朱鬣等数个不同瑞物，约略可以见出编撰者对符瑞物象分门别类的企图，显然，编撰者总结网罗所有瑞物的意识甚是明显。

其次，诠释详备，符瑞物象与昭示德行一一对应。就孙氏"瑞应图"而言，图多不存，马氏辑佚本是对其"说"的辑录，故而原书情形亦难以考见。但从"图说"

---

① 关于孙氏《瑞应图》出现的时间，争论颇多。马辑本序曰："观其亟言宋事，又述及沈约《宋书》，则知梁陈间儒之所为矣。"（马国翰《玉函山房辑佚书》，上海古籍出版社 1990 年版，第 2866 页）他认为该书当出自梁陈之时；叶辑本序以《隋书·经籍志》言梁有孙柔之《瑞应图》，认为该书出自梁时无疑；然王应麟《玉篇》卷二百以为此书乃魏晋间作品，其曰："《符瑞图》二卷，陈顾野王撰。初世传《瑞应图》一篇，云周公所制；魏晋间孙氏熊氏合之为三篇，所载丛舛，野王去其重复，益采图纬，起三代止梁武帝大同中，凡四百八十二目，时有援据，以为注释。"王应麟此说不知何据。

的辑录来看,符瑞物事与帝王德行对应明晰。一方面君王具备某一德行,则有某一符瑞显现与之相应;另一方面,某一符瑞显现又是对君王某一德行具备的明示与嘉奖。以马辑本为例,如"比翼鸟"条,其曰:"比翼鸟者,王者德及高远则至;一曰王者有孝德则至;一云王者不贪天下而重民命则至。"又如"芝草"条,其曰:"王者慈仁则芝草生,食之令人延寿;一曰王者敬事耆老、不失旧故则芝草生;芝草常以六月生,春青、夏紫、秋白、冬黑。"①也即是说,君王具备了孝德(或曰德高远、或曰重民命),就会有比翼鸟之瑞;具备了仁慈之德(一说为敬事耆老之德)就会得到芝草之瑞,帝王具体德行与符瑞细目完美契合、一一呼应。同时,论及其他条目,百余条之多,表述方式也如出一辙,足见其诠释之详备。

由孙氏"瑞应图"辑本可见,编撰者的意图极为明晰,即先将符瑞物象附注图绘,难以图绘清楚的间或辅助以文字描述,再以"图说"诠释其德行征应,从而以备世人取用。出于上述目的,撰者广泛搜求,参考众说,以求全备,展示了其对符瑞物象的搜集汇总意图。

再说敦煌"瑞应图"残卷。不难蠡测,历代"瑞应图"类典籍皆是图文并茂,一般应为图、文并行,图以摹物,文以释德。然而,古籍辗转传承,文多不存,更何况于图?敦煌"瑞应图"残卷,存符瑞图像二十有二,弥足珍贵,是目前所见唯一一部图文并存的"瑞应图"文献。

王重民《巴黎残卷叙录》"子部""瑞应图"曰:"瑞应图残卷,长可两丈。上幅为图,存二十有二;下幅为说。图与说均有目,说或不尽具图,故说较图为多。……此残卷书名已佚。存龟龙发鸣三类。……卷中引及孙氏"瑞应图"及《宋书·符瑞志》,又屡称旧图不载,所谓旧图者今不能知为谁氏之图,则作者应在梁陈之世,具旧图而更张之耳。图为彩绘,字不避唐讳,殆犹为六朝写本。"②又说:"残卷青龙条引孙氏'瑞应图'……,然卷后又复出青龙一条,说之不同仅二三字,而不著出孙氏'瑞应图'。又黄龙条云:'四龙之长也,不漉池而渔至渊泉,则黄龙游于池。能高能下,能细能精,能幽能冥,能短能长,乍存乍亡。'四字为句,颇似赞语,与《太平御览》卷九百三十引同。然于卷后又复出一图,说称'五龙之长也',则又与《开元占经》卷一百二十引同。然则是书作者,当系杂采群说,欲为总汇,故为图则前后复出,为说则或依旧书,或稍增饰。龙之一类,为图与说已有三十有三事,则是书卷帙之繁巨,不难逆知。"③

由王氏所论可见:一、敦煌文献中"瑞应图"的撰著时间应该在梁、陈之世;二、"瑞应图"类典籍图录符瑞物象,"杂采群说,欲为总汇",其目的当是服务时人翻检查用;三、"瑞应图"类典籍的一般形制为图文并行,图绘符瑞物象,文释德行

---

① 马国翰:《玉函山房辑佚书》,上海古籍出版社 1990 年版,第 2874、2872 页。
② 王重民:《敦煌古籍叙录》,中华书局 1979 年版,第 167—168 页。
③ 王重民:《敦煌古籍叙录》,中华书局 1979 年版,第 168 页。

天命。

如"龟"条,该残卷绘制的符瑞图像有神龟、龟、灵龟、玄武、玉龟等,辑录详尽。且每一符瑞物象,其形制为上部分绘图,并标明符瑞名称;下部分为文字释说,解释符瑞降生条件及对应德行。兹以灵龟条为例,略作说明:灵龟条由上下两个部分构成,上部分绘灵龟图像,立于藕叶之上,口衔一物,仰首向前,右上方题一"龟"字(此处可能缺"灵"字);下部书"灵龟者,黑神之精也,王者德泽湛积,渔猎顺时,则灵龟出矣……"等数行文字释说。上下两部分有题名,有图绘,有文字释说,展示了"瑞应图"类典籍的一般形制。

总之,历代"瑞应图"类典籍卷帙颇多,但均亡佚不存。从孙氏"瑞应图"辑本与敦煌"瑞应图"残卷可见,"瑞应图"类典籍,其最基本的内容形制特征是:总汇符瑞,图以摹物,文以释德,文图互契。

二、出土符瑞图像之佐证

如前所述,有汉一代,瑞应图类典籍已习常可见,其数量自不在少,所谓"宫童效异,披图案谍",即是如此。至魏晋六朝,瑞应图类典籍已是卷帙浩繁。然而,此类典籍已亡佚无存,无迹可考。后人辑本"瑞应图"也无从见出其与汉代此类典籍之必然联系,惟出土文献中符瑞图像之孑遗,可窥见汉代瑞应图类典籍之一斑。

汉代符瑞图像,主要见诸汉代画像石刻,其他如摩崖石刻、碑刻、镜铭(包括钟、鼎铭等)、瓦当、帛画、壁画、漆画、铜器、玉器、陶器等亦有部分符瑞图像见存。这些符瑞图像,主要雕刻在汉代人的墓室或祠堂周壁等岩石介质之上,用于祈福与装饰,并以单列式与组合式的方式呈示,展现了汉代人的吉祥观念、符瑞信仰与升仙期冀。

从现存符瑞图像的构图形态来看,汉代符瑞图像的呈示,分为单列式与组合式。前者,巫鸿称之为"图录式"[1]。单列式符瑞图像并不图绘画面环境,亦不刻绘历史与传说故事,其对符瑞图像的刻绘,除掉符瑞物象本身之神异性,与百科全书之中动植物及自然物象图典类似。且单列式符瑞图像其构图方式是符瑞图像的单列展示,图绘一种或多种符瑞物象,同一图像画面除符瑞图像之外,并无其他图绘题材。

初步考察,单列式符瑞图像,其图像范本当来源于"瑞应图"类典籍,尤其是附录榜题的符瑞图像,与敦煌"瑞应图"残卷之符瑞图像及其释说形制类似。单列式符瑞图像且附录榜题者,最具代表性的例子莫过于山东嘉祥武梁祠屋顶的符瑞画像石刻。

---

① 巫鸿:《武梁祠:中国古代画像艺术的思想性》,生活·读书·新知三联书店出版社 2006 版,第 96 页。

山东嘉祥武梁祠屋顶刻绘的符瑞图像,依稀可辨识者共计二十三种,分别是蓂荚、黄龙、麒麟、神鼎、狼井、玉英、六足兽、白虎、银瓮、比目鱼、白鱼、比肩兽、比翼鸟、玄圭、璧琉璃、木连理、赤熊、玉马、金胜、泽马、白马、渠搜、白鹿等。① 这些符瑞图像被雕刻成行,每幅图像既指明符瑞物象之名称,也记述了其物产降生的条件及其对应的德行。

如符瑞图黄龙,其榜题以汉代通行隶书刻于图像右上侧,指明符瑞物象黄龙之名称、降生条件及其表证德行。黄龙瑞之榜题曰:"不漉池如渔,则黄龙游于池。"考《宋书·符瑞志》"黄龙"条:"黄龙者,四龙之长也。不漉池而渔,德至渊泉,则黄龙游于池。能高能下,能细能大,能幽能冥,能短能长,乍存乍亡。"② 又《艺文类聚》卷九十八:"'瑞应图'曰:黄龙者,四龙之长,四方之正色,神灵之精也,能巨细,能幽明,能短能长,乍存乍亡,王者不漉池而渔,则应气而游于池沼。"③ 又《太平御览》卷九百三十曰:"孙氏'瑞应图'曰:黄龙者,神之精,四龙之长也。王者不漉池而渔,德达深渊,则应气而游于池沼。"④ 由上列文献可见,黄龙图像之题榜,当源出于"瑞应图"类典籍之"图记",不过刻石榜录刻绘不易,空间有限,当是对于释说文字过多者适当简化,较少者保持原貌。

再比对今存唯一一部图文并存的"瑞应图"作品——敦煌"瑞应图"残卷,这种迹象更为明显。敦煌"瑞应图"残卷"黄龙"条释说有二:其一,"黄龙。四龙之长也,不漉池而渔,德至渊泉,则黄龙游于池,能高能下,能细能精,能幽能冥,能短能长,乍存乍亡。"其二:"黄龙。五龙之长,不漉池而渔,德至渊泉,则黄龙游于池。为龙能高能下,能长能短,纷纭文章,神灵之精也。"这两条释说,前者与《宋书·符瑞志》并无二致,后者与《开元占经》卷一百二十引同,且这两处释说,一则有图,一则无图,各自独立,总汇意图明显。不过,黄龙瑞其核心释说语汇"不漉池而渔,则黄龙游于池",与武梁祠榜题相同。

如果说黄龙瑞的榜题为"瑞应图""图记"简写的话,那木连理等符瑞图像的榜题则是与"瑞应图"类典籍的"图记"完全一致。武梁祠"木连理"瑞之榜题曰:"木连理,王者德纯洽,八方为一家,则连理生。"这一榜题与《宋书·符瑞志》《瑞应图记》基本一致。《宋书·符瑞志》:"木连理,王者德泽纯洽,八方合为一,则生。"⑤《艺文类聚》引"瑞应图"曰:"木连理,王者德化洽,八方合为一家,则木连理(生)。一本曰,不失小民心则生。"⑥

汉代符瑞图像,兼有图绘与释说者,今存已寥寥无几,但即便如此,这些有幸

---

① 蒋英炬、吴文祺:《汉代武氏墓群石刻研究》,山东美术出版社1995年版,第58—59页。
② 沈约:《宋书》卷二十八《符瑞志中》,中华书局1974年版,第796页。
③ 欧阳询撰,汪绍楹校:《艺文类聚》卷九十八"祥瑞部上",上海古籍出版社1965年版,第1703页。
④ 李昉等:《太平御览》卷九百三十"鳞介部",中华书局1960年版,第4133页。
⑤ 沈约:《宋书》卷二十九《符瑞志下》,中华书局1974年版,第853页。
⑥ 欧阳询撰,汪绍楹校:《艺文类聚》卷九十八"祥瑞部上",上海古籍出版社1965年版,第1699页。

留存的符瑞图像似乎都与"瑞应图"类典籍息息相关。据巫鸿的研究,武梁祠符瑞图像皆有榜题,其中屋顶第一石十六处,第二石二十一处,第三石七处,可考者共计四十三处。凡尚可辨识者,基本都具有上述特点。巫鸿说:"尽管《宋书》和《瑞应图记》中的祥瑞条目晚于武梁祠之后三个多世纪写成,但它们与武梁祠榜题之间的密切关系显而易见。实际上,一些榜题与这些文本里的类似部分完全一致,其他榜题则是原文的简写本。因此,这两个后世目录或许全部或部分基于东汉文本,而这个东汉文本曾是武梁祠祥瑞图的来源。孙柔之著作的书名支持了这种假设,它也暗示出书中的一些短小段落原本就是祥瑞图像的解释部分。武梁祠画像石清楚的表现了这种图录形式。"①

不过,在汉代画像石刻中,单列式符瑞图像,尚有许多仅题录物象名称,对于其降生条件与其对应德行并不附加说明,如江苏邳州燕子埠出土的符瑞画像石、甘肃成县摩崖石刻《五瑞图》。更为常见的情形是,大量符瑞图像簇拥刻绘,不加任何文字解释。

如有一幅图刻绘诸多符瑞物象,有平露、明月珠、玉胜、大贝、比目鱼、比翼鸟、白露、九尾狐、白鱼、朱雀、凤凰、蓂荚、玄武等,这些图像虽没有附录任何榜题及说明,但其图像形制特征与其他出土汉代符瑞图像并无明显差异,作为符瑞图像,它们在诸多画像石刻上的造型有着明显的规定性,明眼者一见便知其当源出于某种"瑞应图"类典籍。这种图像范本的统一性,方才使符瑞图像的刻绘虽因匠人不同而略有差异,但作为符瑞图像本身的形制特点均被很好地传承下来。应劭在《风俗通》中说:"七日名为人日,家家剪彩或镂金簿为人,以贴屏风,亦载之头鬓,今世多刻为花胜像《瑞图》金胜之刑(形)。"②"花胜像《瑞图》金胜之形"说明,在时人眼中,符瑞图金胜的图绘形制已经比较固定,并因"瑞应图"类典籍的传播影响,已为众人所熟知接受,故而或可能是刻花胜之时有意模仿具有吉祥意蕴之符瑞——金胜,或者花胜形制与金胜形似,自然要将两种熟悉之物对照比较。

汉代符瑞图像另一种常见的构图模式,便是组合式。这种组合式构图常常是将符瑞图像与其他图像组合配置,用以展示神仙世界或升仙场景,寄托符瑞祈福与升仙祈愿。如果说单列式构图模式中符瑞图像只是静止的形象,那么组合式构图模式中符瑞图像则是富有动感的画面。在汉代符瑞思想盛行的氛围中,符瑞是天降灵兆,具有吉祥寓指。因此,在组合式构图模式中,符瑞图像常常被置于墓室顶层,即墓室或祠堂中最接近天的位置,从而表征天界或神界。

不过,在组合式构图模式中,符瑞图像在整幅图绘中已经不处于主导地位,

① 巫鸿:《武梁祠:中国古代画像艺术的思想性》,生活·读书·新知三联书店出版社 2006 版,第 254—255 页。

② 杜台卿:《玉烛宝典》卷一,古逸丛书景日本钞卷。(注:今本应劭《风俗通义》无此段文字。)

符瑞图像与瑞应图类典籍的关系也不如单列式图像见得真切。

三、汉代文学"用瑞"与"瑞应图"

"用瑞",即指在文学创作过程中撷取多种符瑞物象,或直接以某一种符瑞物象为述写对象的文学创作现象。郊庙歌辞《华烨烨》云:"神之徕,泛翊翊,甘露降,庆云集。"①此诗"用瑞"。张衡《东京赋》:"总集瑞命,备致嘉祥。圉林氏之驺虞,扰泽马与腾黄。鸣女床之鸾鸟,舞丹穴之凤皇。植华平于春圃,丰朱草于中唐。惠风广被,泽泊幽荒。"此赋"用瑞"②。王褒《甘泉宫颂》曰:"窃想圣主之优游,时娱神而款纵。坐凤皇之堂,听和鸾之弄。临麒麟之域,验符瑞之贡。咏中和之歌,读太平之颂。"③此颂"用瑞"。诗、赋、颂,作为汉代文学中的三种主流文学样式,均与符瑞牵涉,反映了符瑞文化在两汉时期的流行及其对文学创作的深远影响。正如《文心雕龙·正纬》中说:"若乃羲农轩皞之源,山渎钟律之要,白鱼赤乌之符,黄银紫玉之瑞,事丰奇伟,辞富膏腴,无益经典而有助文章。"④符瑞是否有益于经典,暂且不论,然符瑞有助文章却是不争的事实。

汉代文学"用瑞",一般而言,有两种基本形式:其一,因瑞为文,因瑞成颂,即直接以符瑞为摹写对象,文学创作由符瑞显见引发;其二,为文引瑞,因颂美之文作而援引符瑞,即撷取符瑞以辅助文学作品颂美旨归的达成。两种形式,符瑞在文学作品的地位当有轻重之别。前者,符瑞是文学作品颂咏的对象与核心,是文学创作的中心视点;后者符瑞只是文学创作的辅助手段。故而,前一类作品我们可以称之为"符瑞文",后一类作品我们称之为关涉符瑞的文章。无论是哪一种"用瑞"情形,其与"瑞应图"类典籍当有明显的关系。

直接以符瑞为摹写对象的符瑞文,其创作由符瑞显见而引发,这里便必然存在着符瑞物象的判定问题。而判定某一物象是否为符瑞物象,可资校查考者,惟"瑞应图"类典籍。

汉代宗庙宫廷雅乐诗歌中,《郊祀歌》十九章是较为重要的一组。其中《朝陇首》《天马》《景星》《齐房》《西极天马之歌》《象载瑜》等六首诗歌之创作均由符瑞显见而引发。

《朝陇首》,《汉书·武帝纪》:"元狩元年冬十月,行幸雍,祠五畤,获白麟,作《白麟》之歌。"⑤又《汉书·礼乐志》:"元狩元年,行幸雍获白麟作。"⑥

---

① 逯钦立辑校:《先秦汉魏晋南北朝诗》(全三册),中华书局1983年版,第153页。

② 严可均辑:《全上古三代秦汉三国六朝文》,中华书局1958年版,第767页。

③ 严可均辑:《全上古三代秦汉三国六朝文》,中华书局1958年版,第359页。

④ 刘勰著,范文澜注:《文心雕龙注》,人民文学出版社1962年版,第31页。

⑤ 班固:《汉书》卷六《武帝纪》,中华书局1962年版,第174页。

⑥ 班固:《汉书》卷二十二《礼乐志》,中华书局1962年版,第1068页。

《天马》,《汉书·武帝纪》:"(元鼎四年)秋,马生渥洼水中。作《天马》之歌。"①又《汉书·礼乐志》:"元狩三年,马生渥洼水中作。"②

《景星》③,《汉书·武帝纪》:(元鼎四年)六月,得宝鼎后土祠旁,做《宝鼎》之歌。④ 又《汉书·礼乐志》:"元鼎五年得鼎汾阴作。"⑤

《齐房》,《汉书·礼乐志》:"元封二年,芝生甘泉齐房作。"⑥

《西极天马之歌》,《汉书·武帝纪》:"(太初)四年春,贰师将军广利斩大宛王首,获汗血宝马来。作《西极天马》之歌。"⑦《汉书·礼乐志》:"太初四年诛宛王,获宛马作。"⑧

《象载瑜》,《汉书·礼乐志》:"太始三年,行幸东海获赤雁作。"⑨

上列诸多诗歌,均由符瑞显见而引发。不过,只有《齐房》诗在诗中明确叙写了判定符瑞查案"瑞应图"类典籍之事。《齐房》诗曰:"齐房产草,九茎连叶。宫童效异,披图案谍。玄气之精,回复此都。蔓蔓日茂,芝成灵华。"所谓"披图案谍",即是如此。

另外,获白麟作《朝陇首》诗,也可见其为文之先对符瑞白麟的辨别确认。《史记·孝武本纪》载:"其明年,郊雍,获一角兽,若麃然。有司曰:'陛下肃祗郊祀,上帝报享,锡一角兽,盖麟云。'"⑩作为上瑞之麒麟,由于极度稀有少见,故此时虽有符瑞图典,但囿于图典无此图录,故而无法辨识,只能据文献载记,推测其可能是麒麟。且一个明显的事实是,"瑞应图"类典籍其图录符瑞物象也是不断丰富与完善的。武帝时,麒麟尚不能判别,至王充所在东汉晚期,则"凤骐可审"。王充在《论衡·讲瑞》中说:"案凤凰骐骥之象……考以图象,验之古今,则凤骐可得审也。"⑪

一般而言,奇异物象的显见,从发现到呈报,自然要经历一番辨识,辨识的过程便是查案瑞图与翻检史籍的过程。倘若被确定为符瑞,为君者倡导,阿谀媚上之臣自然要奉敕作文。可见,因符瑞显见而作文,是较为普遍的现象。

《后汉书·贾逵传》载:"永平中……时有神雀集宫殿官府,冠羽有五彩色,帝异之,以问临邑侯刘复,复不能对,荐逵博物多识,帝乃召逵,问之。对曰:'昔武

① 班固:《汉书》卷六《武帝纪》,中华书局 1962 年版,第 184 页。
② 班固:《汉书》卷二十二《礼乐志》,中华书局 1962 年版,第 1060 页。
③ 《景星》一诗前写景星,后写宝鼎,可能是两首诗合为一体。景星之见,《汉书·武帝纪》与《汉书·郊祀志》皆有记载,在元封元年(前 110)秋。
④ 班固:《汉书》卷六《武帝纪》,中华书局 1962 年版,第 184 页。
⑤⑥ 班固:《汉书》卷二十二《礼乐志》,中华书局 1962 年版,第 1064 页。
⑦ 班固:《汉书》卷六《武帝纪》,中华书局 1962 年版,第 202 页。
⑧ 班固:《汉书》卷二十二《礼乐志》,中华书局 1962 年版,第 1061 页。
⑨ 班固:《汉书》卷二十二《礼乐志》,中华书局 1962 年版,第 1069 页。
⑩ 司马迁:《史记》卷十二《孝武本纪》,中华书局 1959 年版,第 457—458 页。
⑪ 黄晖:《论衡校释》卷十六《讲瑞》,中华书局 1990 年版,第 721 页。

王终父之业，鸑鷟在岐，宣帝威怀戎狄，神雀仍集，此胡降之征也。'帝敕兰台给笔札，使作《神雀颂》。"[1]同记还见于《论衡·佚文篇》："永平中，神雀群集，孝明诏上（神）爵颂，百官颂上，文皆比瓦石，惟班固、贾逵、傅毅、杨终、侯讽五颂金玉，孝明览焉。"[2]神雀，亦曰"天雀"，《太平广记》卷六十六云："神雀，每降则国家当有大福。"[3]贾逵以之为瑞，认为神雀集则"胡降之征"。对于"五彩色"冠羽之神雀，孝明帝以之为异，刘复则不能识。贾逵博物多识，认其作符瑞。贾逵的依据"武王终父之业，鸑鷟在岐，宣帝威怀戎狄，神雀仍集"，与瑞应图类典籍对符瑞的释说极其类似，很可能是博物多识的贾逵见过此类典籍。

汉代文学创作因颂美而援引符瑞者，是汉代文学创作"用瑞"之主流形式。符瑞是古代帝王承天受命、施政有德的征验与吉兆，是一种糅合了先秦以来的天命观念、征兆信仰、德政思想、帝王治术等因素，"神道设教"，用以巩固统治、粉饰太平的政治文化体系。符瑞乃天降灵徵，本身葆有颂美时政、昭告有德的溢美功能。一旦文学创作牵涉王权政治，关注德政颂美，符瑞与之结合，便是水到渠成之势。故此，在汉代文学创作中，与王权政治牵涉、关乎颂美的文学体裁则与符瑞关联较多。如赋、颂，这两种汉代主流文学体裁，在汉代政治御用文学观念浓烈，纯文学观念尚未风行的时代氛围中，较多的与符瑞契合在一起。此外，在汉代诗歌创作过程中，乐府歌辞中之郊庙歌辞、燕射歌辞更多地用于德政颂美，因此，用瑞现象也较为普遍。

且看扬雄排比众多符瑞以赞成帝之德，其《羽猎赋》载："……国家殷富，上下交足，故甘露零其庭，醴泉流其唐，凤凰巢其树，黄龙游其沼，麒麟臻其囿，神爵栖其林。"[4]又其《甘泉赋》载："炎感黄龙兮，熛讹硕麟。选巫咸兮叫帝阍，开天庭兮延群神。傧暗蔼兮降清坛，瑞穰穰兮委如山。"[5]再看马融之《广成颂》记云："悉览休祥，总括群瑞。遂栖凤凰于高梧，宿麒麟于西园，纳焦侥之珍羽，受王母之白环……"[6]汉代赋、颂"用瑞"对符瑞的铺排在今天看来，汉赋之中大量地罗列祥瑞之物，颇有堆砌、笨拙、重复、单调和文字游戏之嫌……但如果明白汉赋中的这些鸟兽草木与经学有关，多为祥瑞，则又可发现其重要的原因还在于：以祥瑞数量的众多去体现政治清明、国家太平，最终达到宣扬汉德，为汉代帝王的统治制造合法性的目的。[7]

这样看来，赋家创作对符瑞的铺排，当是有所依据。而这种依据，很明显便

---

① 范晔：《后汉书》卷三十六《贾逵传》，中华书局 1965 年版，第 1235 页。

② 黄晖：《论衡校释》卷二十《佚文篇》，中华书局 1990 年版，第 863—864 页。

③ 李昉等编：《太平广记》卷六十六《谢自然》，中华书局 1961 年版，第 411 页。

④ 严可均辑：《全上古三代秦汉三国六朝文》，中华书局 1958 年版，第 405 页。

⑤ 严可均辑：《全上古三代秦汉三国六朝文》，中华书局 1958 年版，第 404 页。

⑥ 严可均辑：《全上古三代秦汉三国六朝文》，中华书局 1958 年版，第 570—571 页。

⑦ 冯良方：《汉赋与经学》，中国社会科学出版社 2004 年版，第 328 页。

是瑞应图之类的典籍。其一,符瑞物象的选择当是撷取众所周知的瑞物,否则其作为符瑞的颂美功能便无法凸显,这就需要作家创作选择时依据某类通行的瑞应图书。其二,作家创作颂美的德行有别,当选择昭示此类德行之符瑞物象,而符瑞物象与德行释说完美相契合的作品无疑是瑞应图类典籍。其三,瑞应图类典籍的存在,客观上也为作家"用瑞"提供了便利条件。

总之,稽考汉代文学作品,"用瑞"现象极为普遍,汉代文学的主流形式诗、赋、颂、赞、表等等,均与符瑞牵涉。汉代文学创作"用瑞"具有参按"瑞应图"典籍的习惯与特点,并葆有溢美时政、歌颂盛德的政治目的。故此,瑞应图类典籍的出现,一方面缘于符瑞物象的判定与颂美的需要,另一方面也为文学创作的"用瑞"提供了便利。

第三节 《西狭颂》与《五瑞图》

汉代符瑞图像多见于汉代画像石刻。这些汉代画像石刻上的符瑞图像,或单列,或组合构图,或附录题榜加以说明,或符瑞簇拥图绘而不加释说,总而观之,形制各异、品类众多,但"图以述文,文以释图",文图契合无间、文图整体化一者却极难发见。因此,摩崖石刻《五瑞图》的刻绘与《西狭颂》的撰写,才使我们见到汉代符瑞图像与汉代文学关联最深切显著者,这也是我们发现的汉代符瑞图像与汉代文学关联最直接的例证,故而其具有重要意义。

一、《五瑞图》

作为"东汉隶书摩崖三大颂碑"之一的《西狭颂》,以其方整宽博、静穆浑厚的书法艺术著称于世。此摩崖石刻位于今甘肃成县境内的天井山,居丰泉峡中段、青龙头中下部岩壁之上。整幅石刻横向约 2.25 米,纵向约 3.15 米。最顶端有四字篆书题额"惠安西表"。题额右下方为刻画,图绘黄龙、白鹿、木连理、嘉禾、甘露降等五瑞物象,即习常所称之《五瑞图》。

《五瑞图》乃汉代石刻绘画之珍品,具有重要的艺术价值。《五瑞图》长约2.1 米,宽约 1.1 米,图绘符瑞物象占整幅石刻总面积的三分之一多。刻绘者采用阴刻手法,构思精妙,布局合理,使整幅图像显得错落有致、和谐统一。

总体观之,图绘由上下两部分图绘与左侧榜题构成。

上部左上方绘一飞龙,身披龙鳞,躯体弯曲,仰首向天,张牙舞爪,作腾飞之状,有叱咤风云之势。龙首右上方有一隶刻榜题"黄龙";上部右上方绘一麋鹿状动物,头有二角,信步前驱,体态丰健,其神态安闲优雅,仰首前视,目光似与神龙呼应。右上方榜题隶刻曰"白鹿"。黄龙与白鹿居画像上部,约占整幅图绘的二分之一多。

画面下半部绘有三个物象：黄龙左下方绘两棵树木，呈对称分布，两树主干分离，然中部两枝干相连。左下方隶刻榜题曰"木连理"；下部中间绘一植物，九穗下垂，其中八穗呈对称分布，分列主茎左右，一穗居上，左侧隶刻榜题曰"嘉禾"；下部右侧图绘一人一树，人居树之左侧，约树高之一半，人伸臂捧盘，仰首望天，似有所待。树虬枝向上，似有物事自树上堕落。人头顶左上方隶刻榜题曰"承露人"。人与树之间空隙处隶刻榜题曰"甘露降"。

画面左侧有隶刻榜题两行，共计二十六字，曰："君昔在黾池，修崤嵚之道，德治精通，致黄龙白鹿之瑞，故图画其像。"

图 8-1　五瑞图；东汉建宁四年(171)石刻；长约 210 厘米，宽约 110 厘米。

整幅图绘构疏密有致，层次安排自然合理，在寓意和形式方面均体现出一定的完整性，可谓是别具匠心。上部分刻绘神异动物黄龙、白鹿，当属于级别较高的符瑞；下部分刻绘连理木、嘉禾与甘露降等植物与自然现象，当属于级别相对较低的祥瑞。同时，黄龙、白鹿乃是传说中的神异动物，出没无常，故此上部分图绘表征天界，具有神秘与浪漫性质；下部分刻绘神异植物与自然现象，虽具神异性，但居于地，与承露人一起构成了"人间"，具有明显的现实性。

此外，《五瑞图》刻绘五瑞，黄龙、白鹿、木连理、嘉禾、甘露降，可能与五行有关。

其中，黄龙为四龙之长，龙是古代传说中的一种善变化、能兴云雨的神异动物，为鳞虫之长，与水有关，五行之中当属"水"。武梁祠黄龙瑞榜题曰："不漉池如渔，则黄龙游于池。"《宋书·符瑞志》"黄龙"条："黄龙者，四龙之长也。不漉池而渔，德至渊泉，则黄龙游于池。能高能下，能细能大，能幽能冥，能短能长，乍存乍亡。"[1] 又《艺文类聚》卷九十八："'瑞应图'曰：黄龙者，四龙之长，四方之正色，

① 沈约：《宋书》卷二十八《符瑞志中》，中华书局 1974 年版，第 796 页。

神灵之精也,能巨细,能幽明,能短能长,乍存乍亡,王者不漉池而渔,则应气而游于池沼。"①又《太平御览》卷九百三十曰:"孙氏'瑞应图'曰:黄龙者,神之精,四龙之长也。王者不漉池而渔,德达深渊,则应气而游于池沼。"②上述文献,载记符瑞黄龙及其对应德行,大同小异,皆与池渊有关,当属水。然而,稽考史籍,黄龙色黄,五行之中,常常归属于"土"。《史记·封禅书》曰:"黄帝得土德,黄龙地螾见。"③又鲁人公孙臣上书曰:'始秦得水德,今汉受之,推终始传,则汉当土德,土德之应黄龙见。宜改正朔,易服色,色上黄。'……后三岁,黄龙见成纪。"④若据董仲舒说,则黄龙之瑞又当属木。其《春秋繁露》云:"木者春,生之性,农之本也。……恩及鳞虫,则鱼大为,鳣鲸不见,群龙下。"⑤不过,五行符瑞之说服务于王权更迭、政治合法性论证与德政溢美,各取所用,辗转混杂错讹,矛盾多出,也不足为怪。

白鹿:五行之中当属金。白鹿,其为毛虫属,其色白。董仲舒《春秋繁露》云:"恩及于金石,则凉风出;恩及于毛虫,则走兽大为,麒麟至。"⑥

木连理:五行之中当属木。《春秋繁露》云:"恩及草木,则树木华美,而朱草生。"⑦

嘉禾:五行之中当属土。《春秋繁露》云:"恩及于土,则五谷成,而嘉禾兴,恩及倮虫,则百姓亲附,城郭充实,贤圣皆迁,仙人降。"⑧

甘露降:五行之中当属火。《春秋繁露》:"恩及于火,则火顺人而甘露降;恩及羽虫,则飞鸟大为,黄鹄出见,凤凰翔。"⑨

《五瑞图》图绘五瑞,比附五行,并于图绘左侧隶刻榜题曰:"君昔在黾池,修崤嶔之道,德治精通,致黄龙白鹿之瑞,故图画其像。"其目的乃为颂德。颂美致五瑞显见、"德治精通"的太守——李翕。

二、《西狭颂》

《西狭颂》,这一名称源自宋代人曾巩,他在《南丰集》中称此刻石为《汉武都太守汉阳阿阳李翕西狭颂》,这是《西狭颂》之名首次见诸文献。后人陈陈相因,

---

① 欧阳询撰,汪绍楹校:《艺文类聚》卷九十八"祥瑞部上",上海古籍出版社 1965 年版,第 1703 页。
② 李昉等:《太平御览》卷九百三十"鳞介部",中华书局 1960 年版,第 4133 页。
③ 司马迁:《史记》卷二十八《封禅书》,中华书局 1959 年版,第 1366 页。
④ 司马迁:《史记》卷二十八《封禅书》,中华书局 1959 年版,第 1381 页。
⑤ 苏舆撰,钟哲点校:《春秋繁露义证》卷十三《五行顺逆》,中华书局 1992 年版,第 371—372 页。
⑥ 苏舆撰,钟哲点校:《春秋繁露义证》卷十三《五行顺逆》,中华书局 1992 年版,第 376 页。
⑦ 苏舆撰,钟哲点校:《春秋繁露义证》卷十三《五行顺逆》,中华书局 1992 年版,第 372 页。
⑧ 苏舆撰,钟哲点校:《春秋繁露义证》卷十三《五行顺逆》,中华书局 1992 年版,第 375 页。
⑨ 苏舆撰,钟哲点校:《春秋繁露义证》卷十三《五行顺逆》,中华书局 1992 年版,第 373 页。

虽称谓因人而异,但无可否认,《西狭颂》这一称谓被广泛认可。① 不过,从摩崖刻石的实际情形来看,"惠安西表"四字篆刻文字见诸刻石,可能更符合此文实际。② 此处出于学术界习惯,亦称《西狭颂》。

《西狭颂》,叙录武都太守李翕修治西狭栈道之事,其创作的目的乃在于为李翕其人记事颂功。李翕,其生平事迹,史传不载,惟《西狭颂》记之稍详。兹录如下:

> 汉武都太守汉阳阿阳李君,讳翕,字伯都。天资明敏,敦《诗》悦《礼》,膺禄美厚,继世郎吏。幼而宿卫,弱冠典城,有阿郑之化。是以三剖符守,致黄龙、嘉禾、木连、甘露之瑞。动顺经古,先之以博爱,陈之以德义,示之以好恶。不肃而成,不严而治。朝中惟静,威仪抑抑。督邮部职,不出府门,政约令行,强不暴寡,知不诈愚,属县趋教,无对会之事。徼外来庭,面缚二千余人。年谷屡登,仓庾惟亿。百姓有蓄,粟麦五钱。郡西峡中道,危难阻峻,缘崖俾阁。两山壁立,隆崇造云,下有不测之溪。陂笮促迫,财容车骑。进不能济,息不得驻。数有颠覆霣隧之害,过者创楚,惴惴其慄。君践其险,若涉渊冰,叹曰:"诗所谓'如集于木,如临于谷',斯其殆哉? 困其事,则为设备。今不图之,为患无已。"敕衡官、有秩李谨,掾仇审,因常繇道徒,镶烧破析,刻臽磪嵬。减高就埤,平夷正曲,柙致土石,坚固广大。可以夜涉,四方无雍。行人懽悀,民歌德惠,穆如清风。乃刊斯石曰:

> 赫赫明后,柔嘉惟则。克长克君,牧守三国。三国清平,咏歌懿德。瑞降丰稔,民以货殖。威恩并隆,远人宾服。镶山浚渎,路以安直。继禹之迹,亦世赖福。

> 建宁四年六月十三日壬寅造。时府丞右扶风陈仓吕国字文宝。门下掾下辨李虔字子行。故从事议曹掾下辨李旻字仲齐。故从事主簿下辨李遂字子华。故从事主簿上禄石祥字元祺。五官掾上禄张亢字惠叔。故从事功曹下辨姜纳字元嗣。故从事尉曹史武都王尼字孔光。衡官有秩下辨李瑾字玮甫。从史位下辨仇靖字汉德,书文。下辨道长广汉汁邡任诗字幼起。下辨丞安定朝那皇甫彦字子才。③

《西狭颂》刻文由三部分组成:第一部分叙录李翕生平事迹与德行,详细载录其修西峡栈道之功绩;第二部分是四字成句之颂文,颂美李翕之德政与懿行;第三部分记录修筑栈道与刻石记功相关事宜,如记录建造时间,刻绘与书文诸人

---

① 如:洪适《隶释》称《武都太守李翕西狭颂》,陈思《宝刻类编》称《武都太守天井道碑》,顾蔼吉《隶辩》称《西狭颂》,翁方纲《两汉金石记》称《西狭颂》,洪颐煊《平津读碑记》称《李翕西狭颂》,叶奕苞《金石录补》称《西狭颂》(又称《武都太守治路纪德摩崖碑》),王懿荣《汉石存目》称《武都太守西狭颂》,康有为《广艺舟双楫》称《西狭颂》,等等。
② 王培忠、王惠:《〈西狭颂〉〈五瑞图〉名辨》,《中国书画》2008 年第 6 期。
③ 严可均辑:《全上古三代秦汉三国六朝文》,中华书局 1958 年版,第 1021 页。

图8-2 西狭颂①

等。其中,第一部分是刻文主体,叙录详细;第二部分是出言精审的颂文总结;第三部分是刻文附录说明。

具体言之,刻文叙录李翕生平事迹与德行如下:

其一,为政功绩。具体包括"继世郎吏,幼而宿卫";"弱冠典城,有阿郑之化";"三剖符守",政治清明,百姓安泰。

其二,惠民工程。"继禹之迹",修筑西峡栈道。此外,李翕尚有修筑析里桥与天井道两件惠民工程,《郙阁颂》与《天井道碑》均有记述。综合看来,太守李翕的惠民工程至少有四件:修崤嵚之道(见五瑞图榜题)、修西峡栈道、修筑析里

---

① 《西狭颂》全称《汉武都太守汉阳阿阳李翕西狭颂》,亦称《李翕颂》《黄龙碑》,位于甘肃省成县天井山,东汉建宁四年(171)六月刻,仇靖撰刻并书丹。有额、图、颂、题名四部分,篆额有"惠安西表"四字。正文右侧刻有"邑池五瑞图",即黄龙、白鹿、嘉禾、木连理和承露人。颂在图之左,阴刻隶书20行,共385字,颂之左为题名,隶书竖行12行,计142字。整碑高220厘米,宽340厘米。记载武都太守李翕生平,歌颂其为民修复西狭栈道为民造福的政绩。

桥、修筑天井道,加之其有懿行、施德政,其牧守之郡政治清明,百姓康泰,五谷丰登,故而时有符瑞显见,天意嘉奖,势也必然。显见,《五瑞图》是为配合《西狭颂》之刻文而刻绘的。

三、《五瑞图》与李翕"德"

《西狭颂》称述李翕德行与功绩,说其"天资明敏、膺禄美厚……有阿郑之化,是以三剖符守,致黄龙、嘉禾、木连、甘露之瑞"。考《五瑞图》之榜题"君昔在黾池,修崤嶔之道,德治精通,致黄龙白鹿之端,故图画其像",可知此五瑞当是李翕在郡守任上,修"崤嶔之道"时显见。刻石文字叙录李翕生平事迹,称述李翕功德,上刻五瑞之图,正是配合此处文字。图绘于此,有称述旧德、兼颂新德的效用。

且此刻石图绘五瑞,选择的符瑞物象思虑周致,极具代表性,不同的符瑞物象表征不同德行,五瑞并录,有盛德广播,泽被万物之气魄。《白虎通德论》曰:

（王者)德至天,则斗极明,日月光,甘露降。德至地,则嘉禾生,蓂荚起,秬鬯出,太平感。……德至草木,则朱草生,木连理。德至鸟兽,则凤皇翔,鸾鸟舞,麒麟臻,白虎到,狐九尾,白雉降,白鹿见,白鸟下。……德至渊泉,则黄龙见,醴泉涌,河出龙图,洛出龟书,江出大贝,海出明珠。①

由此,黄龙对应"德至渊泉",白鹿对应"德至鸟兽",木连理对应"德至草木",嘉禾对应"德至地",甘露降对应"德至天",结合来看,则盛德周至,惠及天、地、草木、鸟兽、池渊。具体言之,五瑞出现,须具备以下德行条件:

黄龙,山东嘉祥武梁祠"黄龙瑞"之榜题曰:"（王者)不漉池如渔,则黄龙游于池。"②

白鹿,《宋书·符瑞志》曰:"白鹿,王者明惠及下则至。"③《孝经援神契》曰:"德至鸟兽,则白鹿见。"④"瑞应图"曰:"天鹿者,纯善之兽也,道备则白鹿见,王者明惠及下则见。"⑤

嘉禾,《宋书·符瑞志》曰:"嘉禾,五谷之长,王者德盛,则二苗共秀。于周德,三苗共穗;于商德,同本异穗;于夏德,异本同秀。"⑥

木连理,山东嘉祥武梁祠"木连理瑞"之榜题曰:"木连理,王者德(洽,八方为

---

① 陈立:《白虎通疏证》,中华书局 1994 年版,第 283—285 页。

② 巫鸿:《武梁祠:中国古代画像艺术的思想性》,读书·生活·新知三联书店出版社 2006 版,第 256 页。

③ 沈约:《宋书》卷二十八《符瑞中》,中华书局 1974 年版,第 803 页。

④⑤ 欧阳询撰,汪绍楹校:《艺文类聚》卷九十九"祥瑞部下",上海古籍出版社 1965 年版,第 1714 页。

⑥ 沈约:《宋书》卷二十九《符瑞下》,中华书局 1974 年版,第 827 页。

一家），则连理生。"①

甘露降，《宋书·符瑞志》曰："甘露，王者德至大，和气盛，则降。"②

上述这些感天降瑞等德行条件，除黄龙、连理木出自武梁祠符瑞图像题榜，与《五瑞图》刻绘的年代基本一致外，其他多出于魏晋六朝史志载记与"瑞应图"类作品，不过前文已述，这些符瑞降生条件与汉代的符瑞系统并无多大变化，基本还是可信的。

且符瑞降生，誉美之情，溢于言表。显然，这些盛德不是一个太守所能达成，将其归之于太守，不可避免也有僭越之嫌。一般而言，符瑞是天降灵征，奖掖的是王政与圣德。不过，一个比较明显的事实是，东汉末年，符瑞之地位已经开始下移，不局限于颂美君王。东汉时期的文献中已出现有郡太守级别可以与"符瑞"相提的情况。如《艺文类聚》引谢承《后汉书》说："吴郡陆闳为颍川太守，至凤凰甘露之瑞；又曰吴郡沈丰为零陵太守，到官一年，甘露降泉陵、佻阳五县。流被山林，膏润草木……又曰甘露再降厅事前树。"③从文献中可以看出，到东汉时期，"符瑞"不再为帝王所垄断，其使用权已经下放到民间。"符瑞"由帝王专用到郡太守级别的官吏也可以使用，可称之为"符瑞"的泛化。

同时，从《西狭颂》之颂词可见，李翕所辖之郡，俨然一个小的独立王国。顾炎武曰："汉时郡守之于吏民，亦有君臣之分，故有称府主为'后'者。汉《武都太守李翕西狭颂》云：'赫赫明后，柔嘉维则。'"④即是如此。因此，图绘者刻绘五瑞，赞誉太守李翕之德治与德政，虽有过誉，但颂美之文与符瑞之图交相呼应，使李翕高迈德行显得丰富而又真实。

四、符瑞图像的颂美功能

《西狭颂》与《五瑞图》的结合，展示了符瑞图像所葆有的颂美功能已经得到了全方位的认可。因颂美而援引"用瑞"，或图画符瑞物象，在本质上并无多大区别。而符瑞图像的颂美功能，却源于符瑞文化对德行因素的肯定与彰显，这一套完整的思想体系，其实早在董仲舒时代已经建构得非常完善。董仲舒说："天之生民，非为王也，而天立王以为民也。故其德足以安乐民者，天予之；其恶足以贼

---

① 巫鸿：《武梁祠：中国古代画像艺术的思想性》，读书·生活·新知三联书店出版社 2006 版，第 256 页。《宋书·符瑞志》记载与武梁祠榜题同（参见沈约：《宋书》卷二十九《符瑞志下》，中华书局 1974 年版，第 853 页）。

② 沈约：《宋书》卷二十八《符瑞中》，中华书局 1974 年版，第 813 页。

③ 欧阳询撰，汪绍楹校：《艺文类聚》卷九十八"祥瑞部上"，上海古籍出版社 1965 年版，第 1698 页。

④ 顾炎武著，黄汝成集释：《日知录集释》卷二十四，岳麓出版社 1994 年版，第 843 页。

害民者,天夺之。"①又曰:"天瑞应诚而至,……皆积善累德之效也。"②可见,"天命有德","瑞应之来,必昭有德"的符瑞理念,使德政、德治、德行直接与君王关涉。符瑞文化不仅是王者承天受命的天意灵征,更是王者圣德充溢的天意嘉奖。因此,符瑞显现,一方面是王权政治合法性的证明,另一方面也是对君王施政有德的认可与赞美。

故而,虽有少数明哲帝王对符瑞"谦谨有度"③,然大多数帝王都抱以欢迎接纳之态度,并同时对反符瑞思想予以打击。④ 有鉴于此,上所好之,下必效之。上至王公大臣,下至庶民百姓,纷纷上符瑞以媚主取资。《汉书·扬雄传》曰:"及莽篡位,谈说之士用符命称功德获封爵者甚众"⑤。东汉大臣杨终因罪坐徙北地,"帝东巡狩,凤皇黄龙并集,终赞颂嘉瑞,上述祖宗鸿业,凡十五章,奏上,诏贳还故郡。"⑥又如孝安帝时,"济南上言,凤皇集台县丞霍收舍树上。赐台长帛五十匹、丞二十匹、尉半之、吏卒人三匹。凤皇所过亭部,无出今年田租"⑦。由此可见,献符瑞不仅可以获受官爵,还可以消灾免罪,并得赏赐、免租税等实质性的物质奖励。何乐而不为之? 正是在这种全面倡导并造作符瑞的空气之下,符瑞文化才不断升温,逐渐成为影响封建社会各个层面的一种重要文化形态。

可见,符瑞图像虽是一幅幅静止无声的画面,但它们同时又是一曲曲有声的"奖掖王治、昭告有德"的政治赞歌。

第四节　符瑞图"泗水捞鼎"与汉代史传文学

在中国古代社会,鼎不仅是食器、礼器,又是传国之符瑞,立国之重器。《史记·封禅书》说:"禹收九牧之金,铸九鼎。皆尝鬺烹上帝鬼神。遭圣则兴,鼎迁于夏商。周德衰,宋之社亡,鼎乃沦没,伏而不见。"⑧其后,秦始皇路过彭城,欲出周鼎于泗渊,故有秦始皇泗水捞鼎一说。泗水捞鼎的传说见诸史传,又绘诸画

---

① 苏舆撰,钟哲点校:《春秋繁露义证》卷七《尧舜不擅移、汤武不专杀》,中华书局 1992 年版,第 220 页。
② 班固:《汉书》卷五十六《董仲舒传》,中华书局 1962 年版,第 2500 页。
③ 如光武帝,中元元年夏,京师醴泉涌出,又有赤草生于水崖,郡国频上甘露,帝不纳。常自谦无德,每郡国所上,辄抑而不当(参见范晔:《后汉书》卷一《光武帝纪下》,中华书局 1965 年版,第 82—83 页)。又如北周武帝,建德二年三月己卯,皇太子于岐州获二白鹿以献。武帝诏答曰:"在德不在瑞。"(令狐德棻等:《周书》卷五《武帝纪上》,中华书局 1971 年版,第 82 页)
④ 如后主孙皓,《建康实录》卷四载韦昭曰:"时有屡言瑞应,后主问昭,昭曰:'此人家箧箧中物耳!'后主衔之。……后主以为不承用诏命,又嫌前答箧箧之言,积前后事,遂收下狱,死。"参见许嵩撰、张忱石点校:《建康实录》卷四《后主》,中华书局 1986 年版,第 104 页。
⑤ 班固:《汉书》卷八十七下《扬雄传下》,中华书局 1962 年版,第 3583 页。
⑥ 范晔:《后汉书》卷四十八《杨终传》,中华书局 1965 年版,第 1600—1601 页。
⑦ 范晔:《后汉书》卷五《孝安帝纪》,中华书局 1965 年版,第 238 页。
⑧ 司马迁:《史记》卷二十八《封禅书》,中华书局 1959 年版,第 10 册,第 1392 页。

像石刻,有汉一代,影响深远。检视汉代画像石刻文献,图绘泗水捞鼎故事的图像,均绘有"龙见绝系"这一核心因素,即捞鼎之时,神龙突现,断绝系鼎之绳,致使秦始皇捞鼎功败垂成。可见,"龙见绝系"的凸显,使秦始皇与神龙成为敌对双方,他们在泗水之渊争鼎夺权,并以秦始皇失鼎,神龙获鼎而终场,泗水捞鼎其作为谶言的喻指不言自明:泗水捞鼎的传说与图绘无非是一则服务于争权夺国的政治神话,这则神话的直接受益者便是刘邦,身为泗水亭长之刘邦,显然就是那条泗水之龙。

一、史籍所载"九鼎""泗水捞鼎"故事及其展衍

《公羊传·桓公二年》何休注曰:"礼,祭,天子九鼎,诸侯七、卿大夫五、元士三也。"①因之,随着古代礼制中用鼎制度的明确化,鼎成了权力的象征,而"九鼎"当之无愧成为了国家最高权力的象征。九鼎之出,古人认为源自夏禹。《左传·宣公三年》曰:

> 昔夏之方有德也,远方图物,贡金九牧,铸鼎象物,百物而为之备,使民知神、奸。故民入川泽、山林,不逢不若,螭魅罔两,莫能逢之。用能协于上下,以承天休。桀有昏德,鼎迁于商,载祀六百。商纣暴虐,鼎迁于周。……天祚明德,有所底止。成王定鼎于郏鄏,卜世三十,卜年七百,所命也。②

又《墨子·耕柱》曰:

> 昔者夏后开使蜚廉折金于山川,而陶铸之于昆吾,是使翁难卜于白若之龟,曰:"鼎成三足而方,不炊而自烹,不举而自臧,不迁而自行,以祭于昆吾之虚,上飨!"卜人言兆之由曰:"飨矣!逢逢白云,一南一北,一西一东。九鼎既成,迁于三国。"夏后氏失之,殷人受之。殷人失之,周人受之。夏后、殷、周之相受也,数百岁矣。③

也即是说,夏朝大禹治水成功,下令收集了全国的青铜,按九州方圆,铸造了九个大鼎,成为传国重宝、天下共主的象征。此后,每个朝代的禅代更迭,无不以有无"九鼎"相传来证明政权的合法性。九鼎成为昭示天命所归、君权神授的符瑞。问鼎中原亦成争权天下的代名。

鉴于此,无论是逐鹿中原的枭雄,或是一统天下的帝王,无不梦想拥九鼎而宣王霸,明天命而示正统,对九鼎情有独钟。因此,鼎在而争,鼎失而觅,在中国史传文学中展衍,讲述了一个个生动的历史故事。这其中,最瞩目者莫过于泗水捞鼎。

---

① 李学勤主编:《十三经注疏·春秋公羊传注疏》,北京大学出版社 2000 年版,第 86 页。
② 李学勤主编:《十三经注疏·春秋左传正义》,北京大学出版社 2000 年版,第 693—694 页。
③ 吴毓江撰,孙启治点校:《墨子校注》卷十一《耕柱》,中华书局 1993 年版,第 656 页。

"泗水捞鼎"的历史故事,最早见于司马迁撰之《史记》。秦始皇二十八年(前219),始皇东行郡县,上邹峄山,后南登琅邪,滞留数月后返回时,路过彭城,想起没于泗水中的周鼎,动用数千民工打捞,结果"弗得"乃罢。《史记·秦始皇本纪》记载此事曰:

> 始皇还,过彭城,斋戒祷祠,欲出周鼎泗水。使千人没水求之,弗得。①

史迁所记"泗水捞鼎"一事,叙语简略。我们于泗水捞鼎的过程,难以窥知其详细。至于秦始皇缘何在泗水捞鼎,缘何无功而返,更是无从知晓。不过,秦始皇使千人捞寻之周鼎,并不是一般的鼎,它具有特殊的象征意义,此周鼎当是夏禹所造之九鼎之一无疑。《史记·孝武本纪》载有司曰:

> 禹收九牧之金,铸九鼎,皆尝鬺烹上帝鬼神,遭圣则兴,迁于夏商。周德衰,宋之社亡,鼎乃沦没而不见。②

秦始皇泗水捞鼎一事发生在秦始皇二十八年,即公元前219年,《秦始皇本纪》记之甚明。此事距离史迁开始撰写《史记》(前104)之时,已逾百年,加之文献载记有缺,史迁本人已不明所以,故对九鼎下落,实录两种传闻:一是九鼎入秦;二是鼎没入泗水彭城。《史记·封禅书》曰:

> 其后百二十岁而秦灭周,周之九鼎入于秦。或曰宋太丘社亡,而鼎没于泗水彭城下。③

可见,到了史迁之时,九鼎早已下落不明。然而,秦用暴政,二世而亡,汉人在总结历史经验教训之时,秦政与圣德总是疏离的。与此同时,九鼎又被附会与国家最高权力相关,秦并六国,一统天下,九鼎入秦,当是时势所趋。不过,九鼎归秦似乎与汉人对鼎出有德的观念信仰背道而驰。因此,在汉人的信仰系统里,暴秦是与神鼎无缘的。即便是九鼎入秦,也必然有所亡失,不可能据有九鼎。故此,为了弥合九鼎象征最高权力与九鼎归有德的罅隙,九鼎中的一鼎没入泗水彭城的传说系统便大行其道。是以九鼎并未亡失,而是在秦灭周之际悉数归秦。八鼎归于秦,一鼎没入泗水的传说便流行开来。因此,到了虞荔撰《鼎录》之时,就把上面提到的史传传说在序文中综合起来写道:

> 昔虞夏之时盛,远方皆至,使九牧贡九金,铸九鼎于荆山之下,于昆吾之墟、白若甘挚之地,图其山川奇怪百物而为之备。使人知神奸,不逢其害,以定其祥。鼎成,三足而方,不炊而自沸,不举而自藏,不迁而自行。九鼎既成,定之国都。桀有乱德,鼎迁于殷,载祀六百,殷纣暴虐,鼎迁于周。成王定鼎于郏鄏,卜世三十,卜年七百,天所命也。及显王,姬德大衰,鼎沦入泗水。秦始皇之初,见于彭

---

① 司马迁:《史记》卷六《秦始皇本纪》,中华书局 1959 年版,第 248 页。

② 司马迁:《史记》卷十二《孝武本纪》,中华书局 1959 年版,第 465 页。

③ 司马迁:《史记》卷二十八《封禅书》,中华书局 1959 年版,第 1365 页。

城,大发徒出之,不能得焉。①

　　当然,弥合上述九鼎史传传说的还有唐人张守节,其在《史记正义》中说:

　　器谓宝器。禹贡金九牧,铸鼎于荆山下,各象九州之物,故言九鼎。历殷至周赧王十九年,秦昭王取九鼎,其一飞入泗水,余八入于秦中。②

　　这样一来,梳理九鼎的历史故事,基本涵括以下三个层面:其一,禹收九牧之金,铸九鼎,以承天休;其二,周德衰亡,鼎没泗渊;其三,秦始皇泗水捞鼎。

　　不过,这则泗水捞鼎的历史故事影响深远,至少持续了整个汉代时期。泗水捞鼎图作为绘画题材在汉画像中频频出现,就是这种影响的反映。

二、汉代画像石刻所见之"泗水捞鼎"图

　　据粗略统计,目前所见各种形制的"泗水捞鼎"汉代画像石刻有四十幅之多。这些石刻主要分布在山东西南部、江苏北部的泗水以及河南、四川等地,刻绘时间从汉代画像石刻开始流行的西汉晚期一直持续到东汉末年。"泗水捞鼎"图像的这种区域分布特征,当与该故事的流传区域有关。

　　发现较早的一幅泗水捞鼎图,出自山东邹城市卧虎山汉画像石墓。这座建造于西汉晚期或东汉早期的墓葬,在其北椁板内侧绘有三幅图像,最右侧的一幅即是泗水捞鼎图。

　　该图与"楼阁拜谒图"组合,居于墓葬北椁板内侧右下层。图绘二立柱,上置滑轮,左右斜坡状桥面上共有四人用绳拉鼎,其中左侧一人倒匐后仰。中为巨鼎,内有一蛟龙伸头咬断绳索。桥下有一船,船内二人皆一手持桨,一手用力托鼎;其左右各有一鱼。③

　　汉代画像石刻是一种示意性图像艺术。图中,一人倒匐后仰,鼎左倾,意即左侧系鼎之绳已被龙咬断,此人收势不住,故而倒匐后仰;龙首自鼎内出意即龙已登鼎;游鱼与船意指水流。这幅泗水捞鼎图像,较为典型,基本涵括了泗水捞鼎图像的基本要素:立柱、拉鼎、龙见绝系、游鱼戏水等等,其中"拉鼎、龙见绝系"又是泗水捞鼎图之必需。在汉代众多此类图像中,虽其他因素辗转变迁、屡有增减,拉鼎与龙见也形态各异,但是拉鼎与"龙见绝系"却毫无例外地传承下来,标识着历史故事与民间传说虽不断丰富或屡屡增饰,但是故事的核心因素并不会轻易丢弃。

　　同样较早的一幅泗水捞鼎图,刻绘于东汉早期,见诸河南南阳杨官寺汉画像石墓墓门北侧柱石之上。该图柱石断裂,残损严重,部分图像已磨灭无识,故而

---

① 虞荔:《鼎录》,文渊阁四库全书本。

② 司马迁:《史记》卷五《秦本纪》,中华书局 1959 年版,第 218 页。

③ 邹城市文物管理局:《山东邹城市卧虎山汉画像石墓》,《考古》1999 年第 6 期。

此图起初被误认为是河边送魂升天题材。不过,该图图绘泗水捞鼎一事,其核心要素清晰可辨。此图之中,立柱悬绳,分系鼎之两端;有一蛟龙龙首自鼎内探出,噬咬右侧绳索,左侧系绳及环已被蛟龙咬断,鼎向右侧倾斜,居于弯曲河流之上。图绘之中间有文字,似是对刻图之说明,但除"火""日"等字外,已无法辨识。整个图绘,勾勒简单,意在绘形指事,诸多因素亦无可考,展示了早期汉代画像石图像粗疏、刻绘简单的共同特征。

卧虎山、杨官寺的泗水捞鼎图,绘于画像石流行之初,略显粗疏势所必然。东汉中期及以后,汉画刻绘技艺圆熟,比之早期图绘,自不可同日而语。因此,相较于卧虎山、杨官寺的泗水捞鼎图,山东邹城市郭里乡高李村画像石墓的泗水捞鼎图刻绘细腻,画面繁复丰腴,场面也愈加恢宏壮阔。

这幅图像刻绘于东汉中期,在泗水捞鼎图像中极为罕见。该图绘一座拱桥,持绳拉索之人均为妇女装束,人数众多,达 14 人。右边最前面的两位妇女头戴冠帽,其余的妇女都梳髻,且有一妇女怀抱小孩。右边最后一个妇女身后有一壶,壶旁有两人,手持棍棒,当是监督捞鼎的官吏。两队持绳者欲将绳索拉起,但绳索并未系在鼎上,似已被鼎中的龙咬断,鼎中的龙头刻画得很清楚,鼎的左右有两只鸟,拉鼎者身后有着各种异兽,右方有一对凤鸟对视,右上方有两三只鸟雀,凤鸟下方有一异兽,羽人持物饲之。左方拉鼎者附近也有羽人饲凤以及一对飞鸟,画面左端有一阙,四个人端坐阙下,都是头戴进贤冠,桥状物中央站有一人在观看这一捞鼎活动,头戴高冠。[①]

此幅捞鼎图像,于泗水捞鼎的历史传说增饰较多,工匠刻绘或发挥想象,或采撷民间传说,捞鼎场面刻绘生动细腻,不仅捞鼎者为妇女,且有妇女怀抱小孩,而监工者怀抱棍棒,形态狰狞,显是意在揭露秦始皇为政暴虐、竭用民力。图像空白之处,绘以凤鸟、异兽,寄予吉祥,也是汉画像石惯用的手法。

东汉晚期,刻绘泗水捞鼎的图像骤然增多,且形制各异,单幅图绘与多幅组合均有发掘。江苏徐州贾汪区出土的泗水捞鼎图、山东嘉祥武氏祠左石室东壁下石的泗水捞鼎图、江苏徐州大庙晋汉画像石墓的泗水捞鼎图、四川江安魏晋墓二号石椁的泗水捞鼎图都是典型的代表。

其中徐州贾汪区泗水捞鼎图,居于一张画像石刻的第三层。该石刻分为四层,最上层为西王母、仙人与九尾狐,第二层为水榭,最下层为二鸟一鱼。第三层是泗水捞鼎图像,河岸为拱桥状物,左右各有五人以绳索拉鼎,左边的五个人看似官吏,右边的五人似差役,正中间端坐一人,体形硕大,正襟危坐,空中悬有一只鼎,一龙已探出身,张口咬断右边的绳索,鼎已倾斜,左上方有一只凤凰,右上方有一只飞鸟。画面采取写实的手法,截取绳断鼎沉的一瞬间作为画面定格,似乎有所预指。

---

① 邹城市文物管理处:《山东邹城高李村汉画像石墓》,《文物》1994 年第 6 期。

山东嘉祥武氏祠左石室东壁下石的泗水捞鼎图像,画面中的水面有两只船,左边的船上一人用竹竿顶住捞起的鼎,一人在旁帮忙,右边船上的人在观看捞鼎活动,河岸两边有人(左四右三)拉着绳索,绳索系有一鼎,鼎中有一龙头伸出头来咬断绳索,鼎摇摇欲坠。画面上方是观看捞鼎活动的官员,其一观者牵有一兽,左边是车马出行,空中有几只飞翔的鸟。

徐州大庙泗水捞鼎图,石板顶端的三角形范围内即雕刻纹饰。居中一人长衣端坐,头戴胜,应为西王母。其右侧有一羽人,屈膝拜谒。人物两侧有青龙、白虎各一,作奔走状。石板主体画面有正方形边框,框内饰波浪纹和菱形纹。画面分为上下两部分,用凸棱横线间隔开。上层是人物建筑图、拜谒图。下层即泗水捞鼎图。

图8-3　徐州大庙"泗水捞鼎";东汉画像石;宽105厘米,高116厘米。

该图中央绘一半圆形拱桥,桥前立二柱,伸入桥下,两条绳索搭在柱的顶端。有一人短衣露足,正面站在桥中间,双手扶绳索。桥上两侧各立七人,抓住绳索向后拖曳。桥下有一三足巨鼎,附耳被两条绳索系住,一龙首现于鼎口,正用利齿咬断其右侧绳索。桥上方空白处填以飞鸟。

四川江安魏晋墓二号石椁的泗水捞鼎图像,画面上仅有一个人在以绳拉鼎,有一条龙从水中腾出将绳索咬断,水中有一条鱼,此图的左方是荆轲刺秦王的故事,虽有插着匕首的柱子把画面一分为二,但此图是唯一一幅有秦王出现的画面,只是秦王的出现不是以观者的身份出现,而是以另一个故事的身份出现在画面中。

泗水捞鼎图像是一种示意性的绘画,并非捞鼎活动的整个流动性场面,因此龙的出现与绳索是否被龙咬断并不能说明龙的存在与否,泗水捞鼎的故事题材也是在这种文化环境中所滋生。

梳理泗水捞鼎图像,为了方便说明比对,我们将上述七幅较为典型的图像列表如下:

序号	名称	年代	构图方式	核心要素	其他要素	说明
图一	山东邹城卧虎山	西汉晚期或东汉早期	组合式左侧下层	4 人拉绳,鼎,龙	斜桥立柱,2 人托鼎,船,鱼	鼎系断,鼎左倾
图二	河南南阳杨官寺	东汉早期	单列式图像残缺	悬绳,鼎,龙	立柱,河流	鼎系断,鼎右倾
图三	山东邹城高李村	东汉中期	单列式	14 人（妇女）拉绳,鼎,龙	拱桥立柱,桥中间 1 人（似秦皇）,执棒监工,凤鸟,异兽	鼎系断,鼎右倾
图四	江苏徐州贾汪区	东汉晚期	组合式,第三层	10 人拉绳,鼎,龙	拱桥立柱,凤凰,飞鸟	鼎系断,鼎右倾
图五	山东嘉祥武氏祠	东汉晚期	单列式	7 人拉绳,鼎,龙	斜桥立柱,车马与观看众人,二船托鼎,飞鸟,游鱼,捕鱼人	鼎系断,鼎右倾
图六	江苏徐州大庙	东汉晚期	组合式,第三层	15 人拉绳,其中 1 人居中,鼎,龙	拱桥立柱,飞鸟,桥下立二人	鼎系断,鼎未倾
图七	四川江安	东汉晚期	组合式居右侧	1 人拉绳,鼎,龙	游鱼	绳未断,鼎未倾

三、文与图：图谶"泗水捞鼎"之政治预言揭示

如果说泗水捞鼎故事见诸《史记》,其记载距离史迁之时,尚未久远,出于编造尚不能确信的话,那么,捞鼎之图,"龙见绝系"却无疑是汉人杜撰的政治神话了。

不过,九鼎之说,或本属子虚乌有,则泗水捞鼎一事更是怪说布彰。北魏郦道元《水经注·泗水》中记述甚详:"周显王四十二年,九鼎沦没泗渊,秦始皇时而

鼎见于斯水,始皇自以德合三代,大喜,使数千人没水求之,不得,所谓'鼎伏'也;亦云系而行之,未出,龙齿啮断其系。故语曰'称乐大早绝鼎系',当是孟浪之传耳。"①

梳理泗水捞鼎的图像,"龙见绝系"成了该图像最核心的要素,而鼎与捞鼎者只是辅助的景象。将泗水、鼎、龙组合起来考察,这则传说分明就是一则谶纬符命之言。

众所周知,鼎乃传国之符瑞,立国之重器,遭圣则兴,德衰则迁,相传"夏德衰,鼎迁于殷,殷德衰,鼎迁于周"②。故而,古人认为,只有有德之君方能拥有它。秦皇于泗水捞鼎,龙见绝系,秦将失去宝鼎,这也就意味着秦将失去国家政权。同时,"龙见绝系",登鼎之龙噬断系鼎之绳,意在言明龙作为后起真命天子的化身,不仅可以使秦失去王权,更能够从秦的手中夺得王权,从而成为新的圣德与天命的标尺。

这则蓄意造作而广泛传播的谶言,其直接受益者,便是汉高祖刘邦。泗水捞鼎,龙见绝系,不仅泗水暗指刘邦,而那条泗水之龙也是影射刘邦本人。

其实,《史记》所载,周鼎之失,没入泗水。秦皇捞鼎,远在泗水,此事便已可疑。据郦道元《水经注》,泗水出鲁卞县北山,西南过鲁县北,又西过瑕丘县东,又过平阳县西、高平县西、湖陆县南,又东过沛县东,又东南过彭城县东北。③ 从秦之都城咸阳至高祖故乡沛县、彭城之间,既有渭水、洛水,又有睢水,偏偏载记周鼎没入泗水,加之秦始皇到彭城泗水捞鼎不得,而汉高祖刘邦偏偏做过泗水亭长④,岂不巧合过甚?

如此巧合,无非意在言明,高祖乃神龙转世,真龙天子,刘邦就是那条"登鼎"的泗水之龙。稽考史籍,神化圣人之诞生,乃是史家惯用的伎俩,沈约撰《宋书·符瑞志》,将传说中三皇五帝至南朝宋历代君王降生之祥瑞符命搜罗总汇,载记在册,即是显证,此无须赘言。圣人自神其身,在古代社会迷信风行,符瑞思想极其浓厚之时,确实能够自造舆论、迷惑众人,获取归附与支持。高祖起于垄亩之间,既无血统之尊,亦无蒙荫之功,自造符命,自神为龙,是他获得政治支持的有效途径。《史记·高祖本纪》载:

高祖,沛丰邑中阳里人,姓刘氏,字季。父曰太公,母曰刘媪。其先刘媪尝息大泽之陂,梦与神遇。是时雷电晦冥,太公往视,则见蛟龙于其上。已而有身。

---

① 郦道元注,杨守敬、熊会贞疏:《水经注疏》卷二十五《泗水》,江苏古籍出版社 1989 年版,第 2145 页。

② 班固:《汉书》卷二十五上《郊祀志上》,中华书局 1962 年版,第 1225 页。

③ 郦道元注,杨守敬、熊会贞疏:《水经注疏》卷二十五《泗水》,江苏古籍出版社 1989 年版,第 2095—2145 页。

④ 《史记·高祖本纪》曰:"(高祖)及壮,试为吏,为泗水亭长。"司马迁:《史记》卷八《高祖本纪》,中华书局 1959 年版,第 342 页。

遂产高祖。①

关于这一神异诞生的历史故事，敷衍流传，影响很大，汉代画像石刻也以图像的形式将其刻绘描述。其中，最具代表性的便是山东嘉祥武氏祠这幅"神龙转世"汉代画像石刻。此图位于祠堂左边石室第五幅画像之中，该画像分为三层，下层即刻绘刘邦神龙转世的图像。画像中部绘一年轻女子，头饰倭堕髻，右手支撑头部，腹部高高隆起，卧息于地。其身有一蛇缠绕，上方绘有鲶鱼爬行、蜻蜓飞舞，两侧各一人手握一椎，作欲击之状。左上方绘羽人飞舞。众所周知，汉代画像石刻是示意性绘画，图绘年轻女子，右手支撑头，卧息于地，表明此乃梦境之事；女子身体之上有一蛇缠绕，且腹部高高凸起，表明其已与神龙交感，有孕在身；画面之上绘有鲶鱼、蜻蜓，表明发生的地点为大泽之地，天气为晦冥之天；二人持椎，表明太公亲见此事，欲驱赶缠身之神龙。整幅图绘与《史记》所载高祖神圣诞生传说契合无间，正是刘媪与神龙交感、神异诞生高祖故事的图像刻绘。

当然，史传载记刘邦乃神龙转世，真龙天子故事远不止这些。《史记·高祖本纪》载：

高祖为人，隆准而龙颜，美须髯，左股有七十二黑子。②

（高祖）常从王媪、武负贳酒，醉卧，武负、王媪见其上常有龙，怪之。③

不过，最有影响的莫过于高祖斩蛇的故事：

高祖以亭长为县送徒郦山，徒多道亡。自度比至皆亡之，到丰西泽中，止饮，夜乃解纵所送徒。曰：'公等皆去，吾亦从此逝矣！'徒中壮士愿从者十余人。高祖被酒，夜径泽中，令一人行前。行前者还报曰：'前有大蛇当径，愿还。'高祖醉，曰：'壮士行，何畏！'乃前，拔剑击斩蛇。蛇遂分为两，径开。行数里，醉，因卧。后人来至蛇所，有一老姬夜哭。人问何哭，姬曰：'人杀吾子，故哭之。'人曰：'姬子何为见杀？'姬曰：'吾子，白帝子也，化为蛇，当道，今为赤帝子斩之，故哭。'人乃以姬为不诚，欲告之，姬因忽不见。后人至，高祖觉。后人告高祖，高祖乃心独喜，自负。诸从者日益畏之。"④

秦为白帝之子，为龙蛇；那高祖为赤帝子，自然亦是龙蛇转世。考察高祖斩蛇的故事，发生在丰西泽。丰西泽在今江苏丰县城西，与彭城县（今徐州）距离不远，秦时两地同属泗水郡，同处泗水流域。这样看来，斩蛇中的白帝子与赤帝子之战，捞鼎中秦皇与蛟龙之争均在泗水展开，其政治喻指不言自明。那失德的秦皇，那揭竿而起的刘邦，在秦汉易代之际，不正是这样上演了一场惊心动魄的王鼎争夺之战吗？

---

① 司马迁：《史记》卷八《高祖本纪》，中华书局 1959 年版，第 341 页。

② 司马迁：《史记》卷八《高祖本纪》，中华书局 1959 年版，第 342 页。

③ 司马迁：《史记》卷八《高祖本纪》，中华书局 1959 年版，第 343 页。

④ 司马迁：《史记》卷八《高祖本纪》，中华书局 1959 年版，第 347 页。

可见,鼎喻王权,惟有德者居之。古人认为只有有德行的君主才能够拥有它,而君主暴虐无德就会失去它。泗水捞鼎的故事发生在泗水,登鼎之龙把系鼎之绳咬断,使鼎沉没,显然表明神龙将会使秦失去鼎(王权)。龙即成为讨伐暴君,摧枯拉朽,扭转乾坤的新兴力量,而其代表无疑便是高祖刘邦。把"泗水、鼎、龙"这些字眼连接起来,可以看出这个"传说"其实就是一则政治谶言。

四、政治与符瑞:泗水捞鼎故事的终结

一般而言,封建王权的更迭方式无外乎三种:一者为世袭,二者为禅代,三者为征诛。世袭是指以血缘关系为纽带,以父子相承为基本模式,从而实现王权嬗替的政权交接方式。这种方式,长期以来,已成"百王不易之制"[①],获得了全面的支持与认同。禅代是指在位君主拱手将最高统治权让给他人执掌,以"旧主禅位而新主受之"的方式完成王权更迭的政权交接方式。在形式上,禅代在新旧君主之间自愿进行。然考之实际,禅代多为权臣逼位,是权臣窃夺国家政权的重要途径。[②] 征诛是指以武装冲突与流血斗争等暴力革命的手段消灭旧政权,建立新政权,从而实现王权嬗替的政权交接方式。冯友兰说:"(孟轲认为)把无道的君杀了,政权也就转移了。这种政权转移的方式叫'征诛'。"[③]上述三种方式,其中世袭虽伴有王权的更迭,但朝代如故,社会变动不大,故而董仲舒称以此方式获君位者,为"继体守文"之君。[④] 禅代与征诛则不同,禅代与征诛是改朝易代的基本方式,它们同时引发王朝的"改弦更张"。是以,从政权的合法性层面来说,世袭承继具有天然的血缘性的合法效力,而禅代与征诛则由于是"易姓而起",血缘效力无从谈起,因此政权的合法性论证必须找寻其他途径来加以补充,这种途径即是所谓的"受命",它以符瑞文化的方式加以彰显与展示。故而,禅代篡权者与征诛夺权者,常常以"承天受命"自居,倡导、宣扬,乃至造作天命符瑞,为其争权服务。

刘邦起于民间,处于秦汉易代之际,既无血统之尊、血缘之亲,也无蒙荫之功,靠武力"征诛"而争天下,其自神其身,造作天命符瑞,以愚天下,从而获得支持便是最有效的途径。因此,泗水捞鼎故事的造作与传播,刘邦神龙转世传说的

---

① 王国维曰:"传子之法,实自周始。当武王之崩,天下未定,国赖长者,周公既相武王克殷胜纣,勋劳最高,以德以长,以历代之制,则继武王而自立,固其所矣。而周公乃立成王而己摄之,后又反政焉。摄政者,所以济变也;立成王者,所以居正也。自是以后,子继之法,遂为百王不易之制矣。"参见王国维:《观堂集林》第二册,中华书局 1959 年版,第 456 页。

② 禅让分为"内禅"与"外禅"两种类别。"内禅"是指将王权禅让给同姓血亲掌管,"内禅"发生后,朝代如故;"外禅"是指将王权禅让给外姓宗族掌管,"外禅"发生,皇室废,国号易。由此可见,"内禅"与以血缘关系为基础的世袭承继并无太大区别。

③ 冯友兰:《中国哲学史新编》上卷,人民出版社 1998 年版,第 353 页。

④ 苏舆撰,钟哲点校:《春秋繁露义证》卷一《楚庄王》,中华书局 1992 年版,第 18 页。

敷衍与附会,还有诸如斩蛇说、天子气①、五星连聚②等诸多符瑞之说的造作,不过是刘邦集团争鼎天下的策略与手段,其目的是邀天命而示天下,制造舆论,取得政治上的优势。

由此可见,征诛夺权与世袭承继相比,其对符瑞的依赖程度当有显著的区别。刘邦建汉以后,社会政治相对稳定,西汉诸帝,基本都凭借血缘承继获得政权。这种王权的获取,并不过多依赖于符瑞文化的宣扬。因此,西汉诸帝对符瑞文化的倡导,不在于借助符瑞而获取王权;而在于借助符瑞文化神化受命,以巩固其政权。泗水捞鼎造作于秦汉易代之际,复起于文帝之时,终结于武帝之世,也说明了这一点。

秦始皇泗水捞鼎,见诸史籍,虽或出于传说或编造,但在汉代符瑞思想流行的神学迷雾之中,仍被广泛信奉。且勿论泗水捞鼎图像的大量刻绘,从西汉中后期一直持续到东汉末期,即便是汉代历代帝王也欲仿效秦皇而出周鼎。

先是汉文帝之时,欲效秦始皇出周鼎而不得。《史记·封禅书》载方士新垣平言曰:"周鼎亡在泗水中,今河溢通泗,臣望东北汾阴直有金宝气,意周鼎其出乎? 兆见而不迎则不至。"③于是,文帝"使使治庙于汾阴南,临河,欲祠出周鼎"④,但由于方士新垣平"气神"诈伪之事败露,周鼎一事不了了之。此事虽属方士欺君媚上之术,但亦可见汉人对鼎没泗水及始皇取鼎泗水的故事是深信不疑的,这其中当然包含着历代帝王对周鼎深深的企羡之情。

接着,武帝之时,"汾阴巫锦为民祠魏脽后土营旁,见地如钩状,掊视得鼎。鼎大异于众鼎,文镂无款识……天子使使验问巫锦得鼎无奸诈,乃以礼祠,迎鼎至甘泉。……有司皆曰:'……禹收九牧之金,铸九鼎,皆尝鬺烹上帝鬼神。遭圣则兴,鼎迁于夏商。周德衰,宋之社亡,鼎乃沦没,伏而不见。……今鼎至甘泉,光润龙变,承休无疆。……唯受命而帝者心知其意而合德焉。鼎宜见于祖祢,藏于帝廷,以合明应'⑤。此鼎得自汾阴,无论来历如何,至少,方士与有司所奏还是将其当作周鼎的。没入泗水的周鼎缘何会出现在汾阴,新垣平的解释是"河溢通泗"。无论此鼎是不是那没入泗水的周鼎,武帝自然更愿意将其视为"德合三代、承休无疆"的周鼎,借此向天下昭告其统治上则合于天命,下则德泽万民。于是武帝"赦天下,大酺五日"⑥,改年号为"元鼎"。至此,文帝治庙汾阴南,企图得

---

① 《史记·高祖本纪》曰:"秦始皇帝曰:'东南有天子气。'于是东游以厌之。高祖即自疑,亡匿,隐于芒、砀山泽岩石之间。吕后与人俱求,常得之。高祖怪问之。吕后曰:'季所居上常有云气,故从往常得季。'"司马迁:《史记》卷八《高祖本纪》,中华书局 1959 年版,第 348 页。

② 《汉书·天文志》曰:"汉元年十月,五星聚于东井,以历推之,从岁星也。此高皇帝受命之符也。故客谓张耳曰:'东井,秦地。汉王入秦,五星从岁星聚,当以义取天下。'"(班固:《汉书》卷二十六《天文志》,中华书局 1962 年版,第 1301 页)

③④ 司马迁:《史记》卷二十八《封禅书》,中华书局 1959 年版,第 1383 页。

⑤ 司马迁:《史记》卷二十八《封禅书》,中华书局 1959 年版,第 1392 页。

⑥ 班固:《汉书》卷六《武帝纪》,中华书局 1962 年版,第 181 页。

到而未得之神鼎，武帝时在方士的帮助下得到了，捞鼎的故事终于画上句号。

　　一个明显的事实是，高祖对泗水捞鼎故事的编造，文帝欲效秦始皇出周鼎而不得，以及武帝得大鼎而视之为周鼎，历代帝王对鼎的企羡与追慕无非是对王权倚重的外化表现。作为天命转移之鼎，作为政治符号之符瑞，无非是一套编织的政治谎言而已。

第九章　汉代文学图像关系理论

　　先秦时代是我国文艺思想萌芽时期,儒、道、墨、法等家在阐述自身思想时,往往涉及一些文艺思想,特别是儒家和道家。虽然此时的文艺思想还呈现出碎片化的倾向,但是一方面,先哲们对于若干文艺思想的探讨对后世有很大的启发和影响;另一方面,当后世的文人学者在进行文艺创作和文艺批评时,经常运用其中的某些概念和命题表达自己的看法。两汉时期的文艺思想在先秦的基础上有所发展,虽然许多观念仍然显得碎片化,但已经出现了某些专论,比如《毛诗序》、班固的《离骚序》等,同时某些学者对一些原则性的问题进行了深刻的探讨,比如扬雄、王充等人。

　　历史的事实可证,汉代是一个文学与图像共同繁荣的时代,汉人不仅创造出篇章宏阔、境界高远的汉大赋、历史散文和诗歌,同时也创作出各种艺术图像,文学与图像一起丰富和充实了汉代的文化,这些留存的实物为我们想象汉文化提供了宝贵的资料。作为一个文学与图像同时兴盛的时代,文图二者之间的关系也为时人所关注,在现今留存的汉代典籍中,汉代的学者们已经开始对文学与图像关系的若干问题进行探论。从整体上看,此时的理论批评还处于初始阶段,不够深入和全面,但是某些论述已经开启了后世若干理论问题的先河。

第一节　汉人画论中的文图关系

　　汉代的艺术上承春秋战国,下启魏晋南北朝,是中国古代艺术史上极为重要的时期。它在纵向上对先秦艺术进行了成功的汲取与提炼,在横向上对四邻艺术进行了合理的吸收与融汇,从而形成壮阔豪放、自由率真的艺术特色。我们从现存的汉画作品中可以分析出,汉代人对当时绘画艺术的体会已达到相当深入的程度,对绘画艺术创作的规律也有相当成熟的认识,这些认识对绘画艺术今后的真正独立必将起着促进作用。由于汉代的绘画实践大大领先于绘画理论,所以只留下极少理论形态的文字,集中于淮南王刘安主持编撰的《淮南子》、扬雄的《法言》和王充的《论衡》中,此外,王逸、张衡等学者也有关于绘画理论的只言片语。

一、状物

秦汉天下一统，汉朝又推崇儒学，逐步形成了大一统的文化思想，在此基础上，儒家审美思想占据主要地位，其所秉持的文艺必须有益教化，维持正统礼教的观念贯穿始终。因此汉代学者基本将绘画视为一种状物、状形的手段，阐发绘画重实用、重礼教的功能，从中也能略窥他们对于文图关系的认识。

《淮南子·氾论训》有云："今夫画工好画鬼魅而憎图狗马者，何也？鬼魅不世出，而狗马可日见也。"相似的观点亦可见于东汉张衡的《请禁绝图谶疏》："譬犹画工，恶图犬马，而好作鬼魅，诚以实事难形，而虚伪不穷也。"这个观点最早来源自《韩非子》，在该书《外储说上》中有云："客有为齐王画者。齐王问曰：'画孰最难者？'曰：'犬马最难。'曰：'孰易者？'曰：'鬼魅最易。'曰：'何为？'曰：'夫犬马，人所共知，旦暮见之，不可类之；鬼魅无形也，故易也。'"一方面他们都强调未曾寓目的鬼魅容易图绘，因为更多凭借想象；另一方面这些观点又强调图画需要记录实事形象的一面，体现出汉代美术的普遍追求。

《淮南子·说林训》也提道："明月之光，可以远望，而不可以细书；甚雾之朝，可以细书，而不可以远望寻常之外。画者谨毛而失貌，射者仪小而遗大。"清代王昱说："画失大貌为大失，失细节为小失，小失易改，大失难救，画者不宜不慎。"（《东庄论画》）"谨毛失貌"后来作为绘画中的一个专业术语，"毛"不单纯指一毛一发，"貌"更不能理解为徒具外表，而是指神态全貌，意思是绘画时小心地画出了细微而无关紧要之处，却忽略了整体面貌。后用以比喻注意了小处而忽略了大处。"视方寸于牛，不知其大于羊；总视其体，乃知其大相去之远"（《淮南子·说山训》），强调绘画不能过分专注于细节而忽视整体艺术效果。刘安在讨论整体与局部的关系时，也提到了他的形神观。刘安让人们知道，绘画要考虑到画面上局部与整体的关系，只有把注意力放在整体上，不拘泥于细节，有了整体的生动，才会有艺术的感染力，才能达到"恶以诫世，善以示后"的目的。三国曹植在《画赞序》中也用例证的形式说明了状物的重要性："盖画者，鸟书之流也。昔明德马后美于色、厚于德，帝用嘉之。尝从观画，过虞舜之像，见娥皇、女英。帝指之，戏后曰：'恨不得如此人为妃。'又前见陶唐之像。后指尧曰：'嗟乎！群臣百僚恨不戴君如是。'帝顾而咨嗟焉。"

为何要强调绘画状物的功能呢？实则与儒家的功利主义文艺观密切相关。儒家要求文学创作与艺术创作必须有益于教化，补裨于世事。东汉哲学家王充在《论衡》中再次强调"如实描绘"的观点，他从正反两个方面论述了绘画的写实作用和礼教功能。比如在《实知》篇中认为："如无闻见，则无所状。""见兆闻象，图画祸福，贤圣共之。"《雷虚》篇则更进一步强调："如无形，不得为图像；如有形，不得为之神。""以其形见，故图画升龙之形也；以其可画，故有不神之实。"在这些论述中,他将"形"与"神"进行对立,一方面斥责了当时绘画描绘虚妄神灵的风气,另一方面又大力强调绘画的纪实作用与宣教功能。事实上,在儒家思想的统摄下,汉人已经自觉将绘画视为宣教的工具,比如王充在《论衡·须颂》列举了一个例证:"宣帝之时,图画汉列士。或不在于画上者,子孙耻之。何则? 父祖不贤,故不画图也。"在汉代,人物画作为表彰工具的风气由来已久,唐代张彦远《历代名画记》提道:"以忠以孝,尽在于云台。有烈有勋,皆登于麟阁。见善足以戒恶,见恶足以思贤。留乎形容,式昭盛德之事,具其成败,以传既往之踪。"①云台、麟阁之事皆出自汉代,即东汉明帝时图画三十二人于南宫云台,西汉宣帝时图画十一人于麒麟阁。而后这种风气流传到民间,郡国州府亦图画名士于壁,彰显其品德功勋。张彦远在《历代名画记·叙画之源流》中也论述了绘画的功能:"夫画者:成教化,助人伦,穷神变,测幽微,与六籍同功,四时并运,发于天然,非繇述作。"②他将图画的功能与六籍并列,并认为图画有成教化、助人伦的作用,这样的观念即出自汉代。

当然,在状物的基础上,如果能够达到形神兼备的程度,就能够更好地反映事物的本来面目,从而达到更好的功用目的。所以《淮南子》又提出"君形"的观念,强调要反映出人物的"生气神采",所谓"画西施之面,美而不可说,规孟贲之目,大而不可畏;君形者亡焉"(《淮南子·说山训》)。也就是说绘画如果失去了"君形者"的"神",西施形象虽很漂亮,却缺乏动人的神态,画得再美也不能引起人的喜爱。"孟贲"传为古代勇士,他的眼睛画得再大却无逼人的力量,也不能使人感到威严。缺乏神采就不能算作一件成功的作品,其失败之处就在于没有表现出人物的神采。《淮南子》"君形说"的哲学基础在于将形神关系视为自然之道向人生之道衍化的整体结构。《原道训》云:"夫形者,生之舍也;气者,生之充也;神者,生之制也。一失位则三者伤也。是故圣人使人各处其位,守其职,而不得相干也。"也就是说在自然之道中,必须协调好形、气、神之间的关系。在《览冥训》中,刘安还借历史故事对"君形者"做了形象而生动的描绘:"昔雍门子以哭见于孟尝君,已而陈辞通意,抚心发声,孟尝为之增欷歔唈,流涕狼戾不可止,精神形于内而外谕哀于人心,此不传之道。使俗人不得其君形者而效其容,必为人笑。"汉人的"君形说"可以看作是后来以形写神说的先声。传统重视主体精神的表现是自先秦开始的,在《淮南子》中提出的"谨毛失貌""君形说"的概念,明述了对形的描绘完完全全地臣服在主体精神表现的绝对控制之下。以"谨毛失貌"论为代表有关绘画形神关系的理论直接影响着当时的绘画实践。横向看,它是以当时的哲学、文化思想作为丰厚背景,指导着当时的艺术实践,它的现实性和指导意义不言而喻;纵向看,在独特的中国绘画艺术体系形成发展过程中,它又是

---

① 张彦远:《历代名画记》卷一,上海人民美术出版社1964年版,第4页。
② 张彦远:《历代名画记》卷一,上海人民美术出版社1964年版,第1页。

承前启后、不可缺失的一环，它为中国画的表意性、哲理性等特性的形成奠定了基础。它对"形""气""神"问题各自的地位和相互关系所做的深入阐述，要早于东晋顾恺之（形神论）和南齐谢赫（六法论），并对随后的魏晋六朝提出的"气韵"和"神韵"之说起到承前启后的作用。

汉代王延寿在《鲁灵光殿赋》中提出了"写载其状，托之丹青"与"随色象类，曲得其情"的要求。写载其状是求形似，曲得其情是求神似。王延寿的这篇赋作其重要价值还不仅仅于此。据《后汉书·光武十王传》可知，景帝成姬之子鲁恭王好宫室，起灵光殿，甚壮丽，至东汉犹存。[①] 王延寿因作《鲁灵光殿赋》，用细腻而详尽的笔触对宫殿的布局、雕刻和绘画进行了描述，描摹生动逼真，艺术水平很高，据《后汉书·文苑传》载，蔡邕"亦造此赋，未成，及见延寿所为，甚奇之，遂辍翰而已"[②]。从艺术史的角度来看，该赋更是保存了许多关于汉代宫廷壁画的珍贵材料，在实物不存的情况下，这些用语言描摹出的图景成为后世遥想、研究汉代宫廷壁画的唯一途径。

王逸在注释《楚辞·天问》时也曾说明《天问》创作的缘由是屈原观看了楚先王庙墙壁上的图像，由此可见，早在先秦时候，在宗庙的墙壁之上就已出现历史人物图像。从内容上来看，鲁灵光殿内的壁画与屈原所见楚先王庙中壁画一脉相承，包括天地、山海、神灵以及传说中的上古帝王和神话人物，这同样是汉代宫廷壁画的常见题材。《史记·封禅书》载，汉武帝听信术士之言，"又作甘泉宫，中为台室，画天、地、太一诸鬼神，而置祭具以致天神"[③]。此外，《汉书·杨恽传》载："恽上观西阁上画人"[④]，其图既有尧、舜、禹、汤等贤王，又有桀、纣等昏君。不过与上述宫廷壁画相比，鲁灵光殿壁画中则多了忠臣孝子、烈士贞女的图像，其目的在于"恶以诫世，善以示后"，体现出浓厚的礼教功用。许结认为《鲁灵光殿赋》中"这种光怪陆离的荒诞神意落实于现实的道德训诫，构成了神话、历史、现实、政治浑融一体的理想境界"[⑤]，正出于此考虑。

尤为重要的是《鲁灵光殿赋》中有对人物图像进行描述的部分，比如"五龙比翼，人皇九头。伏羲鳞身，女娲蛇躯"。这四句话中描述了四种物象，"五龙比翼"，描述的是神话中翼龙飞翔的状态，汉画像石中即有这样的形象，比如河南南阳永城酂城出土的应龙翼虎画像。"人皇九头"则不知所谓，《山海经·海内西经》有关于开明兽的记载："海内昆仑之虚，在西北，帝之下都。昆仑之虚，方八百里，高万仞。上有木禾，长五寻，大五围。面有九井，以玉为槛。面有九门，门有

---

① 范晔：《后汉书》，中华书局 1965 年版，第 1423 页。
② 范晔：《后汉书》，中华书局 1965 年版，第 2618 页。
③ 司马迁：《史记》，中华书局 1959 年版，第 1388 页。
④ 班固：《汉书》，中华书局 1962 年版，第 2891 页。
⑤ 许结：《汉代文学思想史》，南京大学出版社 1990 年版，第 254 页。

开明兽守之,百神之所在。在八隅之岩,赤水之际,非仁羿莫能上冈之岩。"①开明兽即多头动物,不知是否与此相关。伏羲、女娲也是汉代图像中常见的神话人物,其典型的形象便是人首蛇躯,与"伏羲鳞身,女娲蛇躯"的描述相当一致,比如山东滕州市桑村镇大郭村出土的西王母与伏羲女娲画像,画面两层,其中上层中间西王母端坐,两侧有执便面的伏羲、女娲,均为人首蛇躯鳞身。"焕炳可观,黄帝唐虞。轩冕以庸,衣裳有殊"四句则指出图像中黄帝与尧舜形象之间的异同,"轩冕以庸"乃三人之间的共同点,"轩冕"均为帝王的装饰,用来表示三人的共同身份,而"衣裳有殊"则指出三人在具体形象上仍然有区别,这个区别就是衣服的样式。具体而言,应该是黄帝与尧舜之间的差别,黄帝距蛮荒时代尚不远,其装扮必然透露出原始的形态,而尧舜则更近于文明时代,故而其装扮显出文明的形态。这几句描述说明,汉代工匠已善于抓住人物最独有的特征进行图绘,使图像的指称更加明确。

王延寿不仅不厌其烦地描述了他所见到的灵光殿内的壁画,而且指出了它们最重要的功能——恶以诫世,善以示后。所以,这些图像绝非作为一般视觉对象而存在,而是承载着巨大的道德说教功用,这是汉代图像的重要特点。

二、文图关系

一方面,王充在疾虚求真思想的驱使下,对于绘画提出了如实描绘的要求;另一方面,在贵今思想的驱使下,他对于语言与图像之间关系的认识有所偏颇。王充在《案书篇》中指出:"夫俗好珍古不贵今,谓之文不如古书。夫古今一也,才有高下,言有是非,不论善恶而徒贵古,是谓古人贤今人也。"许结认为:"汉代复古思潮自董仲舒'奉天而法古'提法肇端,至西汉后期弥烈,而王充对'珍古不贵今'文学退化思想的驳斥,是基于历史观的反拨。"②简而言之,正是由于当时社会上充斥着复古的思潮,致使时人尊古卑今,所以王充大声疾呼,想要凭借自己的力量拨乱反正,认为文学的发展必然是"各有所禀,自为佳好"的发展规律。在此基础之上,王充还对文学内容和文学风格等都提出了自己的看法,给复古思潮笼罩下的汉代文坛带来一些新鲜的空气。毫无疑问,王充所推行的贵今观念具有开风气之先的功绩,但是在论及语言与图像的关系时,王充的观点有偏颇之处。

王充在《论衡·齐世篇》中提及东汉时人的绘画风气:"画工好画上代之人。秦汉之士功行谲奇,不肯图。今世之士者,尊古卑今也。贵鹄贱鸡,鹄远而鸡近也。使当今说道深于孔、墨,名不得与之同;立行崇于曾、颜,声不得与之钧。何

---

① 袁珂:《山海经校注》,上海古籍出版社 1980 年版,第 294 页。
② 许结:《汉代文学思想史》,南京大学出版社 1990 年版,第 278 页。

则？世俗之性,贱所见贵所闻也。"王充在此处再次对时人贵古贱今的风气进行了批判,并认为这是因为人们贱所见贵所闻。从这段文辞同样可知,东汉时人物画的风气比较兴盛,而且其对象多为古圣先贤,以至于"或不在于画上者,子孙耻之",这是图像表彰作用的表现。这段话是从画工,也就是创作者的角度来分析古代人物画在东汉时期兴盛的原因,比较有说服力。在《论衡·别通》中王充又从观者的角度进行了分析:"人好观图画者,图上所画者,古之列人也。见列人之面,孰与观其言行？置之空壁,形容具存,人不激劝者,不见言行也。古贤之遗文,竹帛之所载粲然,岂徒墙壁之画哉？"①虽然王充是从批判的角度褒言贬画,但也反映出当时人物画比较受欢迎的现实。为什么此时的人们比较喜欢观赏古代人物画呢？是因为图像语言比较直观,与书面语言相比,更加容易理解,特别是一些底层的百姓,文化层次不是很高,可能无法阅读大量的文字,他们更愿意接受直观易懂的图像。王充对于语言的作用认识比较清楚,但是他忽略了图像在传播与接受过程中的优势。对此,张彦远在《历代名画记·叙画之源流》中曾予以批驳:"余以此等之论,与夫大笑其道,诟病其儒,以食与耳,对牛鼓簧,又何异哉？"为什么王充会秉持这样的观念,其原因仍然在于汉儒将绘画视为教化的工具,虽然图像能够具象地表现"古之列人"的容貌,却不能叙述出他们的言行,从而不能取得"激劝",也就是教化的作用,而竹帛文字则没有这方面的缺陷。

有没有一种方式能够解决文字与图像之间的这种矛盾呢？有,那就是在人物图像的旁边加上文字,这些文字一般被称为榜题,其作用主要是介绍人物的生平或简述其品行事迹,从文献和实物来看,这种形式在汉代已成风气。

不过这些图像上的文字也有一个发展过程,呈现出一个由简单到丰富的渐变过程。《汉书·李广苏建传》载:"(宣帝)甘露三年,单于始入朝,上思股肱之美,乃图画其人于麒麟阁,法其形貌,署其官爵姓名。"②这时的图像尚只有人物图像,其文字也只有官爵姓名等简单信息。同时,在汉人眼中,文辞所展示的色彩,亦喻示出语象中的图像意识。例如桓谭论赋,在《新论》中表达出的对"新声"与"丽文"的由推崇而悔悟的态度,诚与扬雄少好闳衍博丽之赋而终悔之的思路相近,其中内含的雅与正、义与辞的矛盾也很明显。有关桓谭对"新声"的态度,见载《新论》第十五《闵友》:"扬子云大才而不晓音,余颇离雅乐而更为新弄。子云曰:事浅易善,深者难识,卿不好《雅》《颂》,而悦郑声,宜也。"③此虽论"乐",且以扬雄批评桓谭"悦郑声"反证其"离雅乐""为新弄",表现出对时尚"新声"的审美追求,然考其与赋学的关联,尚须作两点辨析。其一,以"乐"通"赋"。这不仅

---

① 王充著,张宗祥校注,郑绍昌标点:《论衡校注》,上海古籍出版社2010年版,第274页。

② 班固:《汉书》,中华书局1962年版,第2468页。

③ 桓谭撰,朱谦之校辑:《新辑本桓谭新论》,中华书局2009年版,第61页。按:此则引自《太平御览》五百六十五。

基于汉代"乐府"制度与"献赋"的关系，而且在桓谭的论述中可窥其义。其《离事》复有论声乐谓："五声各从其方：春角、夏徵、秋商、冬羽，宫居中央而四季，以五音须宫而成。可以殿上五色锦屏风谕而示之。望视，则青、赤、白、黄、黑，各各异类；就视，则皆以其色为地，四色文饰之。其欲为四时五行之乐，亦当各以其声为地，而用四声文饰之，犹彼五色屏风矣。"其二，以"具相"与"共相"合论"五音"与"五色"的相通性，转听觉为视觉，其"五色锦屏风"的视觉图像美，已暗合于桓谭的辞赋"丽文"观。刘勰《文心雕龙·通变》引"桓君山曰"有谓"予见新进丽文，美而无采；及见刘扬言辞，常辄有得"①，其对当时"丽文"之"无采"的批评及予刘向、扬雄之文"有得"的赞誉，已标明论者对"五色"之文之经纬法度的认同。

东汉以后，画像上的赞颂内容渐趋丰富，开始包含人物的功勋事迹等信息，如《后汉书·郡国志注》载应劭《汉官》："郡府厅事壁诸尹画赞，肇自建武，迄于阳嘉，注其清浊进退，所谓不隐过，不虚誉，甚得述事之实。后人是瞻，足以劝惧。"②"清浊进退"即画像人物的事迹等内容。又《汉官典职》载："明光殿中，皆以胡粉涂壁，紫青界之，画古列士，重行书赞。"③列士画像旁侧开始出现赞颂文字，图像配以赞颂类的文字，这样的体例已基本定型。而在两汉时候，这样的形式不仅在壁画上有出现，在画像石上更是常见，其实物资料以武梁祠画像最为丰富。

此外，还有一种形式就是因图作颂，此风气由扬雄始。"初，充国以功德于霍光等列，画未央宫。成帝时，西羌尝有警，上思将帅之臣，追美充国，乃召黄门郎扬雄即充国图画而颂之。"④这条记录表明未央宫麒麟阁的画像在当时并没有颂文，为此后所加。虽然麒麟阁图早已不存，但《赵充国颂》全文俱在，据此可以推断汉代图颂的形式与内容特点。扬雄《赵充国颂》写道：

　　明灵惟宣，戎有先零。先零昌狂，侵汉西疆。汉命虎臣，惟后将军。整我六师，是讨是震。既临其域，谕以威德。有守矜功，谓之弗克。请奋其旅，于罕之羌。天子命我，从之鲜阳。营平守节，屡奏封章。料敌制胜，威谋靡亢。遂克西戎，还师于京。鬼方宾服，罔有不庭。昔周之宣，有方有虎，诗人歌功，乃列于雅。在汉中兴，充国作武，赳赳桓桓，亦绍厥后。⑤

刘勰论及汉代颂文的发展过程时曾提到该颂，将其作为汉代颂文的代表："若夫子云之表充国，孟坚之序戴侯，武仲之美显宗，史岑之述熹后，或拟《清庙》，或范《駉》《那》，虽浅深不同，详略各异，其褒德显容，典章一也。"⑥从形式上看，

---

① 《文心雕龙·通变》引《新论》佚文。引见范文澜：《文心雕龙注》下册，人民文学出版社1958年版，第520页。

② 范晔：《后汉书》，中华书局1965年版，第3389页。

③ 王应麟：《玉海》卷五十七引蔡质《汉官典职》，江苏古籍出版社、上海书店1987年版，第1078页。

④ 班固：《汉书》，中华书局1962年版，第2994页。

⑤ 班固：《汉书》，中华书局1962年版，第2995页。

⑥ 刘勰著，范文澜注：《文心雕龙注》，人民文学出版社1958年版，第157页。

该颂文四字一句,这也是秦汉以来颂文的普遍规范;从艺术手段上看,该颂文用辞清雅,铺写陈述;从内容上看,该颂文主要赞美赵充国讨伐异族入侵,奋勇杀敌、保家卫国的英雄事迹。整体而言,该颂文符合刘勰关于颂文的标准,所谓"颂惟典懿,辞必清铄,敷写似赋,而不入华侈之区;敬慎如铭,而异乎规戒之域"①。

此后,这种风气延续到东汉,蔡邕曾屡次为前朝大臣作画并颂赞,《后汉书·胡广传》:"熹平五年,灵帝思感旧德,乃图画广及太尉黄琼于省内,诏议蔡邕为其颂云。"②此次蔡邕为依图作颂,其图非邕所作。然而蔡邕也是一位绘画大师,《历代名画记》载蔡邕曾为杨喜一家作画与颂之事:"灵帝诏邕画赤泉侯五代将相于省,兼命赞及书,邕书画与赞擅名于世,时称三美。"③如此图赞书三位一体,出自蔡邕名家之手,当属世之精品。蔡邕死后,他同样受到了这样的礼遇。《后汉书》本传载其死后,"兖州、陈留间皆画像而颂焉"④。图像表彰的风气从朝廷传至民间,大约始于东汉时期,除前文所云《后汉书·郡国志注》中所记之外,《后汉书·姜肱传》亦有所记:"(肱)后与徐稺俱征,不至。桓帝乃下彭城,使画工图其形状。"⑤至此时,图像表彰的权力仍然在官方,须皇帝批准才能进行。而党锢之祸后,皇权遭到严重挑战,于是图像表彰的权力开始下移,民间亦开始此风,《后汉书·延笃传》载:"(延笃)遭党事禁锢,永康元年,卒于家。乡里图其形于屈原之庙。"⑥乡人将其与屈原并列,无疑是对其极大的赞誉。而文景之时的鲁灵光殿内壁上有"忠臣孝子,烈士贞女",仍然带有官方的性质,为当地诸侯所作。卒于建安六年(201)的赵岐在生前为自己死后准备的画像中也配有赞颂:"自为寿藏,图季札、子产、晏婴、叔向四像居宾位,又自画其像居主位,皆为赞颂。"⑦图像表彰之风自上而下,此时在墓葬中图画拥有高尚品德之人已成风气,如今出土的许多画像石、画像砖中均可见如此景象,尤其是在武梁祠的画像石上。

第二节　汉人书论中的文图关系

图像即视觉对象。从这个意义上来看,书法也可以囊括到图像之中。在中国艺术史上,书法绝不仅仅是一种实用的书写方式,更是一门独特的艺术。在这门艺术的发展过程中,汉代无疑是非常重要的一个阶段,这表现在三个方面。首先,汉代开启了书法发展的新体例,隶书的成熟,草书的形成与发展等大大丰富

---

① 刘勰著,范文澜注:《文心雕龙注》,人民文学出版社 1958 年版,第 158 页。

② 范晔:《后汉书》,中华书局 1965 年版,第 1511 页。

③ 张彦远:《历代名画记》,上海人民美术出版社 1964 年版,第 86 页。

④ 范晔:《后汉书》,中华书局 1965 年版,第 2006 页。

⑤ 范晔:《后汉书》,中华书局 1965 年版,第 1750 页。

⑥ 范晔:《后汉书》,中华书局 1965 年版,第 2108 页。

⑦ 范晔:《后汉书》,中华书局 1965 年版,第 2124 页。

了书法的体例。其次,汉人将书法艺术推入"自觉阶段",书法从实用工具中逐步剥离出来,成为一门独立的艺术形式,其影响至今不绝。再次,在书法艺术繁荣的基础上,诞生了一系列重要的书法理论,其观念直接影响到后世。

汉代习书之风不仅在民间兴起,就是作为最高统治者的皇帝,也有很多擅长书写的。如汉元帝本人就"多才艺,善史书"①。史书,即隶书的另一称名。元帝以后,汉代皇帝、皇妃中善书者仍有很多。统治阶级对书写的重视,上行下效,在一定程度上促进了善书者队伍的不断壮大。两汉时期涌现出很多善书的人,如西汉时期的扬雄、陈遵,东汉时期的刘睦、曹喜、杜操、崔瑗、张超、蔡邕等,这些人的书艺水平在当时无疑起到了表率作用,他们的墨书真迹为当时的人们提供了高超的书写范本。东汉书家中,以蔡邕书名最著。《后汉书·邕本传》记载:"熹平四年……奏求正定六经文字。灵帝许之,邕乃自书于碑,使工镌刻立于太学门外。于是后儒晚学,咸取正焉。及碑始立,其观视及摹写者,车乘日千余辆,填塞街陌。"②这段记载中,可以想象出当时人们欣赏、观摹蔡邕书迹的盛况。东汉善书者众多,对隶书艺术的最大贡献是促进了隶书的艺术表现力,汉碑中各种不同艺术风格的异彩纷呈,用笔技巧之高之精,代表了当时书法家高超的书法艺术水准,是当时隶书艺术兴盛的重要标志。

人们不但重视隶书的书写技巧,而且出现了系统的文字书法理论,比如许慎的《说文解字·叙》、崔瑗的《草书势》、蔡邕的《笔赋》《笔论》《九势》以及赵壹的《非草书》等,对文字的构造、书法创作的过程、书写的意境、书法的功用等方面都进行了探讨,现择其与文图关系相关的部分略加阐释。

一、书者如也

许慎在《说文解字·叙》中对于汉字造型的出现过程进行了论述:

古者庖羲氏之王天下也,仰则观象于天,俯则观法于地,观鸟兽之文与地之宜,近取诸身,远取诸物;于是始作《易》八卦,以垂宪象。及神农氏结绳为治而统其事,庶业其繁,饰伪萌生。黄帝之史仓颉,见鸟兽蹄迒之迹,知分理可相别异也,初造书契。"百工以乂,万品以察,盖取诸夬";"夬,扬于王庭"。言文者宣教明化于王者朝廷,君子所以施禄及下,居德则忌也。仓颉之初作书也,盖依类象形,故谓之文。其后形声相益,即谓之字。文者,物象之本也;字者,言孳乳而浸多也。著于竹帛谓之书。书者如也。以迄五帝三王之世,改易殊体,封于泰山者七十有二代,靡有同焉。③

---

① 班固:《汉书》卷九,中华书局 1962 年版,第 298 页。
② 范晔:《后汉书》,中华书局 1965 年版,第 1990 页。
③ 许慎:《说文解字·叙》,潘运告编著《汉魏六朝书画论》,湖南美术出版社 1997 年版,第 9—10 页。

许慎借用了《易传》中关于八卦起源的说法，认为文字的产生同样也是借助于万物之象。由"文"到"字"再到"书"，这是汉字造型发展的整个过程。但是需要注意的是所谓"依类象形"并不是简单的模仿万物之象，然后借以创制成文字，而是在"仰则观象于天，俯则观法于地，观鸟兽之文与地之宜，近取诸身，远取诸物"的基础上，成就其文。简单而言，就是要取法天地，然后进行抽象和归纳，最终创制为文字。这是一种宏阔的宇宙观，体现出汉人天人合一的思维模式。

在这里许慎认为文字的产生与图像的关系密切相关，在图像的基础上，经过先贤的抽象之后，最终形成了文字，所以文字与图像天生密不可分。那么文字与图像在表意方面的表现如何呢？《易传》中也有论及，《系辞上》说："子曰：'书不尽言。言不尽意。'然则圣人之意其不可见乎？子曰：'圣人立象以尽意，设卦以尽伪，系辞焉以尽其言。'"精深微妙的意义是难以用一般的语言进行表达的，但可以通过创造卦象，然后在卦下加以文辞说明的方法，这样一来就能够很好地表达含义。言、象、意的关系曾引起魏晋玄学家的很大兴趣，兹不再赘述。需要说明的是，《系辞上》中的这段话鲜明地表达了图像与文字的结合能够最大程度地表意，实现叙事的最大化，当然，这也是因为文字与图像本身十分亲近，二者可以相互补充。

"书者如也"的观念也得到了蔡邕的认同，他在《篆势》中有云："字画之始，因于鸟迹，仓颉循圣，作则制文。体有六篆，要妙入神。或象龟文，或比龙鳞，纤体放尾，长翅短身。颓若黍稷之垂颖，蕴若虫蛇之梦缊。扬波振激，鹰跱鸟震，延颈协翼，势似凌云。或轻举内投，微本浓末，若绝若连，似露缘丝，凝垂下端。从者如悬，衡者如编，杳杪邪趣，不方不圆，若行若飞，蚑蚑翾翾。"[1]首先他与许慎一样，也认同文字的源头是"鸟迹"的象形图案，接着他又用不同的物象来比拟文字的不同形态。在《笔论》中，他也表达了相类似的观点："为书之体，须入其形。若坐若行，若飞若动，若往若来，若卧若起，若愁若喜，若虫食木叶，若利剑长戈，若强弓硬矢，若水火，若云雾，若日月。纵横有可象者，方得谓之书矣。"[2]同样用若干形象来表达文字结体的样式。

正如刘宗超所言，"'象''比''似''如'等同义词的运用，本身就是'依类象形''书者如也'的观念，说明文字造型是对客观物象'原理的'模仿、'观念的'模仿，也就是要领悟自然物象及物象动态的内在生机与活力，把其中的原理在文字艺术的造型中通过纯粹的线条表现出来，则这样造型本身就有了'势'"[3]。虽然文字与图像密切相关，但是二者之间却并不能够完全等同，这是因为文字是对万物形象的抽象，它所模仿的物象或图像绝不是具象，而是一种"原理的"模仿、"观

① 蔡邕：《篆势》，《汉魏六朝书画论》，湖南美术出版社 1997 年版，第 39 页。
② 蔡邕：《笔论》，《汉魏六朝书画论》，湖南美术出版社 1997 年版，第 43 页。
③ 刘宗超：《汉代造型艺术及其精神》，人民出版社 2006 年版，第 144 页。

念的"模仿,模仿的是其中内核或精神。所以在欣赏书法的时候,一定要透过现象,观察其本质的特征,故而崔瑗提出"观其法象"的原则:"观其法象,俯仰有仪;方不中矩,圆不中规。抑左扬右,望之若欹。"①法象,本指人的合乎礼仪规范的仪表举止,借用到草书直观上,则指其合乎法度而又独具特色的艺术形象。

汉代的书论一个特色就是喜欢运用形象化的语言,诸如"兽跂鸟跱,志在飞移;狡兔暴骇,将奔未驰"②"颓若黍稷之垂颖,蕴若虫蛇之焚缊"③等,用动植物的动态形象来比喻笔法的生动自然,从这些形象中,可以感悟到汉代书法灵动之美。

综合许慎和蔡邕等人的言论来看,诸如"书者如也""纵横有可象"等观念的提出,说明汉人对于文字艺术的造型原理有了形象而准确的把握。正是因为如此,在现今出土的汉代文字实物上,我们可以通过那些如画般飞动的文字,领略汉人神气飞扬的灵动之韵。

二、书为心画

扬雄在《法言·问神》中曾提出"言,心声也;书,心画也",这里的"书"既是指书法创作的过程,也内含了书法作品这双重意义。在这里扬雄已经谈及书法创作是书家的一种情感体验或者宣泄,同时也是书家的一种内心写照,反映出书家的情感和性格。尽管由于时代原因,扬雄的认识还停留在初级阶段,但已经涉及到了书法艺术的本质特征。东汉末年,蔡邕在扬雄的基础上,进行了深入探讨。在《笔论》中,蔡邕指出:

书者,散也。欲书先散怀抱,任情恣性,然后书之;若迫于事,虽中山兔毫,不能佳也。夫书,先默坐静思,随意所适,言不出口,气不盈息,沉密神采,如对至尊,则无不善矣。为书之体,须入其形,若坐若行,若飞若动,若往若来,若卧若起,若愁若喜,若虫食木叶,若利剑长戈,若强弓硬矢,若水火,若云雾,若日月,纵横有可象者,方得谓之书矣。④

这段话明确指出书法创作就是一种可以抒发和表现自己情感的艺术活动,他强调了书写前的精神状态,就是必须摒弃各种杂念,将自己的思想和情感全部融入创作之中,尽情挥洒,这样才能创作出具有强烈魅力和鲜明特点的书法作品。同时他还认为书法艺术源于自然,那么在创作过程中应该以自然为源泉,从自然中获得不竭的灵感和启发,主张将书者的主观世界和客观世界紧密联系起

①② 崔瑗:《草书势》,《历代书法论文选》,上海书画出版社 1979 年版,第 16 页。
③ 蔡邕:《篆势》,《汉魏六朝书画论》,湖南美术出版社,1997 年版,第 39 页。
④ 蔡邕:《笔论》,《汉魏六朝书画论》,湖南美术出版社,1997 年版,第 43 页。

来。从这个意义上说，扬雄提出了"书为心画"的观点，而蔡邕则通过自己的实际创作对这个观点进行了充分论证，对后世的书法理论影响极大。

在《九势》中，蔡邕对书写的意境还作了进一步的说明："夫书肇于自然，自然既立，阴阳生焉；阴阳既生，形势出矣。"①他进而又在具体的运笔过程上，对结构和笔法作了详细的说明，结构上强调："凡落笔结字，上皆覆下，下以承上，使其形势递相映带，无使势背。"②在笔法上要求"转笔，宜左右回顾，无使节目孤露。藏锋，点画出入之迹，欲左先右，至回左亦尔。藏头，圆笔属纸，令笔心常在点画中行。护尾，画点势尽，力收之。疾势，出于啄磔之中，又在竖笔紧趯之内。掠笔，在于趱锋峻趯用之。涩势，在于紧駃战行之法。横鳞，竖勒之规。"③这些对书写过程的具体描述，说明东汉时期已经建立起一系列有具体要求的书写方法，同时将笔法同自然物象联系起来，"夫书肇于自然"就是对这种生动联系的概括阐释。

汉代书论的又一名篇是东汉赵壹的《非草书》，是赵壹对当时习草热潮的批评性文章，对书体之渊源及功用等方面做了探讨，提出了书写者的气质、才能、修养等因素对书写水平的提高有着至关重要的影响。赵壹从书法实用的角度对习草风气的批评，一方面这是儒家功利主义观念的体现，另一方面也可以看到当时人已把草书当作一种流行的艺术形式。众所周知，由于书写形式的因素，草书在传递信息方面的功能被其形式所遮蔽，所以时人所好尚的是草书那种神采飞扬、飘逸潇洒的形态，更多的是从欣赏图像的角度来看待草书。同时赵壹还强调艺术个性化与艺术修养的问题："凡人各殊气血，异筋骨。心有疏密，手有巧拙。书之好丑，在心与手，可强为哉？……夫杜、崔、张子(芝)，皆有超俗绝世之才，博学余暇，游手于斯，后世慕焉。"④这说明"字外功"对书写有着至关重要的影响，反映了东汉时期的人们已将文字的书写推到了更高的艺术境界，促进了东汉隶书风格不断走向多样化，向着艺术化的较高境界发展。

---

①②③ 蔡邕：《九势》，《汉魏六朝书画论》，湖南美术出版社 1997 年版，第 45 页。

④ 赵壹：《非草书》，《汉魏六朝书画论》，湖南美术出版社 1997 年版，第 31 页。

余　论

汉代作为中国封建社会的一个鼎盛时期,以其雄厚的国力、壮阔的气势占据我国历史辉煌的一页。就艺术而言,中国艺术经三代之质朴、秦时之劲健,至两汉时期,呈现出一种古朴、雄浑、热烈、浪漫的复杂情态,其成就为后世所仰望。其中文学与绘画所取得的成就尤其引人注目,对后世的影响绵延不绝,至今不息。

在同一个时代达到相当高度的这两种艺术类型,从多个方面都体现出其密切的联系。首先,从其精神内蕴来看,它们都深深扎根于汉代社会现实生活的土壤,以恢宏广阔的胸怀、睥睨天下的目光,大量吸取儒家文化、道家文化以及内蕴原始巫术宗教遗存的楚文化的营养,广泛吸取了前代艺术的精华,从而创造出自身不同凡响的审美意蕴和独特鲜明的艺术风格。它们都秉持对历史与现实的理性关注,对神话天地和理想世界的感性向往,对雄奇阔大、质朴神秘美学风格的追求,对后世的艺术产生了深远的影响,具有不朽的审美价值。其次,从其表现内容来看,二者的联系更为紧密。李泽厚在《美的历程》中指出楚文化就是汉文化,楚汉不可分,“如果与《诗经》或先秦散文(庄子当然除外,庄子属南方文化体系,屈原有《远游》,庄则有《逍遥游》,屈庄近似之处早被公认)一相比较,两汉(又特别是西汉)艺术的这种不同风貌便很明显。在汉代艺术和人们观念中弥漫的,恰恰是从远古传留下来的种种神话和故事,它们几乎成了当时不可缺少的主题或题材,具有极大的吸引力。……从世上庙堂到地下宫殿,从南方的马王堆帛画到北国的卜千秋墓室,西汉艺术展示给我们的,恰恰就是《楚辞》《山海经》里的种种”[1]。一方面,以汉大赋为代表的汉代文学和以绘画为代表的汉代造型艺术均着力表现先秦以来的神话和历史故事,显示出一种神秘而古朴的艺术风格;另一方面,它们又不遗余力地描绘具体繁多的现实场景,从《子虚》《上林》到《两都》《二京》,对各类事物与生活环境的铺陈夸饰,与汉画像中的各种宴饮图、出行图、狩猎图等所描绘的丰富图景遥相呼应,共同展示出一个饱满、热情,充满非凡活力的热闹世界。

---

[1] 李泽厚:《美的历程》,天津社会科学院出版社2002年版,第88—89页。

一、汉代文图关系史的把握

对于汉代文图关系的研究,首先基于时代的需要。许多学者将当下称为图像时代或图像社会,今时今日,图像是无处无在、无时不有的,图片、电视、电影、广告、视频等各种类型的图像如同汹涌的大潮一般涌向我们,人类已经与图像不可分割。在这种情况下,在语图互仿范畴下,探析在另一个"图像爆炸"时代,民众如何处理与图像的密切关系,并合理地驾驭之,这样的研究具有现实的意义。其次基于学术的需要,当许多人沉浸于"图像时代的来临"以及"文学命运的终结"等悲剧论调中时,我们不妨积极探索文学与图像之间的关系,在传统的单向研究之外,开拓文学研究的空间和路径,正如赵宪章所提出的,"文学与图像"作为 21 世纪文学理论的基本母题是可能的①,积极有为的理论研究能够为创作提供清晰的思路,文学与图像研究已经显示出成效。

基于这样的思路,本研究对于汉代文学与图像关系史的梳理从三个方面展开:

第一,回溯汉代图像与先秦文学的关系,从理论高度探讨汉代文学与图像之间的关系。汉代图像内容极为丰富,按照通行的分类,大致可以分为反映社会现实生活的图像、描述历史人物故事的图像、表现祥瑞和神话故事的图像、刻画自然风景与图案纹饰的图像等,除去自然风景以及图案纹饰等图像之外,其他内容大多与先秦文学密切相关,特别是神话传说故事与历史人物故事图像,均出自先秦文献。通过对先秦文学与汉代图像之间关系的追溯,可以从源头理清文图关系的种种形态,为此后朝代文图关系的研究提供参照。同时,在全面把握汉代文图资料的基础上,将汉代文图关系归纳为互仿、差异与共生等几种类型,对于定位汉代文图关系的形态与价值具有重要的意义。一方面,由于汉代是中国文图关系史上第一个勃兴的时期,通过对该时期文图关系的把握,可以对后世文图的发展有比较清晰的了解;另一方面,这也是汉代文图关系研究的学理依据。

第二,对汉代文图关系资料的分类梳理。这是本书的重点,根据本丛书的编撰体例,每卷的主要任务在于通过对本时段文图关系的研究勾勒出一条完整的文图关系发展史,然而在真正进入数量庞大的各种图像之后,才发现此项任务是如此艰难。研究的难度来自三个方面,一是虽然汉代图像数量繁多,②但是与文学具有直接关联的图像并不如我们想象中那样丰富,更多的图像仅存在间接的

---

① 赵宪章:《"文学图像论"之可能与不可能》,《山东师范大学学报》(人文社会科学版)2012 年第 5 期。

② 仅现今出土的画像石就已超过一万块,见信立祥:《汉代画像石综合研究》,文物出版社 2000 年版,第 12 页。

联系。所以，在进行研究之前，必须对成千上万幅汉代图像进行分类辨析，首先挑出与文学具有紧密联系的部分，然后从中再挑选比较有代表性的图像，希望达到以少总多，典型说明一般的效果。其次，汉代文图关系的发展并不如我们之前想象的那样富有规律，如果强行将所有的图像与文学进行比附，由此构建出一种整齐而规则的发展脉络，恐怕既不符合历史的事实，又有悖于学术规范，所以我们在研究过程中，尽力做到"适可而止"，通过某些具体问题的思考和辨析勾连出比较完整的文图关系发展史。再次，现存的绝大多数汉代图像均来自墓葬，比如凸显于砖石上的画像、墓室壁画、帛画、各种明器上的图案等，一方面，墓葬本身是一个综合的文化聚合体，各种思想观念、宗教信仰等均附着其上，而且随着时代的迁徙，社会文化的变更，其本身也在不断变化，在研究过程中，我们经常会遇到难以把握的困境。另一方面，墓葬中的图像均出自底层工匠之手，其故事来自民间的口口相传，不同时代、不同地域在传说一个故事时，往往会衍生各种版本。工匠们在进行图像转译时，又会根据自己的理解做出不同程度的改写。这些因素致使诸多汉代图像与现今流传的文字文本之间产生各种差异，这些差异同样难以把握。

　　尽管面临诸多困难，但是通过几方面的努力，我们对汉代文图关系的历史有了进一步的认识，也加强了未来进一步探索的信心。其中花费精力最多、时间最长的是对汉代文图资料的收集和整理。通过两年的准备，我们检索了现今出版的绝大多数汉代图像文献资料，并结合充分的实地考察，以文学为本位，将数量繁多的汉代图像编排为史传、传说故事与图像、汉赋图像、乐府图像、祥瑞图像四大部分，并为典型的图像整理和撰写了提要问题，形成近四十五万字的资料长篇，其中图像千余幅。在此基础上，结合文学文本、图像内容、图像风格、图像来源等，从以上四个方面梳理了汉代文图的发展历史。在研究的过程中，既注重追溯先秦文学与汉代图像的关系，又着力探索汉代文图的独特之处，同时还注意挖掘汉代文图在后世的影响。当然，我们的研究依然存在诸多不足，但仅此已可窥见汉代文图关系发展的脉络，汉代文图发展的基本面貌也已得到开示，这也是我们研究的初衷。

　　第三，汉代文图关系理论的挖掘。在文学与图像共同繁盛的背景下，汉代的学者们开始对文图关系进行初步的探讨，虽然这种探讨还不够深入，呈现出理论萌芽时期特有的感性色彩，但是他们对图像的功能与作用、造型艺术的来源等问题的独特见解，对魏晋之后的文图关系理论有直接影响。通过对汉代文图关系理论的挖掘，为进一步把握文图关系史提供另一种观照的视角。

　　以上三个方面，既有对历史现象的回溯，又有具体问题的展开，同时还结合一定的理论研究，以此对汉代文图关系史的发展脉络有了一定的认识，虽不中亦不远矣。

二、汉代文学图像的定位

据现有的史料，我们对汉代文学与图像的繁盛状态得到了比较充分的认识，运用文图结合的诸多例证深入说明了汉代文图关系的各种特点。然而，如何评定汉代文学图像的成就，如何在中国文学关系图像史中定位汉代文学图像[①]，这些都是我们一直绕不开的问题。

通过对汉代文学图像代表性例证的逐一梳理和对文图关系史的深入了解，我们认为汉代文学图像的成就体现于如下四个方面，其在中国文学关系史中的定位也蕴藏其中。

第一，繁多的文学图像。在数量浩繁、载体丰富的汉代图像中，历史人物图像与神话图像跟文学的关系最为密切，这两种图像所包孕的故事均可以从先秦两汉的文献中找到记载，它们是典型的文学图像。以画像石为例，在各大分布区[②]中均可以找到数量可观的文学图像，比如神话图像，有西王母图、后羿射十日图、嫦娥奔月图、伏羲图、女娲图、常羲图、羲和图、东王公图、牛郎织女图、高禖图等。[③]再如历史人物图像，有帝王将相图、忠臣孝子图、义士列女图，包括伏羲、女娲、祝融、神农、皇帝、颛顼、帝喾、尧、舜、禹、夏桀、周公、老子、孔子、蔺相如、闵子骞、邢渠、荆轲、专诸、聂政等历史人物。汉代文学图像的数量和涵盖的内容均远远超过先秦时期和魏晋南北朝时期，是当之无愧的图像时代。

第二，独特的文图结合构图方式。汉代文学图像中文图结合的构图方式也比较独特，集中体现在1966年山西大同石家寨司马金龙墓出土的一架北魏木质漆画屏风[④]上。根据现存的材料可知，这架屏风漆板两边都有绘画，一面保存完好，色彩鲜明；另一面剥落较严重，色彩暗淡。较完整的五块漆画，上下分为四层，每层高约19至20厘米，均有榜题和题记。所画的内容为列女、孝子、高人、逸士。第一、二块拼合后正反两面自上而下各得四图，正面依次为：有虞二妃、周室三母、鲁师春母、班姬辞辇；背面依次为李善养孤、孝子李充、素食赡宾、如履

① 文学图像，是指与文学相关的图像，作为文学作品的模仿和外化。见赵宪章：《"文学图像论"之可能与不可能》，《山东师范大学学报》（人文社会科学版）2012年第5期。

② 汉画像石主要分布在山东、苏北、豫北、豫东、豫南、鄂北、陕北、晋西北、四川、重庆、滇北等地，可分为四或五个大的区域。见信立祥：《汉代画像石综合研究》，文物出版社2000年版；蒋英炬、杨爱国：《汉代画像石与画像砖》，文物出版社2001年版。

③ 王建中：《汉画像石通论》，紫禁城出版社2001年版，第386—387页。

④ 这架屏风虽然为北魏时代的作品（墓主人司马金龙下葬于484年），但从质地、结构到主题和装饰风格来看，它几乎保留了记载中的汉代列女屏风的所有特征。据巫鸿推测，完整的屏风很可能由三扇组成，每一扇都以木板为基质。此外，还有石质的基座。这些木板屏面的长度约80厘米，加上框架和石座，原来的屏风应该有1米多高，与汉代石刻中的一些屏风相仿。见巫鸿：《重屏——中国绘画中的媒介与再现》，上海人民出版社2009年版，第80页。

薄冰。第三块正面自上而下四图为：启母涂山、鲁之国师、孙叔敖、汉和帝后。背面第一图为鲁义姑姊，接着是楚成郑瞀题记和楚子发母题记，再下面的题记待考。第四块正面与第五块背面拼合后依次为孙叔敖母、卫灵夫人、齐田稷母、刘灵故事。背面文图相混，漫漶不清。第四块背面与第五块正面拼合后，第一图似乎为介子推故事，第二图为齐宣王与臣清，第三图为大片题语，第四图内容不详。这架屏风上文图结合的方式可以分为两种，一种为榜题加图像，即"有虞二妃"；另一种为榜题、题记加图像，即"周室三母""鲁师春母""班姬辞辇"。其中榜题加图像的构图方式为不少汉代文学图像所采用，最典型的就是武梁祠画像，其帝王、贤臣、列女、孝子等历史图像旁均有一段榜题，或仅说明人物的身份，或既说明人物信息又表现人物的行为品德，前者以列女图像为代表，后者以古帝王图像为代表。除此之外，内蒙古和林格尔汉墓壁画上的历史人物图像同样以榜题加图像的方式构图。这样的方式使信息的传递得以精确，更重要的是使图像所蕴藏的道德因素得以彰显。这样的构图方式对后世的人物画产生了直接影响，最典型的便是西晋顾恺之的《列女仁智图》和《女史箴图》，均采取文图结合的构图方式。①

　　第三，恒久的图像母题。民俗学家认为母题是一种非同寻常、反复出现的最小的叙事单元，可以分为人、物、事三类②。根据该定义，我们可以看到汉代文学图像中出现了许多延续至后世的图像母题，可以归纳为三个系列，即神话故事系列、历史故事系列、礼教故事系列，都是对先秦文本与汉代文本的模仿与演绎，在后世屡有回响。首先是神话故事系列，神话故事图像是汉代图像中数量庞大的一类，涉及的神话人物有伏羲、女娲、常羲、羲和、东王公、西王母、后羿、嫦娥、牛郎织女等。这些神话人物均未见于现今出土的先秦图像中③，极有可能是汉人的新创。汉代之后，一些神话人物在图像中出现的频率虽然大大减少，但是他们一方面符号化，依然保持神秘的色彩，另一方面民众又不断赋予其新的身份与职能，在民间图像中仍然存有他们的一席之地，比如西王母。汉代是西王母信仰的鼎盛时期，从西汉晚期延续到东汉末，汉王朝各地的墓葬中均出现了数量庞大的西王母图像，李淞曾根据《陕北汉代画像石》④一书进行统计考察，结果发现书中所辑的 120 个左右的汉墓中，有 62 幅西王母画像，也就是说一半左右的陕北汉

---

① 详见李征宇：《文图关系视野下的汉魏六朝图像——以〈女史箴图〉和〈列女仁智图〉为中心》，《文学评论丛刊》2014 年第 1 期。

② 丁晓辉：《母题、母题位和母题位变体——民间文学叙事基本单位的形式、本质和变形》，《民间文学研究》2013 年第 1 期。

③ 如湖北随州曾侯乙墓的漆棺和前箱绘画、河南信阳长台关 1 号楚墓出土的锦瑟漆画、湖南长沙子弹库 1 号楚墓出土的缯书和帛画、湖南长沙陈家大山楚墓出土的帛画等都是战国时期的作品，绘有"方相氏""羽人""禹疆""烛龙""土伯"等，还有龙纹、蛇纹、虎纹、鸟纹、鹿纹等动物纹样，却没有上文提到的神话人物。详见汪小洋：《汉画像石宗教思想研究》，南京艺术学院 2004 年博士论文，第 51 页。

④ 李林、康兰英、赵力光：《陕北汉代画像石》，陕西人民出版社 1995 年版。

墓中存在西王母图像,这个比例远远超过当地同类题材比如伏羲、女娲的图像。① 汉以后,仙化的西王母进入民间信仰领域,神化的西王母则进入主流社会的信仰领域,②在古小说、诗赋、宝卷等文献中均可见有关西王母的记载。③ 与此同时,在墓室壁画、铜镜等载体上依然可见西王母的身影。④

其次是历史故事系列,汉代帝王将相图、忠臣孝子图、义士列女图等数见不鲜。图像中出现的这些人物大部分出自先秦时期,少部分则是出自汉代本朝,许多人物故事继续成为后世图像的重要内容。从传播的途径看,先秦的历史人物故事多以口口相传的方式传播到汉代,然后被民间工匠转译为图像。汉之后,部分历史故事在民间以宗教壁画、墓室壁画、雕塑等方式继续流传,比如孔子图、古帝王图等。另有一部分故事,以文本的方式传播到汉代,被司马迁、班固、应劭等学者记录下来,流传至后世,文人画家通过自己的理解与想象将文本转译为图像,形成了流传至今的文人画母题,比如荆轲刺秦王、完璧归赵、孔子图等。汉代本朝的人物故事则多以文本传播的方式流传至后世,为画家所转译,在文人画中大放异彩,比如伏生授经、昭君出塞、文姬归汉、苏武牧羊等故事。

再次是礼教故事系列,在汉代墓葬图像中,出现了许多列女、孝子图,其出现的背景与汉代推崇儒家、崇尚孝道密切相关。由于儒家思想在中国封建时代的主导地位,所以这些礼教故事图像在后世得以继续流传,并不断变异,比如孝子故事,在元明时期,演变为"二十四孝",并有相应的"二十四孝图"出现。这些故事,不仅在民间以墓室壁画、年画等形式广为流传,同时也是文人画的重要母题。比如列女故事图,仅据唐代张彦远的《历代名画记》便可知,在魏晋南北朝时期就有晋明帝司马绍的《列女图》;荀勖的《大列女图》《小列女图》;卫协的《列女图》《小列女图》;王廙的《列女仁智图》;谢稚的《列女母仪图》《列女贞节图》《列女贤明图》《列女仁智图》《列女传》《列女辩通图》《列女画秋兴图》《列女图》《大列女图》;戴逵的《列女仁智图》;刘宋濮道兴的《列女辩通传》;南齐僧珍的《姜嫄等像》;王殿的《列女传母仪图》;陈公恩的《列女贞节图》《列女仁智图》等,到明清时期,图绘列女的风气依然不绝,著名画家唐伯虎、仇英等均有作品留存,形成了源远流长的列女图传统。

第四,高超的叙事技巧。汉代的文学图像形态丰富,包括画像石、画像砖、墓室壁画、帛画雕塑、工艺品等,采取多样的艺术技法,比如汉画像石就采取线刻、凹面

① 李淞:《论汉代艺术中的西王母图像》,湖南教育出版社 2000 年版,第 4 页。
② 汪小洋:《汉墓壁画的宗教信仰与图像表现》,上海古籍出版社 2012 年版,第 234 页。
③ 详见汪小洋《汉墓壁画的宗教信仰与图像表现》,陈炜:《上古至唐代西王母形象的演化——兼及王母信仰》,《福州大学学报》(哲学社会科学版)2012 年第 2 期;刘永红:《明清宗教宝卷中的西王母形象与信仰》,《青海社会科学》2011 年第 5 期。
④ 详见陈志红:《西王母文化研究集成·图像资料卷》,广西师范大学出版社 2009 年版。

线刻、减地平面线刻、浅浮雕、高浮雕、透雕等雕刻技法。① 这是从艺术的角度进行评判,如果从文学的角度进行观照,就会发现许多汉代文学图像取得极好的叙事效应,这与其高超的叙事技巧密切相关,其中比较典型的是顷刻与并置。

首先是"顷刻"。从本质上说,叙事是一种时间性的艺术,叙述者必须在时间的轨道中叙述某件事情的过程,虽然叙述方式允许多种多样,可以运用顺叙、倒叙、插叙等,但整个叙述过程仍然是一个线性的流程。这个过程,同样具有线性特征的语言文字有着无可比拟的优势,所以利用语言文字这种时间性的媒介进行叙事成为人类的首选。要想运用空间性媒介的图像来进行叙事,首先面对的问题就是如何进行时空转化,比较有效的转化方式即选取能够包蕴整个事件过去、现在和未来的瞬间或顷刻进行图绘,使观者在观看图像时能够接收到最丰富的信息,最终使整个叙事过程得到最完美的呈现。汉代的不少工匠已经具备这样的意识,抓住了事件的"最富于孕育性的顷刻"②,利用图像进行叙事。比如位于山东嘉祥武梁祠后壁的"鲁义姑姊"画像、"蔺相如完璧归赵"画像,左壁的"梁节姑姊"画像,后壁的"李善遗孤"画像以及西壁的"曹子劫桓"画像等都体现出汉代工匠们选择决定性片刻的技巧。这些画像通过对最具冲击力顷刻的刻画,将整个故事做了最充分的表达。除了武梁祠之外,在各地出土的画像石以及汉墓壁中还有不少拥有类似艺术构思的作品。比如在河南洛阳烧沟汉墓壁画中的"二桃杀三士"图像。画面中,面对置于盘中的两颗桃子,田开疆、公孙接、古冶子三人动作各异,反映出三人不同的心态,这也是整个故事中最富有戏剧性的场景,汉代工匠们的匠心独具在此也得到了体现。虽然受材料所限,不能直接证明这样的构图方式是汉代工匠的首创,但毫无疑问,这样的方式在汉代工匠手中已经得到比较充分的运用,并对后世颇有影响。钱钟书在《读〈拉奥孔〉》中说:"中国古代画故事,也知道不挑顶点和最后景象。"③他以唐代李昭道《秦王独猎图》和宋代李公麟的《贤己图》为例进行了说明,既然这两位著名画家也曾运用其技法,其他可见一斑。

其次是"并置"。所谓的并置,是将一个故事在不同时间点上的场景或事件要素挑取重要者"并置"在同一幅画面中,而这些场景或事件要素的重要者表现在画面上时往往是这个故事某个阶段的决定性顷刻。这样的叙事方式既不同于单个场景的叙事,又不同于故事画式的连续、历时的叙事,虽然它的画面看起来只有一个场景,故事的发展也有历时、连续的特点,但是仔细观察之后可以发现,它们往往由两个以上的场景并置而成,每个场景都代表故事的某个阶段或某个片段,画面虽然看起来合理,却不符合一般的逻辑。在以武梁祠画像石为代表的

---

① 蒋英炬、杨爱国:《汉画像石与画像砖》,文物出版社2001年版,第29页。

② 莱辛:《拉奥孔》,朱光潜译,《朱光潜全集》第17卷,安徽教育出版社1989年版,第23页。

③ 钱钟书:《钱钟书论学文选》第6卷,花城出版社1990年版,第76页。

汉画中就已经有了这样的创作，比如在武梁祠右壁第二层、武氏祠的前石室和左石室出现的"荆轲刺秦王"图像。一般来说，该故事最紧张最富于包蕴的瞬间是荆轲掷出匕首，误中铜柱，秦王环柱奔逃的时刻，武氏祠的工匠们把握住这一刻并将其进行描绘，看起来符合把握"最富于孕育性的顷刻"的原则，然而实际上，这三块画像石上所展现的内容远远不止于故事中"一刹那"或者"一个顷刻"，而是将这个故事不同时间点、先后发生的片段压缩到一个画面之中。陈葆真和邢义田指出，这三幅刺秦王图至少应该包括五个先后的段落：(1)秦舞阳害怕，匍匐于地（武梁祠、后石室两幅最明确，匍匐者身旁有榜题"秦舞阳"）；荆轲打开盛樊於期头的盒子（三幅皆有盛有人头、已打开的盒子），请秦王验看；(2)荆轲挥匕首，仅断秦王衣袖（后、左石室两幅可见已斩断的衣袖），秦王奔逃；(3)荆轲欲追，却遭拦阻，被人拦腰抱住（三幅皆同）；(4)荆轲掷出匕首，匕首洞穿立柱（三幅皆同）；(5)持盾握剑的武士前来救秦王，从前后包抄荆轲（前、左石室）[①]。工匠不仅仅想要表现刺杀中最紧张惊险的一幕，而是想要表现整个故事。除此之外，武梁祠西壁的"豫让刺赵襄子"画像以及各地的"周公辅成王"画像同样运用这样的手法。这种方式既最大程度地呈现了故事情节，又节省了构图空间，同时延展了叙述时间，从而大大丰富了图像的叙事表现力。这样的构图方式也并非汉代工匠的独创，比如刘敦愿在《中国古代绘画艺术中的时间与运动》一文中以北京故宫博物院所藏《宴乐铜壶》上的"弋射图"为例论说了并置的构图技法，这说明商周时代的工匠就对此了然于心。[②] 但是汉代的工匠在前人的基础之上有所发展，对后世也产生了有效影响。比如北魏司马金龙墓出土的漆画屏风上，绘有"有虞二妃"图像，将舜弟象、舜父瞽叟往井中填土以害死舜的场景以及舜与娥皇女英商量对策时的场景并置起来，使画面的叙事效果最大化。

总而言之，汉代图像造型上充实饱满，风格上古朴雄大，内容上丰富多彩，在艺术上达到了一个审美时代的高度。可是如果我们仅仅从艺术的角度来审视这些遥远的图像，那些附着在它们身上复杂的文化意蕴，比如设计者对于美德的推崇、对于永生的渴望等等，都将被无情隐没。只有从多个角度审视这些图像，才能透过那些直观形象的画面、易懂简洁的艺术语言领悟丰富的汉代文化精神，才能更加完整地领略到这些穿越千年的艺术品的非凡魅力，而追寻文图之间的关系则是其中可行的角度，在此基础上，更多汉代文学图像的内涵依然值得深入挖掘、用心研究。

---

① 邢义田：《格套、榜题、文献与画像解释——以一个失传的"七女为父报仇"汉画故事为例》，颜娟英：《台湾学者中国史研究论丛·美术与考古（上）》，中国大百科全书出版社 2005 年第 185 页。

② 刘敦愿：《美术考古与古代文明》，人民美术出版社 2007 年版，第 51—52 页；李征宇：《顷刻与并置：汉画叙事探赜》，《理论月刊》2012 年第 2 期。

图像编目

彩图

绪论

西汉中期画像砖；高76厘米，宽103厘米；洛阳出土；河南博物院藏。

图 0-2　羽人·麒麟·九华灯画像

东汉画像石；纵29厘米，横116厘米；1954年江苏省睢宁县旧朱集发现；江苏省徐州市汉画像石艺术馆藏。

图 0-3　高禖·伏羲女娲·东王公画像

东汉晚期（147—220）画像石；山东省沂南县汉墓墓门东侧支柱画像；石面纵120厘米，横37厘米；1954年3月山东省沂南县北寨村出土；沂南县北寨汉画像石墓博物馆藏。

图 0-4　驱魔逐疫画像

东汉画像石；分别高38厘米、长138厘米，高38厘米、长134厘米；1973年河南省邓县长冢店墓出土；原地保存。

第一章

图 1-1　蚌塑龙虎

1987年河南省濮阳市西水坡仰韶文化古墓群M45墓出土，距今约6000年。

图 1-2　人面鱼纹盆

新石器时代仰韶文化，距今5000—6000年；彩陶；通高16.5厘米，口径39.5厘米；1955年陕西省西安市半坡出土；中国国家博物馆藏。

图 1-3　汉青龙、白虎瓦当

汉代瓦当；青龙纹瓦当直径18.5厘米，白虎纹瓦当直径19.3厘米；北京故宫博物院藏。

图 1-4　麒麟·武梁祠屋顶画像

约东汉桓帝元嘉元年（151）画像石；祥瑞石；纵114厘米，横279厘米；清代乾隆五十一年（1786）山东省嘉祥县武宅山村北出土；嘉祥县武氏祠保管所藏。

图 1-5　马王堆一号墓帛画

西汉帛画；上宽92厘米，下宽47.7厘米，全长205厘米；1972湖南省长沙市马王堆一号墓出土；湖南省博物馆藏。

图 1-6　荆轲刺秦王·武梁祠西壁画像(上为拓本,下为复原图)

约东汉桓帝元嘉元年(151)画像石;清代乾隆五十一年(1786)山东省嘉祥县武宅山村北出土;嘉祥县武氏祠保管所藏。

图 1-7　鲁秋胡妻·武梁祠后壁画像

约东汉桓帝元嘉元年(151)画像石;纵 162 厘米,横 241 厘米;清代乾隆五十一年(1786)山东省嘉祥县武宅山村北出土;嘉祥县武氏祠保管所藏。

图 1-8　董永侍父·武梁祠后壁画像

约东汉桓帝元嘉元年(151)画像石;纵 162 厘米,横 241 厘米;清代乾隆五十一年(1786)山东省嘉祥县武宅山村北出土;嘉祥县武氏祠保管所藏。

第二章

图 2-1　应龙·翼虎画像

东汉画像石;高 47 厘米,长 150 厘米;1974 年河南省永城市酂城墓出土;河南省商丘市博物馆藏。

第三章

图 3-1　《明妃出塞图》
宫素然;纸本水墨;纵 30.2 厘米,横 160.2 厘米;日本大阪市立美术馆藏。

图 3-2　《明妃出塞图》(局部)

图 3-3　《人物故事图·明妃出塞》
仇英;册,绢本设色;纵 41.1 厘米,横 33.8 厘米;北京故宫博物院藏。

图 3-4　《文姬归汉图》
无款(旧题陈居中);轴,绢本设色;纵 147.4 厘米,横 107.7 厘米;台北"故宫博物院"藏。

图 3-5　《文姬归汉图》
张瑀;绢本设色;纵 29 厘米,横 129 厘米;吉林省博物馆藏。

图 3-6　《胡笳十八拍图·母子分离》

明摹宋本,绢本设色;纵 28.6 厘米,横 1196.3 厘米;美国大都会博物馆藏。

图 3-7 《文姬归汉》

高桐轩;年画;清光绪二十九年(1903)天津杨柳青印制

图 3-8 中郎女·文姬撰史(戏曲版画)

邹式金编《杂剧三集》,中国戏剧出版社 1958 年据 1941 年武进董氏诵芬楼翻刻本影印。

图 3-9 武梁祠"鲁义姑姊"画像(上为拓本,下为复原图)

约东汉桓帝元嘉元年(151)画像石;武梁祠后壁画像;纵 162 厘米,横 241 厘米;清代乾隆五十一年(1786)山东省嘉祥县武宅山村北出土;嘉祥县武氏祠保管所藏。

图 3-10 《列女仁智图》局部(卫灵公夫人)

顾恺之;卷,绢本,墨笔淡着色;纵 25.8 厘米,横 417.8 厘米;南宋摹本;北京故宫博物院藏。

第四章

图 4-1 武梁祠"闵子骞失棰"画像(上为拓片,下为复原图)

约东汉桓帝元嘉元年(151)画像石;武梁祠西壁画像;纵 162 厘米,横 241 厘米;清代乾隆五十一年(1786)山东省嘉祥县武宅山村北出土;嘉祥县武氏祠保管所藏。

图 4-2 武梁祠"邢渠哺父"画像(左为拓本,右为复原图)

约东汉桓帝元嘉元年(151)画像石;武梁祠后壁画像;纵 162 厘米,横 241 厘米;清代乾隆五十一年(1786)山东省嘉祥县武宅山村北出土;嘉祥县武氏祠保管所藏。

图 4-3 邓县"郭巨埋儿"画像砖

南北朝画像砖;砖长 38 厘米,宽 19 厘米,厚 6 厘米;1958 年河南省邓县张村区出土。

图 4-4 邓县"老莱子娱亲"画像砖

南北朝画像砖;砖长 38 厘米,宽 19 厘米,厚 6 厘米;1958 年河南省邓县张村区出土。

图 4‑5　武梁祠"老莱子娱亲"画像（上为拓本，下为复原图）

约东汉桓帝元嘉元年（151）画像石；武梁祠西壁画像；清代乾隆五十一年
（1786）山东省嘉祥县武宅山村北出土；嘉祥县武氏祠保管所藏。

图 4‑6　司村壁画墓北壁行孝图（摹本）

北宋墓室壁画，时代约为 1107—1111 年；1981 年河南省荥阳王村乡司村发
掘出土。

图 4‑7　北京门头沟斋堂辽墓孝悌故事图

辽晚期墓室壁画；1978 年北京市门头沟区斋堂镇西斋堂村发掘出土。

图 4‑8　乐浪彩箧绘孝子故事图

汉代竹编彩箧漆绘；1931 年朝鲜平壤附近出土，墓葬位于朝鲜古乐浪郡（今
朝鲜平安南道、平安北道和黄海北道各一部分），故命名为"乐浪彩箧冢"。

图 4‑9　固原北魏漆棺左侧板图像（摹本）

北魏太和时期漆棺彩绘；漆棺形制为前高宽，后窄底，棺盖为两面坡式，平面
展开最宽处为 105 厘米，下方向尾部逐渐收缩，中部约 87 厘米，画面保存完好的
占三分之一，尾部残，残长 180 厘米，是全部漆画中保存最大、最完整的部分。漆
棺右侧残高 27 厘米，残长 195 厘米，左侧残高 61 厘米，残长 175 厘米。前档漆
画残高 51 厘米，残宽 67 厘米。后档已毁。1981 年宁夏固原西郊雷祖庙村
出土。

图 4‑10　洛阳北魏元谧石棺"丁兰事木母"图

北魏石棺石刻；1930 年河南省洛阳城西东陡村北李家凹村南出土；美国明
尼苏达州明尼阿波利斯美术馆藏；河南省洛阳博物馆藏拓本。

图 4‑11　洛阳北魏孝子棺蔡顺行孝图

北魏石棺石刻；石棺长 223.5 厘米，高 62.5 厘米；河南洛阳早年出土；美国
堪萨斯市纳尔逊艺术博物馆藏。

图 4‑12　武氏祠左石室后壁小龛西壁"周公辅成王"画像

约东汉桓帝、灵帝时期（147—189）画像石；石质；凸面线刻；纵 71.5 厘米，宽
74 厘米；山东省嘉祥县武氏墓群石刻博物馆藏。

图 4-13 武氏祠左石室后壁小龛东壁"二桃杀三士"画像

约东汉桓灵帝建和二年(148)画像石;纵 72 厘米,横 74 厘米;清代乾隆五十一年(1786)山东省嘉祥县武宅山村北出土;嘉祥县武氏祠保管所藏。

图 4-14 山东省嘉祥县宋山村出土"二桃杀三士"画像

东汉晚期(147—189)画像石;纵 69 厘米,横 64 厘米;1978 年嘉祥县满硐乡宋山出土;山东石刻艺术博物馆藏。

图 4-15 人物故事图册之"荆轲刺秦王"(吴历)

图 4-16 人物故事图册之"完璧归赵"(吴历)

图 4-17 武梁祠"完璧归赵"画像

约东汉桓帝元嘉元年(151)画像石;武梁祠后壁画像;纵 162 厘米,横 241 厘米;清代乾隆五十一年(1786)山东省嘉祥县武宅山村北出土;嘉祥县武氏祠保管所藏。

图 4-18 牧羊记·告雁

图 4-19 安徽省宿县汉墓画像石"鸿门宴"图像

汉画像石;纵 68 厘米,横 134 厘米;安徽省宿县曹村东岗出土。

图 4-20 乐浪彩箧绘"商山四皓"图

汉代竹编彩箧漆绘;1931 年朝鲜平壤附近出土,墓葬位于朝鲜古乐浪郡(今朝鲜平安南道、平安北道和黄海北道各一部分),故命名为"乐浪彩箧冢"。

图 4-21 "商山四皓"画像砖(拓本)

南北朝画像砖;高 19 厘米,宽 38 厘米;河南省邓州市学庄出土;河南省博物院藏。

图 4-22 《商山四皓·会昌九老图》

纸本,墨笔;纵 30.7 厘米,横 238 厘米;辽宁省博物馆藏。

图 4-23 《商山四皓图》

佚名;绢本设色;纵 155.3 厘米,横 77.2 厘米;北京故宫博物院藏。

图 4 - 24　《伏生授经图》

王维(传);绢本设色,长卷;纵 25.4 厘米,横 44.7 厘米;该图原为宋内府秘物,《宣和画谱》著录,南宋高宗题"王维写济南伏生",钤"宣和中秘"印;日本国大阪市立美术馆藏。

图 4 - 25　《伏生授经图》

杜堇;绢本设色;纵 147 厘米,横 104.5 厘米;美国大都会美术馆藏。

图 4 - 26　《伏生授经图》(局部)

图 4 - 27　"传经讲学"汉画像砖

东汉画像砖;高 39.2 厘米,宽 46 厘米;1954 年四川省成都市羊子山出土;四川省博物馆藏。

图 4 - 28　《授经图》

展子虔;绢本设色;纵 30.1 厘米,横 33.7 厘米;台北"故宫博物院"藏。

图 4 - 29　琴心记·文姬当垆卖酒(戏曲版画)

图 4 - 30　《东方朔偷桃图》

吴伟;立轴,绢本水墨,淡设色;纵 134.6 厘米,横 87.6 厘米;美国马萨诸塞州美术馆藏。

图 4 - 31　西汉演义传·霸王于帐下别姬(小说版画)

图 4 - 32　东汉演义·光武求贤会故人(小说版画)

图 4 - 33　东汉演义评·光武帝(小说版画)

第五章

图 5 - 1　鼓乐宴饮画像

东汉画像石;高 104 厘米,长 53 厘米;1957 年河南省南阳市区出土;河南南阳汉画馆藏。

图 5 - 2　沂南汉墓前室北壁横额画像

东汉晚期(147—220)画像石;纵 48 厘米,横 284 厘米;1954 年 3 月山东省沂南县北寨村出土;沂南北寨汉画像石墓博物馆藏。

图 5-3　方相氏·骑射·楼阁画像

东汉画像砖;高 116 厘米,宽 45 厘米;河南省长葛县出土;河南省文物考古研究所藏。

图 5-4　榆林古城界墓门楣画像

东汉画像石;纵 33 厘米,横 212 厘米;1992 年陕西省榆林市红石桥乡古城界村出土;榆林市城墙文物管理所藏。

图 5-5　狩猎·车骑出行画像

东汉中晚期画像石;纵 53 厘米,横 180 厘米;山东省微山县两城镇出土;曲阜孔庙藏。

图 5-6　榆林陈兴墓门楣画像

东汉画像石;纵 42 厘米,横 280 厘米;1992 年陕西省榆林市盐湾乡陈兴庄出土;榆林市红石峡文物管理所藏。

图 5-7　水榭·人物画像

东汉中、晚期(89—189)画像石;纵 90 厘米,横 88 厘米;山东省微山县两城镇出土;曲阜孔庙藏。

图 5-8　网罟画像

东汉画像石;高 38 厘米,长 153 厘米;1982 年河南省南阳市宛城区英庄墓出土;原地保存。

图 5-9　牵犬画像

东汉画像石;高 127 厘米,宽 46 厘米;1973 年河南省邓县长冢店墓出土;原地保存。

图 5-10　米脂官庄墓门楣画像

东汉画像石;纵 29 厘米,横 149 厘米;1981 年陕西省米脂县官庄征集;米脂县博物馆藏。

图 5-11　神木大保当墓门楣画像石。

东汉画像石;纵 39 厘米,横 205 厘米;1996 年陕西省神木县大保当乡出土;陕西省考古研究所藏。

图 5－12　榆林古城界墓门楣画像

东汉画像石;纵 36 厘米,横 180 厘米;1992 年陕西省榆林市红石桥乡古城界村出土;榆林市城墙文物管理所藏。

图 5－13　绥德墓门楣画像

东汉画像石;纵 38 厘米,横 165 厘米;1974 年 8 月陕西省绥德县出土;绥德县博物馆藏。

图 5－14　斗虎、骑射画像

西汉晚期至东汉早期画像砖;高 82 厘米,宽 17 厘米;河南省郑州市出土;河南省文物考古研究所藏。

图 5－15　绥德延家岔墓前室北壁组合画像

东汉画像石;纵 166 厘米,横 320 厘米;1975 年 11 月陕西省绥德县延家岔出土;绥德县博物馆藏。

图 5－16　乐舞画像

东汉画像石;纵 58 厘米,横 152 厘米;1956 年江苏省徐州市铜山县苗山发现;徐州汉画像石艺术馆藏。

图 5－17　雅安高颐阙·师旷鼓琴图

东汉画像石;高 31 厘米,宽 60 厘米;四川省雅安市姚桥乡出土;原址保存。

图 5－18　西王母·东王公·祥禽瑞兽画像

东汉画像石;纵 51.5 厘米,横 283 厘米;1972 年冬山东省临沂市白庄出土;临沂市博物馆藏。

图 5－19　七盘舞画像

东汉画像石;纵 107 厘米,横 67 厘米;1974 年山东省济南市历城区黄台山出土;四门塔文物保管所藏。

图 5－20　许阿瞿墓志画像

东汉建宁三年(170)画像石;高 69 厘米,长 109 厘米;1973 年河南省南阳市东关李相公庄出土;河南省南阳汉画馆藏。

图 5 - 21　巴人舞,杂技画像;东汉画像石;高 72 厘米,长 210 厘米;四川省璧山县文物管理所藏。

图 5 - 22　乐舞百戏画像

东汉画像石;高 42 厘米,长 316 厘米;1973 年河南省南阳市卧龙区麒麟岗王寨墓出土;河南省南阳汉画馆藏。

图 5 - 23　宴客·乐舞·杂技画像

东汉画像石;高 87 厘米,长 232 厘米;1974 年四川省郫县新胜乡竹瓦铺出土;四川省博物馆藏。

图 5 - 24　荥经石棺·曲枅画像

东汉画像石;高 79 厘米,宽 232 厘米;1969 年四川省荥经县城郊出土;四川省荥经县岩道古城博物馆藏。

图 5 - 25　轩车·辎车·轺车画像

东汉画像石;纵 32 厘米,横 48 厘米;江苏省徐州汉画像石馆藏。

图 5 - 26　鹿车·升仙画像

东汉画像石;高 46 厘米,长 125 厘米;1962 年河南省南阳市区出土;河南省南阳汉画馆藏。

图 5 - 27　绥德延家岔墓前室东壁组合画像

东汉画像石;横额,纵 35 厘米,横 184 厘米;左立柱,纵 136 厘米,横 52 厘米;右立柱,纵 135 厘米,横 57 厘米;绥德汉代画像石展览馆藏。

图 5 - 28　车骑出行画像

东汉画像石;高 35 厘米,长 152 厘米;1983 年河南省南阳市卧龙区王庄墓出土;河南省南阳汉画馆藏。

第六章

图 6 - 1　《上林图》

仇英;绢本设色;纵 44.8 厘米,横 1208 厘米;台北"故宫博物院"藏。

图 6-2 《上林图》(局部)

图 6-3 《上林图》(局部)

图 6-4 《上林图》(局部)

图 6-5 《元曲选》戊集本《王粲登楼》插图
明代版画。

图 6-6 《酹江集》本《王粲登楼》插图
明代版画。

第七章

图 7-1 武梁祠·北斗帝车画像
约东汉桓帝元嘉元年(151)画像石;原题为武氏祠后石室第四石画像;纵162 厘米;横 241 厘米;清代乾隆五十一年(1786)山东省嘉祥县武宅山村北出土;嘉祥县武氏祠保管所藏。

图 7-2 合江四号石棺·车临天门画像
东汉画像石;高 75 厘米,宽 220 厘米;1974 年四川省合江县张家沟二号墓出土;四川省合江县文物管理所藏。

图 7-3 马踏飞燕
东汉青铜器;高 34.5 厘米,长 45 厘米,宽 13 厘米;1969 年甘肃省武威市凉州区雷台汉墓出土;甘肃省博物馆藏。

图 7-4 江苏泗阳汉代木雕马
西汉木雕;高 115 厘米;2002 年江苏省泗阳县出土;南京博物院藏。

图 7-5 西汉玉天马
西汉玉器;长 7.5 厘米,宽 3 厘米,高 5.5 厘米;陕西省咸阳市昭帝平陵出土;北京故宫博物院藏。

图 7-6 跃马
西汉石雕;高 150 厘米,长 240 厘米;原立于陕西省兴平县道常村西北霍去

病墓前,茂陵博物馆藏。

图 7 - 19　采桑画像砖

魏晋画像砖;尺寸不详;甘肃省张掖高台县城西南骆驼城乡永胜村西出土;高台县博物馆收藏。

图 7 - 20　巫师升天图

战国楚锦瑟漆绘;锦瑟长约 100 厘米,宽约 40 厘米;1957 年河南省信阳市长台观 1 号楚墓出土;河南省博物院藏。

第八章

图 8 - 1　五瑞图

东汉建宁四年(171)石刻;长约 210 厘米,宽约 110 厘米;原石位于甘肃省成县县城西 13 公里处的天井山鱼窍峡中,是《西狭颂》摩崖石刻的组成部分;五瑞即黄龙、白鹿、嘉禾、木连理、甘露降。

图 8 - 2　西狭颂

《西狭颂》全称《汉武都太守汉阳阿阳李翕西狭颂》,亦称《李翕颂》《黄龙碑》,位于甘肃省成县天井山,东汉建宁四年(171)六月刻,仇靖撰刻并书丹。有额、图、颂、题名四部分,篆额有"惠安西表"四字。

图 8 - 3　徐州大庙"泗水捞鼎"

东汉画像石;宽 105 厘米,高 116 厘米;1995 年 3 月江苏省徐州市铜山县大庙镇大庙村出土。

参考文献

一、专著

阮元校刻：《十三经注疏》，中华书局 1980 年版

周振甫：《周易译注》，中华书局 1991 年版

杨伯峻：《论语译注》，中华书局 1980 年版

刘向：《战国策》，上海古籍出版社 1985 年版

司马迁：《史记》，中华书局 1959 年版

班固：《汉书》，中华书局 1962 年版

范晔：《后汉书》，中华书局 1965 年版

陈寿：《三国志》，中华书局 1959 年版

司马光：《资治通鉴》，中华书局 1956 年版

徐天麟：《西汉会要》，上海古籍出版社 1977 年版

徐天麟：《东汉会要》，上海古籍出版社 1978 年版

陈鼓应：《老子注释及评介》，中华书局 1984 年版

陈鼓应：《庄子今注今译》，中华书局 1983 年版

韩非著，陈奇猷校注：《韩非子新校注》，上海古籍出版社 2000 年版

王利器：《新语校注》，中华书局 1986 年版

阎振益、钟夏：《新书校注》，中华书局 2000 年版

刘文典撰，冯逸、乔华点校：《淮南鸿烈集解》，中华书局 1989 年版

何宁：《淮南子集释》，中华书局 1998 年版

王利器：《盐铁论校注》，中华书局 1992 年版

苏舆：《春秋繁露义证》，中华书局 1992 年版

汪荣宝：《法言义疏》，中华书局 1987 年版

司马光：《太玄集注》，中华书局 1998 年版

陈立：《白虎通疏证》，中华书局 1994 年版

汪继培、彭铎：《潜夫论笺校正》，中华书局 1985 年版

黄晖：《论衡校释》，中华书局 1990 年版

王利器：《颜氏家训集解》，中华书局 1993 年版

应劭撰，王利器校注：《风俗通义校注》，中华书局 1981 年版

萧统：《文选》，中华书局 1977 年影印胡刻本

吴兆宜：《玉台新咏笺注》，中华书局 1985 年版

郭茂倩：《乐府诗集》，中华书局 1979 年版

逯钦立：《先秦汉魏晋南北朝诗》，中华书局 1983 年版

严可均：《全上古三代秦汉三国六朝文》，中华书局 1958 年版

费振刚等：《全汉赋》，北京大学出版社 1993 年版

张彦远：《历代名画记》，上海人民美术出版社 1964 年版

郭若虚：《图画见闻志》，上海人民美术出版社 1964 年版

张涛：《列女传译注》，山东大学出版社 1990 年版

无名氏撰，程毅中点校：《燕丹子》，中华书局 1985 年版。

袁珂：《山海经校注》，上海古籍出版社 1980 年版

袁珂：《山海经校译》，上海古籍出版社 1985 年版

郭璞著，张宗祥校录：《古本山海经图赞》，古典文学出版社 1958 年版

马昌仪：《古本山海经图说》，广西师范大学出版社 2007 年版

中国《山海经》学术讨论会编辑：《〈山海经〉新探》，四川省社会科学出版社 1986 年版

郝懿行：《山海经笺疏》，巴蜀书社 1985 年版

郭郛：《山海经注证》，中国社会科学出版社 2004 年版

张春生：《山海经研究》，上海社会科学出版社 2007 年版

安京：《山海经新考》，中央编译出版社 2010 年版

王善才：《〈山海经〉与中华文化》，湖北人民出版社 1999 年版

陈连山：《〈山海经〉学术史考论》，北京大学出版社 2012 年版

郭璞注：《穆天子传》，上海古籍出版社 1990 年版

王贻梁、陈建敏选：《穆天子传汇校集释》，华东师范大学出版社 1994 年版

顾实：《穆天子传西征讲疏》，中国书店 1990 年版

杨树达：《淮南子证闻》，上海古籍出版社 2006 年版

孙纪文：《淮南子研究》，学苑出版社 2005 年版

陈广忠：《淮南子斠诠》，黄山书社 2008 年版

陈静：《自由与秩序的困惑：〈淮南子〉研究》，云南大学出版社 2004 年版

马庆洲：《淮南子考论》，北京大学出版社 2009 年版

杜绣琳：《文学视野中的〈淮南子〉研究》，中国社会科学出版社 2010 年版

吴承仕：《淮南旧注校理》，北京师范大学出版社 1985 年版

迟文杰：《西王母文化研究集成：图像资料卷》，广西师范大学出版社 2009 年版

陆志红：《西王母文化研究集成：论文卷》，广西师范大学出版社 2008 年版

迟文杰：《西王母文化研究集成：传说故事卷》，广西师范大学出版社 2009 年版

迟文杰：《西王母文化研究集成：考古报告卷》，广西师范大学出版社 2009 年版

迟文杰：《西王母文化研究集成：文献资料卷》，广西师范大学出版社 2009 年版

李淞：《论汉代艺术中的西王母图像》，湖南教育出版社 2000 年版

冯友兰：《中国哲学史》，华东师范大学出版社 2000 年版

胡适：《中国哲学史大纲》，东方出版社 2004 年版

李泽厚、刘纲纪：《中国美学史》，中国社会科学出版社 1984 年版

汤用彤：《汉魏两晋南北朝佛教史》，中华书局 1983 年版

李泽厚：《美的历程》，天津社会科学出版社 2001 年版

余英时：《士与中国文化》，上海人民出版社 1987 年版

余英时：《东汉生死观》，上海古籍出版社 2005 年版

仪平策：《中国审美文化史·秦汉魏晋南北朝卷》，山东画报出版社 2000 年版

徐华：《两汉艺术精神嬗变论》，学林出版社 2003 年版

徐复观：《两汉思想史》，华东师范大学出版社 2001 年版

金春峰：《汉代思想史》，中国社会科学出版社 1997 年版

李泽厚：《中国古代思想史论》，人民出版社 1986 年版

葛兆光：《中国思想史》，复旦大学出版社 2001 年版

叶朗：《中国美学史大纲》，上海人民出版社 1985 年版

钱穆：《秦汉史》，生活·读书·新知三联书店 1999 年版

彭卫、杨振红：《中国风俗通史（秦汉卷）》，上海文艺出版社 2002 年版

杨树达：《汉代婚丧礼俗考》，上海古籍出版社 2000 年版

柳诒徵：《中国文化史》，东方出版中心 1988 年版

熊铁基：《汉唐文化史》，湖南人民出版社 2002 年版

张正明：《楚文化史》，上海人民出版社 1987 年版

杨权喜：《楚文化》，文物出版社 2000 年版

许结：《汉代文学思想史》，南京大学出版社 1990 年版

许结：《中国文化史论纲》，广西师范大学出版社 2002 年版

许结：《中国文化制度述略》，凤凰出版社 2005 年版

顾森：《秦汉绘画史》，人民美术出版社 2000 年版

陈江风：《汉文化研究》，河南大学出版社 2004 年版

徐州师院汉文化研究所：《汉文化研究论丛》第一辑，中国社会科学出版社 1993 年版

昝风华：《汉代风俗文化与汉代文学》，中国社会科学出版社 2009 年版

瞿兑之：《汉代风俗制度史》，上海文艺出版社 1991 年版

张新科：《文化视野下的汉代文学》，中国社会科学出版社 2006 年版

姚圣良：《先秦两汉神仙思想与文学》，齐鲁书社 2009 年版

李炳海：《汉代文学的情理世界》，东北师范大学出版社 2008 年版

王铁：《汉代学术史》，华东师范大学出版社 1995 年版

刘厚琴：《儒学与汉代社会》，齐鲁学术 2002 年版

徐兴无：《谶纬文献与汉代文化构建》，中华书局 2003 年版

徐兴无：《刘向评传》，南京大学出版社 2005 年版

崔向东：《汉代豪族社会》，崇文书局 2003 年版

王彦辉：《汉代豪民研究》，东北师范大学出版社 2001 年版

杨树增：《汉代文化特色及形成》，人民出版社 2008 年版

顾颉刚：《汉代学术史略》，人民出版社 2008 年版

张造群：《礼治之道：汉代名教研究》，人民出版社 2011 年

李立：《文化嬗变与汉代自然神话演变》，汕头大学出版社 2000 年版

郭必恒等：《中国民俗史·汉魏卷》，人民出版社 2008 年版

龚鹏程：《侠的精神文化史论》，山东画报出版社 2008 年版

贾艳红：《汉代民间信仰与地方政治研究》，山东大学出版社 2011 年版

邢义田：《天下一家：皇帝、官僚与社会》，中华书局 2011 年版

曹胜高：《汉赋与汉代制度：以都城、校猎、礼仪为例》，中华书局 2006 年版

杨义：《中国叙事学》，人民出版社 2009 年版

浦安迪：《中国叙事学》，北京大学出版社 1996 年版

胡亚敏：《叙事学》，华中师范大学出版社 2004 年版

徐岱：《小说叙事学》，中国社会科学出版社 1992 年版

刘道广：《中国艺术思想史纲》，江苏美术出版社 2009 年版

陈丽平：《刘向〈列女传〉研究》，中国社会科学出版社 2010 年版

胡文楷：《历代妇女著作考》，上海古籍出版社 2008 年版

刘淑丽：《先秦汉魏晋妇女观与文学中的女性》，学苑出版社 2008 年版

程丽芳：《神仙思想与汉魏六朝志怪小说》，西南交通大学出版社 2008 年

闻一多：《神话与诗》，天津古籍出版社 2008 年版

茅盾：《中国神话研究初探》，上海古籍出版社 2005 年版

丁山：《中国古代宗教与神话考》，上海书店出版社 2011 年版

袁珂：《中国神话史》，上海文艺出版社 1988 年版

袁珂：《神话论文集》，上海古籍出版社 1982 年版

王青：《中国神话研究》，中华书局 2010 年版

黄震云、孙娟：《汉代神话史》，长春出版社 2010 年版

小南一郎著，孙昌武译：《中国的神话传说与古小说》，中华书局 1993 年版

阿旺尖措、韩生魁、李泰年编：《昆仑神话与西王圣母》，黄山书社 1998 年版

闫德亮：《中国古代神话的文化观照》，人民出版社 2008 年版

陈建宪：《神话解读：母题分析方法探索》，湖北教育出版社 1997 年版

赵沛霖：《先秦神话思想史论》，学苑出版社 2002 年版

W·施密特著，萧师毅、陈祥春译：《原始宗教与神话》，上海文艺出版社 1987 年版

钟敬文：《民间文艺学及其历史——钟敬文自选集》，山东教育出版社 1998 年版

万建中：《民间文学引论》，北京大学出版社 2006 年版

段宝林：《中国民间文学概要》，北京大学出版社 2009 年版

中国美术全集编辑委员会：《中国美术全集·古代部分》，共六十册，人民美术出版社 1986 年版

中国古代书画鉴定组：《中国绘画全集》，文物出版社、浙江人民出版社 2001 年版

中国画像石全集编辑委员会：《中国美术分类全集·中国画像石全集》，共八卷，山东美术出版社、河南美术出版社 2000 年版

山东省博物馆、山东省文物考古研究所：《山东汉画像石选集》，齐鲁书社 1982 年版

杨爱国：《山东汉画像石》，山东文艺出版社 2004 年版

山东省博物馆：《山东汉画像石选》，齐鲁书社 1982 年版

朱锡禄：《嘉祥汉画像石》，山东美术出版社 1992 年版

冯沂等：《临沂汉画像石》，山东美术出版社 2002 年版

胡新立：《邹城汉画像石》，文物出版社 2008 年

马汉国：《微山湖汉画像石选集》，文物出版社 2003 年版

马汉国：《微山湖汉画像石精选》，中原出版社 1994 年版

刘慧、张玉胜编著：《岱庙汉画像石》，山东画报出版社 1998 年版。

徐州博物馆：《徐州汉画像石》，江苏美术出版社 1985 年版

武利华：《徐州汉画像石精选》，线装书局 2001 年版

关百益：《南阳汉画像集》，中华书局 1930 年版

南阳汉代画像石编辑委员会：《南阳汉代画像石》，文物出版社 1985 年版

王建中、闪修山：《南阳两汉画像石》，文物出版社 1990 年版，

南阳汉画馆：《南阳汉代画像石刻》，上海人民美术出版社 1988 年版

闪修山、王儒林、李陈广：《南阳汉画像石》，河南美术出版社 1989 年版

黄留春：《许昌汉砖石画像》，河南美术出版社 1994 年版

陕西省博物馆：《陕北东汉画像石》，陕西人民美术出版社 1985 年版

陕西省博物馆、陕西省文管会编：《陕北东汉画象石刻选集》，文物出版社 1959 年版

李林、康兰英、赵力光：《陕北汉代画像石》，陕西人民出版社 1995 年版

陕西省考古研究所：《陕西神木大保当汉彩绘画像石》，重庆出版社 2000 年版

李贵龙、王建勤：《绥德汉代画像石》，人民美术出版社 2001 年版

黄雅峰：《浙江汉画艺术》，中国社会科学出版社 2009 年版

黄雅峰：《海宁画像石墓研究》，浙江大学出版社 2009 年

高书林：《淮北汉画像石》，天津美术出版社 2002 年版

闻宥：《四川汉代画像选集》，群联出版社 1955 年版

高文：《四川汉代石棺画像集》，人民美术出版社 1997 年版。

罗二虎：《汉代画像石棺》，巴蜀书社 2002 年版

徐文彬等：《四川汉代石阙》，文物出版社 1992 年版

中国画像砖全集编辑委员会编：《中国美术分类全集·中国画像砖全集》，四川美术出版社 2006 年版

周到、吕品、汤文兴：《河南汉代画像砖》，上海人民美术出版社 1985 年版

薛文灿、刘松根：《河南新郑汉代画像砖》，上海书画出版社 1993 年版

河南省文化局文物考古队：《邓县彩色画像砖墓》，文物出版社 1958 年版

张秀清等：《郑州汉画像砖》，河南美术出版社 1988 年版

南阳文物研究所：《南阳汉代画像砖》，文物出版社 1990 年版

刘志远：《四川汉代画象砖艺术》，中国古典艺术出版社 1968 年版

高文：《四川汉代画像砖》，上海人民美术出版社 1987 年版

刘志远、余德章、刘文杰：《四川汉代画象砖与汉代社会》，文物出版社 1983 年版

杨絮飞：《汉画像造型艺术》，河南大学出版社 2010 年版

龚廷万等：《巴蜀汉代画像集》，文物出版社 1998 年版

顾森：《中国汉画图典》，浙江摄影出版社 1997 年版

史岩：《中国雕塑史图录（卷一）》，上海人民美术出版社 1983 年版

王鲁豫：《中国雕塑史册（三）》，北京广播出版社 1992 年版

李正光：《汉代漆器图案集》，文物出版社 2002 年版

陈振裕等：《中国漆器全集》，福建美术出版社 1997 年版

孙机：《汉代物质文化资料图说》，文物出版社 1991 年版

深圳博物馆：《中国汉代画像石画像砖文献目录》，文物出版社 1995 年版

韩玉祥：《汉画学术文集》，河南美术出版社 1996 年版

南阳汉画像石学术讨论办公室：《汉代画像石研究》，文物出版社 1987 年版

蒋英炬、杨爱国：《汉代画像石与画像砖》，文物出版社 2001 年版

王建中：《汉画像石通论》，紫禁城出版社 2001 年版

信立祥：《汉代画像石综合研究》，文物出版社 2000 年版

李发林：《山东汉画像石研究》，齐鲁书社 1982 年版

李发林：《汉画的考释与研究》，中国文联出版社 2000 年版

李锦山：《鲁南汉画像石研究》，知识产权出版社 2008 年版

深圳博物馆：《中国汉代画像石画像砖文献目录》，文物出版社 1995 年版

杨爱国：《幽明两界：纪年汉代画像石研究》，陕西美术出版社 2006 年版

林巳奈夫：《刻在石头上的世界：画像石述说的古代中国的生活和思想》，商务印书馆 2010 年版

郑立君：《剔图刻像：汉代画像石的雕刻工艺与成像方式》，重庆大学出版社 2010 年版

周新献：《石上春秋：南阳汉画与汉文化》，中国文联出版社 2003 年版

蒋英炬、吴文祺：《汉代武氏墓群石刻研究》，山东美术出版社 1985 年版

贾庆超：《武氏祠汉画石刻考评》，山东大学出版社 1993 年版

朱锡禄：《武氏祠汉画像石》，山东美术出版社 1986 年版

刘辉：《汉画解读》，文化艺术出版社 2006 年版

张道一：《汉画故事》，重庆大学出版社 2006 年版

邢义田：《画为心声：画像石、画像砖与壁画》，中华书局 2011 年版

朱存明：《汉画像之美：汉画像与中国传统审美观念研究》，商务印书馆 2011 年版

朱存明：《汉画像的象征世界》，人民文学出版社 2005 年

周学鹰：《解读画像砖石中的汉代文化》，中华书局 2005 年版

徐永斌：《南阳汉画像石艺术》，河南大学出版社 2007 年版

黄雅峰：《汉画像石画像砖艺术研究》，中国社会科学出版社 2011 年版

瞿中溶：《汉武梁祠画像考》，北京图书馆出版社 2004 年版

黄雅峰：《南阳画像砖的视觉造型》，河南美术出版社 1994 年版

黄佩贤：《汉代墓室壁画研究》，文物出版社 2008 年版

刘兰芝：《洛阳汉代墓室壁画研究》，中州古籍出版社 2010 年版

杜少虎：《拙笔妙彩：洛阳汉墓壁画研究》，河南美术出版社 2004 年版

范小平：《四川崖墓艺术》，巴蜀书社 2006 年版

牛天伟、金爱秀：《汉画神灵图像考述》，河南大学出版社 2009 年版

李立：《汉墓神话研究》，上海古籍出版社 2004 年版

汪小洋：《汉墓绘画宗教思想研究》，上海大学出版社 2010 年版

周均平：《秦汉审美文化宏观研究》，人民出版社 2007 年版

巫鸿、郑岩：《古代墓葬美术研究》第一辑，文物出版社 2011 年版

郑志明：《想象：图像·文字·数字·故事——中国神话与仪式》，贵州人民出版社 2010 年版

朱青生：《中国汉画研究》第一卷，广西师范大学出版社 2004 年版

朱青生：《中国汉画研究》第二卷，广西师范大学出版社 2006 年版

朱青生：《中国汉画研究》第三卷，广西师范大学出版社 2010 年版

朱青生：《中国汉画研究》第四卷，广西师范大学出版社 2011 年版

朱青生：《中国汉画学会第九届年会论文集》，中国社会出版社 2004 年版

郑先兴：《中国汉画学会第十届年会论文集》，湖北人民出版社 2006 年版

张文军：《中国汉画学会第十三届年会论文集》，中州古籍出版社 2011 年版

黄雅峰、陈长山：《南阳麒麟岗汉画像石墓》，三秦出版社 2008 年版

南京博物院：《四川彭山汉代崖墓》，文物出版社 1991 年版

陕西省考古研究所、榆林市文物管理委员会办公室编：《神木大保当：汉代城址与墓葬考古报告》，科学出版社 2001 年版

黄晓芬：《汉墓的考古学研究》，岳麓书社 2003 年版

赵化成、高崇文：《秦汉考古》，文物出版社 2002 年版

俞伟超：《先秦两汉考古学论集》，文物出版社 1985 年版

黄展乐：《先秦两汉考古论丛》，科学出版社 2008 年版

宋治民：《战国秦汉考古》，四川大学出版社 1993 年版

杨泓、郑岩：《中国美术考古学概论》，中国社会科学出版社 2008 年版

杨泓：《汉唐美术考古和佛教艺术》，科学出版社 2000 年版

沈宁编：《滕固艺术文集》，上海人民美术出版社 2003 年版

郑尔康：《郑振铎艺术考古文集》，文物出版社 1988 年版

范景中、郑岩、孔令伟：《考古与艺术史的交汇》，中国美术出版社 2009 年版

金维诺：《中国美术史论集》，黑龙江美术出版社 2003 年版

刘敦愿：《美术考古与古代文明》，人民美术出版社 2007 年版，

孙作云：《孙作云文集》第 4 卷《美术考古与民俗研究》，河南大学出版社 2002 年版

巫鸿：《汉唐之间文化艺术的互动交融》，文物出版社 2001 年版

巫鸿：《汉唐之间的宗教艺术与考古》，文物出版社 2000 年版

巫鸿：《礼仪中的美术》，生活·读书·新知三联出版社 2005 年版

巫鸿：《时空中的美术》，生活·读书·新知三联出版社 2009 年版

巫鸿：《武梁祠：中国古代画像艺术的思想性》，生活·读书·新知三联出版社 2009 年版

巫鸿：《黄泉下的美术：宏观中国古代墓葬》，生活·读书·新知三联出版社 2010 年版

贺西林：《古墓丹青：汉代墓室壁画的发现与研究》，陕西人民美术出版社 2001 年版

杨宽：《中国古代陵寝制度研究》，上海古籍出版社 1985 年版

李如森：《汉代丧葬制度》，吉林大学出版社 1995 年版

陈履生：《汉画主神研究》，紫禁城出版社 1987 年版

江林昌：《考古发现与文史新证》，中华书局 2011 年版

凌继尧：《中国艺术批评史》，上海人民出版社 2011 年版

鲁惟一著，王浩译：《汉代的信仰、神话和理性》，北京大学出版社 2009 年版

郑军：《汉代装饰艺术史》，山东美术出版社 2006 年版

徐复观：《中国艺术精神》，华东师范大学出版社 2007 年版

本尼迪克特著，王炜等译：《文化模式》，生活·读书·新知三联出版社 1988 年版

丹纳著，傅雷译：《艺术哲学》，人民文学出版社 1963 年版

W. J. T. 米歇尔著，陈永国、胡文征译：《图像理论》，北京大学出版社 2006 年版

欧文·潘诺夫斯基著，戚印平、范景中译：《图像学研究：文艺复兴时期艺术的人文主题》，生活·读书·新知三联书店 2011 年版

埃米尔·马勒著，梅娜芳译，曾四凯校：《图像学：12 世纪到 18 世纪的宗教艺术》，中国美术学院出版社 2008 年版

彼得·伯克：《图像证史》，北京大学出版社 2008 年版

贡布里希：《象征的图像：贡布里希图像学文集》，上海书画出版社 1996 年版

贡布里希：《艺术发展史：艺术的故事》，天津人民美术出版社 1988 年版

贡布里希：《艺术与错觉：图像再现的心理学研究》，湖南科技出版社 2000 年版

韩丛耀：《图像：一种后符号学的再发现》，南京大学出版社 2008 年版

曹意强、麦克尔·波德罗等：《艺术史的视野：图像研究的理论、方法与意义》，中国美术出版社 2007 年版

皮埃尔·布尔迪厄著，刘晖译：《艺术的法则》，中央编译出版社 2011 年版

鲁道夫·阿恩海姆：《艺术与视知觉（新编）》，湖南美术出版社 2008 年版

阿恩海姆、霍兰、蔡尔德等：《艺术的心理世界》，中国人民大学出版社 2003 年版

罗伯特·威廉姆斯著，许春阳、王瑞、王晓鑫译：《艺术理论：从荷马到鲍德里亚》，北京大学出版社 2009 年版

范景中：《艺术史的形状 Ⅰ／Ⅱ》，中国美术出版社 2003 年版

张宝洲、范白丁选编：《图像与题铭》，中国美术学院出版社 2011 年版

谢宏生：《图像与观看》，广西师范大学出版社 2012 年版

雅克·拉康、让·鲍德里亚等：《视觉文化的奇观：视觉文化总论》，中国人民大学出版社 2005 年版

吉莉恩·萝丝：《视觉研究导论：影像的思考》，群学出版有限公司 2006 年版

陈永国：《视觉文化研究读本》，北京大学出版社 2009 年版

周宪：《视觉文化的转向》，北京大学出版社 2008 年版

二、论文

赵宪章：《文学成像的起源与可能》，《文艺研究》2014 年第 9 期

赵宪章：《语图叙事的在场与不在场》，《中国社会科学》2013 年第 8 期

赵宪章：《"文学图像论"之可能与不可能》，《山东师范大学学报》（人文社会科学版）2012 年第 5 期

赵宪章：《传播的可名与可悦——文学与图像关系新论》，《文艺研究》2012 年第 11 期

赵宪章：《语图符号的实指与虚指——文学与图像关系新论》，《文学评论》2012 年第 2 期

赵宪章：《语图互仿的顺势与逆势——文学与图像关系新论》，《中国社会科学》2011 年第 3 期

赵宪章：《文学与图像关系研究中的若干问题》，《江海学刊》2010 年第 1 期

易英：《图像学的模式》，《美术研究》2003 年第 4 期

W. J. T. 米切尔：《文字与图像》，《新美术》2007 年第 4 期

常宁生：《艺术史的图像学方法及其运用》，《世界美术》2004 年第 1 期

彭亚非：《图像社会与文学的未来》，《文学评论》2003 年第 5 期

龙迪勇：《图像叙事：空间的时间化》，《江西社会科学》2007 年第 9 期

龙迪勇：《时间性叙事媒介的空间表现》，《江西社会科学》2007 年第 4 期

李立：《汉画的叙述：结构、轨迹与层次——叙事学视阈下的汉画解读》，《江西社会科学》2007 年第 2 期

许结：《一幅画、一首歌、一段情——张曾〈江上读骚图歌〉解读及思考》，《文艺研究》2011 年第 2 期

巫鸿：《国外百年汉画研究之回顾》，《中原文物》1994 年版

杨爱国：《汉代画像石榜题略论》，《考古》2005 年第 5 期

张从军：《两汉祥瑞与图像》，《民俗研究》2008 年 01 期

练春海：《论汉代图像的秩序建构》，《南京艺术学院学报》（美术与设计版）2008 年第 3 期

刘太祥：《汉代画像石研究综论》，《南都学坛》2002 年第 3 期

欧阳摩一：《论汉画像石文字榜题和题记》，《东南文化》2008 年第 1 期

郑立君：《从汉画像石图像论其"粉本"设计》，《南京艺术学院学报》（美术与设计版）2008 年第 4 期

简·詹姆斯：《汉代西王母的图像志研究》，贺西林译、张敢校，《美术研究》1997 年第 2 期

汪小洋：《汉壁画墓中西王母、女娲图像的辨析与意义》，《艺苑》2008 年第 2 期

郑先兴：《汉画中的西王母神话与西王母崇拜》，《古代文明》2008 年第 7 期

周静：《两汉时期的西王母信仰》，《四川文物》1998 年第 6 期

牛天伟：《试析汉画中的西王母画像》，《中原文物》1995 年第 3 期

何志伟：《论汉代西王母图像的两个系统——兼谈四川西王母图像的特点和起源》，《民族艺术》2007 年第 1 期

朱存明、朱婷：《汉画像西王母的图文互释研究》，《徐州师范大学学报》（哲学社会科学版）2010 年第 6 期

吴敏霞：《〈列女传〉的编纂和流传》，《人文杂志》1988 年第 3 期

张涛：《刘向〈列女传〉的版本问题》，《文献》1989 年第 3 期

冯利华：《论刘向〈列女传〉的成书原因》，《天府新论》2008 年第 6 期

王丽英：《论刘向〈列女传〉的立传标准及其价值》，《广州大学学报》（社会科学版）2002 年第 2 期

江玉祥：《汉画〈列女图〉与〈秋胡戏妻〉图像考》，《四川文物》2002 年第 3 期

张勋燎：《四川东汉墓秋胡戏妻画像砖、画像石与常璩华阳列女传》，《西华大学学报》（哲学社会科学版）2006 年第 5 期

刘培：《班马传游侠比异》，《济南大学学报》（综合版）1995 年第 2 期

徐裕敏：《从〈史记·刺客列传〉看战国时刺客的精神特征》，《浙江师范大学学报》（社会科学版）2002 年第 1 期

李绍华：《〈游侠列传〉新议》，《学术论坛》1998 年第 4 期

赵晨：《汉代画像艺术的"叙事性"研究》，中国美术学院 2007 年博士学位论文

张勤：《西王母神话传说研究》，苏州大学 2005 年博士学位论文

刘赛：《刘向〈列女传〉及其文本考论》，复旦大学 2010 年博士学位论文

后　记

　　光阴似箭，日月如梭。这句熟语以至于成为雅士讳用的俗语，却常在回味某一段生命历程时，仍深有所感，甚至无法用更好的语言加以替代。因为，在接受这一书稿的撰写任务，到今日文案之初成，其间已经过多年时光的消磨，疲倦、困顿，自不言喻，然掉头省思，又恍然一梦，那用笔之初的艰涩，犹如昨日，感叹的只是徒增年轮而已。做了事则必有感，于是此刻瞬间，蓦然而生三句感发之言：

　　一曰学贵见识。治学之功，尝有两端，或引领，或集成，这部文稿若有点滴之功，全仰仗赵宪章先生有关"中国文学与图像"研究之引领与构想，是他开风气之先的学术见识并将其付诸实践，才能收获已有和将有的丰硕成果。作为《中国文学图像关系史》中的一部，"汉代卷"显然不同于此前已有的如对汉代文体或文本之研究，对汉代图像如画像石与壁画之研究，而是对一代"文图"关系的审视，个中浅见，或可品味。

　　二曰教学相长。记得若干年前散步于秦淮河畔而与赵宪章先生相遇，他言及心中构想并邀我加盟，于是我又将"汉代卷"的主要撰写任务再转嫁给学棣李征宇博士，他当年的博士论文便以"汉代文图关系研究"为题，并为此稿的撰就奠定了基础。而我正是在指导征宇博士学位论文写作的过程中，渐入其境，且有所获。尽管这部书稿成于众人之手，倘若没有征宇倾心于斯，难以为"器"，从某种意义上说，我是"坐享其成"，且获益良多。

　　三曰吃亏是福。为人作"裳"，常是无奈之举，然此为何"裳"，"裳"为何用，又大有讲究。征宇为文学博士，若专心于"文"，轻而易举，可是为"文"及"图"，于是有了跨界之学与行，尤其是"行"，他遍历域中访碑观石，艰辛异常，可谓吃"亏"；然则吃"亏"之后，"福"报接踵而至，他的博士论文以优绩通过，旋即获国家社科基金项目资助，且现已为人师的他，俨然"文图"研究之青年才俊，邀誉学界，世所共知。征宇如此，于我亦然。为撰此稿，潜心数载，必有所成而见诸学刊，于是"节外生枝"，今年国家社科基金重点项目"辞赋与图像关系研究"得以立项，虽出乎意外，亦取之彀中。如果说"汉代卷"倘有一得之见可供学界引鉴，那真是我们的"福"分了。

　　本书稿的分工是：绪论由许结撰写；第一章、第二章、第三章、第四章、第九章及附录"图像编目"，皆由李征宇撰写；第五章由王思豪撰写；第六章由王思豪与许结合写;第七章由程维撰写;第八章由龚世学撰写。全书由李征宇、许结统稿,最后由许结审定。

特别要感谢王志阳博士,他应邀为书稿撰写了五万字的"易文与易图"章节,但因缺乏"文学性",所以在审稿时被删除,作为主编,我对此表示歉意,也愿他转"亏"为"福",于此研究有所建树。

苏东坡论画诗云"论画以形似,见与儿童邻",又云"其身与竹化,无穷出清新",是重"神似"而轻"形似","神"固为要,"形"不可忽,"见与儿童邻"的"赤子"之心,亦有"清新"于中。

丙申中秋许结于南京龙江寓所

图书在版编目(CIP)数据

中国文学图像关系史. 汉代卷/赵宪章主编. —南京:江苏
凤凰教育出版社,2020.12(2023.9重印)
ISBN 978-7-5499-9055-9

Ⅰ. ①中… Ⅱ. ①赵… Ⅲ. ①中国文学–古代文学史–
汉代 Ⅳ. ①I209

中国版本图书馆 CIP 数据核字(2020)第 239082 号

书　　名	中国文学图像关系史·汉代卷
主　　编	赵宪章
本卷主编	许　结
策 划 人	顾华明
责任编辑	吴文昊
装帧设计	周　晨
监　　印	杨赤民
出版发行	江苏凤凰教育出版社(南京市湖南路 1 号 A 楼　邮编 210009)
苏教网址	http://www.1088.com.cn
照　　排	南京前锦排版服务有限公司
印　　刷	江苏凤凰通达印刷有限公司(电话：025-57572508)
厂　　址	南京市六合区冶山镇(邮编：211523)
开　　本	787毫米×1092毫米　1/16
印　　张	22.75
版　　次	2020 年 12 月第 1 版
印　　次	2023 年 9 月第 2 次印刷
书　　号	ISBN 978-7-5499-9055-9
定　　价	128.00 元
网店地址	http://jsfhjycbs.tmall.com
公 众 号	苏教服务(微信号：jsfhjyfw)
邮购电话	025-85406265,025-85400774
盗版举报	025-83658579

苏教版图书若有印装错误可向承印厂调换
提供盗版线索者给予重奖